AMTRAK WARS: FIRST FAMILY

美铁之战 2

第一家族

[英] 帕特里克·蒂利 著

黑曜 超侠 译

天津出版传媒集团

百花文艺出版社

图书在版编目（CIP）数据

美铁之战. 第一家族 / (英) 帕特里克·蒂利著；黑曜, 超侠译. -- 天津：百花文艺出版社, 2018.7
(科幻文学馆)
ISBN 978-7-5306-7485-7

Ⅰ. ①美… Ⅱ. ①帕… ②黑… ③超… Ⅲ. ①科学幻想小说-英国-现代 Ⅳ. ①I561.45

中国版本图书馆CIP数据核字(2018)第115819号

天津市版权局著作权合同登记章
图字 02-2012-105 号

选题策划：成　全
责任编辑：成　全　　封面设计：魏程程

出版人：张纪欣
出版发行：百花文艺出版社
地址：天津市和平区西康路 35 号　邮编：300051
电话传真：+86-22-23332651（发行部）
+86-22-23332656（总编室）
+86-22-23332478（邮购部）
主页：http://www.baihuawenyi.com
印刷：山东临沂新华印刷物流集团有限责任公司
开本：880×1230 毫米　1/32
字数：350 千字　印张：17
版次：2018 年 7 月第 1 版
印次：2018 年 7 月第 1 次印刷
定价：49.80元

如有印装质量问题，请与山东临沂新华印刷物流集团有限责任公司联系调换
地址：山东省临沂市高新技术产业开发区新华路 1 号
电话：(0539)2925659
邮编：276017

谢谢我的儿子彼得·安德烈、友人布鲁诺·克里斯蒂安帮我修好了汽车，给了我更落地的人生之匙。

目录

注:为忠实于原著,全书的英制单位均按照英文原文比对,不再换算为公制单位。

第一章

这会儿，迪克·海伍德坐在椅子上，挺直了身体，伸了个十足的懒腰，然后，惬意的双手搭在脑袋后面，张开大嘴，打了一个长长的哈欠。

视频的荧光在周围闪耀，他眯着眼睛，瞟了瞟其中一个视频，上面显示出的日期和时间为：二九八九年十一月十四日，十七点二十分。

嗯，再过十分钟就轮到格伦·惠勒值班了，而再过十一年，就是公元三千年，这个世纪的尽头。

那是大家期待已久的激动人心的时刻。

那时候，美铁联邦将重新回到蓝天世界，伸出双臂，拥抱蓝天！

可惜，迪克是看不到那个壮美的时刻了，他无论如何都活不了那么久的。再说了，现在许多工作和行动都进展得特别缓慢，实现那个伟大梦想的进程已经远远落后于原来的计划，也不知道能否按时完成。

迪克当然很谨慎，从不会向任何人透露自己的想法，更不敢对联邦的事业随便评论，特别是吐槽的话，万万说不得。就像所有寻道民一样，迪克一出生，脑子里就被烙印下了一条真理："人总是会出问题，只有体制才永远完美！”

迪克值班的时候，眼睛必须全神贯注地盯着控制台，上面有二十四台监视器。这些屏幕分为两行、三面，围绕在控制台上。监视器与遥控摄像机相连，这些摄像头都安放在这座没有窗户的瞭望塔的顶端，就在他的脑袋上面不远处。它们就像是监控站的眼睛，永远不知疲倦，机警灵活地监视着周边情况。有了它们的帮助，迪克和其他视像系统的技师们，便能够对周围的地区，也就是站点周边，进行长期的监视。一年三百六十五天，一天二十四小时，连续不断，持续监控。所以，一旦有敌人入侵，他们便可以立即发出警报，这也是站点的主要目的。那些所谓的敌人，其实就是联邦的宿敌——平原变种人。不过，技师们也没必要整天死守在屏幕前，像机器人一样一动不动。其实每台摄像机都有特别的图像分析仪，预先都设定好了程序，能够对区域内的特定形态的移动物做出反应。分析仪就像一个不知疲倦的保安，对自己监控范围内的事物了如指掌，不管是四条腿的动物还是两条腿的人，哪怕一块石头或是一丛灌木，稍微挪动了位置，它都能马上吼叫起来，以声频和视频信号发出特定警报。

迪克平时最喜欢的，就是当视像通信系统的值班技师的时段，虽然只有短短四个小时，他却总是充满期待，希望能够出现一些异动。千篇一律的日子其实很难熬。可惜，今天还是让他失望了，地面摄像机并未捕捉到任何特殊迹象，他所渴望的特殊场面始终没有出现。不过没关系，他早就为自己准备了另外一种好东西，能够舒服地打发时间。他潇洒地一转座椅，轻轻拉开左侧控制台最下面的一格抽屉，伸手从中取出一盒数据盘。这东西刚好藏在抽屉与地板之间，不知道的人，绝对无法发现。

迪克悄悄把数据盘推进旁边一个录制兼播放的卡槽里，而后将便携式耳机套在耳上，按了播放键，数据盘开始静静播放。正前方的屏幕上出现了一幅惊人的画面。那是黎明的天外之景，天空呈现出浓浓的玫瑰红色，上面飘浮着丝丝缕缕的紫色云层。其中，一条深黄色的细丝渐渐浮现，其边缘柔和，舒展缓慢，顺着地平线往南北两个方向延伸，初升的朝阳即将跳出黑暗的坟墓，成为大地的统治者。影片中更有非法录制的乐声，那是清灵激越、音韵流转的美妙之音，穿过他晕乎的大脑，登时使他激灵得浑身舒畅。

迪克的家乡是沃思堡，他在那里度过了童年时代。他原本是里约·布拉沃篷车队中的一名巡道兵。但是，第三次随车出勤时，他却陷入变种人的埋伏圈，双腿受了重伤，自此之后，就只能执行一些在家留守、看场子的任务。但迪克不想过得那么颓废，便提出申请，去参加视像通信系统技师的地面操作培训。当他娴熟地掌握了一切通信系统的技能后，就被分配到普韦布洛的这个监控站，开始了新的工作。他非常喜欢这份工作，工作中十分积极主动，而且很享受工作的感觉，渴望着随时上岗。领导自然对这种热忱极为赞赏，给他在下一个季度的评估中额外加了十分，他的信用等级大大提高了不少，能够拿到更高一级的 ID 卡，于是他便能享受到更多特权。这些额外增加的特权相当不错，能派上不少用场，给他带来了不少好处。但其实，整个过程中最大的乐趣和快感却在于：他心中很明确地知道，自己击败了这个体制。因为，他骗过了它。

其实，迪克最渴望的就是回到地面，但若是审查员们得知他如此努力，居然怀着的是这个动机的话，他们绝不会放过他的。

迪克还有个秘密：他狂热地喜欢着天空和云彩。他第一次登上里约·布拉沃篷车队时，第一眼看到地面上那些前所未见的景色，便心醉神迷，沉溺其中，难以自拔。后来，他来到了普韦布洛，便偷偷利用瞭望塔中的摄像设备拍摄外面的景象。日出，日落，那些蔚为壮观的美景，那些像天神睁眼闭眼、俯视大地的奇美幻象，都永远录制在数据盘中。这种事，他当然只能独自一人时偷偷干，获得一种刺激而神秘的快感。

实际上，大多数寻道民都会认为，用看天、看云、看日出日落这些方式来打发时间，简直就很古怪。但这种做法本身却并未违犯第一家族颁布的任何禁令。不过，未经批准而私自偷拍制作数据盘，肯定是一种违法行为。

迪克并不很确定，自己的行为算二级犯罪还是算三级犯罪。其实，不管是哪一级，一旦被发现，肯定没啥好下场。最危险的是，那数据盘中所配的音乐是被法律禁止的《黑杰克》。因此，他必须找到一个安全之处，将数据盘藏起来。这事可不算容易，不仅在监控站内，在其他任何地方，要偷藏起这样的数据盘，都有很大的困难。监控站里根本没几扇门，挡不了别人的眼光，更何况，可以锁上的更是寥寥无几。在联邦社会中，所有人都强调自己是集体的一部分，团体共一，一起行动，便利共享。“隐私”这个字眼，基本上就不可能存在，而且，也被看作多余。

普韦布洛监控站的寻道民们，都是亲密无间的小团体，他们同吃同住，一起并肩战斗，一起睡觉泡妞。大多数人都如饥似渴地期待着到地面进行搜索，更期待着敌人们赶快入侵。他们太无聊了，每天干同样的差使，感觉自己就没活着。他们需要战斗，用战斗、击杀，来激发体内的肾上腺素，那样才能具有一种真实的刺激感，感到自己不是一具行尸走肉，而是，实实在在地活着。

但迪克又和大家不同。别人的兴奋，来源于绞杀变种人，那种感觉他自然也体验过，而他喜欢的快感，则来源于望向天穹。那广阔的天空，那多变的天空，都给了他无尽的欢乐。当他看到被阳光染成五颜六色的吉云变幻为耸立的高塔，当他看到漆黑的雷暴云凶狠强悍地席卷蓝天，当他看到飘飞的卷云将天空镶嵌出一扇扇精美的雕花窗户，当他看到天风将团团云朵梳理成那传说中已经灭绝的马的尾巴，他心就满是欢愉、充实与悸动。

四个小时的单独值守短暂而宝贵。那种只有他，只有天，只有自我与自由的隐秘快感，让他像毒瘾般难以戒除。他喜欢孤独，喜欢独处，一切，都只属于他一个人，还有那非法录制的音乐。没有人和他一样，他是唯一的，是与众不同的。“独处”这个词语，在寻道民的词汇中是完全没有的。而他，终于像获得了珍宝一样地得到了这份礼物。

事实上，他最不想看到的，就是在值班时，那些傻兮兮地高声吼叫着向站点发起攻击的白痴。那时候警报将会响起，瞭望塔内站满了激动的寻道民，他再也没有机会好好欣赏自己收藏的天空美景了。

除了这些违规之外，本质上，他算是一个很好的士兵。腿伤之后，他只能降级，从事后勤支援工作，但他仍然骄傲地佩戴着自己作为开拓兵的徽章。

变种人始终是他们的敌人，但在他第一次惊奇地看到日出之景时，就对猎杀再也不感兴趣了。他没去计算自己在战斗中杀了多少人，只是恪尽职守地执行着这项任务。杀戮，杀戮，杀戮，机械式地重复，没有任何感觉和快乐可言。第二次出勤后，他就当上了中士。他却深深迷恋那灿烂的云霞，那金色的阳光。他近乎变态地沉溺其中，难以自拔。但是他内心隐隐觉得不妥和内疚的是，如果当初他没有那么痴迷地看着天空，而是扎实地盯住地面，早一点发现敌情的话，他们就不会陷入变种人的包围圈，最后他幸免于难。

今天和往常大多数时候一样，没有发现任何风吹草动，这应该算是个好消息，但是天空也并没带来什么好消息。天，仍旧平淡无奇，没有一丝云彩，只有一片沉郁，没有任何瑰丽的景象值得被记录，没有什么是好看的、美妙的。他心中很失望。有时候，他看着那些飘飞的云朵，灿烂辉煌，绮丽变幻，时而如动物，时而如人脸，想象力的火焰在脑海中点燃，那是最欣愉的时刻。可是今天，云层却凝定在遥远的地平线上，天空昏暗沉沉，雾气朦胧，令人乏味。唯一的一次变幻，是色调稍微调了一下，先是淡淡的紫罗兰，悄然横跨天际后，又渐渐地变浅，延伸到他左侧的视频上后，就变成了淡黄色。

他从身后的桌子上，拿起了一杯爪哇热饮。这是人类在公元三千年前就开始享受的合成饮料，就像大劫难前的咖啡。他过去看过几眼录像资料，对这种咖啡的历史背景略有所知。他端起杯子，吹开表面，杯中涟漪晃荡，咖啡凉了不少。他小心啜吸，又用眼角余光瞥向屏幕。

本以为没什么事，突然眼皮一跳，右上角的那面显示器上，竟有一道细碎光芒一闪。那是一号摄像机发来的图像，六百毫米的远距离长焦镜头，能够捕捉到远处的任何动静，大伙都称它为“神镜”。

迪克意识到，刚才他瞥见的那道稍纵即逝、针尖大小的闪光，只可能是一架联邦的天鹰战机。阳光的照耀，会令它的双翼发射出亮光，在屏幕中显现成这样的光点。这就奇怪了啊，为什么事先没得到通知，有天鹰飞来呢？一般情况下，每次有篷车队派出空中巡逻机侦查时，他们总会事先通知监控站的，说天鹰有可能进入监控站周边的区域，通常就是以站点为中心，半径十英里的区域。这样的预先通知倒并不只是为了打个招呼、表示客气，而是一套周边空中联络程序。一旦有天鹰战机进行飞越巡逻，瞭望塔上的值班人员就必须严阵以待，做出相应的配合，监听对应的无线电频道，等待接收有可能的紧急呼叫，还必须时时监视领空，为天鹰的搜索任务，或者是救援行动，尽量提供帮助。

迪克确认了，刚才那点闪光并非自己的想象，神镜已将焦距锁定在一个小小的飞行着的物体上。虽说十分模糊，倒是微微发着蓝光，像是鬼火萤火虫。不管那是什么东西，它现在已进入了镜头最大摄距之内。

迪克赶快敲击键盘，将画面的分辨率调成最大，他还蛮有把握，以为只要一调高分辨率，扩大那模糊的小点，肯定能看到天鹰熟悉的形状。想不到的是，这结果令他大吃一惊。这是什么？屏幕上的那东西，像是天鹰，可是又根本不是啊！它根本没装下面有三只滚轮的飞行员驾驶舱，也没有装有整流罩的推进发动机，更糟糕的是，还没有充气式的三角形机翼。一般正常的机翼上，都标有彩色号码，一眼就能辨认出此战机属于哪一列机车。可是，现在的这战……不……这东西，也许可称之为飞行器，但绝非里根/拉伯克组装线上生产出来的标准产品。这显然是叛逃者自制的一架滑翔机。机身上是些乱七八糟的绳索和支撑杆构建、固定而成的一副单层机翼，飞行员更是离谱，他悬吊在机体下部，俯卧于操纵位上。他的身上拴着安全索具，双腿笔直地伸向后方，两手抓扶着前面的三角形支撑杆，狂风猎猎，扑面吹来，吹得他的身体似乎一颤一颤的。

迪克心中一惊，赶快按下更多按钮，让光学测距仪与神镜同步监测，并且记录下准确读数：距离——三英里，高度——一千二百英尺，估计时速——每小时十五英里至二十英里。他按下了键盘上的回车键，神镜的焦距牢牢咬住渐行渐近的飞行器，并将细部图像显示在屏幕中。只见滑翔机变得更加清晰了，飞行员的动作也更清楚了，他正通过左右摆动悬吊的身体来操控滑翔机的方向和高度，同时，还不时地前后推拉三角形的操控支撑杆。这会儿，滑翔机的距离还是太远，更加微小的细节实在无法分辨，但已经能看到飞行员戴着红白两色的头盔，还有深黑色的面罩。飞行器上下两侧，都没携带任何武器，但谁也说不准，这驾驶者的身上，会不会藏着什么危险武器。

迪克认出了，那种红白两色的头盔，是"路易斯安那贵妇号"篷车队的飞行员的标配。那列车队在春季时，曾驶往普韦布洛运送补给，想不到在怀俄明的一次重大行动中遭到了变种人的攻击，损坏得很严重。他还知道一点，那些叛变的寻道民，也戴着同样的头盔。他们是些偷偷摸摸的小老鼠，三五成群，偷鸡摸狗，在地表这里戳戳，那里嗅嗅，寻找一切丢弃的设备和给养。真是一群令人作呕的可怜虫！地表那无处不在的辐射，早就将他们变异成了一群废物，他们已经不能算作人类了。这些变节者,不但抛弃了自己的亲朋好友,抛弃了生死与共的战友,更违背了当年宣誓效忠联邦的誓言,背叛了第一家族永远信奉的真理。他们的这种行为,属于一级犯罪,是最大的重罪。当然,这些反社会的叛变者、毒瘤,一旦被俘,通常都是斩立决,根本不需要经过审判。

开拓兵通常称这些叛逃者为违法者,全称是“违犯法规者”,意指其任何行为都违犯法规的个人,法规则是指由第一家族制定并且编写进《联邦手册》的行为法则。

迪克想:“如果这家伙是一名叛逃者,他肯定疯了,要不,怎么会飞近一个监控站?这不找死吗?”不过既然已经是叛逃者了,本身就意味着早已疯狂。他的任务可不是要弄清那家伙为什么来到这儿,他需要做的是警告和监视。时间刚刚好,他忙按下数据盘仓盒的弹出按钮,取出数据盘,随即迅速将它塞回最底层的抽屉下面,又用食指使劲按下入侵报警的按钮。按钮顿时变成了红色,“哔哔哔哔”,五层楼下面的警卫室里,一只高音电子警报器疯了似的鸣叫起来。

这时,视像通信屏幕上便显出一个人的脑袋和双肩来。那是值班军官马特·哈默中尉,他冷酷地说道:“汇报情况。”他是个好斗的家伙,可惜长相没给他增强效果,主要是下巴天生不够长,没有一张显出英雄气的脸。于是为了弥补这缺陷,他拼命锻炼,增强了身体其他部位,但更加突出了他天性中不招人喜欢的那一面。由此可见,他就是个猥琐、卑鄙又威猛的杂种,就仅凭一只拳头,便能把钉子按进石头里。

迪克立即向他报告了情况:“有不明飞行物体正在接近站点。”他又赶快将神镜拍到的画面回放到警卫室的屏幕上，让哈默看完后拿出方案,决定下一步该怎么办。

哈默斜过脸,没再看迪克,而是仔细地看着旁边的屏幕,上面出现了那个飞行物。

“看来这家伙正朝着我们这儿飞来。”

“没错,从‘神镜’捕捉到他,他就没停下,一直在朝这边飞。”迪克回答。

“你觉得这家伙是从哪里的叛逃者那儿来的？”

“我看不出来,除了叛逃者,真不知道他还能从别的什么地方飞来,我也搞不明白,他为什么要飞来找我们。”

“嘿嘿,也说不定是迷路了。”值班军官哈默发出了刺耳的笑声,“没事的。等他一降落,就会发现自己离行刑队不远了。他预计何时抵达这儿？”

“嗯,我看看,如果他保持航向不变,那么,八到十分钟后就到我们头上了。”

哈默点点头,立即转过身子,向屏幕之外的某人说道:“杰克！发现敌人单兵入侵。还无法判断身份,但已经肯定,是个叛逃者,此时正从西北方向我们接近。他是飞过来的。好了,别瞎打听了,立正,给我好好听着！我要三组和四组现在赶快上坡道去,五分钟之内,必须整装完毕。三组守南侧,我带四组守北侧。明白吗？好,行动！”说完,他一转身,右手向前一按,冲视像通信屏幕旁边的一只控制面板按下一个按钮。四级警报启动了。这只比最低一级的待命高出一级。

迪克看了眼瞭望塔外的情形，他对面的一只高音喇叭忽然发出不绝于耳的警报声。他却没有什么动静，他只是当班的视像通信技师，本来就已经坐在自己的岗位上了，活就干到这一步，没必要再给自己增加额外的事。他的岗位并不需要他再采取任何措施，他反而有一种舒展的悠闲。

但瞭望塔内的其他地方，随着警报声的轰鸣回荡，一组组寻道民都即刻停下手头的工作，赶快顺着地下通道飞速跑动，奔向监控站外围，找到自己的岗位，比如枪炮射击的位置或者站内的其他关键位置。他们全都进入待命状态。

哈默抬眼朝迪克·海伍德的通信屏幕看了过去，问道："现在，还有其他情况要汇报吗？"

"我想，我觉得啊，把他打下来时，应该尽量留活口。活捉这家伙！"迪克想了想，建议道，"因为大中央站肯定想知道，这个家伙是疯了，头昏脑涨闯过来，还是那些杂碎已组建起了一支空军。这个情报可是极为重要，说不定就靠这个，上面能给我们监控站嘉奖呢。"

"嘿，不错，跟我想到一块儿去了。"哈默说道，"保持联络，用第五频道，另外，把画面传送给玛丽·安。等我松掉几颗大牙之后再联络吧，千万记住，别搞丢目标。"

"是，长官。"迪克答道。

"松掉几颗大牙"是开拓兵的行话，指的是"将执行地面出击任务"。那为什么会"松掉几颗大牙"呢？这里面就有个令人毛骨悚然的说法：地面到处是辐射，当一个人外出执行任务，就会患上辐射病，随着病情恶化，牙齿便开始松动，接着出现持续性的溃疡和出血。这句话既让人无奈，又带着苦笑的辛酸。

而“玛丽·安”则是战斗小队为玛丽·安德森上校起的绰号。她是个三十五岁的女人，是这个监控站的指挥官。

监控站位于大劫难之前普韦布洛的位置附近，是联邦最北端的地表基地，从这里能够俯瞰阿肯色河。安德森将这里指挥得井井有条。

这座建筑群的地下空间内，驻扎着由一千名英勇无畏的战士组成的先锋营。其男女兵的数目基本差不多，各占一半。整体看来，它就像一座混凝土聚起的冰山。从地面上看去，只能看到它外露的十分之一，剩下的部分，都埋在大地之下，受到绝对安全的保护。

暴露在外的部分是一座八面棱形堡垒，台阶顺级，由下而上，共分三层，上面的每一层都突出于下层之外，总体看来，好像一尊上下颠倒的巴比伦金字塔。武器射口以侧面斜出，发射火力，封锁进出塔楼的所有通道，在每个方向、每个层面上都能织起一道强大的火力网。

在棱形堡垒周边的地面上，每隔一百码，就布置着一圈环形炮塔，就像一道道小小的马其诺防线。它们可不简单，防线内的武器都能三百六十度全方位射击。它们的躯体埋在土里，炮塔露出地面，敌人打过来时能安然无恙，类似过去二十世纪的坦克。

“哔哔哔”的警报声一响起，炮塔中的四人射击小组便严阵以待，做好了开火准备。

棱形堡顶端的是圆形的瞭望塔，直径三十英尺，高八十英尺，整体看来，就像一座尚未竣工的灯塔，矗立在无边的红色草原中心的巨石上。瞭望塔的最高一层，便是迪克·海伍德的工作地点——战术指挥中心。

此时，安德森上校正快步赶去那里。

这瞭望塔的墙壁，厚达十英尺，衬着铅层，防护辐射，和别的地表建筑类似。而其地平面下的部位，因有泥土和岩床当作保护层，能够阻挡无处不在的致命辐射，故而墙体只有地面建筑的一半厚。

站点的地下建筑又分为五层，划出生活区、餐厅、发电站、空气过滤隔层、通风机房等等，以及其他必要的服务区和工程区。

这时，塔上那台小型电梯的滑门中分而开，玛丽·安德森上校从中走出，后面跟着一名下级副官和三个视像通信系统技师，显得严肃而干脆。

看到这情形，迪克·海伍德忙从座椅中站起，向控制台倾身，以便大家都能看到他挺得像标枪一样笔直的后背。

安德森冲他略一点头，表示满意，便向自己的高背椅走去。

迪克的替班者是格伦·惠勒，他正匆匆忙忙地与另外四名在战术指挥中心值班的寻道民跑上来，因穿着橡胶底皮靴，跑得“噔噔噔”响，一见上校，便赶快立正敬礼，又各就各位，准备行动。

安德森缓缓摘下高高的尖顶帽，放到一旁，轻拂一下短而卷的灰发，便开始仔细审视迪克传送过来的图像。她跟前的视频上，那不明物体仍然无知无觉，径直向瞭望塔飞过来。

她问道：“就是这个？”

“是，长官！”迪克正色答道，“这个目标，是在三英里外捕捉到的，而且，从那时开始，它的飞行高度就不断下降，正对着我们冲过来。”

安德森转问旁边的下级副官：“今天的执勤官是谁？哈默？”

“是的，长官！”副官回答，干脆利落，干劲十足。

安德森又问迪克：“发出警报后，采取了什么措施？”

迪克报告道：“哈默和负责警戒的指挥官作战中士杰克·诺兰，已经带着两个班去地面进行围捕了，可以通过第五频道与他们联络。”

一名正在操作北端摄像机的视像通信技师说道：“哈默已到达坡道。”

迪克传导到安德森的辅助屏幕上，一幅大型的横幅合成画面，可以同时看到两支作战小分队在棱形堡的南北两侧散开，犹如扇面，战士们端着气动步枪，手指紧扣扳机，严阵以待。

安德森戴上轻便小型耳机，将细长的麦克风扳到唇边，说道：“蓝队，我是阳光，你们的预战策是什么？完毕！”

“预战策”是行话简称，意指“预订战术反应对策”。在与敌人惊心动魄、战局变幻的对战中，开拓军的老兵通常将大中央制订的战术规划称作“某某计划”。

通话器中传来了哈默的声音：“我已经命令防御圈中的武器，都瞄准了这架飞行器。现在，目标已进入包围圈。只要那家伙稍有异动，我们就将他……”

“等等，马特！别冲动。”安德森温言道，“我们一定要活捉那家伙，我想把他送到大中央审问！”

“明白，长官，我也是这个意思。现下，我已经安排好四架空中弹射钩，等他降到一定高度，我们就会试着弹出钩索，在他飞过时缠住他的机翼，将他拉扯下来。但那家伙可能很狡猾，不一定就能成功。这是我们第一次对付空中入侵事件。”

“嗯！这么做还行。”安德森点头说，“看着点，给他点颜色瞧瞧就好，但别把他打个稀巴烂，知不知道？”

“收到，完毕。”哈默回答。

“你这个好斗的狗杂种，” 安德森心中暗骂一声，“总有一天我要把你的鸡巴蛋烤熟，然后切成一片一片塞进你自己的嘴里……”

哈默所说的空中弹射钩，是一种由挠钩和绳索组成，可以射至高二百五十英尺空中的武器。发射钩子的是一种由压缩空气驱动的弹射装置，其状类似小型步兵迫击炮。这东西本来是为了攀爬峭壁而设计的，只试射过几次，还从未真正投入使用。

哈默心中想的是，这恰好是它派上用场的时候了。只要这东西管用，一旦成功了，瞭望塔里那个灰头发冷脸的臭婊子就甭想再嚣张，跟自己过不去。这回，她再怎么说也得为他的精明强干记下一大功。

哈默在监控站棱形堡的东西两侧布置了两对空中弹射钩。那架蓝色的破烂飞行器自南往北，如保持航向不变，它便只能从棱形堡的东侧或西侧飞过，一旦到达埋伏区域，就可以把它打下来。两只弹射钩之间保持着二十英尺的距离，飞行器接近，便立即弹射。钩子将瞬间刺穿机翼，飞行器再继续飞行，绳索将猛地拉紧，挠钩咬死机翼，“咔嚓”一声，机翼折断，飞行器就此落地。

这时候的情况是，空中入侵者继续降低高度，且在距离防御圈五百英尺处不断绕着圈子。危机就在眼前，八座炮塔中的六管速射炮死死盯着他，但他似乎并不在意。过了一会儿，他突然俯冲而下，正对着瞭望塔的北面飞来。

飞行器距离蹲在地上的巡道兵更近了，飞得也更低了些，很好，它已进入了弹射钩的射程之内。

是个好机会!

哈默中尉现在已能清清楚楚地看到那名飞行员是什么模样。虽然他驾驶的可能只是一架土造的飞行器,但他的装束打扮,与那些执行地面出击任务的开拓兵基本一样。身上是标准的红、棕、黑色迷彩服,同哈默以及身旁的巡道兵没什么两样。那双翼湛蓝的飞机调过头来,向瞭望塔西侧飞去。

哈默再也抑制不住,内心狂喜:“傻瓜,来啊,来啊,你到这儿可算是来对了地方啦!”

两名巡道兵正在棱形堡的那一侧,做好了弹射钩索的准备。

哈默通过头盔里的无线电,向他们发出警报:“准备,他到你们上空了。”

两名士兵忙将装有挠钩的细长炮管,对准逐渐靠近的飞行器,当准星合二为一时,二人同时开火。带着倒钩的飞箭“嗖”的一声,对空激射而出,钩子后面拖着长长的、细软的绳索,在空气和拉伸中,发出尖厉的啸音。绳索盘就放在一旁盖子大敞的箱子里。随着钩子的飞高,绳索疾速展开,像两条捕猎的眼镜蛇。

入侵者显然发现自己遭到了攻击,立即做出闪避飞行的动作。

当两条毒蛇般的绳索形成两条平行线,扑至跟前时,他突然将右翼向上一摆,整个飞行器顿时倾斜侧飞,巧妙地从两条绳索间穿过,前面就是瞭望塔的塔身,眼看着就要撞上了,他却紧靠塔身,倾侧急转,轻巧而惊险地避开了。

哈默看得大吃一惊,立即对着嘴边的麦克风大吼起来:“布伦南!

鲍尔斯！做好准备！交叉射击！等他绕到你们那边时，给我把他打下来！”

但是，意想不到的是，这个入侵者再次避开了飞窜而过、交叉相错的钩索。

他在空中猛然减速，一侧的机翼向下一垂，立即调头。

两条绳索腾空而起，在空中交叉成X状，原以为怎么都能够射中，想不到飞行器竟灵巧规避，恰好紧贴着它们的交叉点，反而绕了过来。

他是在卖弄他的飞行技巧啊！

敌人的公然蔑视，令哈默勃然大怒，可他还是暗暗对这家伙的大胆和高超的飞行技巧生出敬意。这家伙飞得实在是太棒了，更何况飞机上连发动机都没有。

“好吧，你这个显摆的小杂种，”他勉强对自己小声骂骂咧咧，“到目前为止，你做得都还不错。但风力正在减弱，太阳就要落山。这意味着用不了多久，就没有任何东西能帮你飞上天。哼哼，朋友，趁现在还能玩一会儿，就好好享受吧。等你一落地，我就会在下面等着。我发誓，在押你去普韦布洛的路上，我会把你踢出屎来！”

入侵者绕过塔身，倾斜机翼，转了个小弯。他已下降到大约一百英尺的高度。

哈默看得更清楚了，那顶红白两色的飞行头盔下面，黑色面罩已经翻起，露出一张棕褐色的面孔，应该是被阳光晒成这样的，虽看不清其面目，却知那家伙的神情正在表明他是有意挑衅。那家伙朝下面一队队全副武装的士兵轻轻伸手，挥了挥，又从胸前的口袋里，掏出了一个什么东西,从右边扔了下来。

那是两个短短的黑色物体,绳索紧紧地绑在一起,其尾端拖着一条蓝色的彩带,在空中划出一道美丽的蓝色弧线,朝着地面直坠而下。

那架蓝翼的飞行器在头顶静静飞过。

哈默瞄准了它的方向,心里憋得好难受,强忍怒意,控制住自己的手指,没有扣动扳机。口中低声咒骂一句,然后不得不对着装在头盔内的无线电吼道:“大家别射击!禁止射击!”

入侵者从他们头顶经过后,重新绕着瞭望塔盘旋起来,一圈又一圈。在转的过程中,他不住地朝安装在屋顶的遥控摄像机转过脸去。

此时,战术指挥中心内,安德森上校看到了同样的一幕画面,中心的四壁安装着像窗子一样的大屏幕显示器,她见那个驾驶员在飞过时朝她挥了挥手,不禁心中一动,对着无线电麦克风问道:“阳光呼叫蓝队。他丢下的是什么东西?”

通话器中传来了哈默的声音:“诺兰正把那东西捡回来呢。”

一架小型的远距摄像机正将镜头对准诺兰。

迪克·海伍德忙将画面传送到安德森的控制台上。

诺兰的声音令人惊讶地传来:“是一块扁平的石头,一块木片,还有天鹰战机上的一块蓝色太阳能电池板,啊,等着,这,这,这里刻着的是——‘8902,斯·罗·布里克曼’——”画面上,诺兰将那块匆匆削成的木片翻过来,说道:“上面写着的是——不要射击。”

迪克对着安德森说:“咦,‘路易斯安那贵妇号’上,就有个飞行员,名叫布里克曼,我还同他打过几次交道。那是春季的事了,当时他们正往这儿给我们运给养。我之所以记得那么清楚，是因为他和我的护母一样，都是来自罗斯福站的，而且……”他一挥手，不想再多做解释，“我的意思是，如果这人就是布里克曼，那你知道的，他的亲戚，是新墨西哥州那位宪兵司令啊！”

安德森当然对联邦内部的社会关系足够了解。她很清楚，与一位州立宪兵司令的亲戚打交道时，如果判断错误，做出无法挽回的事情，那绝不是一件明智的事。想到这里，她忙对耳机上的麦克风说道：“阳光呼叫蓝队，马特，快告诉你的弟兄，收起家伙，用手势示意，让他降落，进站点里来。”

马特他们立即发出手势信号，闯入者似乎明白了，便从下身的安全带护具中抽出双腿，又灵巧地操纵着飞行器，自高空从哈默那帮人的脑袋上飞扑降落。一个急弯之后，他轻盈的双脚着地，正落在他们面前。

哈默通过头盔无线电命令：“两个小组都准备好武器，他来了。”

飞行员利用控制杆，停下飞行器，解开胸前系着的安全带。哈默立即冲了过去，他的脸上挡着有机玻璃的头盔护罩，那飞行员看不到他此时已面露凶光，又或者是根本不怕。看着哈默一步步上前走近，那家伙反而对他咧嘴一笑，伸出手来，道：“嗨，你还好吗？这里是普韦布洛吗？”

哈默停下脚步，距离那只伸出的手仅一步之遥。他心头火起，真想举起枪托，对着那张咧嘴而笑的脸砸下去。他强压住这股难以遏制的怒火和冲动，默默地、用力地点了点头。

飞行员显然很激动，他从那架蓝色机翼的滑翔机旁边跑了过来，朝着天空猛挥拳头，沙哑的嗓子里发出一声狂喜无限的声音：“咦——哈！我真的成功了！”他兴高采烈地跳了起来，双脚落地后，稳定住心神，才赶快问道：“那今天是几号啊？”

“星期四，十一月十四号。”哈默冷冷地回答。他努力控制着自己的情绪，心想：“臭小子，好好享受这一天吧，这可能是你最后一天的好日子。”

这时，诺兰中士走上前来，站到哈默旁边。他是个老开拓先锋，头发已经花白。“开拓先锋”是指那些刨开土层、为建立监控站进行最初挖掘工作的人。他今年已三十八岁，比中尉整整大了十岁。他将步枪挎到肩上，手里却仍不放松：右手紧握住手枪的枪柄和扳机，以防生变；左手则拿着飞行员扔下的那块木片，上面带着小石块做成的石坠，那条蓝色的飘带在飞扬。他目光一扫，上下打量着飞行员，这家伙的迷彩服上，补补丁丁，缝纫的针脚粗陋蹩脚，和他那机翼篷布上的手艺一样。他笑道：“这位朋友看上去挺开心的啊……”

“没错，”哈默再也忍不住了，咆哮道，“这家伙脑子肯定有毛病。”见手下士兵都围了过来，在这架飞行器周围戳戳摸摸，他对着头盔的无线电讲下令道：“好了，把这玩意儿抬回去。用运货滑道。”

士兵们纷纷上前，有的抓住飞机破烂不堪、覆着篷布的机翼，有的举着后面灰头土脸的机尾。

飞行员见状，忙叫道：“喂，伙计们，小心一点，这东西可贵重了，没准白宫将来要把它摆进大中央的博物馆呢。”

哈默紧紧握住手中的步枪，手指嘎嘎作响，劲力强大，几乎扭歪枪管。他真希望自己没接到玛丽·安的禁止令，要他别冒犯这家伙。

“真他娘的。”他低声对诺兰说道，“真是个自以为是、不要脸的白痴。”

“那股得意劲还没过去呢！”诺兰笑着说。他通过头盔下部对外扬声器上的那片小格栅，对飞行员严肃地说道：“好了，先生，看来我们碰到麻烦了，现在无法识别你的身份。你的头盔上写着的是‘法兹蒂’，但这块木片上写的又是‘布里克曼’。那么，你到底是哪一位？”

飞行员立马摘下头上红白两色的头盔，露出一张年轻的棕色脸孔，他利索地顿足立正，正色说道：“长官，我是8902号布里克曼，四月二十日开始，我在‘路易斯安那贵妇号’上担任飞行员职务，六月十二日在夏延东北方执行任务时，被敌人击落。现在回来报到，请求重新分配任务！”没了头盔的束缚，他那头金色的鬈发垂散开来，流淌在脖子和肩头两侧。

哈默中尉盯着他头上的辫子，那是七条细辫，用蓝色丝带扎着，三条搭在左耳，另外四条搭在右耳。他满腹狐疑，赶快瞧了诺兰一眼，与他交换了一个眼色。自从三岁时，他第一次穿上军服开始，就从未见过如此怪异的打扮，于是口里啐骂道：“啊，真是要命！瞧他那恶心的头发！这副打扮就像个该死的变种人。”

诺兰一声不响，默默将带着石坠的木片递给哈默，又从肩头摘下步枪，指着布里克曼的胸口，缓缓说道：“好了，先生，现在，请把你绑在腿边的刀子解下来，扔在地上。”

布里克曼心里有些不快，也只能单膝跪地，一圈圈解开缠于右腿的带子。

哈默又看了一眼刻在木片上的字迹，把它轻轻抛给旁边一名士兵，说道：“科特切夫！现在马上把这个送给上校。”

那士兵伸手稳稳接住,应了一声,立即转身向棱形堡奔去。

布里克曼解开了脚上的带子，将带鞘的刀子丢在地上，站起身来。那刀一直滚到诺兰脚边。

哈默冷眼看着布里克曼,诺兰则拿起刀子,查看刀柄上所刻的名字,轻轻念道:“内勒的刀,法兹蒂的头盔。嘿嘿,你在路上还弄到些别的什么东西了？”

“没了。”布里克曼回答。

诺兰点点头,将刀子插进自己裤子侧面的口袋中,然后,将枪管朝布里克曼一点,道:“好,现在,请你把双手放到脖子后面,十指交叉。”

布里克曼无奈地抬起胳膊,将手举过肩头,动作有些迟疑,问道:“喂,难道你不想知道在我身上出了什么事情吗？”

诺兰中士冷酷地一挺枪管,道:“闭嘴,照我说的做,先生。”

每个普韦布洛的人都很清楚对待叛逃者应有的程序，押解员绝不允许和这些违犯军规的家伙交谈。而且,一旦违法者身份被确认的话,士兵们就只能用清晰而简洁的命令对他训话,将其抓获后,要给他搜身,戴上手铐,系上锁链,套上头套,单独监管起来。他然后被带到押解小组的高级军官那里去。如果违法者不遵守暂时禁言令,就将被强制执行,也就是给他嘴里塞上东西。如果这个家伙不肯就范,还想反抗,士兵就会对他进行“肉体训诫”。若是更进一步,他胆敢使用暴力,妄图逃脱拘禁,那后果就是“当场执行”,“啪”的挨上一枪,他就老实了,成为大中央权威广告的又一个范例。

布里克曼当然只能抬高双手，慢慢抱头，口中说着：“嗨，伙计们，听清楚了，你们可得搞清楚啊。我绝不是反……”说到这里，他突然停住，想往旁边一闪。

只因哈默已经板着老脸，直冲上来，他挥起了步枪，用那坚硬的橡胶枪托，击向布里克曼的右臂。

布里克曼避无可避，正中肩膀下的肌肉，这里是神经丛之处，那一重击让人浑身麻痹，几欲昏厥。

哈默小心地掌握着重击火候，既给人造成最大的疼痛，又不会打裂他的骨头。接着，哈默再掉转枪管，用力砸向布里克曼左侧脖颈和肩膀相接的部位，这又是一处神经丛。

布里克曼虽然强壮，但在这重击之下，仍疼得弯下腰来，涕泪欲流。

哈默再次舞动枪托，向他腰部猛砸下来，同时抬起脚跟，重重踹在其小腿右侧的肌腱上。

“行了，行了！别冲动，中尉。”诺兰赶忙低声劝阻道，“上校还要提审这家伙呢！弄伤了不好！”

布里克曼感到浑身疼痛，他紧抱右臂，缓缓跪倒在地，嘴巴大张，喘着粗气。一阵阵的剧痛传来，他的脸都开始变形扭曲，四肢无力，难以站起。

诺兰不得不上前去，扶他一把，令他能够慢慢站立。

布里克曼咬牙切齿，狠狠地看着哈默，目光里透着绿色的怒火。很多人在这么残忍的殴打下，一定会忍不住大声惨叫，但他此时却意志强劲，一声不吭。

哈默反倒有种自己被打的感觉，心中奎怒，又是上前一步，一脚蹬出，直踹在他的肚子上。

布里克曼被踢得侧过身去，再也难以支撑，仰面朝天，翻倒在地，喉咙里始终不吭一声。

哈默发了疯似的扑上去，叉开双腿，跨骑在他身上，用枪托戳住他的喉咙，将他的脑袋往下压，顶在地上，恶声地说道："好了，小子，你得给我搞清楚一些事情。第一，在这里，普韦布洛，没有哪个下级可以用'嗨，伙计们'这样的方式对军官和高级军士们讲话。第二，像你这样从那所自以为是的军校毕业的蠢货，只会在天上玩些杂耍，狂妄自大，一心只想让我的弟兄们出丑。知道吗？我很不爽。还有，第三，"哈默手上用力，枪托朝布里克曼的喉咙顶得更厉害了，"老子最讨厌那些在头发上系丝带的家伙。现在，你脑子里应该明白了吧？"

"明白，长官，"布里克曼用沙哑的嗓子低声回答。他此时躺在地上，身体绷紧，却没反抗，只尽力忍受着咽喉的痛楚，两眼射出冷光，死死地盯着哈默。

哈默能看得出那种眼光代表的意思。他自己也在镜子里见过很多次，只有永不低头的死硬派，才会流露出这样不屈的眼神。他冷哼一声，抬手先将枪托挪开，又很希望布里克曼能再说点什么，什么都行，最好是有点挑衅，这样他好有借口动手，他很想继续在那张漂亮而稚气未泯的脸上打出几道伤痕。

耳边响起了玛丽·安德森冰冷的声音："阳光呼叫蓝队。好了，马特，你说得足够明白了。让他站起来吧，带他进来，记住，走下坡道时，别让他摔了跟头。"

哈默只能照做。

玛丽·安德森的地下办公室简单而干净，只有几件很少的家具，房间位于被称为“中央总部”的区域。玛丽·安德森少校终于亲眼见到了这位来自高空的闯入者。

她坐在办公桌后，身旁站着营里的两位高级军官——罗斯科少校和希勒少校。她跟前的桌上，摆着那只写有布里克曼名字的木片，下面挂着石块和蓝色飘带。旁边，平放着诺兰收缴的刀子，那是部队配发的标准格斗匕首，一边锐利，一边有锯齿。她的目光正在打量桌面上的第三样东西，那顶飞行员的头盔，整体为红色，两侧各有一条白色闪电条纹。头盔前端，那块古铜色有机玻璃面罩的上方，写着“法兹蒂”的字样，名字上是联邦的红、白、蓝星和条状徽章。除此之外，桌子中间什么都没有，没有吸墨纸、便笺簿和文件盒等办公用品。因为，寻道民们从来不在纸上写东西，他们只用键盘打字，在电子屏上阅读。

安德森的个人专用显示器和键盘安放在桌子左手边的角落上，它是这里最最重要的物品，绝对不能出问题，因为，它与普韦布洛监控站内的其他部门，还有大中央站保持着直接连线，它就是所有命令的中转站。

此刻，安德森按下一个按钮，接通外间的办公室，她下令，把高空闯入者带进来。

房间的门开启了。

哈默中尉和诺兰中士走进房间，先是按照惯例敬礼，然后分立在门口两边。

后面，布里克曼终于出现在眼前，他身旁紧挨着两名寻道兵。他的腕上戴着手铐，手铐上有条锁链，往下连接到卡双脚踝关节位置的钢质脚镣上。锁链的长度足能够让一名囚犯在站立时平抬前臂，与地面平行，又让他在坐下时，能吃东西和擦屁股。脚镣之间也连着锁链，让他只能行走，不能跑动。除此之外，他的脑袋上还套着一只黑色的头套，用根拉绳系在颈上。

诺兰大声吼道："违法者和押送队！立定！"洪亮的声音在房间内回荡。

"砰"的一声，众人的脚跟同时一跺。

诺兰又吼："押送队，解——散！"

安德森点点头，两名士兵敬礼，向后转，齐步走，退出房间。

诺兰后退一步，取下犯人的头套，再退后一步，双脚一碰，肃穆立正。

"很好，大家，稍息，"安德森说道，"还有你，布里克曼。"

布里克曼的眼睛从黑暗中碰触到了光明，有点不太适应，他在明亮的光线下快速地眨眨眼，深深吸了一口气。

安德森审视着眼前的年轻人。和哈默一样，其他倒是没什么，可是一看到那头长发和系着丝带的七条辫子时，她心里就感到很不舒服。在联邦中，头发必须修剪，不能肆意生长，要和海军陆战队新兵训练营一致，只准留平头和短发。在他们眼中，只有两种人才留那种怪异的长发——变种人和叛逃者。但这倒也不是什么大问题，基地的理发师几分钟内就可以帮他解决。

安德森在心中似乎给年轻人理短了头发，欣赏地打量着他：端正的棕色面庞，强壮又尖削的下巴，清澈的蓝色眼瞳，宽阔而平直的肩膀，还有窄窄而发达的臀部。嗯！这正是她喜欢的那种男人，她希望能在工作之余，在为数不多的休息时间里，同这样的男人搞一下。但是，眼前这个家伙绝对不能碰。不过这也没什么，这样的男人在普韦布洛还有不少，那些强壮的小伙子，身体动力好，举止又文雅，还善解人意，照样知道如何讨上级女官的欢心，知道如何令她愉悦，产生快感。虽然并不是所有人都有他那么英俊，但在昏暗的灯光下，也算很不错。这是她最喜欢的享受之一。

安德森收摄心神，摸了摸那块木片，上面有布里克曼刻下的名字。她抬眼望去，并向视频监视器点点头，说道："小子，我们已经同贵妇号联络过了。他们确实确认了，有个 8902 号叫斯·罗·布里克曼的飞行员，确实在你所说的那一天，在尼克松/沃思堡任职。根据记录，该名飞行员确实于六月十二日那天，在夏延东北方向，同平原变种人交战后，飞行器被迫在敌占区降落。同一天，内勒和法兹蒂，也在同一地区，在敌占区降落，这些都是有记录的。"

"在敌占区降落"也是寻道民的行话，意思是，在变种人控制的地区上空，执行战斗任务时坠毁。其后果自然可想而知，无须解释，大家都明白。

安德森对着自己的键盘，输入一组三位数字。

显示器上，立即出现了迪克·海伍德的面孔。

安德森道："迪克，联系上大中央了吗？"

"还没，长官。出了点小麻烦，我不得不通过罗斯福/圣达菲站来中转信号，再传送。"

“好吧，收到声音和掌纹识别数据后，马上发过来。”安德森说，然后关掉屏幕，抬眼看着布里克曼，温言说道：“在这段时间里，我们可以先假定你就是自己所说的那个人。”

她的目光一闪，隔着年轻人望向哈默中尉，道：“搜身时还找到了别的东西吗？”

“没有，长官。所有东西都已在桌上了。”

安德森又看向布里克曼，与他四目相对。她注意到对方精明而睿智，竟用凌厉的眼神直视自己，毫无畏惧，直率而坦然。

她问道：“身份证也没了？”

“是的，长官。”布里克曼摊开手掌，做了个无可奈何之状，但由于锁链禁锢，双臂只能伸到一定程度，“我所有的东西都弄丢了，只剩下这身衣服。”

安德森回头扫了一眼显示器，上面显示出篷车队提供的详细资料。

“你是在六月十二日被击落的，”她沉思着，看着布里克曼，问道，“而现在是十一月十四日，那过去的这五个月，你在哪？都干了些什么？”

终于来临了。布里克曼心中一凉，沉了下去。这可是他一直以来都提心吊胆的问题。在飞回南方的途中，当他错藏在高地洞穴内，等着狂风暴雨过去、顺风降临时，一想起此事，就总是惴惴不安。其实，为了这一刻，他脑海里早就琢磨过不知多少次了：该怎么回答，说些什么。之所以这样，只因他知道，自己的答案将引出更多的问题。那些问题将会越来越危险，越来越严重，一个回答不好，他就有可能会被判死罪。他当然不能说出全部事实，因为很多当权者听了，一定会认为这供述不仅绝无可能，心理上更无法接受。虽然，他经历的那些事、那些人，他所看、所知道事实，都是确实的存在，但这与联邦灌输给他的行为和思维方式，完全背道而驰。他的发现，对于公认的第一家族的智慧，是一种权威上的挑战。

安德森见他发愣，眉头一皱，问道："干吗？你没听到我在问你吗？"

"嗯，听到了，长官。"布里克曼深吸一口气，开始用语言踏进生死未知的漩涡，他说，"当时，穆卡尔部落的平原变种人俘虏了我。"

安德森上校心中一惊，和两位营级军官迅速交换了一下眼色，随即向同样惊愕的哈默中尉和诺兰中士下令道："马特，杰克……"

哈默和诺兰迅疾挺身，立正。

"你们没有听到这家伙的回答。明白吗？"

"是！长官！"二人异口同声地回答。

"行了，去外面等着。有事我会叫你们的。"

哈默和诺兰连忙敬礼，然后退出了房间。哈默在关门时，虽然没敢用力砸，门还是轻响了一声，烦躁的劲力十足，显出心中的恼火：刚听出点眉目，正感兴趣之时，却被赶了出来，这算什么事嘛！

当然，安德森这样做有她自己的理由。如果布里克曼说的是真话，那知道此事的人自然是越少越好。她轻轻伸出两根指头，拂过蓝色太阳能电池板上系着的飘带，令它平展于桌面，就像一条蓝色的小河。

她突然抬眼，利刃般的目光射向布里克曼。

"变种人手下，从不留活口。"

"我偏偏是那个例外。"布里克曼淡然回答。

安德森瞥了一眼希勒少校，道："杰芮，给他拿把椅子。嗯，你们俩也坐下。哦，还有这个——"说到这儿，她将桌子上的头盔递给罗斯科少校,“嘿,把这破玩意儿放一边去。”

罗斯科忙收了头盔,清理干净安德森的桌面,将乱七八糟的东西都放到一个架子上。

安德森感觉清爽了不少,她直盯着布里克曼,道:“小子,你有没有注意到我身后墙上挂着的两个镜框?那就是我们的集体嘉奖令。我们这支部队之所以能够获得这样的荣誉,是因为我们完全照章办事,规规矩矩。所以,你应该明白,在你讲述的故事还没有被证实之前,你的身份只能是一名叛逃者。这意味着,你将作为一名叛逃者嫌疑犯被囚禁起来,根据《联邦手册》的规定,你将一直戴着镣铐和锁链,进行单独监禁,而且,你若想离开单人牢房,就必须套上头套。当然,我不会允许任何毫无理由的虐囚事件发生。但是你得给我明白,我和我的同僚都不喜欢违法者,不是不喜欢,而是很讨厌,如果你小子没事找事,那你就死定了——不管是在这儿,还是在大中央。要是你敢在这里滋事,我会亲自下令,对你执行枪决,杀无赦!听明白了没有?”

“很明白,长官。”

“行了。现在,坐下吧。”安德森的脸色稍微和缓了些,“看来你的旅途很不轻松。”

“不过很值得,长官。”布里克曼坐下来,昂头挺胸,背颈笔直,如同飞行学院入伍仪式上的新兵。

“有趣,有趣。”安德森暗想。这是受过训练的正常反应,不错,是用态度表达出对上级应有的尊重,但掩盖不了脸上明显缺乏的敬畏感。举止之间,反倒是有种胜利者的姿态,这是怎么回事?还不止如此,更让人感到某种说不清的感觉,如果非要让安德森来形容的话,她会说布里克曼整个人焕发出一种微妙的气质，那是一种天生的优越感，一种自傲的神气，他的身上，隐含着某种强大无比的力量。这种力量甚至表明，此人将来能达到权力的巅峰。

她的心微微一动，忽然眼前显示器开始闪烁，迪克·海伍德出现在屏幕上。

“经过联系，大中央刚刚发来了名为布里克曼的飞行员身份资料，我已传至转换器上。现在随时可以进行声音和掌纹匹配核查。”他说。

安德森点点头，按下按钮，将自己的画面切换到迪克的屏幕上，说：“很好，到时候我会呼你的。”

“还有件事，长官。他的记录资料中，含有一条九级登录信息。”

安德森一愣，一下子屏住呼吸，说道：“好，快转过来。”

在哥伦布电脑控制下的视频网络中，所有信息都会根据其机密性分成了不同的级别，通过每个寻道民持有的代表身份的磁性密码感测卡，来控制访问这些信息的级别。每个人，如果获得一次晋升，或者被授予额外的特权，或者承担额外的职责时，他的卡上级别会相应地提升，他能够查看到更多的机密资料。

安德森，身为指挥一座重要监控站的上校，她拥有的是九级信息的访问权限。

迪克便将自己的脑袋从屏幕上隐去，将布里克曼的一组档案文件传到显示器上。这些资料是通过罗斯福/圣达菲站转来的，发送者自然是哥伦布，那台无所不知、无所不晓的超级巨型电脑。它是联邦的大脑，是联邦的中枢神经系统。它，永远无可置疑，永远不会出错。

安德森从显示器的机壳上拉出一个类似盒子的外罩，用它挡住坐在办公桌两侧的两位营级军官的视线，将显示器罩得严严实实，只有自己能够看到。她然后取出自己的身份卡，塞进读卡器的插槽，轻声对着机器说道："5824，安德森，请输出。"

短暂的停顿。

网络应该正在对她的声音与存档中的进行匹配核对。

几秒钟后，一条新的简讯概要出现在屏幕上。

这条概要包括两个字母和一组四位序列号，最后，又是两个字母：ST-3552-RX。

看上去很简短，但其实含义重大。ST 的含意是"特别处理"，RX 的含意是"请示最高部门"。而那组数字标明的是布里克曼在 ST 名单中的位置。

接着，安德森按下退卡按钮，ST 代码便从屏幕上消失了。她将身份卡放回保护夹中，将盒式外罩推了回去。显示器又暴露无遗。

真是侥幸啊，多亏好心的老迪克提醒了她一下，那条九级登录信 RX 级意味着，对于这个小子，可不能轻举妄动，在请示位于休斯敦大中央的白宫之前，任何人都不得擅自处置。

看起来，第一家族对这个名叫史蒂夫·罗斯福·布里克曼的人自有一番安排。

第二章

哥伦布的程序设计极其强大，只要一旦有人对带有 RX 标签的个人记录进行查询,它就会立即发现,并向白宫发出警报。在向普韦布洛发送数据的同时,它已经同时将情况报告给中央记录控制所。这个单位由第一家族成员直接监控,它占地二十层楼,每层的面积都足有一个足球场那么大,装备着一排排监视器和无数键盘,二十四小时都有人员值守。

这回,在专门负责特别处理名单的部门,一位操作员的屏幕上不断地闪烁出一个提示,上面有一条请求,要对限制级记录进行查阅。

白宫很快回复,他们对 8902 号斯·罗·布里克曼仍保持着强烈的兴趣。于是,白宫便向安德森上校发送了布里克曼的声频辨识数据,还有一段特别视频路线,上面标明了“仅供你本人浏览”,任何人绝对不能对布里克曼进行审讯。另外,布里克曼原部队的任何人都不准同他接近,也不能得知他的存在。除了最简短的命令和指示之外,任何人都不得与他交谈。一旦确定了身份,马上交由监控站的医生进行检查,并上报他的健康状况。还有,对他必须实施单独囚禁,直到有关当局安排好一切,再将他进行转移。在这之前,他将一直被视为叛逃嫌疑人进行关押,但是,有两点必须做到:一是不能虐待,二是不能施行

“肉体训诫”。

总而言之，用人劫难之前的一句古话讲，布里克曼无疑就是块烫手的山芋。山芋是什么？是一种蔬菜，长在土地上，但将近一千年来，联邦中已没人尝过它的味道。

安德森当然不是一个新手，不会因为某些困难的事就犯头痛。但她这回知道，在布里克曼经她之手安全转移之前，她决不会有一天安稳的日子过。有一点，她做得很对：布里克曼刚提到被变种人俘虏，她就把哈默和诺兰给撵出去了。这种消息，越少人知道越好，如果走漏风声，将会对作战部队的士气造成极为不利的影响。她自然知道，这种事，大中央当然想一手遮天，最自然不过了。

但是，该死的是，她本是一座前沿监控站的指挥官哪！她理应有资格得知事情的真相！

安德森在自己的私人住室中，心绪烦躁，她来回地踱来踱去，心中十分失落，努力控制情绪，不要爆发。她现在明白了那个该死的哈默刚才为何摔门出去，这种被人蒙蔽的感觉确实十分不爽。

她终于忍不住了，转过身子，挥起双拳，重重地砸在长条桌上，她偶尔和军官们一起在这桌上用餐。发泄一下后，她心情好了不少，至少表面看起来，她又恢复了冷静。“别急，还有时间。”她对自己说。这件事，经过大中央核查之后，战地情报部会给所有当事人传发一份报告。布里克曼声称，他在逃脱之前，一直被囚禁在变种人部落，将近五个月的时间。即使事实就是这样，也不会对今后的任何事情造成任何改变，生活还将继续。这件事情既不会让变种人在夏季停止袭击普韦布洛附近的工作队,也不会让寻道民停止猎杀变种人。好嘛,布里克曼这小子还算有些本事，居然用零七碎八的飞行配件组装起一架简易的飞行器。这件事情做得的确很不一般。

“但是,”安德森想,“如果我猜得不错的话,布里克曼是在变种人的鼻子底下拼凑起那架飞行器的，这说明这些人简直比他们的南方同胞还要脑残。”那些零零散散的南方变种人已被搜捕到一起,收容到一个个劳改营里。这只是对付地面野蛮人绥靖计划中的倒数第二个阶段,最后的阶段,则是把他们全部消灭光光,以后世界就干净了,再也没有什么毒化空气的变种人了。

对《第四启示录》中的词句,安德森能倒背如流。那是一盘能够鼓舞士气的官方数据盘，每当思想感到困惑之时，她总能从中得到安慰。在那些迷茫的时刻,在晨曦微露中,她一个人孤零零躺在自己的铺位上,开始感到莫名的困惑。千般疑问、万般异想纷至沓来。她猛然摇头,从头脑中抹去杂念,又转过身子,看着挂在桌子对面那扇墙壁上的总统司令巨幅肖像。

总统司令的预言立即在脑海中回荡起来：是的！那一天终将到来！那时候,各个监控站的棱形堡不用再日夜站岗,监视外界,而联邦中躲藏在地下的人们,将从掩体基地中拥上来,重新获得他们与生俱来的权利,夺回那个被变种人偷走的蓝天世界。

这是第一家族许下的诺言,他们是美铁联邦的缔造者!

一代代的寻道民坚持不懈地寻找、追击,付出一生的劳动、血汗,甚至于生命,就是为了让这个诺言变成现实。为了这个目标,无数的战士献出了自己年轻而宝贵的生命。当然,他们的努力并没有白费,鼓舞着他们勇往直前、慷慨赴死的希望和梦想，即将变成现实。

到了安德森这一代人的重孙辈们，他们将生活在广袤的蓝色天空之下，他们将抬头看到太阳升起，也会看到月亮阴晴圆缺。他们会享受到蒙蒙雨滴打在脸上的感觉，而不会像现在这样，只能透过面罩看到外面的日月星辰，只能听到“嘭嘭嘭”雨打头盔的声音。到那时，他们会让大地变得干干净净，清清爽爽，将最后一个变种人从地表清除掉，最终，建立起一个新的充满希望的美利坚。

这不只是空中楼阁般的幻想，它终将变成现实。只不过，寻道民们长期在地下洞穴内生活，对辽阔的、开放的空间会有习惯性的恐惧，只有克服了这种恐惧，才能实现那个伟大的梦想。当然，这一点不用太担心，第一家族正在努力想办法。想想当初最困难的时代，国父乔治·华盛顿·杰斐逊一世，凭借身边集合的四百名忠诚而英勇的勇士，跟他们一同坚持奋战，终于熬过了那个大劫难之后漫长的暗夜时代。他们花了几百年时间，才恢复了创伤。从那时到现在，美铁联邦已经为了实现全人类的目标，而一步步成长壮大起来了。

最初之时，联邦其实只不过是几个分散四处的地洞，位于过去被称为美利坚合众国的国家的南部。那个国家当时已是一片废墟，一无所有，其罪魁祸首正是四处游荡、势不可当的变种人，他们丑陋而畸形，痴呆而古怪，最喜欢的就是破坏和劫掠。他们利用自己的优势，释放出有毒的放射性云雾，杀死了几百万善良的“老伙计”——寻道民用这个亲切的词来称呼自己的老祖先。自此之后，变种人淫威大发，人类难以抵挡。剩下的幸存者们，不得不在地下的庇护所中藏身，开始在地底深处休养生息。

休斯敦城已化为了齑粉，但是在它的下面，他们建造了一座地下基地，将超级电脑哥伦布隐藏起来，为它供电，令它能正常运转。第一位总统司令乔治·华盛顿·杰斐逊一世将这里命名为大中央，自此之后，它就成为第一家族的永久驻地。

而大劫难之前的各个州郡早已不复存在，它们的法律、社会和经济实体都只存在于传说之中，但它们的地域和名称仍被保留沿用下来。联邦的中心——得克萨斯，被称作“内州”。时光流逝，地下帝国不断扩展，越来越庞大。俄克拉荷马、阿肯色、新墨西哥、路易斯安那、密西西比和亚利桑那的地下，都建立起了一座座基地。这些州被称作“外州”。而堪萨斯和科罗拉多是最后两个被添加进入联邦版图的州，因此，被称为“新疆域”。它们正式加入联邦的时间分别是二八八六年和二九五四年。二九五四年，正是安德森出生之年。新疆域这个称谓有些含糊其词，因为这样的地区其实并没完全处于联邦控制之下。在堪萨斯的威奇托城地下，有一座寻道民的小型基地，经过一步步的发展，它已经成为能够容纳整整一个师团的驻军的大基地。但在科罗拉多，则只有普韦布洛这一座监控站，由安德森率领的先锋营驻守。联邦本来应该收复科罗拉多全境，但实际上，只有这个州南部地区的普韦布洛是属于联邦的，是其边境的标志。这里是联邦地上领地的最北端，在它之外便是敌人的领土，是变种人的国家，按照他们的说法，是平原人的领地。

最大的问题是，变种人并不承认有什么边境线。他们真是一个公认的劣等人种，既阴险狡诈、没脸没皮，又坚韧不拔、骁勇善战。他们有一种难以动摇的信念，认为地面上的世界本来就属于他们。所以他们源源不断地卷土重来，白白断送自己的性命。

安德森猜想，这种自杀式的攻击行为应当是他们从祖先那里遗传时，就带着的大脑缺陷。他们过于愚蠢了，从来不知道什么叫吸取教训，存贮经验。“但还没有笨到什么都不会，”她想，“变种人的缺陷很多，很多，能够拉出长长的清单，没有记忆力只是其中之一。”

从在初级军官学校受训以来，安德森一直受到的就是这样的教育，明白诸多变种人的危害和缺陷。但是，意想不到的事情是，那些杂种有时候常常会冒出些鬼办法。他们居然有本事从外州所谓的“绥靖地区”渗透进来，偷袭地面上的工作队、运送补给的篷车队和加工厂、制造厂的岗哨。寻道民们防不胜防，只能在战略要地上建立起一座座监控站，构成防护网络，以阻挡他们的偷袭和进攻。

最可怕的是，自大劫难之后几个世纪对变种人的观察和研究来看，他们早已对地面无处不在的放射性完全免疫了，而且，放射性好像让他们更具生命力和活力。开拓兵对这些该死的杂种进行过无数次远征讨伐，尽管每年申报的杀敌数字都在不断增长，可变种人仍然没有灭绝，不但如此，他们还越来越人丁兴旺。平均算来，他们的寿命更是寻道民的两倍，而且据说他们的人数远远多于寻道民，比例是五十比一！二九八五年进行的人口普查显示，寻道民的人口数量将近四十五万人，这就意味着，如果这次战地情报部调查的情况是真实的，那么地表上变种人的数量达到了惊人的两千二百万人！

但安德森不太相信这一点。虽然地面有很多方面很吸引人，她也颇为心动，但总的来说，地面广阔而凶险，危机四伏。这些年她去过许多战场，每次看到的变种人都不多，从未超过五六百人。她的一个部下，还为地面世界取了一个戏谑的好名字——“大空地”。那个地方真的是空空如也！这是地面留给她的最主要、最强烈的印象。那片阒然无声的世界，却暗流涌动，四面危机，稍有不慎，便会落入死亡的圈套。那是一片沉睡不醒的土地，耐心地等待了几个世纪，等待着回到真正的主人脚下。如果那里真有两千二百万变种人存在，那么只要你一出来，走不了几步，就会绊倒在他们身上。

大中央一如既往地相信调查，并不像安德森这样产生过疑问。变种敌人的规模如此庞大，占据了我方的生存空间，于是，毫无疑问，联邦地面部队的首要任务就是控制变种人的人口，继续施行在二四六五年“大开闸”之后开始实施的绥靖计划。包括普韦布洛在内的各个监控站，派出先锋战斗队员，还有那些机动作战的各组篷车队——比如布里克曼服役的那组篷车队，都必须承担起在这一计划中的任务。用大中央的话来说，就是“火力扫荡”。他们将搜寻并摧毁任何可能为变种人提供食物和隐蔽的资源。每一片田地，每一只在步枪射程之内的动物，都必须消灭，而变种人本身，更是目标清单上的第一项目。要么清除；要么在条件允许的情况下，将年轻的男女俘虏驱赶到一起，送进地面劳动营，让他们在那儿干活，补充劳力。而老人和幼童，这些只会消耗资源的，将被统统消灭。

安德森一路打拼，成绩优异，连连升级，才有了如今的位置。她知道，这是件可怕的脏活。但做这种事又是必需的，每个人都清楚这一点，他们长大成人的目的，就是为了做这种事，这是他们生存的意义。联邦管辖的范围内，你只能服从命令，而且，绝不能询问原因。安德森本人，便是联邦的标准产儿，是优秀的战士，是坚定的指挥官，可是同时，她也是个人，是个会思考的人，她有时也会问自己一些很难回答的问题。一旦找不到答案，她就千方百计地想把这些问题从头脑中赶走，但它们仍会找到回来的路，永不停息地骚扰她，逼迫她，像水滴石穿一般，一点一滴地侵蚀她钢铁般坚强的意志。

开始时还能对抗，但压力积聚得越来越多，越来越重，就变得难以承受。在那种异常艰难的时刻，就连听总统司令吟诵《第四启示录》的甜美之音，也无法驱逐她心中烦躁的困惑。好在安德森还有另外一种好方法，是一个绝密的排泄负面情绪的出口。

就在乔治·华盛顿·杰斐逊三十一世的巨幅肖像后面，有一袋彩虹草，悄悄地用胶带贴在上面。那是从一名叛逃者身上搜到的违禁品，而叛逃者早已被枪决。这个愚蠢的家伙通过一列提供补给的篷车队，把彩虹草偷偷夹带其中，想带到监控站内，不料却被发现了。接下来，从官方角度讲，物证应当在审讯之后被完全销毁，但如果监控站的指挥官们很精明的话，他们时常能在这类事情上玩些小花招。安德森，自然就是这种人。尽管从表面上看，她古板老旧，墨守成规，行为举止过于公式化，但正是这一点迷惑了大多数人，如果有机会做点什么小手脚，她是决不会放过的。在联邦的地下基地中，当然很难，不能行差踏错一步，处处有人监视，就连上校们都要时刻提防，每个人都不得不小心翼翼。但在前线，尺度可以放宽一点，稍稍违反一点纪律没什么。许多纪律主要是靠人在约束，可以灵活掌握，就像安德森私下里偶尔讲过的那样，若是连点这样的小特权都没有，她拼死拼活地努力作战，当上这个上校还有什么乐趣呢？

这个秘密，只有安德森最亲密的同事——杰芮·希勒少校，同时也是普韦布洛仅有的另一个女人知道。这近一年来的时间里，安德森时常同希勒分享这种违禁烟草。这种行为属于一级犯罪，但安德森对这位蓝眼睛的分享者相当了解，知道她绝非卑鄙的告密者。

变种人一般是用烟斗吸食彩虹草。安德森没有烟斗，和其他偷偷享受这种烟草的寻道民一样，只能用一种晒干的树叶将烟草卷起来抽食。安德森在相框背后的小缝和死角位置存一些树叶，这些都是藏违禁品的理想地方。总统司令的全息肖像是联邦所有的生活和工作场所中的悬挂式必备品。寻道民的先锋队员们一天三次都要对着它念诵祈祷文，向第一家族表达敬意和忠心，但实际情况是，这就是一种例行公事，没有一个人会真正朝那里看上一眼，更绝不可能有人会想去挪动安德森办公室里的肖像。

除非是上校本人，而且，需要从它背面取出什么东西。

安德森从墙面的四只夹子中取下画像，找到用胶带粘住的小袋子，拿下来后，再把画像挂回原位。画像上，满头银发的总统司令目光和蔼，她就在这目光的注视下，小心翼翼地用一片树叶卷起一小撮烟草，做成了被开拓兵们称为“彩虹烟”的卷烟。接下来是从袋子里拿出一盘发热线圈，将它插进电源插口，过了一会儿，线圈变得红热起来，再将卷烟凑在上面，点燃。啊，深深地吸了一口，舒畅、沁润，全身都放松，镇定了，这时，她便扬起烟卷，朝伟大的杰斐逊三十一世轻蔑一笑，嘲弄地敬了个军礼，然后在卧室中悠闲地散步，吞云吐雾。

过了一会儿，她把灯光调暗，四仰八叉地躺倒在床上，烟头忽明忽亮，像是明灭的灯塔，她觉得心情好了很多。先前，因调查布里克曼时，接到该死的“不准插手”的命令，让她备感失落，满腹苦气，但现在，这种难过感正在慢慢消退。管他搞什么鬼！这种坏消息让大中央那些戴金穗的蠢货去应付吧，否则他们整天坐在那儿无所事事，啥也不干，总算有点事情能让他们忙活了。

一眼看过去，床边的墙壁颜色开始变幻，舒畅、惬意的麻木感传遍全身，幽闭恐惧症造成的压力慢慢消散，为了维持大中央所要求的军纪时遇到的种种烦心事，也瞬间没了。平日里，即使闭上眼睛，也会看到那些被杀死的变种人和肢体伤残的寻道民构成的血淋淋的画面，始终在眼前晃动，怎么都挥之不去。但吸了一口彩虹草后，它们就不再跳出脑海了。天花板低矮下来，八角灯光板熠熠生辉，以特有的频率闪动着，最后，向上飘去，飘去，离她越来越远。此刻的她，仿佛正躺在一只逐渐吹胀的气球里，一切都在扩张，放松。最后，气球骤然间悄然爆开，碎成了千百万片。碎片渐渐飘远，看不大清楚了，只是仍在不停地闪烁，就像一片星斗。

这样的时刻，被称为“贯通”，是开拓兵们在开掘隧道时发明的。

美好而快乐的时光，让人欣喜无限，舒畅无言……

两天之后，大中央发来了另外一段视频资料。过了没多久，三架红色翼尖的银蓝色天鹰战机和一架涂有类似篷车队红、黑、棕为伪装色的同款飞行器，便从东北方飞到了普韦布洛站点，并要求准许着陆。

此时，迪克·海伍德正坐在主控制台前，用一架广角摄像机跟踪监视它们。

只见它们先是排成紧凑的菱形队伍，从瞭望塔上空盘旋而下，迎着狂风，顺次降落在棱形堡南侧。

迪克对这些飞机感兴趣极了。普韦布洛曾收到过一份装备更新通知，上面说新式的马克二型天鹰战机正在测试阶段，一旦检测没有问题，就准备投入军事行动，这想必就是传说中的马克二型天鹰战机吧！迪克还是第一次见到这型号。与过去的旧版的后掠式充气机翼不同，这些新型飞机上装有硬质的固定机翼，上面配有一道笔直的迎风前缘，推进器的尾桁上，安装的是十字形尾翼，以前的敞式座舱，现在已经有了外壳，是一架透明的流线型舱罩。整体看来，显得更加整洁，有力，有速度感，具备更强的杀伤力。那架涂有伪装色的战机，是最后着陆的，更是显得与众不同，机身的驾驶舱呈桶状，当它近距离的画面在屏幕上显现时，迪克发现上面配备的不是单人驾舱，而是带有并排座位的双人驾驶舱。

这架战机来自大名鼎鼎的红河篷车队。那列篷车有个更为人们熟知的名头——“大红号”，它已成了众所周知的半官方绰号。过去八年中，它的作战记录无人匹敌。它是联邦的天字第一号杀敌机器，任何初出茅庐又心怀壮志的开拓兵，总是渴望自己能够与它一起到地面上进行作战，这是一种光荣和骄傲。

平头金发飞行员怀曼率领空中警卫队的几名队员从战机中走了出来，向安德森上校敬礼，动作精确，完美无缺，然后递上一张小小的资料软盘，里面是一份命令副本，是转移布里克曼的指示和命令。安德森便把软盘交给杰芮·希勒，杰芮将它插进视频显示器下面的驱动器插槽内，扫描之后，文件的内容便出现在了屏幕上。

行动命令只有一页，安德森迅速扫视。

上面的意思是，由来自大红号的四名飞行员负责押送布里克曼到罗斯福/圣达菲地区。那里深埋在新墨西哥州沙漠之下，所有基地都是通过穿梭车与大中央相连的，而它正是那个与联邦中心距离最近的。接下来，布里克曼将被套上头套，铐上手铐脚镣，乘坐那架与众不同的前排双座位战机飞往圣达菲，然后他将被移交给宪兵司令办公室，最后送往位于休斯敦下面的大中央。而他在被俘虏期间制造的那驾破飞机，则由下一列路过普韦布洛的篷车队运回总部。

单人牢房的门"咔"的一声打开了，史蒂夫·布里克曼惊觉着一跃而起，当即立正，站好。

这时，外面走进三名宪兵，还有一个守在外面的走廊上，处于待命状态。

两个宪兵走上前来，进行例行检查，查看布里克曼手腕和双腿上的镣铐是否牢靠，第三个人则提着一根配发的标准铅芯橡皮棍，站在两步外，一旦出现什么问题，便会上前处理，比如囚犯反抗之类。

经过初步检查，布里克曼就像普通的囚犯一样，被他们带到了监控站的医院。

宪兵命令他脱下衣服，一个水龙头猛烈地喷出水来，先是一番猛烈冲洗，然后两名戴口罩和橡胶手套的护理人员走过来，拿着刷子和肥皂，将他从头到脚刷了个干干净净。但他们让他解开系着蓝色丝带的辫子，自己洗头。

洗完之后，等了好半天，普韦布洛的上尉军医对他进行了检查，没有任何人说话，他受到的仍是冷冰冰的待遇。他们给了他一件干净的棉内衣，一双新战斗靴，还有一身黑色套装。这其实是违法者的标志,其前胸和后背上,都画着一个粗粗的黄叉,能让人在一英里外就看清楚,若有异动,他便成了一个清晰的活靶子。穿好衣服后,他又被套上手铐脚镣,送回单人牢房。

布里克曼没有进行任何反抗,虽然心情不爽,但他现在不想惹上任何麻烦,怒火一步步地升腾起来。他原以为自己死里逃生,回到普韦布洛,将受到类似英雄般的欢迎,哪知道着陆了,身份也澄清了,他们竟给他一名叛逃者的待遇。

“克里斯托夫·哥伦布啊,我是自己主动回来的,难道不是吗?我这也算是叛逃者吗?该死的!”他心中暗骂。

忽然,一名宪兵取出头套,套在布里克曼的头上。他眼前顿时一片黑暗,只觉双臂被人抓着,拉着自己往前走。他只能说:“好吧,走就走。”

布里克曼感到自己正顺着以前走过的一条路回到某个地方,应当是通向安德森的办公室。嗯,对,从牢房出来向右转,走了一百步,上了一段有二十级台阶的楼梯,向左转,走三十步,进了电梯,往上升去。

应该是在三楼吧,嗯,不过也很难说。他默默走出电梯,向前走三十步,右转,嗯,似乎到了那座办公室的外间了。他停下脚步,耳边传来一片含糊的人声低语。其实就在身边,但感觉模糊极了,怎么都听不清楚。接着,第二扇门打开了,他走了进去,透过头套,空气中有一股细腻的淡淡的幽香,身边近旁处,有人发出刺耳的声音,命令道:“到了,先生,立正!”

前面的人应该就是安德森。

破锣般的声音开始向安德森报告："犯人已押到！"

接着，这声音又命令布里克曼稍息。他只能尽力去做，因为两个手腕之间的锁链不够长，难以按照军规做到双手背在身后。后面传来押运兵走出去的声音，还有房门在他身后关闭的声音。

陡然间，布里克曼的头套被人解开，从头上迅速褪去。他眼前霍然一亮，原来为他摘下头套的是罗斯科少校。

布里克曼站在明亮的灯光下，适应不了突如其来的光线，飞快地眨巴着眼睛。

眼前，是安德森，她就坐在办公桌后，身旁是那位金发碧眼、丰乳肥臀的少校，布里克曼听到过她的名字——杰芮。上一次布里克曼就注意到，这位女少校的肥臀至少有十四码，却紧绷着十二码的裤子。这样的穿着，导致裤缝在张力下快要崩裂，它勾勒出来的体形也很容易令人发笑和为她紧张。《联邦手册》的衣着规定中早就明确表示，标准配发的男女通用连身制服，应当宽松合身。布里克曼一点都不明白，为什么在这样一支按照规则行事的部队，少校会有这样新奇的穿法，这显然不大符合章程啊。

"好消息，布里克曼，"安德森说道，语中却带着一丝轻慢之意，"大中央已经接管了你的案子。今天你将飞往罗斯福/圣达菲。"她见他面色一变，轻声道，"别那么激动。你只是一名乘客而已。"

乘客？布里克曼觉得很好奇，从什么时候起有了能载人的天鹰战机？

安德森站起身，冷漠地道："祝你好运，布里克曼。我不知道你干了什么，但我希望你安然无事，或许从轻发落。"

“谢谢长官。”

安德森朝罗斯科少校一点头:“好了，给他戴上头套，带他出去吧。”

罗斯科又把头套套在布里克曼头上,重系好拉绳。

布里克曼再次陷入黑暗。

房门打开了,耳边响起靴子“砰砰”走动之音,他再次被人抓住双臂,快速拉着,走出了办公室。

安德森看着她很喜欢的少校,说:“杰芮,我知道布里克曼刚到这里,不久,医务组就对他进行了消毒净化处理,但我不想心存侥幸。谁知道他从变种人那里带来了什么样的传染性脏东西？这间办公室必须全面消毒,还有他到过的任何地方,特别是关押他的牢房。地面、墙壁和天花板都一定要用蒸汽熏蒸,并用消毒剂进行清洗。床垫、被褥,以及他使用过的一切物品都要烧掉。确保万无一失。”她翻来覆去地摆弄双手,嫌恶地瞧着,连连摇头,皱皱鼻子,“要是早知道他去过什么地方,我决不会碰他一下。这两天我每天起码洗三次澡,皮都快擦破了。”说到这儿,她又抬眼看着希勒,问,“他用什么餐具吃的东西?”

“哦,这个倒不用担心,都是一次性餐具。再说,牢房区的空气通风系统与主系统是分开的。”

“嗯,那就好,去吧,如果我忽略了什么,你要多留点心。”安德森沉默了几秒钟,“说真的,把那些该死的辫子弄掉以后,他的长头发看起来很漂亮。”

“对啊,”希勒说,“我也是特别喜欢。”

安德森轻轻伸出手，指尖拂过希勒的脸，抚摸着她右耳上的头发，轻声说："或许，你也可以把头发再留长些。"

"嗯！明白！"希勒一撩头发，"我会的。"

布里克曼一走出安德森的办公室，便严重地失去了方向感，痴痴呆呆地任由人摆布，一恍惚间，突然发觉双脚踩到了泥地，这才明白已走到了棱形堡外面。

透过遮光头套，他能看到室外没有那么漆黑，还能闻到一些草叶的清香。

"好了！"一个粗野的声音说道，"双脚并拢、屈膝。现在，我们要把你抬到战机上了！"

布里克曼感觉到三双手伸过来，抓住他的四肢，把他举到空中。

另一双手引导着他的双脚，将它们安到某物之下，他觉得那应该是驾驶舱的仪表盘。他的双脚踩到了坐舱底板。

声音又道："好了，坐下。"

布里克曼便坐了下来。

接着，几只手伸了过来，把安全带套在他的双肩上，然后拉紧。"咔！"安全带的头端被插进快解带扣里，随后，又有人帮他调整了一下带子的松紧，就这样，他便被牢牢固定在了座位上。

"手腕并在一起！"声音说道。

布里克曼抬起自己戴着手铐的双腕。另一条锁链则缠在他两只手腕上，将双手紧紧拴死，接着，被拉向驾驶舱的右侧。"咔塔！"是挂锁闭合时发出的声响。

声音传来："好了，堂。他现在被绑得很牢，一切都弄得妥妥帖帖了。”

堂……

布里克曼向右侧扭头问道：“喂，如果突然出了什么事，需要紧急逃生，我该怎么办？”

于是，便有一只手轻轻拍了拍他的脑袋，一个与先前不一样的声音答道：“伙计，我想，那时你也就没必要出去了。”

很好……

“好了，出发。”第一个声音说道，“飞行路线布置好了，大家都知道航向。我们将在三千英尺的高度，保持松散的菱形编队飞行，爬升到位后，使用百分之七十的动力。堂，你来领飞。我驾驶二号机，飞右位。乔，你的三号，飞左位。托尼，由你殿后。”

布里克曼听到其他人都低声说话，表示同意。

“圣达菲的频道是多少？”又一个声音问道。

布里克曼听到这第三个声音，不由得倒吸了一口冷气，他似乎听出了那人是谁。不过，这不可能啊……

“塔台频率，为十频道。离开这儿后，我会告诉你们转换频道。”

布里克曼感到有人进来了，窸窸窣窣，坐到他左手的座位上。他眼前仍是一片黑暗，茫然地问道：“是你吗，堂？堂娜·鲁德奎斯特？”

“啊，是我，”那个声音十分吃惊地回答，又问道，“你是谁？”

布里克曼笑了起来：“是我啊！史蒂夫！史蒂夫·布里克曼。”

“我的天，克里斯托夫·哥伦布！”鲁德奎斯特低声惊呼，“我还以为你已经死了呢！啊，太好了！听着，先别出声，一会儿，我们再谈。”她按下仪表板上的按钮，电动机轰然响动，进入启动状态。几分钟之后，战机腾空而起，飞离棱形堡。

布里克曼觉得真是不可思议。这么多人中，押送他的不是别人，竟是堂娜·梦露·鲁德奎斯特。他记得最后一次看到她，还是在毕业日那天，就在飞行学院里，在他那间狭小的宿舍中，她一丝不挂地躺在他身边，他的护父则在旁边的轮椅里昏睡。现在回想起来，恍然如梦。

十五分钟后，他们由斜向上腾空改为直线平飞。

布里克曼觉得奇怪的是，为什么没有感受到风吹在脸上、身上，可是又偏偏能感受到自己正在腾空。

这时，鲁德奎斯特轻轻摘掉布里克曼的头套。

布里克曼眯着眼睛，轻轻眨动，适应了外面的光线。他吃惊地发现，自己正坐在一个流线型的有机玻璃舱罩下面，外面的狂风是吹不到身上来的。

他过去见过的所有天鹰战机都是敞式座舱，坐在里面被风吹得满身泥灰，需要套着头盔。

这时候，他极目远望：天气多好啊，天空晴朗，一片蔚蓝，零零散散飘着朵朵白云，让人无比惬意，无比爽快。此时若是在一架普通的天鹰战机上，布里克曼肯定早就冻僵了。但现在，这封闭式座舱将十一月中旬的冰冷空气隔绝在外，舱内还开着暖风机，吐出阵阵暖流，温暖而舒适。他惊喜地问道："这新战机叫什么？"

"天驰战机。"鲁德奎斯特答道。她戴着的是一顶白色头盔，两侧各画有粗体的红色数字，黑色的面罩掀了起来，露出了她的脸颊。同上一次见面时相比，这会儿，她双肩显得宽了些，面孔更加瘦削，也似乎更加坚定。

她微微一笑，说道："你可能不信，但刚才，虽说你戴着头套，不知怎么的，我有一种似曾相识的感觉。而且，我敢肯定，我认得你那双手……"

"你的记性很好。"

"那是自然，对于某些事……"鲁德奎斯特侧过脸颊，瞟了他一眼，又回过头，看着前方空阔的天空。

布里克曼看到她的上衣上有一枚用银线缝着的义勇军徽章，那是颁发给第一名的高级军校学生的最高奖励。奖章如一根刺，提醒着他，他曾是一个黑暗阴谋的牺牲品。

史蒂夫·布里克曼在飞行学院的第一学年，便出类拔萃，名列第一。在此后的三年时间里，他以坚韧不拔的决心，艰苦奋斗的精神，全身心地投入学习中，为得到这枚徽章而拼命。他很明确地知道，自己才是当年最优秀的军校毕业生，但最终，他并没有得到那个徽章，没有得到众人瞩目的荣誉毕业生奖项，甚至，都没能在毕业考试中拿到最高分。这些荣誉，这些荣耀，全都落到了鲁德奎斯特头上。好了，现在没关系了。因失望透顶而痛苦愤怒的情绪早已能够克制，但他既不能忘记，也不能原谅这样的耻辱，这是一种蒙受不白之冤的耻辱。很好，从现在开始，他又有了一个新的目标：要报复他所承受的一切不公。他要想方设法毁掉鲁德奎斯特，毁掉所有幕后黑手。那些把原本属于他的荣誉颁给鲁德奎斯特的人，总有一天，他会将他们一个个找出来，给他们应有的惩罚。

而她，就是第一个。

于是，他对她露出了一个甜美的笑脸，道："真高兴见到你。"

"我也是啊。沃思堡的简报上说,你在去年六月份被击落了……"

"这件事情只不过说明了,不要别人说什么,你就信什么。"布里克曼拿起放在膝盖上的黑色头套,把玩了两下,"你能肯定,把这玩意儿弄下来不会出事吗?如果其他几个家伙看到我,会不会有麻烦?"

鲁德奎斯特盈盈一笑:"放心。里克·怀曼说过了,没关系,其实,就是他建议这么做的。说到底,咱们还不都是大蓝号上出来的,不是吗?"

"谢谢,不过我刚才可没敢这么想。"布里克曼说。

"大蓝号"是毕业生给位于新墨西哥沙漠下一千五百英尺的飞行学院起的绰号。

鲁德奎斯特看了他一眼,说道:"我都不敢相信。虽然我们知道这次要押送的是个飞行员,但我怎么也没想到,这个黑头套下面的人竟然是你。克里斯托夫——你怎么是个叛逃者?这太让人难以接受了,简直,简直……说不通啊!"

布里克曼耸耸肩,说:"哼,肯定有人觉得说得通。"他的目光,透过舱盖向外望去,心中暗自揣摩:鲁德奎斯特为什么会出现,究竟是巧合,还是来刺探情报的。因为她足够了解他,所以被派了过来。哼,帮他取下头套,说不定是早就计划好的,表面上是念及老同学的情分,其实是圈套的一部分。不管怎样,如果鲁德奎斯特希望从他嘴里套出话来,了解到那些有关违法的行为,简直就是痴心妄想,这段旅程将对她毫无意义。其实,在他成为变种人俘虏的那五个月里,他的心已经从根本上发生了改变。过去,军队式的纪律支配着联邦中每一个人的思想和行为。他也一样,跟个机器人似的,完全机械地服从和遵循纪律，但是现在，他已经不会这样了，而且绝无不适之感。

两天前，那个粗壮的中尉哈默率领全副武装的队员冲出监控站，想将他捆起来，拖进棱形堡。就在那一刻，他清楚地意识到了自己的一种潜在变化。在他还是小孩子的时候，他就有能力，也习惯隐藏自己的真实感情。长大了，他更利用这种技巧，从体制中谋得不少好处。不过那时的他与现在不同：那时，他真的是全心全意地把这体制奉为《圣经》；但现在，这种盲目的迷信早已消失，他能更清楚地知道自己所喜欢的东西。

同变种人相处的那段日子里，他逐渐看清楚了联邦的弱点，不再愿意完全被动地去接受，去服从，而是想主动去追求某种东西。当然，他还不完全明白所谓的“某种东西”具体是什么，他只知道一定要按自己想做的方式去达到目的。回来以后，他又必须开始按照联邦的要求去行事、说话，但这些事情，这些话语，都不过是他的表演或游戏而已。

但是，布里克曼心里很清楚，不能心存幻想，一定要小心翼翼。这不再是一场普通的智力大比拼，也不是什么象征性的胜利，他即将面对的，是整个联邦集体的威力，以及第一家族无所不在、至高无上的权力。

这是一场真实的、致命的对抗游戏！

若有失误，便会万劫不复！

但是，又是如此刺激和过瘾。冒险的个性，令他跃跃欲试。

“你的那些装备，我都放到了后面，还有内勒的刀子和法兹蒂的头盔。呃，法兹蒂是不是……”

“对，他已经变成了一堆碎肉。”布里克曼说。他心想：“而且，这不只是比喻。”

一看到那顶头盔，他的脑海中就会浮现出那可怕的场景，法兹蒂被刺穿脑袋时的场面。

在被俘虏的那些日子里，他一直没搞清楚，穆卡尔部落究竟如何处理了法兹蒂的尸体。他甚至不敢细想，法兹蒂有没有可能变成那种热辣浓香的炖肉，变种人还喂给他吃了不少。

想到这里，他差点忍不住呕吐，赶快转头向身后看去，端详飞在他右侧的那架战机。他也注意到了，它与天鹰战机差别很大，有许多更为鲜明的改变，他很感兴趣，问道：“你们驾驶的是什么飞机？红河号上的特殊机型？”

鲁德奎斯特微微一笑：“这是马克二型天鹰战机。最新研发出来的，有好多架已经给部队进行实战测试了。”

“那装在座舱上面的机枪是怎么回事？”

“这是固定的前射式火力武器架，叫作替代型雷神机炮。它有六只旋转炮管，由马达驱动，通过弹鼓装填弹药，射速极快，每分钟一千二百发。”

“太棒了！这架飞机也装配了武器吗？”

“不，没有，这只是架运送机。”

布里克曼伸头去看驾驶舱盖，说：“这玩意儿挡雨倒是很管用。但它挡得住变种人弩弓的射击吗？”

“得看射程远近，还有射的角度。正面射来的弩箭肯定挡不住，比如射入角是八十度或九十度。但如果射入角度是七十度，或是更小一些，舱盖就能把弩箭弹飞。而且，不仅是舱盖，底板下面、机身四周，还有座位背后，都装了用这种新型合成材料制成的轻质装甲护板，很有效果。”

布里克曼扫视着座舱，摇头晃脑，叨念着：“驾驶员装甲，六管机炮，座舱盖——”他又扭过头来，看了一眼右侧装有加强肋的机翼，“这是全新的设计理念啊。新东西太多了，一时之间，真不好消化。”

“你别忘了，你在外面待了五个月。”

“那又怎么样？堂，你也应该明白，过去的五十年里，他们连天鹰战机上螺母尺寸都没一丝改进！可现在，‘砰’！突然一下，一切都大变样，先进了不知多少倍……”布里克曼的目光扫过座舱，“这一切，难道你不觉得惊奇吗？”

“是呀，太棒了，太让人惊奇了。”鲁德奎斯特说，“但你是什么意思？联邦的政策你也知道，永远是‘只要管用，继续使用’，不会再做任何改变的。同平原变种人作战后，我们才得出结论，老式的天鹰战机太脆弱了，动不动就折损。为了搞清楚这一点，你们贵妇号上的弟兄不知流了多少血啊！”

“是的……”布里克曼想起了河床上那场惊天大战，血流成河。

“而且，夏天时，我们也遭遇了变种人，损失了一些战士。但这恰恰说明第一家族有多么英明。从联邦建立到现在，他们总能为我们设计出合适的工具、合适的设备，提供合适的技术，以便让我们能够更好地完成上面的任务。”

“这可够他们忙一阵的。”布里克曼点头道，“对了，有多少篷车队配备了你们驾驶的这种新型战机？”

“现在只有我们几个。新的生产线正在里根/拉伯克组装，以后就会有更多。”

布里克曼瞟了她一眼，有些怨恨地说：“这么说，其他人现在还在驾着那种烂飞机？”

鲁德奎斯特笑了：“你也知道大红号的情况，最好的东西，当然得先给它。”

“我明白，这一点就不用你来提醒了！”

鲁德奎斯特瞧着外面的天空，又看了布里克曼一眼，问道：“你到底怎么搞的，怎么会惹上这样的麻烦？”

“问得好。那天，我在怀俄明上空被击落，醒来时，就成了变种人的俘虏。说来话长，总之，被囚禁了五个月之后，我终于找到机会逃了出来。”

鲁德奎斯特皱起眉头，道：“可是……变种人……”

“是的，我知道你想说什么，‘变种人从不留活口’，是不是？每个人都这么说。”

“可是，你说你在那儿同他们整整待了五个月？你怎么一点事都没有？”

“这话问得很好。天知道为什么。最糟糕的是，我觉得，要是照实说的话，我一定会变成通缉犯，而且是第一号的通缉犯。”

鲁德奎斯特瞥了他一眼，说：“我不明白你在说些什么。”

“哎，我也是。算了吧，当我没说过。”

“可是，这事到底是怎么发生的？”

“当时，格斯·怀特和我正在夏延北部，轰炸变种人的几处田地。

突然，一支弩箭射中了我，战机坏了，失去控制，就这样从三百英尺的高空打着转掉了下来。”

“那……那他们，嗯——接触你的时候，你是怎么办的？”

“你是指？”

“哎呀，你知道的啊，和那些白痴打交道是怎么回事，他们的皮肤上，有毒啊。你被射中后，摔了下来，就是那时，他们抓住了你？”

“是呀。那时候，我身上有几个地方的骨头被摔断了，动弹不得，他们过来几个人，把我从残骸下面拖了出去，接着，将我带到一个老、老……白——老白痴那儿。他倒是没多傻，是个巫医之类的家伙，慢慢地，把我的伤治好了。”

“呃，恶心……”鲁德斯特禁不住说，一想到那种令人作呕的情形，她的脸不由得皱成抹布。寻道民自出生之日起就相信，同变种人有过肌肤接触后，会导致身体溃烂，患上瘟疫、麻风病，四肢肿胀，脓水流溢。公开频道上，有许多这样的镜头，有一些是被公开处决的叛逃者，据说也是这样传染上的。

当变种人的两位字匠雪先生和佳得利给他治伤时，布里克曼的想法和鲁德奎斯特一样，既害怕，又恶心。但现在，浮现在他脑海中的却是那个漂亮的女孩——清水：她那绝美的脸颊，那毫无瑕疵的胴体。那月黑之夜的温柔乡，在柔软暖和的兽皮上，他们的身体缠绵交织，久久不忘……

“我知道你觉得恶心，”他说，“所以，我尽量不去多想。”

鲁德奎斯特摇摇头，说：“在开阔的地表待了五个月，天天呼吸着被污染的空气，还有一帮变种人围在你旁边，天天碰你的身体。你是怎么活下来的？吃些什么呢？”

布里克曼耸耸肩，道：“他们给什么，我就只能吃什么，没法选择。”

鲁德奎斯特做出一副快要呕吐的样子，道：“真是恶心啊，说不定……”

“我也觉得恶心。开头一周里，我真的是什么都吃不下。但饿了两周之后，我不得不强迫自己吞掉那些难吃的食物，只有那样，我才能活下去。”

“可是那里的所有东西都是有毒的！不只是空气有污染能要你的命，水里，草丛里，树林里，毒素无所不在！你怎么……”

布里克曼朝她转过脸，定定地瞧着她，道：“要是换作你，你会怎么办？”

鲁德奎斯特一愣，想了想，摇头说：“我也不知道，大概还是和你一样吧。但那也太恐怖了，明知道咽下去的每一口东西都在杀死自己，可还是不得不吃。因为不吃死得更快，唉，你确定你没事吗？”

布里克曼假装轻松地耸耸肩，说：“嘿，我觉得我的脑袋瓜目前为止还没有开花，我也没疯掉。”

“真是不知道怎么去理解这事，这简直……怎么都说不通啊。”

“这不算什么，我在那儿待着的这段日子，还发现了很多奇奇怪怪的事，说不通的事情多了去了，”布里克曼答道，“你就别拿这些事糟心了。”

“话是没错，但是……”鲁德奎斯特仍然显得很担忧，“嗯，我看得出，你还是过去那个又臭又硬的家伙。但愿你没事。”

布里克曼又耸耸肩，轻轻一笑，说："也只能这么想。接下来，不知道该怎么办，我的下场究竟如何，就要看大中央怎么想了。"

"你笑什么？"

"我在想，咱俩最后一次见面时，你似乎不怎么担心能不能活过十七岁嘛。"

"是呀。"鲁德奎斯特笑了笑，笑中带着一缕忧伤，"知道吗？我现在的想法，跟你越来越接近。跟别人处得太好很不好，一旦出了什么事，会太伤心，还是保持距离好一点。"

"很好，你不仅长大了，还更聪明了。"布里克曼说，"祝你生日快乐，甭管你的生日是什么时候。"

"七月四号。"

布里克曼点点头，说："那我得记住了，在哪里记录一下，免得到时候忘了……"

在安德森的办公室里，迪克站在桌子边上，正在回放他录制的一盘数据盘。

屏幕上显示的是，布里克曼到达普韦布洛的情形。还有，就是他那架飞行器的远距离全景图和近距离的细部特写。另外还有一段视频资料，是标有犯人身高尺寸的标准存档。拍摄这段资料时，布里克曼刚被拖进棱形堡，头上还系着辫子，缀着丝带。录像的最后一段，则是由藏在他牢房中的一台隐匿摄像机拍下来的。

安德森坐在办公桌后，看着跟前的镜头，表情严肃，沉默不语。

屏幕变暗了，她忽抬起头，望着迪克，问道："是不是应该把哈默打他的那一段去掉？你说呢？”但她刚一说完，就又挥挥手，打消了这个念头，说，“这算什么！就这样吧！”她看了看手表，“一个小时后，必须把它传送给大中央。”

“是，长官。”迪克取出数据盘，随手敬了个军礼。他知道，只要身边没有旁人，安德森就不会责怪他如此随意。

然后，他便向门外走去。

“等等，迪克。”安德森说。

迪克立即停下脚步，一只手放在门边，回头问：“怎么了，长官？”

“有个小问题。在布里克曼来这里的前几天，我让希勒少校清点了一下我们库存的数据盘，其中也包括配发给瞭望塔的数据盘。仔细检查架子后，她发现数据盘好像少了一盘。你知道是怎么回事吗？”

迪克忽觉一股寒意从脊梁直爬上来，心底剧颤，面上却保持镇静，小心地回答道：“不知道啊，长官。所有数据盘都有使用记录，真不知道谁能从瞭望塔拿走数据盘，这怎么可能？”

安德森挥挥手，说道：“我没说有人把数据盘拿出瞭望塔，迪克，我只是说，它本应在架子上，却没找到。”她微微一笑，“如果你想在没得到许可前，录点什么东西的话，应该找个更好的地方，把它藏好一些。”她目光冷然，默不作声地看着迪克，似乎是有意让他再多受点煎熬，然后，又轻声说道：“对于天空、云朵，我倒没什么反感的。你可以说那是空中搜索录像拍的一个片断，只是忘了抹掉它。不过，向宪兵司令解释录像的配乐时，恐怕会比较麻烦。”

“我……呃，长官。您会……会向上级告发我吗？”迪克的背心犹如爬着一条冰冷的毒蛇。

“我不得不考虑，迪克。只要涉及黑杰克，都是一级重罪，绝无商量。你也知道，一旦你的案子交到审查员那里，他们肯定不会从轻发落，连请求都不可以。一级重罪的判决更是不得更改，也不能减刑，而且，作为被告，连上诉的权利都没有。”

“我知道，长官，我的行为确实不对，没有什么可辩护的。我只是希望，不要让人误以为这件事是您指挥不力所致。”

“那当然。”安德森盯着迪克，轻轻摇头，道，“只是，我从没想到，你竟然这么胆大妄为，好家伙。”她突然拉开抽屉，取出那盘违反规定的数据盘，扔到桌面上，正色道：“好吧。给我说说，在普韦布洛，还有谁弄过这玩意儿？”

“没别人了，长官。我是在一盘全新的、从来没有用过的数据盘上偶然发现那段音乐的。当时在瞭望塔里，每次使用数据盘前，我们总是要仔细检查，也就是分卷扫描。这一盘数据盘，是在去年七月份，从大中央运来的一批数据盘里发现的。来的时候都封着呢，在那种十盘装的盒子里，每箱有一百盘。库房发给我十盘，是我亲自打开的包装。上面还贴着批次检验的标签。”

“听上去很合理。去年春天，哈特曼指挥官对我讲过，他曾接到过一个最高机密的命令，只允许他一人查看，要他重新装运一批刚发到阿玛里洛的数据盘。过了不久，我听说，大中央里，有几个家伙被处决了，罪名是——非法制作数据盘，或许这里面会有些关联。总之，卷进这件事的人不止他们几个。”安德森拿起数据盘，说，“好了，我就直说了吧。这就是那盘本身就录着黑杰克的数据盘？”

“是的，长官。”

“还有没有别人知道这件事吗？”

“没有，长官。”

“对了，你肯定没有私下散布这玩意儿吗？你可别编个故事来蒙我，要是你被弄进去审问时，又让宪兵从嘴里诈出另一个完全不同的故事，那哼哼……”

“绝对不会的，长官。我也听过这事的一些传闻，这个小团体里面，有些家伙用这种东西换烟草。但从没听说这里发生过这种事，你也知道的，这里没有那种地下网络。”

“没有就最好。如果有，那我非把你坑杀了不可。”

“明白，如果通信联络中听到这类事，我肯定会知道，会上报的，长官。”

“没错，就像知道我坚定的长官玛丽·安，其实也吸食烟草一样。”迪克脸上露出微笑。

“迪克，你这个狡猾的狗崽子。”安德森看着他，但心中并无恶意。她用两根手指，一翻那数据盘，道：“你当然明白，这件事可能是个陷阱，对吧，如果这玩意儿是录在一盘新数据盘上，偷偷夹带进来的，迟早会有人把它找出来的。或许，它来自某个藏在我们内部的叛逃者组织，但也可能不是。你也知道的，那些宪兵都是些王八蛋，个个狡猾。大中央有些人就是整天什么正事都不干，一门心思地琢磨这种事。我不得不向上级报告，迪克，你要明白，只是为了自保。”

迪克拖着那条残废的腿，身体摇晃了一下，而后挺得笔直，点头道：“是，长官！”

安德森轻一挥手，道：“放心，我说的只是那盘数据盘，你的名字不会从花名册上钩掉的，我不想这么做，真该死……方圆一百英里之内，也只有你能教会电子小组的那些笨蛋，去修理监控站里的那些破玩意儿。”说到这儿，她把数据盘递给迪克，“记住，这东西上可能留着什么记号，所以只能把这一盘交回去。你必须将上面录的东西都清除掉，只留下原来的那段音乐，还有，把我留在外壳上的指纹擦掉。做好之后，立即向执勤军官报告，装作刚发现的样子。剩下就随你怎么表现了，震惊啊，恐惧啊，愤怒啊，因忠诚而愤慨啊……我想你会做得很好。”

“明白，长官。”

“对了，如果你还想保留你那些漂亮画面，不是不可以，把它们翻录到别的数据盘上吧，不过，你得想个办法，混过数据盘回仓这一关。迪克，真服了你了，能不能别再把数据盘藏在抽屉下面了？那里太他妈的不保险了！用点脑子行不行！”

“是，长官。谢谢你，长官。”迪克说。

“好了，别浪费时间敬礼了，快去吧。”安德森一摆手，让他走。

迪克正要出门。

“等等——”安德森忽然说。

迪克顿时僵在原地，机器般地转过身子，一颗心“怦怦”狂跳起来。

“如果，你能给我一份那段曲子的副本，我想，这是个好主意。你知道的，要存档嘛。”

“哦，那当然，长官。”

安德森笑着说：“对于这件事情，我们正要解决，当然要有所了解。我觉得，这么做很有必要，你觉得呢？说不定，我们可能会再次收到一批类似的货，做过手脚，情况很不好。如果你是个医生，想制止某种传染病的扩散，当然得识别出它的症状了，对不对？”

“对！”

“你知道这段音乐的起源吗，它是谁创作的？”

迪克犹豫着，说道：“嗯，这很难确定，找不到什么确定的史料可以查证，但它肯定是很久之前的作品。据我猜想的话，应该是在大劫难之前——”

安德森倒吸一口冷气，惊道：“这么古老……”

“对，非常非常古老。可能是一个名叫范格立斯的人的作品。”

安德森点点头，说：“很好，迪克，记住，这次谈话从未发生过。”

“我什么也没听到，什么也没说过，长官。”

“好。”安德森说，“最后一件事，给我记住了，你现在手里有两盘数据盘。一盘是布里克曼的，一盘是蓝天白云的。看在克里斯托夫的面上，待会儿传资料给上头的时候，千万别他日的搞反了。”

第三章

从普韦布洛到圣达菲的距离不足两百英里，布里克曼和鲁德奎斯特在路上和外界没有联系，只同编队中的其他飞行员简短地谈过一次对话。

飞行队队长——红河号的怀曼用无线电通知大家:“我们现在，正在飞过科罗拉多同新墨西哥之间的州界,大家注意。”

布里克曼向下看了一眼,没看到什么有趣的东西,在三千英尺的空中,看出去都是灰蒙蒙的一片。

他们飞向的地方,是罗斯福/圣达菲站。此站坐落在大劫难之前的同名城市与阿尔伯克基之间，大概是中间的位置上，偏南六十英里。这个基地深埋在地下,掩体覆盖,驻扎着约一万名寻道民。它的第一级,也就是最底层,位于地面一千五百英尺之下。而其每一级都有一百五十英尺高,共分十层,由下而上排列一至十号,十条走廊都标有标记。因而,一级一层是基地的一楼,而十级十层便是基地与地表间的斜坡通道。

当然,寻道民的基地并不全都是十级,许多规模比较小的分部只有一至四级,这种站点被称为四级站。一级之下,其实还有另外一些楼层,称为字母级楼层,是一些最基础的设施装置。里面一般会布置着热泵、通风装置、生物加工和植物营养液的培养罐，以及垃圾处理和污水排放管道。这些楼层属于最底的地下，由上至下按照字母顺序编号，是工程维修养护部门管理的区域。至于它们到底能往下延伸到什么位置，布里克曼倒是没真正去研究。

上级楼层各军事学院的毕业生和联邦上层人物，都没意识到字母级楼层的重要性和必须性，就对它们不屑一顾，把那当作了污秽之地。可怜在那些地方工作的养护工，便有了一个极受轻蔑、受鄙视的称呼，叫“废物”。

按照惯例，每个站点的名称，都是与它最接近的大劫难之前的重要中心城市之名。于是，这座基地便借用了过去新墨西哥州首府的名称，圣达菲。过去，那座美丽的圣达菲城坐落在格兰德河以东五千英尺的高地上，这时候，它早已变成了一座废墟组成的混乱迷宫。一道道低矮颓败、参差不齐的残垣断壁纵横交错，隐藏在一片繁茂的红色灌木和树丛之中。一座座坍塌腐倒的建筑物，早已风化、沙化，只剩下衰朽的正面外墙，十英尺高，或者二十英尺高，茕茕孑立，矗立指天。窗洞张着空阔的大口子，没有窗框，没有生气，像是被太阳晒得惨白而破碎的骷髅头上没有眼球的眼窝。这个州最大的城市阿尔伯克基，和过去许多大型中心城市一样，但它遭受的磨难更为惨烈。它当时的位置，就像月球表面一样，坑坑洼洼，满目疮痍。那巨大的能量，不但使城市灰飞烟灭，也改变了格兰德河的河道，河水冲击而过，斜刺里注入一串圆形湖泊，又折转回头，蜿蜒爬回南方，流入大海。

布里克曼在还没经历遭到攻击、坠机事件时，已在贵妇号上执行了三个月的飞行巡逻任务，但他从未从空中俯瞰过罗斯福/圣达菲站。此时此刻，渐渐接近这座站点时，他心中不由得生出一种很奇特的感觉。罗斯福站——这是其官方的名称，它不仅是离普韦布洛最近的中转站，更是布里克曼的家。他的中间名表示着，他永久地打上了这个基地的烙印。就是在这儿，他和自己的戚妹萝兹由他们的两位监护人——杰克·布里克曼和安妮·布里克曼抚养成人。

根据这里的习俗，孩子的名字应当取自监护人的一位护父或是护母，他的名字史蒂夫就来自安妮的护父，萝兹的名字则取自杰克的护母。安妮在尼克松/沃思堡长大，在同杰克结为伴侣之前，她的本族姓氏是布拉德利。布拉德利家族有着优越的社会关系，通常被称为“圈内人”，安妮的兄弟巴特是新墨西哥的州立宪兵司令，除此之外，她还有好几位家族成员，都升到了类似的高位上。而布里克曼，这个姓氏虽算不上十分显赫，但一代代回溯上去，也和布拉德利家族一样，可以在四百名勇士中找到先祖。那传说中的四百名勇士，便是最初的寻道民，他们英勇无畏，忠诚无比，在第一家族的领导下，组成了联邦的核心。于是，他们的名字载入了先贤榜，象征着至高无上的荣耀。

如今，四百名勇士的后代，正积极清除地表的污垢，努力奋斗，将建立一个新的、更加伟大的美国。

机身即将倾斜，向东转弯。

布里克曼朝那串圆形湖泊投去最后一眼。在他的记忆中，那些湖泊所在的位置，应该是阿尔伯克基。窗外的景色，让他回想起雪先生曾经讲过的千阳之战。

过去，联邦所说的那些关于大劫难的解释，他自幼就深信不疑。但后来与变种人生活之后，渐渐知晓的事情让他的信仰开始动摇，甚至是濒临崩溃。这些变种人，除了具有些神秘的法术之外，其他的日常，就只是一帮不开化的野蛮人啊，过着那种相当原始的生活，他们又怎么会知道地球过去发生过的事情，而且他们怎么可能让地球发生那么巨大的变化？布里克曼越来越相信，其实所谓的千阳之战和大劫难，说的是同一起事件，但这两种说法常常互相矛盾，针锋相对啊！那到底哪一种解释才正确呢？应当由谁来承担破坏地球的罪责呢？

正想到这里，鲁德奎斯特的声音传来，打断了他的思绪。

鲁德奎斯特说："喂，又该把你罩上了。我们将在几分钟后降落。"她控制着天驰机的机身，微微倾斜，向左一转，开始降低高度。

疾冲而下，即将着陆。

布里克曼最后向地面看了一眼，就像一条如饥似渴的鱼儿，要将外面的景色吞入自己记忆的大口中。这感觉，仿佛那些贪杯好饮者，临走时，趁机灌下最后一大口酒；又像那些罪犯，在面临枪决时，站在墙根前，深深吸进最后一口空气似的。

这时候，他看到，下方的大地像光一样延伸，扩展到天际，山丘、洼地、峰峦、平原等等，被染上了一层明媚而艳丽的色彩。那红色的、橙色的、黄色的，棕色的各种色彩，再幻化出数不尽的深浅不一的色调，阳光将云的光影射到地面上，变成一幅幅奇幻难定的图案。而高空中的蓝色世界，浩瀚深邃，光辉灿烂，一直延伸到地平线上，穿过那些茫茫雾气编织的白帘，仿佛是天之尽头，唯有遥远的群山朦胧隐现……

这时，鲁德奎斯特拿起头套，说道："到了，把头侧过来……"

她瞧着布里克曼，两人目光交织，复杂难明，她说："祝你好运，布里克曼。希望能再见到你，但愿那时情况能大有好转。"

“一定会的。”布里克曼说道。

继而，就陷入了一片黑暗之中。

圣达菲站是一座混凝土的巨型建筑，顶部平坦，整体外观类似普韦布洛的棱形堡。其中最大的区别是，它的旁边，铺着一段一百五十码长的混凝土跑道。

这会儿，鲁德奎斯特将天驰机椭圆的身躯降落在跑道的白色中线上，仅仅过了一秒，怀曼和另外两名来自红河号的飞行员也轻盈落地，真是一次完美的编队着陆。

战机向前滑行，鲁德奎斯特看到跑道旁有几支变种人组成的劳役队，他们衣衫褴褛、肮脏龌龊，手上脚上都戴着手铐脚镣，不停地干着活，似乎是在拓宽和加长跑道。旁边是提着枪的监工——戴着头盔和防护面具的寻道民。飞机经过时，一名卫兵还向他们挥手致意呢！

鲁德奎斯特不知他们为什么要新修跑道。一般来说，根据飞机携带的重量，一架天鹰机的起飞滑行距离一般是五十英尺到七十五英尺之间，着陆时只需要滑行一半的距离，目前的跑道已经足够了。如果是要加宽加长，铺设新跑道，难道说第一家族又有了新机型，是一种比新式的马克二型更大、更强的战机吗？

鲁德奎斯特向右转弯，三架天鹰战机守护在侧，她控制着飞机离开跑道，驶到一片扇形区域。此区域为一斜坡，向下延伸，通向坡道入口的大门。

美铁联邦的地下飞行学院，就是新墨西哥东南部的那个林伯格站，就有四条这样的坡道，恰好组成一个巨大的十字形。这里同学院一样，坡道两旁的高墙往内部倾斜，聚合在一起。

鲁德奎斯特驾驶着战机，滑向了厚重的钢筋混凝土大门，两边的墙壁，高度渐渐增加，视野中所见的地面世界，慢慢剩下了一小块楔形的天空。

布里克曼虽然被蒙着眼睛，什么也看不见，但仍能感到墙壁从两边合拢，将自己包裹起来的那种感觉。他甚至能感到巨大、沉重、死硬的大门，正张开了大口，把他一口吞下。他感受到了再一次如首回单飞一样，那种焦虑感如狂潮般拍打到身上，不过他已经能坚强地克制住了自己。在普韦布洛监控站的囚室中，两天三夜的时间，足以令他完成自我调整，虽然既漫长又艰难，但他已不再害怕。当时，他单独监禁在单人牢房中，最初几个小时，那种紧迫的压抑感，让他实在无法忍受，差点就要被闷死。他不断和心中的自己讲话，劝说自己，鼓励自己，继续坚持。终于，守得云开见月明，他熬过了最糟糕的时刻。再坚持了一段时间后，他竟然能够在精神层面上，将自己的躯体同周围的环境隔绝开来。

布里克曼照着他那些变种人的样子盘腿而坐，仿佛能够汲取到雪先生和佳得利身上的那种平和之感。正是在他们俩的引导之下，他终于逐步了解到了平原变种人的生活。慢慢地，他的思维开始由外转向自己的内心深处。先集中精神，凝聚在雪先生为他揭示的那个辟邪主预言上，而后，他开始思索自己在这个预言事件中可能起到的作用。被俘之时，他之所以没有被杀，是俘获他的人相信，他是被选中之人，将要在平原变种人的未来中承担一个极为重要的角色。但他并不知道，未来，他与他们，到底是朋友还是敌人，关于这一点，他们从来没有说过。

友谊和理解是一条精神的纽带，将他与那两位字匠——雪先生和佳得利，紧密地联结在了一起。如今，虽然不在一起了，但这种纽带依然存在。还有另外一个根深蒂固的感觉，他敢肯定，自己对清水的那种感情是永远不会改变的。不过，虽说清水美丽的倩影深深烙印在他的脑海中，令他无限怀念和迷恋，但自小就扎根着的对武器和军事的热爱，又开始在他内心深处骚动。在天驰机中看到的新科技，还有新式天鹰战机的外形，都再度唤起他对武器装备、战争机器的痴迷。他感到，真正的力量，就在于联邦的技术优势。虽然，雪先生在对抗路易斯安那贵妇号时显示出惊人的法力，令人觉得不可思议，那种强大的力量几乎可以摧毁一列篷车，实在是让人叹为观止。他自己更是亲眼见证了清水凭空召唤出的神秘魔法。可是，这些东西，却又无法阻挡那一颗颗凭空而来的子弹，甚至雪先生也不得不承认，当部落开始对机车发起进攻之前，天鹰战机射来的一颗子弹，差点就要了他的老命。

想到这里，他已经能够感觉到，战机开始停了下来，等待着面前的混凝土障碍墙在巨大的液压装置驱动下徐徐升起。这会儿，他脑中最迫切的想法就是：一定要想办法，能迅速利索地通过这次不可避免的审讯，而后，再次被分配回贵妇号上去执行地面任务。但是，如果再次被派去同那些曾经俘虏过自己的平原变种人作战，他不知道自己该怎么做，心里会不会无法适应。但他一向就是个干脆的人，拿得起，放得下，用不着为这种事担心得辗转反侧。对付这类进退两难的矛盾问题，唯一的办法就是既来之则安之，到了最后时刻，那些难事自然而然就会解决的，前面再想多少都没什么用。就和往常一样，到头来重重困难,反而会变成对他有促进作用的好事,别想太多了。

内侧的坡道大门在大家身后安全而缓慢地关闭了，红河号的队员们走下飞机。

怀曼先去坡道控制室里登记报到,趁着这时候,鲁德奎斯特、米内利和里尔顿就把布里克曼架出天驰机，再对他的身体表面检查一番,看看头套是否套紧,锁链是否牢靠。正要往前走时,鲁德奎斯特看到六个宪兵从坡道入口舱的尽头走了过来，六人的穿着打扮与平时一样,深蓝色的连身制服,白色的头盔。这头盔同飞行员类似,但宪兵的带有银色反射镜的面罩上则镶有一道曲线形的底边，看上去就如戴着一副太阳镜。而头盔正前方,则是又粗又大的用红色漆写的“宪兵”的缩写字母,字母四周又是一圈同样颜色的镶边,显得十分醒目。只不过,这种“白——红——白”的颜色,有点像三明治,它为宪兵们赢得个“肉糕”的绰号。这个颇有戏谑意味的称呼仅限于某些寻道民使用,除了那些必须坚决贯彻落实遵守的训诫之外,联邦的法律并不能完全约束这些家伙的嘴巴。

怀曼走出坡道控制室,又急忙赶到鲁德奎斯特和其他人跟前,说道:“好消息,好消息,伙计们,他们在控制室里给我们准备了一些爪哇热饮。我同大红号联系了,已经得到许可,我们在回去前可以休息一个小时。”

“太好了！”鲁德奎斯特、米内利和里尔顿一同欢叫起来。

“先生,这边走。”布里克曼没什么感觉,这时,有两个人握住他的双臂,拎着他往前走去。左边这个人他能感知到,是鲁德奎斯特,她像搀扶着老人一样,紧紧抓着他,生怕他跌倒似的。

里克·怀曼带领大家朝宪兵走去，与他们进行了简短的交接仪式，将戴着头套的犯人交给了他们，便转身离去。红河号的其他队员紧跟其后。没有一个人回头看上一眼，生怕这种动作会引起什么误会。跟这些宪兵“肉糕”，还是少打交道为好，这些人可不是什么好东西。

布里克曼突然感到四周的气氛不对劲，仿佛充满敌意，危机四伏，就像四面混凝土墙骤然合拢，将他包裹的那种可怕的封闭感一样。

就在这时，果然有几个人从两侧和身后冲上来，围住了他。“噼噼啪啪”，有人踢他的脚后跟，让他差点跌倒。接着，又是几只手伸过来，猛地揪住了他，往上一扳，将他挺直竖起。

布里克曼耳边袭来一阵粗暴的叫喊声。

“站好了，你这个无耻的狗杂种！”

“你算个什么杂碎？一堆狗屎！”

“为变种人舔屁股的变态！”

“挪开你的脏屁股！”

“行了，走！”他觉得双臂被人恶狠狠地揪住。脊椎下、臀部上方的位置，被一根竖直的橡皮棍的棍头击中了，顿时，头脑一阵眩晕，剧痛从背上溜过。他再也忍耐不住了，一个踉跄，扑倒在地。

“把他拉起来，拉起来！”一个刺耳的声音吼道，“抬起头，挺直了！”橡皮棍的一端，再次戳向他后背两侧腰眼，一次又一次。

恍惚间，布里克曼眼前一亮，头套被取下了，他虽没倒下，但只能勉强站立。只觉脊背火烧火燎，大腿已经麻木，毫无知觉。他猛然转头，只看到那门在身后“砰”地关闭了。低头一看，发现自己双膝的镣铐间又多了一条锁链。

这是一间狭小的办公室，那锁链将他锁在地板上的一只锚固点上，他跟前是一张办公桌，后面是一把转椅，当然没有人坐在上面。淡黄色的墙壁上有几扇普通的通风格栅，除此之外，空无一物。他根本猜不出自己身处何地，也无法知道这个房间是干什么的。

耳朵和肠胃告诉自己，刚才搭乘着一座电梯，下降了很长一段路，而后，又被人推上了一辆电动车。对，当然是电动车，他能分辨出它那电动马达特有的“呜呜”声。在最后，这段移动即将结束的时候，他感到电动车向前一倾，定是驶下了一道斜坡。

罗斯福站的货运坡道！这个他再熟悉不过，这条坡道从新政广场之下的泛美车站，向上延展，伸长。如果是要把自己送上穿梭车，前往大中央，就应该走的是货运坡道。

忽然间，门打开了，然后又听到关门的声音。一个脚步声慢慢走到后面，似有人在身后停了下来，一只手搭了下来，放在他的肩头。然后，那人绕过他身边，走到桌子后面。

布里克曼只看了那人一眼，便闭上了双眼，心中备感轻松。是巴特·布拉德利——新墨西哥的州立宪兵司令。

他那身上穿着一身雪白的制服，干净整洁，毫无瑕疵，同布里克曼那黑色的囚服形成了黑白分明的对比。制服上还饰着金色的穗带，还有深蓝色的军衔徽章。

舅舅，老巴特，尽管他只有二十九岁，但已经开始衰老，短而齐的板寸，灰白蒙蒙。他不是个温和的人，也没什么慈悲心肠，更不会嬉皮笑脸。他是个强硬刚毅，并且缺乏幽默感的人，而且刻板严厉，是个戴着金穗带的杂种，生命中的各种行为，都遵循大典照章办事，就像是一台严密的机器。

但，无论如何，他仍旧是布里克曼的舅舅。

巴特用精密严谨的动作，将他的军用手杖仔细地摆放在桌上，甚至让它与桌沿平行，一丝不苟。又把白色的宽边帽放在手杖前面，帽徽则端正地对着自己。他这才问道："你感觉怎么样，孩子？"他一边说着，一边用双眼紧盯着帽子，确保它的轴线与手杖形成一个正确的角度。

"好多了，长官，一看到您！"

巴特抬起眼来，目光严厉，直盯着他。很显然，布里克曼那头蓬乱的齐肩长发，令他感到很不舒服。他冷冷地说："但愿我也能这么说……"

布里克曼故意开门见山地说道："长官，我不是个违规者。我一直都这样说，但他们好像谁也听不进去。我不知道他们这是为什么。您知道我的意思，您比谁都了解我！您知道安妮是怎样把我养大的，我从小到大的情况，您都了解！现在怎么弄成这个样子了！这究竟是怎么搞的！要知道啊，哪怕只是为了亲人们，我也不会变成一个叛逃者啊。"

巴特点点头，眼睛里仍没有那种绝对的信任，他说道："报告上说你被变种人俘虏了，五个月的时间啊，孩子，落在那群野兽手里，这时间可真够长的哪！"说着，他便从桌子后面走来，双手负在背后，绕着布里克曼所在的位置，慢悠悠地兜着圈子，仿佛在沉思着什么。

布里克曼挺胸抬头，下巴高扬，脊梁挺直，虽然后背痛楚，却暗自坚持。他盼望巴特舅舅不会再给他一顿老拳狠脚。普韦布洛的阔脸中尉和这里的宪兵，在他身上造成了损伤，他已基本上体无完肤了。他恐怕再也无法忍受更多的殴打。

“这么长的一段时间，足够让变种人在你心中培植出许多邪恶的思想火花了。这些各种小念头，会让你迷失方向，失去辨别能力，心灵被他们操纵。很快，你就不知道什么是正确的，什么是错误的。”巴特说到这儿，顿了一顿，嘴巴凑到布里克曼耳边，轻声说，“孩子，你知道《联邦大典》上是如何描述那些变种人的吗？”

“知道，长官！他们是黑暗中造出来的东西——”

“没错。黑暗中造出来的东西……他们能毒害你的身躯，侵蚀你的大脑。这话不是我说的，布里克曼。这是第一家族的人说的，你要知道，是他们世世代代一直在保护着我们。他们的唇舌，发出的声音，都是正确的。”巴特说着，又走到他面前，用淡蓝色眼睛死盯着布里克曼的脸，目光锐利如电，道，“布里克曼，告诉我，他们是不是已经毒坏了你的躯体？”

布里克曼尽力让自己目光的焦点落在巴特脑袋后面，说道：“我想并没有，长官。普韦布洛的上尉医师已替我做了检查，我不知道结果如何，他发现了什么。但我，一直感觉身体没事。”

巴特似乎没怎么听，走到布里克曼左侧，将嘴凑到他耳边，问：“那他们是不是已经侵蚀了你的大脑？”

“不，长官！不可能，他们根本不可能做到，我发誓！在那儿的那些日子，我的脑子一直想着一件事，而且只有这一件事：我一定要想办法回来，我只属于这里。”

在布里克曼说话之时，巴特再次走到他的身后，这回是他的右肩后面，停下脚步。布里克曼有点吃惊，朝右侧飞快地瞟了一眼，只见巴特的面孔就在跟前，距离自己的脸仅有一英寸，他咧开大嘴，露出紧咬的牙关，下巴往下拉，往前伸，两睛瞪大，瞳孔之外，眼白外翻。

布里克曼吓得连忙回头，不敢再看，只好盯着淡黄色的墙壁。他想起小时候，曾和戚妹萝兹私下里取笑过巴特，嘲笑他死板僵硬，他那种狂热的忠诚，以及他那种张口闭口就是引用《联邦手册》的方式。但这会儿，忽然之间，当自己被锁链锁在地板上时，他猛然间意识到，如果说老巴特舅舅是一台联邦的机器的话，那这台机器现在已经快要散架了，钉子脱落，缓冲器跳闸，滚轮断裂。天啊，克里斯托夫·哥伦布在上！这是一个神经病，一个发疯的州立宪兵司令。而最可怕的是，他又恰恰是整个新墨西哥州的执法首脑，他在这里，拥有最高的权力，可以对任何人施行逮捕、囚禁、审讯、宣判……甚至是——处决！

布里克曼被自己脑海里冒出的这个念头吓了一跳，身体颤抖起来。这也太可怕了，他该怎么办？而更可怕的是，他不知怎么的，突然生出一种疯狂的欲望，居然想张口放声大笑。

巴特从布里克曼后面绕回来，交叉双臂，胳膊肘靠在办公桌旁，居高临下，审视着布里克曼。

布里克曼只觉脸颊肌肉辣疼，却仍是紧绷面孔，不露任何表情。

“孩子，你说你感觉很好，是吗？那你觉得联邦有多好？第一家族又有多好？”

布里克曼听到这里，顿觉放下心来，这一套他其实早就烂熟于心，正色道：“长官，我的感觉和以前一样。当我处于危机之中时，想起他们，是我活下去的唯一动力。”这些话他真是信口拈来，因为他知道这是巴特最爱听的东西，他坚决地说道："我，从未忘记第一家族为我们所做的一切。是他们从零开始，重新缔造联邦，是他们在为我们创造更加美好的明天。因为他们的存在，我们才能拥有生命，才能拥有生存的意志，才能拥有活下去的守则。而对于他们，我们亏欠得太多，恐怕这辈子都无法偿还。我们每个人，都应当走正确的大道，做个诚实的人，正直的人，并且要时刻准备着，为了联邦，勇往直前，不惧牺牲，只有这样，才能表达我们的感激之情。"他说得热血沸腾，都把自己感动了。

巴特抿抿嘴唇，点点头，赞许地道："说得太好啦！孩子。"

"这就是我的心，长官。我还和以前一样，没有任何改变。"布里克曼坚定地说到这里，停了下来，恰如其分地、庄重地说道，"自始至终，我依然坚信，任何一个战士，一个能配得上寻道民这个名称的战士，他这一生应该获得的最高荣耀便是服从命令，为保卫第一家族和联邦献出青春和生命。所以我希望能够早日澄清嫌疑，重新投入战斗，再次为联邦出力。我知道这时候不该请求获得帮助，但是，无论如何，我都要试一试，您能帮我吗？"

巴特沉重地摇摇头，说："对不起，布里克曼，这个案子在我的权限之内。我唯一能做的，只不过是给你一点忠告。"

"好吧，长官，不管怎么样，我都对您感激不尽。"布里克曼尽量使脸上的神情表现得最为诚挚、最为感人，"其实，这么多年来，您都一直给我忠告，特别是在杰克护父与变种人作战时。正因为如此，才让我走上了正确的大道，我希望能够一直跟随您，走到底。"

巴特脸上的表情有了些变化，好像接受了这番恭维，说道："或许是这样。其实，我们每个人都应该尽己所能，为可以帮助的人提供帮助，就从身边做起最好。布里克曼，只要能够帮你，我一定不会不帮。这倒不是因为你是我的亲戚，而是因为我真的相信，确确实实相信，在你身上，有某种极为特别的东西，能让你前途无量。”

如果换了别人，或者换了别的任何时候，如此饱含感情的高度评价，定会让布里克曼飘然欲仙。但他早已下定了决心，刚把巴特归为天字第一号全无希望的家伙，这样的人说的任何话，都没有半点价值。

布里克曼有点心口不一地回答道：“谢谢您，长官，我一定不让您失望。”说得自己都觉得极为讽刺。

“这是当然。”巴特说着，站直了身体，从桌子边向布里克曼靠近一步，他的蓝眼睛中充满了疯狂之意，“你给我老实说吧，布里克曼，这是男人之间的谈话，我要问你一个很重要的问题。”

“没问题，长官。”

“我听很多人谈到过那些变种人，也读过有关他们的材料报告，但你是我所知道的人当中，与他们接触最近的人，你应该最了解他们。我在录像上看到过，那些畜生是怎么对付我们的人的，但我没有亲眼见过，你却是目睹过。我问你，那些白痴真的是杀人恶魔，是吗？”

“没错，长官。”

“那为什么他们没杀了你？”

“长官，这个问题……我不知道该怎么回答。不知多少次了，他们几乎要杀了我，如果我没有逃出来的话，恐怕……”

“没错，但你没有死。你同他们在一起待了五个月，难道你就没想着问问这些白痴，为什么他们不想杀你，对别人可不是这样？”

“我没敢问，我必须极力避开这个问题，否则，他们心血来潮，说不定真会宰了我。”

巴特用怀疑的目光看着他。

布里克曼感到他目光有异，不得不赶快做出解释：“也许这些平原变种人的行为方式，与平时和我们打仗的那些部落有所不同。他们很可能还没有意识到，正面临着一场真正的大决战。”

巴特脸上的肌肉放松了，朝他咧嘴一笑，道：“得了吧，布里克曼，你无论用什么话解释，都应该找出比这更合理的原因。告诉我，为了保住你的皮囊，你都干了些什么，你到底和他们达成了什么交易？”

布里克曼的回答是——先是大吃一惊，又瞠目盯着巴特。巴特像疯子一样，却不知道这个问题有多么接近真实情况。

布里克曼斩钉截铁地说道：“绝对没有，长官，我从头到尾，连想都没想过要做这种事。就算曾经突然冒出过这种想法，这种事情也是徒劳，除非我也是个大白痴。我们寻道民绝不可能同变种人达成交易的，就像您说的，这些家伙全是畜生！”

巴特“咯咯”一笑，拍拍他的肩膀，道：“布里克曼，你是个好小伙，我当然可以肯定，你恨不得一口气把心里话都说出来。但是——”他温和地一笑，“即使现在没办法一口气全说出来，也是正常的。经历了那些可怕的事情之后，你的压力自然很大，需要一些时间来释放。这是很自然的……”他抬起右手，伸开手掌，弹出五指。

布里克曼看着这只手，觉得很熟悉，他知道，这只手经历过无数个小时的空手道训练，早已刚硬如铁。他还曾经见过这只手，将一摞半英寸厚的陶瓦轻松劈碎。想到这里，他有些不寒而栗，不禁挺挺后背，强自忍耐。

巴特的手过来了，布里克曼咬起牙齿。

但是那只手并未打到脸上，只是拍了拍他的脸颊。

布里克曼的心仍然高悬，这真的很奇怪，巴特的这个动作明明很友善，却比打一巴掌还让人心惊胆战。

"好了，"巴特又笑了起来，"我敢打赌，如果我俩有时间好好坐下来谈，肯定能唠叨一个晚上，你能好好说说那些经历。但现在……"

布里克曼想插嘴，巴特却摇头示意，要他别说话。

"我们没有时间了，"他叹口气道，"所以，你得好好听着，记住我下面要说的话。"说完，他走到桌后，拿起手杖，双腿叉开，冷酷地站立，双手慢慢地把手杖掰弯了，又道："到了大中央以后，你绝对不能有任何隐瞒。我现在就要你答应我，你要把你经历过的每一件事，都巨细无遗地讲出来。包括你做的每一件事，你看到的每一样东西，你听到的每一句话，以及，你感受到的所有的一切。不管这些事情听起来有多么怪异变态或是愚蠢，也不管它们是否与你的信念完全相反，你，必须原原本本地说出来，明白吗？"

"明白，我会的，长官。"

"很好。我知道，你是可以信赖的，布里克曼。接下来，你将要同某些非常重要的大人物谈话，你必须像信任我一样，去信任他们。只要你信任，一切都会真相大白。"巴特看了一眼手表，"十分钟后，从约翰逊/凤凰城来的列车就会到达，你还有别的事想跟我说吗？"

"是的，长官。我想问问，我的监护人怎么样了？安妮她……"

“安妮，很好。”

“杰克老爹呢？他……还活着吗？”

“算是吧……还活着。”

“萝兹呢？”

“她还在内州大学。”

“那么，他们，呃，知道我出了什么事吗？”

“他知道的消息和我们一样，就是听说你在敌占区被击落了。”巴特耸耸肩，“所以……他们早已为你……杰克，唉，他自己就是个老开拓兵，我猜，这在他的意料之中。安妮听说之后，非常伤心，我安慰过她，过了一段时间，帮她挺了过来。”

“现在，还有十五分钟……我能不能和他们……”

“不能，孩子！”

“既然是这样，长官，您能不能给他们个消息，至少让他们知道我安然无恙？您能帮我把情况告诉他们吗？”

巴特摇摇头，严肃地说：“不，都办不到，这两件事，都不能做。”

布里克曼盯着他，问道：“长官……这是为什么？我，我不明白。”

“道理很简单。”巴特放下手杖，摆得整齐，与桌沿呈九十度角，又拿起宽边帽，双手戴在头上，摆正角度，再重新拿起手杖，“啪”的一声，敲在自己张开的左掌上，“他们和这座基地的所有人，知道的情况就是，你被变种人击中，飞行器坠毁在一片燃烧的田地里，撞进了一群尖叫着的变种人中间，对吗？”

“嗯……”

“那不就结了？我能怎么说，这解释不清楚，变种人从不留活口，你还能活着吗？你已经死了。”

“但是，长官……”

“没什么但是，布里克曼，理智一点吧。别指望大中央会因为发生在你身上的一件事情，就开始改写联邦的历史与秩序。”

布里克曼顿时不安起来，刚刚以为以自己的聪明智慧击败了巴特，心中暗自得意的感觉一落千丈。

“那么……他们要怎么处置我呢？”

“你是说对你审讯完以后？”巴特摊开双手道，“这种事不该我来告诉你，布里克曼。联邦是个大机构，里面会发生什么事，谁都不知道。或许会给你安排一个新任务，但也许……什么都有可能发生，我想一切都要取决于你的表现。”他从桌后走出来，来到布里克曼身边，双手紧按他的肩膀，说，“我给你最后一句忠告。其实，我们对你的一切都了如指掌，不要以为你聪明到能愚弄第一家族，没人能做到这一点。你认为我是个疯子吗？”

“哦，长官，我……”

“别说话，孩子。你以为我是怎么爬到这个位子上的？告诉你吧，我可以明明白白地读出你脑子里的任何念头，简单得就像读《联邦手册》的第一页一样。知道我为什么觉得你会出人头地吗？其实那是因为，我能在你身上看到自己的影子。我猜想，我们都从总统司令那里继承了一点什么。你只要能熬下去，就能打拼出……”

布里克曼再次想说话，刚一开口，巴特就伸出一根手指，警告式地制止住了他，说道：“不，别否认了。这个社会，能打拼出来是件好事。我们正在努力建设新的世界，我们需要具有你这种素质的人。但你千万别犯错，不要认为能够玩弄体制，之后还能逃得了。”他友善地拍了拍布里克曼的肩膀，说，“总有一天，当你达到自己的目标，你的许多看法会截然不同。到时候，你会回想起你的老巴特舅舅，那时你会说：‘是啊，有个人尽他所能地帮助过我……’”

布里克曼跟着巴特转过身去，但感到锁链扯住了自己的膝盖，他说了一声：“长官……”

巴特在门口停下，回过头来，脸上挂着一丝笑容，颇具嘲讽意味的笑容。

“那就是说，杰克和安妮永远不会知道，是吗？”

巴特眉毛一扬，冷酷的蓝眼睛上射出炽烈的目光，眼皮微微一抬，嘴角微微一撇，道：“这要由第一家族决定，布里克曼。”他用手杖戳了布里克曼一下，态度是很友好的，“和你谈话之后，我感觉不错，挺开心的。记住，小子，从现在开始，千万要多加小心，听到了吗？”

说完，房门就被关上了。布里克曼看着他走了，才转过脸来，面对着空荡荡的办公桌和墙壁，不禁一声长叹。在怀俄明的那时候，当他走上风河高处的山丘时，曾面临着三种选择。第一种是：留下来，继续当变种人的俘虏。如果这样做，很有可能因为他和清水的事，或者因为他与摩托头之间的恩怨，他或许被杀掉。第二种就是：逃跑，成为一名叛逃者。从此之后，他成了一个被遗弃的人，只能四处游游荡荡。这样做的话，他迟早会死于一场辐射病。第三种则是：回到联邦，成为一个真正的英雄，受到大家的敬仰。那时候，前两个选择都不好，最好的就是第三种选择，或许还得碰碰运气。但现在看来，这第三种选择和他当初的期望值完全不一样啊！

正在思考之中，一阵脚步声自远及近地传来。“咔”，门打开了。他意识到有情况，便深吸一口气，让自己全身镇定。

一只只皮靴砰砰作响，踩着地板走来。他忽然感到双臂被人从身后抓住，头套套在脑袋上，一切又重新陷入了黑暗。金属碰撞声响起，他身上拴在地面的锁链被人抽了出来。

“好了，走！”一根橡皮棍捅了一下他的后腰眼。虽说劲头不算太大，既不会打断骨头，也不会戳坏重要的器官，但足够让他明白，这伙人牢牢控制着他，绝对不会任他耍什么花招。

布里克曼的鼻子，证实了对自己的所在位置的猜测。

他们顺着一条条走廊，穿过一扇扇门，转了好几次弯之后，果然在新政广场下面的地铁站的东行线站台上，停了下来。

他当然能辨认出这个地方，以前他和萝兹一起搭乘过这条线路。他听到周围是来回走动的人群发出的说话声和脚步声，因为周边的宽阔，产生出一种微弱的回声效应，声音变得更响亮了。透过黑色头套上的两片呼吸过滤器，鼻子还能闻到一股消毒药水的味道，就和过去一样。

泛美穿梭列车的线路是——西面亚利桑那的约翰逊/凤凰城站开始，一直向东，延伸到密西西比的乐美/杰克逊站，与休斯敦/大中央站直接相连。这项工程被列为联邦的重大成就工程项目，与之相媲美的，唯有大中央宏伟壮观的约翰·韦恩广场。为了完成这个宏达磅礴的工程，在过去的三百年里，一代又一代十四岁的寻道民就开始了辛苦劳作，每个十四岁的先遣队寻道民都要工作一年。最后，联邦的这一标志性工程终于建成了。

这个庞大的、阔长的、铺设着单轨铁道的隧道系统穿过地下，以线性感应电动机来进行动力驱动，使得一节节车厢能在轨道上以高速行进。每座地下车站和线路上的每段运行区间，都构架着一组组站点环线。这样的话，每天都可以保证有两趟列车双向运行。车上通常装满了货物，也安置着足够多的备用座椅。线路上旅行的寻道民来自各个基地，他们之所以旅行，绝对不是为了散心，只是一种必要的经历。联邦的每个寻道民一生中，至少要乘坐一次这趟火车，集体去参观位于大中央的乔治·华盛顿一世的纪念圣殿。而且，每个乘坐火车的人都必须持有当地宪兵司令部颁发的许可证。有时候会有些违规者，为了震慑这些家伙，这条线路上有一队队冷酷而可怕的"肉糕"定时巡逻，他们经常在列车上盘查过往旅客，如果发现违规者，后果一定是不堪设想的。

就在这时候，双音电铃响亮地鸣叫起来，一段录音广播发出通知，东行的中央列车马上就要到达，它将开往里根/拉伯克站、尼克松/沃思堡和休斯敦/大中央站。

布里克曼感到一阵气流突如其来，席卷至身上，那应该是逐渐驶近的列车在隧道中推进时产生的气浪。这条隧道的建造也有他的功劳，那时候他也是一名先遣队员呢，他很想知道它在亚利桑那那边是什么样子的。

身旁，他能听到他看不到的那些押送队员随意闲聊的声音，谈论的主题是：他们到达大中央后，有段短暂而无聊的时间，该如何打发。听声音，他觉得他们应该是四个人，但也并不能肯定。

这时，他听到列车微弱的"嗡嗡"声，想必是驶得更近了，不一会儿就会停下来。

“这家伙在哪儿呢？烘箱里？”突然，有一个声音粗野地问道。

“不，他和我们待在一块儿呢！”第二个声音说道。

这是布里克曼第一次听到“烘箱”这个说法。真不知道是什么意思，但可以判断，这定是宪兵们的行话，指的是那种押送犯人的单人牢房，里面狭窄闷热，通风不良，和烘烤箱差不多。

“谁带着监控站出具的体检报告磁盘？”第三个声音问道。

“我。”第二个声音答道。

“好，别忘了将它交上去。吉扎拉，记住啊，别再跟那些雅皮士鬼混了。你只有两个小时的临时休假，就让你瞧一眼广场，然后赶快回来，要搭乘第一班从大中央开出的西行列车回去。明白吗？”

“是，长官！”吉扎拉说道。

布里克曼能听出来，他就是第二个声音的主人，便赶快牢牢记下了他的名字。

“中士，你把圣殿忘了。”第一个声音说。

“去他妈的圣殿。”第三个声音说。

“就是，”吉扎拉说，“如果去那儿，要排一整天的队啊。”

“那又怎么样？我们应该表示一下敬意呀！”

列车的轰鸣声越来越响亮，说明它渐渐接近这里了。

那位宪兵中士提高嗓音，叫道：“德莱尼，你也只有两个小时。如果你打算把它全用在排队等候上，我也没意见。两个小时后，你会发现，刚走上台阶，能看见雕在白色大理石上的那张十五英尺高的人脸。”

布里克曼忙把德莱尼这个名字也记下，放在脑子里备份归类，将来一定用得着。

火车缓缓靠近了，它的车身从头至尾、由下而上被漆成红、白、蓝色，它隆隆的声音更慢了，悠然平滑地驶出隧道，减速了一大段距离，最后终于停了下来，车身停在前面，子弹头式的车头停在距离站台最远之处。

“嘶嘶嘶嘶”，空气被压缩得发出怪声，乘客舱和货舱的车门打开了，人们拥上去，开始装卸货物，人群不断地上下列车，车站变得乱糟糟的。

布里克曼感觉有两只手伸过来，分别抓住他的两只胳膊，但这次还好，腰眼上没受到棍击。

“这边走，伙计……”吉扎拉说，语调柔和了一些，不像以前那么生硬了。

布里克曼在他的挟持下，沿着站台往前行走，但没走多远，便被人拉着向右转身。

“好了，低头。”

布里克曼便乖顺地俯身，继续向前走。脚下接触的地面，不再是坚硬的混凝土，而是富有弹性的橡胶地板，这应该是到了列车车厢。

他被再次拉着，转了个身，双膝接触到后面一把座椅的边沿。

“坐下。”吉扎拉又说，他话显然最多。

布里克曼照着吩咐坐下了，从座椅的形状和感觉上，他知道自己正坐在一节普通的客车车厢里。

这时，锁链叮当作响，有人朝他俯下身来。

“我要把你锁在座位上。放松，放松，别紧张，让我们都歇口气，别给你自己找麻烦。行吗？”是德莱尼。

布里克曼先是默然点头，表示同意，想了想，又说：“我想去厕所。”

“克里斯托夫在上！”德莱尼啐了一口，“听着，你得等一下。等车子开起来，离开车站再说。”

布里克曼靠在椅背，竭力让自己不去想，膀胱一阵阵的胀痛。其实，从刚下飞机时起，他就很想撒尿了，但一转眼，马上被宪兵带走了。接着，同州立宪兵司令那场艰难的谈话快要结束时，巴特问他还有什么事情，不知为什么，他没说出来，他觉得提出这种要求逼格也太低了。

到站十五分钟后，列车终于徐徐启动，驶离罗斯福/圣达菲站，开向下一个站点——得克萨斯的里根/拉伯克站。新式的马克二型天鹰战机就将在那里投入批量生产。这趟列车的最快运行时速为一百二十英里，中途还有一段停留时间，计算下来，大概要花七个小时才能行驶八百英里到达大中央站。

列车启程一段时间后，德莱尼便为布里克曼打开锁在座位上的锁链，领着他走过过道，到了厕所门口。

德莱尼推开门，跟着布里克曼走了进去，说：“稍等，我帮你把头套摘下来。”

布里克曼再次看到了光明，他飞快地眨动眼睛，以适应光线，又深吸一口气，感激地看了德莱尼一眼。

德莱尼点点头，说：“行了，尿完敲敲门。上面有命令，把你移交给大中央之前，必须一直戴着头套。”

“明白！今天是十七号吗？”

“是啊。”

“现在几点了？”

“十四点八分。我们大约会在二十一点到达大中央。好了吗？”

“哦，谢谢。我要开始了。”

德莱尼关上洗手间的门。

布里克曼站到墙上安置的小便器旁，拉开黑囚服的裤子拉链。膀胱四周的肌肉刚才绷得太紧，下体难受极了，过了几秒钟才能放松下来。过了好一阵子，“洪水”冲泄，总算清空了内部的负担。他感到了无与伦比的舒服，忙闭上双眼，继续深深呼吸。

实在太奇怪了，不知为什么，从踏入普韦布洛监控站的那一刻起，他感到一种身心的震撼。他没想到，联邦地下世界中的空气与平原人那里的，竟会有无与伦比的差别。

坠机之后，当他恢复知觉，明白自己成了变种人的俘虏时，他是有抵触情绪的，感到难以抑制的厌恶，简直无法呼吸。变种人身体散发的气味，他们肮脏的小屋和古怪的食物，都让他大倒胃口，苦胆水都快要吐出来了。特别是头两个星期里，他生过好几次病，还以为坚持不下去了。可一个月后，他就完全适应了环境。而现在，他反而又觉得不习惯了。当呼吸着联邦空间的空气时，却觉得它既稀薄又腐败，这里的空气是经过遍布各处数不清的通风孔和格栅不断地泵出和翻新过滤净化的气体，在这个过程中，除了铁和机械的味道，其他气味都被过滤掉了。

完毕，洗手，布里克曼心里搞不清楚，到底是什么原因，让押送者的态度发生了这么大的变化。他想，下午应该是德莱尼和吉扎拉在值班，所以态度和上午的那群家伙截然不同，但也可能他们也是早上那群野蛮宪兵中的两个，只不过因为暂时发泄殴打过后，心中恶气稍除，便打算休息一下，等不爽时再动手。当然了，布里克曼可不想试试他们会对自己有多好，说不定一转风向，他们就开始粗暴了。

他敲了敲门。

德莱尼走进来，拉开头套，准备给他套上。

“谢谢你，让我有机会喘口气。”布里克曼说。

“我真搞不懂，你怎么会穿上这身衣服。”德莱尼咕哝道，“像你这样一个有门路的小子，怎么搞的，竟落到这样的下场。好了，到了拉伯克，车厢里要是没人的话，我会把你的头套再摘下来，你还能看看电视哩！”

“那真是太谢谢了。”布里克曼心怀感激地低下头，让身材矮小的德莱尼举手就能给自己套上头套，不必站到该死的坐便器上了。但结果仍是一样，无论如何恭顺，他都被笼罩在一片黑暗中。现在他明白了，一定是押送员发现他同州立宪兵司令是亲戚，便通融了一下，不再折磨他，待他好一点，好为他们自己留条后路，以防万一，将来他洗清罪名，再回来的时候找他们的碴，那可不大好受。

布里克曼暗想：“你脑子还真好使，德莱尼，等着吧，以后我会再找你的，你这条小爬虫。我得让你帮我找到那六个将我从坡道上拖下来的家伙……”

列车到了达里根站，车厢里还是有人，德莱尼骂骂咧咧，似乎仍有点失望，本以为这是个献殷勤的好机会。

但布里克曼并不介意，虽然错过了专为前往大中央的旅客而播出的录像节目，但其实他更愿意用车上为乘客准备的耳机听听音乐。

“旁边有人，”他当然不会说出实情，解释得很圆滑，“我不想让你们有什么麻烦。”

这自然不是他的真实想法。就算在以前，当他去地面上探索变种人的世界时，他也从来都不爱看什么联邦电视台。除了专业业务和关于档案资料的频道之外，那些节目就像字母级楼层里的空气一样白痴寡淡，什么蓝天歌手的演唱，什么鼓舞斗志的杂碎，一个个矫揉造作，没头没脑，一点都没意思。最糟糕的是，还点缀着什么事先编排好的新闻，其实就是些微不足道的小事，却骇人听闻地故意报道，让人看了想砸屏幕。

其实，大概从六七岁起，布里克曼便对这类事情有倒胃口的感觉了。长大以后，他越来越难以接受那些单调乏味全无营养的精神食粮。后来，比他小两岁的萝兹也承认了，她同样对这些东西感到厌倦。正是两人这种共同的厌恶感，令他们相信，自己的确与众不同，他们比普通人更优秀。他们是特别的“另类”，而这一念头成为两人之间的秘密，他们在短暂的童年时代一直亲密无间。布里克曼十四岁(联邦中，一般这个年龄都被看作成人了)的时候没有其他朋友，他清楚地知道，自己同萝兹的友谊已经成了超友谊，超出了《联邦手册》规定的亲属界限。

自从离开罗斯福站，他就开始了新的工作，与先遣队员们一块儿劳作，服为期一年的工役。从那时起，他就装出对离开萝兹很无所谓的样子来。

他已经学会了某种伪装，很擅长将自己的真实感情隐藏起来。当时，他在通向亚利桑那凤凰城的最后一道铁路环线上干活，开工后不久，他就产生一种奇怪的感觉：他时常能够感应到，即便自己同萝兹远隔着数百英里，但似乎两人仍旧待在一起，能知悉对方的感觉。他从未向戚妹说过这种事。不过那次从飞行学院毕业，准备去篷车队服役之前，他同萝兹待了几天，而萝兹先告诉了他，在他第一次执行地面单飞任务时，她曾感应到他的精神状态，这说明两人有精神上的联系。当他从通向外界的坡道上腾空而起，当他第一次居高临下望向地面的时候，那些种种的惊讶玄奇，惊心动魄的感觉，她同样也经历了一遍。在她的内心深处，她也看到了同样的大地和天空，广阔无涯，无边无际，又是那么壮美和瑰丽。

他当时大吃了一惊，但却从未向萝兹说过自己对她的感受，或者，他根本不敢承认自己也有同样的感应。这种感觉强烈而刺激，仅次于清水在他心中激起的波动。清水，啊，那个美丽的女变种人，不，不对，是那个变种人女孩，同她在一起时，他，天啊，克里斯托夫在上！一想起她，他又开始身心俱裂，痛苦难当。他清晰地回忆起那个晚上自己被迫参加咬箭时的场面，那是他第一次看到她。从那一刻起，就像阳光洒向了阴暗的森林，强大的冲击力令他无法自拔，可是炽烈而又矛盾的情感从此就开始折磨着他。他时而将世上的一切都抛诸脑后，时而心里又乱糟糟的。自从在火光中看到她完美无瑕的俏靥，心中就生起了一种难以抗拒的渴求，他希望同她在一起。那种狂热的欲望，如火如荼，熊熊燃烧，他要将她全部拥有，不管是她的身体，她的心，还是她的一切。他要让她的全部，同自己的全部，融为一体，再也不能分开。

大劫难之前，对这种情况有种直白的语言描述，那就是“情网”。布里克曼狂热地坠入了情网。可惜的是，他这辈子从没听说过这种话。

在布里克曼出生之前，很久很久之前，第一家族便下定决心，利用他们至高无上的权力和影响力，花费了几百年的时间，才将“爱情”“感情”“欲望”这一类词汇从联邦的视频字典中抹去，同时被删除的还有很多其他有可能会引来麻烦的词语，比如“个性”“自由”等等。他们认为，在一个由军事化的纪律和经验主义逻辑打造出的国家里，这一类观念根本没有必要出现，这些难以捉摸的抽象概念，简直没有存在的必要性。

故而，这些词汇已经从语言中消失了，布里克曼有口难言，怎么都没办法表达出自己真正的感觉，他不知道怎么去描述，怎么去形容。他患上了自古流传的相思病，但他没有能力描述自己的病状。

最糟糕的是，他同清水那段短暂的交往与自己从小受到的教育，与联邦灌输给他的《圣经》完全背道而驰。自从出生时起，寻道民就认为，变种人不是人类，而是一种比人类低级的动物。只要一想到要同变种人接触，他们便会极度厌恶和恐惧。正因如此，对寻道民们来说，布里克曼所做的事情，简直无法想象，早已超出了正常人理性的思考范畴。但是，尽管布里克曼头脑有些混沌，却有一个念头始终保留清晰，就像一道明亮的激光束刺透了疑惑的迷雾。他知道，自从见到清水之后，这一生都将面临着翻天覆地的改变。从那时候起，她便已经成为他生命的一部分，他需要再次找到她，与她重新结合在一起，融化她，拥有她。只有完成了这个心愿，他才觉得人生没有白活，他才可能完成新的未来的目标。

布里克曼把头靠在椅背上，尽力斩断与外界有关的感觉，比如人们谈话时发出的低语，列车前行时单调的“嗡嗡”声，还有锁在手腕和双膝上的镣铐的束缚，头套蒙脑那窒息的约束和黑暗……过了半天，他剥离了这些感觉，便觉得自己飘升起来，像是一团云雾，扩散进了黑暗之中。他不知道雪先生和佳得利入定后，灵魂会飘向哪里，他此时能够触摸到自己过去在冥冥中听到的那些神秘之语。那些话难道就是雪先生说的神秘天音吗？莫非，这些事情不是虚幻的想象，而是真实的存在？

清水的名字再次出现在他脑海中，他试图用思维召唤出她的影像，但头脑视窗中却出现了萝兹的面容。他能感应到，她的思想正越过数百英里的距离，朝自己延伸而来。意识中，响起了一个只有他才能听到的声音，那是一声冷静而又急切的低声细语，他不禁想起了轻轻拂过树梢的微风。

就是这声低语，她知道他还活着，她也知道他正在赶来，但他一定要小心，再小心。

因为，他们一直都在监视她。

第四章

终于来到了休斯敦，所谓的大中央。

布里克曼被移交给另外一支戴白色皮手套的宪兵押送队。

他仍旧戴着头套和锁链，不知道具体身置何处，就被拉上一辆电动车，开了一段很长的距离，来到另一座站台，下车步行，上了第二趟列车。这次路途倒是很短，只行驶了二十分钟，便到了目的地。

在这最后一段行程，他跟着宪兵队在一条条移动的人行道之间，一会儿上，一会儿下，最后，是乘电梯一直上升，他完全蒙了，搞不明白方向。

这会儿，就算他能看见外面，也照样会迷失方向。以前，他曾来过大中央两次，时间都很短。第一次是七岁那年，集体游览大中央，途经白宫，那庄严的建筑极为神圣，他还照固定的路线去瞻仰乔治·华盛顿·杰斐逊一世的圣殿。第二次就是八个月之前，他和萝兹来到这里，在刚竣工的约翰·韦恩广场附近游玩了两天，参观了新建地下大厦，它确实相当迷人，引人入胜。这两次参观的时间都不长，看的地方也很少，他的脑子里还没完全搞清楚联邦首都各个地方的确切位置。

有人终于将他的头套摘去了。

布里克曼眯着眼睛，适应了一下眼前的光线，渐渐看清了身边环境，他只能推断出这样一个结果：此刻，他正置身于一个医疗所中。在视线的一角，他刚好能瞄到两名宪兵正站在身后。他小心地控制自己的目光，不要幅度过大，转过身去能直接看到他们就好。这方面联邦也是有严格规定的，禁止违规者同押送人员进行直接的目光相触。一旦发现违规者这么做，哪怕只有一点点迹象，就说明违规者是对联邦法律进行挑衅或者抗命，押送员便会用橡皮棍为对方进行身体按摩。就是基于这个原因，普韦布洛的那名中尉才会爽快地使用枪托，给布里克曼好好地推拿了一番。

坐第二辆列车时，布里克曼猜出了一些线索，有可能清楚目前的所在位置。他知道，因为白宫和美铁行政部——政府管理整个机构的系统铁臂，都与大中央站保持着一定不远的距离，而且警卫林立，戒备森严。但在主基地四周会设有一些其他的专门机构，比如内州大学，萝兹目前正在这所高等学府中攻读医学博士学位；还有生命学院，所有寻道民都在这里出生，通过体外受精孕育，再被植入寄主母亲的体内，成为胎儿，呱呱坠地；另外就是宪兵总部，其正规名称叫作“总局”，一般大伙都称它的非正规名称——“肉糕山”；在最重要的哥伦布区，联邦的巨型电脑哥伦布就安置在那里。

布里克曼乘坐过连接白宫和大中央的专用地铁，但那已是十年前的事了。那时他哪会知道将来要发生这种事，也没对路途中的细节多加注意。这会儿，他也记不清楚，自己是怎么从大中央站上车的。想得头脑一阵混沌，他不想再去猜来猜去的了，就等待命运的判决吧。如果第一家族决定他可以回归，所有问题都不是问题；如果他们不允许自己回归联邦，非要将自己当作反叛分子处理，那么他在哪里又有什么意义呢？这预示着他灿烂的职业生涯将被终结，而且，是永久性的终结！他的尸体不知往哪条最顺手的竖井里一扔，一切便都结束了。

天音的预言，最多也不过如此而已……

这时，只见一名身穿白衣的医师走了过来，在布里克曼面前停下。那医师双手插在衣兜里，目光一灼，随意打量了一眼，便对宪兵说道："行了，不需要镣铐了。给他解下来吧。"

于是两名宪兵乖乖地打开了锁链。

布里克曼揉着手腕，感激地看了医师一眼。

打开他脚镣的那个宪兵站起身，把锁链整齐地盘绕在手上，问道："接收手续办好了吗？"

"准备好了。"医师答道，"你们出去时，可到办公室去取。"

布里克曼看着他们走出房间，然后转对医师，立正站好。

医师一挥手，说："别紧张，放松些。"

"谢谢。"布里克曼环顾四周，"太奇妙了，难以想象，我早晨还在科罗拉多，现在就到了大中央。"

"是呀……你走了很长很长的路了，想洗个澡吗？"

"啊，太好了。"

"在普韦布洛，他们有没有给你东西吃？"

"有啊，长官，我吃过早餐。一杯爪哇热饮，还有点B级口粮。"

"然后呢，就再没吃东西？"

"没了，长官。"

"好的，"医师说道，"现在，听我的。你去洗澡的时候，我会扔掉你这套囚服，给你准备一身干净的蓝色制服。洗完澡，换好衣服后，我们就下去，到餐厅吃点热乎的饭菜。怎么样？”

“真是太棒了。”

“还有，别再叫我什么长官。我只是个清洗试管的。”这位友善的医师伸出一只手来，“我叫奇桑姆。约翰·奇桑姆。咱们就直接叫名字吧，好吗？”

布里克曼用力握了握他的手，说：“见到你很高兴，约翰。”

“还有件事……呃……”

布里克曼一惊，警惕地瞧着他。

奇桑姆笑了，似能看出他的心思，说：“去餐厅之前，你得剪剪头发。”

“哦，这当然。”布里克曼答道，“真是的，每次那些宪兵一看到我，眼睛就发火，嘴里就直吐白沫。”

“呵呵，我懂你的意思。真不明白为什么有人会自愿去当宪兵？难道生命学院那帮人，培育出了一种特殊的品牌，名叫蠢货？”

布里克曼暗想，现在自己应该不是在生命学院，奇桑姆的话已经排除了这种可能性，而且，如果那两个宪兵要到外面的路上才能拿到他的接收手续，就说明这里也不是总局。

奇桑姆走到一个装满各式手术器械的壁柜旁，柜下有一组柜台，他拉开其中一个抽屉，从里面拿出一把剪刀和一把电动理发推子，然后把推子的插头插进旁边的电源插座，说道：“将那边的椅子拉过来。”

布里克曼忙把金属椅子拉到适当的位置，像温驯的小兔子一样，规矩地坐在上面。

奇桑姆便用剪刀先剪去他的大部分头发，然后用推子给他理了个平头，长短适合，绝不会违犯规定。他在布里克曼的眼前展示着手掌，道：“我这双手不知剃过多少次头了，真希望每理好一个，就能为我挣到一个信用点。”

布里克曼没有搭话，但在心中只觉愤怒。就因为某个愚蠢的规定，自己好好的长发没了。但他再次提醒自己，必须控制住自己，不要激动。“你现在回来了，布里克曼。一定要冷静，冷静，凡事都要聪明一些……”

奇桑姆退后几步，审视着自己的手艺，笑道：“就这样吧，很好。”

他拿起剪刀，剪掉几根支棱起来的发梢，又换成推子，贴在布里克曼的右耳后面，清理发际的碎毛。

“听着，我认识你的戚妹——萝兹。”他突然低声说。推子“嗡嗡”地响着，只能勉强听得出他的意思，“想不想让我帮你给她报个平安？”

布里克曼顿时头脑一抽，意识内警铃大作。这家伙怎么会同自己的戚妹有关系？

“会不会很危险？”他不动声色地问。

奇桑姆对这个问题微微一笑，把推子拿开，抽掉围在布里克曼脖子上防止碎发的毛巾，让他站起身来，说道：“欢迎你重新做人。”

布里克曼感到自己的双眼酸涩，泪水泫然，他从椅子里站起来，双手使劲地揉了揉脸，尽力掩饰住自己的真实感情，同时暗暗告诫自己：“一定要把持住，布里克曼！不能让任何人知道你的真实想法，令他们达到目的。特别是那些外表和善的家伙，他们说不定才是最危险的。”

理完发，洗完澡，他们就去餐厅吃饭了。

吃饭时，奇桑姆居然一句话都没问布里克曼在被俘期间发生的事。两人的谈话很随意，只涉及他在罗斯福站的生活，学院的三年学习，以及在篷车队上服役的经历。奇桑姆真是一个和蔼可亲的人，提出的问题都很聪明，恰到好处，并不过分好奇。

快吃完的时候，布里克曼忽然意识到了，奇桑姆只是问自己问题，而他却半个字都没透露他的背景。

两人吃完了，将盘子推到一旁。布里克曼提了一个问题，一个自从理发时就一直想问的问题。他知道，奇桑姆也很希望他来问这些问题。

“我这是在什么地方？”

奇桑姆沉吟着道：“我想，眼下你还是不要知道为好。这对我们两个都好。”

“你和萝兹有什么关系？”

奇桑姆不在乎地耸耸肩，说：“没什么特别的，只是好朋友而已。”

布里克曼还想等着他说下去，但奇桑姆却不再说什么了。

“可是，不应该有人知道我回来了啊。”

“没事的，她能保守住秘密。”奇桑姆的目光安定、祥和、真诚。

“我知道她能，但是……”布里克曼摇摇头，“这风险也太大了。如果有人发现的话，那可就玩完了，你我都全完了。”

奇桑姆再次轻松地耸肩，道：“你敢冒这个险，我又有什么不敢？”

“好了，约翰。你应该明白的，他们会把我埋起来。你为什么要替我冒险？你并不欠我什么。你想干什么？”

奇桑姆盯着布里克曼的眼睛，慢慢地说道：“没错。我不欠你什么，我也没必要非要向你做出解释。对吗？”

“好吧，也只能这样了。但不管怎样说，我还是谢谢你。”

奇桑姆从桌边站起身来，低头道：“她是个好孩子，将来，一定会成为一个优秀的医生的。”

“如果她没摊上麻烦事的话，肯定没问题。”

奇桑姆点点头，坚定地说：“她不会有麻烦的。”

然后，他便带着布里克曼离开了用餐区，来到一间有四张床的小病房。他向布里克曼道过晚安，并说第二天早晨再来找他。

两人告别，奇桑姆走了。

这里只剩下了布里克曼。

宽阔的走廊两侧，半透明的帘幕隔出了六间病房，他住的就是其中之一。

在医疗所的大门内侧，两名身穿白衣的勤务兵坐在办公桌旁值班，灯光十分明亮，而其余房间内的灯都被调到最暗。

布里克曼爬到唯一一张铺好的床上，全身放松，酣畅地呼呼大睡。

接下来的两天里，医生们来了好几趟，给布里克曼做了详尽的体检，事实上，是对他身体的每一个部位都进行了彻底的检查，包括体表和体内。全身扫描，提取皮肤组织、骨髓、血液、唾液和尿液的化验样品，布里克曼苦不堪言，最令他反胃的，就是把自己的大便用勺子舀到一个小罐子里。

大量仪器对他的精神反应和身体反应进行了各种各样的测试，使用的器具更是多种多样，从电子显示器到橡皮锤，应有尽有。他的两肋和理了发的脑袋上还贴了电极，用来监测他的心脏和大脑。

布里克曼推测，这是在检查他是否受到了辐射损伤，但就像在普韦布洛一样，没有一个医务人员跟他解释过，这些测试到底有什么作用，更没有人通知他检查结果。人们把他像玩具一样随意摆弄，翻来覆去地检查，似检查一只密布晶体管的黑匣子，仿佛这个身体不是他的。

他偶尔才能看到奇桑姆，在他的感觉中，只有奇桑姆才是他同真实世界的唯一联系。

第二天，检查即将结束时，总算出现了个机会。他同奇桑姆单独待在一块儿，便趁机询问奇桑姆，检验结果情况如何。

奇桑姆警觉地走到门口，看看是否有人过来，突然，他快速打开身旁一只水槽上所有的水龙头，然后招手让布里克曼靠近，说道："目前，我没有看见任何官方资料说明，你懂的，但结论是——你很干净。"他咧开嘴一笑，"咦，看上去你并不吃惊啊。"

布里克曼皱起眉头，说："啊，我并不吃惊，因为我早就知道，我的感觉从来没像现在这么好过。但是，奇怪了，你是说他们没在我身上发现任何古怪的东西吗？"

"对。"奇桑姆说。

布里克曼盯着他，疑惑地说："但是……你我都知道，我到地面上那么长的时间，这是不可能的啊，况且我根本没有任何防护……"

他还没说完，奇桑姆就说：“是呀，也许正因为这样，他们才把你隔离起来。对了，我还要告诉你另外一件事——”他又向门口看了看，将嘴凑过来，在一片流水声中，仍能清楚地听到他的话，“你并不是第一个这样的人。”

布里克曼大吃一惊，一时说不出话来。更糟糕的是，不知道什么莫名其妙的原因，这个消息像是更深切、更让人不安的药剂，注入了他的体内。他的双腿开始剧烈摇晃，好像地面正在他脚下碎裂，继而，整个身体都散了架。他的耳朵里产生出一种隆隆作响的轰鸣。过去这种声音只出现过一次，就是，当萝兹说起他们在他第一次地表飞行并有了精神上的感应之时，这一切生理的不适，导致他浑身颤抖，双手慌乱地伸出，想抓住奇桑姆的胳膊。

奇桑姆一闪，躲开他的一抓，退后一步。

布里克曼听到了一个声音，既绝望又混乱的声音：“你是说我没有……可是……那些人……怎么也会……”

这是他自己问自己的声音。

“闭嘴！坐下！”奇桑姆嘶声低吼，“有人来了！快把我说的全都忘掉，快！”接着，他猛地一转身，走到房间的另一头。

正在这时，一名医生走了进来，是这两天也曾替布里克曼体检过的医生，他径直来到布里克曼跟前。

布里克曼身穿医院的白大褂，双手搁膝，浑身瘫软，呆立不动。

那名医生有点奇怪，忙按住布里克曼的肩膀，道：“怎么了？快穿好衣服。”

布里克曼没有回答，仍是痴呆之状。

“喂,大兵——怎么回事?你发抖了?”

“哦,有点冷。”布里克曼回过神来,忙病秧子地回答。他有气无力地站起身来,强迫自己抬头挺胸,眩晕消失了,耳鸣声渐渐消退。他接着说:“好了,没什么了,我好了,感觉很好,长官,没事了……”

“那就好,”医生说,“明天早晨,审查委员会来审查,你要做首次汇报。”

当天夜里,布里克曼在空荡荡的病房里难以入眠。

而此时的奇桑姆,则偷偷用自己的身份卡进入了一间小会议室。

装在墙上的电视屏幕正对着一组半月形会议桌的豁口，桌旁设有九个座位。奇桑姆走到半月形底部正中的椅子前,坐下。安装在电视上方的摄像机摄录下他到来的场面，并将他脸部和身体的电子图像交给电脑分析,确认他的身份。

过了一会儿,屏幕上美铁联邦的红、白、蓝色星条图标消却,换成了一位年轻姑娘的半身图像。她有一头乌黑靓丽的秀发,坐在一张银光闪耀的办公桌后,桌面如镜,熠熠发光。

奇桑姆一见到她,便谦恭地站了起来。

女子朝他一俯,两手在桌上支颐,搭在一起,说道:“晚上好,约翰。”声音低沉,坚定刚毅,又抑扬顿挫,却十分好听。

“晚上好,富兰。”

“请坐。”

奇桑姆也坐下,双手交搭,放在身前,姿势同对方一模一样。

富兰长着一张鹅蛋脸,皮肤白皙,嘴巴宽大,嘴唇坚定,眼睛是棕灰色的，短发拉直，自右侧分开，前额的头发梳成一道斜线，一直抹到耳后。她身上穿着银色的连身制服，这是第一家族成员的正式制服，胸前有深蓝和白色的嵌片，标志着她的军衔。

奇桑姆同富兰大约有六个月一直保持着联络，据他目测判断，富兰可能有二十七八岁。不过也不一定，第一家族成员的年龄很难做出准确判断。虽然她所在的位置与奇桑姆目前相隔不算很远，但两人却从未真正面对面过。自奇桑姆开始执行现在这个任务以来，关于这位行动指挥官，他就只知道两件事：第一，她的全名为富兰克林·德拉诺·杰斐逊；第二，他是专门负责史蒂夫·布里克曼的控制官。

“8902号情况如何？”

“出现一丝裂隙，但还没有完全破碎。”奇桑姆答道。

“关于他被俘的那段日子，他有没有说出点什么有用的事？”

“完全没有。他的确有可能与变种人存在着某种神秘的联系，但他是个飞行员，个性独立，精神强大。我尝试过，想诱使他开口，但他完全没有憋闷感，也似乎不需要和别人有任何社交沟通。”

“是呀，他的个性确实超乎寻常，非常坚强。”富兰承认道。

“另外，我还有一种很强烈的感觉，他已对我产生了怀疑，认为我的工作不只是清理试管那么简单。”

“他若是不怀疑，才让人吃惊呢！”富兰说，“他很敏感，和他戚妹一样，有点多疑症，对任何人都会怀疑。他有没有问过检查结果？”

“问了。我按照您的指示回答了他，他的反应很强烈，和您事先估计的一样。有那么一刹那，我以为他就要崩溃了。这真是一种，嗯——不知道怎么说，嗯，很有趣的经历吧。”

富兰沉思着点点头，说："他知道这个情况后，脑子一定会活泛起来，肯定会琢磨出点什么。你觉得怎么样，约翰？他的心理范式还能继续维持？"

奇桑姆想了很久才答道："这方面我可不是专家，但您真要问我的第一直觉的话，我觉得，答案是肯定的。但，从另一方面来说，如果最后发现，其实我是错的，如果能够重新塑造他的心理范式，能否再一次控制住他？"

"这个问题问得很好，约翰。这种事我们以前从未尝试过。霸王这个项目，非常重要，已经运作了五十多年，但我们对这方面还是不甚了解。对于目前这些对象，重塑心理范式也解决不了多大问题，反而会弄出更大的麻烦。"富兰伸手一捋前额秀发，给了奇桑姆一个笑脸，就像是一种赏赐，"还有其他什么情况？"

"是的。"奇桑姆说道，"我们知道，他的自控能力非常强，但只要我一提到他的戚妹，他就情绪震荡。这绝对是真实的情绪，我们对他采取的这种方法，先硬后软又再硬，可能开始有用了。另一方面，或许他对萝兹——我是说 3801 号——怀有某种歉疚之情。我认为，我们应当考虑把他们放一块儿，面对面，看看他们的反应。你知道的，那时，他坠机的刹那，她远在千里之外，居然身心也严重受创。由此可知，此时此刻，她大概也能感应到，他还活着。"

"可她在大中央，也能知道？"富兰沉吟着问。。

奇桑姆耸耸肩："这没什么奇怪的。"

"哦，这么说，你的意思是，我们先按计划让他接受审查，如果审查员仍砸不开这个硬核桃，我们就只好把他和他的戚妹放一块儿，将她卷进来,用她影响他！”

“没错!”奇桑姆说道,“同时,我会继续扮演大好人的角色。我想,如果能帮助他们两人见面,我在他心目中的地位,一定会提得很高很高……”

富兰点点头:“不错,我蛮喜欢你这个主意。约翰,我先把我这边该办的事情都解决了,再来找你。保持联络。”

“好的。”奇桑姆站起身子。

“晚安,约翰。”

“晚安,富兰。”

屏幕上,她的图像又变成了美铁联邦的标志——一个圆圈,蓝色蓝底,里面是一颗白色五角星。圆圈两旁,各伸出一片白色长方形,分别被一支红色箭头平着横穿而过,指向其外侧。而五角星和长方形,均为红色边线勾勒。这里头是包含意义的,据《联邦手册》上说,白星象征着得克萨斯,孤星之州,也就是内州,那是美铁联邦的诞生地。蓝色的圆形则代表那片蓝色的天穹世界,它终将回到我们的怀抱。白色的五角星和长方形的四周,那些勾勒的红色线条象征着地面上的疆界,它们因为红色箭头的冲刺,不断向外扩展,红色便是勇士们在开疆拓土时献出的鲜血。被红色箭头横穿而过的两个白色长方形,则代表外州。是联邦将它们从变种人手中夺了回来,将它们从腐朽恐怖的黑暗世界,变成了人类真正管辖的一方纯美净土。

奇桑姆小心地摆好椅子,心中涌起一个想法,那是一个秘密,一个惊人的发现:其实,第一家族,最大的天赋就是欺骗,在这方面,他们似乎拥有无穷无尽的能力。最后,人们不得不相信,这个永垂不朽的杰斐逊家族王朝,应拥有大约五千名成员。是的,就是从那时起,很久以前,它就已经成功地把自己置于人类这座金字塔的顶端。这座荣耀的金字塔是由不知多少谎言和欺骗巧妙地编织起来的社会建筑。几百年来,这些谎言和欺骗越来越被人当作公理,信以为真,逐渐披上了权威的外衣,它们的势力变得越来越坚固,就像大地深处那些几亿年的岩石一样。这种力量为他们提供了层层堡垒式的坚实基础,让他们在上面供奉起现在这个权力宝座,一个不可动摇的权力宝座。

针对布里克曼,他们专门为他塑造了心理范式。这小子是个特例,但其他人也都接受过心理范式的塑造。奇桑姆有些混沌了,他也无法完全确信自己的发现。这就是作为密探的诅咒,做这种工作,真相与假相会越来越模糊,很快将变得难以区分。种种假身份和真正的你,到头来将融合在一起,你已经无法确认你到底是谁,最后能确信的事实只剩下一件,那就是,至少,你还活着。但就连这个事实也可以销毁,只要犯一次大错就行。

奇桑姆走出会议室,向寝室走过去,这是他与另外三位医生共用的。

是的……这是个艰难的世界,只有当一个人死了之后,才能逃离第一家族的控制。他们可以用各种各样的方法杀死你,还能随意掌握你断气的速度,可以让你死得干净利落,也可以让你经受漫长的痛苦煎熬。只有你那颗心脏停止了跳动,你才能完全解脱。用比喻的说法就是,从坟墓底下溜走了,真的一走了之。

底下,没错……

人们自始至终，总想当然地认为，人死之后，应能留下点什么，总有个地方可去，奇桑姆希望真有这样的地方。自从有一次，一名寻道民让他看了一本书之后，多年以来，他心头一直在琢磨着这个念头。

地面上有个地方叫作达拉斯，在它下面，密布着大劫难时期之前的一条条隧道。他在里面追捕到了一群叛逃者，那家伙正是其中之一。那本书不是什么所谓的大典，不是那本千篇一律的手册，更不是什么视频资料的电子页面，它竟是一沓发黄的长方形页片，残破不堪，采用一种薄薄的、软软的、类似纤维的材料制成，上面写着一行行的小字。那个老家伙告诉他，这就是纸。

在奇桑姆见过的东西中，与这东西最类似的就是塑料薄膜了，因为地面的地图都是印在这种薄膜上的。那本书的名字叫作《旧约暨新约》，里面是一连串的故事，讲述的内容，大概是很久很久以前发生的事了。那时候，久远得连蓝天世界都还没有完全形成。

奇桑姆当时的任务是渗透到这个团体中去，于是他花了很多时间来了解这本书。这实在不容易。那些书页本应该平平整整，一侧则应固定到一起，可大多数页片都已松脱，甚至有些页面不见了，很可能是被撕掉了。是呀，难怪联邦不再使用这种东西，把一切都放到数据盘里，就不会脱缺了。对于这本书，奇桑姆最主要的印象就是，那些一个个过往的时代，其实并没有多大的改变。总是有许多战争伴随，许多糟糕的时刻，美好的时刻，人们常常受到不公正的待遇，等等。这书中有个名叫约伯的家伙，克里斯托夫啊！他的经历才叫糟糕呢！书里还有很多家伙，承诺会有一个更美好的明天，还长篇大论地谈及正与邪。书中描述过一个地方，叫天堂，那是上帝所在的天国。很像传说中的蓝天世界，只是更美好、更纯真。

那伙人被抓起来之后，奇桑姆把书藏到一条废弃隧道里，儿块松动的砖块后面。他本来打算日后回去取的，但一支宪兵爆破队来了，将那伙人的藏身处炸成了一堆碎屑。奇桑姆心中惴惴，但也经常告诉自己，这样的事情是好事，再好不过了，那本书如果还在，很可能会让他丢掉性命的。

身为一个密探，具有行使执法权的能力，他明白联邦所谓的守则意味着什么。可发现了那本书之后，就开始糊涂了，始终想不通，为什么拥有它会构成一级重罪。

从那时起，奇桑姆就开始一项秘密的测试，每次上面指派给他任务，他会更加仔细地去分析。他不是想质疑命令，当然不，那会招来致命的结果，而是暗自思忖，为什么像他这种人，是联邦中必不可少的成员。那本旧书里，各种各样的故事纷至沓来，始终在他的头脑里萦绕，难以挥却。除此之外，还有另一个问题一直困扰着他。就在藏身地受到突袭之前，那个老罪犯偷偷告诉了奇桑姆一个大秘密：在达拉斯另外一个地方的地下，他曾发现了一座巨大的图书馆，里面有成千上万本这样的书籍，其中全是各式各样的故事、图片和史实，讲的事情都是大劫难之前的那个世界。凭总统司令的生命起誓，这点绝无半点虚假。那老家伙只是在里面绕了一圈，就花了整整两天的时间！天哪，那里面真是一架又一架的书，从地板一直顶到天花板；一排一排的书架延伸开去，好像无穷无尽。他曾答应过，要带奇桑姆去瞧瞧，但就在他们准备穿过隧道迷宫前去图书馆的那一天，奇桑姆的小队和宪兵后援队突然发动袭击，把所有人全干掉了。唉，那已经是五年前的事了。

奇桑姆想知道，那些书还在那儿吗？碎石后面还有多少书？第一家族知道它们的存在吗？对于大劫难之前的时代，第一家族在他们的视频档案中没有透露出多少信息。

那些书中所写的，莫非才是真实的？

第二天早晨，布里克曼来到审查委员会面前。已经来了八个人，五男三女，第九位成员是委员会的主席，目前还没有到达。

布里克曼在一把椅子前以稍息的姿势站好了。按照正常情况，接下来的五天里，他的大部分时间都将在这把椅子上度过。等委员会成员们分别在主席那把手工雕刻的高背椅两旁坐下之后，布里克曼就将开始揣摩他们每个人的言谈举止，察言观色，根据各种情况快速反应，小心作答。审查员们面前的桌子摆成半圆状，将布里克曼的椅子围在当中，他们环绕半圈，以便在询问过程中观察他的举动。

布里克曼抬起眼来，看到周边都是无处不在的监视设备，一套摄像机和麦克风正对着自己，将记录他的言语和动作。接下来，生成的数据盘会被拿去仔细研究，他当时表现出的每一个细节都会受到相应的审查。其实，上头对所有寻道民的审查都会运用这套技术，无论被审查对象的级别有多高。每隔三个月，任何一个职位在高级主管之下的人，都要同两名审查员见面，其实就是进行审查了。审查员将对他的个人表现和态度进行评估，然后开始奖惩。奖励的话就增加他的信用点数，处罚的话就减少他的信用点数。这个程序在每个人刚满五岁的时候便开始执行了，因此大家对它都很熟悉。对于绝大多数寻道民来说，这种审查永不结束，除非是收尸者前来拜访。在此之前，布里克曼在一年四次的审查中总是尽量表现出色，但他每次只是应付两个人而已，还从未试过面对整整一个委员会。这会儿，他谨慎地瞟了两眼委员们，想猜测一下他们的年纪。估计那些人都在三四十岁之间，头发灰白说明不了什么问题，并不表示他们有多年老，因为有些主管二十五岁就已经满头白发了，而且，在多次艰苦的对外征战之后，许多开拓兵也都是白发苍苍。但是，据说，即便一群人全都脱光衣服，你也能从其中分辨出哪个是审查员。只因他们看人的方式绝对与众不同，那种锐利的目光，就像钉子一般，能一直盯到人的骨髓里。不知道是什么莫名其妙的原因，几乎所有审查员的眼睛都是诡异的，那种逼人的淡灰色，要么就是冷酷的蓝颜色，深不见底，暗藏死亡。另外，审查员们还有一种虔诚庄重、全身心奉献的神情。他们犹如机械一般，能够整页整页地引用《联邦手册》的原话，对各项程序、守则和法规的执行规矩严密，一丝不苟。尽管审查员中也有一些只会背诵大典的学究，但大多数审查员其实都是精明狡猾的观察者，他们善于发现最微小的蛛丝马迹，来揭穿被观察者的借口和谎言。

每个审查员面前的桌上，都装有一台监视器，显示出与审查有关的各项数据。委员会的每一位成员都配发了一台电子记事本，供他们在上面做记录。记事本也能插进监视器，让他们互相之间可以发送信息，但受审者却一片茫然，不知道他们在谈些什么。面对着布里克曼这一面的桌子，各写有一个数字，标明各位委员：在他的左面是一至四号，在他右面的是五至八号。主席的位置自然不需要说明，就在正中间了，桌上自然也没有数字。

就在这时，左侧墙上的一扇门打开了。委员会主席步入房间，向正中间的座位走去。

布里克曼马上立正。

八位审查员谦恭地候在一旁，待主席坐定之后，才相继入座。

“请坐，布里克曼。”她的声音很低沉，又很坚定，声调却不乏抑扬顿挫。

布里克曼看了她一眼。

只见她一头乌黑的秀发在右侧分开，前额上的头发理成一道斜线，一直抹到耳后。一双棕灰色的眼睛，爆射精芒。

这是富兰。富兰克林·德拉诺·杰斐逊。布里克曼的控制官。

布里克曼当然不可能知道她的官职，也不知道她是第一家族的成员。富兰身穿标准的灰色连身制服，这是联邦司法部每一个成员的基本装束。她的双肩上披着一件袍袖宽松、长及膝头的法衣，这是审查员的正式着装。作为委员会的主席，富兰穿着朱红色的法衣，带有深灰色的镶边。而其他委员们则穿着同一种样式的长袍，但颜色的搭配正好相反。其实这种法衣的外形和款式，类似大劫难之前常春藤联合会的大学教授的袍服。如果富兰不怕麻烦去查一下大哥伦布电脑的话，就会发现这一点。至于其他人，尽管拥有十二级的身份卡，但绝对无法获得这种不受限制的查访特权。所以，对于服装史上写就的一小幅页面，他们注定一无所知，更不用说其他浩瀚如海的历史知识了。

富兰同委员会的其他成员进行了惯常的寒暄问候，然后检查了一下监视对讲系统是否在正常工作。完成这些标准程序之后，就要开始对受审者进行初步询问了。这一步骤，主要由委员会主席执行。八位审查员的主要职责就是：观察受审者，评估其反应，但每一位审查员都有权要求受审者对他的回答做出进一步澄清，也可以提出问题，补充委员会主席的询问。如果哪位审查员要这么做，可以先向主席发一个信号，等待其许可。各人就座时，富兰便利用这极短的时间打量了布里克曼一番。自从她作为他的控制官接手这个案子之后，便仔细地研究过有关视频档案，其中包含布里克曼从出生到现在各阶段的资料，但她还从未亲眼见到过他。今天算第一次见面。作为一个女人，她喜欢眼前这个人，但这并不会影响她的判断力，她已下定决心，要从他身上榨出每一丁点变种人的内情。

富兰双手支在桌上，合拢双掌，棕灰色的眼睛一闪，盯着布里克曼。她的嘴角微微翘起，露出一丝浅浅的微笑，以此显得自己没那么严肃冷酷。“布里克曼，在请你讲述自己的经历之前，我想强调一点。尽管开始的时候，你在普韦布洛和圣达菲受到了不愉快的待遇，但联邦并没有认为你曾经违犯了法律，也绝对没有怀疑过你作为一名飞行员在服役时有过失职的行为。”她的目光扫过两侧的桌子，“我想，就这个问题，我可以代表所有委员的意见？”

八位审查员当然都点点头，低声表示赞同。

富兰将注意力转回布里克曼身上，继续道：“我想，毫无疑问的是，你在普韦布洛和其他地方已经意识到了上面对你的怀疑。你是第一个被变种人俘获而又逃脱的寻道民，也是唯一一个有机会深入了解平原变种人的人。在制订作战计划、收回地面世界的方面，你告诉我们的很多情况将具有无法估量的价值。鉴于你的经历非常独特，在审查过程中，本委员将不会指责你的任何言行举止，也不会对你在被囚期间新形成的任何看法提出非难。你可以畅所欲言，随便说。”富兰停顿一下，像是赏赐似的，对布里克曼同情地一笑，“我想，那时候，你经历的一切，肯定很难吧，甚至可以说极其痛苦。”

布里克曼认为他应当对这句话有所反应，便极为严肃地点了点头。

“我想，一定是这样的。”富兰继续说道，“但尽管如此，还是要要求你再次复述一遍自己的经历，要精确到每一刻，就从你与——”她停下来看了一眼屏幕，“格·R. 怀特……你的朋友格斯……一起离开贵妇号开始，直到后来，你抵达普韦布洛的监控站为止。按照平常飞行的过程，一般来说，你会向你的指挥官做出汇报。我希望你能把这次审查看作一次任务执行报告，只是更加详尽而已。我们只想分享你在被俘期间获得的知识，让我们更加了解我们的敌人。你明白吗？”

“明白，长官。”布里克曼答道。

“很好。”富兰再次微微一笑，“第一家族要求我转告你，他们注意到了，你在来这儿的途中遭到了不友好的对待。他们会采取措施，对你进行适当的补偿。就我所知，新墨西哥的州立宪兵司令向你做过一点解释，为什么必须要求你戴着头套和镣铐。”

“是的，长官。”

“其他虐待事件真是令人遗憾，但是，因为你回来的情况非常特别，没人能事先预料到发生这种事。我想你肯定同意，那些事件是出于士兵们对本职工作的过分热心。”

“长官，能够回来就好，这点小小的代价算不了什么。”

“很高兴你能这样看，”主席说，“还好，没有造成什么永久性的伤害。”

“是至少还没显示出来罢了。”布里克曼暗想，“刚才回答得不错。很好，布里克曼。但为什么要先来这么一段开场白？还加上一段第一家族的道歉？这是咋回事？真是闻所未闻哪。他们什么时候在乎过那些被宪兵打得半死的家伙？”布里克曼的头脑一紧，警铃大作。

这位委员会主席与众不同，尤其让他觉得不安。看样子她也就是二十五岁出头，不到三十岁。仅在这个年龄，却领导着一整个审查委员会，这意味着她要么非常聪明，要么……要么……什么？

布里克曼感到自己的脑海之中，正生出一些模糊的图像。它就暗藏在他头脑深处，一种力量，或是别的什么东西，要告诉他点什么。但是，它和他的意识之间却隔着一道鸿沟，无法描述清楚。他明白，这是他自己的错。过去，他始终努力摆脱它，尽力排斥它，对它不理不睬，将它深深遮挡。这么多年来，它就像个古怪的遁世者，隐居在他潜意识之山的深处，一座偏僻的记忆小屋里，只有当它觉得有必要出现时，才会悄然隐现。

布里克曼竭力想把那些模糊的图像汇聚成清晰的画面，但黑暗中的它却不理会他的呼叫，心灵深处的眼睛仍被云雾遮罩，一片模糊。

“好啊，他起疑心了。”富兰想。其实，之前，她已仔细考虑了好几天，不知是否应该利用这个机会同布里克曼正面相对。现在，她有点后悔了，暗骂自己做出了错误的决定。是的，她本应再等一等，应扮演一个不太显眼的角色，以一个更低调的身份出现，与他接触。该死！现在既然都这样了,算了——现在回头已经晚了……

“好——了,”她一边查看跟前的屏幕,一边拖长腔调,说,“六月十二日,你和格斯·怀特奉命出发,去轰炸夏延东北方向变种人的一片田地。飞行员法兹蒂和内勒同样是去你们目标附近的森林执行类似的任务,据说那里是变种人的居住地。你就从那时讲起吧!”

当然。为了这个时刻,布里克曼已在脑子里准备了很长时间。他深吸一口气,开始讲述他精心编辑过的故事,看似真挚地向委员会报告他被变种人的一支弩箭射下天空之后发生的种种一切。

审查会每天都在举行,上午、下午分为四节,每节两个半小时,中间有三十分钟的休息时间, 中午还有一个小时吃午饭。最初的两节中,大多数时间是布里克曼在讲话,持续不断地说话,导致刚过了一个上午,下巴就疼得厉害,舌头僵硬肿胀。一想到这种压力还将持续,而且是至少四十五个小时,他就心里发慌难受。要应付眼下的难题,需要的不仅仅是良好的体力,还必须在精神上有顽强的毅力。那些最为敏感的段落当然闭口不提,除此之外,为了证明清白,他还必须回避对任何事件做出的价值判断。在这种审查中,遣词造句更是至关重要。一句轻率随意的评论,或是不假思索地回答,都将会引来进一步质问。于是,他将报告集中在事件本身的叙述上,对变种人的生活方式以及他们看待世界的怪异方法,他绝无评判,不会表示赞同或是反对。

第一天,他叙述了自己坠机后,如何被变种人从天鹰扭曲的残骸里拖出来,后面就是:雪先生用植物叶子为他裹上伤口,逼着他吃下晒干的梦帽(一种可以止痛的蘑菇),将他断腿上的骨头拉复位。接下来，他强迫自己进行一系列的体能锻炼，使身体逐渐恢复到适于平时能够作战的巅峰状态，并为最终的脱逃做好准备。

当被问到脸上的伤疤时，布里克曼讲述了事情的经过：为了避免被穆卡尔部落中对他充满敌意的人杀死，他被迫参加了一场变种人的测试仪式，称为“咬箭”，考验其尚武精神和意志。当时，如果他不这样做，就会被立即处死。所以，他不得不孤注一掷，拿起一支羽箭，自己刺穿了面颊，还必须毫不退缩，用自己的牙齿咬断箭杆。回想起来，其实，那个时刻让他终生难忘。并不是因为残忍的疼痛，而是因为在那一晚，他第一次见到了梦一般美丽的清水。

然后，他又讲述了穆卡尔部落的组织情况，以及他们的起居生活，建立基地的方式。他们的茅屋和家什轻便巧捷，可以很容易地收拾起来，在长途跋涉中易于携带。他还描述了部落的日常活动，食物的搜集和分配程序，熊武士和狼武士如何组成巡逻队，如何凶猛地捍卫自己的领地。

第二天，问题则转到了变种人的战术和武器装备上来了。布里克曼向委员会报告了铁大师们的情况。他说这些神秘的人物来自伯利恒的火坑，为平原人提供了弩弓和其他带锋刃的武器，变种人称这些武器为“尖铁”。这个情况显然令人大为吃惊，把委员会人员都镇住了，他们向他施压，逼他讲出更多细节。但布里克曼对此了解得并不深入，只能重复他记得的一些零星线索：铁大师们从事长途贸易，他们乘坐轮子船来进行交易，他们来自两条分别叫作“米兹苏里”和“米兹西比”的大河。布里克曼不知道伯利恒的位置，所以无法告诉审查员们。他也曾向佳得利问过同样的问题，佳得利当时明显在回避，只说什么它“坐落在东方天门之外的土地上”。

第三天的话题是字匠。在布里克曼报告他同雪先生以及佳得利之间的关系时,审查员们表现得非常感兴趣。他们特别重视雪先生。他解释了雪先生在部落中的重要作用:雪先生是部落的历史学家、活的百科全书、军事行动的首席军师、部落当政长老的顾问。他还告诉大家,佳得利目前正在接受训练,以便将来接替雪先生的位置。

“你是说,这些字匠是了不起的教育家,可以随便训练某个孩子,让他们记住九百多年来一直口口相传的历史?”六号审查员不得不问。

“不,长官,并不是随便某个孩子。”布里克曼答道,“这些字匠不同于普通变种人,他们是另一种人,天生就有这种异能。我不知道选拔字匠的程序,但我确实知道,穆卡尔人还没有找到足够聪明的孩子,作为接替佳得利的第三代传人。请不要误解我的意思。从外表上看,这些,嗯——这些家伙,和其他变种人长得差不多。但变形的皮肤和骨骼之下,他们完全不同,很显然有超越一般人的智慧。”

六号审查员哼了一声,道:“很显然,他们给你留下的印象很深刻。”

“长官,这些人都是我们的敌人,有可能对我们造成巨大的危害。如果我对这种潜在的危险性不加注意,就是辜负了自己立下的职责誓言:尽自己所能,捍卫第一家族和联邦。”

委员会年轻的主席微微一笑,说:“说得好,布里克曼。”

“嘿嘿,”布里克曼想,“审查员果然就爱听这个,但这些话也并非是虚的,它有其真实的一面。”比较讽刺的是,布里克曼表面上急着说出一切的激动情绪，掩盖了一个可怕的事实：雪先生的确具有强大的力量，能够重创联邦的异能，比他们想象的恐怖得多。

布里克曼盯着主席那对棕灰色的眼睛，尽量装出无限忠诚的神情来，说道："长官，即使有激怒委员会的风险，我还是不得不说明一点，从智力上讲，那两个字匠远远超出其他变种人。还有，那些普通的变种人也不是那么笨，和我原来想象的大不一样。"

"你说清楚了？"主席说道，"你是想告诉我们，平原变种人具有人类的智慧？"

"真的吗？"三号审查员补充道，他的形象很凶恶，脖子又粗，跟面孔毫不匹配，"你是说，这些畜生同我们是一样的？"

这两个问题都相当凶险，暗藏杀机。对于这些概念，无论说些什么，都是极其危险的。布里克曼定了定神，仔细权衡着自己的回答，同时意识到，若是犹豫太久，反而会对自己不利。他说道："长官，手册上说过了，变种人是低人一等的动物。同我们的生活方式相比，他们的确非常原始，而且，很多习俗既野蛮又粗俗。但是，虽然他们没有文字，他们所讲的语言却同这里的基础语差不多。另外，通过他们的字匠，他们居然能够了解历史，他们认知历史时间的长度和我们差不多。他们甚至能创作音乐，还会唱歌。"

"鸟儿不也一样？"三号审查员不屑地说。

布里克曼当然是礼貌地点点头，表示接受这句插话。他知道，这是审查员采取的一贯伎俩，表面上随口说些非常愚蠢的评论，希望能触发他做出傲慢、随意的回答。对于那种自认为比审问者聪明得多的受审者，这一招自然非常管用。但布里克曼哪会上当？

“长官，我知道他们在我们这里，通常都被称作畜生，或者是什么白痴、呆瓜、四眼狗和粪蛋之类的。我相信，这种称呼不会没有原因的。但我认为‘畜生’这个字眼更适用于地面上的野兽，因为它们不能通过符合句法规律的语言，向我们人类传达自己的思维、想法和意图。”

“小子，你以为你说些文绉绉的话，就能糊弄我们了吗？”三号审查员呵斥道。

“没有，长官。”布里克曼答道，“我也知道，手册上不是这么定义的，可是……”

“或许手册应当重新给变种人一个定义……”主席替他打了个圆场，“接着说，布里克曼。”

“是，长官。我所说的，仅限于这个特定的部落，我想表达的意思是：虽然平原人在科学技术方面相当落后，但他们的手工技巧非常厉害，这说明他们具有学习能力。表面上看，他们没有记忆力，头脑混沌，但这并不影响他们汲取知识。他们的问题主要是缺乏信息检索的能力，他们能够留存住知识，但无法用语言表达出来。所以，他们大多数人看上去极为愚蠢。”

审查员们相互交换了一下眼神，可见有些人并不喜欢听到这番话。布里克曼看得出来，也知道自己这样做并不明智，但性格中某种执拗的冲动让他无法绕开这个话题，且一发不可收拾了。“长官，既然我被问到了这个问题，是否认为变种人同我们一样，我想解释一下。从他们的身体和精神状态来看，我当然不认为他们和我们一样。如果我们不理会少量的‘岁子’幼畜，他们与我们在身体上的区别非常之大，而且，他们的生活方式也和我们完全不一样。但如果我们在衡量时采用另外一些标准，比如体力、精力、手工技巧、可教育性，还有——我不得不说他们潜在的智力，那么我的回答只能是‘他们还没达到和我们一样的水平’。”

主席一抿嘴唇，成了一条细线。

七号审查员是委员会里的另一个女人，她向前俯身，盯着布里克曼，道：“你想解释一下你说的最后一句话吗？”

“长官，我绝对无意质疑手册上所写的一切。假如我理解正确的话，手册中关于这个问题的信息，是在针对南方变种人的军事行动的基础上编辑而成的。而我当时只是在那些变种人成为我们的俘虏之后，才见过他们的样子。我看到的是，他们在集中劳作营里，戴着锁链和镣铐。而目前的情况是，平原变种人并未处于我们的控制之下，这个尚武的种族还在扩张，他们没有被击败。从穆卡尔部落字匠告诉我的信息里，我能够看到，他们决意继续保持自由的生活，不会受他人控制。我们向他们进攻了好多次，他们现在已经明白，自己正面临着什么。所以，我们不该再轻视他们，他们有能力适应更危险的环境，也能获得更高级的手工技术——甚至是科学技术。”

一号审查员冷冷地哼了一声：“科学技术！他们能从哪里学到技术？从我们这儿吗？嘿嘿！”

布里克曼转向左侧，瞧了他一眼，说：“长官，我倒是没想那么多，既然您现在提出来了，或许我们的确应该考虑到这个问题。”

三号审查员勃然大怒，瞪眼道：“你脑子有病吧！那些粪蛋连镐子和铲子都分不清，谈什么科学技术？我看，要让他们脑筋开窍的办法倒是有一个,用这些工具抽！”

布里克曼怒火自胸腹升腾,强压下一股掐死他的冲动。布里克曼心中恨不能当着这个专横的卑鄙之徒的面，当然还有他那些吹毛求疵的朋友们,一字一句地告诉他,在那些黑、棕相间的螺旋形花纹掩盖下,年轻的字匠佳得利的身体和布里克曼自己的是一样的,毫无瑕疵,光滑细腻。若是给佳得利剪成短发,再给他穿上一件连身制服,这个十八岁的变种人完全和寻道民一模一样,没有人能区分得出来。按照联邦的标准,这位年轻的武士是没有受过教育的野蛮人,但尽管如此，他本身就拥有一种不可思议的能力，能以闪电般的速度进行学习。他在很多方面,都比飞行学院的大多数毕业生聪明得多。但布里克曼知道自己不能这么说,他强迫自己咬紧牙关,紧闭双唇。他牢记着自己对雪先生的承诺,决不会向上级透露佳得利的真实情况,也决不能暴露清水的存在。

然后,他的怒意渐渐消散了,变出一个动人的微笑,向三号审查员说道:“对,不得不承认,有些家伙确实很蠢笨。”当然了,现在他绝对不能提到,正是穆卡尔部落为他提供了工具和帮助,才让他造出一架蓝鸟——他出逃时驾驶的那架滑翔机。现在肯定不能说,这将招来难以抵抗的质问。他们会逼他说出真相,他不得不说出来,作为交换,他教会了佳得利飞行。即便是那位满头黑发的主席做出了听上去很美的担保,但这个炸弹般的消息绝对会给他招来数不尽的麻烦。

“布里克曼！”主席说道,“你的话让我觉得很有趣。我们为什么要向变种人传授知识呢？这么做有什么好处？”

“长官,请别误解。我并不是想质疑联邦的政策……”

"我愿意听一下你的说法。"

"这只是,唔,我看到了平原人的能力之后,有一个想法:如果他们真有学习能力的话,那就应该由我们来控制这个过程,而不是让其他人插手,比如那些什么铁大师。那些神秘的家伙竟能向变种人贩卖弩弓,那么我敢肯定,他们一定有更先进的兵器,用于自己的武装,这样才能维持对变种人的优势。他们甚至已经让平原人为自己工作了,为他们制造各种手工制品和水上运输工具。"布里克曼双手一摊,"谁知道他们还藏着别的什么东西?"

富兰抿嘴一笑。很好,这个年轻人反应很快,非常机智。她说:"布里克曼,不用担心那些铁大师。时机一到,我们自会收拾他们的。还有,忘了要改造变种人的事吧,让那些肮脏的生命自生自灭吧。他们没有多长时间可活了,大地是属于我们的,第一家族承诺过,那里,那美丽的蓝天世界,只属于我们,我们不必同任何人分享我们的荣耀。"

第五章

第四天苏醒之后，布里克曼意识到，审查员的注意力将转到他的逃亡上。这可是他最担心的问题了，这样的担心是完全有理由的——他将不得不解释，自己如何能够造出一架悬挂式滑翔机。其实，故事早已安排好了，当然是牛头马面的捏造：他无意中找到了内勒的刀子，然后窃取了一些工具，想方设法从变种人那里逃了出来，再长途跋涉回到被变种人丢弃的坠毁的天鹰战机处。他用坏了的战机，加上四处搜寻，终于凑齐了足够的零件，花了两个星期的时间，终于造出了那架带着他飞回这里的滑翔机。

在前往会议室的路上，布里克曼反复揣测这个说法能否过关。他意识到，这个解释听上去极为荒诞，令人难以置信，而且与他此前透露的变种人的其他情况有些不大吻合。比如说，既然他们如此善于奔跑、追踪和狩猎，那他又怎么能逃出来？而且在建造滑翔机的两周里，他又是如何躲藏，一直不被发现呢？

其实，在这类审查中，对某些细节闭口不谈，相对比较容易，只要你能让自己的故事前后一致，别互相矛盾就行。即使被人发现漏洞，你也可以推说是自己记错了，或是误解了对方的意思。要做到这一点，前提是老天爷给了你一个机灵的脑袋瓜，加上一条能言善辩的好舌头。但如果你编造了整个事件，要冒的风险就大了。你必须用越来越多的假话去维护你的第一个谎言。哪怕只有一个审查员起了疑心，一切就都玩完了。只要有人开始揪住你其中一个无法自圆其说的点，不断地深挖下去，那么你精心编造的故事大厦终究会“轰”的一声，什么都没剩下。

布里克曼发觉自己陷入了真正的危机与困境之中。除了同清水那段要命的亲密关系之外，他的所作所为，每一件事都是为了让自己能够活下来，寻找手段和机会逃出去。尽管这样做无可厚非，但他还是不愿全盘交代，自己曾和变种人合作过。这件事情一旦被人知道，那刻板的审查员恐怕就会产生误解。虽然他们那位年轻的主席信誓旦旦地保证过，但他对其他委员没信心，对公正没信心。审查员的工作从来就不是为了追求公正，在联邦这种司法体制之下，任何一个面对委员会核查的人在证明自己清白之前，其实都被推定为有罪的。

他走进审查室，面对审查员立正站好。就在这时，他突然灵光一闪，决定改变自己构思的故事，应该尽可能地让自己的叙述接近事实。顿时，脑中的疑云一扫而光，冲破迷雾，他能看清楚了，自己下面几步棋该怎么走。他意识到，这是他一个星期以来做出的最明智的决定。

委员们就座。

黑头发的主席示意布里克曼也坐下，她双手放在桌上，手指交叉，清了清嗓子，道：“现在，布里克曼，告诉我们，你这次逃亡的来龙去脉。特别是，在那种情况下，你又是如何秘密地造出一架滑翔机的？”

“长官,滑翔机并不是我秘密地造出来的。是我让变种人帮我造的。”

这句话就像一道冲击波,几乎把委员们从椅子上掀了起来。

富兰·杰斐逊很快恢复镇定，她同其他审查员交换了一下眼色，然后对布里克曼说道:“哦？那你可以解释一下吗？”

“长官,这其实很简单。内勒和法兹蒂都在变种人占领的那片森林里坠毁了,我发现变种人还留着那两架天鹰战机的残骸,所以我就和他们达成了一项交易。我说如果他们能帮我造好一架‘箭头’,也就是我们的天鹰，他们总是这样称呼它，那么，我就教会他们如何飞行。”

主席的手指深深一抠,手背差点掐出血,问道:“怎么？你这样做了吗？”

说这点谎话很容易。“当然没有喽,长官。”布里克曼故意咧嘴一笑,得意扬扬,“飞机刚一造好,我就驾着它飞走喽！”

现在释然了。这么多天来,他一直在考虑,要怎么才能回答这个令人头疼的问题;他是如何设计并造出那架箭头的;更要紧的是,在这个过程中,变种人充当了什么样的角色。

脾气始终火爆的三号审查员再次发作了,道:“小子,我简直不敢相信我的耳朵！你是想告诉我们,你竟敢教那些白痴造飞机?!”

“不,长官,”布里克曼答道,“我什么都没有教他们,我只是制造了一点点机会，让他们恰好能向我展示一下他们的技能。到目前为止,那些技能一直被我们忽视,或者甚至是我们从来不知道的。如果想达成目标，夺回地面世界，我们就不能轻视变种人的那些神秘能力。”

三号审查员插嘴道:“忽视他们的技能?见鬼了,小子——你刚刚亲口承认,你想办法增进了他们那些该死的技能!你这不是叛国通敌吗?”

“不,长官。”布里克曼坚定地说,“您完全误解了。我再重复一遍,我什么都没有教他们。我们过去对变种人的技能估计得很不正确,如果我不向委员会报告我观察到的一切,只是为了不给自己惹上麻烦就保持沉默,那我才是真正的叛国通敌呢,那才应该按照大典的规定惩罚我。”

富兰看了三号审查员一眼,点头道:“不错,我同意你说的。”她朝布里克曼赞许地一笑,“我们非常欣赏你的勇气和忠诚。”

“小子,你算是赌赢了,说得不错。”布里克曼暗暗一笑。

二号审查员是个女人,在审讯的这段日子里,一直没有说过什么。现在,她终于俯身向前,开口道:“布里克曼,你总是提到变种人的‘技能’,我看,这些东西给你留下了很深的印象。但你有没有想过,这些所谓的技能可能只是一些本能的行为?比如,地面上有些野兽生来有捕猎的能力,而鸟类和爬行动物天生就知道如何飞翔、游泳或是筑巢、哺育幼崽。”

主席微微一笑,说:“我想,恐怕布里克曼不认为变种人也是野兽。”

布里克曼心头一惊,明白自己正被重新拖进陷阱里去,但他不得不回答道:“抱歉,长官,即使从官方的角度来看,联邦也从来没有把变种人直接说成是野兽吧,他们只是被看作是近似于人,但又低人一等的生物。”

“‘低人一等’，”富兰应道，“不错。这表明他们永远无法同你我一样。你认为这个定义有问题吗？”

“没有，长官。”

“嗯，你说这话我很高兴。好了，接着讲你的经历吧。”

布里克曼在此小心谨慎地讲述下去，对真实的经历做了一番巧妙的增添删改。他说他从坠毁的天鹰战机上取下了发动机，安装到箭头上，但并未成功。最后，他不得不决定，造了一架没有动力的滑翔机。一切完工之后，他在夜里打倒了两名哨兵，又同另外三个追过来的变种人搏斗，将他们杀死。之后，他轻轻松松地向空中一跃而起，飞向广阔的自由。

布里克曼的故事讲得绘声绘色。看着这位年轻的、金发闪闪的审查对象娓娓道来，富兰不知不觉听得入了迷，最后，她笑着问：“你是说，你连试都没有试飞，就直接从悬崖顶上跳了下去？”

布里克曼点点头，谦虚地一笑，道：“也不算太危险，长官。其实，空气动力学是我在学院学得最好的一门课了。”

“我当然知道，”富兰暗自在心里说，“你得了一百分，就和你的其他考试科目一样。”

第五天，也就是最后一天，布里克曼又一次站在委员们面前，立正站好，看着他们陆续就座，年轻的主席富兰又坐到了中间的位子上。

布里克曼知道，他的报告里有许多地方存在争议，但他相信，在坦诚和谦卑之间，他掌握好了一个非常妙的平衡。说到底，他毕竟是个飞行员。飞行员是最优秀的孤狼，他们接受过最高强度的训练，纪律严整，单枪匹马独立作战的能力之强，令人震惊。而其他人只能成为一支组织严密的战斗部队中的个体，合力才能发挥作用，比如联邦的地面部队巡道兵就是群体战士。而且，绝大多数的寻道民都对地表世界有一种恐惧，一种非常病态的恐惧，但在飞行员身上，这种恐惧相对来说小很多。其实，如果是别的一个施行严密控制集权的社会，这种超强的个体独立性是很危险的，但美铁联邦却不是这样。因为，一个人要想成为飞行员，首先必须诚实正直，且对第一家族忠心不二。这样的人，言行举止，必须完全遵循大典的要求，而且，对此狂热的程度仅次于宪兵和审查员。

尤其重要的是，布里克曼懂得如何展示自己的诚实正直和耿耿忠心。他拥有照相机式的记忆力，早已将第一家族的几部启示录倒背如流，随时随地就能挑出、引用其中最合适的段落。总统司令的语录和手册中的行为准则，他照样熟悉至极，引经据典，信手拈来，甚至能背诵整段整章。

在被允许坐下之时，布里克曼脑子里突然闪过一个念头："如果我也是个变种人，那我很可能会被培养成一个字匠，就像佳得利一样。"

审查委员会主席富兰再次双掌相对，交叉十指，棕灰色的眼睛盯着他，目光锐利，说道："布里克曼，对你此前的证词，我考虑了很久，特别是你昨天解释的逃亡过程。我也和本委员会的同事们讨论过这个问题。但是，最终，我们不得不得出结论：你，并没有对我们表现出百分之百的诚实。"

布里克曼心中一惊，忙强压下突如其来的不安，装出一种既带着困惑，又备觉失望的神情，朝其他的审查员们望了过去。

扫了一圈之后，他的目光又返回富兰这边，两人眼光相遇。布里克曼发现她的嘴角边，挂着一丝笑意。

富兰说道："我们特别关注的是，那些俘获你的变种人竟然能和你合作，这真是非常不同寻常。你说你与他们曾有过约定，后来又说你什么都没教给他们，我觉得这里有问题，不可信。审查一开始，你就声称，我们一直低估了变种人的智力能力。就算这个部落和南方的变种人一样笨，他们毕竟不是还有两位字匠吗？而你也说过，他们的智力要高于一般人，他们，怎么也会任由你欺骗呢？"

"请原谅，长官，我能澄清一下吗？"

"请吧。"富兰说道。

"其实，我的意思是，他们的智力高于变种人的一般水平。"

富兰勉强忍着没笑出来，说道："我明白你的意思，布里克曼。我想委员会也会明白你在这个特定问题上的立场。"

布里克曼暗自咒骂自己，说这句话还不如不说，真是弊大于利。

富兰松开手指，双掌平放在桌上，说道："好了，回到刚才的话题。我们感到疑惑的是，他们竟然没有一个人会想到，帮你造好箭头之后，你难道不会利用它逃跑吗？"

"长官，他们当然想到了这一点。他们之前就警告过我，如果我胆敢趁人不备驾着箭头逃跑的话，他们就要把我从天上打下来。"

"你相信了他们的话。"四号审查员说，这个女人坐在主席右边，一脸冷酷。

“长官,我绝对有理由相信他们的话。”布里克曼答道,“我原来驾驶天鹰的时候,就是被一支弩箭射了下来的,我还亲眼见到贵妇号飞行队里的大多战友也是这样被射死的。我没有理由不信。”

“但你却仍旧没被吓倒。”富兰道,“你不但单枪匹马制服了两名警卫,还干掉了另外三个想阻止你起飞的家伙。”

“不错,长官,我的近身格斗课也是高分。”

“我知道,”富兰说,“我们都知道你很有能力,布里克曼。但我们这么谨慎,自然也是有理由的。你在证词里说到过,平原人总是派哨兵在他们的居住地周围进行警戒。可你却想让我们相信,在这种情况下,你还能盗走一件他们眼中极为宝贵的物品,而且,没有惊动其他任何人便成功逃走。难道变种人没追出来阻止你吗?”

布里克曼抬起一只手,放在胸口,全身上下都透着无与伦比的真挚,说:“我可以发誓,真的就是这样。长官,千真万确,我可以向总统司令起誓。”

没等他停下来,下面的话便脱口而出:“我猜,他们应该没想到,我会在夜里逃走。”

八位审查员听得一愣,面面相觑,而后同时通过屏幕向富兰提出进一步询问的要求。

富兰看了看,说出了所有审查员急着要问的问题:“为什么他们想不到你会在夜里逃走?”

布里克曼知道,他此时绝不能迟疑,忙道:“平原人一到夜里就不怎么活动了。只有在最紧急的情况下,他们才会利用黑夜的掩护,转移所在地。据我的观察,各个变种人部落从不在夜间交战。只要天一黑下来，一切活动就停下来，连大多数卫兵都睡觉了。”

富兰示意，让五号审查员提问，此人坐在她的左侧。

五号审查员问道：“我想再问清楚些：你这么说，是不是想建议我们在夜间对那些白痴发起进攻，打得他们措手不及？”

“长官，不，我不应该给您造成错误的印象，让您认为只要夜间出战，我们就能轻松获胜。但我可以告诉您，如果我们这样做，定能收到出其不意的效果。”

八位审查员都显得很惊讶、激动，均有不同程度的表现。五号审查员转向富兰，问道：“长官，您意识到我们的发现了吗？这可能是联邦一直在寻找的突破口啊。我认为您应当立即上报联邦行政部！”

富兰点点头，亲切地说：“我和您同样激动，但我们不能走极端。我们有夜视仪和其他红外线装备，这一点，我当然知道，但您似乎没注意到一个问题：其实，我们的人中，有很多也惧怕黑暗。但不管怎样，我相信我们终将克服这个困难。”她转向布里克曼，“谢谢你，提供了这么有价值的情报，尽管在过去的四天里，你一直对此避而不谈。”

布里克曼装出委屈的表情，说：“长官，我得为自己辩解一下。我之所以无意间回避了这个问题，只能说，恐怕就是由于您刚说过的那个原因。我也知道，我们很多人害怕黑暗，所以大家都没意识到这个问题的重要性。再说，情况实在太多，还有那么多其他事情要报告……”

“不错。”富兰说。“很好，”她心中暗想，“我明白为什么人们会被你骗过。你有动人的微笑，坚强的面孔，诚实的谈吐，直率、勇敢的目光。但是，让你露馅的是眼睛，布里克曼。你很聪明，你竭力把真实的自我隐藏在外表之下。但其实，从你的眼睛里，我能看透你。关于你，他们说得没错，布里克曼。你很有潜力，但你还很嫩，你需要更多的经验。或许只需要私下开导你几次，你就能成熟。”

富兰十指交叉，扣在一起，双掌一开一合。她靠向椅背，双肘支着扶手，伸出两根食指，支着自己的下巴，说道：“我们还是回到逃亡这个话题上吧。对于你如何能这么轻易地利用箭头逃跑，我能接受你的解释。但是，当你起飞的时候，天已经亮得差不多了。难道没有其他人看到你离开吗？那些在营地四周站岗的哨兵去哪了？他们的眼睛都像鹰一般敏锐，难道没有一个人发现你，向你射击？”

“没有，长官。我当然很庆幸，他们没有射我，但和您一样，我现在也感到百思不得其解。或许是因为两位字匠当时都不在场，我以前曾提到过，只要这两个人在场，部落就更具有凝聚性，人们也会更积极。”布里克曼停下来，仿佛心中在权衡着什么。实际上，他已经没什么要说的了。是啊，到目前为止，除了他无意中透露出变种人夜间不活动的古怪习性之外，一切事情都在按计划进行。开始的时候还有些棘手，但他已经出色地挽回了局面。向前冲吧，布里克曼，你会更上一层楼的。他慢慢说道：“他们是有一队人跟踪过我，但我飞在高处，越飞越高，不一会儿，就把他们全都甩掉了。从那时起，特别是最近这几天，我一直在想，他们为什么就这么轻易地放弃了追击？还有，一开始，他们为什么允许我制造箭头？”

富兰扬起眉毛，说：“哦？是吗……”

“长官，我想只有一种可能，那就是，他们希望我逃跑。正是因为这样，他们才没在我坠机时，就在田地中把我杀掉。他们只是想让我回来，带着一个口信回来。”

“什么口信，布里克曼？”富兰的声音紧张得有些颤抖了。

“辟邪主……”

富兰猛地一挥手，制止住他，厉声喝道：“够了！”然后她迅速按下屏幕控制面板上的一个按钮，对着桌上的麦克风说道：“把现在这盘数据盘拷贝回去，编辑权交给我。”她的声音强硬，气势凌人。她的形象忽然间高大冷酷，犹如冰山。最近几天里，她在控制审查进程时一直温和冷静，以安抚为主，而现在，她那和蔼可亲的外表下突然暴露出居高临下、强横野蛮的傲慢。看着她的假面具滑落下来，布里克曼既觉兴奋，又感到心惊胆战。

但他绝不退缩，他的目光射过去，同她相遇。“很好，我猜对了，”他想，“你是第一家族的人！”

富兰同样逼视着他的眼睛，睫毛一瞬，在心里说道：“啊，他知道了。他知道了！”

一阵高速拷贝的“吱吱”声响了起来，富兰按下停止键，随即，又按下播放键。

录音中传来：“他们是有一队人跟踪过我，但我飞在高处，越飞越高，不一会儿，就把他们全都甩掉了。从那时起，特别是最近这几天，我一直在想，他们为什么就这么轻易地放弃了追击……”

富兰按下停止键，再按下录制键，这才对布里克曼说：“谢谢你，布里克曼。你详尽又有趣的证词给我们留下的印象非常深刻，现在没有其他问题要问你了。我宣布，本次审查会结束，对你的审查也到此为止。委员会现在立即退席，研究你的陈述和你重新返回地面作战部队的请求。”

布里克曼从椅子上跳起来，立正站好，目送八位委员跟着富兰鱼贯而出。

他们离开的时候，没有一个人回头望上一眼。他心中纳闷，这到底是怎么回事？那位黑发女子，他一开始就料到了，她是那个家族的一员。从某种意义上说，这是一种抬举。从老巴特舅舅说过的话里就能看出，他的归来造成了巨大影响，就像主反应堆过热融化。既然如此，这一切就没什么好奇怪的了，第一家族肯定对他的案子给予了某种特殊关注。但为什么他刚一提起辟邪主预言，富兰就立即按下了急停按钮呢？

两名宪兵押送着布里克曼来到附近的一个用餐区，给了他一杯冰镇合成饮料。布里克曼用吸管吸饮，透心的凉。这两个家伙便同邻座的一对肉糕闲聊起来，布里克曼自得其乐，拿起他的豆馅汉堡，打起精神吞下这玩意儿。

在被变种人俘虏之前，他从小到大吃的，一直都是联邦的食物。最初与变种人接触时，他觉得他们的食物实在是太可怕了，无论是外观还是味道，但饥饿迫使他克服了最初的反感。从那以后，他已经习惯了那些粗陋的食物，不过味道还真的很不错。他太习惯了，而且有点喜欢了，以至于味觉无法重新适应用餐区提供的这些食物，它们简直淡而无味，像塑胶一样的糊糊，没有任何味道，而配菜算是不错的美味了，却同用过的手纸不相上下。

“和你一块儿坐，可以吗？”

布里克曼抬起头，只见面前的奇桑姆手中托着一只餐盘。

“当然可以啊。”

奇桑姆把餐盘放在桌上，在布里克曼对面坐下。他看了一眼手表。现在是十二点零五分。“你今天结束得挺早的。”

“是啊。挺早。”布里克曼闷闷不乐地嘟囔，“肯定是因为我说了什么不对头的话。”他笑了笑，腰背微挺，“委员会现在退席了，准备判决去了。”

“那你怎么样？”

布里克曼耸耸肩：“还好。”可惜，事实上他并不太好。透露辟邪主的预言本是他的撒手锏，他本来计划用这一招，把自己这几个月的被俘经历推向顽强抗争的高潮。早在联邦启用篷车队和飞行员的几百年前，这个神奇的篇章就已经预言了他们的存在。他希望这个预言能让委员会接受他说的有关变种人魔法的证词，但这一次他错了，这个话题显然是个忌讳。为什么他提到预言的那段话从数据盘上抹去了？为什么对他的审查就到此为止？这只能说明一件事：其实，第一家族已经对预言有所了解。这就意味着他们不仅知道字匠，还知道召唤师、天眼通和魔法。关于这些情况，他早就有所怀疑。更重要的是，他们不仅是有所了解，而且还对此非常重视。

但这对他有什么用？难道就因为自己知道这件事，便有更多的机会能恢复原职，甚至获得升级？或者，更糟糕的是，了解到这些内幕非但对他没有好处，反而会让自己受到严惩？该死，该死，真该死……我怎么……看到自己陷入这样一种难以挽救的困境，布里克曼十分懊恼。大多数时候，他超级聪明的头脑总能全面分析任何情况，预先发现危机的到来。如果情况很棘手，他都会为自己想出一条紧急逃生的出路，这是他引以为豪的本领。但这一次，他踩到了自己全然无法预见的陷阱，一下子掉了进去。

奇桑姆三两口吞下了他那只豆馅汉堡。他一面嚼最后一口食物，一面指着布里克曼面前还没动过的那份，问："你吃不吃？"

布里克曼摇摇头，把自己的那份推回给奇桑姆，看着奇桑姆津津有味地吃起来，他忍不住问："这么恶心的东西你也能吃得下去？"

奇桑姆耸耸肩，说："我想，是因为我没尝过更好的味道，不过再差，也不会比你这几个月里吃的东西更难吃。"

"呃……"布里克曼沉吟着说，"我想是没有。"他扫了一眼身旁的四个宪兵，声音低了下去，"听着。你说过，我的身体非常健康，而且，我并不是第一个这样的人。我一直在想这件事。"

奇桑姆微微点头，继续大嚼："我一直在等着，看你什么时候会找我打听。"

布里克曼的声音压得更低了，说道："约翰，这事很严重。你我都知道，这根本说不通。在地面上的这五个月里，我一直暴露在空气中，这时间比我护父在他全部十二次出巡任务中暴露的时间要长很多啊！我本来应该是会患上辐射病的啊。还有，我同变种人有过身体接触，还吃了一肚子他们那些被污染的食物！可是现在，我什么事都没有，奄奄一息的却是我护父，你说，怎么会这样？为什么得病的是我护父，而不是我？这究竟是为什么？"

"问得好。"奇桑姆把最后一块豆馅汉堡塞进嘴里，慢条斯理地嚼着，慢慢地咽了下去。

“什么意思？就这么一句话？”

“对不起，我不是医生。”

“可你不是同他们一起工作吗？你就没有什么疑问和想法？”

“那你有吗？”

“当然，我的想法非常疯狂。”布里克曼瞟了那几个宪兵一眼，抬手挡在嘴边，把声音压得极低，细如耳语，“过去三百年里，辐射病的患病率不断降低，对不对？我们被告知，这是因为第一家族采取了一系列措施，给大家进行了免疫。可是，这些统计数字又是谁提供的？当然是他们。又是谁制造和监控测量设备？也是他们。他们决定哪些事情让我们知道或者不知道，我们根本没办法去证实或者去反驳。你看，我们现在都不知道辐射水平是多少。辐射病，让我的护父坐进了轮椅，可我身上呢，却一点事都没有。”他越说越激动了，趴在桌上俯过身来，抓住奇桑姆的手腕，“说不定外面的辐射早都没有了！我们所有人都能自由地到上面去。你说呢，说不定我们根本没有必要还躲在地下啊！”

奇桑姆做了个鬼脸，抹掉嘴角上的面包屑，道：“你这想法倒是很有趣哦。”

“那你有更好的解释吗？”

奇桑姆耸耸肩，说：“我可不相信什么阴谋论，这对健康没好处。”

“那还不是你把我引到这条路上的？”

“我说过你身体没事，很干净，没辐射，但不知道为什么，我只觉得你应当知道，你并不是第一个这样安然回来的人，而且你没变成畸形的怪物。那接下来怎么了？怎么一转眼的工夫，你的脑子就生锈了，竟然把第一家族牵扯进这个对联邦不利的惊天阴谋里！这怎么可能，你出了什么毛病？是得了迫害妄想症？还是怎么着？”

布里克曼有点局促不安，咧嘴一笑，道：“糟糕，我是不是真的出了什么毛病？”

奇桑姆趴到桌上，向他俯过身来，小声地说：“听着，我的确做过些小事情，有点违反法规，可大多数人，不都是这样吗？但我绝不是个叛逃者。到了重要关头，你会发现我绝对站在第一家族这边。对了，别误解我的意思，我不是个傻瓜般的愚忠分子，每呼吸一口气，都要诚惶诚恐，毕恭毕敬似的。我的意思是，谁都不是完美无缺的，就算第一家族也一样，但我认为他们正在全力而为，为了我们，为了联邦，努力做事。”

“确实在努力，我们不能再强求些什么了。”布里克曼冷冷地答道。

“听着，”奇桑姆厉声说，“布里克曼，既然你对那个该死的地面世界那么痴迷，有机会留在那儿，你干吗还跑回来？费这么大的劲？”

“是啊……”布里克曼呆呆痴痴地自言自语，“或许，我最好还是……”

“够了……”奇桑姆轻蔑地一挥手，语调软了些，“你知道你真正的问题出在哪吗？你是个飞行员，是最聪明、最优秀的人，百里挑一，出类拔萃，这不就是他们告诉你的吗？是啊，他们对我们也是这样说。问题是，你们这帮傻瓜还信以为真了，开始真以为自己是这里最牛的角色，就像你们什么都知道，什么都厉害似的。实际上，我告诉你，不是那么回事，老伙计。你们所有这些从林伯格站来的精英不过就是堆肉，只等着送进绞肉机。或许，你们是高级点的肉，但放在裹尸袋里运回来时，不管是好肉还是差肉，不全都是一回事吗？真正精明的角色其实在这儿，就乖乖待在这里，离前线远远的，安安全全。要是你真想帮你自己，那就动动脑子，想些真正有用的办法吧。比如说，在黑塔弄份文职工作干干，别再想着当什么英雄了，冒着生命危险，有啥意思，干这一行才更有希望获得提拔。”

“嗯，你的话我记住了，我会好好想想。”布里克曼说。

奇桑姆咧嘴一笑，说：“小子，我看你才不会呢！你前途无量，谁都能看得出来，何必费神和我这种一钱不值的倒霉蛋聊天呢？好好干吧，你会有前途的。”

“约翰，”布里克曼说，“你的话我听明白了。当然，什么倒霉蛋之类的屁话咱就免了吧。虽然我可能没自己想象的那么聪明，但有一件事我还是看得出来的，尽管你努力装出一副蠢猪相，其实你他妈比谁都精。”

奇桑姆微微一笑，摊开双手，说：“事实上，我喜欢保持低调。整天清理试管的家伙傻傻的，那些做大事的精明人物不会觉得他有什么威胁性。我的日子过得很不起眼，但我的眼睛和耳朵都没闲着。”他朝布里克曼一凑，“你刚才问我，为什么你没变成没用的残疾人。我不知道为什么，至少没那么清楚。但我能告诉你的只有一件事，那些在监控站和篷车队忙活的家伙，依然在遭到变戏法。”

“变戏法”是句俗话，医学上对它的正式说法是——“辐射诱发的晚期癌症”。

“因此说，如果你认为是第一家族策划了一个大阴谋，就是重大的认识错误。”奇桑姆继续说道，“以前我在生命学院工作过一段时间。就是在那儿，我第一次见到萝兹，当时她正和几个内科学生参观学院。后来，那里有个人告诉我们，第一家族组建了一支研究团队，开发一种抗辐射药物，是某种血清，这项工程已经干了五十多年了。”说到这儿，他笑了笑，“或许他们在你身上做了试验，或许每年都有四次要前往联邦行政部，他们当时给你注射的不是维生素 8，而是变种人身上的提取液，就是这东西有效地抵抗了辐射，或许你和其他那些家伙正好证实了这东西的有效性。”他耸耸肩，“这样一来，一切不就解释清楚了吗？对不对啊？”

“嗯，或许是这样。”布里克曼勉强一笑，“只要那家伙对你说的话是对的就行。我承认我见识短浅，但这些年里，我已经强烈地意识到，在我们正在努力建造的这个伟大光明的新天地中，事情的本质不一定和表面上一样。”

“当然不一样，世界上本来就没有表里如一这种事。”奇桑姆笑着回答。他看了一眼手表，又喝光杯子里最后一滴热饮，说，“我得回单位去了，还有些试验要弄。你今晚还在这儿吗？”

布里克曼耸耸肩：“不知道。接下来要怎么样，现在一点也不知道。”

“我来帮你问问。”奇桑姆说着，便走到宪兵们的桌旁，同他们简短地交谈了几句，又回到布里克曼身边，说，“现在，你只能在这儿等着。等委员会重新开会的时候，他们会把你带回去的。”

“有没有说要等多长时间？”

“没有，”奇桑姆说，“但肯定是在今天，应该最迟是晚上七点之前。”

布里克曼看了一眼旁边的显示屏。上面是十二点四十五分。他骂了一句:“真是要命……”

奇桑姆居高临下地看着他,微微一笑,说:“别急,再给自个买杯合成饮料吧。要不看看视频,还可以玩玩射杀变种人的游戏,你肯定想练练。”

“不行,我到现在还没拿到新的身份卡。什么也干不了,哪也不能去,唉!”

“有了。不过这个主意有点麻烦,我得看看运气,能不能碰巧成功。”

奇桑姆扫了房间一眼,双手支在桌上,向布里克曼凑过头来,问:“你想见萝兹吗?”

布里克曼揉了揉脖子,仔细考虑。

“如果你想见她,她当然也愿意碰碰运气。你只要说句话就行。”

布里克曼叹了口气,说:“我不知道,我不想给她带来任何麻烦。”

“没事,不会。”奇桑姆把声音压得更低,“我有个朋友,能帮得上忙。我肯定能安排。二四个小时,没问题的。”

“在什么地方?”

“甭管在哪儿了。你想不想见?”

“还是算了吧。我不能这么干吧,等我再想想。”

奇桑姆一按布里克曼的肩头,说:“那好,但别错过时机。你懂的,安排这种事得花不少时间。”

布里克曼转眼向他的押送员和另外两名宪兵瞧了过去,那两个没值班的家伙正在同他们聊得很欢。他的目光再次落下,凝注在他们的肩章上:两个倒转的白色三角形,角对角,并排立,中间又是一个三角,蓝色的,闪闪发亮。“咔嚓”一声,记忆的电路合上了。他猛然想起小时候的情景,对,就是在那个时候,同样的画面第一次印入脑海。他抬起眼来, 看着奇桑姆, 说:“我总算搞清自己在哪儿了。这是白宫吗? ”

奇桑姆脸上不动声色,随口说:“也许吧。你很担心? ”

“不——”布里克曼淡淡地说,“我早就想到,总有一天,我会来到这里。”

奇桑姆轻轻一笑,转身离去。

下午五点半左右,布里克曼已经想方设法让自己冷静下来,最后实在没招了。两名宪兵从射杀变种人游戏机上取下身份卡,他们都得了高分,一副开心的样子,然后带着他回到委员会面前。

布里克曼再次立正,站在那个谁坐都会难受的座位前,两眼直视着高背椅后面的墙壁。这时,八位审查员一一进入,围绕呈扇形摆放的桌子站好,谦恭地等待那位红袍主席的到来。

富兰走了进来,坐到位子上,一点头,示意大家就座。她伸手捋了捋黑发,双手扣在一起,支在额下,又平放桌上,说道:“请坐,布里克曼。”

“啊,原来是这样!我当初怎么会没注意到呢? ”布里克曼心中一惊,是啊,她双手的动作,他肯定见过一千次了——就在启示录的电视广播中,总统司令的动作和她完全一样。

富兰清了清嗓子,道:“布里克曼,正如我在本次审查开始那天申明的一样,本委员会并不进行审判。我们主要的任务是鉴定你所做证词的性质和内容,以我们听到的情况为基础,做出报告和建议。会议过程和我们的结论现已记录在案,另外,还有你想重返地面作战的请求,都将报送到更高一级的审查机构去。他们会对我们的建议进行选择,接受、修改,或者拒绝,甚至有可能要重新审查。但无论他们准备怎么做,终将决定你未来的都是他们。他们做出的裁决可能会比我们的建议对你更为有利,也可能更严酷,但不管结果怎么样,一旦他们对你的案件做出裁决,你连上诉的权利都没有,明白不?”

“明白,长官!”

“很好,”富兰说,“现在,在将这次的裁决建议通知你之前,我们希望在这份记录中加上一段内容,证明我们对你很赞赏。你在被变种人俘获的这段时间里,表现得既坚韧又勇敢,还有,你驾机脱逃敌区时所发挥的主观能动性的精神,更是一个光荣的壮举,应该给予你最高的赞誉。”

“这还差不多。”布里克曼暗中一笑。他身上有些发热,心中满怀欣喜,又听这位黑头发的主席继续说了下去。

“关于敌人的武器、战术和日常活动,你在证词中也表述很多了,这给我们留下了很深刻的印象,我相信它对联邦具有很高的价值。对你表示祝贺,你在面临生死关头,始终沉着冷静,对联邦的忠诚毫不动摇,就算是情况再恶劣,你也能够坚定不移,真算得上是众人的楷模!”

“那当然。”布里克曼偷偷在心里说。听起来,这位主席说的全是好话，下面一定会有个好结果，他的徽章上将会多个金翅膀，还有中尉的军衔，身份卡也会升级。而且，如果要他去圣贾辛托渊薮那座神奇的高塔，在那儿干一份很牛的工作的话，他一定不会拒绝。很好，美女，请接着说啊，说啊，很不错！

“然而……”富兰接着说下去，话风开始转向了，“我们知道，要做到这一切，需要付出沉重的代价，因为一个正常人如果长时间不得不和某种异类相处的话，他身上势必会出现某种文化冲击的症状。”

布里克曼心头一跳，一种自以为是的信心顿时开始瓦解。

“我们有理由相信，在你的某些证词中，表现出了这种精神损伤的明显迹象。你已经无法用清楚、明了、坚定的词语，将那些变种人归位为低等生物，低于人类的劣种。更糟糕的是，你对他们的态度很矛盾。所以我们有理由认为，这些恰恰证明了你的经历，对你造成了精神伤害，我们真的很希望这种伤害不是永久性的。当然，这一点，只有用时间来证明了，而目前你的状况得引起大家注意。从你许多次的回答中，我们明显能够看出，你已经把这些劣质生物当作和人类差不多的生命了。”

“长官……”

富兰双拳猛地敲在桌子上，喝道：“别插嘴！给我听着，你的观点同联邦的教导完全背道而驰，联邦的真理大家都知道：变种人不是人类，他们只是类人猿的退化种，他们的社会地位绝不能逆转，他们绝对不能继续存在于这个世界上，这是对人类文明的公然蔑视！委员会绝对不会让你被污染了的观点拿去污染其他人的思想，如果不是因为你当时的情况特殊，导致你有了这些想法，我们早就将你这种表现定为一级重罪了,并一定建议给予重罚！但是,我们考虑到你有很多地方做得很对、很好,尽管很多话令人不快,当然,我们委员会不会认为你的态度是蓄意不满或者你是故意犯罪。我们相信,那只是你的精神出了些问题。你知道吗？布里克曼,你病了,病得还不轻,我们有责任帮你复原。目前这种情况,我们不能支持你重返地面作战。所以我们的裁决是:对你重新核定等级,将你调到工程维护部门去,至少工作三年，核查委员会将对你进行逐年的考评，每年一次。听明白了吗？”

布里克曼怔住了,坐在那里,无法动弹,难以呼吸,震惊传入四肢百骸,令周身麻痹,大脑凝冰。天啊,对于一名飞行员来说,丧失了令人羡慕嫉妒恨的战士身份已经是奇耻大辱了,但是,克里斯托夫啊,我的老天,在字母级楼层上待上三年!这简直比死刑还可怕!天啊,怎么会搞成这样！不,不,不！这一定是个捉弄人的玩笑!

黑发主席站起身来,两眼直视布里克曼,面无表情地说:“从明天开始,你就会被调到字母级楼层,去执行一些常规作业任务,你会一直留在那里,暂时与地面作战部队隔离,直到高层核查机构认可或重新修改这次委员会的裁决建议。一会儿,就会为你办理好手续,发给你新的身份卡,还有制服。新的单位会给你提供个人用品,委员们相信你能完全康复。从现在开始,你应该要努力去证明,委员会对你的信心是正确的,你知不知道？”

这个问题当然只是一个无法拒绝的形式问题，也没法得到任何解释。

布里克曼费了好大的劲,才使自己的舌头能够说话,他回答道:

“是的，长官。委员会对我的案件给了这么大的支持和同情，我深表感谢，联邦万岁！”

富兰说道：“第一家族万岁！”

“万万岁，阿门！”布里克曼不得不和其他审查员们一起应和。

富兰朝布里克曼略一点头，便转身走出去了，其他审查员们跟随其后。有人回头看了布里克曼一眼，目光也同富兰一样，空洞而冷漠。

唯有平时表现得怒气腾腾的三号审查员显出一副轻蔑的挑衅之态，而其他人干脆就将他看作是透明的，一点都没把他放在眼里。

布里克曼的心情极为复杂，这时，只感觉一只手抓到了自己的胳膊，转身一看，原来是负责押送他的宪兵。

“这边走，士兵……”宪兵说。

用不了多久，他们就不会再这样叫他了。从明天起，他将穿上那身养护工的棕色与屎黄色相间的外套，彻底变成了一个废物，一个满身油污的机械工，一个低贱的渣滓，过着联邦最底层的生活。

第六章

在两名宪兵的押送下，布里克曼回到医疗所，仍是被安置在那间有四个床位的小病房里。这里还是只是他独自一人。自从接受审查以来，一直都是这样。奇桑姆曾说过，这是一间隔离室。外面走廊上的值班人员态度平淡，没什么敌意，但也没感到好奇，更从不与他说话。

布里克曼沮丧地一屁股坐在床上，意识到这里唯一愿意和他说话的人就是奇桑姆。当然，不单是说话，也是唯一愿意帮助他的人。他猜不出奇桑姆是什么样的人，但谨慎的潜意识里，他感到其中定然深藏诡计，只是一时无法猜透。没有人会无缘无故地帮助一个陌生人，一定有某种交易。他断定，这或许是奇桑姆和戚妹做的交易。以自己现在的状况，没什么可以提供给奇桑姆的。而对权势颇大，但完全被洗脑的巴特舅舅来说，他说什么都不会起作用的。要交易的话，只能是萝兹。她和奇桑姆见过面，而且她还告诉他自己那位很牛的戚兄在怀俄明被变种人打坠机了。

这些事情，萝兹做起来是自然而然的。后面，一定是出于某种偶然，奇桑姆来到了白宫医疗所工作，而布里克曼恰巧被带到这里来受审。

世界真小……

奇桑姆显然心怀不轨，希望在得到他的好感之后，就能有效地利用萝兹，他到底想干什么呢？如果是想勾引戚妹，那又何必得到他的允许？这很容易，直接问就行。回答也简单，“行”或者“不行”。如果萝兹拒绝，那也没什么的。在大中央这种地方，随便找到几个年幼无知的玩物根本不成问题。约翰·韦恩广场上，到处都是些天真无邪的先遣队员，他们喜欢成群结队地来参观乔治·华盛顿·杰斐逊一世的圣殿，有些喜欢冒险的家伙爱把这个危机四伏的地方称为“大白怪龙”。

嗯，但或许事情没这么简单，或许奇桑姆对萝兹也有那种奇妙的感觉，就像他对清水产生的感觉一样。

在被变种人击落之前，他从不知道世界上竟会有这样奇特的一种感情，既然他能对其他人产生这种感情，那么奇桑姆说不定也可以，要不然就是另有原因。或许奇桑姆还不仅仅需要布里克曼的允许，更需要他的赞许。萝兹也许知道布里克曼还活着，而且得知奇桑姆来到这儿，要他帮她这个忙。她和布里克曼之间有神秘的心灵感应，定然知道他还活着。

这样的感觉十分古怪，在离开家去飞行学院学习的三年时间里，布里克曼很少同家里联系，他从来没想过，萝兹可能同基地里的哪个人相好。因为萝兹也和布里克曼一样，是个只会用功读书的书呆子，整天坐在电脑屏幕前面不断地学习。用寻道民学的黑话讲的话，她就是个“像素”，被八百二十五线的显示器晒得黑不溜秋的。毕业典礼之后，布里克曼准备去沃思堡的篷车队报到之前，两人曾经待了一段很短的时间，当时他也没有想着要问问萝兹，她有没有和男人交往。

布里克曼琢磨了半天，最后意识到了，自己表面上不关心萝兹生活中的这个问题，其实是因为不想过于深入地探寻她内心的思想和感情，特别是那些与他有关的东西。孩提时代，两人整天形影不离，但自从他十四岁以后，就开始明白事理，缩进自己织成的钢铁茧体之中，他一心想切断所有感情上的联系，就算对当时只有十二岁的萝兹也一样。但最让自己烦恼的是，他根本无法做到完全绝情，就算是现在，即使遇到了清水，他仍然不可否认，萝兹给他内心的防线上留下了一道无法复原的裂隙。同样，他始终对自己的护母保留着一份深情，虽说不是那么强烈，而护父——杰克老爹，更是令他既骄傲又尊重。想到这些，绝望如潮水般一波波袭来，凶猛狂烈，欲将他卷去。但他只能默默忍耐，无声抵抗。此时，他的思绪始终萦绕在萝兹身上，一切都很自然。委员会的判决实在出乎他的意料，不管他们说得如何动听，冠冕堂皇，事实已经成了这样。那位主席开头说得倒是很漂亮，没想到最后的结果却把自己的美梦全打碎了，他实在无法接受这样的事实。从五岁开始，他就为了自己光辉灿烂的前程而做好了细密的谋划。现在，他就要被调到字母级楼层，那些所谓的前程，早成了一场梦幻。

他呆呆地坐着，双手抱头，心中不住地安慰自己。最惨的时候，至少不是现在，当初他躺在大火燃烧的田地中，在那架坠毁的天鹰战机内，眼看就要被烧死，那时候岂不是更绝望，更凄惨？哪想到日后悲剧还能卷土重来。还有，他准备逃出变种人部落，却被穆卡尔部落头号勇士摩托头堵在崖顶上，那一刻，岂不是更令人绝望、恐怖？回想起来，一切都是命中注定，冥冥之中，定有原因。“克里斯托夫在上！一定要保佑我！我要在字母级楼层待上三年，才能接受顶级审查！天哪，三个小时我都待不下去！三年？真是快崩溃了。”

过了几分钟，他站起身来，在房间里来回踱步，绞尽脑汁地想要让自己脱离困境。首先，他对审查员们所做的陈述就不太对，主席一开始是做过保证，大家都得本着质询的原则进行审查，但其实一谈到变种人的智力问题，委员会就绝对不会听从任何与官方态度相反的意见。从这一点说来，就一点办法没有，甚至连一提及什么辟邪主的预言，就得连根掐断。既然委员会早已有盲目的信念，就算是他当时将那些恐怖的语言透露出来，也会是同样的结果。什么大地魔法、召唤师和天眼通，随便提及一丁点，最后的结果都会令他们抓狂发火。

奇桑姆也许相信第一家族是在尽力带领大家完成伟大的事业，但刚才发生的事情就是最好的例子，他们正在利用强权压制真相。富兰主席抹掉了记录中提及的预言，禁止一切有关话题，她这种极端的行为，反而证实了布里克曼这段日子以来心中的怀疑：第一家族其实早就知道了变种人会魔法的事情。然而，无论谁谈及此事，都会被判定为一级重罪，因为，第一家族知道，这种事情是真实的，可他们为了掩盖真相，照样枪决了那些无辜的看到真相的人！这真是疯狂且变态……

至少有两次，在不同的场合下，布里克曼亲眼看到了变种人那不可思议的魔法。如果那位高高在上的黑发女士愿意听的话，他本可以把自己的亲身经历告诉她。他本来可以说说雪先生的神秘，佳得利超常的聪明智慧，还有清水那清新脱俗的美丽，更不用说她那玄奥的大脑和奇幻的异能了。他们三个，不但是人类，更是超人类，拥有黑头发主席和她的委员会想象不到的超级能力。这三个人，才是真正了解这个世界，了解蕴含在世界中的神秘力量，了解平原族伟大命运——辟邪主的人。还有那位还没显身的三赐之人将引领着平原人走上伟大的光明之路。这些事情,布里克曼自己刚开始的时候同样难以接受,在不断地、艰难地尝试领悟之后,他终于有点明白了。“领悟”,对于他来说是很困难的,因为联邦的词典里没有这个词语。或者,至少以他目前的权限是无法查证的。在他被俘期间,这些字眼的意义突然从头脑里成形,导致他心绪不宁,困惑不安,原本的那颗寻道民的耿耿忠心,开始支离破碎。

布里克曼知道,变种人中间自然存在着很多固执而偏激的观念,还有很多他们认为神圣而不可亵渎的行为准则,但他们不会像第一家族那样,连听都不听,直接否定。寻道民们则盲从成性,这也怪不得他们,是从小的教育所致,否则,他们也成不了寻道民。他们目光短浅,审查委员会就是最好的证明,也许,这是因为他们长期在地下生活的缘故。包括布里克曼在内的联邦中人个个都是从小就坚信,第一家族乃是一切智慧和知识的源泉,没有什么是他们不知道的。几百年来,他们坚信自己,始终否认这几个月布里克曼看到的事实,这究竟是为了什么呢?真是古怪,他们简直是把脑袋埋到了泥沙里去,这样做有什么意义呢?

晚上七点之后,奇桑姆来了。

布里克曼从床上坐起,双脚垂下床沿,问道:“怎么样,今天的活儿干完了?”

“对啊!”奇桑姆说,“你呢,有什么结果?”

布里克曼轻松地说了出来。

奇桑姆的脸顿时不轻松了，阴沉下去，深深吸气，问道："伙计，你受的委屈不小啊！"说着，他拍拍布里克曼的肩，朝一把转椅走了过去。

房间里没什么地方了，除了床和小桌子以外，只有这里可以坐。他将双手插进口袋，一屁股坐进椅子里，叉开双腿，说："是啊，想熬过现在这样的日子，真是难啊，唯一的办法就是相信，相信这对你的将来是有好处的，你还有希望，但必须得努力从中吸取教训。"

"约翰啊，拜托了，"布里克曼郁闷地说，"什么启示录，还是让总统自己去念吧！"

"喂，我只想帮你一把而已。"

"谢谢，我知道，我现在不想要任何帮助。"布里克曼怒气渐消，黯然说，"再说了，你能有什么办法？是啊，谁他妈都没办法的，这一次，老子可真够惨了。"

奇桑姆笑着做了个鬼脸，说："别这么说，还没那么糟糕，我当然认为你的确是惹上了一个大麻烦，好工作变成了这样一份苦差事，但至少你还活着，你没被判有罪，你还没被大卸八块啊！"

"是啊，"布里克曼酸溜溜地说，"确实还有个好处，只要干上这份工作，就肯定不会被降级了，因为，根本就没有比它更低的职位啊！"

奇桑姆坐正身体，手从衣袋中抽了出来，问道："那你想让我做点什么，给你一张纸，让你大哭一场，擦擦鼻涕？"

"不了。"布里克曼勉强一笑，"你在这儿陪我说说话，我就很感激了。我想，我早就该料到会出这种事的。来这儿的路上，我还见到了新墨西哥州的宪兵司令，然而，又有什么用呢？"

“哦,是吗?”

“是,巴特·布拉德利,我的亲戚。他对我说,官方宣布我已经死了,在怀俄明阵亡了,而我以后将一直保持这样的身份。我当时万万没想到,他们是要把我埋葬在这里啊!”

“变种人从不留活口,不是吗?”

“人人都这么说。”

奇桑姆点头说:“我想,这里头是不是有什么原因呢?否则,他们为什么要这么说?你想想吧,如果消息散布出去了,说你在那边过得舒舒服服的,啥事也没有,那开拓兵们还会像现在这样玩命吗?也许用不了多久,你就会鼓励其他人同那些傻蛋好好相处,谁知道你还会干什么?到最后,谁都不知道什么是对,什么是错。这就是你想干的吗?让整个世界都崩溃了?”

布里克曼听得头都晕了,咬牙切齿地说:“什么啊,我没这么说,我当然知道我们在为什么而战。”他朝天花板挥了挥手,握拳道:外面的世界是属于我们的,我时刻准备着,尽自己的绵薄之力,只为将它夺回来。但我们绝对不能在事实面前自我蒙蔽,因为,我去过那里,我在那里同那些人——生活过!”

“人?”奇桑姆没听明白。

“变种人!克里斯托夫啊!你是什么人,审查员吗?”布里克曼站起身来,踱来踱去,喃喃说道,“约翰,我不是个愚蠢的卑鄙小人,我既不想造谣传谣,也不想引起大伙的恐慌和失望。但是,我明白自己看到的是什么。我见过在咱们地面劳教营里的那些南方变种人,是的,他们或许已经被打败了,但平原人不一样啊,大家老说什么他们的记忆力有缺陷，全是胡扯，陈腔滥调，绝不可信。这些家伙其实非常聪明，非常危险，你根本想象不到他们的可怕之处！但是，没有人想知道，没人敢承认！”说到这儿，他猛然刹车，无奈而轻蔑地一挥手，“算了，说这些有个鸟用！我明白，你也以为我疯了呢！”

“不。”奇桑姆说道，“我相信你没疯，但是如果你同审查员们辩论时，是这么个强硬的态度，我就明白他们为什么要把你扔到字母级楼层了。”

布里克曼大笑起来，声音刺耳，他坐在床头，说：“那照你这么说，我应该觉得自己很幸运吗？还没被人头朝下脚朝上地扔进通风管道里去。”

“但是……这种风险一直存在，我们所有人都是。”奇桑姆说着，将椅子拖过去，靠近布里克曼坐下，细细盯着他的面孔，说，“你在那儿的时候，抽过什么恶心的东西没有？”

“你是说——彩虹草？”

“嗯！”奇桑姆点了点头。

布里克曼迟疑了一下，慢慢说道：“是的，有几次。是他们，嗯——是他们强迫我抽的，恶心死了，我第一次抽的时候，差点把肺都咳出来了。”

“我听说变种人时时刻刻都在抽那玩意儿，用烟斗，是吗？”

“大多数吧。”布里克曼低声说，“你呢？”

奇桑姆耸耸肩，说：“唉，偶尔也抽上一两口，可这东西很难搞到。”

布里克曼摇摇头，怀疑地说："约翰，我真是猜不透你。前一分钟，你还是个一本正经的家伙，板着脸来教训我。下一分钟，你却告诉我你也吸毒。你是不是也听黑杰克啊！"

"大家不都是这样吗？"

"你疯了，我对那种垃圾敬而远之，你甭想在它附近一英里内找到我！告诉你，同变种人待了一段时间时，我是逼不得已才那么做的，我不想惹他们。但在这儿，我绝对不会碰的。"

"可那东西对你没啥坏处，对吧！"

"重点不在这儿，"布里克曼强压声音，嘶哑咆哮，"这可是一级重罪！你咋不好好想想，哥伦布在上！我是说这儿，这儿，白宫！"

奇桑姆咧开大嘴，微微一笑："是啊，如果你想干什么见不得人的事，这里恰好就是最安全的地方哩！"

"够了，别再说了，你这个疯子，约翰！"

"你难道没看出来，整个世界都疯了吗？"奇桑姆说。

布里克曼没有回答。

奇桑姆的声音又压低了："我问你是不是抽过那玩意儿，是因为它能让人思想不受控制，让身边的东西扭曲，让真实世界变形，让你'过界'——分不清真实与虚幻的界线。"

"也许是这样，我不太了解这东西，"布里克曼不得不承认，"但我问你，这会儿，咱们谁都没吸毒，脑子里十分清楚，你说说看，真实和虚幻的界线又在哪儿呢？"

奇桑姆像狐狸一样笑了："很好，问得很好。"

"还有另外一个问题。你跟我说这些话，到底是什么意思？"

奇桑姆两手的指尖轻轻叩击，然后摊开手掌，说："布里克曼，烟草有很多种，我知道这一点，是因为我在一个实验室工作过，还对烟草进行过一些研究——"

"你待过的地方还真不少。"

"那当然，"奇桑姆笑着说，"所以我才这么见多识广。总而言之，我想告诉你的是，对不同的人，烟草会起到不同的作用。其实我也不是内行，但我至少对这类事情略知一二。我想，说不定你所谓的在那边看到的很多事情，其实根本就没有发生过。"

布里克曼盯着奇桑姆，用力摇了摇头，说："约翰，你给我听着，我看到的都是你永远无法理解和相信的事情。"

奇桑姆点头道："我就是这个意思。"

"我没有信口雌黄，胡说八道。"

"我当然也不是胡诌，我说的是真的，那些抽卷烟的，把那种飘飘欲仙的状态称为'贯通'。"

"抽卷烟的？"

"是啊，如果你没有烟斗，只好用树叶卷草叶来抽了，所以，卷烟——明白不？"

"哦，明白了，但是我要告诉你，我分得清什么是'贯通'，什么是'事实'！"

"那你太幸运了。"

"开什么玩笑？我说的事情非常重要，那是变种人的某种神秘魔法……"

"哈哈！"奇桑姆忍不住笑了起来，在布里克曼面前摆了摆手，"行了吧,你还是省省吧!”

布里克曼皱起眉头:“你到底怕什么,怕有人偷听吗?约翰,这会儿想后悔,已经来不及了。”

奇桑姆站起身来,将椅子归位,说:“其实,你是个好人,虽然说现在脑袋瓜有点不大灵光,但你基本上是个好人。你还有个非常好的戚妹。听着,咱们别把咱俩这段美好的友谊毁了。”

布里克曼站起身来,说:“约翰,我很失望,你很乐意钻体制的漏子,但是只要有人说个新观点,就能唬住你。为了自保,你就会溜了。”

“人无完人!”奇桑姆笑着回答,“听着,我给你点友好的忠告吧!这个世界上,根本不存在什么魔法!”

“约翰,我发誓,这是真的。”

奇桑姆摇头说:“兄弟,我比你年长八岁,虽然我没当过官,也还算有点见识,没白比你多吃了八年饭。我知道,靠真话是打不赢战争的,小兵。没错,我是喜欢偷偷摸摸,不守规矩,但我知道怎么做才是对的,你只需要记住一件事:变种人永远是我们的敌人。不管他们多么难对付,我们总要将他们消灭掉,因为我们双方早已是不共戴天的死对头。既然我们要让我们的后代在外面那个伟大的蓝天世界中自由生活,那么,我们就得将平原人和最后一小撮南方变种人赶走。不管他们的实力有多强,或者不堪一击,也不管他们长得好看还是恶心,总之,布里克曼,我们要做的就是将他们连根除掉。”

说到这里,他停了下来,目光死死地盯着眼前这个年轻的飞行员,心中暗想:“很好,压力已经开始起作用了,这个小子再也撑不了多久了。”奇桑姆知道自己的这番做作相当卑鄙无耻,但这是为了联邦，是对联邦的忠诚，这样想来，也就心安理得了。不过，布里克曼说得也没错，在他那个由半真半假的谎言和赤裸裸的欺骗构成的黑暗世界中，奇桑姆其实早就“过界”了。

他两只手握在一起，精神一振，搓了搓，说道：“好了，好了，我们换个话题吧，我只想再最后问你一次。”他伸出右手食指，指着布里克曼的胸口，“你还想不想见萝兹？”

布里克曼一怔，心中仔细思索这个问题。

“一到字母级楼层，你恐怕就不知道什么时候能上来了。”

“我当然明白。”布里克曼说，“出了这么多事情，我其实已经不再在乎还会遇到些什么麻烦了。但是，我的家人们都不应该知道我还活着啊。”

“是的，其他人可能不知道，但她知道，她知道你还活着，而且，她很想见你。”

布里克曼直盯奇桑姆：“约翰，你为什么要这么做，这么做你能得到什么好处？你给我说老实话。”

“好了，我可以告诉你，我并没有在追你的戚妹。你别担心，在这种事上，她可不是一个随便的人。”

布里克曼感觉脸上有点热乎乎的，这家伙真不简单，竟能猜出自己的想法，他问道：“那你说，你究竟是为了什么？”

奇桑姆耸耸肩，随意地说：“只是想帮个忙而已，行吗？”

布里克曼冷冷一笑：“甭跟我说废话！自从我一踏进这儿的大门，你就一直跟着我，这又是为的什么？你从来不认识我，也不欠我什么。”

"不对,"奇桑姆说,"其实,我知道你的很多事情。我告诉你,萝兹真的很挂念你,只是她不知道,你竟然是这样一个无情无义的杂种。"

"好,很好,如果你不想从我这儿得到点什么,那你对萝兹又有什么企图?"

"没有,绝对没有,"奇桑姆说,"我天生就是这种人。我能够私下里摆平很多麻烦,时常到处给别人一点小恩惠。"

"约翰,她今年十五岁,正在读医学博士的第一年。如果你不想从她那儿得到点什么,那你到底为的是什么?"

"老实告诉你吧,真的,我什么都不想要,"奇桑姆再次否认道,"至少现在还不需要。我对她的未来寄予了小小的期望,我告诉你,她是个非常聪明的孩子,正努力往上发展。我在高层也有些朋友,从这儿到凤凰城,我到处都有自己的关系。"他停下来,笑了笑,"你不明白,是吗?没关系,你听着,你只要回答,见,或是不见?"

"你是说萝兹?我还不知道,这很难决定,你得……"

奇桑姆打断了他的话:"听着,别管那些小事了。如果没办法摆平这件事,我当初又怎么会建议你去见呢?你对我并不十分了解,其实,我这个人说到做到。"

布里克曼心想,无论再问什么,这个家伙都不会说了。他深深吸了一口气,说:"好吧,那就见吧!"

奇桑姆似乎心满意足地咧嘴一笑,双手拍拍布里克曼的双肩,说:"好样的,这才对嘛,这样才够有种!你先等一会儿,我去打个电话。"

奇桑姆一离开病房，就急匆匆地跑到最近的封闭式视频电话亭内，用身份卡进入了亭子，拿起电话，按下专用密码，立即接通了中央记录控制所的特别处理部。这是一组特殊密码，能够让他和富兰直接通话，不必再通过接线员转接。

不一会儿，屏幕上就出现了富兰的上半截身体，她还是穿着那件熟悉的银色连身制服，一脸严肃。

奇桑姆赶快报告："3552号目标终于同意和他的戚妹见面了。"

"干得很好，约翰，你想使用上次的那个接待间吗？"

"是的。桑塔纳渊薮，三级八层八号。您能安排人待命吗？"

"放心，他们会随时听候你的召唤。目标呢，情况怎样？"

"他动摇得很厉害，我想，这也是您希望看到的。"

"这当然，约翰。"

"如果要去那儿见面，目标需要一个新的身份卡。"

富兰点点头，说："新的身份卡已经送到大门守卫那里了，需要进一步协助的话，随时同我联络。"

"好的，谢谢。"

话一说完，富兰的面孔便从屏幕上消失了，画面又成了联邦的标志。

一个小时之后，奇桑姆回来了。

布里克曼刚刚从沐浴间走出来。

"时间刚刚好。"奇桑姆隔着房间，抛过来一只黄色的包裹。

布里克曼接过来，解开一看，是一身黄棕亮色的养护工的连身服。他一边擦干身体，一边嫌恶地看着它，说："我真的非得穿这个？"

"当然了，必需的。"奇桑姆说，"它同你的新身份卡配套。"他从胸前的口袋里掏出张卡片，手指一弹，卡片直飞，落到床上，说："本来要明天早上才能拿到，但大门外的守卫处，有个家伙欠我的情。"

布里克曼有些吃惊。他从护套中抽出卡片，仔细一看，说："真是难以置信，你肯定这玩意儿能让我在这个楼层里随意走动？"

"也就今天晚上而已。"奇桑姆说，心想，这个问题解决了，"来吧，快穿上衣服，萝兹现在正从内州大学出发，往这里赶来呢！"

"好吧，"布里克曼笑了笑，"你知道吗？我真不敢相信，希望我有一天能报答你。"说着，他赶快穿衣服，感到心情舒畅，一副兴奋的样子。

奇桑姆坐在一旁，靠着桌子，默不作声地看着他，心中暗想："这真不公平，这个小子和那个丫头片子都极度聪明，他们像爱自己的亲生母亲一样爱着他们的护母——安妮·布里克曼。他们俩真的有着美好的感情，我们却要从中作梗，硬拆散他们。而我自己，却在这里说什么'请相信我'，可接下来发生的事情，会让听到这句话的人永远不再相信别人。"

这样的事情到底发生过多少次了？奇桑姆根本数不清了。刚开始的时候，一次次的背信弃义，令他心神不安，辗转难眠。但现在他已经没有这种感觉了，每一个干这种勾当的人干久了，便会麻木不仁，背叛习以为常，乃是家常便饭。身为一个秘密特工，奇桑姆早已在工作中发现，第一家族不会在乎任何一个寻道民的生命，这发现令他胆战心惊。他一度想要保住自己的小命，但是随着一次次的陷落，他越来越觉得自己的这条小命根本毫无价值。

布里克曼穿上崭新的珞黄色和棕色的连身服，戴上配套的安全帽，跟着奇桑姆登上了由白宫开往大中央的列车。奇桑姆背着一只长方形急救箱，身穿绿色连身服，这服装是卫生员执行外出任务时穿戴的。制服上臂外侧缝着大块的红、白两色V形臂章，前胸和后背与臂章平齐的位置上，有两道横条纹。

开车时，奇桑姆说："轻松些，没事的。"

"尽力而为吧。"布里克曼回答，又指指自己的制服，"你想象不到这种感觉，非得穿上这身衣服……"

"听着，"奇桑姆说，"别太挑剔了，成千上万的家伙，一辈子都只能穿这东西，他们照样任劳任怨，如果没有这些人……"

"知道了，不用告诉我这个。"布里克曼挖苦道，"如果没有他们，通风管道里就会没有空气，厕所里将到处是大便。"

奇桑姆摇摇头，说："你们这些从林伯格站来的家伙，怎么都是一路货色？都以为自己多牛似的。要是我说了算的话，就在你们飞黄腾达之前，全送你们去铲大粪，也让你们了解了解，地下另外一般人的人生是怎么样的。"

"我自己的义工定额，早就完成了，去通往凤凰城的那条路上砸了十二个月的石头。"

奇桑姆干笑一声，道："这我当然知道，先遣队时代嘛，在掘进面上待了六个月，又在医务室工地里混了六个月。而且整整十二个月就只会忙着把马套在车辕上嘛！"

"套车"是先遣队常用的行话，就相当于飞行学院里说的"放炮"。

“约翰，”布里克曼说，“我现在已经相当郁闷了，别老是损我，行不？”

奇桑姆一笑：“知道你啥毛病了吗？你太把自己当牛人了。”他拍拍布里克曼的膝盖，“好了，该下车了。离我近一些，自然一点。”

他们俩走出车厢，但没有踏上通往上层的自动扶梯坡道。

奇桑姆领着他经过坡道旁边，来到站台的尽头。

这时，布里克曼发现，有两名宪兵朝他们走了过来，心里不由得“咯噔”了一下。那两个家伙都配着重型三管气动手枪，腰悬长长的白警棍。这是在例行巡逻，在站台上和站台周边抽查身份证。大多数时候，他们根本不会叫你。但如果你运气不好，被叫住了，也说不定。他们总是用自己的外表——那副凶神恶煞的模样来震慑别人，把那些隐藏中的违规者吓得露馅。

“快装出一副可怜兮兮的样子。”奇桑姆低声道，“你就说你刚从下面的泥堆子里被叫出来，去接一个紧急电话，其他的话我来应付。”

宪兵果然走近了，奇桑姆又轻松地一笑，说：“没事，其中一个家伙是我认识的。”说着，他愉快地对着那两个宪兵招招手，当两人走到他们身边时，他在其中一个肉糕肩上轻敲一拳，说：“嗨，伙计！你们怎么样啊，没啥事吧？”

“还行啊，”肉糕答道，“你呢，怎么样？”

“非常好！”奇桑姆没停下脚步，而是转过身，拉着布里克曼的胳膊，一边倒退，一边说，“你们要一直巡逻到十二点吗？”

两个宪兵停了下来，其中一人扭头说：“是啊！”

奇桑姆抬起手，一挥，说：“嗯，回来的时候，我去找你，说不定给你带点小东西。”

那个肉糕乐得翘起大拇指，便又转身和同伴朝站台走去了。

布里克曼看着奇桑姆轻松自如地回过身来，继续拉着自己前行，脸上的微笑立即尽褪。他心想：“啊，这家伙真是个老手，我明白了，确实，我还太嫩，有很多东西要学啊！”

奇桑姆说：“朋友，你应该学的是，怎么样和别人成为朋友。这个世界上，关系很重要，不能只靠自己就能成功的。”

布里克曼微微一笑，不禁想起了鲁德奎斯特在毕业那天对自己说过的话，说道：“呃，别人也曾经这么告诉过我。”

“那现在，你应该听听了。”

布里克曼点点头，跟着奇桑姆走出站台，来到一条走廊上，忽然问道：“你刚才答应给那个‘肉糕’带点什么‘小东西’？

“这你就别问了，”奇桑姆说，“别听了以后，心脏病发作。”

他在走廊尽头停下脚步，取出一张身份卡，插入了门口的控制器上。

红色语音验证提示灯亮起，他又奇妙地取出一只小小的袖珍式录音机，按下了开关键。

“三一零七五五九三零。”一个声音说道。

这并非奇桑姆的声音。绿灯果然亮起，门打开了。

奇桑姆拉着布里克曼走了进去，一进入后，门就立即自动关闭。

奇桑姆将录音机放回口袋，看着布里克曼眼中满是惊奇，不由得咧嘴一笑。

布里克曼见前面是一条维修通道，宽度是高度的两倍。一排排的管道和电缆顺着两侧的墙壁爬过，从各式各样的截流阀和接线盒中钻进又钻出，还有一架架巨大的风扇，每隔一段就有一架安装在墙壁上，不断地通过通风管道吸入空气。他明显地感觉到通风管道中，一股强大的气流涌动不休，只听得风扇声嗡嗡作响，构成了永恒的背景音乐。其中还夹杂着空气涌来时的一声声低鸣。门口附近，停着八辆黄色的电动车，排成一条直线，敞开式的车厢虽然不大，却能容纳六名乘客，而且动力十足。如果用来运货，还能拉动一辆拖车。

奇桑姆指指自己的脚下，说："现在，我们已经到了字母级楼层，看起来并没那么糟吧？只是噪音很烦，不过你很快就会习惯的。这是A级楼层一层。从上到下，从A级一层一直排到十层，下面便是B级一层，依此类推，一直往下。"

"那它们到底有多少层，有多深？"布里克曼问。

"不知道，但愿别派我下去数个清楚。"奇桑姆快步走向离他最近的电动车，坐到前面的位子上，将手提箱放到板条长椅之后，又招手示意布里克曼坐在自己身边，问道，"你会开这东西吗？"

"当然。咱们去哪儿？"

"一直向前开，丁字路口往右转，接着直走，要停的时候我会告诉你。"奇桑姆指指他们面前地板上的一只黄色工具箱，说，"下车时带上它。好了——"他按了两下喇叭，"出发！"

布里克曼查看那简陋的仪表盘，说："咦，没有身份卡的插槽啊！"

奇桑姆叹息一声，用大拇指按了一下启动按钮，发电机"呜呜"地响着，发动起来了。

"还能这么干？我一点也不知道。"布里克曼惊讶且羞愧地说。

“你当然不知道，你一直就在上面，怎么可能知道？但在字母级楼层，日子会过得轻松些。你要是在这儿待上一段日子，就会发现自己什么都能干了。”奇桑姆看着布里克曼一脸疑惑的样子，笑着摇摇头，又显得无可奈何，等车子发动后，才又说道，“小子，你这个高高在上的飞行员，嘿嘿，真是啥都不懂哪！”

布里克曼不说话了，只专心开车。

奇桑姆从旁指路，布里克曼安然将电动车停到一处宽阔的、立着许多柱子的服务区内。

然后，他提着工具箱，跟着这位勇敢的向导，走进了一架服务电梯。

奇桑姆进去后，按了三级八层的按钮，吹着没什么调子的口哨，电梯“簌簌”地带着二人往上升起。

布里克曼看着楼层指示灯，上面显示，两人正从 A 级五层前往四级十层。他不禁问道：“刚才那个服务区看起来很有感觉，这是一幢新建的大厦吗？”

“是的，桑塔纳渊薮！”

“真是古怪啊，”布里克曼轻声说，“居然没有人管咱们，连一次盘问都没有，就这样直接来了，要是有人发现坡道上少了辆电动车，那该怎么办？只要有人核对一下进门的身份卡，就能追查到咱们，那该怎么办？”

奇桑姆摆摆头，声音压得极低：“伙计，放心，他们倒是有可能查到你，但绝对查不到我的，我用的不是自己的卡。”

布里克曼小心地盯着他，问道：“我知道，录音机里的声音不是你的，但你是怎么做到的，这怎么可能呢？”他的声音低了下去，“身份卡是不准转让的啊！”

奇桑姆又是哈哈一笑，如此戏耍这个年轻人，使他产生无比的乐趣。这些乐趣就在于：他可以对这个年轻人说真话，就像现在一样，既能说出事实，又没暴露骗局。他说：“从理论上来讲，你说的倒没错，而且，大多数人都是这样想的。但实际上，有些卡片并不像其他的那样，永远都‘禁止转让’。”他笑眯眯地朝布里克曼挤眉弄眼，声音低了下去，“小子，我把你带到一个惊天的秘密里了。其实，我早就发现这系统并非完美无缺，即使是哥伦布也会犯错，嘿嘿！”

布里克曼惊得后退一步，道：“不，不，这不可能！”

“随你吧，”奇桑姆说，“事实就是事实。”他用胳膊肘轻轻拐了一下布里克曼的肋骨，“听着，小子，要是人人都知道这里的秘密，我不就没戏了？”

电梯继续向三级八层驶去，后面，两人谁都没再说话。

第三十八楼终于到了。一进大厅，他们就感到广阔和庄重。地面上铺着暗绿色的橡胶地砖，踩上去柔软而无声。四面的墙壁上，覆盖着一层深绿色和深棕色相间的斜纹织物，深绿色的天花板与两壁的棕色条纹相接，上面横装着一只只灯光照明板。八个接待间的房门上，衬配着镀银和镀铜的装饰层，闪烁着亮闪闪的金属光泽。每扇门的右上方墙壁上，标着橙色的门房号。一阵轻柔的蓝天民谣乐曲自天花板上的扬声器格栅中飘出，回荡在周身左右，听着令人无比舒适。

奇桑姆领着布里克曼来到了八号房间门前，掏出一张神秘的卡片，轻轻往门锁卡槽中一插，又在数字键盘上输入密码。房门轻而易举地打开了。他后退一步，说：“请进，现在，这个房间属于你了，小子。”

布里克曼刚想踏入，又迟疑了一下，心中突生出警觉之意，生怕这是一个陷阱，正等着他自投罗网呢。他问道：“你敢肯定，不会有问题？”

“当然！分配到这个房间的家伙现在正在出差，他是我的朋友，一个电脑工程师。他正在一个向哥伦布提供数据的中转中心里，帮着排除一个故障，至少四星期之后才能回来。”奇桑姆淡定地说着，慢慢向后退去。

“怎么？你不进来吗？”

“过一会儿来，我先去，呃，看一看，有些事情是不是弄妥了。你知道的，办公室里的那些家伙很难搞定，得去摆平一下。”

“那这个楼里的其他人呢？有没有问题？”布里克曼小声地问。

“克里斯托夫在上！真是个吹毛求疵的家伙。”奇桑姆小声骂道，“听着小子，只要你别把墙打穿，没人敢放屁，放松点！我以前也用过这个地方。只有一件事情会让这儿的人害怕，就是有些家伙在走廊里交头接耳，就像我们这样，够了，现在，给我进去吧！”他说着，一把将布里克曼推进门内。

布里克曼抓着门把手，问道：“那你要去哪儿？”

“就在这方寸之地，”奇桑姆低声说，“别担心！遇到任何事，我会第一时间赶过来的！”他心想，这句话可不是骗你的。说着，他对着布里克曼紧张的面孔，一把将门拉上了。

第七章

门关上了。

轻柔的背景音乐响起。

布里克曼循声而去，小心翼翼地走过了门厅，又朝过道两侧的几扇门里窥探了两眼。一间是储藏室，层层架子上摆着各式各样叠得整整齐齐的衣物。一间宽敞的淋浴室，旁边的那扇门内则放着一个抽水马桶、一尊浴缸和一个洗手池。布里克曼暗暗叹息："唉，多么美好的享受啊！回到联邦之后，可以舒舒服服地坐在马桶上大便，不必再光着屁股蹲在野地里，生怕那些该死的虫子爬上来，在肛门上咬一口。还有，不必再用什么树叶擦屁股了，终于有了一片片清爽湿润的卫生纸，这是多么高级的奢侈享受。"记得当初他为了找些更大的树叶来解决干净问题，有两次不小心错摘了有毒的荨麻，哎呀，我的哥伦布啊，事后过了很久，还能感到那火辣辣的疼。克里斯托夫在上啊！就算是为了这些生活上的小事，也值得冒险回到联邦哪！

再往前走，他又打开了另一扇门。这里就像是一个工作间，里面有一座操作台，还有水槽和供水管，旁边是几组储藏柜，上面摆着一台类似微波炉的东西，还有一块釉面陶瓷板，上面带着四个圆环型图案，另外还有一两件电器。这类东西通常是放在用餐区的厨房里的。

啊！他忽然意识到了，这不正是厨房吗？他真的很震惊，怎么桑塔纳渊薮的住户里，居然能够拥有私人烹饪设施？这也太奇怪了啊！

他继续往前走，过了门厅尽头的一道拱门，来到起居室，里面的空间之大，令他大吃一惊，不敢相信。这个卧室至少有二十到二十五英尺见方，在它的一侧，一部分地面要高出其他地方不少，那是一片宽敞的睡觉之处。上面铺的不是地砖，而是一层又厚又软的、毛茸茸的织物。他过去从未见过，但这东西令他想起野牛身上浓密的皮毛。屋子中间还放着三把单腿座椅，靠背和扶手既宽大又舒适，上面还覆着厚厚的软垫子，还有一只又长又宽的坐具，长度足以睡上一个人。另外一侧则放着常见的视频电器、一张桌子、六把椅子，后面的墙壁上挂着一幅幅肖像，从联邦的缔造者到现任总统司令。最吸引他目光的，是那扇宽阔的落地窗，从地面直通房顶，连接着外面一个半圆形的阳台，走到那里，便可欣赏到外面迷人的景色。

桑塔纳渊薮同布里克曼在去地面之前见过的圣贾辛托渊薮有点类似，从建筑风格上来说差不多，就好似一对孪生姐妹。这是一座独立的摩天大楼，其建筑主体高达六百英尺，分成四个层面，其中五十个楼层全都是配有阳台的居住套房。通风管道的形状也经过了特别的加工和打扮，成了一个个岩石台地，上面就种上些低矮的常青树、灌木、草坪和苔藓。建筑物外部，错落有致地建着一层层石崖，上面布置出一串串相互连通的池潭，涓涓细流从中穿过，并且顺着层层石崖纷纷洒落而下，到了最下面的台地上汇集成一个个小小的马蹄形湖泊，围绕着大厦的基座，颇具匠心，令人赏心悦目。

当然，也如它的姐妹大厦圣贾辛托渊薮一般，桑塔纳渊薮几乎被那些坐在办公室里高高在上的官吏们垄断了。这些家伙，基本上都在黑塔——美铁联邦的行政部门工作，其他居民则是顶级的技术人员和专业人士。他们曾在外州基地那些用煤渣砖建起来的兔子窝里忙活，费尽心机，一路打拼，终于谋得现在的职位，住进了大中央这座大理石建成的建筑奇观内。而另外那些不太成功的，对他们有些羡慕嫉妒恨，有些愤懑不平的人，称这些人升迁的过程为“向上爬”。而“爬到顶”，则指的是寻道民的一句俗话，意指被提拔到了行政管理层。这个阶层的官员在衣袖和帽子上佩戴着银色或者金色的官阶条纹，银色代表低级，金色则代表高级，以显示其权势地位。假如某个人是在门罗/威奇托基地出生的，或者是来自普韦布洛这样的前哨监控站，当他造访休斯敦/大中央时，产生的震撼感一定不亚于当初西哥特人来到罗马帝国时的感受。当然，其实他们已经不知在电视中看到过多少次了，但当身临其境时，这里宏大壮阔的气势和炫目奇美的景象，总会令其瞠目结舌。其实，人们只要看一眼约翰·韦恩广场，就会心中充满信心，认为在与变种人的战争中，自己这边定是必胜无疑。也就是为了令大家有强大的自信，联邦才花费了无数的人力、物力，建造了这座广场，还有其他几座刚刚矗立起来的地下大厦。看到他们，所有的恐惧，所有的疑虑都将一扫而空：我们是战无不胜的，我们将在拥有如此远见和能力，建设出这样辉煌成就的伟人的领导下，战胜我们的一切敌人！我们国家是无所不能的，我们的领导者——第一家族，万岁，万万岁！

布里克曼扫视了一圈起居室和卧室，轻轻唤道：“萝兹，萝兹！”

可是，没有人回答。

宽大的横条百叶窗，挡住了阳台通道前的玻璃窗。

布里克曼笑道：“够了啊，别躲躲藏藏的了，你出来吧！”

他缓缓拉开一组窗户，水声淙淙，传入耳中，涓涓细流，自石块和卵石溪床上流淌而过，顺着石崖堕入下方。其形成的飞瀑，溅射点点晶莹，升腾团团水雾，如同一片片纤细柔软的羽毛，落在十几米下挡水的石块上，激荡起圈圈水花。道道小溪流和飞瀑汇聚在一起，顺着大厦基座四周阶梯状的石壁倾泻而下，流聚在小湖之中。

站在这开阔的窗前，凝神倾听流水的声音，再看着眼前的景象，以及通风管道周围吹来略带幽香的清风，他忽然感觉到自己又回到了地面上，那些回忆与感受扑面而来。地面世界的美好，再次从心中唤醒。只有一点不同，那些树丛、灌木和草叶，在地面世界上都是红色的，但在这里和圣贾辛托渊薮，看到的却是一片青翠。

据手册上所说，在变种人污染蓝天世界之前，大地也是绿色的。当联邦取得胜利之后，这个世界将会重新换上绿装。

他忽然想起了辟邪主预言里的最后一段中的几句话：“死亡从空气中驱除，鲜血从大地上洗去……”这莫非是在预示，蔓延在世界各处的致命疾病终将消失？难道变种人在神秘的辟邪主的领导下，取得的胜利能为美利坚带来绿色的生机？如果预言是正确的，那又在说明第一家族撒了个弥天大谎：大气中的辐射并不是因为变种人“恶毒的存在”而引起的，变种人不应该为红色的草地和树木承担罪责。更糟糕的是，说他们是类人猿的退化品种，简直纯属捏造，佳得利和清水那完美无瑕的身体不就是最好的证明吗？雪先生曾经说过，寻道民和变种人有同一个祖先，他说的才是真话。变种人传说中的旧纪元的英雄们，同样是义勇军和游骑兵的祖先，而联邦也同样是在乔治·华盛顿·杰斐逊一世的领导下，由那些义勇军和游骑兵建立的……

正想到这儿，突然腰间一紧，后面不知何时伸出两只胳膊，将他的腰箍住了。一个身体紧贴到后背上，有人把头偎依在他左侧的肩胛骨上。他低头一看，从那两只带有蓝、白、绿条纹的衣袖上认出了这位温柔的偷袭者，笑道："小虫子，你总算出来了……"

"别动！"萝兹将嘴巴贴到他的背上，低声说。

"啥时候成了你来命令我了？"布里克曼说着，抬起右臂，转过身躯，将她搂在怀里，用力一抱。

"再用力一点。"萝兹甜蜜地说着，将头靠在他的脖颈边上，使劲地拥抱着他，雨点般的亲吻啄上了他的脸颊，"你这个坏蛋！你不知道，为了你，我受尽了多少煎熬！"她狠命地吻上了他的双唇，两臂紧紧箍住他的肋下。

布里克曼忙躲开她嘴唇的袭击，急剧地喘息，气喘吁吁。

"怎么了？"萝兹轻声问道，"弄疼你了吗？"

布里克曼胸口的疼痛渐渐地消退了，说："没什么，还没完全好，其实几个星期前就不疼了，那时候我还是变种人的俘虏呢。"

萝兹抬起眼睛，目光温柔、细腻地端详着他，突然眼睛睁大，伸手抚摸着他双颊上那两道十字形的伤疤，问道："呀，这是怎么搞的？"

"是一支箭射穿了我的脸。"

"克里斯托夫·哥伦布在上！这是怎么回事？"

"是一种考验，他们用这种办法来区分男子汉和软蛋！"

"他们？嗯？他们经常打你吗？"

“不经常。”布里克曼微微一笑，“其实，大多数伤是来这儿的路上落下的，自己人干的。不过别担心，都是皮外伤，没伤到骨头，嗯……有几个地方肿了。”

萝兹爱怜地抚摸着那两块伤疤，然后伸出双臂，搂住他的脖子，轻轻地吻了一下他的嘴唇，问道：“你见到我开不开心？”

“当然开心了，我只是不想你为我冒险。”

“没事的，只要别让安妮和杰克老爹知道，别说漏嘴就行。奇桑姆……”

“你要小心那家伙，萝兹，他是个疯子。还有，咱们这次见面，同样很疯狂。”

“管它呢。”萝兹说着，胳膊紧紧勾住他的脖子。

“奇桑姆有没有跟你说，他们要把我弄到哪儿去？”

萝兹用一根手指压住他的嘴唇，说：“别说这些了，我不想谈这件事，反正今晚别提。”

“唔，也对，我也不想提。”

“奇桑姆说你没事。我是指你的身体，没有得癌症，生理组织和骨头也没什么损伤，一点事都没有。唉，你能想象得到我当时的反应吗？真是吃惊得连一句话都说不出来了。后来，他给我做了解释，说你之所以没得血癌，是因为第一家族开发出了一种新药，抵抗了外面的辐射。”

“你认为是真的吗？”

萝兹微蹙额头，说：“你问的是，我有没有看出他在撒谎，还是问我相不相信医学上的这种可能性？”

“这两件事，我都很怀疑。那个家伙有很多地方都让我不敢相信。”

“但我相信他。”萝兹说，“他是个和善的人，又热情，又聪明——也许正是因为这些事情，令你觉得不大对头。其实，医学上的可能性，那绝对存在，你就是最好的证明。第一家族真的很了不起，不是吗？”

“是的，是的，”布里克曼说，“那我还真他妈的幸运，不是吗？”

“嘿，正经点。”萝兹一脸郑重，就和真正的医生一模一样，“你有没有想过，你能活下来，对我们所有人意味着什么吗？”

“当然能，但是，在他们发布正式的官方通告之前，我不会觉得有多兴奋。”他垂下双手，拍拍她的臀部，牵着她的手来到那长长的坐具前面，说，“咱们还是坐下聊吧。从刚才一进来，我就一直琢磨着，这些东西到底是什么？”他用手按了按坐垫，又一个倒身，四仰八叉地躺在上面，感受到那种软绵绵的弹韧性，“嘿，太舒服了，这东西叫什么？”

“沙发！”

“那地板上铺的东西呢？”

“地毯。”萝兹坐到了布里克曼的身边，抓住了他的一只手。

“你在内州大学里，也见过这些东西？”

“见过，在院长的书房里。”

“真是不错！”布里克曼冲着室内挥挥手，“这么大的地方，完全只属于一个人！你以前知不知道，竟然有寻道民能住在这样的地方？”

“遇到奇桑姆以后才知道的。”

“实在太令人惊讶了，而住在这里的家伙，居然只是个电脑专家而已。你想想看吧，巴特舅舅在新墨西哥的套房，肯定也和这里一样呢，肯定更大，大得要命！你知道吗？这里还有个自带的厨房呢！”

“我知道。”萝兹抬起他的胳膊，揽到自己的肩头上，她的身体依偎了过去，倒在他的胸前，说，“我以前就来过这儿。”

“是吗，和谁啊？”

“好几个人呢，内州大学的同学，奇桑姆的朋友们。”她伸出手来，抱着布里克曼的脸，摆正了，对着自己，将他的脸颊贴着自己的前额。

“他确实有很多朋友。”布里克曼咕哝道。

“好了，咱们别谈这个人了，也别谈别人了。我们就谈谈你吧，谈谈咱俩的事。”

“哦，你想知道什么？”

“所有，一切，你经历的一切的一切，看到的一切的一切，你遇到的所有人，你产生的所有感受。”

布里克曼叹息一笑：“我们在这儿待不了多久的。”

萝兹轻轻一吻他的脸颊，说：“时间方面不用担心，让我给你开个头吧。我知道你来了，你在火车上时，我就联络过你，你感知到了吗？”

“当然，”布里克曼悄声说，“我早在心里就听到了你的声音。你说‘他们在监视’是什么意思？‘他们’是谁？”

“我无法确定。但自从你被俘之后，我总是感觉怪怪的。”萝兹迟疑了一下，说，“我知道你的飞机坠毁了。当时我同样一阵剧痛，我的右臂，还有这儿……”她坐起身来，摸摸右边的额头。

没错，就是这个部位，佳得利的弓弩射出的箭正好将布里克曼的胳膊钉在了头盔上，箭头射中的位置就在那儿。

萝兹继续说道：“我当时正在上课，在一台显微镜旁边忙活。突然间,我的胳膊就自己抬起来了,成了这个样子。我疼得要死,周围都天旋地转似的,我感到自己正往下坠,没过多久,我就晕死过去了……”

“不错,当时就是这么个状况。”布里克曼低声说,“弩箭从这里穿透了我的胳膊。”他摸摸自己右臂的肱二头肌,“后来呢?”

萝兹握着他的双手,说:“等我恢复知觉时,柯克里安——内州大学的病理学主任,正给我做检查呢。他们肯定给我注射了什么东西,我一点都动不了,连舌头都是麻的,周围的所有东西……看上去都是模模糊糊的。我也不知道发生了什么事,但我敢肯定,柯克正把什么东西扎到我的胳膊里,我想,可能是一只探头吧。他还问我疼不疼,我什么感觉都没有。刚开始时,我连他说什么都听不清。后来,我觉得嘴巴都张不开了,就像牙医在你下巴上注射了普鲁卡因,对,就是那样,你知道的。”

“唔,可能是休克造成的。因为我当时正重重地砸到地面上去,早就摔得七荤八素了。”

“嗯,一定是这样……”萝兹紧紧捏着他的手,生怕他会消失一样,“后来,他们让我在医院里整整待了一天。在药物的效力消退之后,我看了一下自己的胳膊,一点异状都没有,连印子都没有,还有我的脑袋上也一样。”她微微一笑,“实在是太怪了,不是吗?”

“的确很怪。”布里克曼慢慢地说。

“并不是你一个人这么想。从黑塔来了几个人,其中还有个女的,问了我很多问题,但是——”她盯着布里克曼的眼睛,轻声说,“我真的不知道是怎么一回事,根本就没法解释,”她轻轻地抚摸着他脸颊上的箭疤,说,“我也能感觉到这个。那是一天深夜里,很晚很晚的时候了，是吗？”

“对。”

萝兹点头说：“当时我在做梦呢，周围都是巨大的火焰，‘砰砰’跳动，一阵阵鼓声传来，听得令人胆寒。等我醒来时，嘴上竟全是鲜血，脸颊就像被烧过一样生疼，有点像牙疼，只是疼的部位不是牙床，而是脸颊，下巴的肌肉都紧张得绷死了，簌簌颤抖。”

“对，就是那样，当时我不得不用箭刺穿双颊，将它咬断。”

“我起来漱了漱口，对着镜子看了半天，两侧的脸都在流血。”

“别人有没有看到你那副模样？”

“没有，幸好他们都在睡觉。过了半个小时左右，血才止住了。”

“你的脸没出事吧？”

“你是说第二天早上吗？奇怪，一点事也没有，两边的脸颊都光润如初，就像根本没流过血。”她说到这里，笑了，“也许这一切都是我的想象，但我的枕头上全是血，室友看见了，我说是流鼻血了。”

布里克曼点点头，说：“也就是从那时候开始，你觉得某个从黑塔来的家伙，一直监视着你？”

“是的，当然，不是一天二十四小时跟踪。我是说，他们在监控我的身份号码。用身份号码干的事，他们似乎都知道。嗯，高层一定不喜欢有人，呃，与别人不一样。”

布里克曼笑了笑，轻轻抚弄着萝兹的头发，“要是他们知道了真相，知道咱们是多么与众不同，那他们就更不喜欢了。”

“是啊……”萝兹握着布里克曼的手，低头一吻，说，“还有段时间，我总以为学校要将我开除了呢，我当时真的把班里的其他人吓得不轻。特别是柯克……柯克里安——他到现在还没缓过来呢，我知道，从他的眼神里，我能看得出来。”

“那你，有没有告诉别人，我还活着？”

“你是说安妮？还是奇桑姆？”

布里克曼耸耸肩，说：“他告诉我，他听你说过我的很多事。”

“对，”萝兹说，“你的戚妹总是为你而骄傲，但我从来没说过我们之间的事。这种事，只有你我两人才能明白。”她顽皮地咬了咬他的手掌，两人目光相对，“你还记得我们之间是什么样子的吗？”

“呃，有时候会想起，但我总想忘掉这些。”

“不，不许你忘掉。”

“萝兹，听我说，人一毕业就会改变，就说说现在的你吧，你早已不是我离开时的那个小萝莉了。”

萝兹一耸肩膀，说：“或许某些地方我是改变了，但我的内心深处永远不会改变的，我们永远都是对方的一部分，我们俩互相拥有。你知道吗？当安妮把我从生命学院带回家来的时候，我就知道这一点了。”

想起了过去的事情，布里克曼笑了起来：“噢，得了吧，你那时知道些什么？你就只是个斗鸡眼的小不点。”

“哼，别以为你自己有多厉害！两岁半的时候，你就是个自以为是的小傻瓜，整天趾高气扬地挺胸抬头要去参加第一次训练……”

“你还记得这个？”

“我什么都记得呢！”萝兹叫了起来，“有一件事情我记得最清楚了：你拿着那架歪瓜裂枣的小模型飞机到处乱跑乱叫，‘呜呜呜呜’地怪叫……”

“我只是觉得跟飞机玩比跟你玩更有趣。”

“可我讨厌它。”萝兹叫着,一拳向布里克曼的肩头打了过去,但他一把就抓住了她的拳头。她想绕个弯,突破布里克曼的防御,他又握住她的左腕。

两个人在沙发上互相捉住,滚来滚去,闹作一团。虽然萝兹挺强壮,且反应灵活,但在布里克曼跟前,仍是小儿科。他轻而易举地就将她压倒在地板上,两人实力悬殊,差得太大,萝兹只能放弃挣扎。布里克曼能够感到,她那颗心脏紧贴自己肋下,“怦怦怦”,跳得厉害。他用自己的鼻尖,顶住了她的鼻尖,说:“那架飞机,我喜欢得不得了,知道为什么吗? 因为是杰克老爹送给我的礼物, 是他那架天鹰战机的模型。”

“我知道。”萝兹说,“是安妮告诉我的,所以我才讨厌它。你看看,杰克老爹驾驶真正的天鹰战机之后,变成了什么样子? ”她从他松开的掌控中脱出手腕,双手环过他的脖颈,说:“我当时就知道,将来,那种该死的飞机会把你从我身边带走。”

“唉,是的。”布里克曼说,“你知道吗?就在几个月之前,我还以为自己无所不知,可是现在……”他叹息着摇摇头,说:“我感到自己就像个傻瓜,一切都回到了起点。”他翻身躺在沙发旁,向上看。

他翻身的时候,萝兹并没有放手,像树袋熊般吊在他的胸口上,就这样她被翻到上面去了。她轻轻一吻他的鼻尖,说:“你是不是在那儿学了新的东西,与这儿完全不一样? ”

“没错,”布里克曼笑着说,“如果我真的学到了什么,那也就是:

生命意味着分离,终将拉开那些你……”他的声音越来越低,渐渐消失了。因为这时候他想到了清水,脑海中浮现出那一幅幅画面:他隔着熊熊燃烧的火堆,远远看到她那清纯姣好的面容;她一丝不挂地站在林中小屋跟前,轻盈地舒展着柔软的躯体;她在部落姐妹的陪伴下,和他擦肩而过,她悄悄投来一束火辣辣的目光;还有他们俩幽会的那个夜晚,黑暗中的肌肤相亲,温暖而潮湿,又充满了无穷的活力,她在他耳边的呢喃软语如此甜蜜,如此欣喜,其实他都听不懂那些话,也不知道那是什么意思,但是他觉得她说的每一个字都令人心跳不已。

“什么?‘离开那些你’……什么?”萝兹不解地问道。

“那些你爱的人。”布里克曼说道,“你听说过‘爱’这个字吗?”

“当然,听说过。”

“是吗,在哪儿?”

“歌里,就是那些你不想让我听的数据盘里。你知道这个字的意思吗?”

“我不敢肯定。”布里克曼说,“当时,那个老变种人问我,我们有没有用过这个字。我说没有,他便为我解释了它的意思。‘爱’这个字描述的就是,你对某个人有一种特殊的渴望和喜欢,它比友情强烈,又不是亲情,而是一种非常非常强烈的,想要和某个人永远在一起的愿望,但它的意思又不仅仅只是这个。总之,很奇怪,实在是……”他想找到一种方法,来表达心中的描述,指手画脚了一会儿,才说:“嗯……就是,就是,想成为对方的一部分。唉,当你对某个人产生这样一种感觉的时候,其他什么事情都不会再去想,任何事情都无所谓了。而且,到了那个时候,你知道吗?你会,嗯,感觉到,喘都喘不过气来,就像快要闷死了一样。但你一点也不会感到害怕,反而觉得开心得要命。”

布里克曼双手拂过萝兹的头发和肩膀,环绕着搂住她的纤腰,问:“你呢,有过这种感觉吗?”

“当然有,”萝兹轻声细语,“我对你,就是这种感觉,你知道吗?”

还没等布里克曼回答,她就如饥似渴地吻了过去,舌尖在他的口唇中寻找对方的回答。并且,她的双腿不由自主地盘住了他的腰身,盆骨下面的部位用力地摩擦挤压着他。

布里克曼感到一阵阵震颤的波动充满活力地自她躯体内传来,透过两人的衣服传导到自己身上,两人交叠的双腿产生出一股股的热量。不行!这也太疯狂了!他头脑里立即生出反弹的念头。他正色地用双手捧起她的面颊,将她的嘴巴从自己的唇边挪开,说道:“好了,讲讲你和奇桑姆之间的事吧。”

“去他的奇桑姆!”萝兹咒骂一声。

布里克曼扭动身体,从她的缠绕中脱身而出,坐回沙发上。

萝兹也坐了起来,撩了撩头发,回归原位,并盘起腿,靠在布里克曼的膝盖上。

“快说吧,我等着呢。”布里克曼催促道。

萝兹耸耸肩,说:“没什么好说的。我第一次见到他,是在参观生命学院的时候,那时我还在学习内科学,没想到过了几个月,我们俩又遇上了。我们到这里来过几次,基本上都是内州大学的那些人一起来的。我们也只是偶尔见上一两面,没太多空闲时间。我一周要上六天课，本来周日是休息日，但这里每个人都把时间花在学习上，我也不能落后，得把课堂笔记从记录板转录到数据盘里面，还得做不少修正，压力蛮大的。”说到这儿，她扮个鬼脸，“唉，真是太恐怖了！”

“我知道……”

“无论是谁，都忙忙碌碌，一刻都停不下来。有时候，我想，要不是奇桑姆，我恐怕早就……”萝兹说不下去了。

“怎么了？你还有两年半，要坚持熬下去。”布里克曼说。

“嗯——我知道，”萝兹脸上挂着勉强的微笑，“别担心了，我能坚持。其实，他没打我的主意。”

“萝兹，这点我不担心，你已经是个大姑娘了，可以自己做主了。我奇怪的是，他为什么要这么做，他到底有什么意图？他想从我们这儿得到点什么？”

“我不知道，更不在乎，反正，要不是他，我早就发疯了。反正，我觉得这个人很和善，令我感到很轻松，他很幽默，能把人逗乐了。反正每过一两个星期，我们几个人就偷偷地溜到这儿待会儿，大家一起交流，谈谈对各种事情的看法，应该是除了该死的医学之外，什么都能聊。煮爪哇热饮喝，听听黑杰克，还抽点烟草，一切压力全都没了，否则真不知道怎么熬下去。”

布里克曼登时坐起，笔挺如枪，一把抓住萝兹的手腕，叫道：“哥伦布啊！我在离家之前就告诫过你，离那些黑杰克什么的远远的。好啊你，不但没戒了，还抽起了烟草？”

萝兹一脸平静地看着他，嫣然道：“是啊，那又怎么样？你在那边的时候，不照样叼着烟斗，吞云吐雾？”

“什么？是奇桑姆说的？”

“是的，就是今晚，他安排我过来。同你见面的时候，我还想让他猜猜看，如果我突然点上一根烟抽，你会是什么表情。”

“那他是怎么说的？”

萝兹笑道：“他说，你说不定会暴怒发飙，也可能挡不住香醇的彩虹草的诱惑。如果我非逼着你的话，你很有可能放下那副冷酷的脸来，跟我来上一根。”

“真是个疯杂种！”布里克曼咬牙切齿地骂道，“他这个杂碎，我警告过他！好啊，萝兹！你怎么会变成这样？听黑杰克和吸彩虹草可都是一级重罪啊！如果宪兵们闯进来，看到你们……”

他还没说完，萝兹就打断他道：“布里克曼！大中央至少一半的宪兵都在抽彩虹草，享受什么‘贯通’的乐趣。嘿，你以为这些东西是从哪来的，如果不是宪兵，黑市交易网能做得起来吗？你不想想。”

“什么，这也是奇桑姆告诉你的？”

“当然啦，你不会以为我是随便找个肉糕打听的这种事吧？”

“可是，你居然相信这是真的？”

萝兹从他的手掌中抽出手来，双掌反过来，包住他的手，说：“怎么啦，有什么不行吗？嘿，真真假假，对对错错，我根本搞不清楚这些词到底意味着什么。现在，你呢？你搞得清楚吗？”

“唉！”布里克曼长叹一声，“我过去一直自以为是，认为我能了解。可是现在，我也不知道。”

“那不就是，那你有什么好生气的？这样的事你也干过。”

“不，那不一样的，我那时只是个囚犯。”

“是啊，是啊，当然啦，我忘记了哦。”萝兹拿腔拿调地说，“你是不是告诉过那些审查员，变种人逼迫你抽烟？”

“没有，他们听了，可能无法理解。”

“是啊，我打赌他们理解不了。那你还有什么事没告诉他们？”

布里克曼抽出自己的手来，说：“好了，萝兹。我的麻烦事够多了。”

“哼，我知道。”

“怎么了？”

萝兹猛地站起身来，居高临下，低头俯视着他，说：“布里克曼，你忘了一件事，我能探知你的头脑。当你第一次飞到地面上的时候，当你坠机在田地里的时候，当你乘火车来到这里的时候，我一直就跟你在一起。”

布里克曼突然感到一种不祥之感自萝兹身上笼罩过来，说：“是啊，你不是早就告诉我了吗？”

萝兹点点头，冷冷地说道：“哥，除此之外，还有别的时候，我也能知道你在干什么。”

“什么‘别的时候’？”

萝兹脸上露出凄然之色，惨淡地一笑，道：“布里克曼——我知道有些事情你不会告诉我的，怕我知道了伤心，但是……嗯……好吧，我知道你这么多年来，一直想用一道高墙封闭住你自己，可以将别的人都拒之门外。但是，我总能进到里面，看到你的内心。真的，我们的确是很特别的，虽然有时候我也很讨厌这种心灵上的交流，甚至很痛恨必须隐藏这种感觉。我最不想知道的就是，就是你——我的另一部分，竟然想切断我们之间的这种联系。”

“不，不，我没有。”布里克曼说，“其实我从来没有想过要这么做，这点你应当明白，萝兹，我们之间的精神沟通很危险，一直让我很担心。”

“我过去也很害怕，但现在就无所谓了。现在，最让我恐惧的是，我知道你为什么要把我挡在门外。”

布里克曼感到肚子里有一只铅球正往下方坠去，他说道：“我不知道你在说些什么。”

“是吗？我说的是——清水。”

布里克曼大吃一惊，呼吸顿止，过了几秒钟，他努力装出一副疑惑不解的神情，问道：“清水？”

“不错，清水，”萝兹叫道，“你还真以为能瞒得过我?！她的名字牢牢印在你那该死的脑袋里，像熊熊烈火一般燃烧！她那漆黑的头发，比我的手臂还长，她有一双湛蓝的眼睛，还有棕色的皮肤！是不是？你现在是想告诉我，你已经忘了那臭下贱的劣等种了吗？她不是在你身上爬了个遍吗？”

布里克曼又惊又怒，双眼圆睁，紧盯着她，一句话都说不出来了。忽然，他也站了起来，伸出手去，想要抓住她。

萝兹一把将他推回沙发上，退后两步，让他碰不到自己，说道：“别碰我！”她就像他假装无辜那样，模仿着他的腔调，说，“清水……？嘿，你这个杂种！你怎么能对我撒谎？真他妈让我恶心！”她冲着天空挥动拳头，绕过沙发，三步并作两步穿过起居室，踏上铺着地毯的台阶，进了卧室。

布里克曼忙快步跟上，双脚一直战栗不休，一到卧室区，便看到萝兹正跪在床头。他不知道她想干什么，也从来没见过这样怪的卧床，宽大柔软，足够两个人并排躺下。

只见萝兹翻开床褥一角，从下面的一个暗格中取出一只扁扁的金属小盒。

“萝兹，其实，我正想告诉你呢！”

萝兹依然背对着他，不想看他，说：“嘿哟，是吗？得了吧你。”她轻蔑的语气很酸，又用手背擦擦眼睛，再将床褥铺回原位，看不出有动过的痕迹，便坐在床边，将那金属盒放到膝盖上。

布里克曼心中怀疑，肩膀靠在储藏室的门上，其侧壁便是卧室的墙面，说道：“萝兹，你干什么？看着我。”

萝兹不愿理他，仍旧低着头，胡乱掀开盒盖，里面放着的果然是香烟。她从中抽出一根，又拿出了一卷电热圈，将盒子扔到一旁，将线圈插进床头边的电源插座上。

布里克曼强忍心头的酸楚，看着她做这些事情，一颗心沉到了谷底，问道：“你是怎么知道的？”

萝兹紧咬嘴唇，不屑看他一眼。

布里克曼走上前去，蹲在她的跟前，耐心地等待着，想和她再次进行交流。但她一言不发，只从插座上拔下烧红发热的线圈，对着卷烟头一捺，卷烟顿时燃了起来。她快速地抽了一口，彩虹草那甜美的烟雾深深吸入了她的肺中。

布里克曼突然生出一股强烈的冲动，想上前一把夺下她手指间夹着的那根烟，再狠狠给她一记耳光，令她这糊涂的脑袋清醒过来。但是，很快，这股怒火就被一种绝望悲哀的无助感浇没了。他觉得世界乱了，一切都失去了控制。

萝兹抬眼看了他一眼，深深吸了一口烟，说："嘿嘿，我怎么知道的？"

"是啊！"

萝兹一歪嘴，轻笑一声："你应当知道，咱俩是怎么回事……还有必要问我吗？"

"我只是想听你说说。"

"哼，当时，我其实就在那里。布里克曼，你知道，我就在你脑子里，就在你身体里，我能感觉得到，她在抚摸你，也是在抚摸我。"萝兹张嘴龇牙，身体剧颤，"我能感应到她在想什么，有一股力量。她想，想占有你！完全地占有你！呕，真令人想吐。"

布里克曼双膝跪地，握着她的另一只手，说："不，绝不是那样的，不是，绝不是！她——"

"她，是个变种人！"萝兹咆哮着道，又深吸进一团烟雾。

"是啊，是啊，"布里克曼咬牙怒道，"你小声一点行吗？是啊，她是个变种人！这件事我不能告诉其他任何人，但我可以坦荡荡地告诉你，你难道已经忘记了，在离家之前，你不也对我说过吗？你说变种人或许能像我们一样，有权利生存下去。"

"是啊，我当然记得，但我并没有让你跑到他们那里，同他们上床！"

布里克曼挥挥手，驱散跟前弥漫的烟雾，鼻子闻到那股芬芳之气，头脑有些混沌不清了。他说："别再抽了，丢掉那玩意儿，萝兹，求你了！"说着，他伸出手去，想夺下那根烟卷。

萝兹往后一伸胳膊，令他够不到，说："不！你让开，让我一个人静静地待会儿，这玩意儿能让我缓解痛苦。"说着，她攥起左拳，狠狠地击在布里克曼的肩膀上，接着，又继续打了过去。

布里克曼挡开了第二拳、第三拳，然后一把抓住她的手腕，没等她胳膊弯过来，便用力一拧，吼道："听我说，事情根本不是你想的那样！我和清水在一起的那个夜晚，是最美妙、最快乐的夜晚。那种感觉好极了，就像你说的，如果你真的就在那里，你会感觉得到的。"

"是啊，我就在那儿！"萝兹忍不住哭喊起来，"和平时一样，每当关键时刻，你感情冲动或者遇到什么危险，我身体里的一部分东西就会飞出来，同你汇聚。我那时候就在那间小屋子里，我能闻到那些气味——兽皮、木头、泥土，我也闻到了她的气味——身上涂抹的香料，发间插着的花朵。我真是分秒都待不住，我厌恶死了，是她抢走了你，你才要把我挡在外面。"

"萝兹，错了，"布里克曼说，"我并没有把你挡在外面，我不是有意这样做的。你知道的，这种事情我怎么能同你分享呢？它和我过去所经历的一切都截然不同啊。我，我——甚至无法用语言来形容它！"

"什么？你的意思就是'爱'喽？就是我对你的那种感觉？"萝兹脸色发白，惨然一笑，"你认为那种令我们俩如此亲密联系的感情是什么呢？我们俩在一起的时候，你的感觉又是怎么样的……"

布里克曼打断了她的话，道："不，萝兹，这不是一回事。"

"不，这就是一回事！"萝兹叫了起来，"你不明白是吗？唯一的区别就是，你总是要否认我们之间的感情。是啊，我知道是为什么，这令我痛苦极了，但有时候我很喜欢，也不担心，我知道，你永远无法斩断我们之间精神上的交流和默契，可是——”她一把揪住他制服的衣领子，“怎么会搞成这样，你以前是怎么样的，你还记得吗？你怎么能说自己爱上一个变种人呢？你居然还敢用手去抚摸那样的劣等种?！”

布里克曼扯开她的手，又反过来紧紧握住它，说：“萝兹，你听我说，过去，我不了解平原人。现在，我知道了，他们根本不是什么野兽，也没有什么毒素，要真是那样，我还能活着回来吗？他们，是人，都是人，萝兹，真的，虽然，他们大多数人看上去傻乎乎的，但他们并不是哑巴和笨蛋。而且，他们中的某些人，就像清水那样，是极为特别的。她是变种人，没错，但她和别的变种人不一样，她很聪明。”

“那她算什么东西？岁子？”

“不，不是。虽然手册上说，岁子是身体正常的变种人，是南方变种人中的某些特别的婴儿，拥有挺直的骨骼和光滑的皮肤，但身体仍然有各种混杂的颜色。应该是这么说的吧，我的意思是，那样的人，你可以通过皮肤上的斑点来区分出来。”

萝兹轻轻点头。

“但清水却又是一个特例，她比那些外表正常的变种人更高级！她的身体堪称完美，而她的皮肤，和你一模一样，根本没有区别！虽然她一出生就当自己是变种人，但她的智力没有任何问题，如果她穿上我们的制服，那和我们完全没有差别。”

“不，同我们是不一样的，”萝兹低声说，“我们与众不同，如此特殊，布里克曼。”

“相信我，她也是一样的，与众不同。”布里克曼将双手放在萝兹的肩膀上，轻声说，“而且，还不止她一个，还有佳得利——另外一个变种人，我坠机的时候，就是他将我救出来的。他们两人的皮肤和身体，与我们寻道民没什么两样，他们的头脑也是，甚至比我们更聪明。关于这些，我曾经试图告诉那些审查员，但——”他叹息着笑了一声，“这些家伙连听都不愿听。”他伸手轻轻抚摸着她的脸庞，“我还要告诉你另外一件匪夷所思的事情：变种人的魔法！我亲眼见过，实在是太震惊了！”

萝兹吸了一口烟，向前一倾，将烟雾吹到布里克曼的脸上。他忙屏住呼吸，但又忍不住吸了进去。

萝兹再上前一点，张开双唇，压在他的嘴上，将口中的烟气吐到他的嘴里。

布里克曼将那些烟都吸到肺部，周身便轻松起来，道：“嗯，很不错，你原谅我了吗？”

“没呢！”萝兹说着，将烟卷放到布里克曼的嘴边，说，“到你了。”

布里克曼深吸一口，烟卷红了半英寸，吸得可够深的，然后将一半的烟雾气送到萝兹口中，自己将另一半深吸进肺里。

“嗯……这还差不多。”萝兹接过剩下的烟卷，仰面躺倒在床上，往里面挪了挪，给布里克曼腾了点地方，“盒子里还有一根。”

布里克曼点点头，从盒子里拿出那根烟，用线圈点燃，也躺倒在戚妹身边，说：“他们不会在通风系统里装上什么毒品探测器吧？”

萝兹咯咯一笑，说：“就算他们装了，肯定也没用了，我敢肯定。”她侧过身子，将头支在肘上，靠在他脑袋边，“怎么着，这玩意儿又让你想起过去了？”

布里克曼缓缓地吐出一口气，烟雾蒙蒙，飘向天花板，他说道：

“嗯,真是奇妙啊,五个月之前,我才不相信一个有头脑的人会主动去吸烟草散发出来的烟雾。这种念头,连想想都是疯狂的,可没想到现在……”

“现在,你发现每个人都在吸,是吗?”

“你不是这样说的吗?”

“那边的人到底是怎么样的?”

“反正很让人吃惊,与我想象的完全不一样,而且,和我们从小信以为真的说法真是大相径庭。萝兹,你知道吗?第一家族灌输给我们的那些被认为是真理的知识里面,很大一部分都是谎言。”

“你给我讲讲吧!”

“嗯,那你想知道什么?”

“什么都想听,就算是最无聊的小琐事。”

“我都不知道该从哪说起,咱们在这儿能待多久?”

“没事,没事,时间多的是。等会儿要走时,奇桑姆会通知我们的。如果到时候你还没说完,以后咱们再找时间过来就行。”

“对啊,为什么不行呢……”布里克曼有些晕晕乎乎的,心中倒是十分舒爽。

“是啊,是啊……你和我……我们俩……永永远远……”萝兹开始拉开自己连身制服前襟上那条长长的拉链,身体像鱼一样扭动,脱去身上的衣服。

“唔,我要先给你讲讲那个老变种人,呃,雪先生,是个老字匠,字匠就像是一台人体视频档案存储器。他可真够厉害,知道你想知道的事,对过去发生的一切事物都了如指掌,不仅如此,他还是个风暴使者。对，风暴，你知道这是什么意思吗？”布里克曼想尽力抬头，却软绵绵的，只能抬起一半，“喂，你在干什么呢？”

“我要脱掉，这……该死的黄皮子……”萝兹含含糊糊地说。

布里克曼禁不住想要放声大笑，问：“为什么啊？”

“因为，我想，想……钻进去，因为这个。”

他感到她的手伸进了他的T恤衫，缓缓顺着小腹、肚脐，向下滑去。

“别，别……你好好听着……听着……我正要说到关键的地方呢，雪先生，雪先生……是个召唤师啊……他拥有……”

萝兹开始舔舐他的左耳。

“嗨，行了，别这样！你听我说，你知道吗……有一种……一种……嗯……伟力宏环……”

“是的，我知道的，我就有一个，”萝兹痴痴地笑起来，“来嘛，布里克曼，我们做爱吧。就再做一次，求你了！哦，克里斯托夫在上……我们好久没见了……很久很久了。”

布里克曼感觉头脑眩晕，房间旋转，说：“等等……等等……你不想听我讲雪先生啦？那我讲讲佳得利怎么样？他，嗯，是个极为聪明的家伙，是我真正的朋友。你好好听……我是不是……嗯……还没告诉过你，我教会他怎么开飞机了？还有清水……她，嗯……同雪先生一样，她也会，呃……魔法的……”

“嗯，我敢打赌，她一定会。”萝兹轻声呢喃，“唔，接着说吧，说吧，给我讲讲……”她爬到了他的身上，“哦……哦！布里克曼……”

“不……别这样……你听我说……克里斯托夫在上哪，这到底是怎么回事？啊……萝兹……”布里克曼感觉她那赤裸娇软的身体伏在自己身上，柔软的感觉袭来，包裹住了他……让他窒息，将他吞没。

床边昏暗的灯光开始变换颜色，随着她的身体有节奏的动作，灯光也忽明忽暗，闪烁不休。

“不，不行，不要，等等！”布里克曼听到自己的声音仿佛从很遥远的地方传来，他再也感受不到自己腹部上正压着个萝兹。她的身体开始扭曲变形，变得很大很大，就像一团暗藏着暴风雨的巨大乌云，将他全身都笼罩在内……挡住了一切光线……整张床，化作一个漩涡，吸着他往地下陷落，陷落，到达一片黑暗无边、神秘莫测的虚界之中……

奇桑姆一边喝着爪哇饮料，一边坐在显示器前面，细细地看着这一切。

就是这一层楼，七号房间内，摄像机将隔壁的画面全部记录下来，传入了奇桑姆的眼前。

画面上，萝兹正骑坐在布里克曼身上，醉酒一般，晕乎摇摆，最后，向一旁倒了下去，从床边滑落到地板上。

布里克曼摊开手脚，仰面躺倒在羽绒被上，一只胳膊垂到床沿之外。

那根余烬未熄的卷烟，丢在了床头的矮桌上。

奇桑姆笑眯眯地看着，心中决定好了，再等十五分钟，才呼叫富兰的审讯小队。嘿！这次干得真不错！果然没有看错人，戚妹真是个好目标。他就知道，这个女人非常聪慧，但没想到她竟会有如此神奇的力量。不过今后一定要对她多加小心，或者干脆就将她除掉，以免后患无穷。不过现在,她正好是一把钥匙,一把打开布里克曼这个堡垒门锁的钥匙。他利用她敲开了这个硬核桃。目前,她还很有用处,可以利用她对目标施加影响。嘿,今晚干得真不错。不过,可以更好,要是那两人别提到他就好了。不过,风险总是有的,特别是干他这一行的,在所难免。

奇桑姆没有再想下去,他自得其乐地喝下剩下的热饮,那盘正在播放的黑杰克背景音乐的数据盘,基本上就快要结束了。

这段禁乐的最后,曲声渐强,铜管和打击乐器齐鸣,走出胜利凯歌般的高潮。

奇桑姆将那只小小的磁带播放器推到一旁,从播放器中取出萝兹和布里克曼的数据盘。最后,他确定一切都没事了,便按下按钮,呼叫富兰的手下。

另一边传来一个冷冰冰的声音:“我们马上就到。”

奇桑姆拎起急救箱,快步走到八号套间内。

萝兹和布里克曼仍然躺在那儿,一点都没动。彩虹草事先就被下了药,两人早已晕迷过去。

奇桑姆把两支抽了一半的烟卷放回盒子里,将盒子塞进自己的药箱。他接着从药箱中拿出针头,给萝兹注射了一针大剂量的巴比妥酸盐,迅速熟练地替她穿好衣服,放回布里克曼跟前,再为布里克曼整理好了衣服。

就在他刚拉上拉链时,审讯组的四个人进了房间。他们都穿着黑色与银蓝色的连身制服,这说明他们来自黑塔——美铁联邦的行政部门,仅次于第一家族的权力机构。

奇桑姆知道，他们中的任何一个人，都有可能是第一家族的成员。

“来了，”奇桑姆笑着问，“在哪儿审？”

“就在这儿吧！”一个人冷冷地说，他死板的脸和声音都在暗示，他就是这次行动的负责人，“这样能节省时间。我们有多长时间？”

“悉听尊便。”奇桑姆恭敬而圆滑地说，“不过，我应该在六点之前，将他带回白宫的。”

“那没问题。”那人说，“交给我们就好，女孩子呢？”

“她会在十点或者十一点的时候醒过来，我会将她送回内州大学。”

“你拿到数据盘了？”

奇桑姆忙从急救箱内取出那盘录下了布里克曼和萝兹的数据盘，递给对方，说：“有趣的素材。”

那人点点头：“很好，我们一定会看。”他看了看表，说：“五点半的时候，你再回来。”

“是。”奇桑姆说着，走出套房，再也没有回头看上一眼。

“行，咱们开始吧！”那人说。

于是，他的两名同伴便将布里克曼从床上抬到沙发上来。

第三个人带来了一只箱子，与奇桑姆的药箱类似。他卷起布里克曼前臂的衣袖，给他注射了一针精确计算过剂量的药物——硫喷妥钠。接着，另外二人从一只袋子里取出了一副摄像机和三脚架，将摄像机连接到监视器上，找到旁边的插座，插上电源。他们又用一根平衡加长臂，将摄像机拉过来，从上而下，正瞄准了布里克曼，调整焦距。布里克曼的脑袋和肩膀，正好出现在监视器屏幕的中间。

一个人在带有数字时间日期的显示拍板上，写下了数字——3552。他先在布里克曼面前放了片刻，然后说："3552号目标，霸王行动，六号审讯组……"

其他人检查了一下设备的图像和声音，均满意地点头，表示没问题："效果很好……"

那位负责"吐真剂"的特工走进厨房，去煮饮料了。天花板上的扬声器依旧播着那单调的轻音乐，他随着调子应和地哼着小曲。

负责人从桌旁拿过一把椅子，放在沙发扶手跟前，这个位置正是布里克曼脑袋所躺之处。

他坐下来，轻轻将手放在了布里克曼的额头上，轻声问道："布里克曼，你能听得到吗？如果能听到，请点一下头。"

布里克曼正闭着眼睛，面孔完全放松，似乎还带着一点微笑，正是药物发挥作用的最好时候，他轻轻地动了动脑袋。

"好好……很好，非常好。"那人用低沉的声音说道，其语调抑扬顿挫，恰到好处，令人听了觉得非常安稳，"嗯，听好了，我需要你的帮助，你能告诉我吗？你是谁？你的全名是什么？"

布里克曼深沉地呼吸着，嘴巴慢慢张开了，却没有声音。过了几秒钟，他终于发出了一种含含糊糊、断断续续的声音，却还是能够听得清楚："史蒂夫·罗斯福·布里克曼。"

这正是布里克曼的全名。

"很好，谢谢，你帮了我大忙了。现在，请告诉我，你的号码是多少？"

第八章

布里克曼撩开眼皮，第一眼看到的竟然是奇桑姆，他就坐在自己跟前的床边。

他一面摇晃着布里克曼的肩膀，一面轻轻地拍打着他的右脸颊：“喂喂喂，嗨，行了，行了，快醒醒！快醒醒！”

“嗯？”布里克曼晕晕乎乎地坐起来，“怎么了？”说着，他像爆炸了似的连续咳嗽了一串。他的鼻孔里全是彩虹草的烟味，舌头上也尽是烟草的味道。

奇桑姆皱着鼻子问：“你昨晚到底抽了多少烟？”

“嗯，不，不，不记得了……”布里克曼哑着嗓子回答，感到舌头与上颚黏在了一块儿，“有没有……”

“水”字还没出口，奇桑姆就递过一只杯子，里面的水发出“吱吱”的声音。他说：“当然有了，这儿，喝了吧！”

布里克曼有点怀疑，侧头打量着杯子，说：“咦？这是什么？”

“别管，是能让你屁股从床上挪开，能站起来，恢复正常的好东西！好了，别磨蹭了，快起来！现在是五点四十五分了，六点半的时候，你得到A级二层报到去！”

布里克曼不再犹豫，一口气喝掉杯里的液体，将双腿用力地伸了出去，挪到床边，软绵绵地坐起，双手麻麻的，垂在膝间，说："我，我是不是病了？"

"不，你可没病。"奇桑姆在他后背揉了揉，说，"深呼吸，深呼吸。"

布里克曼深深地吸了一口气，结果，又剧烈地咳嗽起来，但感觉好多了，眩晕的大脑又开始能运转了。他想起了萝兹，猛地一抬头，脑袋内部传来一阵抽痛，仿佛被一只看不见的铅球砸到了后脑上，并且直接砸进了脑子，"萝兹，萝兹，她在哪儿？"他气喘吁吁，大汗淋漓。

"就在你后面。"

布里克曼扭过身子，差点没从床上滑下去。

只见萝兹舒展着身体，躺在床的另一侧，衣服穿戴整齐，嘴巴张开，沉沉昏睡。她的眼球在半睁的眼皮下轻轻转动，左手放在小腹上，另一只手掌心翻向上，指间还夹着一支烟蒂。但是那烧尽的烟卷已将下面的床褥烧焦了一小块了。

其实，这是奇桑姆耍的一个小把戏。一切都安排好之后，才给布里克曼注射抵抗麻醉药的针水，令他清醒过来。

"我的天哪，她看上去很糟糕。"

"她没事的，不用管她，睡一会儿，自然会好。过一会儿，我会来照顾她。"奇桑姆说着，从萝兹指缝间拿出剩下的烟蒂，又捡起布里克曼抽的那根。其实，在审讯组到来之前，布里克曼已将它扔到了床头桌上，奇桑姆则悄悄将它放回了原位。他闻了一下烟头，耸耸肩膀，做个鬼脸，不以为然地说："肯塔基蓝草……难怪你晕了头，这东西劲头很大，但不大靠得住。知道什么意思吗？"

"什么意思？"布里克曼摇摇头。

“就是它的质量不稳定。如果质量好的话，抽上三四口，就能飘飘欲仙，感受到‘贯通’的滋味。但如果抽了劣等货，那就惨了，不但不会爽，还会觉得被一个两百磅重的宪兵一拳打到鼻梁上，马上就晕过去。”

“唔，那真是太可怕了！”布里克曼站起身来，靠在墙上，手酸脚软，好不容易稳住了身形，“该死，你怎么能给她这玩意儿抽？”

奇桑姆装得像一个无辜的小乖孩子，委屈兮兮地说：“我让她抽的？你应该问，为什么你让她抽，这还差不多。”

“是你，是你，引她抽的。”

奇桑姆在布里克曼的鼻子底下摇了摇烟蒂，说：“我给她抽的怎么可能是这种垃圾，我只搞到一点甜草。是的，她从我这儿得知，那玩意儿哪都能找到，但我真没让她抽这个！”

“哼哼！”

奇桑姆仍然很平静，说：“布里克曼，你想象的那种事，太缺德了，我根本没干过，我从来就没有逼着萝兹做她不愿意做的事。好啊，你一定要问个清楚的话，我可以告诉你，她之所以吸毒，还不都是因为你。在知道你被击落的消息之前，她从来没碰过那玩意儿。”他气呼呼地冷笑一声，“哥伦布在上！我真是枉做好人，费半天劲，就想做点好事，帮个忙什么的，没想到还被人……”

布里克曼一把抓住他的胳膊，歉然道：“约翰，别生气，我太急了，我道歉还不行吗？我不是要搞得这么紧张，我只是……只是，嗯，克里斯托夫哪！我的脑袋就像刚刚被一吨重的大石头砸中了似的。”

那是自然啊！奇桑姆心里偷偷一乐：“小子，等你清醒过来的时候已经太迟了，还飞行员呢！"他脸上露出了一副明白理解的样子，带着微笑，轻轻拍了布里克曼的胳膊一下，说，"说话利索了吧？"

"还行，但说不了几句。"布里克曼感觉好多了，眼前不再混乱，脚下不再虚浮，"我知道，不管怎么样，我们总是会吵起来的。不过咱们经常吵，算不了什么。"他有些担忧地看了萝兹一眼，走下台阶，从卧室区来到起居室，四处看了看，问，"这个地方安不安全？"

奇桑姆有些不解地看着他："什么意思？"

"我是说，这里，这里，嗯，不会有人……窃听……那个吧？"

奇桑姆轻蔑地一笑："天啊，人家为什么要这么干？"说着，他将黄色的安全帽和借来的工具箱都递给了布里克曼。

布里克曼并不大相信，说："窃听的事情到处都有，不是吗？"

奇桑姆咧嘴一笑，带着他走出了大门，来到外面广阔的大厅上，说："唉，就算有人要窃听，黑塔的那帮家伙也不会告诉我的。"然后，他转身关上八号套间的房门，继续带着布里克曼走到运货电梯旁，按下了上面的按钮，说："好了，放轻松些，听着，如果这个地方不是那么安全的话，我早就在电视上发表告别讲话了，还会轻松地站在这儿？"

布里克曼当然明白，他指的是，犯了罪的寻道民们在例行仪式上招供自己的过错，然后因为犯下的一级重罪而被判处死刑。电视通常都会播放行刑队处决罪犯的过程。

两人走进电梯，向下徐徐降去。

布里克曼突然想起一事，恐惧地说："哎呀，克里斯托夫在上！病房外还有两个家伙在执勤！如果他们晚上来查房，发现我不在，那就糟了，他们会报告我失踪了的！"

奇桑姆笑着一摆手，说："放心吧，他们不会去查的，也从来没查过。小子，你以为我在干什么？票友玩票吗？你看清楚，你面前的可是个专业人士，既然我说过我能摆平，我就一定能摆平。"

"那你是怎么做到的？"

奇桑姆斜睨着他，像狐狸一样笑了："怎么做到的？嘿嘿！你以为我会告诉你吗？这是我的秘密，你想干什么？想来插一杠子？"

布里克曼不好意思地笑道："没，没，我可没这个意思。我只是想，某一天也找个机会能报答你，但是我即将要去的地方，恐怕……"声音低了下去。

电梯落地，到达服务区，两个人走了出来，来到电动车跟前。

奇桑姆拍拍布里克曼的后背，说："别担心，总有一天，你会翻身的。我看好你哟，说不定，我哪天遇到什么事，还得你帮忙呢！"

总统司令——乔治·华盛顿·杰斐逊三十一世走出他的私人专属电梯，来到办公室里，走到办公桌跟前。这部电梯是总统在白宫的办公室和云景大厦之间的连接空间。

杰斐逊满头银发，六十五六岁，身体结实，目光如神。虽然和私人医生要求的标准相比，他还稍微重了几磅，但这无所谓的，他行动仍然敏捷，脊背挺得如枪一般直，举止投足，气场强大，信心十足。通常，一个位于权力巅峰的人，总是这个样子的。

他有一张棕色的面孔，表面上很柔和，两只淡蓝色的眼睛被皮肤衬得有点浅淡，但每个人面对他的时候，都会忍不住去看这双眼睛。

那是一双令人恐惧、变化万千的眼睛。

也许一分钟之前,它们还在友善地闪闪发光,但瞬间就有可能变得冷若冰霜。

假如那双眼睛暗淡下来,就说明,有人要倒大霉了。

虽然没有照搬原套,但杰斐逊的办公室还是仿造了大劫难之前美国总统的办公室,整体是椭圆形的。和过去第一家族的那些前辈一样,他确实喜欢那种感觉。现实和过去的伟大与高贵总是相互关联。一个过去曾经非常强大的国家,那些古老的传统,曾经那么辉煌,那么至高无上。

总有一天,这一切伟大将再现,甚至达到更高的高度。

他的座椅靠背显得很有威仪和象征意义。背椅顶端是一只乌木雕成的巨大飞鹰。它弓着骄傲的脖颈,双翅展开了一半,显得像是无惧于任何挑战。座椅后面有两根交叉斜插的旗杆,挂着两面旗帜。右面的那面是星条旗,左面的则类似过去美国"叛军"的旗帜,红底上有两条镶着白边的蓝色对角线,其形成的十字上带着九颗白色的星星,中间那颗代表内州得克萨斯,两侧的八颗代表着外州和新的拓土。两面旗帜外侧,是一道弧形的墙壁,有两扇高大的打开的木框窗户。

总统司令走到窗边,凝视外面,那是秋日金色缤纷的世界,当然,是用电脑合成的场景。

他最喜欢的风格,就是大劫难之前新英格兰的乡间风景。看着看着,他微微叹了一口气,在舒适的威严高背座椅上坐下,对着多屏显示器说了一声:"南茜——"

总统助理就在外面的办公室内值班,她的脑袋和肩膀恰到好处地出现在中央屏幕上,亲切地说:"早上好,总统先生。"

总统司令点了点头，问道："富兰来了吗？"

其实，这个问题根本没必要问。

没有人敢在拜见总统时迟到。

他之所以要问，只不过因为这位拥有最高权力的领导者和他的前辈们一样，喜欢保持威严的同时，又故作优雅，那是旧世界的礼仪。

"来了，先生。"

"很好，请她进来吧，另外来说……"

"什么事情？先生。"南茜说。

南茜，全名是——南茜·里根·杰斐逊。同大多数总统的私人幕僚一样，她自然也是领袖的近亲。

"把布里克曼的档案摘要和相关材料，送到我的屏幕上。"这个世界到处都是按钮，身为这个按钮世界的总统司令，他当然拥有许多特权，既奢华又无聊，但很有权威性。其中一项就是，可以命令别人来替自己按按钮。他的显示屏是用自己的声音激活的，而且他的私人飞机也只听这个声音的命令。

外面，富兰·德拉诺·杰斐逊按了按门铃，门铃轻响，装在总统司令桌面的另一个屏幕上显出了她的影像。

"唔，进来吧！"总统司令淡淡地说。这一回，他的声音激活了连通办公室内外间的旋转门。

当富兰走到圆柱形的旋转门内时，它便自动旋转起来。她走了两步，进了房间，来到了总统司令跟前。这种大门称为十字旋转门，基本上，所有高级安全区域都安装着同样的大门，只能让获得许可的人进来，每次也只能一人。在二百年前，发生过一次"宫廷政变"，当时的总统司令是乔治·华盛顿·杰斐逊二十二世，他的六个堂兄弟在没被人察觉之前，破门而入，将二十二世总统当场击毙。自此之后，总统司令的办公大厦便装上了十字旋转门，以防再次发生这样的恐怖事件。

“找把椅子，坐下吧！”总统司令对富兰说。

富兰恭敬地坐下，挺直了腰板，摆出一副专注的姿势，双手扣在一起，放在膝盖上。

总统司令对着跟前的第一个屏幕轻轻一挥手，富兰瞥了一眼，从侧面也能看到上面一些图像。

总统司令说：“这就是摘要啊，看样子，我还得找个人再做一次摘要哪！”他故作幽默和轻松地说，“来吧，给我说说这个年轻人的基本情况吧。”

“好的。”富兰说，“布里克曼在怀俄明上空被击落了，落到变种人的地盘上，成了变种人的俘虏，但他非但没被处死，反而被那些变种人照顾着，直到康复，他也同敌人交上了朋友。他们使用的，应该是一种‘天然’的治疗术，用草药和按摩结合新的疗法治疗病人。看样子很管用！布里克曼说自己的左腿曾经摔断了，但是我们的医务部门对他的腿部伤处进行了X光检测，并未发现有什么骨折的痕迹，他的骨头完好无损。另外，在那个俘虏他的变种人部落中，最重要的就是两个人物，他们称为字匠，一个是老的雪先生，一个是年轻的佳得利，假定后者是前者的继承人。布里克曼在对审查委员会的供述中，多次提到过这两个人，但他并没有说雪先生是一个召唤师，法力已经达到了第七环……”

“风暴使者？”

“没错，先生，就是他，差点摧毁了路易斯安那贵妇号。哈特曼司令官在六月十二日的那次战报中，提到过这件事。您也许会觉得，那份报告值得一读，那次事件正是雪先生的法力造成的。还有，根据布里克曼的供述，雪先生和佳得利都不是白痴，他们简直聪明绝顶。”

总统先生缓缓点头，说道：“嗯，我并没感到吃惊。其实，这一切哥伦布早已预料到了，有一天，某些‘聪明的变种人’可能会发动一场革命。”

“第二位字匠佳得利很年轻，只有十八岁，但他不是召唤师，不过他却有另外一个异能。他是个天眼通，自称能够从石头中读到信息。布里克曼倒是没有亲眼见过，但雪先生对他说过这件事。”

总统司令盯着富兰，目光灼灼：“你认为，这可能吗？”

“您指的是佳得利是天眼通，还是指他能通过石头预测未来？”

“两件事我都想知道……”

“嗯，先生，我，我想我没有资格在这方面做出评判，但您硬要我发表个人观点的话，我对这种事情不会那么保守！”

总统司令微笑道：“你讲起话来真像个最高级议员，还有别的情报吗？”

“嗯，还有。布里克曼倒是没有浪费时间，他巧妙地利用变种人的帮助，用几架坠毁的天鹰战机的碎片，建造了一架悬挂式滑翔机。他付出的报酬是，教会了佳得利如何飞行，只短短一个星期，那个变种人就能娴熟地操纵那架滑翔机，不亚于飞行学院的优秀毕业生……”

“接着说……”

“布里克曼还说佳得利有一个同居的女变种人，名叫清水，才十六岁，是第二环的召唤师。布里克曼临走之前，和她偷偷地私通过一次，真正是一夜风流。但那次短暂的苟合，似乎给布里克曼留下难以磨灭的印象。根据布里克曼的‘招供’中所说的情况，目前我们还不知道那位年轻的字匠是否知道这件事。”

总统司令点头笑道：“我看啊，这得看他屁股下的那块石头有没有把这件事告诉他哪！”

富兰笑了起来。她与总统司令之间的关系还算不错，可以不拘小节一点。她笑着说：“不过别让我给您造成错误的印象，这件事其实没有那么糟糕，或许布里克曼就像开拓兵们常说的那样，‘干了出格的事’。但他并没有被变种人同化，那位雪先生和其他变种人一样，是个畸形怪胎，但佳得利和清水却都是体格正常的变种人，照布里克曼所说的，他们甚至比体格正常的变种人高级得多，不仅有直硬的骨架和光滑的肌肤，连肤色也是闪闪发亮的纯净，更重要的是，他们都天赋异禀，身怀异能，在辟邪主可能的目标名单上，他们都是很理想的候选人。”

“真是难以想象……”总统司令沉吟着说道，“你们给他用吐真剂的时候，他有没有说过，为什么要对审查员隐瞒这件事？”

“不错，他说了，他把忠诚用错了地方，他认为是雪先生救了他，他要报答这种救命之恩。他曾向雪先生发誓，绝不向外界透露穆卡尔部落的这个大秘密，那就是佳得利和清水不仅身怀超常的异能，而且从身体上来看，他们同寻道民没有差别。”富兰说到这儿，停顿了一下，接着道，“这两个变种人，再加上一个雪先生，想不到一个小小的部落，竟有这么强大的存在。”

“是啊,实在太厉害了。”

“还有另外两个原因,令他对此缄口不言,因为,他被这个……年轻的女变种人迷晕了头。从他的背景来看,他有这种反应也不足为奇。还有,对于一个雄心勃勃、学习出众、一心往上爬的年轻人来说,他不想因为谈论什么魔法而扯了自己前途的后腿。”

总统司令又点点头,说:“那他们为什么没杀了他,反而还让他活下来,还治好了他的伤?这些才是我最感兴趣的地方,关于这一点,他说过什么没有?”

“是的,先生。他说了原因,那个变种人部落希望他亲眼看到平原人有能力创造出种种奇迹,再回来告诉我们,而且,还让他带回了另外一个东西——辟邪主的预言。唔,那东西给他留下了非常深刻的印象。”

“富兰,那玩意儿也让我印象很深很深,就算是这么多年过去了……嗯,仍然一点都没忘记……”总统司令将椅子转向右面,向窗外凝视,细细回想着什么,过了一会儿,才回过头来,对富兰说,“难道真的是辟邪主的预言?”

“不错,先生,除了这些,还有些无关紧要的小事,很显然,俘虏了布里克曼的穆卡尔人,平原族部落曾经和他说起过,他同辟邪主有某种联系。”

总统司令登时精神一振,说:“这怎么能算是无关紧要的小事?他还说了些什么?”

富兰一摊双手,说:“审讯六组已经尽了最大努力,压榨出了所有的问题,实在无法进一步核实。但是,布里克曼描述自己同辟邪主的关系时，他用的词语是‘某种联系’和‘受辟邪主的保护’，而且，很显然佳得利和清水，也是属于这个范畴之内的，他们或许比布里克曼更重要些。对于‘比正常体格的变种人高级得多’的变种人来说，他们俩显然是最合适生育后代的配偶。”

“很好……”总统司令微微眯起眼睛，思维咀嚼着富兰的言语，说，“但说到最合适的生育配偶，其实还可以有另外一种配法……”

富兰不大明白他的意思，只好沉默不语。但她发现，总统司令正用期待的目光看着自己，便继续说道：“嗯，在供述中的第二项，布里克曼提到过，某些人向平原人提供弓弩……”

总统司令立即挥手打断了她的话：“没错，铁大师，我知道这些家伙。这个问题，可以放在后面再考虑。”

富兰恭顺地低下头，轻声说：“我明白，先生，我们刚才讨论过的问题，都已在他向审查员的供述记录和审讯六组的报告中详细列出来了。现在您屏幕上显示的履历档案摘要中，附件上就有，您可以看一看。”

总统司令并未理会显示器上出现的东西，说道：“但我更想听你说说看。根据经验，我发现，听取口头报告更有效率，不但能知道情况，还能对这个人有更多的了解。”说到这里，他微顿了一下，似乎能令对方更理解自己所说的意思，又接着说：“你呢，你是怎么想的，富兰？”

“关于布里克曼？”

“不错，你是他的控制官，又在最后这五天里带着委员会对他做了详细的质询。“

富兰抿着嘴唇，细细斟酌一番，又道："他确实具备了一切条件。"

"是啊，我们都这样认为。"

"而且，他还带来了很有价值的情报。"

"他回来就只是为了送情报？"

富兰淡淡一笑，说："要是这样就没那么多麻烦了，问题是这小子并没那么坦诚。不，我想，他之所以回来，还有其他的原因。不过不管他怎么狡猾，我们的计划都进行得非常顺利，甚至可以说是出色，各方面都做得很到位。"

"那就好。"总统司令眉头微微一皱，沉声说道，"我担心的是，他和辟邪主之间的某种关联，但愿根本没有这回事。但是，如果这个什么关联真的存在，一旦被激活了，那么，我们为他培养的心理范式，不知道还能不能保存？"

富兰说："必须确保万无一失。"

这回，是总统司令笑了："这个，说起来容易做起来难啊。当然，这个问题有点不公平，在底牌没揭开之前，我们谁都无法预料到这场赌局的结果。我甚至都不知道，有没有揭开底牌的那一天。不过我们没必要埋个炸药包在身边，一旦发现布里克曼不值得信任的话……"他没有再说下去，也不必再说下去。

"这个问题，当然得由您来做决定。"富兰谦恭地垂首说道，"如果干掉他，那所有的威胁当然都不复存在，但干掉之后，我们从他身上获得的好处也没有了。这两个方面，请您做出权衡哪！"她有些小心翼翼，迟疑着，挑选着自己的措辞，"这种可能性当然是存在的，他真的就是那根链条中的一环，或者，他有可能成为能够为我们所用的、对付变种人的神秘力量……这不正是他和那些特别者被列入特殊处理的名单的原因吗？”

总统司令细致又冷静地点点头，说：“对，这确实是原因之一。”

“所以说，要是我们过早地干掉他，岂不是太可惜了？而且，只有他才能带我们找到那三个特殊的变种人——雪先生和那两个年轻人。”

“我也是这么想的。”总统司令说。

至于布里克曼的其他事情，富兰没有再多说些什么。但在她的脑海深处，不断地回放着奇桑姆录下的那盘数据盘。上面的画面令她感到有些好笑：戚妹萝兹脱掉制服，爬到布里克曼身上去了。刚看的时候，富兰对自己心绪的不平静感到吃惊，不明白自己为什么无法在这画面前保持某种超然的心态。忽然间，也就是短短的一瞬，她有某种冲动，真想自己变成萝兹，去取代她的角色。不！这也太荒谬了。她忙将脑海中的这个念头驱走。

总统司令必须永远掌握住联邦各个地方，甚至是每一个楼层中所发生的事情，巨细无遗。否则，他就无法牢牢地把握住他的最高权力。所以，他每天二十四小时都在承受着各种各样的信息流的冲击。他当然有助手，一共五十人的团队，都是忠诚可靠的近亲。信息的分拣挑筛，去腐存精，都由他们来进行。饶是如此，信息量还是太大，他忙于各种事务，做出决策，仍是不胜其烦。大劫难之前的世界，有句格言叫作“知识就是力量”，这话在今天看来也仍然适用。不过，总统先生当上第一家族的首脑已经十五年了，现在对着这些闪烁着绿光的屏幕上的资料已经感到非常恶心了。他是一个相当厉害的操纵者，驾驭别人，查看资料，都是必需的。但他更喜欢面对面地和别人讨论问题，或者是与一小撮手下们探讨。不过，这些事情其实他都很不喜欢，他最喜欢的事情就是走出办公室，躲到云景大厦里去。在那里，他一个人可以一面开心地照料自己养的玫瑰花，一面安静地思考。

今天，有些例外，富兰早上的汇报引发了他强烈的兴趣。布里克曼那个年轻人，或者是说他偶然发现的那些事，真的是非常令人惊喜，非常重要，一定要好好地重视起来。辟邪主，是他脑袋里的毒瘤，真希望这个麻烦赶快消失，否则会让他寝食不安。他知道，这是个真正的威胁，迟早都得去面对。他必须打起精神，全力以赴，去对付那个家伙，保卫联邦，不能有一丝懈怠，否则就是辜负了他身为总统司令的神圣职责。他集中注意力，审视了包括布里克曼背景资料和成长经历等文件摘要，又开始审阅了审查员的质询记录和审讯六组的审讯报告。联邦中有很多这样利用吐真剂来套实情的审讯组，这不足为奇，且值得信赖。

与富兰谈话两天之后的一个下午，三点钟，总统司令离开了他那椭圆形的办公室，来到了旁边一座封闭的类似密室一样，没有窗户的会议室内。还有九位最高级议员被他召集到了这里。他们先他而来，见他到了，都纷纷起身，恭敬地等着他入座。

总统司令坐到会议长桌的第一个位子上，面对着大家，大家这才重新入座自己的位子，沿着长桌两端顺次而坐。

总统司令用淡灰色的眼睛一个个扫了过去，脸上挂着老练的看似亲切、实则威严的微笑,并向他们点头致意。他对这些人很了解,这些人当然也明白他们的总统是个什么样的人。

第一家族所有地位最高的成员都聚在了一起。他们在联邦中永远掌握着最高权力。九人团——这是一个特殊的最高组织,除了需要负责家族的各种事务之外,还得负责制定整个联邦的全盘战略计划,其中一项代号为“霸王”的秘密行动早已启动。美铁联邦一直想用这个行动来对付辟邪主预言中那些隐藏的威胁。今天,之所以召开这次会议,目的就是想做出一个决定,如何尽快“平定”平原人。其中,最主要的就是穆卡尔部落——俘获过布里克曼, 而后还与他交易的变种人部落。

“各位,都看过布里克曼的资料了吧?”总统司令首先发话。

其他九个人都点了点头。

总统司令看了桌上的显示器一眼,其他的人也都有各自的屏幕。他说:“现在,大家看到的,是本对此提出的建议。大家看了后,有没有什么结论?或者,计算过各种可能性了吗?”

总统司令说的“本”是司令官卡尔斯托姆,他坐在总统司令右边的位置上。其全名为本·卡尔斯托姆·杰斐逊。

在家族中,历史上沿袭下来的姓氏,只有在正式场合才可使用。卡尔斯托姆是美铁联邦行政部情报突击队的现任首脑, 手底下有一支训练有素的秘密部队,他们的所有行动都由总统司令直接下令。这支部队极其隐秘,是联邦中最为机密的单位,就算在家族中,知道的人也不多,不到十分之一的成员才知道其存在,它的过去和现在进行的动作,就更没人知道了。这支美铁联邦行政部情报突击队的英文字头缩写正好同“墨西哥”一样，所以，其成员便不得不被人称为“墨西哥人”，机构的简写代码为“MX”。

九人团主席——亚伯拉罕·林肯，是总统的一位堂兄弟，他点点头，说道：“那小伙子非常不错，而且具备了所有的条件。他不但能在变种人的囚禁中活下来，还能想办法造了滑翔机，逃了出来，这证明了他的勇气十足，机智过人。但是，有个大问题，他的背景怎么样，我们能不能信任他？”

总统司令和蔼地微笑道：“亚伯，你要知道，我们第一家族之所以能控制联邦到现在，就是因为我们不会把自己放在不得不信任某个人的位置上。布里克曼，当然不能信任，哪怕他拥有我所需要的一切素质，但是——”他的目光像匀速运动的探照灯光，向会议桌周围扫射了过去，“在他那看上去那么诚实可信的脸孔下，竟有一个狡猾、精贼的脑袋，还有极为庞大的野心……”

“这不正是我们这么多年来精心培养的结果吗？”一个成员说道。他叫昆西·亚当斯，是生命学院的院长，生怕大家忘了他的部门做出的巨大贡献似的。

“是的，昆西。”总统司令虽然被插了话，却并没有什么不快，接着说，“只要给他一个回到变种人朋友身边的小小机会，他一定不会放过。不过目前我们要做的是，要让他缩着不敢动，他会接受新的任命，身为寻道民，他接受的教育令他必须履行自己的职责。另外，我们会给他一个巨大的、无法拒绝的回报，他一定会尽自己所能努力完成任务，最后回到这里。因为，我们这位年轻的小伙子对权力的胃口大得很，只有这里，只有联邦，才能满足他的胃。”

沃伦·哈丁——总统的一位弟弟，在桌子的另一面，瞧着司令官本·卡尔斯托姆，问道：“你准备什么时候开始‘方块舞’行动？”

“方块舞”是一个代号，指情报突击队策划的一个行动，这次行动，必须让布里克曼返回到他那些平原人朋友身边。

“日期还没确定下来。”卡尔斯托姆说。

沃伦微微蹙眉，看了周边的人一圈，目光又回到卡尔斯托姆身上，说：“我有点不明白，既然这件事那么重要，为什么我们不尽快采取行动？”

“沃伦，现在已经是十一月底了。”卡尔斯托姆说，“我当然知道，在我们这儿，时令什么的，无关紧要。但外面的世界正在下雪，昨天我们收到了第一批的降雪报告，篷车队都赶快返程了，他们都将开往尼克松/沃思堡，在那儿停留，进行常规的冬季检修，然后执行本土的巡逻任务。我们情报队的所有战斗小组，仍然同平时一样，随时保持着最佳的出动状态。但与我们不同的是，那些变种人，一旦雪天到来，就不会出门半步。所以，我们的行动可能不得不推迟到明年的早春时分。”他说到这里，停了下来，看着总统司令道：“不过，这还要看布里克曼愿不愿意去执行这样的任务。”

“他当然愿意。”总统司令用不容置疑的语气说。

卡尔斯托姆朝沃伦·哈丁转过头，说：“嗯，我们要对他进行诱导，有个过程，还要召开行动前计划会议。而且在正式进行前，还有很多工作要做，要为行动的各个方面做好部署，不能出一点纰漏。”

“那这一段时间里……”沃伦说。

卡尔斯托姆不由自主地望向总统，将回答的权利交给了他。

“这段时间？”总统司令会意，淡淡地笑道，“我们这位年轻人就将待在字母级楼层里。我想在那儿，他能获得非常宝贵的工作经验的。”

二九八九年十一月二十五日，是布里克曼被调到字母级楼层的第一天，他永远记得这个世界上最倒霉的日子。直到来年二月底，他一直在一支管道铺设大队工作。而且，他待的还不是A级楼层，而是B级三层。那地方实在太深了，在约翰·韦恩广场大理石地面下二百英尺的深处。

布里克曼的单位由布莱德·马克西领导，这个维修现场指挥员很难搞定，他的同情心就像推土机上的刮铲一样锋利，他的幽默感就像长满疖子的人一样怪异。他对工作的定量完全痴迷，简直着魔，近乎变态。他将手下分为甲乙两组，一天三班倒，也就是说，每周工作六天，九个班次，一共七十二小时。那是在地底深处的深处，灯光永远不变，根本不知是白天还是黑夜。分辨时间段的方法就是工作的变换，八个小时上班，八个小时下班，周而复始，循环往复。每个人都跪在地里，埋头苦干，到了休息日时，大多数人早已累得不行，整天平躺在床铺上，睡上二十个小时，借机会舒展蜷缩很久的躯体。但就算他们不睡觉，也没什么地方可去。休假的日子，这些维修工也只能在四级内通行，也就是从一级一层到四级十层。其他时候，因身份卡的限制，他们唯一能待的地方，就是字母级楼层。联邦的中枢系统——电脑哥伦布，牢牢控制着所有电梯的进出权限，如果你的卡没有得到授权，进入某楼层的时候，你根本无法穿过十字转门，进入电梯大门。布里克曼是从到“地板下面”开始工作之后，才发现这一点的。

布里克曼还有一个发现，令他非常吃惊：那些和他一起累死累活地工作、满身油污尘垢的人当中，有一些竟然是女孩子。她们看上去都肩宽膀阔，脖颈粗大，双手强健有力，就像凿岩风镐，谁都不敢惹。她们那两条大腿坚实强硬，如果你将脑袋伸到她们的双腿之间，那绝对是最愚蠢的行为，它们只要稍一用力，便可将你的两只耳朵压得贴到一起。当然，她们也不是那么不近人情，她们也和别的地方的姑娘一样，也曾经勾引过布里克曼，想诱使他来和她们亲热。但布里克曼实在没有精力，也没有那种热情。你想想，一天到晚，连续拖着线缆管道拼命干了八个小时，浑身上下都是软的，就算在餐厅的电子游戏机上按一下按钮的力气都没有了，更何况别的。也不止他一个人这样，其他人还不是一样，只要每天收工的哨子一响，大伙都只想躺着，哪有心思干别的。

大多数人的脑子里，这会儿只想着两件事："吞泔水"和"闭眼睛"。"泔水"是维修工们的行话，指的是字母级楼层餐区供应的食物。可想而知，那食物到底有多"好吃"了。回到休息室内，累坏了的人都抓紧时间补充睡眠，只要没有人将他们从拖车上揪下来，他们就会一直躺在那儿，直到开工号响起。有个在用餐区工作的家伙曾经笑着说，马克西就不要再叫马克西了，干脆叫"马加鞭"算了。后来马克西的大队被命名为"行尸走肉"大队，也许还是这个家伙给取的。布里克曼不得不承认，那家伙说得不错。每天起床洗漱拉撒完之后，大部分人总是拖着脚步，机械呆板地走向餐厅柜台，就像一帮目光呆滞、行动迟缓、戴着手铐脚镣的变种人。甚至就连三种饭菜中任选一份这样的小事情，大家都没心思和精力去做，基本上就是随随便便，将餐盘往前一推，嘴里含含糊糊咕哝一句："随便吧。"然后就拿着坐在一旁，一只手支着脑袋，眯着眼睛，吞下那些"泔水"。更糟糕的是，甚至有一两次，布里克曼连这几个动作都没做到，就在沐浴间中冲着澡睡着了。

上面给他的命令是执行常规作业，这是在最低等的联邦生命金字塔中最低最低的一级了。还好，他在飞行学院里的那三年，接受到的工程训练没有白费，很快，他就引起了一位监工的注意。那位头目有意让他学以致用，于是他被调到另外一个班组中，工作了整整一周，将那些崭新的管道焊接起来。对于他来说，这真是美好的六天啊，趁着这个改换工种的机会，他享受了少许的安宁与休息，心中暗暗庆幸，自己的未来应该有点转机了。技术性的工作，是东山再起的最初步，接着，就是组织力、领导力，这些都只是时间问题而已。他充满自信地给自己打气，马克西的那些手下，还没见识过他的领导力，嘿嘿，总有一个机会会让他……可惜的是，他始终没找到机会，有这么好的运气。到了周末，他休息了一整天之后，又被打发回了原来的班组。重新去拆卸那些被腐蚀的旧管道，里面脏得不得了，糊满了一层不知是什么混合物质的黏稠液体，一阵阵恶臭，让人想呕吐。

布里克曼了解到，马克西的任务就是要更换和扩展休斯敦/大中央下面的全部污水系统，当然这些全都得落到他们的头上，他彻底感到绝望了。就像看到地面时的感受一样，字母级楼层的世界给他留下了强烈的印象。一条条空阔巨大的隧道，回声阵阵，呜呜作响，两壁砌着厚厚的石板，一条条管道和电力线缆排列其中，遍布着阀门和排气口，喷出着蒸汽。维护工们穿着棕、黄两色的制服从忽明忽暗的光影中走过，一会儿灯光照得发白，一会儿又陷入沉沉黑暗。唯有监工和现场指挥员，头戴白色安全帽，混杂在众多黄色安全帽中，就像一朵朵白莲花。如果只有一两朵，说明这里很顺利，一切都按部就班；如果来了辆电动车，到处都是白莲花，就糟糕了，说明他们是来找麻烦、催进度的。下面这些底层的字母级楼层里，没有人会夸奖下级的功劳，更甭说颁奖了。

除了这些，有不少独特的享受是别处没有的。

比如说噪声：主通风管中的巨大风扇“隆隆”地吼叫着，空压钻和铆钉枪断断续续地冲击着耳膜，金属磨边机用嘶鸣刺穿人的脑袋。声浪波动鼓荡，用强悍的力量拍打着人的双耳，声波在隧道的洞壁内回荡震颤，穿透层层墙壁和隔音层，钻进大伙的简易宿舍里，永远不离不弃。开始那几天，布里克曼着实无法适应，快要被噪声折磨得崩溃了。但过了几周之后，终于逐渐习惯了这种永恒存在的噪声，大脑机制将耳神经中传来的痛苦压抑住，隔出了一道墙壁，不再像开头几天那么抓狂了。

还有就是漏水：永远不会停止，也不知道从哪来的水流顺着墙壁蜿蜒爬行，维修服务隧道和走廊天花板上也永远滴滴答答，有些地方不得不在齐膝深的水中工作，有的地方更是泛滥成灾，只能利用水泵不断地排水，否则将会把整个通道淹没。在工作的时候，他到过各种各样的通道内，那里有许多用钢筋混凝土制成的巨大的隔水密门，如一个个庞大的水闸。他们能将整个区域密封起来，甚至能密封整个楼层，与外界完全隔绝。他忽然有点害怕，假如有一天，自己被关在门的另一面，而水正不断地上升，直至没顶的话，他该怎么办？

接着就是酷热:那乌闷闷的热力,无处不在,无法逃避,总是让人昏昏欲睡,打不起精神。为了给联邦的其他人提供好一点的生存环境,各个设施内部都配有地热动力站、热交换机、制冷设备、空调机,还有盘根错节的通风系统。但这里是字母级楼层,环境条件异常恶劣,与上层无法同日而语。这地方,只有休息和娱乐的区域同上面四级左右的类似,但那些没人居住的工作面上,环境就糟糕透顶,又热又潮。比如B级三层的维修服务隧道,它在地下将近一千七百英尺的深处。那地方比较适合在狭长的培养罐中种水稻和竹笋,但不幸的是马克西大队也在那儿维修管道,那里的环境不适合促进你的生长发育,只会令你濒临崩溃的边缘。但布里克曼有极其坚强的意志力,他将这些恶劣地方当作人生的一种挑战。每当下班后,能躺在床上休息时,他总是感激地对自己说:"你又挺过来了,他们想打垮你,你决不能屈服,不能让他们得逞……"

这是二月底的一天,布里克曼好不容易才干完活,便从那列有十节车厢的拖车中爬了出来,他疲惫不堪,脊背勾曲如虾,肌肉灼痛似火烧。他拖着脚步朝淋浴间走去,那里男男女女混杂,没有人在意对方的身体。联邦就是这样的,到处都没什么区别,所有人都共用洗浴设施,甚至制服、宿舍、厕所、工作分配、工役、兵役、作战任务等等,都不会因为性别而有所区别。除非是女性寻道民被选作下一代的护母,或者第一家族的男性成员要继承总统司令的宝座。两性之间的区别更是小到难以分别,也许只有发型的不同吧,有的姑娘不想留平头,她们更喜欢另外一种可选的发型——齐耳短发。

布里克曼在淋浴的喷头下舒舒服服地享受了二十分钟,用热水冲走了身体的疲乏，突然间，他打开了冷水龙头，冰冷的水如千万道细针扎刺下来，他咬着牙默默忍受，令自己更加清醒。而旁边的洗浴者们被那冷水刺中，吓得连连退避，怒骂呵斥。他冷笑一声，关了水龙头，走到拥挤的更衣室，用毛巾擦净身体，换上平时穿的外套，来到餐厅，加入了取餐的队伍里。这段日子，他和身边这些人一起睡觉，一起干活，彼此都很熟悉了。当然，刚开始的时候，其他人或多或少还怀着敌意，他们很高兴看到一个来自林伯格站的飞行员沦落到字母级楼层。布里克曼下来时，曾被严重警告过，绝对不得透露他被变种人俘虏的经历，就算他的养护工工头也不知道真实的原因，只知道他是因为“工作中的不良表现”才被调过来的。这自然是官方的说法，意思是他在地面作战中惨遭失败。

记录中带有这样的条目，自是为了保密，但言辞模模糊糊的，其他家伙不了解，还以为他是个软柿子，想找点碴，娱乐娱乐，没想到娱乐的是他们自己。布里克曼最初对他们的挑衅不理不睬，但最后忍无可忍，将几个家伙揍得鼻青脸肿，别人才慢慢地退却了。但也有些对手倒真的不容易对付，不过无论如何，这些人只不过是打架的好手，并非专业杀手，哪能与他相比？没过多久，人人都知道这家伙厉害，便不敢再来找他的麻烦了。

布里克曼从这些事情中也学到不少东西，虽说降级到了维护工这么低的地位，对于一向心高气傲的他来说，是多么强烈的打击。但他观察后发现，与自己一起工作的这些废物脑袋、油污蛋子、社会渣滓并不像他原来想的那么糟糕透顶，不可救药。回想过去，在飞行学院时，那种妄自尊大的气氛令他自以为是，以为自己生来高出这些人一等。其实，当他们穿着同样的制服时，大家都是一样的。这些人倒是没有像他一样，非要飞黄腾达，向上爬不可。他们大多数都是老老实实的好人，只会牢牢把握现实，人生目标没那么远，也容易实现。没有一个人想处心积虑地进入黑塔，成为那儿的高层。即便是你免费为他们提供一个向上爬的机会，他们也不会认为那是多好的事，对你就感恩戴德的。是的，必须承认，这里面有些家伙真的是废物，没一点出人头地的希望，即使用最包容的眼光来看，不少人真的是令人讨厌的家伙。但想想，格斯·怀特，还不是同样的货色？布里克曼与这位学院的同级毕业生还有笔账没算清呢！老格斯，推说去求援，结果呢，跑了，把布里克曼一个人扔在了燃烧的田野里……

布里克曼找到一个空位子，将餐盘放在桌上，狼吞虎咽起来。前段日子，对联邦食物的鄙视早已没了。自从开始在字母级楼层工作，他就什么都吃了，不仅将分配的食物吃光光，还会回去再多要点。这会儿，他一面看着旁边的几张桌子，一面将一勺勺的食物塞进嘴中。突然间，他吓了一跳，因为他发现，约翰·奇桑姆正坐在自己左面，与自己仅一桌之隔。这一吃惊，差点把勺子塞到了鼻子里。他表面上仍保持镇定，脸上不动声色，继续吃东西，"呼呼哈哈"地和同桌的工友们一起聊天，两只眼睛却如生了根似的牢牢扎在奇桑姆的身上。奇桑姆竟也没有朝他这里看，那家伙一直用胳膊搭着椅背，与对面的人聊得正欢，他身上穿着的仍是上次见时所穿的绿色制服，只不过衣袖上的白、红两色 V 型臂章中多了一个黄色菱形徽记。这时，一个同伴指着某个方向，布里克曼便转身过去看，发现此人穿着连身制服的背上同样也有黄色的徽记。而这种黄色，是只有维护工才有的，难道他……布里克曼再也按捺不住心中的好奇和疑惑，端起盘子，从就餐的人群中穿过，朝奇桑姆走去。

就在布里克曼快要靠近他的时候，奇桑姆对面的两个人站起身来，与他握了握手，转身离开了。奇桑姆开始和身边的人说话，一点都没有发觉布里克曼来了。

布里克曼来到桌前，放下盘子，说道："约翰，还记得我吗？"

奇桑姆停了下来，扭头看了布里克曼一眼。

二人目光相交。

布里克曼发现，奇桑姆脸上淡定的表情变成了强压的怒意。他忙问："怎么了，我打扰了你？还是有别的什么事？"

奇桑姆扭头对坐在他旁边的人说："我得先走了，回头联系。"说着，他拍拍对方肩膀，猛地起身，再也不看布里克曼一眼，向外走了过去。

布里克曼有点心急了，绕过跟前的桌子，一把抓住奇桑姆的胳膊，道："喂，奇桑姆！你干什么？这到底怎么回事？我做错了什么？说清楚啊你！"

奇桑姆停下脚步，回头看着布里克曼，他的胳膊又硬又冷，语气也生硬而刺耳："放开手，你这个卑鄙小人！"

布里克曼的两个工友坐在邻桌，两人对视一眼之后，同时向后推开椅子，站到布里克曼两侧。他们俩一个叫克兰·多佛尔，一个叫特伊·莫里森。多佛尔更高大强壮一些，他指着奇桑姆的鼻子骂道："小心你的嘴巴，医生，否则你将自己给自己做急救。"

奇桑姆轻蔑地瞟了他们一眼，说："吃屎去吧！"

四周桌边的人听到这话，意识到有好戏要上演了，纷纷让开位置。两名工友朝奇桑姆冲了过去，看样子是要出手了。

布里克曼忙抢先站在中间，将两人隔住，说道："好了！伙计们，先停下来，消消气。你们这么帮我，我很感激，真是好哥们儿。但是，相信我，这件事我能处理，你们先退下好吗？"

"好吧！"多佛尔说，"但这个蠢货，你得把他给弄出去，真让我倒胃口！"

布里克曼略一点头，立即拉着奇桑姆，说："好了，咱们走吧！"布里克曼扯着他穿过看热闹的人群，向外走去。

奇桑姆一直在挣扎着，想摆脱他的手，口里怒气冲冲地吼着："喂喂！你他妈的给我放开，我他妈的跟你有毛关系？"

布里克曼用力推着他，穿过了大门，终于来到外面的走廊上，一把将他推攘在墙上，叫道："冷静点，行吗？我不想干什么，只想和你聊聊。"

奇桑姆停止了挣扎，说："得了吧，飞行员，我什么都不想和你聊，你走吧，你一点都看不出来吗？难道你下来干活后，脑子都变大便了？我再跟你说一次啊，我……不……想……跟……你……说……话……甚……至……不……想……看……见……你。听明白了吗？如果你哪天犯病，千万别到A级的一至五层来，我这个医生，有可能会让你吃错药的，知不知道？"

布里克曼松开手掌，大惑不解，退后一步，道："我不明白，这是怎么回事，约翰？你为什么要这么说，我做错了什么？"

奇桑姆轻蔑地一笑，鄙视地说："为什么？因为你就是罪魁祸首啊，你做了什么？这应该是你来告诉我啊，你到底对你该死的戚妹讲了什么？搞得她神神癫癫，成了一个卑鄙的告密者，把一切都告诉了黑塔里的密探了！结果将我弄成了这样！你知道吗？你那可爱的戚妹，居然指认我就是那个安排你们在桑塔纳渊薮里见面的人！她全都说出来了。这到底是为什么？你到底和她说了些什么？”

“没有啊，我……”布里克曼含含糊糊地说道，“呃，我没有说什么啊！”

“你这个杂种，撒谎的杂种！”奇桑姆“呼哧呼哧”地喘息着，咆哮着，他想从布里克曼身边闯过去，但布里克曼挡住了他的去路。

奇桑姆恨恨地说：“联邦行政部派了四个家伙，整了我一个礼拜，幸好我命大，能挺到现在。克里斯托夫在上。”他苦笑了一下，“只有一件事情，你戚妹没说，你们俩抽了彩虹草，而给你们搞来烟草的人恰恰就是我。如果他们连这个都知道了的话……”

他还没说完，布里克曼就又伸手，紧紧攥住了他的胳膊，说：“约翰，你应该相信我啊，我不知道萝兹会这么干，我实在想不通她为什么会这样子。”

“肯定是你对她说了些什么不该说的话了。”

布里克曼叹息一声，记忆已经模糊了，他问道：“那……后来……你怎么样了？”

“我？我不就这样了吗？拜你所赐！他们把我发配到这儿来了，我的后半生就要在这度过了，可我今年才二十八岁啊，我还能怎么样？我还能熬几年？十二年，十五年？我甚至没你那么好的待遇，还能享受一年一次的审核，一点希望都没有了。”奇桑姆苦涩地笑着，垂下脑袋,“我真是该死,这就是给别人帮忙的下场啊!布里克曼。”他退后一步,问,“我能走了吗?”

布里克曼有些困惑,又感到歉疚,说:“约翰,你听我说,我真的不知道——”

“行了,行了,我能理解,咱们别再说这些了,好不好?从现在开始,咱俩保持距离,因为,布里克曼,你就是个灾星。”

“好,好,我明白。我只想知道一件事,他们对萝兹怎么样了?”

奇桑姆笑了笑,说:“放心,他们没给她发勋章,我只知道这个!我都不知道到底发生了什么事,总之,没有什么确切的消息,听人说,她似乎被暂停了学业。”

“内州大学的学业?天,克里斯托夫啊,我真不该去见她。”布里克曼哀叹一声。

他忽然间瞪着奇桑姆,眼光里都是怒火,终于忍不住爆发了:“都是你的好主意,是你让我……”

奇桑姆立即打断道:“够了吧,我不想听到这些屁话!我惹的麻烦已经够多了!快点滚开!”他将布里克曼推开了。

布里克曼没有再去抓他,吼道:“她会出什么事?”

奇桑姆转过身,轻蔑地一摆手:“谁知道,谁在乎这种鸟事?从现在开始,你还是多操心操心自己吧!”说着,他转过拐角,迅速离去。

布里克曼怔怔地站着发呆。

克兰·多佛尔和特伊·莫里森从后面的餐厅门内出来,走到他的身边。

“那家伙发什么神经?”

布里克曼耸耸肩，说：“我在上面的时候同他打过交道。他帮我做了一些事情，想不到就因为这个，他要在下面待上十几年。”

多佛尔听了，突然对特伊·莫里森的肩膀捣了一拳，道：“看到了没？我早就跟你说过，我们这位朋友是一身衰！”但是说完，他又伸出胳膊，搂住了布里克曼的肩膀，友好地拥抱着他，“欢迎你加入衰人俱乐部。”

奇桑姆顺着走廊离开了餐厅，暗自庆幸自己运气不错，是的，一切比预料中的更好。

他走到走廊尽头，踏上通往A级三层的通道，拦了一辆驶回医疗中心的电动车，坐上去后，心中想着：“很好，再过几天，这次特别任务就要结束了，他就能回到上面去。这回干得真不赖，或许这次的功劳能为自己挣得一份请帖，能到云景大厦去，爽上几个星期。”

第九章

遇到奇桑姆真是个意外，之后的两天里，布里克曼的思绪一直聚在萝兹身上，总是在不断地猜测她到底会发生什么事，并且预想自己未来的前途和命运将会怎么样。

他放走奇桑姆的时候，并没有问他，萝兹的“供述”和他的降级是什么时候发生的。虽然说问不问倒也无所谓，将来终有一天，一切都会明了的，但心里总是堵得慌。

他万万没想到的是，没过多久，事情就水落石出了。

二九九〇年三月一日，早晨八点，他正准备去上早班的时候，他们班的工头——四级技师莫林斯走进了宿舍，高喊他的名字：“布里克曼！”

布里克曼顿时立正道：“长官。”

莫林斯招手道：“你不用上班了，换好下班时穿的制服，赶快去主电梯吧。马上，快！”

“是！”布里克曼不知发生了什么事，训练有素的他立即快步跑到更衣室。在字母级楼层，一般很少讲礼节性的敬礼，除非是正式场合。

莫林斯又提高嗓门道：“多佛尔？”

克兰·多佛尔站在床头边，挺胸抬头立正，道：“长官？”

“把布里克曼的行李收拾好，拆掉他的床铺，所有东西打包，送到军需官那儿去。”

“就现在？长官？”多佛尔问道，他已经在暗自盘算，如果能够拖延一点时间，这桩啰里啰唆的小活能够令他躲掉半个班次，也倒不错。

“不，不是现在，多佛尔。下午四点，下班时候再收拾，你这个爱偷懒的贱货！”

“好吧。”多佛尔见莫林斯大步走开，不由得小声嘟囔道，“见你的鬼去吧！”多佛尔转身后，发现特伊·莫里森强忍着没笑出声来，便禁不住恼羞成怒，一拳击向他的肚子，莫里森往后一闪，轻松躲开了。

布里克曼走到主电梯区的十字转门处，见那里站着三名宪兵。为首的肉糕要了他的身份卡，又给他套上头套，戴上锁链，将他拉过十字转门。过了一会儿，头套摘下了，眼前站着的押送员已经不是先前的人了，两名宪兵都佩戴着惹眼的肩章。他又回到了医疗所，这是他第一次见到奇桑姆的地方。两名大块头肉糕命令他叉开双腿，立在原地，双手垂在身体两侧。那人走到他身后，打开了他手腕和膝盖上的钢箍锁链。

“把衣服脱了。”另一个肉糕说着，朝旁边的盥洗室挥了挥警棍，道，“给你五分钟的时间，去洗个澡，换上制服吧，快！”

布里克曼没有停下脚来问“什么制服”之类的话，只是默默地进去了。

肉糕们从来不喜欢别人问这问那。

布里克曼快速地脱掉衣服，拧开水龙头，将自己彻底地清洗干净，再到暖风机下，用手套搓澡巾将身体擦干。

出来的时候，他居然还有两分半钟的剩余时间。

那个大个子的肉糕正舒舒服服地坐在唯一的一把椅子上，另外一个上身长下身短的家伙，屁股坐在桌沿上，身旁是一摞叠得整整齐齐的制服——一套飞行员的蓝色制服，有一顶作战军帽，新的衣裤，还有双锃亮的深蓝色阅兵靴。

坐在桌上的肉糕将这些东西冲布里克曼一推，说："穿上这身行头……"

布里克曼又惊又喜，忙穿上衣裤、短袜和T恤等等，心中百感交集。发给他的是一套飞行员制服啊，而且当他将衣服展开时，看到胸前右侧的口袋上印着自己的名字，左侧还有一对银色的翅膀。甚至还有作战单位的臂章，其中一块说明他来自罗斯福/圣达菲站，另一块则说明他在路易斯安那贵妇号上服役。"天哪，我又恢复身份了。"他心情激动起来，不知是哪位神秘的恩人让他恢复了身份！他套上连身制服，竭力按捺心中的狂喜。近几个月发生的事情令他成熟多了，绝对不要对美好的事物期望过高，否则跌到谷底的心情会更难受。他面容严肃地整理军帽，拉紧制服前面的长拉链，稍息立正站好，等待宪兵的下一个命令。五分钟马上就到了，还有几秒钟。

那个靠在椅子上休息的宪兵随意地看了一眼手表，便朝房门走去，另一个宪兵立即跟了过来。

布里克曼听到外面一阵脚步声响，回头看时，两名宪兵早已站到了门口两侧，一位联邦行政官走了进来，两人便一起立正行礼。布里克曼忙跟着敬了一个标准的军礼。

行政官佩戴的衔级为JX-2。她瞟了一眼布里克曼，冷冷地对宪兵说："怎么，这就是那位觐见者？"

"是的，长官。"下士手中早就拿好了布里克曼的身份卡，随时准备移交。

行政官扫了一眼卡片，拿过来，放到裤袋里，向门口一伸手，姿态优雅地说："请，这边走。"

这手势如此彬彬有礼，声音如此充满敬意，完全出乎了布里克曼的意料。这位JX-2级的官员的姓名牌上写着她的名字——J.K.普露艾特。她一头棕发，身材苗条，年龄大概是三十岁左右。一张脸却很难看，不过身上倒是活力十足，令人愉快，举手投足间干脆利落。她带着布里克曼走向四级二层的一间办公室。

布里克曼注意到，这里走廊的墙壁、地板，连同高高的拱形天花板，全部都镶嵌着纯白色的大理石，给人以豪华庄严之感。而且，一路上各个显眼的位置，都挂着杰斐逊三十世和联邦之父的巨幅肖像。他们从二级一层上来的时候，电梯里也铺着浅黄色的地毯。布里克曼心中啧啧惊叹，看来在白宫的这个区域，装修的质量和效果，甚至比声名更为显赫的约翰·韦恩广场更高级、更华美，总体感觉是洁净而明亮。

普露艾特同前台办公室的另一位行政官，对布里克曼进行了一番检查后，插入门卡，带着他穿过一扇十字转门，来到一间敞亮的办公室内，面前是一张巨大的办公桌，对面是两扇带帘子的窗户。布里克曼就站在窗前，往外看去，外面天空蔚蓝，白云点点，一排排奇怪的建筑，看上去色调浅淡，却又装饰精美，而房子前面却有一片浓郁的淡蓝色，就像是沉在水底一般。那些景色都极为清晰，细节精细、明了，却有一种难以置信的感觉。布里克曼猜测，也许这是哥伦布制造的幻象。他便从窗外移开目光，扫视着办公室的内部环境。只见地板上铺着地毯，墙壁上覆盖着木质壁板，上面有波状的纹印，和变种人使用的木材一模一样，甚至连办公桌和椅子也都是用木头制成的。真是前所未见啊！

突然听到办公桌后一声轻响，一扇门缓缓打开，一个男人走了进来，安然坐在了办公桌后。

此人身穿一套银色连身制服，身材瘦长，中等年纪，额头高高，脸颊瘦削，嘴唇薄薄，下巴尖尖，显得异常坚毅。而那双深陷的黑眼睛里，则透出一种精明的睿智，闪着烁烁神光。

布里克曼心头一阵惶恐，不由自主地面对他挺胸立正。当初他见到审查委员会主席富兰时，只能猜测她最多就是第一家族的一员。但现在，他是真正第一次面对身穿蓝白色条纹银色连身制服的第一家族成员了。

那人伸出一根手指，在桌上的键盘上输入了命令，看了一眼跟前的桌面显示器，又将目光射向布里克曼，说："唔，你就是 29028902 号？斯·罗·布里克曼？"

"是的，长官。"

那人从上到下打量了布里克曼一遍，微微点头，神情不太好看，仿佛是很不情愿地要完成一件困难的任务似的，说："我是司令官卡尔斯托姆。这个头衔，你想必并不熟悉，它只代表了我在第一家族内部的职位。我不想进一步解释这个衔职，我只想告诉你，我的职务，能够直接向总统司令汇报。从现在开始，以后你再见到我，都要称我为

‘司令官’,知不知道？”

“是,司令官！”布里克曼赶快敬礼。

“很好,稍息！”卡尔斯托姆说着,将他那双精心保养的双手叠在一块儿,“跟你说下情况吧,你被调到字母级楼层之后,你的戚妹——”他瞟了一眼屏幕,确认记忆没错,又说:“萝兹,在二九八九年的十一月一日,同联邦行政部取得联系,然后……”

布里克曼听到这个日期,不由得大吃一惊,那是他被发配后的几天。那他们为什么要等了三个月才将他拖回来,来见这位第一家族高级成员？

“……她主动说了一些情况,证明你因为自己的原因,对审查委员会隐瞒了一些情况。所以,我不得不警告你,手册中有明文规定,隐瞒事关国家安危的情报,乃是一级重罪。这次的会见,会决定是否有必要对你进行更深入的讯问, 以及用什么方法讯问。我想你应该知道,我们的讯问方式花样百出,不知道你是否受得了。”卡尔斯托姆靠着椅背,冷酷之气稍微下降,“这当然是坏消息,不过好消息就是,审查委员会提出的裁决建议,还没得到裁决理事会的认可,也就是说,”他微微一笑,“事情,还有转机。”

“司令官,我明白了,可否讲话？”

卡尔斯托姆点点头:“只要别说废话。”

“萝兹——我的戚妹,到底怎么样了？”

卡尔斯托姆嘴唇紧绷,道:“布里克曼,记住,这里,只有一个人有权提问,那就是我。不过,如果这样有助于你理顺思维的话,我可以不计较。现在,我就回答你的问题。她没有任何麻烦,到目前为止,一切照旧，在继续学习，但只对她做了技术上的暂时停学处理。这表示，她已经接到了通知，因受此事牵连，正在接受调查，并且有可能被内州大学除名。不过从另一方面来说，她理应受到表扬，因为是她自发地报告了你们那次非法见面时的谈话内容。”

“我明白，司令官，她没有参加那次见面的策划，我才应该为那件事承担后果。”

卡尔斯托姆嘴边隐现一丝冷笑，道：“布里克曼，不必故作高尚。你戚妹告诉我们的情况足以证明，你知道的那些情报不仅关乎现在联邦的安危，还会影响联邦的未来。听她说了情况之后，我能理解为什么你要隐瞒一些事实。但你也要明白，从技术角度上看，你保持沉默本身就已经是犯罪了，而且不可饶恕。不过，现在我可以给你第二次机会，也是最后一次机会，让你能够保持自己的清白记录。你可以选择，要么对我供述一切，要么让我们用别的手段逼出你的口供。无论如何，这两种方法的结果都是一样的，你总会说出一切的。但如果我们逼不得已，要采取强制性的手段，到头来你恐怕结局不妙，只有死路一条。相反，如果你愿意合作的话——”他耸了耸肩膀，“谁知道接下来会怎么样？”

布里克曼紧咬双唇，心中翻腾：“天啊，哥伦布在上，这下子真是左右为难啊！”讨论变种人的魔法之事，一直是联邦严厉禁止的，如果他对卡尔斯托姆讲出实情，说不定会被枪决的，但如果不说出一切，也得被枪决。哎，要是能想起和萝兹说过的话就好了，把那些事情再说一遍，就没问题了。自从上次遇到奇桑姆之后，他就竭力将记忆中的片段拼凑在一起。但是很糟糕，他怎么都想不起来了，那个出事的夜晚，只留下了一团烟雾弥漫的记忆在脑海里。他记得因为清水的事，与萝兹争论了半天，最后点了一根烟，边抽边聊，但聊了些什么呢？

“司令官，如果我——嗯，向您坦白我知道的一切，是不是有机会能让萝兹——”

“砰”的一声，卡尔斯托姆一拍桌子，从椅子上跳了起来，道：“克里斯托夫在上！布里克曼，你小子胆子不小啊！告诉你，现在没有‘如果’，没有‘但是’，也没有任何交易！这里我说了算，你没资格讨价还价，我们早就知道一切了！至于你的戚妹，她应该感到万幸，没有同你和你的朋友奇桑姆一起去铺管子！拿把椅子过来，老老实实地跟我说实话。”

布里克曼默默地提着一把模压出来的椅子，放到了桌子对面，坐了上去，腰杆挺得直直的，说：“您希望我从哪说起呢，长官？嗯，我是说‘司令官’？”

“从头讲起吧！”卡尔斯托姆不耐烦地说，“还能从哪说起？”

他按下了播放器的录制按钮。

布里克曼乖乖地顺着原来对审查员讲述的故事脉络，一五一十地叙述起来。这回，他没有省略任何事，不敢再有任何隐瞒。因为照目前的情况来看，他们手中已经掌握了萝兹的供词，他已经被逼上了绝境。卡尔斯托姆全神贯注地听着，没问多少问题，只是偶尔点拨几句，意在证明他对布里克曼隐瞒的所有事情都了如指掌。过去，布里克曼出卖别人时，从来不会迟疑，不会痛苦。但现在，他背叛了雪先生，背叛了自己庄严许下的诺言，他感到自己卑鄙透顶，痛苦不堪。而卡尔斯托姆，似乎对他的这种痛苦非常理解，这令他大为吃惊。这位司令官一分钟前还在恫吓,但一转眼,又马上对他温言抚慰。这是怎么回事?

只听他说:“别担心,我知道是他们救了你的命,但不要因为这个就有什么心理负担。他们是我们的敌人,对他们许下的诺言,根本别放在心上,都不算数。”

但对布里克曼来说,能感受到一点安慰的是——卡尔斯托姆引导他说出真相时,采取的那种温和与包容的方式。过去那些审查员全都是闭目塞听,而卡尔斯托姆却对任何奇怪的事情都来者不拒。

布里克曼感觉周身都轻松了许多,有种如释重负的感觉,他将心中的秘密一件件说了出来。

卡尔斯托姆一边仔细聆听,一边暗自琢磨,不知道这个年轻人到底知不知道自己的处境。研究了审讯六组拍下的数据盘之后,第一家族已经掌握了大部分的内情,足够对布里克曼进行任何处置。这第二次审讯只是计划的一部分,让他重新穿上制服,也是另一步棋。

卡尔斯托姆知道,在经过了几个月的地下苦工之后,布里克曼为了重新穿上制服,什么都愿意去做,不会放过任何一丁点的机会。

谈话进行了好几个小时,中间稍事休息,卡尔斯托姆叫来了爪哇热饮和豆制脆牛肉卷,两人吃了之后,继续谈话。布里克曼尽量流畅简洁地讲述自己的经历,当然,也穿插了一两件小趣事来让故事更为有趣。关于那些俘获自己的变种人,布里克曼对他们的智慧和可教育性做了更为详尽的报告。这些评论无疑会引发更多的争议,但卡尔斯托姆却没有显出愤怒之色。但是,当布里克曼说自己教会佳得利飞行时,司令官开始眉头一皱,双唇紧绷,无可奈何地摇了摇头。渐渐地,到了尾声,布里克曼开始讲述自己逃脱的最后经历。

“有些事情我觉得难以理解。”卡尔斯托姆说,“为什么你在造好滑翔机之后,还要留在那儿呢?升空之后,为什么不立即飞走,为什么还要返回去?”

“因为我如果在飞机刚造好的时候就跑,那就完蛋了。司令,那是大白天,他们会用弩箭将我从天上打下来的。悬崖南面的高地上,有两个变种人的瞭望哨,他们不会放过我的。我唯一有的机会就是,趁着黑夜偷偷逃走。但那也并不是件容易的事。你知道的,我说过,我和佳得利住的是同一间小屋,我不得不等待时机,只有在雪先生和佳得利离开住所外出之时,我才能找到空当逃出去。”

卡尔斯托姆冷笑一声,道:“没错,你是佳得利的室友。布里克曼,别把我当白痴,你回到这里,才不是要告诉我们平原变种人的秘密,你离开那些蠢蛋,只不过是想保住自己的小命而已吧!”

布里克曼心头有了火气,热血上涌,面色发红,道:“长官,不是这样的,他们绝对不是我的朋友!说我愿意留在那儿,这是不可能的。咱们都知道,没有了保护,地面的大气环境是无法让我们活下来的。所以,我必须从那里逃走,那是我的职责啊!但刚开始的几个月,我无法正常行走,当我对他们的追踪能力有所了解之后,我明白了,唯一的出路只有天空,只能从天空飞走。为了建造滑翔机,我不得不和他们合作,但唯一能取得他们信任,让他们与我合作的方法,就是教会他们如何飞行。所以,我才教会了佳得利。但在没有飞行器的情况下,这种技术毫无用处。就算他们能将另外一架坠毁的天鹰战机重新糅合,建造起来,也没办法使用它的。以他们的思维方式,不会想着要在空中飞行,这与他们那种野蛮的尚武观念格格不入。”

“以后再看吧！”卡尔斯托姆说道，“但是，你终归是将知识教给了他们，而且，你教会的这个家伙，并不是普通的白痴。要是那样，反倒好了，他可能很快就会忘得一干二净。但是，你的那个学生是个字匠，是他们当中最聪明的人，他的任务就是将知识传授给别人！嗯，不过先别担心……或许，还会有其他办法，弥补你造成的损失。”

布里克曼惊喜地从椅子上跳起来，道：“长官，我该怎么做？”

“冷静点。”卡尔斯托姆说，“我不会对你做出任何承诺的。老实说，布里克曼，我不能完全确信，我是否能信任你。你对变种人的这种态度，让我很不放心，你谈起这些白痴的时候，就好像他们是人类一样。”

“司令官啊，我曾经努力想对审查员表明我的观点，我们人类真的低估了这些变种人的能力，我们不能因为自满而在将来付出惨重的代价啊。他们是不是人类，这个根本没有关系。我从来没有忘记过，他们是我们的敌人。曾经在那边的经历，令我知道他们到底有多么危险。所以，我只希望获得一个机会，让我学有所用，能够利用我的飞行技术为联邦效力！”

卡尔斯托姆点点头，说：“我就知道你会这么说，嘿，小子，我差点就要相信你了。”

“是真的！司令官！我发誓！请给我一个机会吧，让我回到篷车队，为联邦而战！”

卡尔斯托姆摇摇头：“这可说不好啊，布里克曼！”他朝桌上的显示器一挥手，说，“你的档案记录原本非常好，有良好的社会关系。在去地面之前，你的一言一行，与大典所要求的完全相符。可是谁都没想到，你竟然会和变种人鬼混。”他皱起眉头，继续道，“要是我发现自己变成了那样，我宁愿把我的老二割掉。”

布里克曼立即抗辩道：“司令官，如果她只是个普通的变种人白痴，我的做法大概也会和您一样。然而，清水不是，她的大脑和身体，都同真正的人类没有区别啊。”

“没错，就算是这样，那又如何？并不能说明，她就是我们这边的人，她的头脑，仍然是属于变种人那边的，她的思想和行动，也同变种人完全一样。那个同她睡在一起的家伙，佳得利，不也是这样吗？”卡尔斯托姆故意用这样的挑拨诱发出布里克曼的仇恨，很显然，他的话击中了布里克曼的要害，“行了，知道不？这就是我的想法。布里克曼，你陷得太深了，无法自拔，在你的头脑里，他们和我们之间的界限已经很模糊了。现在，我就不得不问清楚，在紧要关头，当我们与他们针锋相对、你死我活的时刻，你到底会站在哪一边呢？”

布里克曼挺起腰板，不假思索地答道：“当然是我们这边。司令官！我可以慷慨激昂地说一番长篇大论，但咱们都知道，最好的方法就是用实际行动来证明我的忠诚之心。只需要给我一架天鹰战机，告诉我变种人在哪，你们就等着瞧好了，我会好好大干一场。”

卡尔斯托姆仍然面无表情地说：“布里克曼，你说得倒是挺好，我会记住的。好了，现在，给我说说看，你是怎么从风河山脉飞到普韦布洛监控站的？”

布里克曼讲述了他飞行过程中最后一段危险的旅程：当时机翼的篷布面临着被大风撕烂的危险；他如何不断地修补，又如何利用高超的飞行技巧，到达阿肯色河边寻道民的监控站内。到了最后，只有两个问题还没有谈及,一个就是变种人的魔法,一个就是辟邪主的预言。布里克曼一直暗自担心着最后这两个问题的到来,无论如何,他都清楚,这两个问题避无可避。

卡尔斯托姆似乎能看出他的思想。这位司令官把空杯放到桌上,看了看手表,说:“唔,很好,今天就到这儿吧。明天,我们要谈的是,有关变种人的魔法。”

“嗯……变种人的……魔法?”

“没错。”卡尔斯托姆说,“你得讲讲你那位朋友佳得利的异能,据说,他可以在‘长眼睛的石头’中看到启示,是吗?还有,雪先生和清水,能够招来的神奇超自然力量,还是从……呃,大地中来的?”

布里克曼无论如何也想不到,第一家族的一位高级成员竟然就这么直白随意地谈论起了变种人的魔法。哦,明白了,原来是这样!他们这些老谋深算的人,肯定是想跟他做笔交易。他手里有一些特别的东西,那是第一家族急于得到的东西。很好,我的经历,我的见识。不管那是什么,肯定有些很重要的东西。布里克曼不禁紧张起来,但他知道,现在不是退缩的时候,他想很轻松地说话,却感到自己喉咙发紧,说不出话来。这个话题有太多的禁忌,早已牢牢地印在他的潜意识里,导致他现在无法同卡尔斯托姆无拘无束地敞开了谈。他的第六感告诉自己,这次绝对不能犯错,应该按照大典行事,便道:“我,嗯,司令官,呃,您和我一样清楚,手册对这一点有明确的规定:世上根本没有变种人的魔法。谁要是无视这条规定,公开讨论这个话题,将构成一级重罪。”

“没错!”卡尔斯托姆居然很和蔼,“除此之外,抽烟草、听黑杰克也是一样。小子，你是不是以为，我们不知道你们在桑塔纳渊薮的八号套房都干了些什么？"他看到布里克曼脸上惊愕的表情，不由得笑了起来，"好了，现在你或许明白了，你戚妹的未来取决于你是否合作。"他一按按钮，关掉播放器，站起身来，"你回去好好考虑吧！"

布里克曼有点急了，跳起来，立正站好。"司令官，"他忙说"……您已经有了萝兹的口供了，而我能告诉您的，也只不过是那些您已经知道的东西。"

"没错，确实是这样。"卡尔斯托姆点头说，"但那又怎么样？我想再听一遍，这次，由你来说。"他下巴往下一动，算是回应布里克曼的敬礼，然后快速扭头，从办公桌后的那扇门径直走出。

过了几秒钟，普露艾特从外面的办公室走进房间，领着布里克曼重回到医疗所。布里克曼想起了去年十一月份的时候，他曾在这儿的隔离病房住过，现在重新来到那个四人间，里面空荡荡的。倒是也没有什么改变，只是外面走廊上值班的医师与以前不同。他很想知道，上次和他一起待在这儿的那些人怎么样了？是不是也和奇桑姆一起被打发到下面去了？奇桑姆当时不是还自夸，说什么在高层有不少朋友？那为什么会搞成这样？想到这里，布里克曼摇头叹息，暗自苦笑：一个私下能摆平任何麻烦的人……结果就是这样吗？

"现在就你一个人了，那就自个打发剩下的时间吧。"天花板上悬挂着两台电视屏幕，普露艾特指着其中一台，说，"如果想看电视的话，我可以让人把它打开。你喜欢什么节目？哪个频道？"

布里克曼本想请求说，看一段第一家族的启示录，转念一想，自己曾经长期跟那些纯朴诚实的变种人打交道，掩饰表情的本领退化不少，说不定会暴露出点什么，惹上麻烦，便说："长官，谢谢您，但我什么都不想干，就想这样坐一会儿。为了明天的讯问，我得让头脑一直保持清醒。"

普露艾特点头，说："那行，如果你想看，可以去找办公桌那边的医师。过一会儿，会有宪兵带你去食堂吃饭。"她面露微笑，指指房门，"走廊上有一只壁柜，里面有熨斗，还有其他你需要的东西。收拾一下你的制服，明天上午，我会八点三十分来接你，那时候，我希望你的衣缝裤线要像军规要求的一样笔挺。"

布里克曼连忙敬礼，道："是，长官。"目送着她离去后，他才仰卧倒下，躺在床上，这大概是他最后一次睡在上面了吧。回想起同司令官卡尔斯托姆的会面，又惊险，又有趣。那是个有头脑的家伙，平常那套废话难以对付。卡尔斯托姆属于非常危险的那种人，他从不试图用自己的智慧和权威来压制你。他只是假装扮演成一个轻松温和的倾听者，却能够不断地施加压力。另外，此人极其警觉，心思敏锐，不会被任何花言巧语蒙蔽，他的大脑像刀锋一样锋利。

布里克曼放松心情，安慰自己，到目前为止，他还没有出太多的纰漏，但下面更要小心行事。刚才那位联邦行政官竟然以礼相待，不由得令他提心吊胆。普露艾特的官衔只是 JX-2 级(低级职位从一级到十级依次向上排列，高级职位——代号 SX——的次序是一到五级)，但同宪兵警棍戳来戳去的待遇相比，这已经是贵宾级的了。另外，虽然卡尔斯托姆对他说话时很不客气，但其实细细一品味，他实际上处处都在抚慰布里克曼的自尊心。

嗯，这里头肯定有鬼。可现在还不知道，究竟是什么鬼，不过第六感告诉他，这些人已经给他布好了一个局，直等着他跳进去。直觉告诉他，他应当装作不知道，将计就计，最大限度地利用这次机会。

想来也的确奇怪，他被人从字母级楼层拖出来，重新穿上那身制服，而后与一位能够直接向总统司令汇报的第一家族高级成员面对面谈话。这的确令人难以置信。布里克曼觉察到，目前的局势与以前面对审查员时大为不同。那时候，他很自信，也易于受到诱导，上次委员会那位年轻的黑发主席，引着他发表了不少挑衅性的言论，到头来却被强硬地镇压了下去。这次，他确信，不会再发生那种事了，肯定不会，因为对方似乎想跟他做笔交易，他能嗅出那股味道。卡尔斯托姆更是做作，谈了半天，最后才谈到变种人的魔法。而且，他提起这件事时就像很随便想起来似的，这种行事方式反而证明了布里克曼的怀疑。他们对这个话题之所以保持缄默，其中必然有阴谋。好吧，既然是这样，那就顺其自然吧。以第一家族的地位，他们当然清楚这个问题的重要性，那些人之所以这样做，绝不会无缘无故。有一点十分重要，一定要让卡尔斯托姆知道，史蒂夫·罗斯福·布里克曼是忠诚、坚毅而又值得信赖的人，他绝对能够保守秘密。

布里克曼也没忘记自己过去下定的决心：尽管第一家族用谎言和欺骗在所有人的世界里围起了一座难以穿越的森林，他还是要想方设法劈开一条道路，发现最终的真相。不过现在还是暂且停住，因为和他打交道的是一个能够直接面对总统司令的人，他决定还是别立即挥动斧头，去劈开那谎言的森林为妙。

第二天早晨，普露艾特来找布里克曼时，发现他穿着一身熨烫得硬朗笔挺的连身制服，已经在病房门口等候一会儿了。

“早上好，布里克曼先生。”

“早上好，长官。”布里克曼答道，心中暗忖，“她仍然笑容可掬，还称我为‘先生’，莫非这也是拉拢我的程序中的一部分？要不然，这些下级执行官彼此都是这样称呼对方的？”

布里克曼从未遇到过在黑塔工作的人。最多就是同巴特舅舅手下的高级职员打过交道，但那些家伙都是宪兵。同巴特舅舅一样，他们打起招呼来都很浑蛋。

布里克曼和普露艾特顺着原路，来到卡尔斯托姆的办公室。

普露艾特说：“你等着，司令官马上就到。”说完，便把他留在那里。

布里克曼看着跟前那张红棕色木料制成的巨大结实的办公桌，上面有一道道黑色的纹路，盘旋扭曲，令他不禁想起了清水涂画过的胴体……

这时，桌后的门轻声一响，司令官卡尔斯托姆走了进来。

布里克曼连忙敬礼。

卡尔斯托姆匆匆点了点头，说：“怎么样，准备好了吗？”

“准备好了，司令官。”

“很好，跟我来。”

布里克曼跟着他走进那扇门，那是一架小小的电梯。门扇轻轻合拢，电梯里通常安装楼层选择控制面板的位置，只有一个格栅。

卡尔斯托姆对着格栅说道：“请向上，第四……”

布里克曼估计,司令官是要到四个楼层上面去,前往四级六层。

在联邦的其他地方,电梯内侧墙壁上都会清楚地标出楼层号码,但奇怪的是,白宫没有这个设置。

布里克曼心中推断,这一定是种保密措施,假如有人闯入,将会搞不清位置。但是,又有谁敢袭击白宫呢?

他跟着卡尔斯托姆走出电梯,来到一间巨大的圆形大厅中,抬头一看,心感震撼,那穹顶的天花板高达三十英尺。而四壁墙上,则以相等的间隔排列着另外几座电梯入口。大厅中央,四根直径为一码的巨型圆管聚集在那儿,从地板一直伸向天花板。圆管四周则围绕着一圈大理石墙,大约十英尺高,墙体被一扇扇十字转门分隔成几段。每段墙体都设有一只带斜面的水平窗孔,大概与普通的柜台差不多高。整个设施既像充满未来主义风格的接待前台,又像监控站阴森的棱形堡站点。

柜台前工作的寻道民身穿一种古怪的制服,布里克曼此前从未见过。

他们头戴红顶大檐帽,帽檐带有白色的镶边,帽舌为深蓝色,低低地压在眼睛上。身穿三色短外衣和白色直腿工作裤,短外衣的背部都裁到腰际,而腹部则呈V字形。外衣则是肩膀为蓝色,一道宽宽的白色横条与臂章同齐,将红色的前胸和衣袖分为了上下两部分。每一名保安都配备着气动手枪,不是普通的那种,而是加长了枪管的,装在白色的皮套中。更惊人的是,所有人上衣的高领上,都佩戴着金色的少尉军衔。

布里克曼头脑中"轰"地一下,忽然全明白了:这番布置全都是为了保证一个人的安全，一定就是那个人。想到这里，他顿感双膝发软，心底发颤。

卡尔斯托姆一走进来，十字转门旁的一名军官立即认出了他是司令官，忙举手敬礼。卡尔斯托姆将身份卡递给那人，让他移交给别人，进行验证。卡片通过验证后，交还给了卡尔斯托姆。柜台里的一名少尉向布里克曼点点头，说："行了，你可以通过了。"

布里克曼紧随卡尔斯托姆，一起走进大理石墙，那名上尉唤来了两部电梯。布里克曼往内望去，四根圆管中，每根里都有一只吊舱，大小仅能容纳一人。

他按照指示站了进去，电梯向上徐徐升起，过了一会儿，便停住了，门开了。他一看，这又是一间巨大的办公室，里面摆着几十张桌子和视频控制台，操作人员全都穿着银色连身制服。这里还有更多的警卫，都身穿红、白、蓝三色制服，把守在十字转门和电梯入口处。

卡尔斯托姆经过一名敬礼的少尉，略一点头，向一扇十字转门走去。他站到门内，随着门扇旋转，进入另一侧。少尉再指示布里克曼站到门口的位置，大门旋转起来，布里克曼不由自主地绕行，进入了一个轩敞的房间。

在这个房间里，对面弧形的墙壁上，竖着一排长窗，墙壁白如雪，地毯却深蓝如海。房间里有一个带框的壁龛，里面有一堆烧焦的木块，木块上面跃动着金蓝色的火苗。壁龛两边，则是一张高背摇椅和两只带着衬面的扶手椅。

卡尔斯托姆站在一张巨大的蓝色台面办公桌旁，桌子后面坐着的是一个满头银发的男人。他身穿一件淡蓝色的军装式高领夹克，下面也是淡蓝色长裤和鞋子。他背后挂着两面展开的旗帜，中间是一只木雕的大鹰，气场强大，威势慑人。他坐在那里，双肘支在座椅扶手上，十指交叉，目光直射，看着布里克曼。他的脸庞是棕色的，带着一种坚定却温和的表情，目光既霸气又轻柔，就像他在整个联邦数不清的墙壁上俯视着众人时一样。

是的，这就是乔治·华盛顿·杰斐逊三十一世，总统司令，联邦之父，生命的给予者，地下城的守护人，一切光明、努力劳动和引领人民走向大道的缔造者。

其实，刚才看到下面的大理石防护设施时，布里克曼便已猜出卡尔斯托姆带自己去的地方会是哪里了。尽管早有心理准备，但现在，在这里，在这间椭圆形办公室里，在这一刻，他仍旧痴痴地待在了原地，双脚好似生了根一般，难以挪动半步。

杰斐逊三十一世却站起身，向他轻轻一招手，道："过来吧，布里克曼。"

布里克曼就像被解除了定身法一样，双脚有了力气，踏着地毯走过去，似乎还是麻木的，几乎没有双脚同地面接触的感觉。

总统司令从办公桌后走出来，右手向他一伸。布里克曼忙伸出自己的手，但又不敢贸然同他接触，畏畏缩缩的，最后还是总统司令先一步握住他的手掌。

不管布里克曼以前有多么胆大，多么玩世不恭，这个时刻还是让他受宠若惊。

杰斐逊仿佛很理解地微微一笑，拍了拍布里克曼的肩膀："我的孩子，看到你回来了，我真高兴。本已经把你的事都告诉了我。你是个——非常出色的年轻人……”杰斐逊轻轻一按布里克曼的肩膀，让他转过身来，领着他到了炉火旁的一只扶手椅前，“坐吧，别拘束。”

布里克曼等杰斐逊和卡尔斯托姆在对面就座后，才敢坐下。

总统司令坐在壁火旁的摇椅中，卡尔斯托姆则坐在最远处的那把椅子上，两人隔得很远。布里克曼便无法同时看到他们两人。他感触着这把扶手椅，真是又深又软，比他一生中坐过的任何东西都要柔软，都要熨帖。他的腰轻轻靠向椅背，享受着这奢华的感觉，但又马上坐直身体，屁股挪到坐垫的前半部分，向总统司令看了过去。

杰斐逊朝那跃动的火焰探出一只手，说：“对了……布里克曼，本告诉我说，你也想加入我们。”

“这个，先生……”

杰斐逊看了看卡尔斯托姆。

“还有些细节问题要解决。”司令官回应道。

“我相信，也只是走个形式罢了。”杰斐逊不再烤火，朝这只带框子的壁龛挥挥手，“我敢说，你以前从来没见过这类东西，是吗，布里克曼？你知道这叫什么吗？这是壁炉。很久很久以前，那时，我们还生活在美丽的蓝天世界中，每家每户，都有一个壁炉……过去的人，常把它称作‘家庭的心脏’。当我们的先辈，在牧场、水井、磨坊和城镇辛劳了一天之后，妇女们也从田间回来了，大家便会围坐在这暖暖的炉火前，一同享用肥沃的大地赠与的新鲜食物，一同谈论着自己美丽的梦想，憧憬着越来越美好的明天。”他轻轻地说着，犹如呓语一般，沉思似的盯着炉中的火焰，“是啊，这个国家过去是那么伟大。人民团结在一起，恪守共同的信仰。他们坦率、诚实、正直，只要有勇气，肯努力，一个人，可以做到任何事情，而且定然能大有作为。”他将目光转向布里克曼，“这些先辈，将国家建设得无比强大、繁荣、幸福。他们在无边的草原上开拓出新的道路，铺设了四通八达的铁路和公路，建起一座座辉煌的城市。那些城市，都是用砖石、松木、玻璃和钢铁建成的。你看，窗户外面是……”

布里克曼顺着总统司令伸出的手臂指尖向外看去。透过办公桌后那圆弧墙面上的窗子，他看到了碧绿的草地、枝繁叶茂的柳树、树干是银白色的落叶松。更远处，是一片用白色木材建成的尖顶圆领的房屋，有一座非常高的高塔顶端，还竖立着一个十字架。

“你知道那是哪里吗？”杰斐逊大声说道，“那是春天的新罕布什尔州，我们的国家，过去就是那个样子的。那时候的美国，美丽得令人心醉，无论你在什么地方，只要向窗外望去，都能看到像那幅画一样美好的风景！啊——绿草、绿树，还有连绵的绿色群山——如同歌里唱的一样。而我相信，总有一天，我们现在的这个世界也会重新披上绿装。我们的祖先，为了每一寸土地而同野兽、同大自然搏斗，就是要把这个世界传给它未来的子孙。这片土地，值得他们当初为之奋斗，也值得我们现在为之奋斗，我们一定要继承祖先的遗志，要把它重新夺回来。但是，该死的变种人，打破了我们的梦想，将大地变成一场最恐怖的噩梦，他们，从我们的祖先那里抢走了光明的未来。现在，是时候了，轮到我们——我，本，还有像你这样有才华的年轻人，以及所有身体健全的寻道民，尽全力将联邦带回原先就属于它的地方去。”

总统司令一指那装饰得华丽纷繁的天花板，道：“知道吗？上面就是蓝天世界。可是现在，我们却躲藏在地下掩体里，忍受着各种各样的痛苦。但与我们这个伟大的目标相比,再多的痛苦又算得了什么?到了那时,地面世界终将重新属于我们! ”他举起右手,攥起拳头,猛地捶在摇椅的扶手上,继续道:“但有件事会使我终生遗憾,布里克曼。因为我想我等不到那个晚上了,无法看到回归的美国各处闪烁的点点光明。我指的并不是燃烧的城市,爆出的烈焰,冒起的黑烟,而是在指这里……”他朝壁炉里那些燃烧的木块一指,“炉中的火光,每个勇士家中燃起的光明。但我相信,你一定会看到那一天的到来,或者说,你可以同我们一起,让那一天提前到来。我,已将毕生的生命投入了工作中,向着那个目标努力奋进。本,还有家族的其他人,也是一样的。那么你呢? 布里克曼,我要问问你,你是否准备奉献自己的生命,将我们伟大的梦想变成实实在在的现实呢? ”

布里克曼挺直腰板,说:“总统先生,我一直都在尽自己所能所知,去履行我的职责,直到此刻都是如此。先生,我准备好了,不管您要我做什么,我都将赴汤蹈火,在所不辞。”

杰斐逊满意地点点头,小声道:“很好,很好,这正是我希望听到的回答。”他朝卡尔斯托姆看去,道:“本,我很喜欢这个孩子,他很会说话,很对我的脾气。”说到这儿,他又转向布里克曼,锐利的目光直射过去,“布里克曼,你信不信任我? ”

“百分之百信任,总统先生。”

“是吗?是不是足以让你同我谈谈变种人的魔法?”杰斐逊的眼睛始终不离布里克曼的脸,观察着他细微的反应,道,“你看上去并不吃惊。”

布里克曼强忍住大笑,硬塞回喉咙中,笑声就变成一阵压抑的咳嗽。

“总统先生,我同变种人待了五个月,有过了那种经历,什么事都很难让我再吃惊了。上次审查时,我刚开始对委员会的主席说起辟邪主预言,她立即制止了我。我明白,很显然,并非只有我一个人知道这预言。既然委员会的其他成员都蒙在鼓里,就只能说明另外一些人,一些职位更高的人,对这个问题相当重视。预言中所包含的意义非常危险,对联邦的威胁极为严重。嗯,我想,另外这些人里,总统先生,您肯定是其中之一了。”

杰斐逊禁不住笑了起来,发出“咯咯”的声音,他拍了拍摇椅的扶手,笑道:“本,我看你的担心都是多余的,这孩子非常棒。”他回看布里克曼,“不错,你是对的,当然是这样的。但为了篷车队和监控站的工作人员保持好寻道民的士气,维护好战场纪律,我们不得不否认变种人魔法的存在。我仔细研究过档案资料,意识到,我的前任做出这样的决定也很不容易。但他们认为这是唯一的办法,只有通过法律约束,才能打消一切恐惧和谣言,让我们的战士勇往直前,因此,公开谈论变种人魔法便被确定为一级重罪。”

“这……总统先生,这是不是意味着,那些被军事法庭审判并被枪决的开拓兵……他们……其实都是无辜的?”布里克曼心情激荡,忍不住还是说了出来。

但他扫到了卡尔斯托姆的脸,后者的表情很不好看。他有些后悔,在目前已经很有利的情况下,自己说这种话纯属冒险。

总统司令的双眼骤然变得阴冷起来,道:“布里克曼,看来你还是没搞清楚,不管有罪还是无罪,他们确实散布过变种人使用魔法的事，这已经违犯了法律。他们的死是为了让其他人能够活下来，这是一种牺牲。从过去到现在，任何一个人，只要他配得上‘寻道民’这三个光荣的字，都必须随时准备好做出必要的牺牲，将来，也随时要面对同样的情况。”

布里克曼轻轻点头，他明白了总统司令的意思。

“包括你在内，整个联邦知道辟邪主预言的人，只有不到一百人。官方已经申明了观点，而且将继续保持下去：根本不存在变种人魔法之类的东西。但事实却有所不同。在过去的一百年间，第一家族已经累积到足够多的证据，足以证明这是绝对存在的事实：变种人确实拥有操纵自然现象的异能。但，他们是怎样做到的？他们为什么能做到？我们现在还搞不清楚，但我们一直将其视为一种确定的存在和极其严重的威胁。”杰斐逊说到这里，停了一会儿，似在权衡着自己说话的轻重，“你记着，你绝不会听到我在椭圆形办公室之外承认这是事实。同样，关于我们刚刚的谈话，以及我们将要讨论的问题，你将来也不得吐露半句。否则……你懂的，记住，我们的这次会面从未发生过，明白不？”

“明白，总统先生。”

“这就对了……”杰斐逊严厉的目光稍稍和缓，精芒内敛，他轻轻将双手扣在一起，双肘搭在摇椅扶手上，又问，“是谁告诉你辟邪主预言的？那位雪先生？”

“对，总统先生，我想他是有意让我逃回来的，目的是传递这个消息。我不得不承认，刚听到这个预言时，我吓得够呛。”

“我也一样，”杰斐逊微微一笑，“但我第一次听到它的时候，才只有你现在一半的年纪。”他做了个鬼脸，笑道，“那时，可真够早的，连你的护父都还没有出生呢！唔……你听到的那个版本同我的是一样吗？听着——”

他开始朗诵出第一段预言：

当西方的山巅
用燃烧天宇的火舌作言
当大地被自己的泪水冲淹
一个孩子将在平原人中诞现
成为三赐之人
兼具字匠、天眼通与召唤师之贤

说到这里，杰斐逊俯身向前，道：“告诉我，后面是什么？布里克曼。”

布里克曼朗声念出了第二段预言：

降世之人男女半边天
命中之躯平直强健
就如旧纪元的英雄再现
草叶将成为他的双耳
晨露将成为他的双眼

辟邪主是他的名讳
岩石化作他的巨鞭

苍鹰化作他的金箭
一个国度将在战火中出现
平原人将化作利剑
交与救星辟邪主仙
拯诸族于危难之间

云武士会坠落如雨
铁蛇将反噬其主
荒漠会升上天幕
将沙穴人的黑域倾覆
因为天与地
会将它们的力量献给辟邪主

平原人之敌就此凋无
因三赐之人是万物之主
死亡将从空气中驱逐
鲜血将从大地上冲去
部族的兄弟姐妹们将携手共举
世界高唱辟邪主的赞曲

布里克曼仿佛又回到了那个神奇的时刻，他回想起自己在雪先生的小屋里第一次听到预言时的情景。在那摇曳的金色火光映衬下，他坐在垫子上，对面是佳得利和那位瘦削结实、胡须雪白的老字匠。

他忽然心生渴盼，多么希望这两位愉快的同伴能陪在自己身边，他多么想再次看到清水明媚的双眸，他多么急切地想要守护在她的身旁。

但，有件事有点不对劲。杰斐逊背诵的第一段预言与他听到的版本有所不同，这就让其中的含义完全改变了。

“当大地被自己的泪水冲淹”这句话后面，杰斐逊的版本是——

一个孩子将在平原人中诞现
成就三赐之人

而在雪先生背诵的预言中，这段话是这个样子的：

一个诞生在平原人中的孩子
将成就三赐之人

从最近听到的谈话中，布里克曼可以确定，第一家族早早就采取措施对付辟邪主。但他们的全部计划似乎都只集中一点上：只要大地显出异象，他们就会去找一个新生的婴儿，那孩子长大之后，将注定成为平原人的救世主。但是，如果雪先生口中的预言版本才是对的，那就意味着，还有一种可能性——预言之事即将到来之前，辟邪主其实早已出生好些年了。

也许，那人现在已经长大，成为了成年的男人或是女人，就像佳得利或清水，在他们体内，那股令他们成为三赐之人的力量还在潜伏、沉睡。

但，随时随地，都可能喷涌而出，一发不可收拾……

若从照联邦所说的预言版本来看，三赐之人降生之后，联邦还有大约十五年的时间准备。在这以后，这位平原人的首领才会以辟邪主的身份出现。但如果雪先生的版本是正确的，那么，辟邪主的反击不会给第一家族任何反应时间。如果联邦希望挫败预言，并一股脑儿战胜平原人，那么，最重要的任务就是搞清楚两个预言中哪个是正确的。说不定还有第三个，或者第四个版本。这样的话，谁又能搞清楚，到底哪一个才会成为现实呢？也许，还有一种可能，那就是，辟邪主预言只不过是变种人残缺头脑的产物。或许只是个纯幻想，虚无的想象，看上去很伟大，实际上是缥缈无边的，一切都只是一个濒临灭绝的种族，维系灵魂和信仰，垂死挣扎的美梦。

但，也有可能，它确实是真实的，那么就涉及了实际问题。如果预言当真将变成现实，异象会在什么时候发生？比如预言中所说的“西方的峰峦”到底在哪里？

布里克曼将自己的思绪拽回了总统司令办公室内，听他在对卡尔斯托姆讲着什么。

“……这种东西都是通过口头传播的，但准确得令人惊讶。我引用的版本和布里克曼告诉我们的，差不多有一百多年的时间间隔了，但居然一字不差。”

卡尔斯托姆沉思着点点头，刚才一面听布里克曼讲述，一面细心琢磨：不知这个年轻人是否知道，他不仅是记录在案的唯一一个从变种人手中逃出来的俘虏，而且就第一家族所知，他还是这一百年来唯一一个听说过辟邪主预言的人。真是有意思哪，这么多人当中，只有他被平原人选作了信使。卡尔斯托姆不得不考虑,这里面到底暗藏着什么深意。他忽然想起,审讯六组虽说审查出布里克曼知道这个预言,却没让他一字一句地重复一次。这只是个小小的疏漏,应该不会惹出什么麻烦,但这仍足以证明他们工作程序上的马虎懒散,必须成为个典型的例子。这种小事总是让他很烦心。

“和我说实话……”他盯着布里克曼,问道,“总统司令所讲的预言中,第一段的词句是否和雪先生告诉你的一模一样?”

布里克曼直视着他,道:“是的,司令官。我反复对照着想来想去,还是要说,二者一字不差。”

“好的。那雪先生有没有告诉过你预言的背景?比方说,它最早出自哪里?”

“有,司令官。他告诉我,预言首次‘接收’到的时间——这就是他的原话——出自一位名叫辛辛那提红的字匠之口,那大概是四百年前的事了。”

杰斐逊和卡尔斯托姆听到这里,顿时沉默着,陷入了深深的沉思中。过了片刻,二人交换了一个眼神。

“四百年了?”杰斐逊沉吟道,“我得说这个预言非常准啊,你说呢?说出预言的人,提前了两百年,便预见到篷车队和飞行员的出现哪!”

“不过,也有可能那个叫雪先生的字匠在撒谎。”卡尔斯托姆说,“现在的问题是,我们没法证明这种事的真假——即使能够将他抓起来,严刑逼供也没有用。他可能也是从自己的前辈那里听来的。他也不知道真假。但这些无关紧要了,我们在制定计划时,已经假定他们的说法是真实的。”

布里克曼道："嗯，司令官，请注意，这里面提到了'西方的峰峦'，一切将从那里开始。那个地方到底在哪儿？我们现在知道它的确切位置吗？"

"是的，当然知道。"卡尔斯托姆冷冷地回答，"或者说至少有百分之九十的把握，不过现在不是谈论这个的时候。你为什么不对总统司令讲一讲召唤师和天眼通的事呢？"

杰斐逊听到这里，将身体往摇椅的椅背一靠，舒舒服服地说："好啊，布里克曼，请说说看。"

布里克曼望了望总统的眼睛，随后把事情说了出来，几乎是所有的事。只有一点没说，那就是：雪先生曾经讲过，他，史蒂夫·罗斯福·布里克曼，也是辟邪主护佑的人之一。

布里克曼讲完后，杰斐逊看了卡尔斯托姆一眼，似在探询他的看法。

卡尔斯托姆微微点了点头，脸上不露半点声色，道："我们以前谈话时，你提到了突然的地震。而且，在你准备逃脱时，那场突如其来的地震撕裂了悬崖，你认为这会不会是清水利用异能造成的？"

"这当然很有可能，司令官。不过如果不去亲自问问，我也无法肯定。倘若当时没有那场地震，我现在没法活着来到这里。我知道这种推断似乎令人难以置信，但同雪先生的法力相比，这并不算什么。清水说过，雪先生曾试图袭击并摧毁我们的篷车……"

"不错，他差一点点就成功了。"杰斐逊说，"本，我想我们可以把希望放在这个年轻人身上，就算是碰碰运气也好。我对他很有好感。"他两手相叠，双肘支在扶手上，向前倾身，"布里克曼，你知道什么叫作探求吗？”

“知道，总统先生。”

总统司令点点头：“很好，那你愿意参加对辟邪主的探求吗？”

布里克曼的心一下子狂跳起来，表面上却尽力掩饰内心的激动，说：“我当然愿意，总统先生。”

“很好。”总统司令朝卡尔斯托姆一抬手，说，“本领导下的机构正在执行第一家族的一些特殊任务。你肯定可以想象，这种情况会时常发生：我需要做一些事，但又不能交给现有的正规部门去处理。所以就有很多事需要你这样的人去做，你很机智聪明，头脑灵活，能承受巨大的压力，还能随机应变，而且，还具有一种与众不同的创新能力。这种人在工作中应当具有优秀的判断力，且……”他顿了一顿，盯着布里克曼的双眼，“我能够完全信赖。寻找辟邪主是当前最重要的任务之一，司令官会把需要你知道的其他事情告诉你。”他站起身来，伸出一只手。这表示：会见马上结束。

布里克曼立即从扶手椅中挺起身来，与总统司令握手。这次他已不再诚恐，不知怎的，只觉手臂上传来一阵电击般的感觉，总统司令在握手时传递的热情和信任，就像一百伏特的电流激射而来。总统司令真是气势逼人，气场震撼人心啊！

“你一定知晓，你的护父——杰克·布里克曼，我曾会见过他两次。”

“是的，先生，杰克老爹对我说过。他一辈子都感到非常骄傲，永远的荣耀。”

杰斐逊陪着布里克曼和卡尔斯托姆往十字转门那边走去，并且说:“不,感到荣耀的人应该是我。在我们的飞行员里,没有多少人有资格来到白宫,更何况是两次。”他轻轻拍了拍布里克曼的脊背,“本一直认为,你从杰克身上继承了他的奉献精神。”

来到门口,布里克曼朝二人转过身,恭敬地道:“总统先生,我现在别无他求,只希望能够向您和司令官证明——你们对我做出的判断,绝对正确。”

“你会再次面临极度的危险,布里克曼。这可是项艰苦的工作,但没有任何人能帮你,你只能孤身一人去完成一切。”

布里克曼心中断定,到现在为止,自己总算逃过一劫,应当可以松口气了。

“总统先生,您放心,同我经历过的那些事相比,我想不会再有多艰难了。”

杰斐逊“嘻嘻”地笑了起来,他按住卡尔斯托姆的肩膀,说:“本,你一定要让我随时知道这孩子的情况。”他又向布里克曼点头告别,“咱们还会再见面的,一定。”

卡尔斯托姆按下门边墙上的一个按钮,通知外面的尉官守卫,有人需要通行,然后说:“布里克曼,站上去吧。”

布里克曼站在门内,随着转动的圆门回到了外面的办公室。

这时候,看着他离去的杰斐逊,脸上原本和蔼的笑容登时消失,冷冷地道:“看紧他,本。”

“您说得完全正确,”卡尔斯托姆慢慢答道,“这小子精得像他娘秃鹰……”

第十章

从总统司令办公室出来的第二天,布里克曼再次来到了白宫,正式加入了行政部的情报突击队。入队的仪式很简朴,是卡尔斯托姆主持的,他要求布里克曼念出一段新的誓词,宣誓效忠于总统司令,要誓死严守秘密,绝不透露突击队存在的任何信息,以及其成员的身份。

布里克曼重复地念着誓词和诺言,总统就站在他的跟前,两人面对面,右手放在对方的胸口上,左手则按在右手背上。

仪式简短又庄重,整个过程中,杰斐逊的面孔始终如磐石般冷酷僵硬,但程序一结束,他便向布里克曼露出了父亲般的微笑,同他热烈握手,祝愿他马到成功,最后还慈爱地拍了拍他的后背。卡尔斯托姆呢,则以他那种特有的冷漠和略带嘲讽的态度,欢迎布里克曼来到他们的团队中,并向他祝贺性地说明了:一旦加入情报队,他的职位便自动升为 JX–l 级。这是行政管理阶层仕途升迁的第一步。布里克曼满心欢喜,又时刻警惕地表示,保证自己将尽全力完成任务,然后是敬礼退场。

布里克曼回到接待处,一位来自总统卫队的尉官正等着他。这个家伙有些傲慢,下巴扬得高高的,他陪着布里克曼穿过中央大厅,把他送进卡尔斯托姆的私人专用电梯。

办公室里的玛吉·普露艾特,那位友好的JX–2级行政官,看来她已得到了他重新归队的消息,正在那儿等着他,准备将他送到下一个目的地。

这一回,意想不到的晋升让布里克曼的脑袋有些幸福地眩晕,他一面走路,一面心不在焉地和普露艾特聊天,两人正聊到她的出生地阿肯色时,她停下脚步,指着一座十字转门道:“行了,我只能送到这儿了。给,这是你需要的东西。”说着,她便将一个蓝色的身份卡封套递了过去。

布里克曼接过来,抽出那张高级职员的身份卡,上面有个银色的“X”,这标明了他的新官阶,卡片上还印着他的名字和号码。太好了,终于又回到圈子里了,他心中感到无比舒畅,钟爱地摩挲着它,又想,不知这张卡片有什么权限,能升到哪一级,能够得到什么样的新信息和服务。

“谢谢你。”

“这只是我的工作罢了。”普露艾特说着,转身默默走了。

布里克曼用自己的身份卡开启了十字转门;穿过之后,顺着一道向右转弯的走廊,来到一座车站的站台,只见前面是一辆两节车厢的列车,正静静地等在那里。

布里克曼踏上站台,控制车门的身份卡插槽上方有一块发光的面板,闪烁出“请插卡”的标识。他便插入身份卡,随即登上后面那节车厢。他再从门框内侧的退卡槽中取回自己的卡,坐到一把座椅上。整个车厢空荡荡的,只有他一个乘客。

这段旅程竟然只有一站。

快要到达目的地了,列车广播中传来一个轻柔的声音,听着很是愉悦,声音提醒他该下车了。

布里克曼走出车厢,来到空无一人的站台上。

这时，一架悬挂式显示屏闪烁起了红灯，将他的目光吸引了过去,上面是一位女性执行官的图像。

布里克曼看着屏幕,不由自主地挺身立正,之后才想起,现在自己的官阶与眼前这个人是平级。

那个轻柔的声音再次对他说道:“上午好,布里克曼。请稍息,然后请仔细听好了。”

布里克曼盯着那张脸看。她梳着一头清秀的短发，五官十分端正,下巴坚毅,额骨微高,脖颈强劲,双肩宽阔。理想的寻道民就是她这个样子的,但那双蓝色的眸子里,却透出一种不寻常,像玻璃般呆滞的神情,又让布里克曼产生一种不舒服的感觉。

“我是莉萨。我代表接待部的全体人员欢迎你来到联邦情报队。这里是里约劳伯训练中心,你将在这里接受为期四周的基础训练。没什么正式的入营手续,你只要来到这里,便自动登记在册,马上要投入训练。今天下午,会给你配发必要的衣物和装备,明天上午八点,是你的第一期训练,我受命以一对一的方式,向你解释本中心的全部训练和指导内容。记住,在这段时间里,你不得同其他任何受训人员接触。如果你在这期间试图违犯此项规定,将被立即开除并接受联邦制裁,量刑标准为——一级重罪。”

换句话说,不就是死刑吗?布里克曼的心有点发凉。

“请允许我说明一下,限制性规定并不是惩罚。你曾立誓,要保守情报队的最高机密,这项规定正是保密程序中重要的部分,只有行动长官才有权决定你能否接触其他情报队员。你的宿舍中已经配备了一切必需物品,包括一个交互式电视频道,你可以通过这个频道寻求帮助。我的任务就是——在你受训期间为你打点一切,一天二十四小时中,随时回答你的提问,并随时处理你遇到的问题。下面,请跟着黄色箭头的指示出发。它们将引导你前往自己的宿舍,到了那里,你会收到下一步的指示。祝一切顺利。”

莉萨的面孔自屏幕散去,上面显示一段提示……“请跟随黄色箭头”。这行黄字的下画线便是一个黄色的箭头,不断闪动,指示。

布里克曼看得出,负责里约劳伯这个地方的人,做事非常明确,不会给人留下任何不清楚之处。

列车的电机发出一阵低沉的轰鸣。布里克曼转身一瞧,见那两节空车厢正徐徐驶回通向白宫的隧道。他从站台上走下,按照指示向右转,自信满满,踏上一条长长的走廊,一眼看过去,长廊两侧是千篇一律的房门。在走廊尽头,又出现了另外几个箭头,根据指示,他找到了他的房间,用身份卡一插,就打开了门。他走进狭窄的门廊,忽然产生了一阵冲动,想回头重新打开房门,走出房间,但那扇门关得死死的,纹丝不动。

这时,指示器的面板上显示出“禁止离开”的字样,同时发出警告似的蜂鸣音。

看来莉萨并没有开玩笑。

布里克曼检查了一下自己的宿舍,他发现这里非常宽敞,设施齐备，应有尽有。有独立的床铺、学习区、淋浴设施，还有一间小小的健身房，里面到处是训练器材和显示屏幕。另外，架子上放着一身打满补丁的迷彩军服，正是他从穆卡尔部落逃出来时穿的衣服。他原本都记不起它破损成什么样了。

当他走近这破军服时，显示屏上出现一条指令，要他换上这套衣服，脱下身上完好的蓝色制服，放进洗衣槽里。

刚才那扇门让布里克曼知道，绝不能不听命令，他便顺从地脱下新制服，换上了破旧的作战服。对他进行遥控指挥的接待部，事实上在很大程度上控制着他，把他单独监禁起来，这让他感到有些奇怪和不满。但这还只是开头，与接下来四个星期的经历相比，这些都算不上什么。里约劳伯的所有训练项目都显得非常奇特、古怪，完全出乎他的意料。真是莫名其妙，有时又非常痛苦的训练啊！

整整一个月中，未经允许，布里克曼连衣服都不能脱，即使睡觉时也一样。更糟糕的是，他们从不准许他淋浴，或者说他根本就没法洗。淋浴喷头的供水系统早已关闭，洗手池的水龙头中，滴滴答答能挤出些冷水，但水量很少，而且又没有液体皂，水池也没有塞子。另外，他还发现，抽水马桶的冲水装置一天只能用一次。最惨的是没有卫生纸，他不得不用一只筒子里放着的一沓红色树叶擦屁股，树叶又小得可怜。让他更不爽的是，就连这些树叶也只是一个星期供应一次。这不是故意折磨人吗？那张卧床上铺着的倒是标准的棉床垫，但上面既没有床单也没有被褥，只有两层臭烘烘的兽皮。食物也是由一架服务升降机送来，一天两次，可这同样让他吃惊，因为它们都是变种人的食物。当第一盘热辣辣的炖肉送到跟前时，他猛然间便明白了这是怎么回事了。他们要将他送回地面世界，这些，都是必要的适应性训练哪！他将重返变种人部落。

按照要求，布里克曼不仅要外表变得肮脏不堪、恶心龌龊，身体还必须经受风吹日晒，蜕下一层又一层的嫩皮，磨砺得粗糙厚实，嘴唇皲裂，才算达到效果。情报突击队干这种勾当很有经验，甚至是超过两百年的经验，他们早已把这种对人体外表的改造过程变成了一门精细的艺术。

当他在鼓风室内被喷射的盐雾吹遍全身时，唯一想到的就是保住自己的小命。而当他被一排排紫外线灯照射全身时，还必须继续在屏幕前学习，牢牢记下一幅幅标注着不同地点的图片。他必须在接受测试时，快速地辨认出这些地点的位置，还得迅捷地描述出任意两点之间的路线。

除了出现在屏幕上的莉萨的图像外，布里克曼没有见到其他任何人的脸。无论是实地训练还是屏幕指导，教官们全都戴着头盔，罩着涂满颜色的面具。当然，那时候他自己也必须是同样的打扮。他这时候也没有名字，而是被称作“02”。他的作战服外面套着一件没有袖子的棉质夹克，这两个数字就绣在夹克的前胸和后背上。

作为一名情报突击队的成员，布里克曼需要掌握各种各样的技巧。在新墨西哥飞行学院中，三年的专业训练已经让他掌握了其中的大部分技能。再经过这次一周七天、一天二十四小时的艰苦训练，一个月后，他那些戴着面具的教官已然断定，他已经为“插入”行动做好了准备。“插入”是情报队的术语，指的是在地面世界或地下城市中执行特别外勤任务。

训练终于到了圆满结束的时候，与飞行学院完全不同的是，结业时，既没有领导检阅，也没有任何欢庆仪式，更没有人拍拍他的肩膀，对他的成功表示祝贺。

布里克曼的训练临近尾声时，一天上午，莉萨在画面上只是简单地通知说，他已完成了这个阶段的训练，可以出关了，这之前，他被授予了一个绝密代号：哑火。

布里克曼有点发愣，这是什么词？以前从未听说过这个词，他也不知道这是个术语。但这个词在大劫难之前曾被军队广泛使用。它的意思是指，一发炮弹内装填的火药引线熄了，没能引爆炮弹，哑巴了，熄火了。要处理这样一枚哑火炮弹，极为危险，得先打开炮尾，等上一会儿，再把出现故障的炮弹清出炮膛。炮兵都知道这是多么恐怖的差事，如果那颗炮弹在退出炮膛时，又"复活"了，一旦爆炸，抱着它的家伙岂不是要粉身碎骨？鉴于布里克曼过去的经历，他叫这个代号似乎非常恰当。

司令官卡尔斯托姆对于给这小子找了这么一个合适词颇为满意，尽管他表面上仍是冷漠而平静。

布里克曼终于又坐上了驶向白宫的列车，回去接受总统司令给他的第一个任务指令。

一路上，他总是不断地回想着令他备受折磨的这个古怪的训练机构。这段日子里，他就像在炼狱中煎熬，但是，对这个机构的组织情况、行动范围、成员人数以及队员的身份等等信息，他始终没有任何发现。目前唯一知道的是，这组织直接听命于总统司令，它的行动长官是卡尔斯托姆。情报突击队果然是神秘莫测，隐秘至极。

他能认出来的，只有莉萨，那位一直照料他的接待处官员。他心中暗想：联邦行政部情报突击队对安全措施做得太过分了，但他们似乎仍然百密一疏，这里就有个小小的纰漏：莉萨和她的同事，应该能认得每一个在里约劳伯受训的人，只要找到莉萨，那么……

但他并不知道，这个世界上，根本就没有莉萨这个人。

莉萨，只是个由电子像素构成的图案，她只存在于阴极射线管屏幕中。这就是哥伦布的杰作，用电脑生成的以假乱真的图像，其实，就和椭圆形办公室窗外的风景一样。这个由第一家族创造的世界中，有许多事情是布里克曼不知道的，其中之一就是，哥伦布能够创造出一张张会讲话的脸孔。

那是二九九〇年四月一日太阳落山前的一个小时，布里克曼登上了一架暗灰色的天驰机。这架飞机没有标志，它早已在休斯敦/大中央的地面专用跑道上等候多时了。

布里克曼上了机，坐进乘客座椅，飞机启动，向北飞去。

升空之后，布里克曼忽然产生了一种快乐的解脱感，有点像第一次执行地面单飞任务的那种感觉。但就算到了这里，联邦情报突击队保密条例仍然阴魂不散。尽管他是坐在密封的座舱中，天空也渐渐变黑了，可他还是必须接受命令，用头盔上的遮光面罩盖住面孔。飞行员也同他一样，在这八百英里的航程中，两人几乎没有谈话。

布里克曼还是第一次在夜间飞行，他感到无比惊奇，这令他刚产生的沮丧感渐渐消退。今夜无月，但从一起飞，头上的天空便晴朗如洗，星斗漫天。平原人想必都在熟睡，而"母神摩城黑色斗篷上缀着的一双双眼睛”会一直守护着他们。

透过座舱顶盖，布里克曼向那些闪烁不已的星光望去，忍不住又在心中暗想：是谁把它们放到那里的，这是为什么？意味着什么呢？

寻道民大多数是在联邦的“黑城”里度过一生，只有少数几个人知道，世间竟有这样的奇迹，反而是许多在篷车队上出勤的人却故意对此视而不见。他们接受的训练就是从小到大服从命令，而不是提出问题，尤其是那些手册上没有的问题。一般来说，到了傍晚，当天色渐暗时，地面的作战行动会终止。开拓兵们纷纷回到车厢的里面，封好舱口，再也不看显示屏上壮观的户外风景，打开车厢内所有的灯，倒头呼呼大睡。

飞机穿越俄克拉荷马与堪萨斯之间时，天空中突然积聚起云团。黑暗中，情报队的飞行员仍稳稳地飞行着，布里克曼从一侧向下望去，却不见陆地。他有些焦虑地问：“怎么样？没问题吧？”

飞行员点点头，道：“没事。”他指了指面前一只闪亮的面板，“这是地形雷达。它能引导我们正确地抵达目的地，还能指引我们安全着陆。”

布里克曼明白，对方不会再做更多解释了，暗暗安下心来，强迫自己相信情报队能够应付自如。可是，如果真出现什么问题，他的麻烦就大了。不过想一想，再大的麻烦他也无所谓了。不管这回是成功还是失败，他的麻烦已经到头了，但要说到他心目中的成功，还差得远呢。想不到这次能和总统司令见面，真是完全出乎意料，那个时刻令他敬畏、震惊，更想不到的是，还能被提升到 JX–1 级，真是让他又惊又喜。但所有的这些东西，都无法让他忘记自己真正的目标。

为了避免在字母级楼层再苦熬三年，他不得不抓住这好不容易的机会，只能急匆匆地接受了前往地面世界的任务。其实，在他心目中，任何一项建议，只要能够重新见到清水，他都会立即同意的。但听到卡尔斯托姆向他下达的任务时，尽管他平时非常善于掩饰，心中仍是大为震惊。

司令官允许他提问，但不管他问什么，总之是不能拒绝，他除了乖乖接受之外，又能有什么办法？所以现在他已是进退两难了。卡尔斯托姆说得很清楚，如果他完成不了任务，如果他背叛了组织和总统司令，他不但小命不保，他那天资聪颖的戚妹未来的事业也会就此终止。

此刻，面临的威胁还远不止这些。布里克曼很清楚，如果完不成任务，萝兹和她的护母安妮都将被调往字母级楼层，更糟糕的就是，她们有可能被枪决掉。而他的护父——杰克老爹，那位行将就木的联邦英雄，也会被剥下他一生引以为傲的军服，在众人面前蒙受耻辱。虽说他与自己的护父护母之间感情并不是太深，将他们维系在一起的只是本身的亲缘关系，但即便如此，他仍然时时关心着他们。另外，更让他焦心意乱的是，萝兹怎么办。尽管他故意想屏蔽他们之间那种神秘莫测的精神沟通，但在自己内心深处，他明白他们的生命是紧紧连在一起的，只是他从来不愿意说出来，也无意深究其中的原因。其实，如果她面临着威胁，他也一样会感到危机。他不得不尽一切努力去保护她，同时也是保护他自己。他的自我保护本能天生就异常发达，与现在心中的这种对责任的厌恶感完全背道而驰，但又无法回避。

布里克曼心中思绪万千,他靠回椅背,默默要自己放松下来。他迷迷糊糊地想着,断断续续地打着盹,直到天驰机陡然朝着会合点俯冲而下。这个地点靠近一条曾被称作梅迪辛河的河道,位于大劫难之前内布拉斯加州坎布里奇以北四十英里之处。在飞机降到两千英尺的高空时,飞行员关闭发动机,放下襟翼。从舷窗向外望去,天空不再是漆黑一片,光线仍然十分暗淡,地面上冒着一团团浓雾,能见度不到十码。布里克曼看了一眼高度表,心中一惊,倒抽一口凉气。飞机渐渐降低,他听到疾风掠过机翼时发出的呼啸声。飞行员哼起一支蓝天歌手的小曲,声音从面罩中传了出来,他按照下降航道做了些微调,然后轻盈地让飞机降落到地面上,甚至连一点颠簸都没有。

飞机平稳地滑行一段之后,终于停了下来。

"真是干净利落,很稳。"布里克曼不由得赞道。

飞行员谦虚地说:"这没什么,这是正常的……"

布里克曼从飞机上跳到地上,打开座舱后的货舱口,抓住里面那只袋子上的提环,那是一只巨大的裹尸袋。他把它拉出来丢在地上,又将袋子拖到远一些的地方,最后再回到天驰机的机身旁,从中掏出一支被风雨侵蚀得外表斑驳脱落的气动步枪,还有他在里约劳伯训练室内睡过的皮毛铺盖,还有一个柳条编筐,里面是那只在训练期间同他住一个宿舍的动物。他没有关上货舱盖,走过去拍了拍驾驶舱的外壁,说:"好了。再见。"

"也许吧。"飞行员答道,朝他转过戴着面罩的脸,随手行了一个礼,"那就祝你好运吧,朋友。拜拜!"

"谢谢。拜!"布里克曼扛起自己的行李,离开飞机,朝夜幕中隐约可见的一点红光走了过去。

光芒来自一座山洞。

在一道山坡的一侧,有一个半山半地的洞穴,其入口处有一部分隐藏在石块和树枝之下。

布里克曼疲惫地向那里靠近，直到他看到一个胡子乱蓬蓬的家伙,扛着气动步枪站在那里。这个人也和布里克曼一样,穿着一身破烂不堪的作战服,外面罩着一件没有袖子的毛皮长衫,那件长外衣是用好几种动物的毛皮拼凑缝补起来的。

布里克曼用暗语说了几句,表明了自己的身份。

这是他第一次真正面对情报队员,心中有点怪异。

那个大胡子也道出暗语,并伸过手表示欢迎:“我是蛇眼……”

“我是哑火。”布里克曼答道。

“路上可好？"

“很好。”

蛇眼咧嘴一笑，露出一口满是牙污的黄牙，说:“通常不会有事的。你是新人？”

布里克曼乖乖地点了点头。

“行了,你可以摘下头盔了,我回去的时候要用。”

布里克曼便递过头盔,他打量着洞口,短短的几级阶梯上去,就是间肮脏不堪、乱七八糟的内室。他同穆卡尔人住过一段时间,鼻孔早有准备，但刚吸进第一口气时，那种刺鼻的气味还是差点让他呕吐,他不得不屏住了呼吸。

“用得着的东西,这儿什么都有。”蛇眼向后一捋长发,戴上头盔,油腻腻地纠糅在一起的胡须仍然刺了出来，暴露在护领外面。“啊，想起来了，”他一面说一面拉紧颈带，“只要再过十个小时，我就能剃掉这些狗杂毛，还能浑身打上肥皂，舒舒服服地冲个热水澡。真是爽啊！最爽的是，用不着把卵蛋冻掉就能痛痛快快地拉屎，也不用担心有什么爬虫会钻到屁眼里。”

“我明白那种滋味。”布里克曼说，“过去一天的时间里，有没有什么新的情况？我得知道！”

“你离开里约劳伯前有没有看天气预报？”

“看了。”

“这就得了，没什么新情况了。”蛇眼提起自己的毛皮制造的铺盖卷，又将步枪挂到肩头，说，“行了，把你带来的东西拿出来了。咱们开工吧！”

两人走到布里克曼扔裹尸袋的地方。里面鼓鼓囊囊的，呈长条状。

蛇眼二话不说，拉开拉链，帮布里克曼从里面抬出天驰机上的第三位乘客。这是一个满脸胡楂、破衣烂衫的寻道民，身上裹着一张鞣制过的兽皮，这身打扮活脱脱地就是个反叛。但这人并非反叛，也不是联邦密探，只是个普通的违法者。而且，他还活着，只是昏迷不醒，呼吸微弱。

这个违法者在等待执行死刑的日子里，接受了同布里克曼一样的特别的条件适应训练，到了最后的时刻，他得到了一顿丰盛的早餐，不过里面放了安眠药。

所以，他就成了现在这个样子。

“让他面朝上还是面朝下？”

“随便。”布里克曼把步枪调到单发点射状态。

蛇眼退后几步，开始哼起了歌曲《南境》。这支曲子通常是情报队员提醒其他特工注意自己的曲目。他收起裹尸袋，麻利地把它折叠成小小的四方形。

这时，布里克曼将枪口对准了那个毫无知觉的违法者，他深吸一口气，手腕稳定，“嗖嗖嗖”，连开三枪。两发子弹射进违法者的前额，第三发则射穿了他的左眼。

蛇眼不再哼歌了，而是拎起他的装备，拍拍布里克曼的肩膀，说：“愿老天爷开恩，能让你过得好一点，伙计。拜拜。”

布里克曼目送蛇眼远去，他的背影消失在阴冷潮湿的灰雾中。远处，飞机的轮廓已经无法辨别，但当飞行员打开了机身座舱下的红色航行灯时，一切又明了了，飞机灯光闪烁不定，布里克曼似乎看到蛇眼上了飞机，货舱盖“砰”的一声关上了，然后就是一阵短促的爆破声。布里克曼知道，那是飞行员在加大油门让飞机转了弯，接着开始滑行。急切的咆哮逐渐变成平稳的“嗡嗡”声，迷雾又聚拢过来，遮住了视线，只能听到飞机的声音，却看不见它的影子，过了几分钟，声音也没有了。

布里克曼知道，天驰机已经升空，将自己一个人留在这片黑暗之中，留在这片满怀敌意的大地上。现在，一切安静下来了。他能听到脚边的筐子里，那只动物发出的“呜呜”的哀鸣，还有蛇眼离开前，火堆里塞进的木柴哔剥作响。他挺起胸膛，迎着夜晚的凉风，感到精神一振，心中暗暗下定决心，无论前方等待他的是什么，他都要用自己无畏的勇气和永恒的坚韧去面对。

他咬着牙,将自己的装备搬进了洞里。

洞里的情形同他上周训练时待过的那间屋子类似。蛇眼挪动过一些物品的位置,那张变种人的弩弓挂在门边,而它原来应是挂在洞壁上,位于那只粗糙古老的壁炉左侧。虽说有些不同,布里克曼还是感觉十分熟悉。和居住过的训练室相比,这里只少了一样东西,那就是显示屏。在训练室内,直到训练的最后一分钟,教官的脑袋还出现在屏幕上,对他指指点点,进行指导和测试,这一切的努力,都是为了他重返地面世界而做的精心准备。现在,就只有他一个人了,他必须很好地运用自己的头脑,从周围的环境中吸收各种信息,就像用身体吸取紫外线辐射一样。他清晰地记住了去年冬天南内布拉斯加每周天气状况的主要细节,也掌握了群居动物的活动规律,还有野生动植物的习性。他甚至还记得关于狩猎中出现的几个趣闻逸事,随口就能讲出挂在墙上的兽皮是如何搞到的。

这会儿,他放下野牛皮制成的门帘,遮住洞口,然后,解开自己的兽皮床铺,从中拿出法兹蒂的头盔。他右腿上绑着的是内勒的匕首,已插入鞘中。床上是一层厚厚的干燥的蕨类植物,他把兽皮铺在上面,将头盔挂到一根洞壁上插着的树枝上。他找出几根木柴,向炉火中扔了进去。

最后,他把巴兹从柳条筐里放了出来。

巴兹是一只幼狼崽。它被关得太久了,一出来,就兴高采烈地朝布里克曼蹦跶,又在洞里紧张地走来走去,用鼻子嗅着它能闻到的每一样东西。

布里克曼从筐子里取出一卷绳索,套在巴兹的脖子上,把它拴在兽皮门帘外面,从包内取出一条生肉,扔了过去。巴兹快活地大快朵颐起来。

事情都弄完后,布里克曼躬身回到洞里,把柳条筐扔进火中,它熊熊燃烧起来。布里克曼坐在床上,看着它化为灰烬,然后脱下靴子,检查着破袜子上的一个个窟窿,左面大脚趾上又尖又脏的脚趾甲已从一个破洞里刺了出来,里约劳伯那些戴着面罩的专业人士对于整体形象设计真的非常在行,不得不佩服。

他有些疲惫了,把兽皮拉到身上,打着哈欠,仰头躺下。他的眼睛向上看去,洞顶上有些粗树枝,编成了纵横交叉的图案,火光映照在上面,跃动闪耀。他一时有些好奇,不知有没有人发现了那架蓝鸟的残骸。

一支情报队的外勤小组,早已把蓝鸟残骸小心地藏在了一片密密丛丛的矮树林内,那地方就在他目前所在的西北方向,大约一百一十英里之外。不知不觉,他便进入了梦乡。

几个小时后,一阵狼崽的狂嚎传来,他顿时惊醒了,一跃而起,穿上靴子,抓起弩弓,上好弩箭,小心翼翼地走到洞外,却没发现什么动静。

只见高空晴朗无比,太阳已升上树梢,光热驱散了浓重的夜雾。清澈晶莹的露珠反射出耀眼的阳光,在弯曲低垂的草叶上忽闪忽闪,就像哪个发疯的亿万富翁随意抛撒的钻石。一些没有叶子的树枝上,嫩嫩的新芽正竭尽全力,从光滑的树皮下探出芽头来。白死季时,早已枯黄的草丛中,新生的萌芽正破土而出,点缀出点点鲜橙色。

凉爽的空气中，散发着无与伦比的甜香，布里克曼感到惬意极了，他大口地呼吸着，感到丝丝凉意钻进肺部来，沁人心脾，心脏也跳得更欢畅了。他再次感受了过去的那种归属感，感到自己真正又融入了这个世界。这时候的他才意识到，现在自己才是真正地活着。但巴兹打断了他的畅想，这小狼崽扑到他的腿上，一会儿高声狂嚎，一会儿低声呜咽。

布里克曼只好解开绳套，让它钻过兽皮门帘，来到洞内，与他共进早餐。他的早餐是一块刚烤好的野牛肉。巴兹可怜巴巴地百般央求，他笑着割了一份给了它。

布里克曼一边看着这小狼崽狼吞虎咽，一边回想起自己在里约劳伯与它做朋友的日子。刚开始的时候，他觉得很古怪，为什么要同一只臭烘烘的野兽天天住在一块儿？而且，这家伙长大以后随时可能恢复野性，在没有征兆的情况下，突然扑过来，那可怎么办？教官曾经说过，要经常同动物进行友善的身体接触，这点很重要。布里克曼渐渐克服了最初的反感，对这小东西也生出了好奇和兴趣。过了没几天，他开始习惯同它打交道。现在，它是他的好朋友了。当它吃完自己那份肉，又巴巴地过来讨食的时候，他叹息地抚摸着它的脑袋，又给了它一块肉，同它嬉闹起来。

教官曾说，许多反叛分子同地面的某些动物建立起了非常友好的关系。他们的伙伴主要有两种：狼和猎鹰。最常见的当然是幼狼。经过一定的训练之后，这些狼崽对主人十分忠诚，能够互相帮助对方。冬天可以偎着狼崽取暖，给它们套上挽具后，它们还能帮你在雪地上驮重物。晚上，它们听觉灵敏，还能嗅出危险，帮你放哨。如果碰到会调教的主人,它们还能被训练成捕猎高手。到了最后,如果主人真的面临没有食物的危险,还可以将它们杀了当口粮。

巴兹和布里克曼打闹了一阵,终于放开了他的手。它翻身躺下,企求主人能抚摸它的肚子。布里克曼伸手按住它的胸口,亲昵地揉了揉,笑道:“好了,别闹了啊,乖!”他拿起一块木柴,往洞口一扔。巴兹本能地跳起来,追了过去,用爪子将木头按在地上,衔着它的一端,“咔嚓嚓”,啃噬起来。

布里克曼看着它的样子,心中暗道:“奇怪了,变种人都是非常厉害的猎手,但为什么他们没和动物们和谐相处呢?”他也发现了,平原人的生活总是与身边的环境保持协调,从未想过改变任何自然条件,加以利用。也许,他们也曾与动物建立过某种关系,只是自己尚未完全理解,他们还有很多特殊的方式,他也许没有看到。毕竟,他同变种人一起生活的时间只有不到六个月,对他们的了解只限于穆卡尔部落,也就是有芝加哥血统的变种人。那其他部落呢,比如说位于底特律、圣保罗、辛辛那提和密尔沃基的变种人,他们的习俗又是怎么样的呢?很可能与穆卡尔完全不一样。

他接到的命令要求他在寻找穆卡尔部落之前,必须在地洞中生活一个星期。他可以利用这七天的时间,在自己的洞穴边留下记号,另外就是探查四周的环境。他还可以利用这段时间加强与巴兹的关系,令它更加听话。在里约劳伯,他看过几盘数据盘,已经掌握了这个地区的相关知识,现在,是该亲身巡游一番,真正去触碰实际了。他知道,溪流在一块倾斜的巨石下面汇成深潭,他要检查一下那里张着的渔网;而河对岸的树林中,一些树干上的白茬标记需要重新加深,那是指引他从密林中返回地洞的路标。

但第一件事是，他必须埋掉那具尸体。

布里克曼从洞中找到一把小铲子，走向罪犯行刑之地。已经有四只黑色的鸟儿在那里啄食死者的尸体和脑浆了，它们一见有人到来，便纷纷飞起，落到旁边的树枝上。布里克曼将尸体拖到一块松软的土地上，挖下一个浅坑，放入其中，又在上面铺了一层石头。在他那虚构出来的以假乱真的故事里，这名死刑犯是其中的一个重要环节。这个证据必须一直留在这儿，直到有一天，它能发挥出应有的作用。他可不想在关键时刻到来之前，那些该死的食腐动物先把尸体挖出来，拖走吃掉。

事情搞定之后，布里克曼凭着在里约劳伯受训时的记忆，又找到了另外一座坟墓。这座坟里的罪犯是在去年十一月份被埋葬的。坟头的石缝已被野草和苔藓占据。下面躺着的那个死人也是有意制造的假象，他将为布里克曼虚假的经历提供一份证明。

一周很快就过去了，布里克曼花了几个小时的时间，研究蛇眼留下的那份脏兮兮、皱巴巴的空中导航图。他现在居住的地洞位于普拉特河南侧，这条大河向东流去，在一个名为奥马哈的导航参照点汇入密苏里河。如果向西看去，可以看到，普拉特河是由两条比较小的支流汇聚而成的，即北普拉特河和南普拉特河。如果顺着北普拉特河向西蜿蜒的河岸，绕过拉勒米山脉，他便可以到达怀俄明地界，再接着前行，就能找到去年穆卡尔部落和贵妇号交手的战场。

根据卡尔斯托姆收到的最新消息，接下来的两个月内，那个部落很可能要穿越这片地区。布里克曼唯一要做的就是，让自己适时地出现在其前进的道路上，再同他们取得接触的机会。

这应该是轻而易举的。总之，情报队是这样认为的。

这次，他的插入行动安排得十分周密，甚至巨细无遗地设计了最细微的细节，但是，最困难的那部分只能由他独立完成。他很想知道，要怎样才能在不阵亡的情况下与对方联系？而且，就算他想方设法地达到了第一个目的，他又能生存多长时间？部落里那些阴险的家伙，早就对他愤恨不已，如果再见面的话，他们一定会为摩托头以及黑顶和钢眼的死复仇。重中之重的是，再见清水，她会有什么反应？而且，他要怎么做，才能重新赢得佳得利和雪先生的信赖？如果没有他们的信赖，他又怎能完成任务？还有一个最大的问题是，即使一切都如他所愿，在最后的关键时刻到来时，他真能铁石心肠，去完成这个任务吗？

第十一章

准备工作有条不紊地进行着，终于到了应离洞的那天，布里克曼把旅途中需要的必备物品打好包，装到一个木质背架上。蛇眼在冬天的时候就已将这只背架组装好了。巴兹似乎预感到他们将开始一段新的历险，不停地在他身旁打着转。

布里克曼将一大堆东西背在背上，紧了紧肩膀上的背带，将其调得适当之后，又卸下背架，考虑着是否应该带上那张弩弓。是啊，他要在地面世界上度过下一个冬天，而他的武器是个问题，三只压缩气瓶都只有不到三分之一的气量了，子弹也很有限。现在所有的子弹上都带着血痕，表明它们至少被射击过一次。

同其他反叛分子一样，他也不得不从被打死的动物身上重新取出子弹，重复使用。它们的肉则是他的食物，毛皮便可当洞里的装饰品和保暖品。

当压缩空气用尽之后，气枪就没法再用了。到时候，这张弩弓就是他的自卫工具。他在里约劳伯学会了如何更有效地开弓，如何更精准地射箭，还获得了高分。弓箭是一种致命而易用的远程武器，但也有一定的风险。如果他偶然遇上一群变种人，而他手里的这张弓上刻有他们的部落标志，那么情况就糟糕了，他们不会等他做出解释，就会冲过来杀掉他。因为,在地面世界里,弩弓绝不是你能随便“找”到的东西,一名武士宁可不惜性命,也不会把这么珍贵的武器拱手相让。如果变种人发现你手中有一张弓,而且是他们族的弓箭,就只能说明一件事:你杀死了他们部落一个或几个手足兄弟。报仇!那是必然的。

卡尔斯托姆在介绍任务时曾经说过,不到万不得已,前生为寻道民的反叛分子决不会杀死变种人,否则他们距离死亡也不远了。反叛分子们一小撮一小撮地在地面游荡,以一些垃圾废物为生。从开始到现在,这群人已经存在了几十年了,他们周边是各种部落的变种人世界,由于长期相处,他们居然逐渐和一些部落形成了良好的关系。

虽然联邦将反叛分子视为敌人,不过还是采取了一些容忍的态度,只是不鼓励他们的存在,并没有非要除之而后快。双方之间还曾有过一些交易,但交易量会受到严格限制。联邦这边提供的主要是一些废弃的旧装备,其他就没有更多的交往了。大多数反叛分子内心仍是寻道民,尽管正在被通缉,但他们中没有一个人愿意和变种人相处。这样就造成一种奇妙的情况:三方形成了一种不大稳定的共生状态。

布里克曼想来想去,最后还是决定把弩弓留在一个暗洞里。那是蛇眼在冬天挖好的一条逃生隧道,极为狭窄,仅能容一人爬过。出口与地洞之间有一段距离,上面铺着石块,周边是矮树从,挡得严严实实。入口则藏在一堆泥土后面,下面配有一个柳条编成的盖子。逃生者钻进隧道后,只要从身后轻轻一拉柳条盖子,便能用泥土将入口盖好。

布里克曼有些好东西很有价值，但在旅途中暂时用不到，带着又重，为了防止放在地洞中被人偷走，便将它们都放进了这个不易被人发觉的暗洞中。

盖好暗洞之后，布里克曼忽然想起：“哎呀，忘了把渔网从溪流中拖出来了。”他自责地骂了一句，拿着步枪，走上洞口的台阶。巴兹跑了过来，在他跟前不远处，抬起一只前爪，警觉地嗅着空气。

布里克曼立即卧倒在遮挡洞口的石块和树枝后，用一架镜片已摔裂的双筒望远镜观察周围。

没有发现任何危险的迹象。

同这个星期的每一天一样，四周仍是空荡荡的，没有一个人影，但他实在不敢掉以轻心。任何一个反叛分子，若想躲过开拓兵猎杀队的追杀，就必须掌握最巧妙的隐蔽技巧。而变种人，则天生就会自我隐蔽，这种技巧简直就是他们的第二天性。关于这些知识，布里克曼上过速成课，知道理论，只是缺乏真正的实践。

布里克曼低声呵斥巴兹，让它别乱闹，要乖乖听话。然后，他从石块后爬了出来，端着上膛的步枪，食指扣在扳机上，顺着通往溪流的缓坡慢慢向下走。刚一进入树林，巴兹头上和背上的毛陡然间直竖起来，它停下脚步，口鼻收缩，牙齿一龇，咽喉中发出无声的咆哮。

布里克曼意识到情况不妙，立即俯卧，躲到近旁的树干后面，耳朵竖起，小心翼翼地聆听周边动静。

耳中只有从谷底小溪蜿蜒而过的潺潺流水声。他又猛然回头，审视身后，再看看地洞两侧，看来并没什么危险，该死的巴兹为什么这么紧张？他稍微放心，顺着斜坡匍匐而下，沿“之”字形的路线，从一棵树后爬到另一棵，一路安然无事，最后，终于来到一株高大的红杉前。

他从树干后向外窥视，登时倒吸一口冷气，眼睛凸出，差点跳了起来。

巴兹不是胡乱紧张不安的。

他看到了那个让巴兹颈毛倒竖的东西。

就在他左侧不远的地方，那块倾斜的巨石跟前，一只浑身是毛的庞然大物正趴在水边，这……大概是一头熊吧。

布里克曼曾听说过，有些聪明的熊类早已养成了从渔网中掠食的习惯，它们利用人类的智慧，毫不费力地从人类口边掠走美味大餐。这倒没什么，它们吃饱了自然会走的。但麻烦的是，它们从渔网掏出食物时总会把网撕破。

布里克曼搞清楚了，原来要面对的是这东西，心中也不再那么恐惧了。他踮着脚尖，向这家伙渐渐逼近。最妙的是，既能射死这头熊，又能保住网里的鱼，那今天的菜谱就可以换很多新花样了。现在弹药有限，他必须用三发点射，就将目标撂倒。要知道，这些熊都是皮糙肉厚的家伙，如果三颗子弹打在屁股上，一点都没用，只能撩起它那愤怒的火焰。因此，他必须向其头部射击，或者，能使那头野兽后腿直立、前肢悬空，这样才能把子弹准确地射进它的心脏。

布里克曼爬到岸边，在渔网下游五十码的地方找到了一个射击点，可以清楚地看到目标。

只见那头熊把网拖出了水面，然后，它真的好善解人意，居然用后腿站了起来。

布里克曼大喜，忙把步枪紧抵肩窝，瞄准目标。但蓦然间，他竟然发现,那头很不一般的野兽变成了一个人,一个身穿冬季熊皮外套的人。

他大吃一惊,忙收慑心神,站起身来,垂下枪口,向前走去,但手指仍然扣在扳机上。

熊皮外套的主人惊觉有异,立即转过身来,手里还拿着渔网。在他脚下的草地上, 还放着一支步枪和手工缝制的背包。此人衣衫褴褛、蓬头垢面,其外表同布里克曼类似,应该也是个反叛分子。

不过,他肥大的毛皮外衣,罩在身躯上,让人分辨不清他身体的壮硕程度,也搞不清楚性别,但不管是男是女,此人个头不高,一张圆脸,饱经风霜。布里克曼觉得似曾相识,以前好像见过那双深陷的灰眼睛。

他走近几步,枪口始终指着熊皮外套的中心,又轻声唤叫巴兹。狼崽听话地跑过来, 跟在他脚边, 咽喉中发出一阵低沉而持续的咆哮,向这位入侵者表示敌意。

布里克曼看到此人的左脸连同脖子直到锁骨,都有严重的烧伤,那些团块状的疤痕组织翻卷着里面粉红色的嫩肉,丑陋又恐怖,他不禁觉得有点恶心。

熊皮人举起空空如也的渔网,问道:“这是你的?”

布里克曼点点头:“你差点被我打死了。”

那人扭曲着面孔,微微一笑:“你也差点死了。”

布里克曼一惊,忙向周围看去,只见旁边的隐蔽之处,另外几名反叛分子走了出来,其中一人戴着一顶黄色的指挥帽。他们都端着三管气动步枪,将他围在正中间。现在,他当然不能用强了,不能不和这些人打好交道，处好关系。他乖乖地把枪托支在地上，笑着说："伙计们，如果你们都饿了，欢迎你们到我的洞里去，咱们可以一同分享我的食物。"

"看来你很友好嘛，士兵。"熊皮人把渔网扔了过去，"但在大家彼此还没熟悉之前，你最好还是把步枪给我。我的这些哥们儿的神经可没那么放松。"

布里克曼耸耸肩，交出步枪，拿过渔网，随手夹在胳膊下。巴兹呢，见没什么事情了，便在这几个人跟前磨磨蹭蹭，似乎开始去套近乎了。

他们一起走上了斜坡，布里克曼注视着熊皮人的脸，说："伙计，我是不是在哪儿见过你？"

"嘿，你这么说可真有意思，我也正这么想呢。嘿，你是从哪趟篷车队上下来的？"

"路易斯安那贵妇号，去年六月，我的天鹰被击落了。"

"你这个杂种！"反叛分子大吼一声，"我刚才就想，一定是你这小子！布里克曼，对不对？"

布里克曼一惊，停下脚步，盯着熊皮人，道："你？莫非你也是从贵妇号来的？"

"没错啊，你认不出我了？"反叛分子掀起皮衣的帽兜，撩开额头蓬乱的头发，露出了整张面孔，"你仔细看看我的右脸，左边就算了。"

布里克曼瞪大眼睛，终于认出了对方，他不由得惊得张口结舌。天啊，熊皮人是个女人啊，是他的小队长！在同变种人的第一次激战中，她要降落的时候，被一颗爆炸的凝固汽油弹炸出了飞行甲板，自此不知去向。

“啊！乔迪……乔迪·喀珊?！”

“一猜就中。”

布里克曼只感到头脑混乱,他努力控制住激动的心情,道:“可是……我……我当时就在飞行甲板上啊，我明明看到……你已经死了！”

“我纠正一下,不是死了,是差点死了。其实你知道吗?在这些家伙找到我之前,有段时间里,我真盼着死了。”

布里克曼一瞬不瞬地盯着她,大脑仍然拒绝相信,眼前的人是乔迪·喀珊。他说道:“真是太难以置信了。我真搞不懂你是怎么能够……”

乔迪点点头,说:“我想,这是天意吧。我当时的牺牲场面,是不是很吓人?”

“没错。”布里克曼看着她脸上难看的伤疤,“看样子,你吃了不少苦头。”

“确实是啊,但是——”喀珊耸耸肩,“至少——现在我还活着。呵呵,活蹦乱跳,也丑得惊人。”

这时,同乔迪一起的其他反叛分子围了上来。布里克曼注意到，他们有八个人,全是破衣烂衫,真正的叫花子大集合。他们穿着的服装，都是破旧不堪的作战军服，外面罩着一层用兽皮拼凑起来的外套。他们头上还戴着很多乱七八糟的东西,胸前均挂着手工缝制的子弹带,身上塞得鼓鼓囊囊的,装着气瓶和备用弹夹。大多数人还背着砍刀长刃,脚插作战匕首。他们饱经风霜的脸上,络腮胡子长久未刮过，眼里闪动着一种既绝望又冷酷的目光，像历尽了无数艰辛、困苦而侥幸活下来的猎人一样。

“这是布里克曼。”乔迪解释道，“相信我，他绝对没问题。去年四月，我们一起在贵妇号上服的役。六月份，他同我一样，被击落了。”

“就和她是同一天下的车。”布里克曼补了一句。

“马隆呢？”

“在检查地洞。”戴黄帽子的人说。

“好吧，我们一起过去。”乔迪说，“我们这位朋友刚刚还好心邀请我们，一起分享他的食物哩！”

其他人似乎没有异议。大家一路回到地洞，布里克曼又发现十二名全副武装的反叛分子在周围，要么站岗放哨，要么警戒巡查，每个人的脸上都带着不同程度的警觉之色。其中一个从土阶上走下来，去找队伍的首领——马隆。

马隆从前面走了过来。

乔迪指给布里克曼看。只见这首领的两侧各站着五个人，怀抱步枪，冷冷地打量着布里克曼。黄帽子走了过去，同他们站在一起，像是说了几句什么话，其余的人走到布里克曼身后，围成扇形。

马隆长得一脸凶相，瘦得像根木柴，灰白色的眼睛射出一道道锐利的目光，就像那些让布里克曼如坐针毡的审查员，真是个杂种！与大多数反叛分子不同，他的脸简直刮得干干净净，像神圣的主教一样。他还用一条从迷彩服上撕下的布带，把棕色的长发束在颈后，高高的额头同样系着迷彩布料撕成的吸汗额带。

马隆坐在一块石头上，一言不发地听乔迪讲述了事情的经过。之后，他挥挥手，示意她退到一旁，觑着布里克曼，道："好了，朋友。讲讲你的故事吧。"

于是，布里克曼开始讲了他如何被击中，如何被变种人俘虏，最后又如何逃脱的经历，当然省略了关于清水的所有细节，更没有提到教佳得利飞行的事。他告诉马隆，自己用土法造出来的那架滑翔机的机翼上，原本拼拼凑凑弄出来的篷布在飞行中被风吹散了，他只好放弃了返回联邦的打算。

马隆听他讲述这番历险之时，脸上全无任何表情。

布里克曼不知道自己这番解释是否管用，心中有些惴惴不安，他希望对方能做出或好或坏的反应。但马隆只是略一点头，打个手势，让他继续说了下去。

接下来，布里克曼在里约劳伯精心彩排过多次的故事终于派上了用场。他用最令人信服的口吻讲述接下来的经历，藏好滑翔机，徒步前往南方，但在半路上又发现了一群变种人。他可不想招惹他们，便决定绕开他们的地盘，向东进发，一直走到了南北普拉特河的汇合处。想不到，他又遇到了那个部落的变种人武士，他怀疑他们发现了他，赶快想方设法地逃跑。他连夜乘坐一只小木筏顺流而下，漂过他们的营地。终于到达了南岸，他继续向南走，决心要回到联邦，因为若想活下去，那是他唯一的希望。走到这时，又累又饿，又没有食物，冬天快要来到了，他几乎濒临崩溃。但幸运的是，他居然发现了这儿有个地洞，于是就在这里度过了整个冬天。

马隆听到这里，扭过头，朝一个满脸长着乱糟糟的金黄胡须的手下做了个手势。那人便拿出一台便携式无线电，放在布里克曼和马隆之间。

布里克曼曾在里约劳伯学过如何使用这种设备，有几种最尖端的通信器材是专为联邦情报突击队制造的，这东西便是其中之一。

布里克曼看了一眼无线电，又抬眼看着马隆。

“能告诉我这玩意儿是干什么的吗？”

“这不是我的，它是原来住在这儿的那个家伙——乔·泰森的。”

马隆点点头，问：“那他现在在哪儿？”

“我，嗯——把他干掉了。”布里克曼顿了一顿，见对方仍然没有反应，便继续照计划好的故事说下去，“当然了，一开始，我还以为他是个好人。他把自己的食物拿出一些给我吃，让我安顿下来，后来，他还教会了我打猎和下网。我们相处得还可以，但后来有一天，应该是十二月底，他让我出去打猎。我的步枪被冻住了，就回来得早了一些，哪知刚到门口，就听到他在讲话。我悄悄溜进去，发现他在摆弄这玩意儿，好家伙，那个杂种正向别人报告我的名字和号码！”

马隆的脸上仍然没什么表情，道：“那又怎么样？你不是正希望这样吗？这样不就可以回到联邦了？”

“是的，长官。我真的很想回去，可这个泰森，把我当成了一个反叛分子，而且还——”

“你不是反叛分子？”

布里克曼装出一副无辜的表情：“不，长官！至少那个时候还不是啊。我之所以逃出来，就是要回到联邦去。我对联邦一片忠心，问问乔迪就知道了。可那个该死的竟然诬告我。”

“什么意思？”

“那家伙说他掌握了我四处游荡、心怀不轨的证据，还说他感觉到我肯定跟变种人有来往。”

“他说得对不对？”

“不对！”布里克曼故作激动地叫起来。他指着自己脸上的伤疤，“看！这些狗杂种一箭射穿了我的脸！这就是我们之间唯一的来往。”

“但泰森不相信你。”

“是的，别问我为什么不信。我没时间搞清楚他干的是什么勾当，也来不及知道他向谁报告了。他说的关于我的那番话没一句是真的，但已经把我毁了。你知道联邦的规矩，只要上面一过问，我就玩完了。所以，我没办法了，对准他的脑袋打了三枪。”布里克曼双手一摊，“真的，我实在没办法了。”

“然后你就留在这儿了？”

“我没别的地方可去。”

马隆似乎相信了，点点头，指着无线电问：“以前你见过这种东西没有？”

“没有，这是头一次。”

马隆看似接受了这个解释。他抬起右手，端详着自己的指甲，然后那双浅灰色的眼睛死死盯住布里克曼，道：“你听到和他通话的那个人叫什么名字了吗？”

“是个代号。‘麦克 X 光一号’。”布里克曼发现马隆瞟了一眼身旁的黄帽子，与之交换了个眼色，他心中一凛，道，“泰森自称是‘蛇眼’。”

“后来呢，你把他怎么处理了？”

布里克曼朝第一座坟墓的方向一指，道:“他就躺在那边的石堆之下。”

马隆转向黄帽子说:“去检查一下。”

黄帽子一点头,立即叫上三个人,他们跟着他一起去掘墓验尸去了。

他们走过布里克曼身边时,布里克曼揶揄地叫了起来:“嗨,他的模样可不怎么好看。”说完,他又回头看着马隆。

“那么……布里克曼先生,你一直一个人在这里过冬?”

“是的,直到一个星期前,才见到另一个人。”布里克曼蹲下身,爱抚着自己的狼崽子,“多亏了我这位老巴兹,它半夜叫醒了我。我刚穿上靴子,就看到有人从一架飞机上下来了,之后,飞机又飞走了。”

“哦,那这人是谁?泰森的朋友?”

“谁知道,我没上去问。”布里克曼指了指那座新埋的坟墓,“但如果你想核实一下,可以到那边另外一堆石头下去看看。”那名刚刚死去的违法者,正是布里克曼的挡箭牌。假如那个反叛分子某天偶然看到或听到天驰机从头顶飞过,这具尸体便更能证明布里克曼的话了。

马隆朝埋尸体的方向看了一眼,便打发手下去找黄帽子,挖坟进行核实,然后对布里克曼说:“正因如此,你才决定离开?”

“没错。像当时那种大雪天,我估计他们要到春天才会过来找泰森。果然没错,就在一周之前,那个家伙突然出现了,所以我才让他埋在了石块下面。接着我又想,既然这个替换泰森的家伙没能向他们的总部报平安,估计接着会有更多的家伙过来,不久这里就会热闹起来的。”

“没错，他们会来的。”马隆的双眼仍旧死死盯着布里克曼，“那你认为泰森到这儿来有什么目的？”

“谁知道？还是你来告诉我好了，反正我知道来这儿可不是为了提拔我的。”

马隆嘴唇一歪，似笑非笑，道：“你也没给他的前途提供帮助。”

“哼，这世道，谁能活下来谁就是赢家。同穆卡尔人待在一起的时候，我明白了不少事。”

“你要去哪儿？回去找你那些变种人朋友？”

布里克曼摇头道：“我不知道，只是想离开这儿。我还得说清楚一点，那些白痴不是我的朋友。”

马隆点点头，道：“你这件皮衣是打哪儿来的？”

“从铺盖卷里翻出来的，是泰森的。我的东西，恐怕只有这支步枪和身上的衣服了。”

“这只狼崽子呢？”

“巴兹，唔……它很孤单。我也需要个伴儿，能诉诉衷肠。”

马隆嘴唇扭曲，又诡异地笑了笑：“小子，我还真有些佩服你。没几个人能像你这样熬得下去，你还养起了畜生。你很聪明，学得很快。”

“这也许就是我的长项。”

“我敢打赌，你说得很对……”马隆轻轻唤了一声巴兹。狼崽快活地摇着尾巴，走到他身边，挨挨擦擦。

马隆从腰间垂挂的食物袋里掏出一条干肉，撕下一块，拿在手里，逗弄巴兹跳起来咬食，同时问道：“是泰森教你猎熊的？”

“是啊。”布里克曼答道。

马隆的声音突然变了，变得冷酷无情：“给我抓住他！”

布里克曼大吃一惊，还没来得及反应，两名反叛分子早从后面冲至，擒住了他的双肩，锁住了他的双臂。狼崽同时警觉到了异况，刚一回头，便被马隆揪着脖子拎了起来。

马隆迅捷地抽出气动手枪。

“不！”布里克曼大叫一声。但来不及了，惊叫声刚出口，马隆已将枪口顶在狼崽的后脑上，“砰”的一枪，打穿了它的脑袋。

“好了，放开他吧。”马隆恶狠狠地吩咐手下。同时，他将巴兹那松弛散软的尸体扔给了布里克曼，“给我剥了它的皮。”

布里克曼站在那里，愤恨至极，浑身簌簌颤抖。他把死去的狼崽抱在胸前，骂道：“你这个杂种……”

“好了，你还是省点力气吧，别废话了，小子！还有，拜托你别逞英雄，你的麻烦够多的了。”

布里克曼咬牙切齿，却不得不从命。

他从右腿的刀鞘内拔出了内勒那把匕首，怨毒地瞪了马隆一眼，开始干起活来。

那锋利的刀刃在磨光时经过了特殊处理，看上去就像是在原始的磨刀石上用手工磨出来的一样。

他开始剥皮了，有意在熟练的动作中掺杂着某种笨拙。在里约劳伯，他的教官们花了很久才教会他如何自然随意。对于那些与基本生存休戚相关的事，他必须熟练而轻松地完成，让人看到之后，可以认定他确实是在地面世界困守了九个多月。教官的要求非常严格，如果他没将一切都做到烂熟,他们绝不罢休。

布里克曼强忍心中的痛苦,从血淋淋的尸体上剥下毛皮,扔到了马隆脚边。

“把肉好好切一下。”马隆不动声色地说,“切好之后,生火给我烤上。”

布里克曼看了乔迪·喀珊一眼。她的眼神里有一丝同情,但她没有为他说情。身处目前这种环境,马隆和其他反叛分子如此谨慎多疑,确实是有理由的。但这也说明了,情报队在地面世界的秘密行动,也并非像卡尔斯托姆希望的那样不为人知。

布里克曼将匕首插进狼崽的两条后腿之间,往上一刺,将肚子豁成两半,刀口一直划到胸腔上部,再掏出肠子心肺。他一边切,一边暗想:“真希望能把这堆臭烘烘的玩意儿塞进马隆的喉咙里。”但马隆似乎毫不担心布里克曼会为了给狼复仇而突然发动攻击。他和手下回到地洞继续搜查,找到了一柄镐头,他将其据为己有,剩下的东西都根据按需分配的原则,分给了队里的成员。

这时,黄帽子同验尸队回来了,他们向马隆报告确实发现了两具死尸。

布里克曼默默地忙着生火,马隆让人监视着他,然后亲自去检查尸体。

乔迪走过来,手里抱着些引火柴,将它们递给布里克曼,说:“听着,千万别干蠢事。坚持几天,会熬过去的。”

“他们也是这样对你的?”

“不,咱们的情况有点不同。我出现的时候,他们没争议。”

“好啊，很好。”布里克曼低声抱怨道，“哼，他是老板。他想证明他是个手腕很硬的人，这点我已经明白了。但说老实话，他为什么要这么整我？”

“不知道，也许是因为那台无线电吧。”

“哦，乔迪，那不是我的，我发誓。你想必也知道，篷车队上哪有这东西？”

“是啊。但自从和这些家伙混在一起后，我发现以前不懂的事实在太多了。”

“哦？比如？”

乔迪小心地扫视了四周一眼，发现马隆和黄帽子正朝这里走来，她忙起身离开，道：“嗯，等回头再聊。”

布里克曼赶快抓住她的手腕，道：“嗨，乔迪，请帮忙说句好话，行吗？”

“没问题……”她说着，抽出手，快步离去。

马隆和黄帽子走过来了。

布里克曼用一根棍子把狼崽的身体穿起来，架到篝火上，开始烧烤。

这是他从变种人那里学来的。弄完后，他站起身来。

马隆在一旁审视着他的手艺，不动声色。

“行了吗？”布里克曼问。

马隆的回答是：左手一记疾如闪电的猛击，正打在他的腹腔神经丛集上。

这一拳实在是出乎意料，猝不及防，布里克曼登时站立不稳，差点跌倒。

马隆又闪电般地挥动右拳，对准他的下巴再次猛烈一击，将他打倒在地。

布里克曼头晕目眩，嘴角鲜血淋漓。他翻过身子，想用手掌和双膝支撑自己站起来。

但马隆等他的身体刚一离开地面，又飞起一脚，踢在他的腹股沟处。

布里克曼徒劳无功，又倒在地上，痛苦地蜷缩着身体，躺在那里，一动不动。

马隆站到他面前，居高临下地看着他，道："小子，我送给你一句友好的忠告吧，我不喜欢自作聪明的家伙，明白吗？"

布里克曼咬紧牙关，强忍着周身的剧痛，慢慢地点了点头。

一群反叛分子围拢过来，马隆朝距离自己最近的人说道："把他拉起来吧。别让他躺在这儿，弄得乱糟糟的。"

两个人便拖着布里克曼站了起来，见他双脚绵软，立足不稳，便牢牢揪着他的双臂。

马隆走过来，脸探到布里克曼跟前，道："对了，还要告诉你另外一件事。你小子说的话，我一句都不相信。你知道我是怎么想的？我认为，你是个联邦的密探。你是个该死的卑鄙小人，第一家族派你到这儿来，要弄我们这些反叛分子。"

"你要是这么想的话，你一定是疯了。"布里克曼慢慢说道，下巴疼得几乎无法活动，"你在外面待的时间太长，脑子都变成了糨糊了。"

马隆冷静地点点头，突然退后一步，又挥出一记左勾拳，这拳又快又狠，差一点打飞了布里克曼的脑袋。“你的嘴巴真不赖。”他和颜悦色地说。

布里克曼感到自己的右脸一僵，开始发硬，不一会儿，便肿得同左脸一般大，嘴里像是塞满了石块——都是被打碎的牙齿，它们硌到他肿胀的舌头，让他产生奇怪的错觉。他本想竭尽全力，朝马隆的脸上啐一口，但刚一张嘴，鲜血和口水便顺着下巴淌了出来。

他含含糊糊地说：“来啊，想杀我，就动手吧，来个干净利落。婆婆妈妈的，算个鸟？老子在外面熬了九个月，早就玩过了。”

“很好。”马隆答道，“但我不想在卑鄙小人身上浪费一颗子弹。”

马隆朝黄帽子一侧头，道：“把他捆到木桩上。”

“哦，不！”乔迪叫道。她推开众人冲过来，伸出手去，想抓住马隆的胳膊，口中叫着，“听我说——”

马隆却将她一把推开，竖起一根手指，警告道，“闭嘴，给我回到队伍里去！”

乔迪站在原地，一动不动，苦苦说道：“马隆，求你了！我同他是一块儿上车服役的。他没问题，我向你保证！我可以用性命担保……”

马隆的几名副手提起武器，对准了乔迪，以防她有异动。

马隆抽出手枪，慢慢地抬起胳膊，将枪口伸到乔迪额头前一英寸之处，道：“你再敢说一个字……”

乔迪咬紧嘴唇，默默低头，退了回去。

这时，两个反叛分子已用部队发的标准斧头砍倒一棵树，把它削成一根五英寸粗的尖头木桩，牢牢插进地里。

布里克曼不知道自己会被残忍地杀掉，还是要受到一轮新的折磨，他只能眼睁睁地看着他们动手，心里痛骂自己真是笨蛋，为什么要遵照指示完全行事。如果早一天离开地洞，就不会遇上马隆这帮杀人不眨眼的杂牌军。不过那样他也就再也见不到乔迪·喀珊了。很显然，此刻的她，对马隆早已俯首称臣。但尽管如此，她还是竭尽所能地帮助自己，哪怕以身犯险，如果布里克曼能从马隆的手中逃生的话，她肯定还会提供很多信息。

不得不承认，刚才徒逞口舌之快，真是愚蠢，完全没能改善自己的困境。自从布里克曼驾机飞出飞行学院坡道的那一天起，地面世界就不断影响着他。他发现自己失去了某种约束和控制，并且对此产生了快感，他不明白那就是任性和自由，只觉得越来越难以管住嘴。特别是在和总统司令会面时，他曾在有利的形势下冒险多嘴。好吧，这下遭报应了，好运终于到了头。

卡尔斯托姆曾警告过他，在接纳那些找不到组织、四处流浪的寻道民时，反叛分子团伙向来极为谨慎，他们这样做自然有他们的理由。其实，同那些里约劳伯的毕业生一样，布里克曼早已为这样的事情做好了一切准备。对于这个地区，他掌握了其中各种各样的知识，就像一部百科全书。他的外表挑不出一点问题，用来掩人耳目的故事也设计得天衣无缝，何况还有两具精心设置的尸体，足以证明他所说的话全部属实。甚至还有那台无线电——这也是他悉心排练的演出中一个重要的组成部分。

但居然能碰到乔迪·喀珊，这绝对是个意外的收获，她的话应当让其他人减少对他的怀疑。可不知为什么，那些人好像不想相信她。特别是马隆，当然，这个该死的首领，他多疑得已经近乎妄想。

也许，只有一个办法才能令他满意，就是承认他的指控。可这不正是落入了他的圈套中了吗？这绝不是一着好棋。这位反叛分子的首领内心压抑了太多对联邦的仇恨，如果承认了他的指控，岂不是等于在坟墓边忏悔？

迟早是个死，但布里克曼只能坚持下去，无论马隆准备使出什么卑劣残忍的手段，他也只能挺身面对。

地面被踩得又硬又实，那根木桩露出地面四英尺。人们把布里克曼推了过去，逼着他背对木桩，跪在地上，双腿后伸，卡在木桩两旁。他们给他的腰部、胸口和脖子都勒上绳索，结结实实地捆住了。布里克曼起初不明白，为什么两只手没被捆上？很快，他就明白了，这真是惊怖至极，令人恶心致死。一个星期前被布里克曼射死并埋掉的那个反叛分子被挖了出来，拖到这里，尸体也被强硬地弄成跪下的姿势，就跪在他的面前。这时，两名反叛分子抓住布里克曼的两只手腕，扯着他的胳膊，环抱住尸体，再把他的手腕捆在一起。

布里克曼与死人面对面，感到恐怖和泛呕，他使劲歪着脑袋，避开死人沾满泥土的灰色面孔，根本不敢去看那两只洞开的眼窝。

“我日，”他用肿胀的嘴巴轻声嘶哑地叫道，“伙计，这是干什么？得了，放过我吧。”

黄帽子俯身说道：“朋友，如果你不想这么爽，就该把头儿想知道的事情告诉他。”

“嗨！我，我，已经告诉他了！自从在怀俄明被击落以后，我一直待在外面！泰森和这个家伙才是联邦的密探。”

“也许你说得没错。”黄帽子承认道。

“那为什么还要这么对我？”

“我们只是想试试你的底线，布里克曼。你说过，这个家伙是被你打死的——”

“是的。”

“好吧……可是，你们两个人，到底谁才是从飞机上下来的那个呢？”

“当然是他！”

“那只是你这么说的，你能证明吗？”

“克里斯托夫在上！你们到底想要什么证明？让总统司令发一条视频资料做证明吗？该死，我对这片地方了如指掌，到处都有我布下的陷阱。我还把那架蓝鸟藏了起来，不信的话，我现在就可以带你们去看——”

黄帽子打断道：“可是，你不是一直想回家吗？那你为什么不用泰森的那台无线电进行联系？”

“我以为它摔坏了，我不知道怎么修理。”

黄帽子冷笑一声，道：“得了，还他妈撒谎，你怎么会那么没本事？你是个飞行员，你们这种人聪明得很，修个无线电应该很容易。”

“不错。正因为聪明，我才不敢呼叫任何人。因为我知道，那是没用的，泰森已经把我回家的机会全给毁了。”

“哦，那岂不是我们只能听到你的一面之词？”

“那么我该怎么办？难道我还得拼了老命让他们两个都活下来，

吃好喝好，专门等你们哪天突然冒出来，登门拜访？完好无损地交给你们？”

黄帽子点点头：“说得好。没准，你还真是个掉队的家伙，只是没办法为自己分辩。嘿嘿，你知道吗？也说不定我们才是真正的联邦密探。”说着说着，他咧开大嘴，笑了起来，“那就更好玩了，是不是啊？”

“是啊，好玩，好玩，”布里克曼苦着脸答道，“好玩得要命啊。”

两个反叛分子将死人的双臂搭在布里克曼的肩上，系好绳索，拉得紧紧的，又把死人的双手绑在木桩上。黄帽子检查了一下捆绑效果，确信布里克曼无法从这恐怖的拥抱中挣脱出来后，这才将布里克曼小腿上的作战匕首解下，道：“小子，好好待着，我猜你用不着这个了……”

然后，他就走了。

布里克曼眼睁睁地看着他们离去，心中彻底绝望，他简直无法相信，也无法忍受眼前的一切。

其他反叛分子打好背包，准备出发。

这时，乔迪提着一只水壶，来到布里克曼面前。她单膝跪地，将壶口放到他的唇边，道：“这是马隆要我带给你的礼物。”

布里克曼讽刺性地一笑，道：“是为了让我舒服一些，还是要让我的痛苦再延长一些？”

“喝吧……”乔迪不置可否，将水慢慢灌进他的嘴里。

布里克曼像婴儿般贪婪地吮吞着，但没有喝得太多，就止住了，道：“谢谢。”

“布里克曼，我真的感到很抱歉，但是，你只靠嘴说，是没办法洗清自己的。我们这群人，虽然看上去像破衣烂衫的乌合之众，可马隆非常有控制手段，组织严密，就和指挥官麦克唐纳在贵妇号上一样。你确实熬过了这个冬天，也许只不过因为你找到了这个地方，原来住在这儿的人又教会了你如何活下去。可反叛分子们，单凭一个人是无法熬下去的，要想活下来，大家必须抱团行动。这就意味着，我们必须听从老板的命令，所以，对不起了。”

“放心吧，我会努力记住的，你自己一路小心吧。”

突然间，乔迪的眼珠向四周转了转，悄悄地靠了过来，一柄匕首便滑落到布里克曼的双膝之间，落到别人看不到之处。“坚持下去，伙计，”她低声说，“我会再继续劝他们相信你的。”她站起身来，拧紧壶盖，小声说：“我们走后，你可以试着把木桩晃松了，就能脱身。”

布里克曼点点头。

乔迪走了，回到那群反叛分子队伍里。

而马隆率领着一部分人已经出发。剩下的人则分成几个小队，沿着另外一条小路向西走去。

没人回头看布里克曼一眼，仿佛他早已不存在了。

布里克曼朝天空望去，心中骤然一凉，糟糕，用不了多久，他这副样子就会将空中那些食肉飞禽吸引过来。死人坠在身上，他早已不堪重负，加上飞禽的袭击，他就要被活活咬死了。

他当然不会就这么等死，先是慢慢挪动膝盖，尽力缓和酸麻的双腿。紧勒的绳索令他难以动弹，只能用两只膝盖轮番触地，支撑身体，能微微减轻一些不适。

但他也知道，这种轻松只是暂时的，随着时间增长，痛苦会越来越剧烈，再过几个小时，就会疼到锥心刺骨，难以忍受。

死人的脑袋耷拉在他的左肩上，他闪开脸，不敢接触。他的眼角向下一瞟，只见尸体松垮的嘴巴张开了一半，嘴角那儿有一只苍蝇，正径直钻进其中，进行一番探险之旅。

布里克曼差点吐了出来，他暗暗祷告：“哦，辟邪主，如果我真的天生就在您的佑护之下，现在是该证明这一点的时候了。如果这次您真能救我逃出去，我发誓，以后无论雪先生再怎么赞颂您的神奇，我也不会心存犹疑……”

第十二章

当最后一名反叛分子消失在视线中后，布里克曼开始了自救行动。他先是努力将双膝挪向前方，尽量用脊背顶住木桩，身体左右晃动，想把它摇撼松脱，能从土地拔出来。但这木桩仿佛生了根，似乎永远不可能撼动，更无法挣脱。在死人的双臂间疯狂摇晃了半天之后，突然之间，他觉得能够稍稍侧转一下身体。这下子真是惊喜啊，虽然活动空间仍很小，甚至几乎无法察觉，但没关系，这意味着他是对的，再继续下去，木桩一定会松脱的。他给自己打气："再努力努力，就会见到成效了，你一定会熬过这一关的，布里克曼。"过了一会儿，他实在太累了，便休息了几分钟，喘了口气，放松一下痉挛的肌肉，差不多了，又向木桩重新发起摇动攻击，竭尽全力，前后顿挫，扩大木桩插下的孔洞。

几个小时转瞬即逝。每过一小时，他的努力都有些成效，活动空间渐渐增大。夜幕降临之时，布里克曼稍微舒了一口气，他的估计没有错，木桩的顶端已经可以摇晃至几英寸的范围了，而且，挪动上半身时，木桩还能微微转动。

黑夜的来临，真是恰到好处，延缓了他另一个大麻烦的到来。白天，布里克曼发现捆在身上的绳索变得愈来愈紧，紧得令他都喘不过气来。弄了半天，他才明白这是为什么。因为春天的阳光很温暖，气温增高，土里挖出来的尸体开始鼓胀，体积变大，使得绳索勒得更紧。到了明天，它会变得更大。如果不挣脱束缚，到头来，他就会被死死地挤压在木桩上，被这个膨大的尸体闷死。

天空中，有一群翅膀宽大、长喙带钩的黑鸟飞了过来。其中有几只聚在近旁树梢，还有一只最大胆的，则飞落到地上，冷冷地打量着这两个捆在一起的活人与死人。在它的眼中，他们就好像一头跪在空地上、半死不活的怪兽。这正是它们最喜欢的美食。

布里克曼心头蹿起恐惧的冷气，他费力张开僵硬而肿胀的下巴，喉咙中发出一阵阵如野兽般刺耳的尖叫，希望能将它们吓唬跑了。

鸟儿们开始警觉，知道这怪兽没死透，它们不想冒险，便把注意力转到另外那具死去更久的尸体上。反叛分子们挖尸后，又随便地扔回那个浅浅的墓穴，它便毫无遮挡地躺在里面。鸟儿们有了一顿丰盛的早餐。

但布里克曼知道，只要那具尸体被吃光了，这些恶鸟就会飞回来，眼睁睁地耐心等待，等着他的声音渐小，身体渐衰，它们便会一拥而上，不会管你死没死透的。

是啊，不能逃脱的话，便会落得如此下场。啊！这也太恐怖了！想象中的图景让布里克曼衰弱的躯体重新爆发出新的力量。最难过的时刻已经过去了，他现在必须坚持下去，让剩余的体力发挥出最大的作用。整个夜晚，他利用顽强的决心，前后左右不停地摇晃身体。他的腿部越来越疼痛，逐渐蔓延全身，愈渐强烈，大脑开始进入了一种半麻痹的状态，神经系统超负荷运作，当它将痛苦传递到大脑时，竟产生出了一种荒谬的快感。

当布里克曼在为活命而苦苦挣扎时，司令官卡尔斯托姆正在一间小小的放映室里，靠在舒适的扶手椅上，欣赏一场好看的电影。他的身边，是第一家族的其他高级成员。今晚放映的电影叫作《硫磺岛浴血战》，已有上千年的历史，经典至极，是卡尔斯托姆最喜欢的一部片子，由当年的影坛传奇巨星约翰·韦恩主演。

韦恩在大劫难来临之前的几十年便已离世，但他的形象一直活在电影里，而且对于国父乔治·华盛顿·杰斐逊一世来说，他仍像是指引自己前进方向的灯塔。

普通寻道民根本不知道电影演员或是大劫难之前的电影业，因为联邦中不存在任何艺术、戏剧或是文学，更没有创作过有关作品。这里也没有音乐家和演奏家，所有的音乐都是采用电子合成的，唯一的演唱者群体是那些蓝天民谣歌手，他们来自各个基地，组成一支支合唱团。

在联邦中，无论是家族启示录，还是视频游戏等等，一切信息和娱乐全部来自大哥伦布控制下的视频网络。当然，正如人类社会中所有的社会精英一样，第一家族却享有他们自己的特权。云景大厦中，一些配备着空调系统的储藏室里，有一座名副其实的宝库，里面储存着无数大劫难之前的资料。第一家族的成员，可以随意享用这些极为珍贵的资源，而韦恩主演的故事片录像更是其中最名贵的珍珠。甚至有大批专业技术人员组成了一个团队，他们唯一的任务就是精心地维护和保养这些影片，不让它们出现任何瑕疵或者丢失的问题。在约翰·韦恩主演的最优秀的影片里，他正好将寻道民精神中一切最高贵、最纯正的品质发扬到了极致。所以，第一家族一代代的后继领袖们，从这部作品中得到了源源不断的力量和莫大的鼓舞。

眼前，播放着的是韦恩牺牲的那个场面，卡尔斯托姆之前已经看过无数遍了。人们从英雄前胸的口袋里找到那封信，宣读着上面感人的词句，星条旗在折钵山的顶峰冉冉升起。卡尔斯托姆很不喜欢这封信中的信息，他由此产生一种伤感的情绪，这十分尴尬，但影片的整体意义却非常积极正面。虽然日本这个国家现在早已不复存在了，但影片中美国人击败日本人的情节，恰好与当前争夺地面世界控制权的斗争极为相似。这又是卡尔斯托姆喜欢的一点。

将来有一天，他们打赢了最后一战，那时，星条旗和联邦的旗帜将并排飘扬在北美所有的山峰上。那个伟大的日子，是多么值得期待。而且，若要重新夺回蓝天世界，也需要联邦儿女们像约翰·韦恩在影片中表现的那样，以不屈的勇气和献身的精神做出同样的牺牲。

影片结束了，卡尔斯托姆走出放映室，回到自己的私人住所。

床边的视频屏幕上，有一个图标在不停地闪动，这就说明，他的电子信箱中有两封待阅邮件。卡尔斯托姆便键入指令，让第一封信自屏幕上显示出来。这是一封加密邮件，由几组打乱顺序的字母和数字组成。他将自己的密钥卡插入卡槽，输入五位数的识别号码，然后按下“解密”按钮。顿时之间，那些混乱的字母和数字就重新排列成了正常的字句。这封信来自一名情报队的外勤特工，代号为“高赛”。

卡尔斯托姆不需要确认发信人的身份，因为，他一直在等待对方发来消息。

那封信上写的是:“哑火已就位,正在接受测试。”

卡尔斯托姆看完后,将密信从存储器中删除,而后将第二封信显示到屏幕上。这封则是一名潜伏在内州大学的情报队特工发来的,信中报告了布里克曼的戚妹萝兹的情况。晚自习的时候,好端端的,萝兹突然就呼吸困难了,还被送进急救队。并且,医生在她的颈部和手腕发现了红色勒痕,目前正在对她进行观察。

卡尔斯托姆回复说,确认收到此信,要求对方继续跟踪观察,报告萝兹的情况。布里克曼同他戚妹之间那种神秘的感应,足以证明,那姑娘是一条极为宝贵的线索,可以随时反映出布里克曼的健康状况。卡尔斯托姆走到浴室,一面脱衣服,一面思忖:这对“精神上的双胞胎”中,如果其中一个遭遇到了不测,另一个会出现什么后果?他悠闲地洗了个淋浴,然后躺到了他那张清洁舒适的床上。

他想起情报队刚刚接纳的那位新兵,布里克曼这小子,前途无量的家伙,将要度过一个不太舒服的夜晚了。卡尔斯托姆的唇边挂上了一丝微笑。此刻,布里克曼的心灵和肉体都在经受着痛苦的折磨,但他一定没有致命的危险。高赛,绝对会确保这一点的。

破晓时分,天蒙蒙亮,木桩的根基仍牢牢插在土里,但布里克曼却觉得希望就在眼前,因为木桩的顶端已经摇晃得相当厉害了。他终于可以尽量把身体往右侧倒去,大力伸直左腿,让膝盖离开地面。现在,只要能用脚顶住地面,就可以更有力地摇撼木桩。过了一会儿,他蜷起左腿,再伸直右腿,朝左侧使劲推动木桩,终于能够向上用力了。

过了很久,太阳终于自清晨的天空中升起。布里克曼忽然发觉,在垂直方向上，木桩终于出现了轻微的松动。他忙倾斜身体，用力朝后顶去，竭力想让自己的双脚能够同时顶到地上。但看样子还不可能，现在的他，被死死地夹在木桩和违法者的尸体之间。那尸体继续发酵腐烂，又臭又恶心，肿胀扩张，那勒紧二人的绳索都深深陷入了布里克曼的身体里了。但还好的是，缠在他颈部的绳索只系在了身后的木桩上，没有同尸体拴在一起，否则，他早就被慢慢勒死了。但为了挣脱束缚，他做的动作使得脖子不断摩擦，早已鲜血淋漓。而那位死去的违法者身上爬满了苍蝇，布里克曼也是一样，他身上一有伤口，便引起了苍蝇们的注意，它们“嗡嗡”地围个不停。布里克曼知道，日落之前，他必须挣脱出来。

他没有水喝，还被一具腐尸压得喘不过气来，能够坚持一天已经很不错了。明天，他将会精疲力竭，落到那些享用“泰森”残尸的恶鸟们的口中，随它们任意剥啄。想到这里，他又开始了新一轮的挣扎，拼命地又推又扯。

这一天就在无穷无尽的希望与痛苦中过去了，又是夕阳西下，布里克曼仍被困在原地。但努力还是有回报的，在夜幕降临之前，他终于能够将一只膝盖插入尸体的双腿之间，这样，他的双脚便能同时顶到地面。接下来，情况就好很多了。他先是前后摇撼，又绕着圈子拼命转动木桩。最后，他慢慢直起了身体，仿佛孤注一掷般，向上猛地发力，“豁”地一下，木桩终于从土地中拔出来了。但他马上发现，木桩比他双腿的高度要长出许多，他根本不可能套着木桩站直身体。他只能向一旁跌去，恰好倒在肿胀的尸体身上，起到了部分缓冲作用。

他躺在愈来愈浓的黑暗中，暂时不再挪动身体。能够伸直双腿，躺上一会儿，已经是极大的奢侈了。他真的想休息一会儿，享受这难得的轻松惬意。

浑身痉挛的麻木感开始减弱，渐渐产生了迟钝的隐痛，他估摸着目前的处境。对了，那把匕首呢？他必须找到匕首。他记得，乔迪把它扔到自己双膝间的地上，但当他一圈圈挪动身体、摇撼木桩时，不知道将它碰到哪儿去了。

布里克曼从尸体的肩头上探眼看去，一眼就看到了那把匕首，它正横躺在木桩原来插着的那个孔洞上呢！他想起来了，当时为了挣脱束缚，他发疯似的胡乱摇撼时，无意中竟把它踢向了那个窟窿。现在它正插在那儿，不过是反着的，刀刃斜向上翘起，刀把却已探入桩孔里，抵在孔壁上，摇摇欲坠，距离上沿大约六英寸。

此刻，布里克曼每挪动一下都非常痛苦，但他无法摆脱尸体，只能缓缓地背着重负朝那救命的匕首爬去。这两天，他一直在同尸体和木桩苦苦缠斗，体力消耗殆尽，简直就难以移动半分。另外，还有一个很要紧的问题。他从尸体的肩膀上可以很清楚地看到匕首，但却看不见自己被绑在尸体后的双手。届时，他能够挪到大致正确的位置上，但就得用双手去摸索匕首了，一旦失误的话，后果相当严重，稍一拿不稳，刀把就会滑进洞口。如果匕首落到洞底，那他岂不是全完了？

布里克曼爬了很久，到达心中盘算的最佳位置，便小心地伸出手指，在后方摸索。这时，他感到右手中指的指尖扫到了翘起的刀刃，心中一凛，忙深吸一口气，小心翼翼地用手肘向前推着尸体，再次尝试抓取。这一次，他终于费劲全力，让扁平的刀刃恰好滑到右手的中指和无名指之间。然后，他的双指紧紧夹住，用左手的食指和中指将刀尖往下按去，有点像玩跷跷板，刀把那一端翘起，离开了洞口。

布里克曼拖着匕首，放到地上，再慢慢伸过右手，紧紧地握住了刀把。

“干得好，布里克曼！”他自己给自己打气。现在必须把双手挣脱出来了。绳索将他的手腕绑在那位牺牲品的背后，双手长期没有半点活动的余地，酸痛难当，尸体膨胀得愈发厉害了，导致双掌都无法合在一起，难以用两只手握住刀柄。现在，也许只有一个办法了：得放掉积聚在尸体胃部和腹腔中的气体。

布里克曼想到这点，便用两根手指摸着刀刃，将它往尸体内刺进去。刺入其后背位于肋架和骨盆之间的柔软之处，再将刀柄顶在地上的小凹坑内，然后，将全身都压了上去，利用身体的重量，把刀锋全部送进去。一些气体从尸身中排出，嘶嘶作响，连串不断，一股恶臭更是直冲鼻孔，恶心得胆汁沸腾，臭倒在地上，咳嗽不断，连连干呕。幸好没吃过东西，什么都吐不出来。终于，恶臭的气体排完了，他觉得绳索稍稍松了些，虽然仍被捆得十分牢靠，但绳索已不像原来那样，深深勒进肉里。他的手转动范围更大了，便抓住刀柄，成功地将它拔出一部分，用露在外的一截刀锋成功地割断手腕上的绳索。

最后一段绳头滑落在地上，像一条被打死的蛇，这一刻，无与伦比的自由感和舒畅感仿佛汹涌的巨浪拍打过他的全身。

就要成功了！

双手自由了，割断身上其他的绳索极为简单。他站起身，舒展着痉挛麻木、酸痛绵软的四肢，跌跌撞撞地穿过树林，走向溪流。他一面走，一面揉着磨得全是血皮的手腕，手上的血液重新疏通起来。前面就是小溪，他奔过去，摔倒在溪水旁，将脑袋浸到水中，大口大口贪婪地喝着溪水。爽啊！他再一次熬过了磨难，但还能坚持多久？现在，除了乔迪给的匕首和身上的衣服之外，他已经一无所有。

地洞中的东西早被那些反叛分子洗劫一空，只剩下空荡荡的土墙，连一丁点食物都没有留下。不但如此，连渔网、捕兽器、锅和他的背包、武器、头盔……甚至——尸体上的衣服都被剥走了。他最痛恨的是，他的靴子也被抢走了，这下连走路都难了。

他重新走上了斜坡，现在，他面临的困难很多，逃脱束缚时的欢快感很快一扫而空，最让他痛惜的，是失去了内勒的匕首。一只体积很小但功率强大的无线电收发报机，就藏在匕首的刀柄中，里约伯劳的人藏得十分巧妙。给他这件秘密装置是为了让他能同情报队的一支外勤小组取得联系。这支小组的任务便是追踪他的下落，将他和卡尔斯托姆联系起来，传递消息。按理来说，他们还应在紧急情况下为他提供支援。这会儿遇到的困境当然属于紧急情况。可惜，他失去了无线电匕首，这意味着无法呼叫支援，他又一次变成孤家寡人。

管他娘的。他更喜欢现在一个人自由自在。

但他仍免不了备感失落，满腹都是酸楚的怨气。情报队应该预见到他的装备可能会被全部抢走，肯定会准备第二套装置的。至于该把它藏在哪里，他也没什么把握，唯一保险的地方只能是他屁股的菊花了。但就算这样，也存在一定的危险。刀柄中的还好说，万一被别人发现了，他可以说自己根本不知道里面有这东西，那根本不是他的刀子。但倘若有人在他的白肠里找到了发报装置，那他该如何申辩？说是无意中坐在它上面，就进去了？所以，这一招也行不通。

两天的奋力挣扎使他全身经受了一轮又一轮汗水的淋浴。这时候,这些汗水开始结冰,冷得要死,他禁不住颤抖起来。这个夜晚非常寒冷,到黎明前,会变得更冷。

布里克曼仰望天穹,只见整个天空中,覆盖着一层层看不清形状的乌云,遮去了星辰的光华。这样的夜晚表明了,母神摩城那闪光的斗篷上,一千万只警惕的眼睛将不再俯瞰他们。变种人会做何解释呢?不过他相信,雪先生肯定知道答案,并能解释任何事情。

布里克曼把死人的脸朝下放进浅浅的墓穴中,用脚踢了一层泥土,盖于其上,又将石块放回原位。他不由得感到一阵反胃,强迫自己克制后,又对那位腹部的内脏被鸟儿吃光的"泰森"做了同样的处理。他为什么要重新埋葬这两位被谋杀的死者?当然不是为了表示对他们的尊重。因为在联邦,一旦你死了,这就是最后的下场。你的尸体同样会被随便地处理掉,就像一堆废弃的垃圾。所以,他并不是对死者有什么敬意,而是为了怕引起麻烦。空中那些食腐动物生着宽阔的羽翼,终日四处翱翔游荡。只要发现一只死去或垂死的动物,它们会飞扑而至,在其上空盘旋,伺机而动——时机一到,就冲下来,大快朵颐。远处的生物们,在几英里外就能看到这些盘旋吃食的食腐鸟,它们的起起落落将引起所有生物的注意,包括其他的鸟儿、变种人、反叛分子,以及四条腿的地面食腐掠食动物。照布里克曼现在的情况,基本上毫无防卫能力,若是引来了那些东西,他又怎能对付?他不愿暴露自己的位置,赶快摆好最后一块石头,捡起几段绳索,快步走回地洞。他手上没清洗过,仍然散发着令人作呕的尸臭味。

里面一片漆黑,布里克曼摸索着,终于爬到了床上。这是一块敦敦实实的土台，比地面高出一两英尺，原来上面铺着兽皮，此时已经不见了。无所谓了，至少还有些干草，他感激不尽，倒在那层厚厚的草堆上。比起昨天，这真是无上的享受啊，绝对的奢侈啊。寻道民的字典里是没有这些词的。以前，当布里克曼体验到爱情的时候，便不知道用什么语言来表达。现在这种浑身舒坦的感觉同样让他难以言喻，但这倒不妨碍他享受其中的美妙乐趣。

但是，他知道，现在躺下休息绝对是一个错误的决定。他最应该做的就是，马上开始艰苦跋涉，向最后的报告中标明的穆卡尔部落所在位置前进。可是，这时候他的身体早已到了疲劳的极限，每一块肌肉都不听使唤，从头到脚无处不疼，皮肤被绳索磨破的地方露着红色的嫩肉，鲜血不断滴答流淌。每一寸肌肉上，似乎都扎着无数根红热的尖针；每一根骨头里，仿佛都有一团火焰烧灼。

他忽然想到了死。

也许，死亡也是一种令人愉快的解脱。

他又想起了清水，他们互相依偎，枕在对方的手臂上，度过那个难忘的夜晚。

是啊，她那温暖的怀抱，她那涂着油脂和香料的滑腻的身体，迎合着他，引导着他。他们完美地结合了，释放出无限激情。但现实是残酷的，他们不得不分离，这让他生出了多少揪心的痛苦。自从分别的那一刻后，这些激情与痛苦始终交织纠缠在他的心头，怎么都无法抹去。不知不觉间，他慢慢睡着了，但并没有感到安宁，没有走进渴望中的平静与虚无之中，却陷进了一场愈发混乱的梦境内。梦里，他正穿过一片陌生的土地，走上了一条没有尽头的路，他永远无法停下来，一些模糊不清的影子不断在他身后追赶。某些既复杂又重要的问题，又像是幻觉一般，一直困扰不休，而他似乎本该知道如何解决，偏偏又无法理出头绪。这样睡觉的结果就是：基本没睡，醒来后仍和原来一样疲倦。

醒时，他抬起头来，看到日光正从高处射下，自歪歪扭扭的阶梯处洒落。克里斯托夫在上！不走不行了。但说起来容易，做起来难，他那僵硬的脊背仍疼痛不休，僵化如一块石板。他用力抬起身，小幅度地左右挪动，好几次之后，才能坐到床沿上，但又支撑不住，一下子脸朝下向前跌去。幸好他事先把双肘支在膝盖上，否则，着地的肯定是他的鼻子。

“打起精神来，布里克曼，你没这么弱。给我动起来！”

布里克曼的大脑之中，最隐秘的角落里，藏着一位严肃刚强的教官，时刻在指手画脚地对他指挥，给他打气。终于，在神秘教官的号令下，他能够站直身体，做了一套简短的有氧体操。于是，慢慢地，手臂和腿部的关节放松下来了，他能行动了。首先，他要去溪边狂饮一通，再梳洗一番，接着一定得想办法保护好自己的双脚。他想起了那些变种人都用野牛皮裹住双脚，当然必要时，什么皮子都能派上用场。糟糕的是，马隆那帮反叛分子拿走了所有东西。他找了半天，只有一段绳索，想了半天，把它缠成了一只类似香肠状的绳卷。不管用什么办法，只要能把这些绳子缝到一起，就可以做成一只原始的草鞋鞋底。对了，可以拆散一根绳子，做成线来缝合，但是，针呢？拿什么来当针呢？

他苦苦思索了半天，不知要怎么解决这个难题。忽然，外面传来了一声微弱而含糊的叫喊,接着,又是一声,虽然听不大清楚,但声音却越发大了。布里克曼来到台阶下面,听到了更多的喊叫声,其中,似乎还夹杂着另一种更为微弱的声音,那是变种人追赶猎物时发出的尖叫,"呜呜呜呜"。过了几秒钟,似乎听到有人正从周围的灌木丛中穿过的声响,他吓了一跳,忙回身缩进黑暗的角落里。啊,该怎么办?他这不是被人瓮中捉鳖了吗?但他突然心念一动。对了!不是还有那条紧急逃生通道吗?盖在上面的兽皮已被扯走,但那堆泥土和柳条编织的盖子还原封未动。还有,里面那个小小的储藏室里,不是还放着变种人的弩弓和满满一袋弩箭吗?

可惜,已经来不及了。没等布里克曼行动,门帘就被人一把掀开,一束刺眼的阳光射进阴暗的洞口里。

布里克曼拔出匕首,一闪身,便躲进了一个角落,从下来的台阶上是看不到这里的。他蹲下身子,时刻准备着,要一跃而起,一刀割向那个不速之客的喉咙。

那人跌跌撞撞地出现在他的视线中,这真是布里克曼一辈子都不想再见到的家伙——那个黄帽子。他背着沉甸甸的背包和气动步枪,正在狂喘不已。

但他的反应并没减慢。

他能感应到,杀气正在逼近。黄帽子疾速转身,将步枪指向了布里克曼的胸口,与此同时,他大步后退,远离布里克曼的匕首,叫道:"别动,士兵!"

布里克曼怔住了,站在原地,仍然握着匕首,心想:"一切都完了。"

“够了，听着，我不是来找麻烦的。”黄帽子说，“轻松点，轻松点，把刀子放下，什么话都好说。”

布里克曼仍在犹疑，这时，忽然看到乔迪·喀珊顺着台阶冲了下来，他又惊又喜，难以相信。只见乔迪同样累得气喘吁吁，一看到布里克曼，她便放下心似的无力地靠在墙上，任由枪托滑落在地。“克里斯托夫在上！你真的在这儿！”她似乎惨笑起来，“怎么说……我们……也没……白跑一趟……”她停了下来，喘了口气，然后转问黄帽子，“你告诉他了吗？”

“我哪来得及啊，你这个哥们儿差点捅了我一刀。”

乔迪看着布里克曼：“这很正常啊，想想你们这帮家伙，都对他干了什么。”

“喀珊，你也知道，我们只不过是奉命行事。叫他住手吧。”

“好，好。”乔迪一摆手，让两个人都别冲动，先放下武器，“冷静点，布里克曼，现在不是自相残杀的时候。”她向他伸出手，“相信我。”

布里克曼点点头，把匕首交给了她。

“看好了。”黄帽子说着，将步枪架在前臂上，大拇指一点乔迪，“这姑娘真是你的好朋友。我都不知道她对老板说了些什么，反正老板同意了，决定给你第二次机会。我估计他也没想到，你居然能赤手空拳逃出来，活到现在。”说到这里，他对布里克曼钦佩地点点头，“我还真没听说过，以前有谁能做到这一点。行……你小子真是个难对付的杂种。”他朝布里克曼伸出手来，“我叫凯尔索，戴夫·凯尔索。欢迎你的加入。”

“嘿嘿，听起来，我还真没办法拒绝。”布里克曼说。凯尔索那老虎钳子般的握手让他记起自己的双手刚才疼得有多么厉害。

“真是个操蛋的家伙，一点都不领情，我没说错吧？”凯尔索说，“为了让他加入洛基山这一带最牛的团伙，我们真是冒着掉脑袋的风险过来的。可你瞧他这副德行，就好像我们过来是端给了他一盘臭大粪。”

“凯尔索，给他点时间，让他的头脑清醒清醒。”乔迪说完，又对布里克曼说，“马隆同意了，只要我愿意来找你，你还活着的话，你就可以加入我们。”她解释道，“凯尔索和其他几个人，同我一块儿过来的，以防我遇到什么麻烦。”

“唉，这真是我做过的最糟糕的决定。”凯尔索还在抱怨。

“哦？为什么？”布里克曼问。

“因为我们就要惹来一屁股的麻烦了。伙计，你没听到吗？现在，我们身后来了一大帮变种人哪！”

没等布里克曼回答，门帘就被人第三次粗暴地掀了起来。

凯尔索和乔迪急忙转过身去，提起步枪，护住洞口，但门帘马上又垂了下来。

另外两个反叛分子冲进来，跃下台阶，一下子站立不稳，跪倒在地。其中年轻的那个看上去比布里克曼大不了几岁，另外一个则面孔粗粝，饱经风霜，腮边围着一圈短短的、铁灰色的胡须。他还戴着一顶绿色的指挥帽，前额上绣着一个红叉，红叉周围原本的圆形白底此时已成了泥黄色。

乔迪先介绍那位年长的反叛分子：“这是医疗员。”又介绍年轻的反叛分子：“这位是扬科夫斯基，简称扬科斯。这是史蒂夫·布里克曼。”

两名反叛分子都点点头。

“情况怎么样？”凯尔索问。

“唔，不太好。”医疗员答道，他歇一歇，喘了口气，“他们正沿着山谷两侧向这里冲来了。”

“他们有没有看见你们俩进来？”

“说不好，”扬科斯气喘吁吁地说，“我看见，离我们最近的那个已经到了溪边。”

“这下可好了，我想，他们用不了多久就能找到我们。”凯尔索咕哝道，又转向布里克曼，“这里是你的地盘你做主，你有什么好主意吗？”

“可以试试从这道后门出去。”布里克曼把泥土从柳编盖子的中心一扒，露出上面隆起的、被当作把手的一块木头，打开暗洞的口子。

凯尔索蹲下身子，朝里面窥探，随后吹了声低低的口哨，“这个地道通到多远之处？”

“嗯，大概有八十码长，一直通到山脊那边，一出来，就是一堆乱石，周围还有浓密的灌木丛掩护。地道另一头的口子上，架着一只木头框子，上面盖有石板，抬起来便能出去。”

凯尔索看了看其他人，问：“你们认为怎么样？”

医疗员朝布里克曼转过脸，问：“你用过这个地道吗？”

“没有，但我检查过出口了，应该没问题。你们这些家伙进来的时候，我正打算爬进去呢，只是没来得及。”

医疗员与凯尔索交换了一个眼色，说道：“那就爬吧。”

“好,布里克曼,你先走。”

“我得用只手电筒。”

医疗员便递过来一只,凯尔索缠了个线球,扔给乔迪,说:“你跟着他,把线这端系在身上,线球留在我这儿。你们一边往前爬,我一边放线。等你们到了那头时,拉两下线绳,我这边就会拉一下,表示收到。如果这条路都没问题,你就再拉三下,然后将手电筒绑到线绳上,我们再将它拽回来,我们拿了电筒再过去。你知道的,不管有没有变种人,我可不愿意在黑暗中摸到那里去。”

布里克曼点点头,又在入口处停了下来,问道:“哪位有多余的靴子?”

“穿你自己的吧,”乔迪说,“我给你带回来了。”

“等会儿再穿,”凯尔索说,“现在没时间磨蹭了,他惹的麻烦够多的了。另外,布里克曼……”

“咋了?”

“弩弓还是我来保管吧……”

布里克曼为凯尔索演示了一遍撤离时掩盖地道的办法,让他知道如何能够隐蔽好行踪,便顺着地道向前爬去。里面的高度和宽度刚刚好,能让一个中等身材的人双臂前伸,贴着地面向前移动身体。

地面到处都爬满了虫子,空气陈腐味浓,黏黏糊糊,又冷又湿。

地道的尽头以一定角度向上倾斜,探进一个狭小的地穴之内。地穴大概有四英尺宽、六英尺深,上面是些原木和交搭的树枝,覆盖其顶,然后又铺了一层泥巴和石块,外面看来,就是普通的地面而已。

这坑的边缘周围,还垫着一些小石块,用来支撑原木和树枝。石块之间，微透道道狭窄的缝隙，有的细如发丝，最粗也不过小指。这些缝隙将外界的日光隐约地透进来，这个作用的好处是：能让洞里的人瞥见周围的地形，让从地道逃生的人可以听到，甚至在某种程度上能够看到外面发生的事，于是便可选择最有利的时机爬出坑外。

此时，布里克曼正趴在坑沿上，向外窥探。

乔迪跟随其后，她在爬行时，一直把背包放在身前，边走边推。这会儿，她先推出背包，再从洞口探出一半身体，脸上早已污迹斑斑，她转向布里克曼。“克里斯托夫在上！”她嘶哑地小声说道，“我再也不想爬第二次了。外面看到了什么？”

“目前还没有。”布里克曼把手电筒递给她，“你呀，先回到地洞里去。我马上要掀开盖子了。”

这座浅浅的地穴中，有一侧的坑壁上开凿着一处小小的凹陷台阶。他爬上去，推起那块平底石板，犹如破壳的小鸟，小心地探头，打量着外界。

尖锐的鸟鸣传进他的耳中，但他却能听出来，那绝不是鸟鸣，而是穆卡尔部落的武士们相互间发出的信号。但那声音来自很远很远的地方。他们现在是安全的，他快速爬出坑外，目光如梭，四处扫视，最后，将头伸回坑里。

“乔迪！”他叫了一声。

乔迪探出头来。

“外面没人，只有鸟儿。”他低声说，“但我还得四下里看看，才能完全证明这一点。你先待着别动。等我在石板上敲出三下——两下——三下的声音时，你再把其他人带过来。”

“好。”

接着，布里克曼把石板放回原位，站直身体。

可是，他刚一转身，便登时呆住，浑身僵硬，动弹不得。

因为，雪先生，那位白发苍苍的老字匠，正盘着双腿，坐在旁边的一块巨石上。

他的身边，更站着两位穆卡尔部落的熊武士虎克博士和基德克里尔，这两人以前都参加过布里克曼的棍术课程。

他一时间说不出话来了。

这位老谋深算的变种人，肯定一直藏在附近，直到布里克曼出来，才突然现身，让人感到他似乎是从真空中蹦出来似的。

“您、您，您在这里做什么？”他结结巴巴地问。

雪先生脸上带着神秘莫测却又淡定自如的微笑，答道：“佳得利说我们会再见面的，果然如此啊，他早在石头中看到了这个场面。你呢，你不愿意见到我吗？”

布里克曼感到脸颊火辣辣的，又热又红。“当然愿意——可是……”他结巴起来。

只要雪先生锐利的目光落到自己身上，他便感觉被看穿似的，浑身都不自在，这是为什么？他多么想问问清水的消息，但突然间，只觉张口结舌，连讲都无法讲出她的名字。

雪先生似乎察觉到了这一点，说道：“我知道，你有许多问题要问，等一会儿，我们会有很多时间详谈。你怎么不把你的朋友们请出来呢？”

“先生,这里只有我一个人。我穷到没朋友。”

雪先生叹口气,道:“唉,阿布啊,阿布……我本以为我们能够坦诚相待的……”

布里克曼无言以对。

雪先生举起双手:“你看看,我们早就知道,里面至少还有四个人的。放心吧,没人会伤害他们的,所以拜托,叫他们出来吧,别弄得大家不痛快。”

布里克曼纹丝不动。

雪先生朝基德克里尔说:“在洞口架上柴火,把他们熏出来。”

于是,没过多久,所有人都被逼出来了,成了雪先生的俘虏。

第十三章

乔迪原本是想解救布里克曼的，想不到反而致使自己和同伴们成了俘虏。

但并非只有他们遇到了这种霉运。穆卡尔部落天网恢恢。在他们被俘后，朝西北方向行进的路上，另外几支由熊武士和狼武士组成的队伍也出现了，大家会合到一起，每支队伍都带来了自己抓到的俘虏。

布里克曼最后数了一下，包括自己在内，俘虏的总数是三十三人。马隆和他的贴身副手们却逃过了被俘的命运。但布里克曼能够从在变种人的对话中听到的只言片语中大致估计，马隆已损失了三分之一的人马。

穆卡尔武士们牛气冲天，看起来，他们一次就抓到这么多俘虏，真是高兴得冒泡。布里克曼暗忖，这次和上次一样，自己能留得性命，还真是要感谢雪先生。不过，他不明白，其他反叛分子为什么也都免遭杀戮。更令他吃惊的是，在这次追猎中，竟无一个人丧命。这在以前，是绝对无法想象的。

为了防止俘虏逃跑，所有反叛分子都被分成了两人一组。两人肩并着肩，肩上横压着一棵小树，手腕和脖子都被绑在上面。根据雪先生的命令，只有布里克曼没被绑起来，但这种优待其实只起到了一个作用：他成了其他俘虏的眼中钉。因为大多数反叛分子都同马隆开始的反应一样，怀疑他有问题，现在，果然看到他同变种人这么熟稔，待遇还挺好。大家都恨不得把他吃了。

所以，只要他一靠过来，大家便会怒目相向。他们叫他“溜沟子的杂种”或者“舔屁眼鬼”，在开拓兵的语汇里，这两个称呼算是侮辱人的最高境界，专门用来恶心那些同变种人混在一起的寻道民。

和雪先生一样，变种人战士们对布里克曼既礼貌又有些排斥。他在熊队和狼队里看到了不少熟面孔，但这些人面无表情，似乎没认出他来。也许，在他们眼中，他只不过是一名反叛分子而已。

这对布里克曼反而很有好处。原本，他已将这次同马隆的不期而遇看作整个行动计划中最糟糕的一个坎，但现在他居然与乔迪，还有她那三位同伴一起被俘，便反倒为他提供了一套更有说服力的新托词，而这个故事比他原先准备的更巧妙。是的，是那位神秘的辟邪主让他再次脱离了困境，不管这些满脸血污的反叛分子会遭遇什么不测，我们的史蒂夫·罗斯福·布里克曼终将平安无事。

一路上，雪先生没怎么跟他说话，只是看到他时便点点头，或者眨眨眼，仿佛预示着他们过去的友谊仍然存在。

为了证明这一点，雪先生还让他从乔迪的背包里取回了自己的靴子，并把内勒暗藏机关的匕首还给了他。这把刀子是熊武士们集体分配战利品时，从凯尔索的财产里找到的。凯尔索那顶宝贝黄色指挥帽自然也失去了，落到了狼队里的一名战士手中。不过，医疗员的帽子倒是保留下来了，不知怎的，变种人似乎对绿色的事物不感兴趣。

返回穆卡尔部落驻地的路途极为漫长，布里克曼也有了事情做，变种人任命他来照顾那些俘虏，给大家分发饮水、面包和肉干。这些自然都是小事，但有些反叛分子受了伤，需要专业医疗护理。这时，布里克曼便向雪先生请求，并担保乔迪和医疗员没有问题，请给他们松绑，以便帮忙照顾其他人。

尽管布里克曼整天给凯尔索喂水喂饭，但凯尔索盯着他的目光中仍满是憎恨。有几次，他干脆直接骂出来，若不是布里克曼，他也不会被俘，一切都是布里克曼的错，一旦有机会，他就要让布里克曼付出血的代价。

一次很短暂的休息间歇中，凯尔索正从布里克曼拿着的水壶里喝水，恰好就看到那个正戴着自己宝贝帽子的狼武士走过。他目露怒火，瞪了一眼，恨得牙痒痒地骂道："该死的贱货！"

"嗨，嗨，嗨，别说话！"布里克曼小声劝阻，"你想干吗？不要命了？"

"不会的。"凯尔索身边的反叛分子，正叉开了腿坐在地上，他的手腕和脖子也死死绑在凯尔索肩头的棍子上，"如果变种人想要我们的命的话，早就大开杀戒了，我们谁还能坐在这儿？"

"没错。"凯尔索答道，他的声音提高了不少，故意怒斥不远处的一群熊武士，"瞧瞧这些家伙！你见过比他们更多的臭狗屎吗？"

"克里斯托夫在上，"布里克曼咬牙切齿，低声叫道，"你是不是脑子进水了?！"

凯尔索冷艳地看着他，突然狂笑起来，声音刺耳，"别担心，舔屁眼鬼。你这些朋友只不过会让我们吃点苦头而已，可他们不会将我们剁成肉酱的。”

“我去年被击落后，他们没有杀掉我，是吗？所以你才敢这么说！哼，听着，他们可不是好惹的，就是这些家伙，差点毁了整个贵妇号。”

“倒不是因为这个。”那个反叛分子说。

“那是因为我们太有价值了，所以他们才不杀我们的。”凯尔索见布里克曼脸上满是困惑，冷笑道，“新手，我忘了告诉你。每年的四月和五月，是他们的狩猎季节，专门捕猎我们这些反叛分子，所以我们才忙着向西走。马隆赶早离开，要在狩猎季节开始之前，躲到安全的地方去，没想到这帮浑蛋白痴竟然提前动了手。”

“唉，我还是不太明白，”布里克曼说，“变种人和你们不是一直井水不犯河水吗？怎么会打起来了？”

“是啊。一般来说是这样的，但轮子船开来的时候，一切就不同了。”

“啊？轮子船？”布里克曼顿感好奇，但他尽力让自己的声音平淡，显得满不在乎的样子，“哦，对对，我去年也听说过，好像是一些什么叫铁大师的家伙吧，和他们有关吧。我只知道，这些变种人用食物、兽皮和各种物资品，同那些家伙交换弩弓，他们还把这种弓叫什么‘长尖铁’。”

凯尔索点点头说：“除此之外，他们还拿我们作为货物去交换。”

“啊？什么，给那些铁大师？换什么？”

凯尔索突然恼火起来：“我咋知道！他们不是你的朋友吗？你干吗不去问问他们？！蠢蛋……”

布里克曼没再理会凯尔索嘴里的难听话，他只是呆呆地看着被捆绑的两个人，喃喃说道："哥伦布在上……冶铁中心伯利恒的火坑……"

这次轮到凯尔索闭嘴发呆，大惑不解了。

"这是变种人的叫法，铁大师们，就是从那个地方来的。"布里克曼不紧不慢地解释道。

"那很好啊，听起来很牛啊。真他妈想马上赶到那儿，我都等不及了。"

"听着，"布里克曼说，"我知道你们都不相信我，但如果能帮到你们的话，我一定帮。"

凯尔索轻蔑地哧然一笑。

"那你现在就能帮。"他的同伴焦急地说道，"快帮我把裤子拉链拉开。我快被这泡尿憋死了。"

布里克曼定睛一看，认出他就是曾经把自己绑在木桩上的两个反叛分子中的一个。

他登时站起身，后退一步，冷冷地笑道："朋友，我被你紧紧地捆了两天。现在，我要报答你，也是两天，后天再叫我吧。"

那个医疗员同乔迪一块儿帮着救助伤员，他是个技术很好的医生，干得非常出色。同许多被俘的反叛分子一样，他也是在一次开拓兵的作战行动中掉队的。那是两年前，在一次绥靖行动中，他出事了。

新疆域的三个州中，有个大劫难之前叫作俄克拉荷马的地区，医疗员随军在那里进行过最后一轮大扫荡。

当时，一支作战小分队护送医疗员和他的同伴，从"奋战的肯塔基人”号出发，前去营救一些受了重伤的寻道民。去的时候还算顺利，但返回的时候，他们发现自己的退路被截断了。地形的限制导致篷车队根本没法接应他们，加上天气极为恶劣，也无法获得空中支援，更糟糕的是，无线电也出了故障。最后，当他和幸存的寻道民抵达计划好的会合点时，篷车队已离开了这个地区，官方宣布他们“业已失踪，据信已经阵亡”。

接下来发生的事情已经很常见了，这几个幸存者完全丧失了方向感，在广阔的世界里，他们陷入近乎疯狂的状态，神经紧绷，行为失控。最后，只有三个人熬过了最重要的头两个星期，终于活下来，医疗员也是其中之一。他们仨的级别都不高，只是普通寻道兵，他也不知道自己为什么能活下来，但这件事情至少说明了一点：如果你所在的小团队只有四个人，或人数更少，而在与篷车队失去联系三天后，你还能站起来，还能活动身体，就说明你大概不会患上什么所谓的“地面病”。无论你觉得这是幸还是不幸，都无所谓了，那又是另一回事了。

队伍继续往前跋涉。布里克曼找了个机会，同医疗员和乔迪聊了聊，打听这些反叛分子是怎么生活的。反叛分子这个称呼是联邦的蔑称，他们自己心中似乎更喜欢自称好汉。医疗员说，并不是每个反叛分子都是寻道民掉队落单后变成的，其实吧，还有很多人是真正的逃亡者，而且，绝大多数是从监控站逃出来的。他们确实都是违法者，跑出来就是为了逃避联邦的惩罚。其实，有的人只是违犯了一些较低级别的法规，罪不至死，但另外有些人却犯下了极其严重的罪行，比如袭击执行官，或者听黑杰克，或者抽彩虹草，或者，还有更糟糕的——

临阵退缩。当然，还有一种什么都可以往里装的罪名，叫作“失职”。许多忠诚的开拓兵，只不过偶尔犯了一点小小的过失，就要接受审查。他们不愿意面对审查委员会，而且很担心会被判为死刑，只好选择开溜。

要将这样一帮难以驾驭、彼此截然不同的人集合在一起，当首脑的，一定得具备冷酷的铁腕和超人的心智。但很不幸，没有多少首领能像马隆那样集强权手段和卓绝见识于一身。据医疗员讲，很多反叛分子部队因为权力斗争和未来发展的问题，闹起了内讧，最后的结局只能是走向灭亡。

那布里克曼就问了，反叛分子究竟有多少人，是几百还是几千？

但医疗员答道：“去问第一家族吧！”

接着，在后面的谈话中，医疗员又透露道，还有第三种反叛分子。他们通常是几个人一队，团结合作，从联邦的各个地下基地中逃出来的，大多是通过非法挖掘的隧道。“贯通”这句行话便是出自于此。当然，这个词的意思很快就变了，进入了寻道民的非官方词汇表，指精神上高度愉悦，现在更是专指抽过彩虹草之后，那种无限舒爽的梦幻感觉。

在时间短暂、不清不楚的反叛分子历史上，最初的反叛分子正是这第三种逃出联邦的人。医疗员讲起这个名字的来历，大概源自那场著名的历史事件——“大开闸”。根据《联邦手册》的记录，地下掩体与地面世界之间的第一座永久性接口建筑，是二四六四年最终完工的，它标志着联邦为夺取蓝天世界而进行的战斗进入了开战阶段。

布里克曼难以置信，不住地摇着头，说：“我还真不知道有什么办法能从联邦逃出来。天啊，什么样的人会做出这种事？他们从哪儿逃脱的？他们是怎么逃的？”

医疗员笑了：“谁知道？估计是对联邦的行事方式不认同的人。我听说，只要你细心点查看，就能在联邦各处都发现这样的人，至于——他们是怎么逃脱的……”他耸耸肩，“我想你最好还是别问了。这种事情嘛，你还是少知道一些比较好，省得回去全都告诉家里那帮人，还叫以后的哥们儿怎么办？”

“什么？你的意思是，如果他们把我抓回去的话？”

“如果你的这些变种人朋友不把你像我们一样拿出去换货，用不着多久，你就会发现，一大群开拓兵来到你脖子后面，给你喷气呢！”

医疗员检查了一下急救包，又说：“你在篷车队待过，你应该知道，他们的猎杀对象可不只是变种人，咱们这些反叛分子也是他们的猎物啊。”

“没错。”布里克曼不得不承认，“但既然当了反叛分子，还有什么好指望的？可是我还是不明白，第一家族为什么要花这么多时间和精力，来清除你们这些人呢？你知道的，我的意思是，到了地面，大家反正谁也活不长的，听天由命，不是更简单？”

医疗员淡淡地一笑：“你是什么时候被击落到地面上的？”

“去年六月十二号。”

“哦？那你的感觉怎么样？生过病吗？皮肤病变过没有？牙龈出血了吗？”

“不，还没有。”布里克曼答道，“但我在贵妇号服役时，去行政部接受过季度检查，我被击落的几天前，刚注射过一种抗辐射血清。另外，后来我又从泰森那里搞到了一支，唔，泰森就是那个跟我一块儿住在地洞里的家伙。”

“哦，那个联邦密探？”

“不错。”

“嘿，我对注射维生素倒是比较了解，但说什么抗辐射血清，那是……”医疗员用嘲弄的目光看了布里克曼一眼，“你是从哪听到这个故事的？”

“泰森，他还担心药品会用完呢。他说他只剩下最后三针了。”

“你不是告诉了马隆，泰森想害你，把你交给联邦吗？既然是这样，他为什么还要跟你分享这宝贵的、不剩多少的‘血清’呢？”

“他当然没那么好心。”布里克曼心中一凛，灵机一动，回答道，“我是将他毙掉后，自己注射的。”

“哦，那你一直认为是这玩意儿让你避免了得病？”

“怎么？你们不是一直在用它吗？”

医疗员大笑起来：“天啊，布里克曼，你醒醒吧。我这只急救包里所有的东西，都是从开拓兵的尸体上搜来的。前几天，马隆确实让你吃了不少苦头，但他有他的原因。你知道那些狗娘养的联邦密探者都干了些什么？泰森和被你做掉的另一个家伙就是这样的狗杂碎，他们竟然在尸体上布设饵雷！当我们的人搜检装备时，突然——‘轰！’”他双手一扬，做了个爆炸手势，叹气道，“就是这样，我们三个弟兄都丢了性命。你知道吗？早在一年多前，我就用完了最后一块裹伤巾，还有吗啡更是难搞到，要想搞到这东西，恐怕比把手伸到总统司令的裤裆里还难。最近这三年里，我就没吃过一片药，也没打过一次针，还不是好好的？”

布里克曼不相信地耸耸肩，说：“说不定你有免疫力。”

“也许是吧……”医疗员盯着布里克曼说，“我看你还有很多东西需要好好学习。”

“那又怎么样？我说的这种可能性总是存在的，对不？”布里克曼依然坚持己见。

“没错……” 医疗员轻轻一笑，“在地面待上一段时间你就会发现，这个世界，什么都有可能发生。”说着，他将急救包的背带往脖子上一套，站起身来，“行了，我得去检查病人了。”

七天之后，布里克曼和一众俘虏终于快要到达目的地了，穆卡尔部落新春的驻地便在眼前。走进营地之时，布里克曼注意到周边的几块土地已然被翻整过，耕种成了新的农田。那些正在劳作的变种人见到同伴归来，纷纷丢下劳动工具，一路奔来，与营地中拥出的人们会合在一起，脸上洋溢着快乐的微笑，一同欢迎武士们的胜利归来。

凯旋的战士队伍行进到营地外围的茅屋时，雪先生忽将布里克曼拉到一旁，把他交给了基德克里尔和虎克博士，说：“我希望你先到我的小屋去等我。你能保证让我放心，别再惹麻烦吗？不会再让我难堪了吧？”

布里克曼忙举起右手，做了个寻道民发誓的手势说：“我保证。”

“你以前也保证过啊！”

“你听我解释清楚就明白了。”

“你当然有这个本事。现在还太早，等着吧，我先得去参加这个小小的胜利庆典。”

雪先生说到这儿，刚要转身离开，布里克曼忽然伸手按住他的胳膊，说：“请听我说，我只想让您知道，我真的很后悔那次溜掉的行为，我不该那么做的。”

雪先生强忍着笑意，心里像老狐狸般开怀大笑。没错，他利用心理优势，让布里克曼乱了阵脚，现在必须让这种心理优势保持下去。他便说：“在当时那种情况下，也许那才是最明智的做法。”

布里克曼不知他这样说到底什么意思，这个狡猾的老头子，他到底知道多少情况？

“或许吧，”他嗫嚅着答道，“但我离开之后，我感觉一半的性命已留在了这里。”

这还算句真话，雪先生暗道。

“……而且我始终盼望着……” 布里克曼继续说道，“能早日回来。”

雪先生露出亲切的笑容，点点头，表示接受他的说明。“行了，现在，你的愿望不是已经实现了吗？”他一挥手，指着四周，“你就尽情享受吧。”

布里克曼不安地望过去，见他加入长长的英雄队列，一瞥眼间，看到乔迪和医疗员被重新肩并肩地绑在一根树干上。他们夹杂在其他反叛分子中，从他身边走过。

布里克曼忙同二人对视一眼，希望他们能读懂自己眼神中的深意，让他们放心，一定会没事的。

耳边不停地响着“咚咚”的鼓声，节奏富于韵律，次序逐渐复杂、增强,一遍又一遍地重复。当布里克曼逐渐适应后,便俯身钻进了字匠的小屋,此时,木棍敲打乐器、苇笛的声音和变种人的唱吼声加入雄浑的鼓声中,于是,各种旋律古怪却又好听的乐声开始巧妙地编织交错,就像一根根好听的声之线,编出了一幅繁复美丽的乐声之锦。

那些反叛分子聚集在一起,呆呆地听着这声音,他们还是第一次听到这样的乐声。这是一次多么胆战心惊的经历。那野蛮而又古怪的交响乐曲,像噩梦般袭来,唤醒了他们心中最原始的恐惧。这些恐惧其实早已根深蒂固地埋藏在他们的血液中,童年时代接受的教育令这些原始的恐怖占据了他们自由的心灵。而对于大多数普通的寻道民来说,即便能够长年累月地在地面世界生存,也无法彻底从身心里驱散这种与生俱来的恐惧。

布里克曼很理解他们为什么会恐惧,但他自己却完全没有那种感觉。他放松四肢,仰面舒舒服服地躺在草席上,一波波声浪从耳膜滚过躯体。他的身体浑身酥软,仿佛对音乐做出了种种回应,音乐将他带进一片温暖、和谐的地带,让他与周围的自然完全融合。

这种感觉就仿佛,就仿佛……

仿佛回到了家。

家。

布里克曼知道,那是什么地方。

在联邦的视频字典里能找到这个字。

但他忽然又意识到,这个字对自己具有某种极为特殊、极为深切的意义。

那个声音出现了。那遥远空灵、带着神秘回声的一声声低语,让他如梦如幻，备觉迷惑，这种感觉，就像他第一眼看到地面世界时，所听到的声音一样。

那一刻，多么不可思议，仿佛心灵被唤醒了，整个人豁然开朗，醍醐灌顶。

而萝兹也同时体会到了那种神奇的感受。

是什么导致他产生了这样的感觉？是这奇异的乐声，还是茅屋四壁上那些挂着的草药和晒干的果子所发出的味道，一种熟悉而贴心的气味？又或者，这就是他本身对地面世界的反应，真真实实的反应？掐指一算，他离开联邦已经三个星期了，在这段时间里，他一直在享受着那种难得的……叫作自由的东西。

什么联邦，什么第一家族，什么卡尔斯托姆，还有他那些间谍诡计、战争卧底，一切突然变得那么遥远。这些种种复杂的事情，仿佛同他没有了任何关系，真是奇怪得很啊，头脑深处像打开了一扇门，通往一片新的世界，意识里展现出一道新的无限美好的风景。冥冥之中，有人在召唤着他，去开启一段新的旅程，去对这个世界进行更深切的追索和理解。他真想马上就出发，但又有些惴惴不安，因为不知道远方那从未有人涉足的地平线外，到底隐藏多少未知的秘密。这些秘密就是他自己内心最真实的本质，让他既想过去看看，又有些害怕，不敢上前。

没错，雪先生曾经说过，探寻事实好比攀登高峰。但有一点他没说，在攀向顶峰的路上，只要稍有不慎，或是误入歧途，登山者便会失去落脚点，跌入那万丈深渊，粉身碎骨。

夜幕降临，庆典还在继续。

布里克曼在火堆中加了些木柴，火光照亮小屋。他掀起门帘，看到营地那边的篝火熊熊燃烧。

过了一会儿，雪先生来了，脑袋伸进茅屋，向布里克曼招了招手，道："好了，来吧，咱们还有件事情。做完了，你就算过关了。"

布里克曼跟着他出去了。

基德克里尔和虎克博士正等在外面。

雪先生做了个手势，二人便把一件带帽兜的长斗篷披到了布里克曼的肩头，然后退到很远的地方，那里听不到他们的谈话。

这斗篷是由一些形状不规则的小块兽皮拼凑而成的，又被不知什么染料染成了深浅不一的黑色块，散发着一股浓重的怪味。但布里克曼只皱皱鼻子，很快就适应了。

"这是干什么用的？"他问道。

雪先生帮着他把帽兜向前拉起，让他的面孔完全隐没在阴影里。

"你要知道，你马上就要死而复生了。除了佳得利和清水之外，这里没有人知道你已经逃走了，每个人都以为你死在了那次山崩地裂之中。"

"和摩托头一起……"

"不错，还有他那两个朋友。不同的是，我们找到了他们的尸体。"

"那蓝鸟呢？"

雪先生耸耸肩说："它和你葬在一起了。"

"可摩托头的另一些朋友怎么办？他们同样不希望我留在这里的！"

雪先生冷笑道："放心吧，这件事我会帮你，你已经是历史了，布里克曼。这些人都记不得去年发生的事，而作为部落的字匠，提醒他们想起事情来，是我的工作。”

“您能有选择地让他们记住事情？”

雪先生狡黠地一笑：“确实，知道了吧，我的责任非常重大。”说着，他拍了拍布里克曼的肩膀，“行了，咱们出发吧。”他们便朝等在远处的两位武士走过去，雪先生又问，“对了，顺便问一下，你会在空中翻筋斗吗？”

布里克曼略一迟疑，说：“这个嘛，我倒是很长时间没翻过了，但若是情况紧急，应该还没忘掉。为什么你要问这个？”

“你也看到了，现在每个人都正在兴头上，如果我能恰到好处地给他们来个出其不意的惊喜，就能不需要很麻烦地让你回到圈子里来。但我需要你的配合，来制造一个小小的惊艳效果，我们来搞一个小噱头。”

“噱头……”

“算了。”雪先生将他一推，交给基德克里尔和虎克博士，“听他们的吧，他们会告诉你该怎么做的。”

“喂，等一下！我到底该说些什么啊？”布里克曼低声问道。

两个武士不理会，领着他就往黑暗处走。

“你什么都别说！说话的事情由我来做。你只要确保，别把你的登场仪式搞砸就行。记住，千万别掉到火堆里去！”

围绕营地的森林边，一大团篝火烧得正旺，柴火哔剥作响。

集合在一起的部落长老们围坐在篝火前，形成一个半圆形。

这时候，除了哨兵之外，部落里所有的人都聚集到了这里，依次列队，坐在长老们的身后。那位瘦精精但还挺结实的酋长滚石又熬过了一个白死季，他显然精神很好，端然坐在前排正中。他们的两侧，则是鼓手和演奏笛、棒乐器的乐手。

雪先生正对着大家说话，他在前排来回走动，手上比着手势，还不时停下来，将双臂挥向天空。每个人痴迷地听着，如同中了符咒一般。

基德克里尔和虎克博士二人肩并肩地走在前面，布里克曼紧跟其后。他们穿过树林，绕开众人，一直走到跃动着橘红色光芒的圈子边缘，这才停下脚步。二人用宽厚的肩膀和高大的躯体将布里克曼挡在身后，遮得严严实实，即使是坐在篝火对面，也不可能看到他。

只见那熊熊燃烧的火焰中，冒出一团团火星，旋转着升腾而起，冲向那繁星点点的黑幕天空，一波波的热力传来，炙炎无比。

布里克曼忽然想起了固特异的惨死，颇有些心神不安，假如，这两个家伙失手了……那……

他不敢再想下去，便欲集中精力，听听雪先生在说些什么。但鼓声雷动，以及众人闹哄哄的回应声，令他根本听不清老字匠的声音。

“嘿——呀！嘿——呀！”他们不知怎么的，发出了阵阵吼叫，将拳头高举，挥向头顶的天空。

雪先生忽举起双臂，朝篝火猛地一挥。布里克曼看得出来，这是他们祈求的姿势。他要干什么？

这时，布里克曼清楚地看到有什么东西从他手中落入篝火。

“轰”的一声闷响，篝火中，火焰的中心霎时闪出炽热耀目的光芒，但瞬间又被腾起的白色浓烟云团吞没了。

这一刻，那亮光和烟雾恰到好处，将基德克里尔和虎克博士完全隐藏，遮挡了所有观众的视线。

两人迅速靠近篝火，四手交叠，形成一个搭架，朝布里克曼伸来。

加油啊，布里克曼，这只是小意思……

布里克曼立即抬起一只脚，踩到他们的手掌上，伸手按在二人的头顶，稳住身形。说时迟，那时快，两个武士一耸肩膀，将他高高举起，然后双臂一弹，像一架涂满润滑油的活塞机械，将他凌空抛了出去。

布里克曼在空中低头一看，那橘红色的火舌，正穿透一团团旋绕的烟云，朝自己舔舐而来。热浪升腾，冲向他的躯体，烧灼着他的喉咙，撩刺着他的肺叶。

有那么短短的一个瞬间，他似乎丧失了勇气，感觉死亡已临近身边。

但他眼前一亮，马上恢复了状态，身体弯成V形，头一偏，倒转身躯，头朝下脚朝上，翻到空中。他的双臂伸直，黑色的斗篷散开了，如巨枭的双翅，身体潇洒地在空中划出一道弧线，双脚稳稳落地，正好站在雪先生跟前。

布里克曼将身体弹起，站直了，老字匠一把伸手抓住他的手腕，将他的手高举过顶，那样子，就好比旧纪元里的拳击裁判。

“干得很好。”他低声说道，随即转过身子，面对大伙。观众们早已瞠目结舌，难以相信。

“大家都看到了吗？通过我的召唤，三赐之人又回来了！”雪先生大叫道，“伟大的辟邪主啊，赐予了我们一场伟大的胜利，又送来了他自天空派往下界,又尽归于大地的云武士！现在,云武士重新回到了我们身边,他将以辟邪主的名义,完成他的使命,创造他的功绩和荣耀！”

“嘿——呀！”在场的所有变种人都跳起来,放声狂吼。就连地面都经受不住这股热情,微微震颤,鼓声如雷,狂轰滥炸。

“嘿——呀！嘿——呀！嘿——呀！嘿——呀！”

布里克曼心中突然充满不祥的预感，问道:“他们想让我干什么？”

“别担心。”雪先生说,“我会帮你的。”

“那基德克里尔和虎克博士怎么办？他们知道实情,如果说出来,一切不就搞砸了吗？”

雪先生摇摇头说:“放心吧,我已经催眠了他们的意识,他们什么都记不得的。”

原来是这样！刚才摆弄自己半天的竟是两具行尸走肉？

布里克曼真想跳起来,但还没来得及有所反应,便被一大群变种人围在中间了。

变种人们一边欢笑一边吼叫，还不停地上蹿下跳。大家簇拥成团,围着他朝雪先生的茅屋走去。此时,路的两边都挤满部落民众,落后的人又纷纷跑到前头，争取再看一眼这位神秘而归的天降战士——云武士。

布里克曼从这些狂热的人群前走过,他们眼睛发着红光,脸上是无限的渴望。无论是男女老少,都激动万分,大声呼喊着他的名字。一双双手像横亘的树枝一般伸过来,想要触摸他的身体。

布里克曼暗想，也许这些手的主人认为他拥有辟邪主的魔力，只要触摸过后，神奇的魔力就能传到他们身上。他的两个保镖——那两位沉默的大块头基德克里尔和虎克博士，则不断推开挡道之人，为他开辟出前进的通道。

布里克曼努力适应目前的状况，他万万没有想到，命运之轮竟会转得如此迅速，让他一时间有些愣怔。“哎呀，我真笨哪。我早就应该知道，这些变种人的记忆有毛病，大概早就把我忘得一干二净了。”他想。但他做梦都没想到，自己怎么就变成了凯旋的英雄。

他走进雪先生的茅屋时，心中传来一个低沉而镇定的声音，提醒自己千万小心提防。

确实是，一定有什么事情不对劲，事情发展得太快了。尽管他认为自己实在是运气好得不能再好，但他并没愚蠢到自我欺骗的地步。

他的第一个目的显然已经轻松达成。但，这个任务不应该这么容易得手的。

这时候，最后一群庆祝者陆陆续续地散去了，茅屋中疯狂的气氛尽去，稍微恢复了一些正常。那位下巴如水斗、长相恐怖的狼武士——夜疯狂，同两名部落姐妹，提着篮子来到屋内，把一只只小碟子取出，摆在布里克曼面前，里面是各种各样的冷热食物。

布里克曼鞠躬，表示感谢，三位母狼恭敬地跪着，退了出去，以示虔诚。可是当夜疯狂最后放下门帘之时，那细小的眼睛却向布里克曼投出火辣辣的一个眼色，多么暧昧的含义。

如果把异性的吸引力从一到十分为十个等级，那夜疯狂恐怕只能列在零级。但她那种坚持不懈的骚媚精神，还是应当获得满分的。

布里克曼瞧了雪先生一眼，看到了他那刁钻的笑意，便说："嘿，您不是说没人记得我了吗？"

雪先生一边吃东西，一边道："有些人的记忆力强一些，所以还记得。"

布里克曼心中一凛，疑心他是不是又在说清水。他非常怀疑，不知道雪先生是不是又在玩弄他那套狡猾的伎俩，于是便旁敲侧击，擦边揶揄。但他们总归要谈到她的，在这之前，布里克曼心中已将这次谈话预演了无数遍，但现在真正面对的时候，却又不知该从何说起。

是啊，他多么盼着能看见清水，可是到目前为止，失望一次接着一次。

举行仪式的时候，按理来说，守在雪先生身边的应是佳得利，但他也始终没有出现。或许那位年轻的字匠已经发现了布里克曼和清水之间的事，因此不愿见到他。这种事情不能操之过急，一切就看天意吧，他想，先同雪先生谈谈吧。

布里克曼端起一只小碟，里面是切得薄薄的肉片，浇着香浓的辣汁。深吸一口，香味直钻鼻孔，唤起了过去那美好的回忆，他立即张开大口，狂嚼起来。

雪先生盘腿坐在席子另一端，静静地看着这位云武士。布里克曼知道他在看自己，便尽力装出轻松的表情，但这一套对老字匠又怎有用处？无论装得如何淡定，年轻人内心的骚动却无法掩饰地自目光射出，头脑中的困惑清楚地写在脸上。雪先生之前没有胡说，佳得利确实从石头中看到了云武士的归来，但他却没想到布里克曼出现的时刻，也是变种人围捕逃出地洞的红皮（反叛分子）之时。雪先生巧妙地将自己的惊讶隐藏了，所以布里克曼还以为他们早就算准了一切，正在那里等他。这一下，更加提高了雪先生的威望值，证实了他那无所不知、无所不晓的神秘本领。布里克曼顿时在心理上处于劣势。很好，既然是这个样子，又何必向他明言呢？这个年轻人不久便会恢复其本性——狡猾而冷酷。

布里克曼是个天生的骗子，雪先生早就看清楚这一点了。他从小就生活在谎言中，因为他周围的世界向他撒了一个弥天大谎，他完全没有真实的自我。但那种东西是可以恢复的，不会缘于外部的力量。只有他自己内心坚强，才能剥去包裹在外的层层诡计和欺骗，其实，这个自我探索的过程早已开始。清水，在这个过程中扮演了极为重要的角色。

雪先生能感觉到，这位云武士的脑袋已经越来越清晰和开朗了。但在很多方面，那些令所有沙穴人脑子蒙昧的东西，还在束缚着他的精神。

但是，总有一天，遮挡他心灵之眼的黑暗将会驱散，而那一天，沉睡在云武士体内的力量将被唤醒。这，就是雪先生从天音中得到的启示。

但他还不清楚的是：这种力量究竟来自哪里？是光明之子的神圣之礼，还是地狱恶魔的险恶馈赠？

佳得利曾经预言过，布里克曼将会回来，死亡暗藏在他的身影之中，而在一条红河上，他将会把清水带走。好吧，既是如此，也只能顺其自然了。如今，命运之轮已在转动，在很久很久以前，人们就预见到了这场浩劫。穆卡尔部落虽然很大，但同整个平原人的命运相比，它的存亡又变得没那么重要了。而雪先生自己已然明白，佳得利曾经预言，他只有几个月好活了，这又算得了什么？如果这就是辟邪主的意愿，那就无所谓啊，一切都终将实现，他和部落其他人的灵魂会回归高庭，那无休止的斗争仍将继续。

对雪先生来说，他唯一渴求的就是：希望上苍，能让自己在前往高庭之前，找到答案。天音曾对他说过，云武士注定将成为他臣民的领袖。但他究竟会站在哪一边呢？他会领导哪一边的臣民呢？他是不是辟邪主？还是说，他是辟邪主那黑暗的双胞兄弟——彼岸使者？这位彼岸使者，乃是混沌之君五角大佬的孽种，在这场争夺蓝天世界的最后一战中，那个可怕的敌人将会再次使用他那恐怖的力量，对平原人展开攻击吗？

二人吃完了食物。雪先生又掏出他的彩虹草烟袋，装满烟斗，用一根灯草芯引燃火石的火，将烟斗点着了。

布里克曼看着雪先生将烟雾深深吸入肺中，然后重伸出手，将烟斗递过来。

布里克曼接过烟斗。

“说吧，出了什么事？”雪先生说。

问得好。布里克曼原想把编造出来的、曾经告诉过马隆的那个故事原样照搬，讲给雪先生听，但后来因自己同乔迪和凯尔索一起被俘，仓促之中，只好对故事进行一番调整，让它更加符合自己的经历。现在，他在这个地方通过某种仪式重新获得了人们的信任，但他很清楚，哪怕有一句谎言被戳破，都会彻底毁掉他们之间残存的友谊。因此，他必须处处小心，谨言慎行，最重要的是，要让别人看到，他坦坦荡荡，没有再隐瞒任何事情。

一个人，若想重获别人的信任，只能说出事实。

或者是对事实的逼真描述。

布里克曼深深地吸了一口烟斗，准备一口气全说出来，这个决定让他浑身感到一种轻松和惬意。他非常不喜欢内心骚乱成一团，更讨厌对事情无能为力之感。

每当犹豫不决之时，他便觉得外面阴云密布，内里心神不安。他喜欢干净利落地解决问题，而彩虹草的魔力能让一切都变得更简单明了。

“对不起，我辜负了您，长者。”

雪先生默默接过烟斗，吸了一口，说：“哦？说来听听。”

于是，布里克曼便开始老实坦白：在那次咬箭仪式上，他第一眼看到了清水，便开始神魂颠倒，无法自拔，有一种原始的欲望，想将她永远地据为己有，这种欲望爬满了他内心的每一寸地方。当她与别人一起走过营地时，二人曾四目相交，目光互凝；当雪先生和佳得利外出时，她来到他的茅屋，同他度过了那个浪漫而刺激的夜晚；他再也无法抗拒爱情的魅力，也不顾任何危险，所以，他背叛了自己对雪先生的承诺，辜负了整个部落的信任，也背叛了佳得利纯洁的友谊；事后，他感到羞愧难当，无法面对大家，为了保全清水，不让她落入耻辱的网罗，他只能在绝望中孤注一掷，铤而走险，悄然逃走。

雪先生静静地听着诉说，不发一言，偶尔严肃地点点头。布里克曼又开始讲述了自己同摩托头、黑顶和钢眼搏斗的过程。最后，地震救了他，他趁机驾驶着蓝鸟向南飞去，路上还有不少危险的航程，后来到达了普韦布洛监控站。结果，他竟然被捕，戴上镣铐被送回联邦，面对审查员的审讯，然后被放逐到字母级楼层。戚妹萝兹被当作人质，联邦以此要挟，逼他说出曾发誓要保守的秘密。

说到这里，布里克曼不得不承认，自己的行为真的很操蛋，是严重的双重背叛。首先，他抵挡不住自己对清水的欲望，后来又在审讯中挡不住逼供，不得不说出了事实。这样的行为，简直是……不可饶恕。

“没错，”雪先生沉思着说，眼睛闪闪发光，“你居然有胆量回来，真让我吃惊。”

“因为我没得选择啊，先生。去年我从您的口中知道了许多事情，经历了那么多，我的命运已经同平原人连在了一起，而我的生死，也都在您的掌握之中。”

“也许……”

布里克曼又继续讲述后面的经历，自己想都想不到，突然又出乎意料地被带出字母级楼层。接着，有人给了他一个机会，只要成为一名联邦的秘密特工，就可以恢复从前的待遇和地位。

“所以，你接受了……”

“那是唯一能逃出来的机会。”布里克曼答道，“我想回到这里，再次见到清水。”

“即使这趟旅行，等待着你的是死亡，也在所不惜吗？”

布里克曼只能做了个听天由命的姿势，答道：“我是个寻道民。在地面世界，我们每一次呼吸都是在伤害自己的命。但如果拒绝了卡尔斯托姆的提议，我早就被枪决了，现在这个办法，至少可以让我在临死前能看一眼天空。”

“哦,那你的幕后老板想让你做什么?”

布里克曼犹豫了片刻,这才说道:“他们想让我再回到您身边,重新赢得您的信任,然后将您、佳得利和清水诱入一个陷阱。计划是要把您活着带回联邦。”

“哦?为什么?”

“因为他们害怕您,他们目睹了您对贵妇号施展的魔法之后,就十分惊恐。你们三个凝成了一股强大的力量,已经成为联邦的眼中钉。他们担心,在您的领导下,穆卡尔人会同其他部落联合在一起。”

“但领导部落的人并不是我啊,我们的首领是滚石。”

“他只是名义上的,”布里克曼回答,“您是这些人的智囊。我留意过佳得利。而且,我知道部落是如何运作的,第一家族也知道。不仅如此,他们连字匠、召唤师和伟力宏环都知道。是的,他们什么都知道,甚至,甚至是辟邪主的预言。”

雪先生微微一笑:“哦?他们相信了吗?”

“是的,他们很久很久以前,就知道了。”

“他们为什么选中你?”

布里克曼耸耸肩:“只有我才能认出您,也只有我才有机会接近您。”

“不错,确实如此,但是,你想过没有,如果这个绑架计划失败了怎么办?”

“他们要我将你们全部杀死。”

卡尔斯托姆称这件事为“从方程式里消掉他们”。

雪先生微微点头："我明白了，谢谢你告诉我这些事。我问你，你真的要单枪匹马完成这个任务？"

"不。"布里克曼忙拔出那柄做过手脚的匕首，放在二人之间的席面上，小心翼翼地将刀柄那头对着老字匠，说，"现在，外面某个地方，有一支八人小组正等着我的消息。这把匕首的刀柄里，藏着一个装置，我可以用它发送信号，联系他们。"

雪先生点点头，拿起匕首，放在眼前，细细端详，又惊奇地摇摇头。"我听说了，你们的人精通神秘的精密技艺。"他把匕首还给布里克曼，"真是厉害，不知道他们还能玩出什么花样。"

"您想知道它是怎么工作的？"

"那你想使用它吗？"雪先生反问道。

"除非您希望。"布里克曼说着，将匕首插进绑于腿上的刀鞘中。

雪先生仔细盯着他，说："那么，现在，是否意味着，你准备背叛你的主人？"

"先生，我不是已经将一切都告诉您了吗？"

"是的，你告诉了我很多事，"雪先生淡淡地说，"但，说是说，做是做，你有杀死同类的决心和勇气吗？还有，你的戚妹怎么办？"

"我当然没有忘记，这点不必担心。她确实是个大问题，但我不得不冒这个险。我想，她应该会没事的，如果他们杀了她，就再也不能控制我了，这对他们来说，是很大的损失。"布里克曼耸耸肩，"最后的时刻总会到来，到那时，我必须选择，到底该站在哪一边。"

"还好，我没这样的问题。"雪先生说，"但对你这样的人来说，嗯……也许下定决心是件很困难的事。"

布里克曼耸耸肩，说：“不知道为什么，自从来到这里，我就有种古怪的感觉，我也搞不清这到底是怎么回事。我只知道，我逃回地下的时候，觉得自己正在被活埋。其实，从出生的那天开始，人们就不断地教导我，要将你们视为一生的敌人，将你们看成低我们人类一等的生物，必须从大地上彻底清除。而与您和佳得利的相遇教会了我从另外一个角度看问题，用另外一种思维方式去理解事物。所以，当我回到联邦后，我想尽办法，试图告诉他们这些情况，但他们一根筋，根本不理，还要说我的脑子坏掉了，最后，竟把我打发到字母级楼层去。这真是一种非常严重的惩罚，因为我胆敢向他们提议，说让寻道民和变种人共同享有外面这个蓝天世界。”

雪先生听到这里，又深深地吸进一口烟，沉醉一般地闭上双眼，说：“你能说出这些事情，非常勇敢。但有一点，你说错了。让平原人和沙穴人呼吸这蓝天世界的同一种空气，这是根本不可能的。我很久之前就跟你说过了，你的那些主人都是五角大佬的奴仆，他们的祖先罪大恶极，发动了千阳之战，让这个世界被鲜血浸泡，以至于旧纪元最后走向了终结。作为惩罚，他们注定永远要蜷缩于地下，在时光之河枯竭前，他们会在那里苟延残喘，直至灭亡。”

“这种想法太疯狂了！”布里克曼禁不住反驳道，“您怎么和他们一样，那么偏激，又那么顽固！唉，我想，总会有办法让大家找到平衡的交易的。”

他本来应说的是“妥协”，但寻道民的语汇里没有这个词。

雪先生摇摇头。“不，绝不可能，布里克曼。”他的表情很严肃。当然，对于变种人来说，这个词同样随着旧纪元一起消亡了。

“但您给了我一个机会。那其他人呢？那些和我一样，有着同样感受的人该怎么办？比如说那些被你们俘虏的反叛分子。”

雪先生冷冷一笑，眼睛半闭半张，答道：“布里克曼，你干吗要在乎他们的死活？他们不是把你和一具尸体绑在一起，将你折磨得差点死了？”

布里克曼听到这里，不由得一愣。他放下烟斗，抬起一只手，摸着自己的头顶，缓缓稳住心神，细心琢磨这句话的意思，这也太出乎意料了。“等等，等等……您的意思是，您已经看到他们那样对我了，却一直袖手旁观？您……您……就任由我被绑在那儿整整两天，备受折磨，却无动于衷？克里斯托夫·哥伦布在上！您……为什么要这么对我？怎么能这样呢？”

“不！不！”雪先生做了个安抚的手势，“别急嘛。我当时并不在你旁边，我远在好几英里之外。”他拿回了烟斗，“是别人把这件事情告诉我的。但不管怎样，至少那位姑娘给你留下了一柄匕首吧，你有啥好抱怨的？等我们刚过来的时候，你不是已经脱身了吗？还同你的新朋友四处溜呢，布里克曼，你可以啊，一点时间都没浪费，立马就有了新朋友。你的遭遇，又是怎么对他们说的呢？”

布里克曼稳住心绪，集中精神，他差点就说出口了。一分钟前，他准备告诉雪先生，自己已成了一名真正的反叛分子，要加入他们的团队，但现在——打住！

“嗯……后来，他们改变主意了，不想杀我了。但只有同他们待在一起，我才能活下来，这是我唯一的选择。不过，我打算一有机会就逃出来的。”说到这儿，他笑了，“没想到你们会先来找我。”

这次轮到雪先生耸了耸肩,“我已经说了,这一切,佳得利早在石头中看到了。”

布里克曼拿起烟斗,又抽了一口,说:“那他还看到了别的什么了吗?”

“当然……很多事。”

“比如?”

“比如,你会回来找清水。不过……”雪先生接过烟斗,深吸一口,“这恐怕要令你失望了。”

布里克曼用力地眨着眼睛,努力克制睡意的突然侵袭,“您的意思是?”

“清水不在这儿,佳得利也不在了。他们,都飞往伯利恒了。”

布里克曼感到自己全身都冷硬了,肠胃变成了一块石头,“飞……?”

“没错,是飞走了。你把那架蓝鸟带走之后,佳得利用其他残片也造出了一架飞机。这之前,我们曾把那些残片藏了起来,没有让你发现。”

“可——可是,他怎么可能……会造飞机的呢?”

“怎么能不会?”雪先生笑了,“你造飞机的时候,他不就在一旁看着的嘛!再说了,你工作的时候,不是还允许他向你请教的吗?要知道,有些字匠——很遗憾,我自己倒不是其中之一,拥有某种特殊的天赋异能,能够吸取和传递知识。只要他有机会接触别人的头脑,便能将那人的所有知识据为己有。”

“这个……我不信。”布里克曼说道,声音颤抖,好像不是自己说出来的。他轻晃身体，极力摆脱彩虹草带来的那种惬意感，以及头脑的混沌感。

“反正这就是事实。”雪先生回答说，“很遗憾，你没有亲眼看到那东西。它上面还装有一个引擎，另外还配着双人座位。说实在话，当我看到那玩意儿的时候，简直是大吃一惊。我敢肯定，即使铁大师们看到了，也会大为赞赏的。”

“不不不……这不可能是真的，” 布里克曼对自己说，“一定是彩虹草在作怪。我心里明白，这不会是真的。怎么可能……”“但他们为什么要去找铁大师呢？”他似乎听见自己的声音在问。

雪先生双手一摊，“这只是交易的一部分。我们同意交付一架箭头，把飞行之秘密告诉他们，而我们的回报是，铁大师将给我们新式的长尖铁。有了这种武器，我们能让篷车队彻底瘫痪。”他前倾身子，拍了拍布里克曼的膝盖，“这一切，都是你给我们带来的啊。”

布里克曼听到这儿，心里沉甸甸的，像铅砣一般，越来越沉。他想起卡尔斯托姆谈到他教会佳得利飞行时的严重问题。如果让第一家族知道佳得利竟然将飞行技术都学会了，还该死地要传授给铁大师，那么，他布里克曼就真的要吃不了兜着走了。

“这——这是什么时候的事？那……他们，是什么时候——走的？”

“去年，就在白死季到来之前。”

布里克曼费劲地吞咽一口口水。他能看出，雪先生面有得意之色。

真是个狡猾的老狐狸……已经六个月了啊！

“那他们还会回来吗？”

“当然。当轮子船从大河驶来时，他们就会回来了。”

“那得等到什么时候？”

“一个半的月圆月缺期之后。”

算下来，应该是六个星期。好啊，这么长时间，什么事都可能发生……

雪先生不怀好意地一笑：“你觉得你能等得了这么长时间吗？”

“当然，如果有必要，我会一直等下去，直到永远。”布里克曼说，“她，嗯——我是说，他们，还好吗？”

“我相信他们一切都好，没问题的。”实际上，雪先生当然并不知道，但他能感到，现在的布里克曼极需要一些稍稍的安慰。

“谢谢您告诉我这些。”布里克曼低声说。然而，清水离去的消息仍在他头脑中苦苦纠缠，心中伤心而绝望，她飞走的方式，更令他心里生出无尽的猜测和疑虑。

“没什么，你不也把自己的秘密告诉我了吗？”

“我希望告诉您，也必须告诉您。”

雪先生微微领首，笑道：“我很高兴，你能和我开诚布公。我想我有必要告诉你一些事。这是作为你诚实的回报。你至今仍不相信的天音赐予了我异能，让我了解了许多事情。但，无论多么高深的智慧也不能弥补我们天生的缺陷，它不过能指引我们如何前进，照亮我们的路。”说到这里，他耸耸肩，“我还有很长的一段路要走。不错，有些时候，我会因为自负而犯下愚蠢的错误，但是，我绝不会被人轻易欺骗的……”

"我并不是要骗……"

雪先生轻轻抬手,打断他道:"听我讲完。其实,我早就知道你跟清水之间的关系,而且我很清楚,那种感受,你们两个人都有,你们怀有同样的期望和目的。其实你仔细想想,就应当知道,你们的事是我促成的。"

布里克曼一惊,瞪圆了眼睛:"你?"

"那当然,我对你们的事情了如指掌。我也曾警告过你,让你回避。"雪先生说,"可惜,世事变幻,造化弄人。我所做的,只是按照天音的指示行事,一切自有定数,我们每个人都只能听天由命。但如果能让你感觉好点的话,我愿意告诉你,不过你千万不能告诉别人。过去,我自己也遇到过类似的事情,是啊,我爱上了一个不能与她长相厮守的人。你已经知道这种感觉是什么样子的了,就像一把炽热的刀子,剜心割肺,绞动五脏六腑。我理解你的感受,相信我。这种事原本就是很危险的,你要小心,但不必感到羞愧。要珍惜每时每刻,良辰易逝,爱,可遇而不可求。这是命中注定的,是辟邪主让你们相爱的。"

布里克曼几乎说不出话来,过了很久,他才提出下一个问题:"那……佳得利……他知道发生了什么事吗?"

"知道。"

"他能不能理解?"

雪先生沮丧地做了个苦脸,说:"总有一天,他会明白的。"

布里克曼双手合十,深深一鞠躬,道:"先生,您的话,我会看作最宝贵的财富。"

雪先生用同样的姿势回应,说道:"你能这样做很明智。我只想强调一点，忠告如智慧，是难得之礼，一再奉送，极为少见的。”说着，他把烟斗递给布里克曼，“谈得差不多了，让我们好好休息一会儿，神游天堂去！”

布里克曼点点头，闭上眼睛，深深地吸了好几口。

雪先生看到云武士的身体逐渐放松下来，很显然，此时，他的意识正在自由飘升，徜徉天际。“非常好，布里克曼，尽情地享受去吧！但，之后，你要做好准备，更加危险的事情还在后头呢。我能预感到，你今后的旅途将会更加坎坷……”

南境地平线上，漆黑的夜空中，隶属卡尔斯托姆空军部队的两架天驰机正在来回飞行。它们相隔一百英里，顺着云团密布的高空通道不停穿梭。高赛向卡尔斯托姆报告，哑火和其他三十二名反叛分子已成为了变种人的俘虏。那以后的几个小时，另外的飞行员也一直在执行着同样的飞行任务。终于，他们的耐心获得了回报，机上的无线电装置捕捉到了一直苦苦等待的信号。这信号由两组密码构成，以超出一般快的速度重复了好几遍。

几秒钟后，机上的微机便为各位飞行员算出了信号的坐标，好让他们能精确地找到那个位置。

布里克曼一边同雪先生谈话，一边早已将刀背反向插入鞘中，这样便可让刀身顶住一只压力垫，一下子就激活了内藏的发报机。两人谈话的同时，那个装置便自动发射出他的呼叫信号和一组暗语，内容自然是告诉卡尔斯托姆，他已经成功地潜入了穆卡尔部落。

他做这些事情的时候,居然没有一点背叛他人的感觉。因为,他已经将自己的任务告诉了雪先生,在一系列的谈话中,他说的全是心里话。的确,他对联邦有一种疏离感,他也非常渴望见到清水,而且,他感到自己同雪先生又恢复了原来的那种亲密关系。

但有一点,老字匠说得很准,他的戚妹确实是个问题,是个大问题。他不能丢下她不管啊。所以,他不得不发送那个卡尔斯托姆等待已久的消息,只有如此,才能让萝兹活下去。现在,他没有任何办法,只能玩弄这种双重间谍的手腕,直到想出万全之法,走出困境。

第十四章

第二天一早，布里克曼从附近的溪边洗漱回来时，发现那个女人——夜疯狂正蹲在雪先生的茅屋门外,一直看着自己走近。

夜疯狂恭敬地跪好,端出为他准备的早餐——面包片和干果。

布里克曼点点头,彬彬有礼地道了谢,然后吃了起来,对她并未太多地注意。

食物让他吃得十分爽快，但这个狼武士频频的挑逗却完全提不起他的兴趣。夜疯狂这样的女人实在不合他的胃口。

这位狼武士见他对自己一点兴趣也没有，只好转开那火辣辣的目光,耐心地等在旁边。直到他吃完,她收起餐具,走到雪先生的屋后去了,像要去拿什么东西。不一会儿,她回来了,手里拿着的是布里克曼的格斗杖。她走到近处,跪在地上,恭恭敬敬地用双手把木棒放在他跟前。布里克曼不由得有些感慨,他记得最后一次握着它的时候是在悬崖边,那时,摩托头、黑顶和钢眼正要向他进攻。如今,他又见到它了,它稍微有了些改变,顶端增加了一片闪闪发光的大刀刃,做成寻道民砍刀的样式,被一圈金属箍固定在木棒上。这刀片下方,则是两根用弩箭制成的长钉从棒身上交叉穿刺而过,且互为直角,这样便可在格斗中挡开对方大刀的直劈竖砍。木棒另一端,与刀刃捆绑处相对应的位置上，也套着一圈金属箍。

布里克曼从皮革吊带中抽出格斗杖，双手抚摸着瘢痕痂结遍布的棒身，一股炽热的兴奋感导入双臂，这种感觉真好。似乎一握住这武器，体内的神秘力量就会完全释放。

他赶快用火语向夜疯狂道谢，这种变种人的预言句法晦涩、含蓄、暧昧，有特殊的效果。

“我的唇舌难以诉说我心中的感激之情，但你这件非同寻常的礼物，令我深感荣幸和欣喜，感谢你所做的一切。”

夜疯狂又惊又喜，抬眼看着他，说：“是你让我深感荣幸，云武士啊，自那平地一声雷过后，我试着在石块中搜寻你的尸体，但只找到了这个东西，它标志着你匆匆离去的痕迹。于是我将它送给了部落姐妹清水，她一直将它带在身边，直到离开时，又交还给我，要我悉心护卫，直到她或者是你回到部落。所以我一直将它好好地珍藏着，但我已经渐渐忘记了，为什么要这么做。直到昨天，雪先生将你从火焰中召唤出来，我突然才想起了这一切，他的话驱散了我心中模糊的迷雾。”

布里克曼将格斗杖放在跟前，希望它能够激发起夜疯狂消逝的记忆，问道：“清水有没有对你说起过我？有没有留下什么口信？”

夜疯狂努力地回忆着，面色困苦，显然是在努力搜捕头脑中逃窜的记忆，双眼泪水涌出。她摇摇头，擦擦眼泪，说：“她的话已经逃跑了，我只记得，要把木棒送还给你。”

布里克曼无奈地垂下脑袋，说：“谢谢你给我这礼物，愿伟大的母神保佑你。”

这意味着聊天结束，这是一种礼貌的道别方式。

但夜疯狂并没有想走的意思，她没起身，却深深弯腰，鼻子几乎贴地，说："请将我护佑在你的身影之下，云武士，如果你有任何需要，我的双手和身体都能为你效劳。"

"哦，我没有什么需要。"布里克曼轻声回答，又怕她因此难过。

夜疯狂盯着他的眼睛，面露嘲讽的微笑："我只求为你效劳，并不奢求和你上床。"

布里克曼搞不清楚她什么意思，是否在暗示自己过去拒绝过她，便说："夜疯狂，我并非你的族人，只有完成辟邪主的任务，我才能成为平原人。在这之前，你们的享乐我是无法接受的。如果你明白这一点，还愿意追随在我身边，那么好吧，我们可以初步尝试。"

夜疯狂显然大喜过望，抓住他的双手，狂吻起来。

布里克曼连忙甩手，将她打发走后，自己去找乔迪。

那天的游行一结束，俘虏们便被分散到整个营地的各家各户，每个反叛分子都由一个变种人小组看管，严密地监视，喂水喂饭，保证他们活着，又绝对逃不了。这些俘虏都光着脚，被捆绑在木桩上，并且互相隔离，防止他们合谋潜逃。更何况将他们锁在沉重的木质腿枷中，使得他们无法自由行动和奔跑。医疗员和乔迪也被禁止去照顾伤员，这一手，是为了防止他们替囚犯暗中传递信息。部落的医师雪先生能替伤员查看病情，判断谁需要照料，在他们的伤口上敷上捣成糊状的药膏。

布里克曼见如今这境遇中，乔迪似乎还能过得不错，便不再接近她。毕竟他也是囚犯，只是囚禁的方式与大家不一样而已，再说，要想改变当前的处境,他也无能为力。

自从被雪先生以意想不到的方式捧成了部落的英雄，他就有些惴惴不安。在开头几天,他始终很难放轻松,但一个星期结束后,就完全适应了目前的生活,感觉自己似乎从未离开过这里。过去,他已经通过咬箭证明了自己的勇气,因此,他请求雪先生能让他穿上变种人的衣服。

雪先生将这请求提交给酋长滚石和长老会审核,他们讨论后,又去征求蓝雷的意见。这位新上任的武士头领同意布里克曼可以和熊武士们一起奔跑,但在“咬骨”之前,他不能算真正的武士。

布里克曼将夜疯狂唤来，要她和她的两个姐妹们帮自己准备一套变种人的“行装”。他的请求自然得到夜疯狂兴奋的回应,她马上回去准备。到了第二个星期过后,她们就为他准备好了全套的“行头”。他头上和身上穿戴着用石片装饰的头盔、护甲,从头到脚都有涂绘。他的头发已经很长了,上一次理发应该是四个半月之前,那时候他正面对审查委员会的核查,而在里约劳伯的那段日子里,他的头发也经过了专业的“环境调教”,看着就如刀子胡乱割过,根本看不出原本的平头。他头发上原来系着的蓝色薄膜在普韦布洛站那里被摘除了,后来,他们将它还给了他,他便把薄膜递给夜疯狂,教她编辫子的时候,把撕成条的薄膜系在头发上。就这样,他的打扮与变种人没什么两样了。

雪先生也顺便过来,检查了一下母狼们的装饰技术。

“你觉得如何?”整个人换完装束后,布里克曼才问道。

雪先生赞赏地点点头:“很不错,我都看不出来有什么不同。”

布里克曼也抚摸着自己涂满花纹的臂膀，问道："您肯定这玩意儿真能洗干净？"

"涂涂画面可是你的主意。要是洗不掉，你怕不怕？"

"这有什么，我想我无所谓的啊。"布里克曼圆滑地回答。

雪先生"咯咯"笑起来："那好，你就应付吧。"他友好地拍拍布里克曼的胳膊，"听我说，既然佳得利已经走了，你为什么不搬到他的小屋里去住呢？你也不愿意让我整天在你背后盯着吧。"

布里克曼疑惑地看了他一眼，不知他什么意思，问道："那他会不会介意？"

雪先生耸耸肩："你以前不就在那里睡，现在回复老样子，你会更自在些。"

这间小屋离雪先生的屋子不远。它的基座为八角形，上面是一根根柔韧的侧柱，深深插入地内，上端则伸到空中，弯曲交搭，再用草叶编成的粗绳绑在一块儿，形成一个口子。而它的屋顶则是用一张张野牛皮缝制而成的，缝好的大块牛皮搭在框架顶端，然后向下拉紧，直至基座四周，牢牢固定住。入口处则垂着一条门帘，这样一来，便可以将外面的风霜雨雪、寒冷热辣都严严实实地挡住了。而这样的小屋里，地面上通常都铺着草席，小屋周遭的边缘壁上，则挂着一只只兽皮口袋或是塞着草席卷，这样可以用来挡住缝隙中吹来的冷风。而变种人少得可怜的财产，全都装在这些口袋和席卷里。

房顶上那个口子叫作通烟口，这个名字便说明了它的作用，它能将火石中散发出的少量烟雾排到屋外。火石是一只陶盆，外表有螺旋形的花纹，里面放着一块动物油脂，上面插上一根用野生亚麻捻成的灯芯。点燃之后，便能照明了，但它只能用作光源，散发的热量也不大，无法用来烧烤食物。一般来说，烹饪食物会在露天进行，是一种公共活动，由部落的女性长老负责监督。变种人都擅长钻木取火，每一个成年人都随身携带着一小块干燥的火绒，很方便。有些时候，如果大雨一直倾盆，实在无法生火，部落便只能吃晾干的食物或是以生食充饥了。

布里克曼决心已定，就算夜疯狂长得更漂亮一些，他也不会要她搬进自己的小屋。就算是换成了清水，他也不希望她会住进来。每天，只有在天黑之后的这段时间里，他才能安安静静地回到屋子里，难得片刻清静，不受打扰。

搬到自己新寝室的第一个晚上，夜色中，当营地中其他人都已进入了美梦，布里克曼则睁大眼睛，取下匕首刀柄上的一片木条，里面的微型电子装置露了出来。他赶快用附带的铁笔输入了一条信息，通过飞来飞去的支援小队转发给大中央。这装置的系统内，可以存储五千个单词，不过一般情况下，电文是不会那么长的。装置上的液晶显示屏可以显示三十个字符，他将字母一一输入系统，只见黄灰色的背景条上，一组组蚂蚁般的黑色小字便显现了。

电文输完之后，整个文本可按正常的阅读速度在窗口徐徐滚动。如果要对所写内容进行增加或者删改，只需点击按键，匀速滚动的文字便会在需要修改之处停下，接受改动。旁边另有一微型按键，只要一按下，消息就会自动加密，再按一下，则会发送指令，电文便会立即发出。装置上还有星期/日期的定时器，可以预先设置收发报机在某个时间段内自动开机或者关机，同时发送、接受和存储消息，就类似一台电话答录机。它能自动记录来电,将其转存到自己的存储器中。待到安全的地方,特工将输入和发送时的操作程序反过来执行,便可对存储的来电进行检索和解码,最后能够在显示屏上看到信息内容。

这装置的有效范围有多大呢?这要取决于周围的地形了,一般情况是二十到五十英里。不过,匕首的刀柄中还配有一只小线轴,上面卷着一根细丝版的天线,借助于它的帮助,收发范围还能扩大一倍。

布里克曼发送了第一条消息,内容是当前的情况:

他已经被穆卡尔部落重新接受了,他们视他为半永久的住客。佳得利和清水则于去年十一月离开了营地。但两人的去向和原因,他小心地隐瞒下来,没有上报,更没有必要透露他们乘坐的是什么样的交通工具。他现在麻烦缠身,没必要给第一家族再送根棍子来笞打自己。所以,便只是提到二人不在,并上报了他们预计回来的日子。他还说,对他们出行的目的没有明确的了解,估计是作为使者被派往其他部落进行联络,也许是想着图谋,要召集一支联军,对抗咱们的篷车队。布里克曼知道,卡尔斯托姆最担心的就是这一点,怀疑变种人想联手对付篷车队。所以,他这样报告上去,应该不会有什么问题,他们不会怀疑他的。

第二天晚上,布里克曼悄悄打开收发报机的存储器,里面果然存着一条卡尔斯托姆的回复:要求布里克曼继续留在部落,直到佳得利和清水返回营地;另外,不得对雪先生采取任何不利的行动;没有总部的指示,不可进行方块舞行动,但要随时做好准备;同时,在目前穆卡尔部落的所有势力范围内,篷车队和开拓兵的部队将不再进行火力扫荡和清除。

接着，布里克曼又进行了第二次发报，报告了反叛分子们被俘虏了，他们可能面临被买卖或者砍头的结局。卡尔斯托姆的回复是：密切监视，不要轻举妄动，一定要尽快搜集好铁大师的情报。看来，他传递的信息中，任何一点都非常重要，布里克曼自然也是好奇心大起，侦查得就更细致专心了。

这几天，布里克曼外出过几次，都是在营地附近参加狩猎。后来，大家发现他狩猎技巧极为高超，便邀请他前往更远的地方——荒野上，去捕猎野牛，也让他跟着参加部落周边的巡逻任务。穆卡尔领地的四周，竖立着一根根经过他们特殊装饰的界桩，表示着部落的疆界。

根据变种人的历法，现在是每年的第一个季度，也就是三、四、五月，被称为新土季。布里克曼连续外出巡逻和狩猎后，感觉耐力增长得很快。在字母级楼层里工作的苦日子，将他的身体锻炼得坚韧强健。但是他感到惊奇的是，现在的体力更加充沛，除了有几次超级远的长途奔袭外，平时，他总能够轻松地跟上同行的熊武士，迈着同样的大步不停地飞奔也不会累。似乎自己打扮成变种人的模样后，深藏体内的那股隐秘力量则源源不断地奔涌而出，将体能发挥到一种过去绝对无法想象的境地。

但无论如何，无论取得多大的进步，布里克曼的身份仍是一个贵宾。尤其是他神秘地归来后，人人对他都恭恭敬敬，以礼相待。他或许认为自己已经是一名穆卡尔武士了，但他还没有咬骨，也就没有被授予特权，自然也没资格得到变种人的弩弓。

有一天，布里克曼同捕猎队外出捕猎，满载而归回营时，正巧经过了关押乔迪的地方。他便悄悄溜出队伍,向她走去。这是他第一次来见乔迪,他已经习惯了身上的装束,并未觉得有什么不妥。

“嗨,乔迪,你还好吗？”

乔迪用了好一会儿才辨认出他来。“你是……布里克曼……”

“猜得真准。”布里克曼蹲在她身边,说,“我路过这儿,恰好看看你,有没有什么需要帮忙的？”

乔迪下意识地身体后缩,随即上上下下,仔细打量。她扫过了他系着皮带的辫子,穿着鹿皮长靴的双脚,任何细节都没有放过。

“你真是个邪恶的怪胎杂种,布里克曼,这到底是怎么回事？”

布里克曼耸耸肩:“发生了很多事。”说到这儿,竟见乔迪一脸厌恶与惊恐,还有极不信任之感,他忙说,“请相信我。”

乔迪绷紧嘴巴,说:“我不知道该不该相信你。”

“别这样,咱们是一个飞行队的战友啊……”

“那只是过去,现在嘛,谁知道你是哪一边的。”

布里克曼听了挺不是滋味的,说道:“咱们都是从大蓝号学院上下来的啊,乔迪。咱们是哥们儿啊！”

“从你现在的模样上,我可看不出来我们有什么相同之处,你本来脑子就糊涂,我看你是疯了。”

“乔迪,别这样。听我说,什么事情都别只看表面,我欠你一条命,是你救了我,而且也是为了救我,你才落得如此田地,我会用一切办法将你带出险境的。”

乔迪一副听天由命的表情,又似乎有些悲伤地看着他,摇摇头,说:“这不可能,布里克曼,这些变种白痴要把我们卖到这条河的下游去，那时候，我们都完蛋……”

“别，你放心，我们都不会完蛋的。相信我，说不定我可以安排一个交易，想办法令你不用上买卖的船。”

“或许当时可以……但是以后呢？以后怎么办？继续留在这儿？同这些臭狗屎混在一块儿？”乔迪苦涩地冷笑，“如果你真想帮我，等哪天晚上，偷偷到这儿来，给我松绑，再给我把刀，告诉我逃跑的路线。”

“不，这绝对不行，我劝你千万别这么干。你出逃只能步行，又是一个人，迟早会被抓回来的，这样做是徒劳无功。”

“好啊，那么就杀了我啊！”她冷冷地注视着他的眼睛，“这样下去，我情愿死。”

“我明白。”布里克曼轻轻摇头，“这点我也做不到。”

乔迪咬牙切齿地怒道：“你这个没种的家伙，你当初一定是偷着溜上大蓝号的，你成不了我们真正的寻道民，也不够脏，当不了真正的变种人的。”

“听我说……”

“滚开，布里克曼，你这个废物，一点屁用处都没有！”

这句话又刺耳，又无情。布里克曼知道她很不爽，便忍着没有回应。他只能做了个遗憾的手势，站起身，离开她。他一边走，一边琢磨，如果将全部实情都告诉乔迪，她又会怎样呢？如果她知道他还与情报队联系，知道有人用萝兹来对自己施压，或者知道他对清水的那份感情，她又会是什么反应？不过都无所谓了，猜测是毫无意义的。这些情况，他不能对任何人吐露半个字，所以他就只能忍气吞声，噤口不言。

尽管如此，她那么激烈地反应，虽说是可以理解，还是令他怒不可遏。好的，没关系，放松，将怒气渐渐消散，如果可能，还是要将她救出来的，决不能落入铁大师的手中。

五月即将到来，穆卡尔部落为前去与铁大师做交易做好了准备。武士们都把他们的长刀磨了一遍又一遍，磨得像镜子一样光滑，擦了一遍又一遍，纤尘不染，闪闪发光。而他们的十字弓，更是擦干净，上好油，木质把手更是擦得锃亮。皮革护具和头盔也都重新修理好，上面那些碎裂的石头和骨片都换成了完好无损的，还增加了一些更鲜艳夺目的羽毛或者其他恐怖的战利品，展示它的主人是如何神勇无敌。地界上的标注也都做了改变，上面那些精细的彩色雕纹木片，都换成了一种凝重深沉的风格。

他们还给那些被俘的反叛分子也做好了准备，在层层监视下，他们一个接一个地单独被带往营地边的溪水旁，脱掉衣服，干干净净地洗个澡。而他们身上臭烘烘、脏兮兮、破烂烂的军服或者内衣，也都被洗干净，缝好了，每个人还能得到一份额外的加餐。其实，俘虏们的就像是参加有奖展览的牲口，每天都被主人们洗洗涮涮，弄得干净清爽，再接受皮鞭和食物的调教。

营地的人们在辛勤地准备着，同时，外出捕猎和边境巡逻也持续进行。

自上次拜访乔迪受挫后，布里克曼就不愿意再同那些被俘的反叛分子接触了。一般来说，只要得到允许，他更愿意加入外出捕猎或边境巡逻的事务中忙碌。

还有四天，俘虏们就要上路了，轮子船即将到来。布里克曼跟着六十位熊武士前往由穆卡尔部落控制的南部地区，执行外围的巡逻任务。第二天，侧翼的一名侦查员发现了一头快步——一头被宰割过的快步。它的脑袋、肋骨架子和内脏都被埋起来了，但埋的坑太浅，也没盖上石块压着，便被路过的野狼群刨了出来。一般来说，变种人猎杀了动物之后，从不把动物的骨架掩埋掉，他们会将猎物的内脏掏空后，拖回营地，挂到木桩上，展示自己的猎杀成果。而看今天这迹象，他们的地盘上，显然是来了不速之客。

于是大家开始四处搜寻，终于，又发现了更多的线索。在某一片被人踩踏过的阔叶上，发现有干血凝结成的脚印，看来是某个宰鹿的家伙留下的足迹。什么都清楚了，那足印显示的纹路是寻道民靴底特有的条纹印记。再继续追踪，发现附近的岩石丛中，有人曾在凹壁下生过火，之所以选这个地方，是为了可以避免火光被远处的人发现。而灰烬都被小心地分散开了，撒到周边各处，地上的脚印也被清扫干净，但只要烧过稍微有点大的柴堆，必定会留下特殊的气味，又怎能逃得过变种人灵敏的鼻子？一闻这火堆，就知道火是昨天生的。

熊武士们继续探查，每一条蛛丝马迹都令他们异常高兴。看到他们这样子，布里克曼感到，他们从推理中得到了莫大的享受，那种快感甚至不亚于接下来的追捕和杀戮。

这时，队伍中的首领蓝雷拿了一颗变形的子弹过来，给布里克曼看。这是从刚才那头快步的头骨上挖出来的，弹头顶端已经凹进去了。“是你们的人……”

布里克曼眉头一皱，说：“这里难道已经靠近联邦的北疆了吗？”

按理来说，篷车队在每年的四月份才会开出沃思堡，但第一个月里，都在向各个监控站提供补给。现在，它们绝不可能出现在这里，还不到时候。而且，卡尔斯托姆曾经说过，开拓兵已经转移到其他地方去了。

蓝雷摇头说：“不是沙穴人，是红皮。”

这是变种人对反叛分子的蔑称，当然，反叛分子的称呼很多，他们自称反叛分子，联邦则视其为罪犯，他们却认为自己是光芒万丈的英雄，是反抗体制的不屈斗士。变种人呢，才不管他们是什么呢。在变种人眼里，这些家伙也只不过是另一拨住在地面的活物而已。

“你要去追他们吗？”

“那当然。捉了这些人，我们就能同死脸皮做上一大笔好买卖了。”

“死脸皮？”

“就是铁大师。他们用尖铁换走我们部落的兄弟姐妹，但一个红皮的价值顶得上二十个平原人呢。所以，用他们做交易很划算，把他们捉了卖到下游，我们的人就能留下来。”

“他们接下来会怎么样？”布里克曼问。

“会被轮子船带走。”

“这我知道，我是问，他们到了伯利恒的火坑之后，会怎样？”

蓝雷耸耸肩膀，说：“谁知道？没人说过。”

这时，一名手下跑过来，将一样东西放在蓝雷的手上。蓝雷看了看，便用指尖捏住这东西的两端，张开双臂。原来这是一根头发丝粗细的金属线。啊，是丝状天线，就和布里克曼匕首柄内的那根一模一样，只是被人扯出来了而已。

“这东西也是沙穴人造出来的。你有什么想法？”布里克曼小心地选择用词，他可以百分之九十九地确定，就凭蓝雷，应该不知道自己手里拿的是什么东西，但也不能完全肯定，他接着说，“这是依靠精技之艺制造出来的东西。它本身是没什么用处的，但如果安装到某个仪器上，就能把要说的话送到空中，像鸟一样飞过高山河流，到达我们目力难及之处。”

蓝雷的目光细细地扫过金属丝，然后小心地将它盘成卷，说：“难道……有人在讲话……有人能听到？”他直立起身子，“他们践踏了我们的地盘……”他有些愤怒地说着，将线卷递给布里克曼，说：“你呢，你是怎么想的？云武士，现在他们是不是在谈论我们，你能听到？”

不知为何，布里克曼心中突然产生一种预感，觉得事情很快就会变得很糟。他只能耸耸肩膀，说：“如果你觉得有问题，不踏实的话，我们就应该逮住了他们，来问个明白。”正说到这儿，忽听一声尖锐如鸟般的啸叫。这是变种人在捕猎时使用的信号传递方式。布里克曼想起第一次听到这种声音时的情形，那是他发现了清水之后，在树林中被追赶时听到的。往事历历在目，他不由得一阵唏嘘。

武士们又找到了更多的足迹了。看来那支反叛分子队伍的最后一人曾经用树枝扫去他们的足印，但还是不够细心，留下了一点点痕迹。

蓝雷将布里克曼叫到跟前，双手罩在嘴边，发出尖厉如狼般的嚎叫。声音远远传出，在山谷间回荡不已。其他熊武士们听到这信号，便开始向南方跑去。

布里克曼更觉得进退两难了，这丝状的天线其实已经证明了，正被追踪的这支队伍绝不是蓝雷所说的什么红皮，而是那支情报队的后援队伍,他们是来协助布里克曼的,而且还是他向卡尔斯托姆回报情报的中转站。如果他们被俘,整个行动都将遭到破坏,他精心策划了半天的如意算盘自然会竹篮打水一场空。但这些变种人正处于追踪的兴头上,无法劝说他们撤退。也许后援队留下的痕迹会不见了,但变种人超强的追踪术是不可小觑的,他们的血液里天生就有追捕的天性。

布里克曼想起自己最后一次发送消息,报告了部落与轮子船接头的日期,如果现在的猎物真的是后援小队,一定是以为穆卡尔部落和其他部落都忙着准备迎接轮子船,疏忽巡逻,因此大意了一些。哪知道在这弱肉强食的地面世界,任何错误都有可能是致命的伤害,一着走错,满盘皆输。

想要阻止变种人继续追踪,首要的办法就是:故意磨磨蹭蹭,拖慢这支追踪队伍。但这样容易露出破绽,他曾经跟着巡逻队跑过更远的地方,他那时非常轻松自如,跟在他身边的蓝雷对他的能力了解得一清二楚。另外一个办法是:逮着机会通知那些寻道民,或者是反叛分子,不管了,反正能救一个算一个,得提醒他们正在被这支危险的队伍追捕。可他能怎么做呢?既没有步枪,也没有弓弩,想来个故意走火,用声音提醒是弄不成的了。此时,身边只有这跟木棒和……哎呀,对了,匕首啊!

“我真是个笨蛋啊!”他在心里骂自己。不是有匕首吗?办法就在跟前,怎么会想不到呢?现在,很简单了,只需要输入一条消息,就可以向后援小队发出警报,提醒他们务必小心隐藏,因为有一支变种人搜索队正尾随他们而来。如果那些人不是情报队,就收不到信息,那就无所谓了，只怪他们的运气不好。

布里克曼想到这点，心中放开了许多，就这么办，太好了，太简单了。但唯一的危险就是可能被别人发现。这里这么多人，这么多双眼睛，当然不行，得找个机会摆脱蓝雷，或者等天色晚一些再说。

可是，直到夜幕降临，布里克曼也没能设法掉队，他还一度落在后面，说自己的脚踝钻心的疼，大概是崴了脚。刚开始时，蓝雷放慢脚步，想等他好些之后，再跟上队伍。但他发现布里克曼疼得赖在那里，基本上就是不走了。于是，蓝雷命令两名武士轮流架着他快步前进。布里克曼明白自己没法摆脱监视，只好戏剧性地假装脚又好了，不用别人来架，乖乖地回到队伍里，继续奔跑。

终于，他们停下了脚步。此时的布里克曼早已累得气喘吁吁，不用装成累得快死的样子，因为，他确实跑不动了。今天真是倒霉，没一件顺心事，老天爷还要给他们的霉运加码，天上下起了大雨。他们没法生火，天上是黑压压的云层，遮住了星星，遮住了月亮。穆卡尔部落的武士们挤在一起，一个个惨兮兮地嚼着干肉和果子。下不下雨他们倒是无所谓，要是白天遇到这种坏天气还好一点，晚上就比较糟糕了，既没有火，又没有月光和星光，这令他们十分沮丧。

他们这次出行之前，就知道要好几天才会回来，所以随身都带着一些轻便的席子。席子展开后大概有九英尺长、六英尺宽，如果将它沿着长边折起来，再将短的一边缝合，就能形成一个巨大的帽兜，可以罩住头顶和双肩，而身体还能坐到那剩下三分之一的席面上。另外，还可以反过来，将双脚塞进缝好的一端，伸直躯体，躺在上面。有了这种席子，加上外出时穿着的皮毛，他们可以有效地遮风挡雨，风雨无阻地行路。尽管看不到光，令大家情绪比较低落，但蓝雷心中仍是自信满满——到第二天中午，他们肯定能追上那些该死的红皮的。

布里克曼看明这会儿的情形，便意识到，这是他的大好机会，也是唯一的机会了。他裹紧了兽皮，扭动着身体，蜷缩在折起的草席里，倾听着周围树林里雨打叶面的“啪啪”声。一阵阵的阴冷湿气渗入骨髓。雨水这种东西，多少代寻道民都从来没遇到过，只是在过去的资料里看到过。不过对于布里克曼来说，自上次在穆卡尔部落做客后，就不觉得稀奇了。他明白，那只是地面世界中一个可有可无的特色罢了。

武士们都睡着了，四处黑黢黢的，伸手不见五指，布里克曼根本看不见东西，这倒无所谓。收发报机的键盘、功能开关和液晶显示屏都有自动发光的功能，传感器也能探测周围环境的光亮度。他小心翼翼地掀掉身上的兽皮，绕开熟睡的武士们，来到一片齐腰的灌木丛中，解开裤子，蹲了下来。如果有谁发现了他，那也不怕，自然会明白他在干什么。虽然没十足把握，但他还是很有信心的，到目前为止，还从未听说过变种人有哪条法律或者习俗，要禁止别人半夜出来大便的。

他将匕首抽出刀鞘，手指摸索着按住了那两片暗藏的卡簧，同时按下。一次，两次，三次，怎么没有反应？包裹着发报机的木柄像卡死了似的，一动不动。黑暗中，布里克曼将匕首翻转过来，再次尝试。不对啊，这样就摸不到卡簧了，就应该像刚才那样握匕首。他再次将匕首翻过来，重新再试，但那三重压力锁扣仍旧纹丝不动。这他妈的怎么回事？关键时刻掉链子啊！要说出它的故障，那也不可能啊！他忽然间打了个冷战，迅速地摸到木柄上刻着使用者姓名的地方，那里原本应是刻着卢·肯尼迪·内勒的缩写字母。当天他用指甲顺着字母的凹痕细细抠摸时，原本应是“内”的地方却刻着个“布”字，天啊，这组缩写字头不是“卢·肯·内”而是“斯·罗·布”——史蒂夫·罗斯福·布里克曼！哦！克里斯托夫在上……有人将匕首掉了包。现在的这柄匕首才是他自己的，自从去年他被俘虏后，自己的匕首就被收走了。

布里克曼不敢相信，又试着检查了一遍字母，这回确认无误，果然是自己的匕首。他只觉得憋气，无声地咒骂起来。联邦允许飞行员将他们的名字刻在匕首上，但除了这些缩写的字母之外，匕首把把一样，毫无区别，都是标配。他慢慢从愤怒中冷静下来，绞尽脑汁，思索原来的那柄匕首到底是何时被换掉的，又是谁把它换掉的。想来想去，夜疯狂的嫌疑最大。在他洗澡、穿衣、睡觉等时候，她都有很多机会干这事。现在，想这些也没用了，到底是谁干的，什么时候干的，毫无意义，最重要的是——他们为什么要这么做。没错，他告诉过雪先生，自己手中有这个通信装置，甚至还提出要演示一下。难道这样还会引起他们的怀疑？更糟糕的是，他们是不是已经发现他正和敌人暗通消息？如果没有，他是不是还有可能拿回匕首？这些问题都不可能有什么答案的。

真他娘的该死！布里克曼灰溜溜地提起裤子，精神沉重地回到了宿营地去。

蓝雷正坐在那儿等着他呢，见他过来，问道：“怎么了，云武士，有麻烦吗？”

“没什么，还好。”布里克曼裹上毛皮，钻进草席中，裹成一个茧子，与世隔绝了。他心里暗暗骂着:“是啊,好得真他娘的不能再好了……”

他耷拉着脑袋,渐渐入睡。

侦查员——曼哈顿运转站悄悄匍匐前进,出现在大伙的视野中,接着,他伸出了八根手指。

布里克曼见状,心中一沉,糟糕了,这下子不用再怀疑了,肯定就是后援小队。战斗即将开始,他该怎么办?他只能硬下心肠参加这场遭遇战,没有时间容他改变立场了。

回头看看远方的地平线,天边那抹橘红色已经开始绽露出浅黄的光芒,但太阳还并未步出“东门”。

变种人武士们迫不及待地渴望追击猎物,当第一抹曙光刚刚照亮视野,他们就忍不住起床,踏上捕猎之路,没想到才追了一会儿,就发现猎物已近在咫尺。

布里克曼回过头,看到蓝雷正和四名小队长商量着追捕计划。他做了几个明显的手势,命令小队长们从四面包抄。布里克曼只是一名编外战士,他加入了蓝雷的小队,排名最后——第十三位。这个数字也真够倒霉的,对于变种人来说没什么意义,但对寻道民来说,它象征着厄运。这种含义自大劫难之前就有了,不过第一家族倒是对此并不理会,不管它是好是坏。

小队长们率领着各自的下属悄然出发,蓝雷也率领手下做好准备。他周围的熊武士们纷纷抽出长刀,为弩弓装上弩箭。

而布里克曼,则拿起他那根带着利刃的格斗杖,准备出发。他每天都要练习这件新颖又危险的致命武器,已经运用得得心应手了。现在，他自信满满，可以用它对付任何一个手持刀棒的对手，哪怕是来两三个人，他都能击退。

他的棍术一直很不错，去年还向变种人传授过格斗技巧，不少变种人对他崇拜极了。但这次回来，他感到很失望，看来他走之后，那些徒弟并没继续练习他教的武艺。他曾看到过一些未成年的小孩——幼兽在模拟战斗中使用过棍子，但从未看到过一个熊武士巡逻时会带上木棍。而且，除了清水以外，没有人会想着要给木棒端部装上一柄大刀。

平原人的武士之道，就是一对一的以刀对敌。弓弩则是远距离狙杀，准确度很高，但只用于狩猎或者对付沙穴人，决不会用来与对手比拼。在远处射死一名平原人，这是他们想都不敢想的事。他们认为死亡本身并不重要——如果母神摩城渴望啜饮子民的灵魂，那就听她的，但是，勇气和荣誉才是战士最看中的。勇气，是心中已经知道，敌我之间，必须战死一个，也能坦然面对，无惧对方的刀尖；勇气，也是为了捍卫部落的尊严和平原人之名，而敢于献出自己的生命的精神。

布里克曼很清楚，如果想获得这些人的信任，他必须踏上这条道路——这条九死一生的道路。

下面，他就要往这条路上踏出脚步。

他蹲在蓝雷身边的草丛中，看到一名变种人武士将一根尖头木棍插进一块木头的圆孔中，再用取火弓将它旋转起来。不到一会儿，塞在棍与圆孔间的几绺干草便开始冒烟了，钻火的人对着它轻轻吹几口气，那焦黑的草叶中冒出了几点红色的小火星，他赶快加进火绒，继续对着吹上几口，一团小小的、弱弱的火苗终于在他的精心呵护下燃烧起来了。

也就在这时，蓝雷从背袋上取出一束长叶红草，将它绑在一支弩箭上，举起那箭，让取火者用刚刚燃起的火焰点燃它。红草便簌簌地燃烧，冒出滚滚的白浓烟。蓝雷把箭装到拉开的弓弩上，瞄向了天空。“嗖！”弩箭激射而出，几乎是垂直地飞向空中，尾部拖出一条又长又细的烟迹。直到力道用尽，它似乎停了一会儿，继而向红皮们所在的方向落下。

布里克曼原以为这是发动进攻的信号，却不见有人行动，便奇怪地问道：“怎么回事？”

“有八个红皮正在河边扎营，白箭告诉他们，我们不是要取他们的性命，只是想和谈。我们烧草放烟，意思是要做个交易。”

“我以为我们是要将他们抓起来。”

“不错，但我们终归还是要放走一些人，红皮都是逃出来的沙穴人，如果在这里他们也没有生路的话，那就永远不会有人敢来了。你想想，要是所有的地方都是那么糟，谁会离开自己的老窝？所以，交易才是最好的办法。如果赶尽杀绝，他们准会反抗，一个都活不了。”蓝雷颇有哲学风度地耸耸肩，说，“他们不想这样，我们也不想，没有脑袋的红皮，也做不成生意的，死脸皮需要他们有脑子，才能好好工作。”

“我说明白点吧，”布里克曼说，“你们双方都要和寻道民作战，但这些反叛分子——嗯，红皮，他们并不进攻变种人，如果这样干，他们就会多竖起一个敌人，活得够呛。而你们呢，本来可以将他们全部杀掉,但你们留他们一条命,因为活的红皮可以同铁太师进行交易。”

“嗯,就是这样。”

“而你们也不把他们全部抓起来……这样就不会招来抵抗,他们中的一部分人还能保住自由。多少人呢?一半?还是四分之一?还是多少?”

“这倒不一定。”蓝雷答道,“大多数时候,我们是抓一半,放一半的。”他微微一笑,“除非收成不太好。”

布里克曼望着冒烟的弩箭消失的方向,问:“他们懂不懂这白烟信号的信息?要是看不懂,反而跑了的话,那怎么办?”

蓝雷浓浓的眉毛一扬,信心满满地说:“我们可以再做些解释的。”

“原来如此。”虽说布里克曼是头一次听到这种事,他仍然相信,情报队肯定知道“白烟”是什么意思,他们本身就是搜集情报的,对地面的情况了如指掌。“这么说,他们现在已经知道了你们的意思,正在商量该如何解决,决定谁留下,谁走?”

“是这样的。”蓝雷回答。

“放走的那群人会怎么样?”

“他们会去找另外的流浪者,这些红皮,如果只有自己一个人,肯定用不了多久就会得病死掉,他们待在一起更安全些。如果在轮子船开走以后,我们又找到一些红皮,而他们的数目少得只有‘一小手’的话,我们就给他们指路,让他们能够与更多的红皮会合。”

布里克曼知道,变种人语言里所说的“一手”的意思是“六”。“一小手”就代表“小于六”,那就是四个或者五个。

蓝雷付之一笑："我们喜欢做大家都满意的事，这对生意是大有好处的。"

布里克曼心想："当然是这样，这种逻辑是没有任何问题的，反叛分子就像野牛，你如果是捕猎者，跟踪到畜群出没的地方，时机一到，便冲上去抓捕，到达一定所需即可，不必太多，也不能太少。留下一些活口，让它们繁荣壮大，来年再捕猎的时候，就能保证数量和质量了。这些杂种还真是狡猾啊！"想到这里，他便问："那要是他们谁都不肯走，又该怎么办？"

蓝雷站起身说："如果他们要跟我们硬碰硬，那就来试试，奉陪到底！"

这时，太阳初升，已越过地平线，阳光照耀在这名武士头领的身上，他的头盔上斜插的羽毛，就像是金色的火焰在跳动，他的身体则在明亮的光线中成为一道雄伟的剪影。

"云武士，上吧，今天，你或许能'嚼骨'了！"

第十五章

根据线索,武士们发现了那几个反叛分子的栖身之所,是一处侧壁陡峭的半月形凹地中。其开口处正对着一个大湖的湖岸,湖中有几簇树木丛生的小草。一条干涸了的河道在湖边的高地上咬出一道高低不平的浅沟,向下延伸至凹地底部。

此刻,布里克曼跟着蓝雷埋伏在凹地北侧的边缘处,小队的另一半人马则躲在对面一侧。看着凹地底部,起码有一百码长,五十码宽,上面布满了粗糙的河石和卵石, 由此可见这凹地原先应是湖泊的一部分,因缺水而形成。在这半月形凹地的左上角,靠近水边的湖岸上,有一片二十英尺高的峭壁,上面的土壤被雨水冲刷剥蚀,几块巨大的砾石从崖边坍落下来,凌乱地砸在岸边,一些碎裂的小石头已经有一半浸泡于湖水中了。

还有四支武士小队分别排在半月形的边缘,静静等待。他们如雕塑一般,伫立不动,武器在阳光的舔舐下闪着明亮无比的光。

而那些反叛分子,显然不知道自己已经陷入了重重网罗,他们不紧不慢地朝岩石边走去,将后背完全暴露在伏击者眼前。看他们的状况,应该只有一半人携带着武器,他们将气动步枪紧紧握在胸前。在距离水边二十码之处,反叛分子们用石块垒起了一只灶膛,两侧则各搭了一座斜顶的棚屋。他们用砍下的小树枝扎成架子，上面则铺上兽皮，草草搭建，能够随便住一下。凹地中央的位置上，有一块裸露的沙土地，蓝雷发射的那支“白箭”正准确地扎在一片沙地上。真是不可思议，竟然射得这么准！它冒着一缕缕浓烟，往高处不断地升腾，飘散。

“走！”蓝雷说。

布里克曼跟随其后，六位熊武士也跟着下了斜坡，其他人则在凹地周围埋伏。

那两名持枪的反叛分子见有人出现，立即停下脚步，有些警惕。蓝雷见状，忙将手中长刀高举过顶，再插回鞘中，举起空空如也的双手，表示自己并无敌意。

两个反叛分子也朝崖边走来，其余的四男二女则侧过身，朝乱石堆退去。其中一个男的半蹲身子，被乱石挡住，不知在干什么。其他人到了水边后，不知所措，站立发呆。

布里克曼距离他们太远，看不清其表情，但是可以想见，他们肯定被吓得魂飞魄散，面如土色。是啊，遇到这种情况，谁会不怕呢？布里克曼想，一觉醒来，竟然发现周围有六十几个变种人从天而降，要来和你共进早餐，不怕才怪。其中一个女人，肚子隆起，看来是个孕妇，她没有穿长裤，身上裹着一条兽皮裙，样式类似变种女人的裙子。其实在成为穆卡尔的俘虏之前，布里克曼还从未见过怀孕的女人。因为在联邦里，所有的护母从受孕到分娩都会一直待在生命学院中。所以，对于大多数人来说，受精的过程、胎儿的发育、生产孩子等等，全都是秘密，只有第一家族才有权了解。但通过萝兹的医学课程，还有和变种人一起生活的日子，布里克曼终于搞明白了女人隆起的小腹代表着什么。为什么这里会有个要当妈妈的女人？她来这儿干什么？

他们走到距离冒烟的弩箭几步之遥处，便停了下来。布里克曼站到蓝雷右手边，六位熊武士则在二人身后，整齐地排成一队。两名反叛分子向他们走近，在大概还有二十码远的地方，忽然加快速度，将步枪拖在身后，举起右手，伸开手掌，跳过那些乱七八糟的石块路障，向他们缓步而来。

他们怎么突然这么激动，什么意思？布里克曼未免有点纳闷。他握紧了手中的木棒，双脚稳稳地踏实地面。两名反叛分子跑到距离弩箭同样远的位置，也停下脚步，怀抱步枪，看着这群变种人。他们看样子是在估量着这些对手，包括布里克曼。如果他们只是普通的反叛分子，应该不可能看出布里克曼与变种人有什么区别的。

这两个反叛分子看上去大约都是二十五六岁的年纪，身上除了兽皮之外，还有些破烂不堪的颜色变化，红、棕、黑皆有的标准作战服。他们脸上的胡子乱糟糟的，似乎从来就没有刮过。如果他们是情报队员伪装的，那这副模样，真是伪装得天衣无缝哪！看那二人衣衫褴褛、憔悴瘦削、饱经风霜的样子，就知道他们一定是熬过了七重地狱的折磨，才能活到现在。他们的目光有些倦怠，又充满了敌意，恐怕是无论如何都要誓死战斗，哪怕是失败了，也会拼命挣扎，绝不轻易投降的。

一个大胡子反叛分子仰起脸孔，对蓝雷说道："有什么能为你效劳的，蓝天世界的兄弟？"

蓝雷挺直了腰板，抱起双臂，他虽说是身材高大，但要说到相貌丑陋、神情吓人，自然远不及他的前辈——摩托头。"我是穆卡尔部落的蓝雷,有平原人中最伟大的芝加哥血统。”

大胡子和同伴交换了一个眼神，接着谦恭地说道:“我早已听说过穆卡尔部落,你说得不错,我还听说,你们都是红皮的朋友。”

“我们只同好心的人交朋友,如果陌生人从我们的领地里抢走我们的食物,他们就绝不是我们的朋友。”蓝雷说着,打了个响指。

他身后的六名熊武士中便有一人走上前来，把从快步身上切下的头颅扔在冒烟的弩箭旁。蓝雷举起那颗凹了的子弹头,说:“这已经说明了问题,是不是？你们敢说这不是从你们的尖铁里射出来的？”

两名反叛分子看了一眼，另外一个脸上胡子稍微少点地说道:“听说穆卡尔部落的武士都是非常高明的猎手,他们的领地上到处都是肉食。难道平原人最伟大的部落,就不能给那些即将饿死的蓝天世界的兄弟们分享一些吗?难道你们忍心看着死亡之鸟吃得脑满肠肥,而让我们肚皮空空,走向死亡吗？”他长着一头玉米须子版的黄毛头发,脑袋上系着一条迷彩汗巾。

听到他这么说,蓝雷有些无言以对,张着口,说不出话来。这些话句句在理,问得他不知所措,最后,他就只能说:“穆卡尔人慷慨大方的程度和他们的勇气是一样的，但谁也不能在别人还没赠与他们食物之前就偷偷摸摸自己动手,只有那些野狼和长尾巴的畜生,才会干这种无耻的事。”

黄毛并未理会话语中的侮辱，他笑着说:“平原人中最伟大的英雄,说出来的话还当真一点都不错啊。可是我们的处境之艰难,还不如那些野狼和长尾巴的畜生,我们没有领地,没有部落,只能四处流浪,四处漂泊,就像一片片云彩。我们是被抛弃的流浪者,世界带给我们的只有羞愧和饥饿，但我们仍有一息尚存，苦苦求生，我们也是这个世界的一部分，也是蓝天下所有生灵的兄弟姐妹。其实我们并不惧怕死亡，但正因如此，我们才更有勇气从强者那里寻求公平。”

回答得太妙了，布里克曼忍不住暗暗佩服。他都忘记自己到底该站在哪一边了。这时，蓝雷不耐烦地做了个手势，虽然变种人很喜欢这些正式的外交辞令，但这样谈下去，根本不可能达到他的目的，更糟糕的是，他就要输掉这场舌战了，那时候难道就眼睁睁地放他们走吗？他说：“是的，你们在寻求食物，也在寻求公正。这些，我们穆卡尔人都可以给你们，但你们的人数太多了，不可能完全满足的。”

大胡子的目光扫过那些埋伏在凹地边缘的变种人武士，说：“但再怎么多也没有你们的人多。”

“这些事情我们后面再谈。”蓝雷坚决地道，“现在，先把你们的人召集起来，让我们共享一袋烟草，好好地做个好交易吧。”说着，他从腰间的袋子中取出一只细长的压缩气瓶，这是寻道民气动步枪最需要的设备。他将气瓶递给黄毛：“送给你们，我们还有不少，而且，还有很多铁弹子。”

黄毛用手掂量了一下气瓶。这是有经验的寻道民的手法，能凭着感觉就估算出里面的气量。他将瓶子递给大胡子：“半满……”

“我感觉也是。”大胡子接过气瓶，也掂量着，说道。他又抬头看着蓝雷，“你想用什么做交换？”

蓝雷笑吟吟地摊开那蒲扇大的手掌，说：“我们为什么不坐下来，慢慢谈呢？”

两个反叛分子自然明白他的意思。

"我们去把伙伴们都叫来吧。"黄毛说。

蓝雷按着布里克曼的胳膊，将他向前一推，说："你跟他们一起去。"

两名反叛分子返回湖泊,布里克曼不紧不慢地跟在他们身后。

走出了大约五码之后,他开始轻轻地吹起了口哨。那是他在里约劳伯学来的曲子中最初的几个小节:"南境……去墨西哥……"

两个反叛分子突然一起停下脚步，警惕地扫视了周围的那些变种人一圈。

黄毛对岸边的反叛分子们挥挥手，请大家放心，没什么特别的事。

当然,他很小心,眼角连扫都没扫布里克曼一眼,他低声警告道:"朋友,留神脚底下。"

说完,黄毛和大胡子突然小跑起来,他们轻轻一跃,就跳出了碎石遍布的地方,保持着同样轻快的步速继续奔跑。

布里克曼紧随其后,小心地跟上二人的步伐,不一会儿,就到了另外五名反叛分子跟前。布里克曼和黄毛迅速地互相传递秘密信号,这是秘密情报员特有的方式。

"墓穴。"黄毛说。这是这个后援小队队长的代号。布里克曼曾经和他进行过常规的无线电联络。

"哑火。"布里克曼也亮出自己的身份。

墓穴像蛇一般嘶嘶说道:"他妈的，你同这些家伙在一起干什么？"

"没时间解释了,你们赶快跑吧,否则,就会被他们卖到下游去,或许还会更糟,你们有办法逃走吗?”

“有。”墓穴低声道。他朝后援队的其他成员转过身,冲他们做了个手势,又指指身后的变种人。这个动作很做作,是为了让远处的蓝雷看到,以为他是在劝说大家过去进行谈判。“我们有一只带发动机的充气艇,就藏在我们身后的岩石里。”

布里克曼向他身后望去,刚好看到那个原先蹲着的反叛分子重新出现在视线中,并冲他们竖起了大拇指。接着又看到那个邋遢的大肚子金发姑娘正跪在沙滩上,收拾一些从破背包中掉出来的装备。他看了她一眼后,觉得似曾相识,但她又马上干活去了。他问:“那你们打算跑去哪儿?”

“那边有个岛屿。”大胡子答道,“这些屎人不会游泳,他们没有船,也害怕深水,别想追着我们。”

布里克曼心中估算了一下从这里到小岛的距离,大概是一英里左右,他说:“你们逃不了的,这些家伙都是神射手,没等你们划出五十码,他们的弩箭就会将你们钉得全身都是,你们全都玩完了。”

大胡子耸耸肩说:“那总比什么也不做硬撑着强啊。”

“另外,我们还有几样东西可以挡一挡,”墓穴说,“营地周围埋着杀伤雷!”

“地雷?”

“没错,刚刚你跳过去的那个就是。这玩意儿没多大,但如果踩上一脚的话,我想你膝盖下面估计就什么都没了。”

“该死……”布里克曼心有余悸地回头看了一眼,“就埋在那一堆石块里?”

“没错,我们还能从小艇上放些烟幕弹。”

布里克曼意识到,现在必须开始了,这件事情,非做不可,想到接下来要发生的事,头脑和肠胃都像沁了冰一般冷。他努力咽下那似乎拥塞咽喉的冰团,用沙哑的嗓子说道:“好吧,伙计们,祝你们好运,最好,现在就开始行动吧!”

墓穴和大胡子身后的五名反叛分子顿时钻入石群,一眨眼就消失不见了。进入了那里,便能躲避凹地两侧变种人弩手的射击。突听一声怒吼,藏在暗处的小艇“突突”发动起来,接着,石头堆的后面爆起一团蓝色的烟雾,马上扩散开来。

“干得利索点。”布里克曼提高声音,“但别让我伤得太重,我还得接着做卧底呢!”

墓穴哼了一声,双臂一抖,将步枪举到齐肩之高,顺势便用坚硬厚重的枪托对着布里克曼的脑袋砸去,动作迅捷,快得不可思议。

但布里克曼更快,他似乎早已算准了,向后一闪,对方的枪托就落空了。他手中木棒一闪,阳光刚好射到那尖锐如剃刀般锋利的刀刃上,一条短而灿烂的光弧飞掠而过。

眨眼之间,棒头的刀锋如同激光手术刀般精确地刺入了墓穴的肚脐,穿透了他的身体。

墓穴震惊至极,那头稻草般的黄头发一根根直竖而起,淡蓝色的眼睛暴突出眼眶之外,接着目光往下慢慢望去,脸上露出了不可思议的恐怖神情,看着自己的内脏散落到腹外,他还是不敢相信布里克曼会真的杀他。他想尽力将内脏塞回去,可腹部如一只装得满当当的麻袋底破了个大口,内脏如一条条活蹦乱跳的鲤鱼,想要塞回,又岂能做到？

那大胡子原本是要朝着藏好的小艇那儿跑去的，听到墓穴的惨叫，回身一看，惊怒交加，提起步枪，对准了布里克曼。布里克曼顺着枪管向下望去，似乎看到大胡子的手指正在扣动扳机，吓得忙侧身一闪。这时墓穴踉踉跄跄向前扑去，却绊倒在自己的肠子上。布里克曼再一闪，左脚跨前一步，木棒尾端向上抡起，往右一挥，打中大胡子的步枪。正在此时，大胡子已完成了扣动扳机的动作，"嗖嗖嗖"，三发子弹飞掠了他的脑袋边，其中一枚射裂了他的右耳。大胡子的头猛地向右肩一歪，避过那飞来的枪管。他也因此失去了平衡，趔趄着后退起身。没等他站稳身体，布里克曼的棍端如影随形，这是致命的一击，如攻城槌般直砸在他的左侧太阳穴上，顿时之间，大胡子脑浆迸裂，脖子也被打断了，垂软下去。

"他们的死是为了其他更多人的活……"总统司令曾经亲自提醒过他，一定要记住这条基本准则。事实确实如此，寻道民之所以能生存至今，这就是唯一的原因。墓穴和大胡子都为别人的活做出自己最大的牺牲——死。这也是为他们在错误的时间出现在错误的地点付出了沉重的代价。

就在布里克曼受到二人袭击之时，躲在凹地边缘的变种人和那几名跟着蓝雷站在冒烟的弩箭后面的武士全都冲了过来，要追杀这些红皮。布里克曼在危急关头，无法警告他们要小心地雷，就算是有时间告诉他们，他们也不可能理解的。蓝雷与身边的一名变种人武士非常幸运，轻易地跃过了铺满石块的地带，但跟在他们身后的两个武士就比较倒霉了，他们正好踏入雷区，地雷轰然间爆炸开来，这两个武士首当其冲，旁边三个同伴也受此波及，被炸得魂飞天外。这种地雷是情报队的专用武器，具有双重杀伤效力，威力无比。其雷体重的一级装药在被脚踩中时引爆，继而催动二级装药旋转着飞到地面，如同一枚空爆弹，那些二级装药便在三英尺高的半空中爆炸，射出杀伤力极强的弹片，如同圆形锯盘，飞切周围的目标，中者立毙，危险无比。

武士们意识到了这爆炸的恐怖，如果他们留在原地，便只能眼睁睁看着那些反叛分子们逃之夭夭了。他们纷纷跳下凹地四周的斜坡，冲向石块散步的凹地底部。可惜他们不明白，那里正是炸弹陷阱，更多的地雷接连爆炸，更多的武士成了血肉模糊的尸体。

布里克曼虽在那一连串爆炸的杀伤范围之外，但爆炸的冲击波也不是谁都能承受的，他本能地跃入湖中，湖底很陡，他用劲潜泳划水，向远处的岩石丛那边游过去。他一口气浮出水面，脚踩到了一个水底的礁石，这水便只有齐腰深了。他脚踩水底，蹚水而过，双手也辅助性地划拉，就这样来到了那片四处飘散着蓝色烟雾中。岸边传来一阵阵混乱的怒吼声和惊恐的尖叫声，并且夹杂着断断续续的爆炸声。

终于看清了烟雾之中，有一辆小艇，但船上的引擎似乎出了意外，不再运转。舵手和五名乘客聚在船尾，因为烟雾，他们一面咳嗽，一面大喘气，想要重新启动发动机，急得都快要发疯了。这片烟幕原本是为了掩护他们逃走的，此时却似要变成他们死亡的裹尸布了。

幸好，布里克曼给他们带来了好运，他一靠近，那引擎就“突突”地发动起来了。布里克曼见他们要走，忙向前冲去，举起手来：“等等我，等等我！”

这声尖叫刚一出口，五名乘客立即转身，也就是这一刻，舵手加大油门，船上的人猛地一晃，扑倒在充气船舷间的甲板上，发动机狂呼大吼，盖过了布里克曼的呼声。一名情报队员敏捷非凡，跪坐船边，将步枪架在船舷上。就在这时，小艇猛地往前冲跳，船头和船尾不住地涌出烟雾。这一猛然加速，倒令那名情报队员仰面后倒，跌进舱内，只有那支步枪从船舷后探出，乱晃乱戳，那人同时叫了一声。舵手听到叫声，注意到了水中有敌人，便调转船头，向布里克曼冲来，毫无疑问，是想将他撞倒。但他冲过来时才发觉，布里克曼身后的水面上，露出一块两英尺高的礁石。他吓得连忙往左拐，但却为时已晚，更犯下了致命的错误，他不该冲撞布里克曼，更不该进入布里克曼的棍刃杀伤范围。当小艇从布里克曼身边疾驰而过时，但见寒光一闪，刀锋划过舵手的脖颈，一串血滴在阳光下晶莹如珠，一个好好的头颅就顺着胸前滚落在甲板上。布里克曼的刀劲未绝，带着无头之尸向后倒去，正压在急转弯状态的舵杆上。

小艇马力十足地打着左满舵，在岸边水面上团团旋转，烟雾快速散发，搅起一个令人窒息的漩涡。艇上的人试图过去控制方向，但转速太快，又极不稳定，其中两人难以立足，便被甩到了船外去。布里克曼向他们冲了过去，但还没靠近，就有几位熊武士赶上，将最先落水距离最近的那个捉住了，拉扯着拖到沙滩上，乱刀混砍，分分钟了结他的性命。另一名落水者是个女人，正奋力朝远处的岛屿游去，但一支弩箭横空而过，穿透了她充气救生衣的后颈，钉进脖骨，自咽喉穿出，她便慢慢地翻了个身，仰面成了一具浮尸，随着波浪前倾荡漾，一只了无生气的手臂扭曲地伸出，姿势怪异，仿佛与这个世界挥手告别。

小艇终于歪歪扭扭地驶离了岸边，在一片喷涌的烟幕中，船和它的乘客都渐渐消失不见了。

布里克曼站在齐腰深的水中，看着那团蓝灰色的烟雾飘走，冲向湖心小岛，跟前就只剩下舵手那具无头尸体，胸腹朝上，漂浮在一团血水中。突听“嗖嗖”声响，原来是变种人的弓弩手对着蓝色烟雾中心轮发的射箭。布里克曼心中一算，看来船上的三名情报人员中，至少还有一人能活，也没受伤，还能驾驶小艇逃走，但另外两人会怎么样？他知道，蓝雷绝对不会放过追杀他们，除非将他们彻底消灭。这一场战斗，太多的武士兄弟断送了性命，这场残酷而血腥的遭遇战却远远没有结束。

布里克曼的麻烦也远未结束。

他看见蓝雷站在那里，背对自己，宽阔的脊背上鲜血淋漓，看来是中了几块飞行的弹片。伤口虽然不大，也不算深，并不危及生命，但一定疼得厉害，当然了，这又不是被跳蚤咬。但蓝雷却一点痛苦的感觉都没有，也许这就是变种人的特异之处，不知为什么，也许是他们的体格天生异常，疼痛神经不发达；也许是怪异而虔诚的信仰让他们心态变异，对疼痛拥有极强的忍耐力，简直不像人类，而像是某种恐怖的生物。

布里克曼感到头晕目眩，方才发生的一切，太快，太惨，令人头脑麻木，失魂落魄，这些死亡和毁灭，他都负有很大一部分责任。蓝雷这位武士首领此时正值执行一项凄惨而悲伤的任务，他要亲手打发那些受了重伤、痛苦不堪的兄弟走上解脱之路。布里克曼呆呆地跟了过去，眼中看到的是那些被炸得腿断手折、骨肉离散，或者是胸腹被爆破弹爆开、肠肚流了一地的熊武士。看他们这个样子，已经不可能再医得好了，活着，对他们来说也许是一种痛苦。

武士们喃喃念着："摩城渴，摩城喝……"看着高处的刀锋飞快地刺下来，心头一阵冰凉，他们眼中的光芒像微弱的篝火，轻轻摇曳，渐渐熄灭。布里克曼想起雪先生曾经说过，那种光芒是他们灵魂的映射，当人在尘世间的肉体死去时，他的灵魂便会脱壳而出，飞向伟大的母神慈爱的身体中去。神秘的灵魂是一条晶莹澄澈的溪流，它流淌着一闪一闪的光芒，就像星星，就像眼睛，在黑暗中忽明忽暗。那黑暗则是母神摩城身上那件完美无缺、毫无缝隙、美丽绝伦的黑色斗篷。每一个白天结束时，她都要用这件斗篷轻柔地盖住这即将沉睡的世界。

布里克曼暗暗祷告，转世重生吧，这种说法会令生者心里觉得好过点。人们做错了事，无可更改，但还有机会重新做出正确的选择，能够改正过去的错误。而且，转生并非一次，而是循环轮回，无穷无尽，再看那高高的天空，世界与群星正沿着时光之河流淌，渐渐向永恒之海的天际线划去，天光露出了越来越明亮的线束。

蓝雷完成了这神圣的使命，亲吻着自己的长刀，再将它擦得干干净净，雪亮如新。一共死了十八名熊武士，伤了二十多名，伤者还能走路，只要回到雪先生身边，便能重新康复。那些没有受伤或者受了轻伤的武士，开始收集柴火，准备搭起一座巨大的火堆，埋葬逝去的兄弟们。过了片刻，火焰熊熊燃烧，启程的灵魂们随着升高的火焰，飞到了云天之外，母神摩城伸出温暖的双手，捧着生命的圣杯，等着他们回到那里。

在武士们搭建火葬堆时，布里克曼涉水前行，一直走到水没脖颈，又向前游了二十几码，找到了那位女情报队员纤瘦的尸体，将她拖回了沙滩。这样算来，只剩那个孕妇和另外两个男人需要解决了。

他刚一放下尸体，转身离开，旁边一名熊武士便跨在尸体上，摆弄尸体形状，将其脸朝下趴在地上，双臂撑住了，双膝跪地，弄成跪姿。又有一名武士走过来，抽出长刀，一手揪住死者头顶湿漉漉的头发，拉开尸体脖颈，“嗖嗖”，两刀连劈，便将那女人的脑袋砍了下来。

与此同时，十八名熊武士的尸体与柴火交叠着，堆成三层，火葬堆周围都用带着树叶的枝条围好了，熊熊烈焰向中间包裹，聚拢。四周站立的武士们开始唱起一支悲壮的歌谣，充满了反叛精神与神秘追思，颂扬他们的英勇无畏，追思他们的生平种种，将他们送往天国，与穆卡尔部落那些逝去的英雄相会。

蓝雷慢慢地看向布里克曼，粗犷的面庞上，满是悲戚之色。他指指墓穴和大胡子的尸体，说：“云武士，今天你战斗得非常出色。”

“不如我的部落兄弟，唉，蓝雷。”

蓝雷摇摇头，沉重地叹息道：“今天真是个糟糕的日子，我没办法和那些用云雾包裹着身体的敌人亲自对战，这样的战斗根本没有荣耀可言啊！”

“是啊！”布里克曼答道，“我们被骗了，你向那些戴着虚假面具的家伙提议和谈，但他们不是真正的红皮，他们是沙穴人，他们一点都不尊重平原人的行事方式。”

“哼，沙穴人的尖铁着实威力巨大，你知道那到底是什么东西吗？

一爆响起来,就像是大地惊雷。”

“我以前听说过,”布里克曼点点头,“但没见过,想不到它威力竟如此巨大,让我们的熊武士付出了这么惨重的代价。”

蓝雷愤怒地咆哮起来:“这些沙穴人真是阴险毒辣, 用那下流的双腿踩着我们的大地,在土地里播种死亡,用天空的烈火烧掠我们,如今,还让我们的大地反来和我们作对,他们实在是太邪恶了。让你腾空飞行的罡风是辟邪主的呼吸, 大地是他的身躯, 日月是他的眼睛,雷鸣是他的声音,河流是他的血脉。但沙穴人无耻懦弱的罪行玷污了这个世界,亵渎了辟邪主神圣的尊严。为了这次遭受的侮辱,我们必将向他们复仇到底。”

布里克曼黯然垂下脑袋,说道:“我也要向他们报复。沙穴人令我在兄弟们面前丢脸,就让我提着他们的头颅来见你吧。”

蓝雷考虑了一会儿,目光望向远处的那座小岛,问道:“那你怎么越过这片大水?难道你不会像石头一样沉下去?”

“当然不会,我能像蛇一样,扭动着身体,游过去。”

“你要什么时候出发?”

“夜幕降临之时。”

蓝雷露出钦佩之情:“你才拥有真正的法力。”

布里克曼不想告诉蓝雷是怎么回事, 所有寻道民都在地下游泳池里接受过游泳训练,那只是日常体能训练的一部分,只有极少数人能有机会将这项技能用于地面实践,而他很快就成为其中之一了。他觉得真是奇怪, 为什么变种人从来不打算学游泳?不过这也可以想见,这么多年来,他们同铁大师频繁来往、交易,却从未想到过要造一艘船只，他们天生就缺了一块神经似的。而且，他们还有很多古怪的理念和迷信。比如说，宁可睡在开阔的地上，也不愿意躲在大树底下过夜，还有那些关于辟邪主、母神摩城和天音等等的神秘传说。一年以前，布里克曼对这些事情也是嗤之以鼻的，但渐渐地，他发现有很多事情越来越像他们所说的，那到底他们是对的，还只是巧合呢？

毫无疑问，过去，这些变种人之所以会有那样的理念和迷信，定然是经过一个非常合理的原因和解释的。但随着时光的流逝，即便是像雪先生这样记忆力非凡的字匠们，也早已忘记了那些曾经的原因。这些变种人中，有极少的一部分，拥有着超越常人的奇能异术。这些特异功能是不是“魔法”无所谓，反正是无法马上用现有的科学知识解释的事情，便姑且称之为“魔法”吧。就先这样称呼吧，但有个问题：到底什么样的人才能够解释这样的奇异怪事？布里克曼已经发现了，即使在联邦内部，访问信息的多少也受级别的高低限制。他记得总统曾经亲口说过，第一家族其实是相信变种人拥有魔法的。或许第一家族会知道其中的原因，他们不是无所不知的吗？建造了整个大哥伦布并且控制它的，不正是这些人吗？这部巨型电脑是联邦的根基，联邦所有的运作和发展，都需要哥伦布来制定和运行。第一家族是它的控制者，拥有着无上的权力和智慧，否则，寻道民们不会一日三次顶礼膜拜，愿意全身心地为联邦效忠，奉献自己的一生，将第一家族看成“一切知识、智慧和真理的守护者”。

夕阳沉沉西坠，天上温热的金色余晖渐渐消散。那些被夕阳染成了粉色、黄色的云朵，也退变成了淡淡的紫红，再变成冷峻的灰白，继而变得阴沉，昏暗。暗夜步步紧逼，吞没了这恋恋不舍的紫霞余光。不久，夜幕徐徐拉开，覆盖了大地，东方的山峦淡入黑暗中，与天空浑然一体，颜色、形状都模糊了，都交融了，新的没有景深、没有形状的世界产生了。小岛变成了模糊的暗影，横卧于暗银色的海面上。忽然间，它似乎近在咫尺，就在跟前，可是刹那间，又遥远无边，难以捉摸。

几个侦查消息的熊武士奉命绕着湖边搜索，但并未发现那些沙穴人靠岸登陆的迹象，他们派人回来报告说沙穴人应该还困在小岛上。

是时候该行动了。

湖面幽暗，凝滞，沉静。看过去，犹如一个黑暗的陷阱，令人产生一股不祥之感：一入其中，便万劫不复。它也并非彻底的平静，似乎有某种未知生物从湖水深处浮出，将鼻吻探到水面上，于是镜子般的水面上便激起一圈圈的同心圆涟漪。

布里克曼看得有些心慌，想打退堂鼓也来不及了。这些愤怒的变种人，不把残余的情报队员干掉是不会善罢甘休的。他们很有忍耐力，会耐心地等上几天甚至几星期，像冷酷的猎手追踪狡猾的猎物那样，不离不弃，直至击中目标。他们认为，那些邪恶的沙穴人冒犯了尊贵无比的辟邪主，他们必须以牙还牙，让沙穴人血债血偿。变种人才不关心那些小小的地雷是怎么爆炸的，又为什么会埋在那里，要如何避开它们。他们对那些敌人的侦查和杀人技术没有一点兴趣，只是想着要怎么冲上去灭掉对方。布里克曼禁不住感到一阵悲哀的沮丧，这些变种人如果再这样下去，那永远也不可能取得胜利，他们不会学习，不会进步。但无论如何，布里克曼眼下是站在变种人这边的，他必须捍卫他们的利益。后天太阳初升之时,变种人同铁大师交易的队伍将踏上征途,迎接交易之船的到来。他必须在卡尔斯托姆得到这个坏消息之前,在幸存的情报队员找来紧急救援之前,快速而血腥地结束这一切。否则一旦空中火力支援到了,变种人定会满盘皆输。

另外,他还有一个必须尽快解决眼前灾难性的混乱局面的重要原因:清水和佳得利就快回来了,他希望能够尽快赶回去,迎接他们的到来。他历尽千辛万苦回到这里,再也不会让清水从自己身边溜走,他要紧紧抓住她,牢牢地抱在怀里。

火葬堆猛烈地烧了整整一个白天,将武士们的灵魂送走,到了这个时候,已变成了一片混乱起伏的方形余烬,其中部大概有两三英尺的厚度,还传来一波波热量,它原先那灼人的高温残留的能量虽然削减了大部分,但还能让凹地的岩石基座和侧壁沐浴在那橙红色的炭火中。布里克曼心生警觉,这些光亮,足以引起三名幸存的情报队员的注意,他们可能手里还有望远镜,正在从远处偷窥这里的动静。他不能让他们发现自己,便从光亮的范围内走出,融入那四野的黑暗中。

蓝雷和三位熊武士陪着他,绕着湖岸走了一半的路程,接着,便到了湖水之畔。过去,布里克曼曾经游过几次长距离的泳,但那时候是在经过消毒处理,绝对安全的游泳池内,池水澄澈干净,闪耀着纯洁的蓝光,一探手,就能摸到泳池边缘。他相信自己体力是不成问题的,足够游到那个小岛。但是面对着这片巨大开阔,下面不知道藏着什么怪兽的湖水,他心中也不免惴惴,能否横渡过去还是个问题。

为了以防万一,他从熊武士们当中借来了几个硕大的鹿皮口袋,做成了四只浮袋，再在上面支撑起一个用树枝制成的木架框，将上满子弹的气动步枪绑在上面，又将一把长刀和匕首也绑上了，以便近身格斗时使用。他想过是不是该带上自己的棍刃，最后还是决定将它留在岸上。这武器杀伤力很大，但如果不靠近敌人，也就没啥用处。如果那三名幸存的情报队员是狙击高手，只需要在七十五码外用一个三连发的点射，就能轻易地射死他，要是他们的步枪上有红外线夜视瞄准镜，那距离还可以增加两倍以上，就能一枪毙命。

他找到一个适合下水之处，脱去外面的衣服，只剩下内裤了，这也是他身上唯一剩下的寻道民衣服。然后，他又将那个舵手穿过的救生背心套在自己身上。最后，与同伴们互相击掌告别。这是传统的礼仪，他像鱼一般滑进水中，将系着浮袋的小筏子推在身前，为了掩饰其外形，在上面还覆盖着一层带树叶的枝条。身体觉得湖水冰凉，但还可以忍受，他尽力迫使自己别再去想水底下那些可怖的不知名生物。他渐渐往前游去，大约离开岸边一两百码后，忽觉有个黏糊糊的物体在身下游过，拂扫过他的肚皮，他感觉害怕得心脏都快要跳出喉咙来了。他这下子觉得变种人不愿意下水，只留在干燥的陆地上是多么聪明的一个决定啊。

又游了一会儿，似乎身下那巨大的神秘生物再次游了过来，连续拂了他几次，但没有发生其他事情，他的心稍微放松了些，知道自己没有性命之忧了。原先那种极端厌恶和恐怖的感觉消失了，他多么怕它来碰自己，还觉得它会用那锋利的尖牙利齿一口咬住自己的老二，真是如噩梦般恐惧。打消了恐怖的幻想后，他继续向前游去，信心也逐渐增强。他脑子集中在任务上，思忖着上岸之后该如何行动才能快速地撂倒那几个家伙。

后半段游得比前半段顺畅多了,速度加快了不少。他渐渐接近了湖心小岛,抬头看一眼天空,只见云层渐渐稀疏,散碎,支离,凌乱,繁星们又露出了一双双眨巴的眼睛,夜空变得安静而微亮。他距离岛屿更近了,岛屿共有五座,都是岩石构成的,那些矮小的树丛、杂草、灌木不知花了多少努力才好不容易在上面站稳脚跟。离他最近的两个岛屿是侧壁陡峭的巨石构成的,上面光秃秃的,毫无遮挡,其他小岛中,有一座起码有五十个院子那么大,面积还算庞大。在很久很久以前,甚至是在被变种人称作旧纪元的时代之前,因为地壳运动的力量,推挤移动岩石湖床,导致其向上隆起,变成现在的水平面,又因挤压力过大,导致地层断裂,一层层纹理鲜明的岩石暴露于空气之中,如同被折断的威化饼干,经过几千年的风吹雨打,空气将它们原本尖锐、粗糙的边缘打磨得光滑、和顺了。

布里克曼悄然向最大的岛屿游了过去,前方一片黑暗,看不见一丝光亮,周围静悄悄的,只能听到自己的呼吸声,还有波浪冲击在前面岩石壁上的哗啦声。礁石一仞一仞地耸出水面,有四五英尺高。他侧着身体,一只手轻拖浮筏,一只手暗暗划水,加上双脚蹬动,悄无声息地绕到小岛侧旁,想找一个比较合适的地方登陆。

变种人不会游泳,怕水,根本无法涉水到这里,这座小岛果然是个天然的理想避难所。布里克曼心中有点不解,为什么昨天那些情报队员不到这岛屿上睡觉,而非要在岸边宿营呢?结果被变种人包围了。嗯,也许是他们到达湖岸时已临近黄昏,天色渐暗,谁都不愿在夜里渡湖。布里克曼早已轻松地适应了地面的环境,不怕黑暗,他忘记了，大部分寻道民最惧怕的就是黑暗了，甚至包括大多数飞行员和情报队员。而且，他们中没有几个人敢在湖中游水，就算是白天也一样，他们只在游泳池里游过。

布里克曼向岸边游去，这时，脚趾恰好踩到一条隆起的石脊，便自水中站直身体。水有胸口那么深，头上有无数的树叶枝条垂下，正好挡住了他。他凑近了看眼前的这棵树，只见它生满了节瘤的根部如群蛇一般，一条条盘绕在那开裂的岩石缝隙内，又如同老人手背上纠结硬化的青筋。布里克曼将武器从筏子上取下，再将筏子拖到一条石缝中放好。

爬到岸上后，他做的第一件事就是将带着刀鞘的匕首绑在右侧小腿上，把长刀上的腰带系在腰间，背上气动步枪。筏子漂在石缝中的水面上，应该不会漂太远，上面还覆盖着树枝，乍一看就只是一堆烂木叶，不会引起什么怀疑的。

他靠着一棵树的树干蹲坐在地，将步枪横担在双膝上，放松身心，缓缓地冥想，再睁眼观察，大地寂静而黑暗。他对着它们敞开了身心，吸取着周围环境中的各项信息，几分钟之后，有了大概的了解，然后便是进一步分析周围的地形情况。

一览无余的星空中，半轮月亮冉冉升起，皎白的月光洒满湖面，闪射着粼粼波光。布里克曼惊讶地发现，面前的树丛竟变成了一片片暗淡的剪影。岛上的地形地貌，在月光的照射下，竟展现于眼前。月光透过树叶，钻出纤细的光柱，将迷宫般的树丛照出一条清晰的小径，一弯一洼，起伏不平的岩石池塘里荡漾着明亮的月影。布里克曼又是兴奋，又是暗暗心惊，他的猎物一定就潜伏在前面的某个地方，以三敌一,他们占了人数上的优势,而且对地形更为熟悉。但布里克曼倒也有一个更为有利的条件,他们或许还不知道他的到来,如果能出其不意,便能打得对方措手不及,一击必胜。

有了信心,他便悄悄拔出匕首,刀锋插入泥土中,往下刺去,抵住了泥下的硬岩。这里的土层太薄,只有两英寸,不足以埋藏地雷,这也是他小心翼翼、以防万一的原因。其实这小岛也就二百码长,宽也最多八十码,湖水是环绕着它的最佳保护层,对于变种人来说,就像个攻不破的要塞,哪用得着再埋地雷防守?除了其他那些不怕水的情报队员,谁又能攻到这里来呢?

他暗下决心,要向小岛中部进发,如果能占据那个中心位置,对他将更为有利。那里黑漆漆的,地势又高,他可以悄悄潜伏,瞄准任意目标。

此时湖面上月光跃动,恰好将四周岸边的物体映照出来。他使用课本上学到过的战术悄悄前进,但这些技巧和知识在这儿并没发挥什么作用,因为这里没有绊雷的触发线;没有下面布满尖桩的陷阱,一踩到伪装的陷阱盖就掉下去穿透身体;也没有树干突弹而起的小树,更别说能绞杀猎物的空中套索了;这里也没有蓄势待发的豪猪石弹,一旦触发,就会像巨大的钟摆一般砸过来,撞扁粗心的冒失鬼,上面豪猪般的尖刺还会穿透他的身体。这些令人心惊胆战的猎杀玩意儿一概没有,有的只是石头和树叶。那些头发、胡子都已经白了的老开拓兵,比如像坏消息洛根那样的,最爱讲起这些吓人的玩意儿,说得活灵活现,充斥着血淋淋的细节,吓唬每一个刚踏上战场的菜鸟新兵。

布里克曼继续向前走去,他赤裸的双脚轻踩那冷硬湿坚的岩石,像猫一般,不发出任何声响。他专找石块落脚,不敢踩那些柔软的松针和枯枝败叶处,就是怕里面万一藏着什么杀机。这时,他看到小岛的另一端露出了一个尖长的轮廓,是那艘小艇。它躺在一块宽而平的石板上,岩石的一端斜斜地探入水中,宛如一条天然的滑道。情报队员一定是驾驶着小艇冲上这块石板的。他向小艇爬了过去,靠到近处,竟然发现了刚才没发现的一幕景象:一只迷彩服的衣袖搭在一侧的船舷上,里面裹着的是一条毫无生气的手臂,手掌微微张开,手指却僵硬曲张,畸形诡异。它的主人是某个躺在甲板上的人,此时还看不见他的身体。看来那些胡乱向蓝色烟幕中射箭的熊武士并未浪费他们宝贵的金属弩箭,至少射倒了一个,现在还剩下两个了……

距离小艇几码远的地方,向着岛内的这面,有一支气动步枪和一个背包,均歪倒散落在地。这说明是有人匆匆忙忙地将它们随手扔在这里的,根本不会再来拿了,那两名活下来的情报队员说不定就在附近,他来到这里,很可能已经暴露在他们的视线之中。

危险!

布里克曼想到这里,折回了脚步,不再向小岛中央暗进,转而慢慢靠近布满石块、倾斜长条的海滩。脚再次踩在冰冷光秃的石块上,绕过片片月影流转的池塘。此时全身基本赤裸,身上涂画的变种人彩绘就仿佛一件绝佳的迷彩服,掩盖了他的真实动向。也许正是这伪装,救了他的性命。当一串三连发的点射从近处破空而至时,没有射中要害已是万幸。

“嗖嗖嗖!”

布里克曼右扑倒地，感到身体左侧一阵灼热，钻心的痛。他忙连滚带爬地逃到距离自己最近的一棵树后，隐藏起来。他咬紧牙关，忍住剧痛，屏住呼吸，侧耳倾听。哪怕是任何一丁点儿动向，都要巨细无遗地吸纳进耳，希望能借此捕捉到袭击者的位置。

但是，没有任何动静，只能听到心脏“怦怦”大跳之声，像是揣着一只兔子。他伸出右手，摸了一下右肋下的伤口，鲜血从指缝中流淌而下，真是十分幸运啊。一颗子弹差点就射进胸腹了，幸好只是从第四根肋骨旁掠过，擦破了那里的皮肤。第二颗子弹则从他抬起的前臂下斜刺里穿插，犁出了一条长长的伤痕。第三颗子弹则从左臂外侧飞过，伤口处于手肘上部。他想屈伸胳膊，疼得眼泪都要掉出来了，不过还好，手臂还能使，没断筋折骨。

根据自己的伤口情况，他大致判断出了射击的角度和方向，也粗略地计算出枪手所在的位置。他知道，对方射击采用的是卧姿，所以子弹基本是从下往上打过来的。他安安静静，像尸体般坐在那里，心头细细琢磨取胜之道。现在，他半天没动静，那个射手说不定会认为他已经倒地身亡。但半小时过去了，对方还是没采取任何一步行动，也没过来看一眼，这很有意思。尽管布里克曼无法再来个出其不意，突然袭击，但至少他能随意活动。也许那两名情报队员此时已经身负重伤，无法再随意挪动身体，这或许就是他的优势。不过那两个人仍是十分危险，不可轻易再次暴露。布里克曼没这么急着要送死，他会耐心地等下去，等待黎明曙光的到来。

他再向那个掩藏他踪迹的树干爬近了些，缓缓站起，探查这树上的枝条情状。运气不错，这树上恰好有一段残枝，能够给他提供一个攀爬的落脚点，这样他就能攀到最下面的树枝了。盘算已毕，他便将步枪背在身后，顺着树干往上爬去。虽然过去从未爬过树，但仍然信心十足，顺利地攀缘。他曾经上过飞行学院的偷袭课程，为了测试飞行员们的胆量，课上会支起高高的塔架，要同学们爬上去。他第一次爬高塔的心情就和现在一样，信心十足，勇敢大胆。终于爬到了三十英尺左右的半空中，他找到了一个绝佳的所在——一束粗大的三叉形树枝，爬过去，可以安然躺倒，不必担心会掉下来，像一张小小的安全床。他将步枪挂在一根折断的小树杈上，舒服地躺下，放松心情，渐渐打起盹儿来。

天色渐明，睁眼醒来，虽未破晓，他却能借助微弱的天光，将周围的情形看得比较清楚了。四面笼罩于一片白茫之中，浓重、诡异、神秘的雾霭，如无处不在的毯子，将整个大湖都覆盖起来，又从树下的地面徐徐翻滚，再绕着树干盘旋攀爬，灵活飘动，就像是那史前海洋的白色幽灵。

布里克曼在错落横斜的树枝间上下移动，从树叶缝隙中向下窥看，之间停在岸上的那艘小艇隐约在雾气中显出船头，看来猎物还没有走，还在岛上。现下情况大明，那两名情报队员虽知不速之客到来，但却错过了驾船出逃的最好时机，这也证实了他的猜测很正确，情报队员之所以没逃跑，是因为他们的力气不足以把小艇拖回水中。

他想起了昨日面对墓穴之时，胸口弥漫起一阵冰冷的死亡之感，不知为何，这会儿那种感觉又袭上心头，他目睹了蓝雷将身受致命重伤的变种人武士送上了不归之路，而一会儿，他不得不对自己的同胞们也做这样的事。但与之不同的是,他对他们所做的只是一场冷血的屠杀而已,并不能给他们带来什么心灵的安宁。这样做到底有没有意义?这是一个弱肉强食、适者生存的世界,寻道民对世界的理解是实用又浅显的。他们永远无法接受那种后世转生的说法,他们认为,赐予他们生命的是第一家族,他们活着只有一个目的:为了实现联邦的理想,为了联邦未来的发展。对敌时该怎么做才是唯一有价值的东西。在他们心目中,死亡的含义简单干脆,就是大脑和身体停止活动,也就代表着你一生的工作正式结束了,类似于上级拔掉了机器人的插头。收尸队将你装进袋子里,你的大限已至,游戏结束。

这两名被困的情报队员已经死到临头了,在他们最后刹那的意识中,一个念头将忽闪而过,那是被出卖的极度绝望与愤怒。这是他们过去前所未有的感情,在第一家族缔造的这个美丽新世界中,这种感觉,是这些死者最好的墓志铭。

浓雾将散尽,布里克曼渐渐爬到了低处的树枝上,他终于能够亲眼看清楚那名持枪的情报队员了。那人软绵绵地躺靠在一块石头上,胯部下方的左腿中插着一支弩箭,箭头的尖刺探出了大腿内侧,裤子和双腿间的地面上血迹斑斑。他用布条和格斗匕首的刀柄制成了一副止血带,正用右手绞紧了带子止血,但因主动脉破裂,鲜血不时地喷涌而出。他的左手则紧紧扣住步枪的扳机,随时做好射击准备,若要射准确了,他得费力地将枪架在右腿或是前臂上,但就没法使用准星瞄准。昨天晚上,布里克曼能侥幸逃命,也许就是这个因素。

布里克曼不再等待,他冷酷地瞄准了情报队员的前胸,“嗖嗖嗖”,射出一串连发子弹,干脆利落地穿透了目标的心脏。在子弹的冲击下，那人双臂张开，身体撞倒了背后的石块，步枪从左手滑落，身躯像干瘪的麻袋般颓然倒地。临死之前，他本能地伸出左臂，想将脱手的步枪抓回来，却没能完成这个动作。

布里克曼这下可以像壁虎般滑下树来了，他躲在粗大的树主干后，偷偷窥扫前方。他发现了那名怀孕的女队员，她就躺在右前方，背对着自己，靠在一棵树旁。她的手臂无力地瘫软，垂在身体两侧，双手空空如也，掌心对着天空。布里克曼慢慢往后退去，从另一侧迂回过来，接近她的身边。他悄无声息，如幽灵般过来了，再小心翼翼地环顾了四周。没有任何特别的动静。他端起步枪，准备射击了。这很容易，没什么好说的，他走到她的跟前，三筒枪管直指她的胸口。她发现自己处于枪口底下了，一切都完蛋了，她抬头看过来了，一张疲惫不堪的面容，绝望的淡灰色眼睛，闪着最后一点光彩。他昨天的感觉没错，她确实是个熟人，他认出来了，这不是堂娜·梦露·鲁德奎斯特吗？

“克里斯托夫·哥伦布在上！堂……怎么会是你啊？”他叫了出来，“你怎么在这儿？”

堂娜一惊，盯着他细细打量，也觉得像是认识他似的，但记忆中的那个人无论如何也不可能是眼前的这个怪异的家伙啊。但她最终还是叫了出来：“布里克曼？真是难以置信，天啊，史蒂夫·布里克曼……”她一边叫着，一边又嘶哑而微弱地笑了起来。

“是的，是我。”布里克曼将步枪放在一旁，跪在她的跟前。她那件满是补丁的迷彩服上，右面全浸透了鲜血。他轻轻地抬起她的右臂，检查一下伤口，一支十英寸长的弩箭射进了她的身体，尾羽露在外面，伤口很深。“疼得很厉害吧……”

鲁德奎斯特面孔一皱，汗水淋漓，微微咧嘴，沮丧地苦笑：“是啊，以后再也跳不成舞了。”

“身体还能动不？”

“只有脖子以上的部位能活动，昨天是有汤姆帮忙，我才爬到这儿来，可现在……”堂娜喘了口气，“我自己根本没法动。这箭……该死的，一定射进了我的脊柱。”

布里克曼伸手放在她隆起的小腹上，说：“这也太疯狂了吧，你都成这样了，他们怎么还会派你来执行任务？”

“哦，放心，我不会当护母的。这其实是一只超高频无线电背囊，是用海绵橡胶……还配着水囊……颜色也做得和我的皮肤一模一样，如果不仔细看，留意到接缝的话，一点都看不出来呢。”

“我都被骗了。但如果变种人……”

“放心，呆瓜们从来不会对怀孕的女人动手，不管这些女人是不是他们的敌人，你不知道这点吗？”

“哦，我只知道他们认为没有出生的胎儿是一种很特别、很神圣的东西，可惜——他们对付你时却忘了这一点。”

“昨天他们盲射进烟雾中时，根本看不到目标。”

“但他们还是没漏掉任何一个目标。”

“用不着你来提醒……”

布里克曼有些犹豫了，不知道要如何委婉地问自己想问的事情。

“你……嗯，是不是已经——用这玩意儿发出紧急求助信号了？”

“还没，上面有条隐藏的拉链，我的牙齿够不着。”

“你的意思是……”

“只能由你来向他们汇报这里的情况了。”

“可我不知道你的呼叫代码。”

“这个嘛,代码是S.O.P布里克曼。输入你自己的代码,然后就可以用它发出求援信号了。等确认了你的身份,这机器会一步步指导你进行各种操作的。”

“哦,好的。”布里克曼突然低声咒骂起来,“真是糟糕极了,要是早知道你也参加了这次行动的话……”

“那又怎样,事先知道,结果会不一样吗?”

布里克曼双手一摊,无能为力地说:“如果能制止这次惨剧,我绝不会袖手旁观的。你们这些家伙露出了天大的马脚,一切都被你们毁了,行动计划中可没说过你们要被俘虏。”

“是啊……一切都糟透了,是吧?”

“糟得不能再糟了……”

堂娜说到这里,突然疼痛袭身,她不得不咬牙皱眉,抵抗痛苦,喃喃说道:“幸……幸亏你来了。汤姆,汤姆他坚持不了多长时间了……他失血过多……我真是担心极了,如果……他先我而去,丢下我一个人……那该怎么办?”她猛然直盯布里克曼的眼睛,“我可以指望你,对不对,老朋友?”

布里克曼一皱眉头,“那当然,没有问题,可是……你真想这么做吗?或许还有其他……”

“没有了,听我说,事到如今,没有任何办法了,你会帮忙的,对吗?”

“对。”

“那汤姆是不是已经……”

“死了。”布里克曼轻轻地答道,他这才意识到,鲁德奎斯特连脖子都拧不过来了,就连看一眼汤姆都不可能。伟大的母神啊,这种死法真是太痛苦了。他左手轻轻地抚摸着她的额头,右手从腿上的刀鞘中抽出匕首。

“说说吧,你当情报队员多久了?”

“你不应该打听这种事的,但现在……我进入飞行学院的前一年就在里约劳伯毕业了。还有,我想你猜都猜不到,我还上交过一份报告,推荐你加入情报队。”鲁德奎斯特咬紧牙齿,忍住那钻心的剧痛,继而松气地笑了,“可笑吧?”她的呼吸开始变得吃力而混浊,“听我说,答应我一件事,千万别,别……让他们将我……你知道的——别将我啃了……”

“好,我答应你。”

鲁德奎斯特慢慢地闭上了双眼,说:“谢谢。我什么都不怕,就是这件事情,一直……一直……让我恐惧。”

布里克曼的手指轻轻拂过她蓬乱的头发,顺着滑到了她的后颈,扶着她的脑袋仰起,凑近自己。他的双唇轻轻地印了上去,印在她的眼睑上,印在她微张的嘴巴上。

“我的嘴太干了。”鲁德奎斯特气若游丝地说,“你有没有喝的?”

“有,当然有,我帮你……”布里克曼牢牢地揪住她的头发,用力将她的脑袋向后一扳,再用刀尖顶住她的咽喉上侧。他手上用劲,将匕首刺了进去。

解渴吧,我的母神……

第十六章

雪先生和蓝雷是这次贸易使团的首脑。整个贸易使团还包括近三百名熊武士，一百名狼武士，还有一百五十名随营人员和辎重管理人员。三十二名反叛分子俘虏再次被肩并肩地一对对用长木枝绑好，就像套在车上的牛一样，分散着安排在队伍各处。

这支队伍离开南怀俄明，向东北方出发了。他们蜿蜒前行，穿过了曾被达科他人和明尼苏达人占领过的地方。那本是两支古老的部落，当芝加哥人逐渐发展壮大后，就从他们的诞生地密西根圣湖向西扩张，把两个对手都驱逐出了这片地区。

平原人穿过的地盘虽是过去对手的老据点，但行进的过程还十分顺利，并未遇到过什么麻烦。队伍的界标杆一直都由人高高举着，上面装饰着三角旗和树叶春花制成的花环，旗帜猎猎飘舞，花环习习吐香，向别的部落表明，他们只是和平路过，别无他意。对于变种人来说，这段日子正值“水上步行”的特殊时期，这一时间段，各个平原人部落正聚集起来，同铁大师进行交易，所有的纷争和战斗都要停下来，短暂的休战中不可再有敌意的行为。

穆卡尔部落的交易团不紧不慢、舒缓潇洒地向前进行，但这也只是他们自己觉得舒服而已，对于他们的俘虏来说，这简直就是一次急行军。队伍最前面是由四名身强力壮的大汉组成的一组组武装小队，他们高举着界桩挥舞示意。另外还有几组侧翼队伍，布置在大队周边较远之处，四处打探消息，侦查形式，来来回回，迅速地禀告给大队他们的发现。

这时候不需要狩猎，而且，在别人的领地上猎取食物是违反休战协定的，除非当地的主人能够主动奉上食物，否则各个部落只能吃自己随身携带的口粮。每天到了落日时分，装点得醒目耀眼的界桩都会被插进地下，构成一个四四方方的巨大营地。其正中央则升起大堆篝火，大篝火周围又点着无数的小灶火，给大家烹煮食物。

变种人吃饱喝足，又给反叛分子俘虏们喂水喂饭，再将他们牢牢锁好。接着，部落里的人们便唱起火歌，抽起彩虹草，互相传递着，解除一天的疲乏。天色更晚了，他们都用皮毛裹好身子，暖暖和和地进入了梦乡。

这次旅途中，布里克曼被允许留在雪先生身边，这也说明了他们之间的友谊还在。他对内勒的那柄匕首被换成了自己的匕首之事绝口不提，当然也没有设法去查探到底是谁做的手脚。反正情报队的后援小队已全军覆没了，这个问题也没那么重要了，他不需要再和任何人联络了。

那天，当他驾驶着小艇从岛屿回到湖边时，是提着鲁德奎斯特和她的另外两名同伴的头颅上岸的，迎接他的变种人发出了一阵阵惊喜和赞叹的欢呼，他被他们称为“真正的熊武士兄弟”。在他外出的时候，夜疯狂住进了他的小屋，她成了一名骄傲的监护人，看管着钉在他房门两侧柱子上的六颗人头。

布里克曼暗自庆幸，在目睹那被火烤硬的木桩钉入那些人头之前，他就跟着交易团离开了部落大本营。眼不见心不烦，他觉得这些习俗真令人恶心，着实厌恶至极。不过对于一名寻道民来说，能够同熊武士一起奔跑就已经是了不起的成就了。多么艰难，付出了多么昂贵的代价，他才好不容易走到了这一步，他不想用任何行动或者任何一句话毁掉自己辛辛苦苦、小心翼翼地建立起来的极为脆弱的信任感。其实，变种人通过野蛮暴力所做的事情，联邦不也在利用高科技的力量进行吗？而且施暴的范围更加广泛，更加恐怖。尽管他们的双手不沾一丝鲜血，但他们的手段之残忍龌龊，比这更要厉害。

在里约劳伯的时候，他曾经获得许可，能看到一些详尽的地图，涵盖了美利坚合众国在北美大陆上几乎所有的领土。在一间简令下达室中，他同卡尔斯托姆曾经见过六次面，每次都能在房间一头的大屏幕上看到这些地图的投影。可见作战指挥部对此如此重视，说明了"方块舞行动"乃是一项极其重要的头等任务。佳得利说过，那些轮子船沿着"黄石河、米兹苏里河和米兹西比河"溯流而上。那么根据他研究的地图和现在队伍前进的方向，他可以自信地认为，他们将同铁大师在密苏里河沿岸会面，可想不到的是，他们却穿过了这片地区。好吧，既然不是密苏里河的话，那就是在密西西比河岸边吧，没想到还是错了，他们还在继续前行。难道佳得利当时说错了？也可能他根本就没说真话。布里克曼细细想来，后者的可能性更大一些。当时，他向年轻的字匠佳得利追问过铁大师的情况，但佳得利明显含糊地回答，闪烁其词。而且，后来布里克曼第一次向他询问辟邪主的时候，他也是这种反应。

穆卡尔部落的交易使团继续向着那广阔浩瀚的湖水前行，终有一日，到达了岸边。其附近不远处是草木丛生的废墟，在过去大劫难之前，此处名为德卢斯。而这片宽广无垠的水域便是苏必利尔湖。变种人字匠们给了它一个充满诗意的名字——“大河”。

布里克曼心中细细思量，这会合地的位置，果然有点道理，他意识到这确实是最好的交易之地。以前看地图时，他就设想过，铁大师们将顺着俄亥俄河向西南前进，然后沿密西西比河折向北方，继而向左经过密苏里河，再进入平原人领土的中心地带。但走这条路线其实风险很大，那里比较靠近联邦地面疆界的东翼——新疆域中的堪萨斯。所以他们选择了另外一条偏北的迂回路线，经伊利湖和休伦湖，穿过苏必利尔湖。这一片巨大的水域，会令变种人心生敬畏之心，而当他们踏上归途时，重新看到实实在在的旱地，一定会感恩不已。

穆卡尔部落抵达交易点时，其他部落也早已到达，甚至都开始在附近安营扎寨了。这一大片场地有个非常显眼的标志——一根弯曲的柱子，涂画了不少色彩，其直径大约三到四英尺，高约五十英尺，牢牢地插在岸边一片开阔而平整的空地上。这里的主人出身于圣保罗人血统部落，他们的地盘便要临近这片“大河”，这是惯例。总体来说，宿营地为八边形，出身于芝加哥和底特律血统的部落相对而立。因为这两支血脉传下的人数最多，所以各占了宿营地八边形的两条边，剩下的四片营地则归给人数较少的血脉——圣保罗人、圣路易斯人、米尔渥基人和辛辛那提人。虽说这些人都“属于平原人”，但他们互相不睦，一年中，各个部落之间至少有四十七个星期在互相争斗，另外五个星期能稍微歇会儿，便是现在的休战期。这短短的期间，有七天用于紧张和忙碌的交易，这之前和之后的赶路期间，各有十四天的太平日子，大家都不打架，保证往返平安顺畅。

有时候，在辟邪主精神的感召下，这段短暂的和平共处时期还能延长不少，圣保罗和米尔渥基血统的部落可能会与芝加哥人结盟，而圣路易斯和辛辛那提那支血脉的部落会与底特律人站在一边。从整体的平原人部落来说，芝加哥人在其中占据着最多、最首要的位置，他们的最大威胁便是底特律人的部落。“水上行步”是这两大集团在刀锋上的行走，需得掌握好平衡与协调，否则他们随时处于剑拔弩张的状态，一不小心，战事就起。这并非夸张，而是实实在在发生过的。

过去一百年间，这种休战状态曾被打破过二十三次，其中有十四次是底特律人率先挑起来的。如果各血派之间的纠纷只是些小摩擦，是不会被视为侵犯停战协定的，只有拔刀相向，致人死亡的事件才会被打上“黑标志”的烙印。不过这些事情要看从哪个角度和出发点来看了，有时候，这种“黑标志”也可以看作彰显光荣的印记。雪先生曾说过，底特律人是些卑鄙无耻的家伙，做尽坏事，被众人视为恶贯满盈，却还沾沾自喜。他们的对手芝加哥人，当然是善良纯朴、英勇无畏的真正大好人。但听他这么说以后，布里克曼反而觉得，这支队伍必有过人之处，不容小觑。

接下来的两天里，其他商团也陆陆续续地来了，在同宗族血脉的其他部落旁安营扎寨。铁大师的轮子船也即将到达，它会停靠到湖滨交易场的标志柱附近，这根高耸的立柱俯临一片方形的开阔地，是用石块圈出广场，交易将在里面进行。其周边便是那片八边形营地，营地无人占据的中心位置，则会划出一片较小的八边形区域，称为“缆圈”，它的每个角上都摞着一垛六英尺左右高的木柴。雪先生告诉布里克曼，当轮子船抵达之时，这些柴堆就会被点燃，而且要一直燃烧下去，直至众人完成全部交易离开。缆圈是各部落的代表举行正式会议的场地，字匠们也会聚集在这儿，互通消息，互相学习。他们还将轮流上场，讲述平原人的种种历史，喜欢听的观众们便津津有味地在下面听。更欢乐的是，每天夜幕降临之后，大家还会在缆圈中演唱火歌。各个部落的歌手们也会上台进行唱歌比赛，争相赞美自己部落兄弟姐妹们的英勇气概，唱颂他们的英雄事迹和不凡功绩。

根据传统，这段日子，无论是在这片八角形的区域内，还是在各部落的营地之外，任何人都不得携带武器。这样就导致了各派的武士们养成了一个习惯，他们往往将自己打扮得花哨炫酷，绕着营地四周游行，耀武扬威，凶横野蛮，瞪圆眼睛，死盯着对手，全是一副天不怕地不怕的挑衅之状。这种活动称为“绕场示威”，各个部落都有。敌对双方彼此间唇枪舌剑，你呛我骂，用火语赤裸裸地攻击和中伤对方。正是这些口舌之争，才致使冲突零星发生，暴力突然而起。为了避免这种情况，就有了一支联合小分队，由每个不同血脉出身的部落派出一名代表，在各个商团中维持秩序。他们得到所有部落的授权，必要时可以以暴制暴，劝架不成，还能打破任何人的脑袋。不过一般情况下，他们总能在事态发展到不可收拾之前，平息争吵和骚乱。

雪先生一直都有点担心，怕这次交易会出现什么麻烦。等所有部落都在营地安顿完了，大家各自调查后，发现穆卡尔部落这次真是破了纪录，俘虏人数前所未有的多。他们抓到的反叛分子甚至比所有底特律人部落里的俘虏加起来还要多，这显然是一件让人嫉妒的事。穆卡尔人部落最强有力的竞争对手，乃是宿敌蒂万部落，但这帮家伙总共只有七名俘虏。这样一来，底特律人深感丢脸，极度郁闷。穆卡尔部落的熊武士们则组成欢庆队，兴高采烈，绕场示威，这样的刺激更令对手们受不了，事态将会变得愈加难以收场。不仅如此，这些穆卡尔部落好汉还在大肆吹嘘，他们打败过一条铁蛇。

布里克曼是一名十八岁的少年，他觉得这短短的一年多，自己经历的麻烦实在太多了，现在应该好好地休息，抽身事外，观察别人的事。这盛会的阵势，令他惊讶不已，来自各个部落的代表团聚在一起，实在是极为难得。他意识到自己很可能是极少数能够目睹这种盛会的寻道民之一，不仅仅是这样，他更应该是亲自参会的第一人。也许过去几年中，曾有些反叛分子也见过这样的大场面，很可惜，他们永远也无法回来，告诉别人自己的所见所闻了，但他绝对能够做到这一点。这时候来细细地观察平原人，看到传说中的铁大师，是多么难得的机会，他得好好加以利用。

他戴上羽盔，身披护甲，在营地中随意地走走逛逛，看似漫不经心，实则暗暗记下耳闻目睹的每一件事。体会各派之间微妙的关系，这也是一件很有意思的事。记得卡尔斯托姆曾经轻蔑地说过，变种人都是乌合之众，没有国家的概念，没有相关的管理系统意识。但现在呢，你看看，这些不同血脉、不同种族的家伙，却能站在同一块土地上，抱着同一个目的，携手完成同一件大事，尽管彼此之间不那么和谐，但他们仍然是在谋求某种意义上的沟通与配合。你看看，偌大的营地被有组织、有规划地区分、分配，还选出了维持秩序的头目，四处调节矛盾，平息事端。而过去的一百年中，这样的集会已经举行了不知多少次了。这一切都是铁铮铮的事实，绝对可以证明，变种人并非一盘散沙，不同部落、不同血统之间，是有可能成功合作的。但没劲的是，尽管这种多部落交际盛典每年都会举行一次，但部落之间却完全不通婚，不贸易，也从来不集中资源，统一分配。盛会之后，就是各回各家，合作到此结束，烟消云散了。

要想搞清他们为什么会这个样子，也不是一件很容易的事。布里克曼经过思考之后，觉得这种现象似乎证实了第一家族的正确性，他们在视频启示录中反复灌输一个主题：只有一个强权有力的领导阶层，才能创造出井然有序、遵纪守法的国家和社会，人民在其中才能受到保护，有条不紊地安心工作，舒适生活。变种人可以在部落这层面上有序管理，团结协作，但再往更高、更大的层面和级别上走，就不愿意了。对这些野蛮的家伙来说，邻里间的和平共处似乎是荒谬绝伦之事。就像布里克曼第一次了解到变种人的生死观时，也觉得很荒谬。他们这个样子应该是有深层次的原因的，一定就是那传说中的千阳之战，大战后那段深刻苦难的日子，牢牢地印刻在了他们一代又一代人的灵魂之中。雪先生曾称千阳之战后那段残酷的岁月为“冰封黑暗期”，那一段日子，几乎没有活物能够在地球表面上生存。

“黑暗”是一个极其重要的词语，在《联邦手册》中，只有很少、很简单的几段话提到过它最早的两百年的历史。当然那些话都是些激情昂扬的爱国主义的陈腔滥调，要么就是歌颂国父乔治·华盛顿·杰斐逊一世那些传奇的高深智慧和深谋远虑，要么就是赞美义勇军们英勇无畏的牺牲精神。而且这手册里，将一切罪恶和苦难都归于变种人，对大劫难的事情却没有详细实在的史料记载，更没有对现状做出什么解释。没有任何事件以及细节说明第一家族是从哪里来的，他们是如何掌握最高权力的，他们又是如何建立联邦的。更没有任何迹象表明变种人和寻道民曾是亲密的一家，同气连枝，命运与共，就像雪先生曾经宣称的那样。

布里克曼内心非常明确，只要找不到这些秘密的答案，他的心灵就无法获得安宁，他不能这样浑浑噩噩地糊涂下去。他一定想尽办法，回到联邦，找到一条秘密通道，将哥伦布头脑最深处的隐秘真相挖掘出来。他不知道自己为什么对探寻这些真相的渴望会如此强烈，甚至比他对清水的妄念还要执着。他并不是有意识地要选择走这条艰难困苦的探寻之路，就像过去很多时候一样，他非常清晰地意识到，这并非他的本意选择，尽管他是如此精明狡猾的人精，但在这个寻求真相游戏的大棋盘里，他只是一个微不足道的小卒子。而这个游戏，可能才刚刚开始，他甚至还未曾领略到其中的奥妙呢。

布里克曼习惯性地反省，他并没有在这类问题上花太多的时间，这会儿，轮子船就快到了，他心情无比激动，内心再无疑虑。

旭日东升之时，远方出现了三个小点，它们平行地出现在地平线上，这种组合让人惊叹和震撼。过了很久之后，布里克曼才体会到其中蕴含的深层意义，心中的赞叹无以复加。

但见远方的那三个小点逐步增大，变成了三片低低的深暗色斑。随着它们逐步接近，其轮廓也愈发清晰起来。它们的上部为方形结构，两侧各有一根细细长长的烟囱，一股股烟雾从中升腾而出，袅袅消散。布里克曼过去只见过那只情报队的专用充气快艇，其他名叫船只的东西却从来没有亲眼见过。只有在公共服务频道的视频档案里，能看到一些这类东西的资料。这应该是第一家族故意保守的秘密，他们决定不能让普通寻道民了解任何与水上交通工具有关的信息，另外进行严格保密的还有铁大师、变种人的魔法等等，也许只有哥伦布才知道还有什么别的事情被保密了。

变种人显然也很兴奋，大约三分之二的人离开了阵营——这是他们对八角营地的叫法，他们成群结队，高高兴兴地来到岸边。三艘轮子船如箭头般一前两后，向他们驶近了。变种人激动得微微骚动，满怀期待地呼叫着。近了，更近了，领头的那艘船上，一团团白烟冒起的云朵，翻腾着，滚动着。没过多久，它的汽笛发出了一阵低沉的“呜呜”声，挨着水面，震颤而来。变种人的欢呼声终于爆发，一阵疯狂的欢迎鼓声“隆隆”响动起来。

布里克曼看着那越来越近的大船，发现它们是由安装在船尾的巨型桨轮推动的，驱动桨轮的是甲板两侧的两只巨型活塞，它不断地上下摆动，使得桨轮能够不停地旋转。大船上部为三层装饰华丽的甲板，一条条走廊围绕环行。甲板顶层有一个大舱室，从船头伸向船尾，这可能是一座指挥中心，布里克曼猜想道，就相当于篷车上的鞍桥。从总体来看，船的整个船壳很宽，因此吃水很浅，行驶更安全，船舷很低，最前端则是倾斜如坡的前甲板，整只船就如一个钝钝的、圆圆的鼻头。

轮子船全身都涂成了黑色，衬着深色的木板，再以红色、金色、银色的镶边来勾饰，顶层的甲板两边，每隔一段就等距地立着一根银色旗杆，一面面画着奇异标记的三角旗帜在上面飞舞。一些船员顺着走廊来回移动。布里克曼心中有些焦急，不知道清水会在哪条船上。她一定也在用目光搜寻着岸边的部落,她一定也在望着这边,可她不知道,他也在这里。

“怎么样,激动吧?”

布里克曼听到身后有人说话,一转身,发现雪先生就站在跟前,他身后是两位穆卡尔部落的长老——波士顿大熊和了不起的威尔斯。

“您觉得呢?”

雪先生笑着说:“这是我第二十八次看到这种场面了,但它的壮观和气势还是令我感到脊梁发冷,不寒而栗。”

“我能理解您的感受。我的意思是,在联邦应该也能看到一些相当壮观的场面吧,但是……”布里克曼指着那些轮子船,赞道,“无论如何,那些大家伙真够厉害的。”

突然之间,轮子船高处升起了一轮又一轮五颜六色的火箭,仿佛是对岸上的人做出了庆贺的回应。

布里克曼被这场面惊呆了,愕然张开大嘴,看着那一枚枚火箭在高空中爆炸,化为无数的碎片,仿佛是星光和火焰组成的瀑布。炫目的光点像雨,像雪,漫天飘洒,色彩斑斓,犹如千道万道的彩虹。

聚集在这里的大约五千个变种人不约而同地从喉咙里发出了整齐的“嘿呀”之声,就像是一阵旱天雷鸣。

“他们总有办法让我们这些土土的乡巴佬瞠目结舌。”雪先生语气冷冷地说。

“其实,我们也有火箭,”布里克曼惊道,“可这些人竟然做出完全不同的效果来。”

“这点我相信……”

布里克曼不再理会眼前的奇景，问道：“请告诉我，那些旗子上的标志是什么？有什么意义？”

“那些图形，嗯，比如说那些花吧，也代表了这些轮子船所属的家族特色。铁大师和我们一样，都是尚武的种族，但他们没有部落，而是分为各种不同的家族，他们甚至也有一个第一家族呢。”

“但他们没有总统司令。”

“不错，他们称自己最大的首领为将军。”

“那其他的标志又是什么意思？您看，那些什么动物脚印的，或者，更像是一些死蜘蛛的标志。”

雪先生莞尔一笑：“你这比喻还真不错，我也不知道那是什么意思，但在旧纪元，它们被称为‘表意符号’，就是一种文字。当你看着它们的时候，它们会悄悄地将蕴含的意思传递给你的眼睛。”

布里克曼心中一动，莫非，铁大师们能够读写？“我可从来没见过这样的文字。”他评论道。

“这是一种非常怪的语言。”雪先生不得不承认，“无论是用耳朵听，还是用眼睛瞄，都搞不清楚它们的意思。幸好铁大师也能说我们的话，只是讲得难听极了，他们的舌头不是人的舌头，而是分叉的，像蛇一样。”

“那为什么你们要叫他们‘死脸皮’呢？”

“很快你就知道了。”雪先生抓着布里克曼的胳膊，将他拉到跟前，“给你一个忠告，我一直觉得咱们的友情很深，很重，但你这小子太固执，太轻率，有时候说话口无遮拦。虽然我知道这是因为胆子很大,但很遗憾,这也说明你很自以为是,很骄躁,有了些阅历后,你的举止已变得谨慎一些了,不过还是……”

“我明白您的意思了……”

“管好你的嘴巴。过一会儿你见到的这些人是毫无幽默感的人,他们当然会开玩笑,他们开玩笑的方式就是用烧得发红的大钉子钉进某个家伙的屁股里,一英寸一英寸地往里钉。”

“嘿,看起来,和这些家伙打交道很愉快啊。”

“同这些人打交道虽然没什么乐趣,但他们总比联邦好一些。”

布里克曼苦哈哈地做个鬼脸,说:“好了,好了,我自找的。”

雪先生轻轻拍拍他的胳膊,说:“身为一个寻道民,你也太敏感了。”他见布里克曼的目光又再次回到那些将近靠岸的轮子船上,便道:“怎么,想去看看吗?那就去呗。不过我建议你别跟那些人接触。如果恰好就碰上他们了,或者他们中有谁和你说话,记住,越简短越好。另外一点,也许这对你来说比较困难,但还是尽量表现得谦卑一点,避免和他们有太多的目光接触,要常常有礼貌地弯腰鞠躬,他们喜欢这样,从早到晚都鞠躬不停。”

“还有别的要告诫我的吗?”

“就这些吧。”

轮子船巨大的后轮桨开始降低速度,继而倒转,船下湖水被搅动得起了无数白色的气泡,连绵不断,如一条长长的翻腾滚动的地毯。

最前面的那条船前进之势骤止,稳住身形,然后以自身船身的中心为轴,调转方向。只见船头下面气泡翻滚,如煮开了锅一般,那里一定安装着一台或者几台附加推进装置,正在帮助整艘大船完成扭转身躯的艰难动作。轮子船将左舷靠向岸边，在深水处下了锚停泊。它身后的另两艘船却继续向湖边驶来了，威猛而快捷。

到了近处，布里克曼感觉它们愈发高大，就像巨无霸似的。也许联盟的篷车队更纤长、灵活，技术上更为复杂，但这两座水上堡垒却如此庞大，如此高昂，篷车队在它们面前似乎变成了一只小蚂蚁，是那么微不足道。这时，低平的船艏探上了倾斜的湖滩，那些船上的铁器、木具等接合部位，发出了“嘎嘎吱吱”的声音，震耳欲聋，好不容易停稳当了，两船间相隔一百码左右。铁大师们终于出现了。变种人发出了一阵满是期待又充满敬意的轻呼。这是第一批铁大师，他们的个头很小，一个个面色黧黑，身体粗壮，而他们的脸上正中位置，从前额到下巴，均涂着一道宽白条。铁大师们分为左右两队，将两块格栅状的木质踏板从船艏的甲板两侧伸到岸边来，一块用于上船，一只块于下船。当踏板延伸过来，正在下垂时，一些变种人就跳下船来，涉水而过，将踏板抬到湖滩上，牢牢地搁在岸边卵石中。后面的变种人见踏板安置完成，便排成两条密密麻麻的长队，走下船来。队伍一直从船头下的水边，排到了竖立着交易柱的方形广场。

雪先生在两位穆卡尔部落高级长老的陪同下，与其他部落的首脑走到广场上，肃穆而立。布里克曼赶快跟上去，推开密密层层的人群，好不容易挤到了前排，却有点吃惊，过去从未见过雪先生这么庄重。雪先生过去从未好好打扮过，但今天，他穿着崭新的、非常鲜艳的衣裳，上面用浮凸的针脚缝出了各种图案，缀满了羽毛和石片。他那雪白如银的白发编成了漂亮的辫子，系着丝带，配着骨质饰物，极为耀眼。

两条船上，各有二十四名脸上涂着白条的铁大师从踏板上走下来，身上扛着一根根原木和木块，有的则扛着折叠屏风和一卷卷布料。“白条子”们穿着宽松的短上衣,上面画着些几何图案,下身穿着宽大的阔腿裤,裤脚在脚踝上方几英寸处。鞋子也很怪,脚背裸露,只有一块鞋底和几根带子。布里克曼觉得实在太怪异了，此前从未见过。他最好奇的是他们的面孔,他们脸上都戴着贴面面具,上面画着一张凶蛮怒吼的面孔。当他们从他身边匆忙而过时,他注意到,面具的图案基本就是那几种类型,但同样都是一副穷凶极恶的恐怖模样。他们每个人的头上都扎着白色布条,两头系于后颈。头带勒着前额的位置上涂着红色大圆点,两旁则是奇怪的文字符号。

“白条子”们动作娴熟,你竖木,我拉篷,不到一会儿,便将扛来的木料、布卷、屏风等物组装成一座高高的平台,上面由布料遮盖,正对着变种人长老所在的位置。折叠屏风展开,排在平台后沿,紧贴着那根五十英尺高的交易场标志柱。完成之后,他们又奔回船上。

接下来,真正的大人物出场了。

他们同样戴着面具,身材矮矮壮壮,身上穿着覆盖全身的盔甲,佩着一长一短两柄弯刀,插在腰间那雕饰精美的刀鞘中。脸上的面具为黑色,上面绘有金色、银色或者红色的扭曲的人脸,头戴金属头盔,闪闪发光,有后掠式的帽檐,身上重重甲胄,如鱼鳞壳般,将他们从上到下、从左到右、从前到后都盖得密密层层、严严实实。

“武士。”布里克曼听到身边有变种人在说话。

在布里克曼眼中,这些家伙就像是一条条大甲虫。他看着铁大师们顺着踏板整齐地顺次而下,在全副武装、人数比他们多几百倍的变种人战士间穿梭而过。变种人虽在数量上占有绝对的优势,但他们都恭恭敬敬地鞠躬行礼。铁大师们则昂首挺胸,大摇大摆,健步如飞,就像是这里的主人一样。

布里克曼当然没有忘记雪先生的嘱托,也跟着变种人鞠躬行礼。每一位武士身边,都跟随着两名脸涂红条的侍卫,大概是级别较高的随从。其中一名举着根细长的旗杆, 旗杆顶端悬挂着一面方形的旗帜;另外一人则提着一条擦得锃亮的折叠椅凳。两艘船上各下来十二位武士,共二十四人,排成两队,从水边走到交易场的标志柱跟前才停下脚步,转身相对站立。而跟着他们的"红条子"则成对地站在主人身后。

各就各位之后,那艘没靠岸的轮子船上放下一只小船,向这边快速驶来,细长的船身,曲线柔美,中部舱室小巧玲珑,精致华美。四名桨手站在船上奋力划水,一名舵手则靠着一柄巨大的短桨控制方向。舱室前后站着六名头戴面具的武士,牢牢守卫,他们双臂抱胸,双腿微微叉开,沉稳持重地矗立于甲板上。不到一会儿,小船已靠岸,那几个肌肉发达的桨手收起船桨,从船底抬起两根抬杆,插进那座红金色的舱室两侧,先是弯腰,用肩膀抵在抬杆之下,再猛一挺身,船舱便离甲板而起,把他们抬了起来。六名武士当先而行,桨手抬着那华丽的轿子向交易场的标志柱走来。这一次,显得更加尊贵,那些先到达的铁大师们也都纷纷鞠躬行礼。等轿子过后,他们都依次加入其后面的队伍中去。

布里克曼旁边的万事通低声说了一句:"山下大人。"

"什么意思? "布里克曼压低嗓门,不解地问道。

“是这位最尊贵的铁大师的名字，这艘同平原人交易的轮子船就是他控制着的。”

队伍来到广场后，变种人也跟着离开了海滩，在迎接铁大师的长老身后和两旁重新排队。那轿子则被轻巧稳妥地抬到了高台上，放在标志柱的前方。桨手们抽出轿杆，轿子的两侧和前方都打开了，里面露出了铁大师们的首脑人物，只见他端端正正地坐在一把雕饰华美、繁复精细的靠椅上。全体平原人一见到他，都屈膝下跪，鼻尖触地。布里克曼又是吃惊，又是不大服气，凭什么要跪拜他，他是什么人？但见大家均如此，他也不得不伏身跪拜。

那位山下大人的面具、盔甲以及整体外表，比武士更有威势，更冷峻，令人印象深刻，难以忘却。他的属下们见他已坐好，便在两旁依次落座。眼见主人们都安坐完毕，“红条子”便将手中的旗帜插在平台背后，然后走下台子，依次站在平台的前方和两侧，一手叉腰，一手按着长弯刀的刀柄，做耀武扬威、飞扬跋扈之状。

布里克曼慢慢蹭到了人群后方，只见台前的双方正在互致欢迎词，仪式感很强。雪先生解释过，第二天才是真正的交易日；而第一天，铁大师们要编制一套清单，统计出席这次盛会的所有部落，以及每个交易团的人数。后面便是通过抽签的方式，决定变种人入场“进行交易”的顺序。除了被俘的反叛分子和变种人“行者”之外，还可以用装在草篮子里的粮食、干肉，小袋子装的稀有的梦帽，大袋子装的彩虹草和兽皮等等，来换取最新的尖铁。所有商品都得经过检验，清点数量，质量过关后，再由双方协商它们的交换价值。确定后的商品则列入清单，附上标记，最后装上船去。铁大师们从东方运来的武器也要卸载到岸上。这些死脸皮倒也并非只是贩卖死亡工具的商人，他们自己也出售编织好的席子和布匹，还有针线、刀具，还有各种可以装上木柄的工具和农具，如铲子、钉耙等等，许多东西布里克曼根本就叫不出名字。

啰里啰唆的繁文缛节告一段落，武士唤来通事——这些人都是些下级的官员，能够将变种人的语言翻译成铁大师们听得懂的那种低语调的语言。各个部落的长老们耐心地排队等候着戴面具的通事们——他们手中拿着毛刷般的东西，还有一卷卷薄膜状的玩意儿。雪先生说这种东西叫“纸”。通事们拿着毛刷，蘸着一种名为“墨水”的深黑色液体，记录下各部落目前的人数细目：多少男女战士、长老、穴母、孩子……他们用令人惊讶的速度在纸上画出各种各样的符号，其手指之灵巧，写录之便捷，令布里克曼大开眼界，赞叹不已。

此种“交易登记”每年更新一次，通过它，铁大师们便能估算出平原人未来一年的需求量。布里克曼忽然意识到，这些情报是多么重要，为了得到它，卡尔斯托姆定会不惜一切代价。可问题是，即使拿到了又如何，根本无人能够看得懂。对于这些用原始的手段写下来的东西，联邦根本就没办法进行操作加工，搞明白里面的内容。这些资料记录的符号奇奇怪怪，铁大师们才明白其中的意思，而且全套的记录数量十分庞大，这么多的资料，要想窃取，真是千难万难。

布里克曼远离广场，穿过人群，来到岸边，在那两艘轮子船前走来走去，多么希望能看到清水，可惜她始终没有出现。他来来回回地搜寻了一个多小时，目光扫射了一次又一次甲板和船舱，遗憾的是，没有清水，只看到了更多的铁大师。布里克曼安慰自己，如果将军，这位伯利恒的大老板将箭头和动力飞行的秘密看作非比寻常之大事，自然不会以常规方式招待佳得利和清水，必定要当他们为秘密上宾接待的。如果是这样的话，他们应该在第三艘船上。那艘船并未靠岸，装饰得富丽堂皇，又是山下本人的座舰，自是首选。

布里克曼观察了半天，明白了这些死脸皮是一个纪律极为森严的组织，他们能够摆出令变种人敬畏恭敬的阵势，自然能够照顾好自己。寻道民和他们一定能产生共鸣。他们除了腰悬长短弯刀外，有的还背着长弓，却不是被变种人当作宝贝的弩弓，而是另外一种样式完全不同的、轻便、精致、有弧形弓背的长弓，没有步枪式的底座和枪托式的手柄。铁大师的武士，将其装在一只扁平的柳编弓囊内，负于身后，里面插着一束长长的弩箭，箭尾都装着整齐修剪过的羽翎。从目前看来，铁大师的船只、盔甲、武器等等，都可显示出，他们拥有精湛的手工技艺，但科技水平偏低，更没有任何迹象表明，他们拥有变种人所说的“精技”——那可是电子时代独有的高科技奇迹。他们的社会发展水平，像是介于寻道民和变种人之间，并从二者中都有所借鉴，却又完全不同，他们走的是第三条路。现在奇怪的是，他们到底来自哪里？他们是如何躲过大劫难而活下来的？变种人的存在，导致空气中散布着毒气，能致人死亡，他们为什么什么事都没有，难道他们有免疫力？或者，他们是另外一种变种人，脱离了本族之后，变得异常强大，再回到这里？他们之所以要戴上面具，隐藏自己的面目，又讲着听不懂的胡言乱语，就是为了掩盖他们与变种人本是同宗的真相吗？问题一个接着一个，根本就搞不清楚，大概永远都难以找到答案。但是，假如……铁大师是另外一个种族，而且在大劫难之后，他们还能活下来,或者是他们本身就是大劫难后出现的种族,那么肯定不至于此,还有其他种族也能这样。东方和西方的大海对面,甚至还会有另外的陆地,住着不同的人类,各自都有不同的生活方式。那些人甚至可能从未听说过第一家族。

尽管布里克曼天性叛逆,但因接受过联邦的彻底洗脑,这种事情令他很难相信。在联邦,每件事情都非常简单,世界就只是单一地划成了两部分:我们和他们,寻道民和变种人。而且根本不会存在什么“如果”和“但是”这种没有任何的怀疑与不确定的事物,前进的道路一目了然。每个人都很清楚自己的目标,也都知道自己是谁,可是现在这样糊里糊涂的……

布里克曼的思绪又飞扯到了清水身上,他总是不住地想,是不是应该游到第三艘大船上,偷偷探查一番,但想来想去,还是决定要听从雪先生的忠告。不确定的因素太多了,最好还是耐心一点,等等再说。接下来,会发生什么事呢?

天色渐晚,铁大师们列队撤回,返回船上,驶离岸边,在深水区抛锚过夜。他们准备启航时,喊出一声声颇有气势的号令,布里克曼完全听不懂那种语言,觉得十分古怪,就好像讲话时,一半舌头被粘在了喉咙里。

回到营地,几十处灶火正欢腾飞扬,一条条细细的烟柱直冲高空。而在缆圈四周,八团篝火也正熊熊燃烧,一支打击乐队正在进行演奏,声音铿锵作响。营地各处,成群结队或者单独行动的变种人,也都在风笛呜呜与打击乐队的狂轰滥炸中纵声放歌,欢唱蹦跳。有的人则铺开一张画着方格的野牛皮,用彩色小石子在上面玩起了游戏。有的人则聚在一起谈天说笑。变种人一个个都开开心心，欢乐开怀。这是一个热闹的庆典，一个盛大的庆典，它将持续一个星期左右，它的一个主要的目的便是，让那些“行者”——也就是被挑选出来，将要卖到下游的变种人，度过他们一生中最快乐的日子。于是空气中到处都弥漫着彩虹草喷香的烟雾，只要吸上一口，就会神魂颠倒，快乐非凡。而且无论从哪个方向走，不出十码，便会被拥挤的人群挡住去路。

只有一群人没有加入这盛大的狂欢——那些被俘的反叛分子。这些人当中，布里克曼总是躲着戴夫·凯尔索和他的那些朋友们，但他一直关注乔迪·喀珊，哪怕远远地看上一眼，也是好的。反叛分子们仍被互相隔离开来，一天二十四小时，时时处于严密监管之中。要防着他们逃跑，这还不算是唯一可能发生的风险，过去还有俘虏被其他部落偷走的事情，而且，那些偷俘虏的，也不一定就是部落的对头，更有可能是邻里部落。一旦俘虏被偷走，想要再夺回来，就要经过一场血雨腥风的厮杀了。所以穆卡尔部落防守严密，不能白白散失这些宝贵的交易资本。

自从上次被乔迪恶狠狠地赶走之后，布里克曼再没同她说过话，心里面对她也倒没什么怨念，只是不想再惹麻烦。他在看押马隆手下的地方转了转，最后终于看到了乔迪。乔迪也看到了他，但显然脸上并无喜色。他走过去，蹲到了她的旁边，她倒是没有往他脸上吐口水。

“吃得饱吗？”

“吃不吃得饱有什么关系？”

布里克曼叹道：“好了，乔迪，咱们毕竟曾经共患过难，我是不会忘记的，你知道我关心你和其他人的。”

“是吗？那你放心好了，很快你就不用操这个心了。我听说，再过一两天，我们就会被送走了。”

“听我说，那倒不一定就是坏事。那些开船过来的家伙看起来很聪明，我的意思是，他们很干净，也理了发，纪律严明。我甚至有种感觉，我们能和他们产生共鸣，比同这些顽固的变种人打交道要强。”

但乔迪看上去并不相信。

“嗨，说真的，”布里克曼继续说，“有时候，我还真希望能跟你一起去。我想知道得更多，我实在是很想看看他们的组织到底是什么样子。”他顿了一顿，又说：“难道你不想吗？”

乔迪轻蔑地瞟了他一眼，说：“哼，我宁愿同自己人待在一起。”

“乔迪，你好好听我说。是的，也许像你说的那样，再过两天，或是三天，你们就要上船了。你说得也没错，我为什么要在乎你对我的看法呢？可事实上，我的确很在乎。凯尔索和医疗员或是其他人把我看作屈服于变种人的孬种，我无所谓，管他们怎么看！但对于你，我真的很想把事情说清楚。我以前就跟你说过，很多事情，你都不了解，别以为我真的是现在装出来的这副样子。我之所以来这里，是因为我有重要的事情要做。”

乔迪听到这里，伸出舌头，慢慢舔着嘴唇，凝注他的双眼，问：“为什么要告诉我这个？”

“原因很多。你从篷车队上掉下去之后，我还曾请求组织一支搜索队去——”

“这个我知道，你告诉过我。”

“但指挥官麦克唐纳不同意。”布里克曼继续说，“可你后来竟死而复生，还救了我的性命，真是谁都想不到，以后会发生什么，更是无法预测，说不定有一天，我们还会相见。如果真的是这样，我想让你知道，你绝对可以信赖我，我会去做正确的事情。上次我们见面时，你希望能够快一点得到解脱，你是个优秀的战士，不应该随便用刀子葬送自己的性命。也许现在我真的可以说是情况不妙，你们很有可能会遭受磨难，但无论如何，都不会比你过去熬过的苦难更糟糕。”

“这倒是……”

“乔迪，要挺住啊。记住，只要能活下去，就有希望。为了你自己，为了联邦，你必须活下去。”

乔迪发出刺耳的冷笑：“联邦……”

“对，”布里克曼说，“那一天，当风暴袭来时，我正在战斗舱面上。那时候，大伙都想着把你从高空中拉回来，我也是其中之一。我看到你当时都已经成了那个样子了，要是别人的话，恐怕早就放弃了，早就一头栽倒了算了，但是你没有，你还在坚持。如果可以的话，你宁愿用指头尖抠住车帮也要顶着狂风爬上来。你不是什么反叛分子，乔迪，就跟我绝不是个奉承变种人的脓包一样。”

乔迪一瞬不瞬地看着他，嘴角掀起一丝轻蔑的涟漪，说：“你说的那个人，在她掉进河里的时候，就已经死了。”

布里克曼用期待的目光看着她，说：“我真的不敢相信，见鬼，你过去是个多么，多么，奋发上进，雄心万丈的……人啊！”

“我当然知道，我为什么内心会变成这样？我也大吃一惊。跟你一样，我原来全部的梦想就是——当一名飞行员，我一生中最自豪的时刻，就是登上富贵号那天。后来，我在哈特曼和麦克唐纳手下一直勤勤恳恳地干了五年，全身心地奉献了五年啊，要不是那次战斗意外，我肯定能挣到一枚幸运六的奖章，有资格到白宫去看看了。"乔迪笑了笑，"过去我常常会躺在铺位上，渴望见到总统司令，我总是胡思乱想，不知道见到他的时候该说些什么，一想到能见到他，我就感觉膝盖发软，这是我最担心的一件事。"

布里克曼颇为理解地点点头，一言未发。

"那时候，不管是在篷车队，还是在联邦，压力始终存在。对任何事情，没有质疑，没有思考，只能全盘接受，从小受到的教育就是——相信一切，服从一切。也只有相信世界是这个样子的，才能说得通。而当你脱离了那个刻板压抑的环境后，能够自由行动时，才有时间来细细思考自己的事情，提出对世界的新的看法。成为一名反叛分子可以让人用全新的视角来看待这个世界，当然开始也并不容易，我也花了好长时间才让自己的头脑能够摆脱联邦体制的束缚，而且，从小就被洗脑后，到现在恐怕也没有完全摆脱出来。"乔迪皱起眉头，"第一家族对我，对我们所有人的塑造，实在是太成功了。"

"'只有人才会出错，'"布里克曼引用巴特舅舅的话，"'而体制永远完美。"'

"你现在还相信这个？"

"同变种人待在一起的这六个月，也让我思考了很多问题。"布里克曼耸耸肩说。

"那么你……"

"这段日子，我想了很多，也变化了很多……我，很难再回到联邦去了。"

“可你还是想要回去。”

布里克曼慢慢地选择措辞，说：“乔迪，不管你相不相信，喜不喜欢，未来，是属于联邦的，变种人是无法获胜的，他们一旦被消灭，你想你们还能坚持多久？”

“这个国家很大……”

“那又怎么样？是很大，但即使你们逃出了变种人的手心，仍不得不像猎物一样，四处躲藏着生活。”

“那可不一定。等我们发展壮大以后，马隆计划带着我们穿过落基山脉，在山的另一面，有一片更美好、更广阔的土地，而且靠近大海，从来不下雪，有许许多多的森林，上面都挂满了无尽的果实，我们永远也不怕再挨饿了。”

“真的吗？”

“真的，那地方叫作加利福尼亚。”

“乔迪，你可能是抽太多的彩虹草了，如果真有这样的地方，那为什么不去？那必定是死路一条，有谁会跟着你们去呢？听我的，只有第一家族才能创造出新世界。无论马隆有多厉害，无论像他那么牛的人有多少，谁都没法子实现第一家族的伟大目标，你们终将一事无成。”

“也许你说得不错，”乔迪承认道，“但回联邦同样是死路一条。即使你我有足够的好运，能够安然无恙地回到那儿去，但联邦的核心圈子又怎能接纳我们？”

布里克曼咬紧嘴唇，问道：“为什么？”

“因为咱们在外面待的时间太长，知道的东西太多了。”

“你的意思是……”

乔迪没有受伤的半边脸上露出干涩的冷笑，“还不明白吗？你从去年六月份被俘，到现在，一直呼吸着所谓的没有经过过滤的空气。你感觉怎么样？”

“还不错啊，可……”

“你难道没问过自己，这是为什么？”

“是的，但……”

乔迪一摆手，不再等待他的回答，道：“布里克曼，根本没有什么神奇的魔法药剂。在联邦行政部，他们给你用的药不是维生素针剂就是安慰药剂。我都不知道你从哪听来的，什么抗辐射血清，根本就没有这样的东西，而且毫无必要啊，因为现在地面上的空气中，根本就没有疾病了啊！”

布里克曼顿时想起了总统司令曾经说过，否认变种魔法存在的必要性。既然他们能够这么做，而且只要有谁质疑或者宣传就会被定为一级重罪，那么，他们当然可以制造出更大的骗局了。对于这一点，他早就有所怀疑，却不能告诉乔迪，他必须装出一副渐渐被对方说动的样子，这样才能慢慢套出乔迪所知道的每一件事，或者说她内心相信的所有事情。他看着她，小心地问道：“你怎么知道的？”

“医疗员获得自由已经三年了，他还知道，许多反叛分子都五年多没有碰过皮下注射器针头了，可他们的身体仍然好好的。”乔迪见布里克曼脸上露出怀疑的神情，又说，“你知道的，他是个绝对正直之人，再说了，他干吗要撒谎？”

“他怎么就不会撒谎了？他是个反叛分子。你也没有别的选择，只能听他说什么就是什么。也许他也没有什么选择，误将谎言信以为真。而且，这些人绝大多数都是坏蛋、逃兵、违法者、叛徒。他们当然要说第一家族的不好，以显示自己的崇高。”

“好吧，那你对地面上有毒素这件事情是怎么看的？怎么解释你安然无恙？”

“乔迪，我没法解释。我只知道我护父一生中，曾经出勤十二次，由于地面的辐射，导致他如今天天在死亡线上挣扎。如果空气中已经没有疾病了，那他——还有他的那些战友——怎么会患上癌症呢？”

乔迪冷笑道：“嘿，布里克曼，你给我听清楚了，好好站着，我现在要告诉你一个天大的秘密。其实，杀死开拓兵的辐射并不存在于大气中，它真正的来源是篷车队。”

布里克曼尽力迫使自己听着她所说的，但听到这里，不得不反问道：“那盖格计数器不是显示了辐射吗？当把它们拿出篷车队的时候……”

乔迪打断了他的话：“它们早就被做了手脚，显示的都是相反的读数。我们听到的每一件事情，从头至尾，都是彻彻底底的谎言。”

布里克曼全身一阵冰冷刺骨，这实在是太令人震惊、令人难受极了。是的，他对政府其实早就不信任了，政府的阴谋诡计多不胜数，但是，现在头一次听到这件事情，他还是有些接受不了。乔迪的这种控诉，揭露的罪行是多么骇人听闻，多么冷酷残忍，一代代满怀信任、忠心耿耿的寻道民，就这样被政府玩弄了，天理何在！他觉得有些头脑发蒙，脚下发软，差点晕倒，“不，不，这不是真的，不是真的，肯定还有别的解释。”

“解释？那你解释解释？”

“那你又有什么证据？”

“哼，证据？我和你不就是最好的证据？”乔迪叫着，伸出手，指着附近的那些反叛分子说，“看看我们身边的这些人吧！如果第一家族说的是真的，他们不早该得辐射病，早就死光光了吗？”

布里克曼摇摇头，喃喃道：“不……不……这讲不通啊。杰克老爹是个英雄，他功勋卓著，是寻道民的楷模，他们，他们为什么要杀害联邦的英雄呢？”

“为了牢牢地控制住我们，控制住我们的思想，我们的身体，”乔迪冷冷地说，“为了防止我们跑到外面去，了解真实的世界。”

布里克曼皱起眉头，说：“可谁又会想逃出联邦呢？第一家族曾立誓，要领导我们重返蓝天世界，一切努力和牺牲，都是为了这个伟大的目标啊。怎么会这样，怎么可能呢？当初，我们在篷车队上服役时，你不是为自己成为一名开拓兵而骄傲的吗？你自己不也这样说过的，难道现在你要告诉我，我们所做的一切，都是毫无意义的，都是一个谎言下的控制，我们都是天下最傻的白痴？”

“不！不是。你看看你这身打扮，你还有脸问我？我和你不一样，我自始至终都是一名寻道民，永远都是。我想告诉你的事情就是，联邦一直在骗我们，其实地面上早就安全了，过去的五十年间，一直都是安全的，甚至在更早的时期，都是安全的。”

“乔迪，这纯粹是反叛分子的言论。你难道不明白吗？马隆和其他人给你灌输这些垃圾思想，其实是为了控制你，让你反叛联邦，同联邦作对啊。这些都是些虚无缥缈的恶心的空话。他们抽彩虹草抽多了，以至于产生这样的幻觉，你知道我是怎么想的吗？我认为，确实有些人得了病，但还有不少像你我这样的人，没有得病。萝兹告诉过我，生命学院已经对体格正常的变种人进行了好几十年的临床研究，试图分离出使他们能够对外面免疫的遗传机制。说不准，他们早已找到了答案，是生命学院创造了我们，或许你和我，还有另外一些人，一出生时，体内就带着'神奇的魔药'了。"

乔迪的脸上毫无表情："你这个理论倒有点意思……"

"没有你的那个理论荒唐。"

"不错。"

"我刚才说过，我也在慢慢地思考，我也发现了几个难以解释的问题。但你所说的这一切令我产生一种感觉，有些时候，我们一知半解时，最危险。我们现在知道的都不够多，无法了解所有的真相。或许事情不像我们希望的那样简单明了，或许联邦内部并不是那么完美，但——世界就是这个样子的。另外，还有一点很重要，非常重要，那就是，我们要相信，那些位居高层的人，正在尽力想办法，正在努力带领我们。如果我们能坚持自己的信仰，不断地行动，终能克服困难，取得成功和胜利。"

乔迪沉思了片刻，说道："好吧，布里克曼，你老实跟我说，你是不是第一家族的人？"

布里克曼眉头微微一皱，随即大笑起来："你说什么呢？奇怪的问题。我怎么可能是呢？如果我是第一家族的人，怎么可能还会到这儿来？"

"我可不是光屁股小孩。去年我就已经第六次出勤了，我什么没见过，第一家族的人无处不在。"

“你说得可能没错，但我告诉你，我不是，真的。不过我知道，如果我真的是第一家族的人，我恐怕也不会承认吧！”布里克曼笑了，“你开什么玩笑？我的意思是，你要真的认为我是第一家族的人，我们还会有这番谈话吗？”

“为什么不？现在第一家族的人能把我怎么办？”她警惕地看着他，“你让我感到恐惧，布里克曼。我原以为能搞清你的底细，可……现在……连我都不知道你到底要干什么。或许马隆说得不错，你真的是个联邦密探。”

布里克曼伸出手，一把握住她的双手，说：“听我说，乔迪，用心听着。我不是第一家族的人，也不是什么联邦密探。不管你以为我是什么人，我只是一个为了我的信仰而努力奋斗的战士。这些，也包括你。”

乔迪虽然带着些勉强，但最后这一句似乎听进去了，说：“好……吧……我觉得，我们现在能分清楚是敌是友了。”

“听着，假如我们还能有缘相见，不管是什么情况，我只求你再给我一次机会。”

“哦，好，我明白……我会……嗯，记住的。”

“感谢。也许你们离开之前，我们再无缘相见，因此，现在就祝你好运，另外……”

布里克曼话没说完，乔迪也牢牢握住他伸过来的手，道：“马到功成……”

第十七章

翌日，布里克曼还是老一套，这里逛逛，那里荡荡，看似漫不经心，实则细心铭记，将观察到的一切事物都记下来。后来，他终于有事做了，被叫过去帮忙，要将一捆捆皮毛和土产搬到交易场去接受检验。他来回地奔忙着，忽然被人叫住了，回头一看，是雪先生。

“我正要找你……”雪先生领着布里克曼来到蓝雷身边，周围聚集着一大群穆卡尔部落的熊武士。他们见雪先生走近了，便纷纷退让到一旁。布里克曼见蓝雷手中拿着一根类似步枪的东西。“看，这玩意儿，牛吧？”蓝雷笑问。

布里克曼恭敬地点点头，从他手中接过武器，从头到尾，细细检视了一番。上面各个部件做工都极为精细巧妙，他过去从未见过这么奇怪的东西，它由纯钢和黄铜制成，带着一支闪闪发亮的深黑色木质枪托，上面布满了细密的纹理。而整支枪只有一根枪管，像一根附着枪膛的水管，没有光学瞄准镜，只是前端装有一块小小的金属片，后面则是一个带着凹槽的滑块，能够顺着枪管后端的标尺来回滑动。装弹的弹夹更是古怪，是一只金属圆筒，可以转动，上面钻有十个孔洞。其两侧凸出枪身，前后两端分别覆盖着一只半球形的钢片。枪管尾部，圆筒后上方，有一只扁平的锥形金属冲击锤，能够被大拇指扳到后方，扣动扳机时，则猛然向前冲击，与此同时，圆筒向右转动，让下一个孔洞转到冲击锤下方。

“这些孔洞应该是填弹用的……”

“不错，是钢弹，从圆筒后面将它们装进去，按下那个机钮就行了。”

布里克曼试着一按，果然枪管、前部前托和圆筒，与后枪托分离开来，向前垂下，仅有一根插在扳机护环前方的销钉与枪身相连。他又将枪管“咔”的一声扳回原位，又看了看枪身上的黄铜盖板，检查了一下枪托底侧，问道：“压缩气瓶在哪儿？”

“这东西不用不着压缩空气，这些子弹里面，都装着一种药粉，能爆发出一股力量，推动子弹飞出枪管。”

“什么药粉？”

“他们称之为‘火药’，一旦击发，便能看到火光，类似让火箭飞上天的东西。”雪先生说着，松开枪托上位于扳机护环后上方的一只机钮，将一片小小的护板推到旁边，露出一个凹口。里面装有一根中心插栓和一套原始的擒纵机构。他又道：“那根栓销上装有一卷纸带，引出来后穿过击锤下方。在纸带上排列着一连串扁平的小圆点，里面也包裹着那种特殊的药粉，只要一扣动扳机，击锤就会打在圆点上。火光一闪，子弹后部就被点燃，发出“砰”的一声，子弹便飞了出去。松开扳机后，下一截纸带往后挪动，新的圆点再次到达击锤下面。就这样，又能再打一发了。”

布里克曼赞道：“这种设计还真不赖，不知道射程有多远？”

“能超过半箭地，当然我们衡量距离的方式与你们不一样。山下大人说，这支枪的射程同你们的步枪一样，甚至会更远。”

布里克曼将击锤扳向后方，接着扣动扳机，让它弹射过去，说："如果每次开枪都要这么麻烦的话，我们的枪比他们要快得多，一次就能射三发，装弹量也更大。”

“是这样的。但山下大人说了，你们的步枪对我们不适用。只要气瓶里的风用光了，它也成了没用的废物。你们的主人太贼了，他们这么做，是要你们逃离黑城，寻找光明的人，到时候武器失效，无法与他们对抗。”

“您说得很对，我以前都没想到这点。”布里克曼说着，心里面却想，就算是这样，这两种武器根本不是一个档次。一枚铁子弹比不上三枚 0.225 口径的钢子弹，十颗钢子弹的装弹量更不如一个六十发的短弹夹来得方便。再说了，寻道民的步枪还可以任选单发、三连发、全自动连发等射击模式，而那些爆炸火药、击发装置、火光、枪响等等，都是些石器时代的老古董了吧。另外，因为有瞄准镜的作用，寻道民马上准确锁定目标，或者是对方敌人的位置。这支枪上却只有一片粗陋的准星和带凹槽的标尺，这样原始的瞄准测距系统，又岂能保证射击的精度？他又问："各个部落，都能得到这样的武器吗？”

“不。这是一批特殊的奉送品，因为我们送给了他们箭头，所以将拿到第一批的一百支枪。如果我们能用这些武器击败沙穴人的话，到了明年，山下大人还会带更多的枪支给我们，其他部落也有机会换到这种武器。”

“是这样……虽然这不关我的事，但我还是不得不告诉你，我觉得这东西不咋地。说真的，如果你想让我说说自己的真实看法的话，我看这东西恐怕连乌鸦放的一个屁都不如。”

雪先生一点也不介意，说：“山下大人说了，在旧纪元时，所有杀伤性枪支的设计原理，都同它是一样的。”

“就算是这样，那也是多久的事了，那之后的话，我们也得有所进步不是？”

“得了吧，你就笑吧，你们这些人哪，总以为自己了不起。”

“长者，我不是取笑您。在您的教导下，我才意识到，自己对蓝天世界的认识多么浅薄，对它现在这样子之前的时代了解得实在太少了，我还有很多东西要学习呢。”

“也有很多东西要摒弃。这玩意儿不像火箭，会发射出很多五颜六色的小星星。”雪先生伸出小指，用另一根手指指着它的第二指节，“这玩意儿射出的铁子弹，只有这么长，这么粗，但其威力能射死一头野牛。”

“真的？”

“当然。如果有这样的威力，就能把你那帮朋友全都轰到天上去。”

“您有子弹吗？”

“没有，但我见过一颗。山下大人答应过，要给我们演示一下这种武器的强大威力。”

“啥时候？”

“正好就是现在，你来得刚刚好。”

布里克曼看到，横在岸边最近的那条船的前甲板上，突然涌起一阵骚动。只见一群铁大师武士和红条子，出现在跳板的端头，排成一队人马走了下来。队伍中间是三名被捆绑着双臂的人，他们打着赤脚，只穿着红色的阔腿裤，每人脖子上都挂着一块牌子，垂在他们光溜溜没有汗毛的黄皮肤胸膛前，上面写着几个奇怪的文字符号。他们走路时低垂着脑袋，脸上没有面具，却包裹着草席，眼睛和鼻子的部位挖着三个洞。

一看这样子，布里克曼便知他们几个是犯人。难道铁大师中也有犯人？

湖滩上已经聚集了更多的穆卡尔人，更多的变种人也聚集过来了，包括芝加哥人等。短短几分钟，人数急剧增加。为首的武士朝雪先生走过来，其他人都低头鞠躬。

“现在，来看看新武器的威力。”为首的武士对另一位武士示意道，“把步枪给他。”

雪先生深深鞠躬，将步枪交给武士，武士也鞠躬回礼。

布里克曼、蓝雷和近旁的变种人，都目不转睛地看着那名武士枪手装填子弹。只见他手下的一名红条子，取出一只小木匣，打开一看，里面是一排装有引火纸带的浅槽，还有四圈孔洞，每圈上都有十发子弹。武士用灵巧的手指，将那些带有火药圆点的纸带装入枪身，拉动纸带，将第一个火药点对准击锤下方，撕去多余的纸头，又打开枪身，将十发子弹塞进圆筒的孔洞中。同联邦制造的钢弹相比，这些子弹大得惊人，完全就是浪费能源，浪费金属，浪费杀伤力啊！

与此同时，那三名倒霉的家伙被押着走到湖岸的北部去，看样子，他们的命运就是给这次测试子弹当靶子。鹅卵石湖滩上，插着三根粗短的木桩，按照一定的间距，不远不近，垂直立定。布里克曼站在持枪武士旁边看过去,只见第一名犯人被安置在第一根木桩右侧,头部大概与桩顶同齐。另外两个人肉靶子,则被行刑队押着,向湖滩的木桩继续前行。分别站好之后,挂在他们脖子上的牌子便被翻转过来,上面是一个白色的方框,原来这就是让枪手瞄准用的靶标。

这时候,负责押送的红条子退回水边。铁大师首领连连挥手,一群群变种人则顺着杂草丛生的湖边跑动起来,站到三个行刑点附近的位置上。

舞台已经搭好,就看射击怎么样了。布里克曼只能对三段射程做大概的估计,以第一根木桩为参照物,第二根的位置大概在二百五十码以外,第三根就足有五百码了,捆在上面的家伙,恐怕比远方的一个小点大不了多少。如果没有光学瞄准镜,任何枪手武士想要射中目标,大概只能祈求辟邪主等神灵保佑了。

只听武士首领一声令下,枪手突然举起步枪,枪托紧抵肩上,瞄准之后,扣动扳机。"砰"的一声,异常响亮。瞬间,枪管中蹿出一条火舌,后面则腾起一股白烟。远处立即传来一声尖厉的爆裂声,子弹射进了第一名牺牲品脑袋旁的木桩上,奶油色的木屑在空中飞溅狂舞。站在旁边的穆卡尔人都惊呆了,只见那个死脸皮抬起头来,挺直双肩。第二发子弹如约而至,船头稻草编成的面具,将他打得脑袋开花,尸体向后翻倒在地。

"嘿!呀!"那些看热闹的变种人低声赞叹。

射手又调整了一下枪身后部的瞄准标尺,举枪瞄准,又是两枪。第一枪打穿了第二根木桩;第二枪则击中了活靶子胸口的牌子,沉重的子弹穿透牌子,直接将他打倒在地,一命呜呼了。武士旁边的变种人又发出一阵嘉许的呼喝声。

布里克曼心中“怦怦”大跳，不得不转头对雪先生说：“我要收回刚才说过的话，这东西杀伤力实在太大了，不过我仍觉得不算是太好的武器，它发出的声音和烟雾都太大了，射击时容易暴露自己的位置。”

“你说得不错。但首先你们的人得进入有效射程才能击中目标，可惜很显然，这种武器的射程更远。”

“我看不一定吧。先看看他的第三个靶子打得怎么样。”

这时，射手开始细心地瞄准目标，突然，扣动扳机，子弹向第三根木桩射了过去。站在那附近的红条子们躲在水边，发出了信号，表示命中目标。

武士从肩头卸下步枪，深深吸了口气，再重新举枪，瞄准了第三名死脸皮，缓缓扣动扳机。

“砰！”

那个靶人没倒下。

几秒钟的寂静之后，围观的铁大师们发出了一阵古怪的嘶喊：“啊！”犹如剧烈的喘息。

神枪手垂下枪托，支在地上，转而面对武士头目，耷拉着脑袋，羞愧难当。

武士头目口中爆发出一连串的高声叫骂，斥责了半天，总算结束。射手仍是静静鞠躬，将步枪递给一名旁边等候的红条子，又解除身上的两柄弯刀，交给另一名红条子。然后再次鞠躬，后顺着湖滩向前跑去。到达第三根木桩时，他停住脚步，站在左侧，正好与最后一名囚犯相对应。

武士首领则抓起步枪,等那失手的武士站好后,便瞄准了五百码远的目标开枪了。他打了三发子弹:第一发射裂了木桩,用于热身;第二发准确地撂倒了犯人;第三发则在那名不幸的武士身上射出了一个窟窿。

“嘿呀!”围观的变种人齐声惊呼。

武士首领将步枪交给雪先生,雪先生鞠了一躬,武士首领也向他还礼,在红条子的簇拥下,大摇大摆地回去了,只留下一小部分铁大师指导穆卡尔人如何装弹,如何射击。

“你想试试吗?”雪先生问布里克曼。

“回头再说吧。”布里克曼说。

两人顺着湖滩走了过去,不一会儿,便看到那碎裂的木桩和倒地的尸体。布里克曼登时头脑清醒了,这场演示如醍醐灌顶,极具启发性。尽管他对这种原始的步枪评价不高,但这武器确实有超强的攻击力,而且落到内行手里,它的准确度极高。虽说在他眼中,这种武器还有不少局限性,但如果真被变种人大量使用了,寻道民目前在与平原人的地面战斗中一直占有的优势将不复存在,甚至是落入下风。

更令他惊讶的是,铁大师们的表现,与那支步枪一样令人难忘。他们每个人都严格遵守着一套行为准则,纪律严明到苛刻的地步,不允许出一丝一毫的差错。这证明了雪先生当初的评价:这些人极端的冷酷无情。和联邦一样,一旦“操作失误”,便不可饶恕,尤其是当有损铁大师们所谓的“面子”时。

他看着雪先生的眼睛,说:“这些人真是太神了。您看到了吗?他们站在那里，扬起下巴，一动不动，就等着要命的子弹飞过来，连一丝肌肉都没颤动过，这需要真正的献身精神啊！”

雪先生冷笑一声：“那你有没有想过另一种可能：现在能静静地站在那里，等着被枪杀，这已经是这些可怜的家伙所能盼望的最好的结局了。”

布里克曼没有放弃。这天下午，还有第二天一整天，他一遍又一遍走到岸边，期盼地在附近来回徘徊，可所有等待都落空了。日落时分，轮子船再次离开岸边，驶向深水区，抛锚远停，可是仍然不见清水和佳得利的踪影。

他有些焦躁了，便去找雪先生，发现他正从身上除下这些华丽的服饰，并咕哝道：“到处都是吵吵闹闹的，真受不了。”

布里克曼听着周边传来的阵阵欢声笑语，笑道：“您说这话可真够怪的。我知道您并不是个喜欢暴力的人，您很讨厌暴力。现在您看看，各个部落的人都聚在了一起，尽管有些小摩擦、小纠纷，但还是像一个快乐的大家庭啊，这不正好和你的想法一致？没有暴力，只有和谐。我搞不明白的就是，为什么各个部落不能一直都像这个样子，为什么平时要自相残杀呢？”

“你问得很有道理。”雪先生冷哼一声，“到目前为止，的确还没出什么乱子。但是，你别急，我感觉要出大问题了，而且肯定会这样的。”

“但这又是为什么呢？为什么大伙不抓住这个机会，团结在一起，消除彼此的分歧呢？用不着总是互相争斗吧，为什么不能联合成一体，一起对抗联邦？如果所有的召唤师联手合作，并且……”

雪先生挥手打断道:“是的,是的,没错,你说的这些谁不知道?只可惜,人无完人,我们这些人更是这样。你非要将我们看成深陷困境,却又品德高尚的野蛮人是不是?也许这是清水的缘故吧,当然,我们也没有将你做成人肉干。布里克曼,你的这些想法很浪漫,但是很危险。这个世界上确实存在着神秘难解的事物,魔法确实存在,但这个世界依然那么艰难困苦,那么冷酷无情。的确,每年这个短暂的时期,尽管芝加哥人和底特律人之间有深仇大恨,很难消除,但平原人还是可以和平地聚在一起。不过事实上很遗憾,这种友谊,最多只不过能保持四五天。我的意思是——你能想象永远和这帮杂碎狗屎和睦相处吗?母神摩城在上啊!真要那样的话,他们的部落就会成天在我们的地盘上转来转去,从我们的刀口下抢走猎物。那时候,我们连一块自己的领地都保不住。不但如此,他们还会追逐我们的妇女。就算这些都忍下去了,不发生争斗,每个人就开始渐渐松懈,无所事事,养一堆肥肉,生一大堆孩子。过不了多久,他们就只想着自己,再也无法为集体而战了!你能想象这样的日子吗?这也叫生活吗?我们是需要战斗的种族,我们需要激情,需要危险,需要激发我们的,嗯!”他打了个响指,“你们把那玩意儿叫作什么来着……”

“肾上腺素。”

“是啊,让肾上腺素在身体里奔涌如狂。你有过这样的经历,你肯定能明白这 点,是不是?”

“不错,我是能理解,但辟邪……”

“想用辟邪主的预言来刺激我吗?这还是我告诉你的呢!”雪先生再次打断了他,“记得不?‘一个国度将在战火中出现,平原人将化作利箭，交与救星辟邪主。'"

"你相信吗？"

"我当然相信！这是个伟大的理想，没有什么事能让我更魂牵梦萦的了。"雪先生坚定无比地说。

"那好啊，既然它有可能实现，为什么不能是现在呢？"

"因为我们首先必须改变自己，"雪先生突然叫了起来，用拳头捶打着前胸，向空中伸出双手，"为了改变自己，我们需要辟邪主，因为只有他才能创造奇迹。"

"奇迹？什么奇迹？"

雪先生发出了一声痛苦的长叹："奇迹是在神灵感召下才会发生的，它凌驾于支配宇宙的我们所知道的任何自然法则之上……"说到这里，他顿了一顿，"你连什么是'神灵'都不知道，当然不会接受这种概念了。"

"您是指母神摩城、天音和辟邪主之类？您说得不大对啊。我有很多次逃生的经历，现在我开始觉得，或许真的有某种神秘的力量在保护我。"布里克曼说到这里，见雪先生脸上露出嘲讽怀疑之色，沉声道，"我说的是真心话。"

"怪事每天都不断啊！"

"好吧，您告诉过我，您不喜欢底特律人，但也没说为什么平原人会这样四分五裂。夜疯狂也倒是跟我说过，即使是芝加哥血脉的部落之间，也是争斗不断啊。"

"这些事情，一句两句说不清楚，布里克曼，那些都是很久很久以前的事了。如果今年冬天，我们还在一块儿的话，哪天晚上，你到我的小屋来，在一起坐在席子上抽抽烟斗，好好地聊聊，我会把一切都讲给你的。”

“为什么现在不讲呢？”布里克曼坚持道。

“现在我脑子里乱哄哄的，被其他事情塞满了。”

“比如说……”

“步枪……”

“那又咋了？”

雪先生有些疲倦地摆了下手，说：“部落长老认为我们不该收下这些东西。”然后，他就对布里克曼说了穆卡尔部落代表团高级成员之间的激烈争论。交易委员会的长老们意见不统一，他们是最终的决策者，跟铁大师的各种交易都要由他们来做最后决定。另外，他们还有一个任务，就是与其他部落的交易委员会协商，统一各个部落货物的价格。这件事可绝不轻松啊，每个部落都千方百计地想增加自己部落的货物价值，换来更多的东西。

保守派的反对意见是最强烈的。他们认为，接受步枪非常不合适，是进一步败坏了平原变种人勇敢尚武的传统。雪先生认为这个论点虽不乏可取之处，但他还是觉得，变化始终是不可避免的。过去的老派做法必须摈弃，否则平原人将遭到致命性的毁灭。老的传统主义者却反驳说，一旦放弃传统的做法，所有的英勇无畏就变得毫无价值了，平原人这棵大树终将因为蒙羞而凋零衰败。部落兄弟们将会离开部落姐妹，如风中的黄叶般飘散落地，化为尘土。这些顽固派始终坚持，如果平原人不再谨遵传统，认清自我，定义好集体的基本价值观，那么所有人都将陷于万劫不复的境地。

而交易委员会也和保守派一样，不愿意接受这种新式武器，他们之所以这样考虑，主要是出于一种更为实际的原因：这样做会增加他们对铁大师的依赖性。弩弓所发射的弩箭大部分可以回收，所以备用弩箭的存储量基本能够保持不变，但这种新式的“长尖铁”就完全不一样了，一旦那颗“铁指头”飞出枪管，就再也无法重新使用了。只有铁大师才知道如何将天火装填到子弹里面，也只有他们才能供应带有发火圆点的纸带。如果步枪成为平原人的基本武器的话，那他们岂不是要永远被铁大师们牵着鼻子走？以后无论铁大师们要什么价，他们就得给什么价，再也没有自主权了。而且，红皮的数量越来越少了，这意味着，他们要将越来越多的部落兄弟姐妹送到大河下游。去年同路易斯安那贵妇号的战斗，致使穆卡尔部落伤亡惨重，损失很大，部落人数骤减是他们最不愿意看到的事。但现在部落面临的是一个难以解决的两难问题：当铁蛇大批返回时，如果平原人没有威力巨大的武器，他们将面临更惨烈的牺牲。

“那现在事情怎么样了？”布里克曼问。

“他们还在吵，我就撒手不管了，随他们的便吧。十二年前，山下大人提出要送来第一批弩弓，那时候我就听够了这些无意义的废话。当时还不是一样，个个都觉得天快塌下来似的。现在呢，你也看到喽，不是什么事都没有吗？”

“也许你会觉得奇怪，但我感觉，我其实是能理解他们的感受的。只有咬过骨头的武士才能获准在战斗中使用弩弓，而且只能用来对付沙穴人。还有，只有非常强壮的人才能拉开弓弦，给这该死的玩意儿装上一支箭。但步枪呢……使用它的人只需动一动小手指就能做到，就算是一个七八岁的孩子，都可以用枪杀死一个成年人。另外，你也看到了，它的射程是如此之远，如果一名好射手向你开枪，你看都看不见他，就一命呜呼了，恐怕到死都不知道是什么打死自己的。”

“你说得不错，旧纪元就是这样终结的。那些发动千阳之战的人一滴血都没流过，也从来没有真正面对死亡，没有考验过他们的胆量。他们从来不知道恐惧的滋味，也无法体会到胜利的荣耀。他们只会偷偷地躲在地下，躲在那些用精艺创造出来的虚幻世界中，早就失去了同真理接触的机会。他们看不起其他生灵，对自然界的奇迹一无所知，对外部世界的美好无动于衷，只是沉溺于手中掌握的虚幻之中，什么都不爱，不喜欢，唯一热衷的就是那些躲在巢穴里的铁鸟，那些巨大的怪物，只会传播死亡。就是这些苍白可怜的蠕虫，用他们懦弱的手指将天空化为灰烬，让世界陷入了冰封的黑暗时期。”

“您认为这种灾难会再次发生？”

“是的，也许我们已经在同一条路上走出头几步了。”雪先生耸耸肩，“但不这样的话，我们还有什么办法能抵抗沙穴人和他们的铁蛇呢？”

“您不是位召唤师吗？为什么不用魔法对付他们？”

雪先生惨然一笑：“端上一支上了膛的步枪，当你扣动扳机时，你很清楚地知道接下来会发生什么事。但是魔法呢，它是……不可预测的。”

“但您是位风暴使者啊。清水告诉我，您拥有七环的神力，胜过您的只有辟邪主，您的法力已经达到了至高境界。”

“布里克曼，说老实话，我根本没有什么神力，我只是它们用来发挥作用的渠道。神力属于辟邪主,他通过我来发挥力量。作为一个渠道,我只能在一定程度上引导它们,就像河床引导湍急的流水。但要起到这样的作用,河岸和堤坝也必须牢靠坚固,否则的话,洪水一来,堤岸也崩溃了,那就惨了。作为一名召唤师,也是这个道理。要想引导大地的力量,他的头脑和身体就必须极为坚强,但是,一旦神力通过他的身体发挥出来之时,他的体能就会被削弱,就像河岸被河水销蚀一样哪!”

“这么说……一旦释放的力量过于强大,超过了召唤师能承受的极限,他就会死……吗……”

“简单来说,是的。”

“所以,您才想选择步枪?”

雪先生双手一摊,无可奈何地说:“我能做的,也只有这么多了。部落想要生存下去,就得学会自己站稳脚跟,而不是总想着让我指引他们渡过难关。咱们还是面对现实吧!是的,说到魔法,我算是个高手,但我并不可能长生不死。”

“我们谁也不可能。”布里克曼说,“但部落里不是还有佳得利和清水吗?他们将来能够继承您的力量,不是吗?”

“是的,原来的计划是这样的。”

“您这是什么意思?‘原计划’,难道他们不在山下大人的船上了?”

“我希望他们还在,但到现在我也没搞清楚他们到底在不在船上。你也看到我是怎么交易的了,那些家伙做事很刻板,等级森严,我们谁也没法同山下大人直接对话。”

"或许他不会讲基础语吧？"布里克曼揶揄道。

"也许吧……但不管怎么说，无论你要说什么，都只能告诉一号武士，他在用那套谁也听不懂的话转达给他的老大，然后等上一会儿，他后面的二号武士才会将信息传递给他，他又转达给我们。关于清水和佳得利，我已经问过两次了，但是……没有结果。"

"他肯定说了些什么？"

"是的。他说：'现在不是谈这事的时候！'"

"那最开始你们是怎么打算的？"

"你是说他们打算怎么回来吗？我们也没什么安排。去年大船来时，山下大人告诉大家，他对箭头和云武士很感兴趣，同时承诺说，如果哪个部落能将这两样东西中的一样搞到手，完好地送给铁大师，这个部落便可得到一批威力强大的新式尖铁。那时候我们中只有少数几个去过南方的人见过天空中的箭头，不过又听说铁蛇正向我们这边开来，也知道它们是怎么对付南方变种人的，所以我们觉得这项提议是个好买卖。于是我们约定了，下一次和他们交易飞机和飞行员。"

"那说的就是这一次，也就是现在……"

"不错。但那就意味着佳得利得跟着铁大师们前往东方，恐怕要到明年这个时候才能回来——甚至还要等上一年，我们可等不了这么久了。"

"为什么？"

"因为，在泛黄季到来之前，我恐怕就要离开人世了。"雪先生看到布里克曼一脸震惊的表情，就说，"我可不是在开玩笑啊。佳得利从石头中解读启示的时候，我就同他在一起，那个地方就是我将要死去之地。”

“那么……您相信？”

雪先生耸耸肩：“他还说过，你会在新土季回来——没错，你确实回来了。所以说，我对这些预言深信不疑，但谁又愿意听到坏消息呢？我只能不断地对自己说：‘他也许是个新手，搞错了名字，搞错了日期。’说实话，我其实也没太当真。否则的话，我会让他待在这儿，把你送上船去。”

“所以说，您在去年就派他们出发了，让清水跟着他，保护他。”

“不错。他们要去交付箭头，还要办些相关事项，然后跟着山下大人乘船回来。”

布里克曼听到这里，觉得事情越来越糟糕了，问道：“那在铁大师两次乘船来访的这段时间内，您还有什么别的办法能够和他们取得联系吗？”

“没有直接联系，一点都没有。但我时刻聆听天音。”

“对，那还用说？”布里克曼说着，心里骂道，真他妈太妙了，“但除了这些，您有没有得到确切的消息，证明佳得利和清水已经平安到达目的地了？”

雪先生高高举起双手，说：“我们当然得到了证明，这不，山下大人给我们带来步枪了啊。他这么高贵守信，我们绝对可以信任他说的话。所有铁大师都是这样，重诺守信，从不违约。”

“但是，据我所知，你们之间的约定是要交付一架飞机和飞行员，用来换步枪。他们没有答应要归还飞行员和乘客吗？”

“是啊。”雪先生的眼睛里闪过一丝狡黠的亮光，“你很精明，布里克曼,你是真正的老奸巨猾。”

布里克曼此前从未听说过这个词,听上去不像是什么夸奖的话,尽管雪先生的语气里充满了赞赏之意。

雪先生微微皱起眉头,又重新聊起此次谈话的主题:“佳得利和清水应该明白这个情况的。我让他们自己去解释其中的前因后果,铁大师们都是绝顶聪明之人,自然会明白他们所说的,”他顿了一顿,揪着自己的胡须,“我确实没想到会出现这种问题。”

布里克曼唯一的目的就是找到清水,他一直在坚持,为此做了种种努力,种种计划。但是,现在,这个计划终于被彻底地粉碎了,他的心沉了下去,忽然叫了起来:“您疯了吗?您知道吗?我是说……您您您……怎么怎么能这么……不负责任呢?他们俩是整个部落的未来啊,而您却……‘没人能从伯利恒回来!’大家不都是这样说的吗?!”

“说的是:没人能以寻常的方式回来,但……”

“克里斯托夫·哥伦布在上,糟糕透顶!”

雪先生轻挥双手,示意他冷静下来:“好了,好了,咱们还是别太担心了,轮子船还得好几天才会开走的,我会想办法再和山下大人交涉。而且,我敢说,他们一定就待在他的船上。”

“那他为什么不让他们上岸?”

“问得好啊。你知道我怎么想的吗?我认为山下大人是有意扣留了他们。你应该知道的,他也能看出来,我们对步枪的兴趣没那么大,所以他恐怕是……想利用这个,对我们施压,迫使我们接受这些武器。”

“也许吧!”布里克曼沉思道,“但愿您说得没错。”

“唉，我们什么都做不了了，现在啊，只能等着了，看看后面会发生什么事再说。”雪先生说着，躺了下来，用兽皮裹住自己，轻轻地说，“母神摩城在上！周围的吵闹声太可怕了，你看看，这里这么多人，就像是旧纪元一样。那时候，无论是哪里，都是人挤人，人挨人，接踵摩肩的，大家一层摞一层地住在石头树里，那些巨树一直伸到天顶！怪不得那个世界会变得如此疯狂……”

布里克曼蹲坐在旁边自己的毛皮上，问道：“如果佳得利和清水不在山下大人的船里，而您又像预言中说的那样，在夏天结束的时候死去，那该如何是好？”

雪先生从兽皮中露出脑袋，“那么我就会说，穆卡尔部落要度过一段很艰难的日子了。不过……他们不是还有你吗？”他缩回兽皮，随后说，“也许正因如此，辟邪主才把你送回了我们身边。”

也许……

这里离篝火比较远，夜色暗沉，寒意袭来。布里克曼裹紧了兽皮，将那些远处传来的嘈杂的人声和更远处传来的阵阵歌舞鼓乐都屏蔽在耳朵之外。他的脑海中，尽力营造出一片寂静的绿洲，但是没过多久，这惬意的自我创造的世界里便阴云密布，一连串相互矛盾的困惑和疑虑，占领了这片心灵的绿洲。过去和现在经历的种种辜负与背叛，那些他和少部分人知道的秘密，还有他自己内心最隐秘的秘密，如同沉甸甸的石头，压在心头，十分难受，而如今又多了这额外的负担，更加难以承受。他合上双眼许久，仍是无法安睡。爱情、死亡和危险，一起纷至沓来，组成了一幅千奇百怪的图画，变幻莫测，盘旋于脑海，导致头脑发烧，思维紊乱。这种情况一直持续到黎明的第一道曙光突现。

平原人各部落和铁大师之间的买卖还在持续进行，双方交易了若干物件，干肉、粮食、毛皮等物都被变种人行者搬上了船——他们自己也要随同这些货物一起踏上那大河之旅，而武器、布匹、工具、罐子、锅子、盆子，还有铁大师们打造的其他各种器具都被卸到了岸上。但是，自始至终，除了山下大人和他的随从外，第三条船上再没出现过其他人。

第四个交易日那天，中午偏下午时分，布里克曼又来到交易场上，同一群穆卡尔部落的熊武士坐在一边旁观。排队等了老半天，终于轮到穆卡尔部落的交易委员会来到平台前面了。雪先生终于能够通过两名翻译员同山下大人做交流了。布里克曼看到雪先生的脸上明明白白地出现了难看之色，他不用问就知道他们说了些什么，准是坏消息。雪先生与委员会的其他成员一起谦恭地鞠躬施礼，然后退出广场。当他们穿过一排排围观者，走出人群时，布里克曼忙迎了上去。十个委员会的成员，全都面带苦色，难看得要命，就像被篷车撞晕了似的。

“他们不在船上？”

雪先生摇摇头，叹息道：“唉，比这还糟，佳得利不愿意回来。”

什么？布里克曼感觉自己的肠子顿时僵硬成一根根冷冻的意大利面条，“那清水呢？”

“山下大人向我保证，铁大师不会违拗这两个人的意愿，他们都很健康，而且两人都受到了特别的优待，算是对他们的奖赏。”

“可是……她也不会回来……是吗？”

雪先生无能为力地摆摆手：“清醒点，要知道，她当然不能把他一个人留在那儿！”

布里克曼朝高台那边恶狠狠地瞪了一眼：“您相信这家伙的鬼话？”

“我也没有选择。但我想说的是，他们从来都是说一不二，从来没有欺骗过我们。”

“换句话说，您就想让他们这样蒙混过去？”

雪先生暴躁地喘息着，说：“行了，行了，年轻人，冷静一点吧！无论是什么原因，既然佳得利决心留在那里，那么背弃我们的不是铁大师，而是他，铁大师们并没打算蒙混过去！”

“那要看看他们是不是在讲真话。要不，我们干脆扣下一艘船，让铁大师把佳得利和清水送回来，就说我们想和他们谈谈！”

听到布里克曼这大逆不道的建议，交易委员会的所有成员都倒抽了一口冷气。

雪先生轻蔑地瞟着布里克曼：“想想吧，你还指责我不负责任呢！就算我们昏了头，真听了你的建议，试图扣留一条船，而且，奇迹出现了，我们真的成功了，你以为其他部落会袖手旁观？他们不把我们撕成碎片才怪哩！”他说到这里，朝着平台挥挥手，那边，山下大人正和他的武士们敲定了今天的最后一笔买卖，“知道吗？这些交易，是平原人的生命线。”

“好吧，好吧，算我胡说的，那您有什么打算，接下来该怎么办？”

雪先生再也按捺不住心中的怒火，一下子发作起来了：“伟大的母神啊！布里克曼，我不知道，我不知道！是哈！问来问去，问来问去，总是这样，总是这样！五十年了！怎么还是这样？天天地问，天天都这样，不停不停地问我问题，我真的烦透了。”他扫了一眼那些倒霉的交易委员会的成员，“我的屁股后面，总是跟着这样一帮哭丧着脸的脓包，就知道翻来覆去地问些愚蠢的问题，而且从来也不听我的！”他激动地转身面对西方，朝落日伸出双臂，“哦，辟邪主啊！您为什么要让我成为一个字匠？您本该让我又聋又哑的啊！”最后，他一把推开布里克曼，怒气冲冲地拂袖而去了。

委员会的成员们，一脸震惊，而又痛苦地看着他消失在远处，有点摸不着头脑。

“他怎么会这样？”飞虎问道，“派佳得利和清水去铁大师那里，是他的主意，我们谁都不想去交易那些步枪，是他逼着我们去做的啊！”

“那你们决定接下来该怎么做？”

飞虎无可奈何地说：“那还用说？我们只能收下这些步枪了，还能怎么着？”他朝天空翻了翻白眼，“字匠们啊，都是一样的毛病。只要你不接受他们的建议，他就没完没了地要说服你，唉！”

交易委员会的其他成员们也小声地附和称是。

布里克曼将一只手放在这个变种人的肩上，说：“行了，交给我吧。”

然后，他便朝雪先生消失的地方走了过去，最后在湖滩远处，距离轮子船左边四分之一英里外的地方找到了他。雪先生正闷闷不乐地坐在岸边的一块岩石上，瞪着远方的万顷碧波，全然没理会他的到来。

“长者,我想我知道该如何解答我提的问题了。”

雪先生飞快地瞥了他一眼,什么话都没说。

“您不是要把十八个部落里的兄弟姐妹送到大河上去吗?就让我代替其中一个去吧。”

“什么?你疯了吧!”

“不,恰恰相反,我倒觉得我这辈子从来没像现在这么清醒过。我一定要去伯利恒,我要去找佳得利和清水,我要将他们好好地带回来。”

雪先生的目光仍然看着远方的水平面,思忖着这个提议。过了半晌,他忽然转头看着布里克曼:“你的主人没有对你说起过伯利恒吗?你知不知道会遇到什么?”

“这我不知道,只能走一步算一步,见机行事了。”布里克曼将一只手放在老人的肩膀上,安慰道,“好了,别担心,我们会成功的,您不也希望他们早日归来吗?不是吗?”

“我当然希望。”

“那不就得了。无论如何,我也要找到他们,将他们带到您身边。”

雪先生看起来仍是有些不敢相信,迟疑地说:“好吧,我很欣赏你的态度,只是希望你这辈子不会后悔。”

布里克曼说:“您说得不对,既然能活完这辈子,我还有什么好后悔的呢?听我说,我只有一个要求,我想他们应该已经列了上船者的名单,而且上船的标志牌也分发到了个人的手里去了。您得想办法,将我弄到船上去。”

雪先生笑了:“这个没有问题。在铁大师眼中,变种人都一个模样。不过你的头发或许应该染一染。”

“那好吧，现在就染吧。”

雪先生那苍老衰败的脸上，似乎重新焕发出了生命的活力，他一按布里克曼的肩膀，“我问你最后一次——你真想这么干？”

布里克曼做了个鬼脸：“我也没办法啊，别无选择，也许，我本来就没什么选择。‘命运之轮在转动’——平原人不是常说这句话吗？您还记得吗？您曾向部落宣布，我回来将以辟邪主的名义完成伟大的功绩，当时我就有一种感觉，你似乎能知道即将发生的事。”

雪先生耸耸肩：“你是在奉承我的法力吗？我真不该把老底告诉你，特别是这时候。”说完，他便朝营地走去。

“我还想知道一件事。”布里克曼追了上去。

“什么……”

“有没有什么办法，能把一把刀偷偷地送到船上去？或者是这根棍子。”

“绝不可能。这样做的话，会给大伙带来危险的。”

布里克曼皱起眉头：“您就不能施展点魔法吗？”

雪先生又朝天空翻翻眼皮：“我只是个召唤师，不是什么魔术师。我可以冒着粉身碎骨的危险乾坤大挪移部分的天空和大地，可是我没能力让东西消失，更不可能从别人的胳肢窝底下变出鸡蛋来。”

“好了，好了，我知道了。”

“另外，你还应该明白，”雪先生不情愿地做了个鬼脸，看起来是要说个什么坏消息，“佳得利离开的时候，他换上了飞行员的军服。陪他一起去的清水，则穿着平常的衣服。”

布里克曼皱起眉头:“佳得利为什么要装成寻道民的样子？”

“原因应该很明显。”

“好了,别再兜圈子了,这对我来说很重要。”

“他装扮成寻道民,是因为我们不想引起铁大师的警惕。铁大师都认为我们不太聪明,是的,我们大多数人确实是这样。如果他们知道了变种人当中也有不少聪明人,懂得的东西同你们一样多的话,他们将会用截然不同的方式对待我们。”

“那佳得利的名字怎么办？你们就不怕露馅？”

雪先生实在按捺不住自己的笑意了:“所以，他用的是你的名字。”

“啊？我总算是搞明白了……他小子就不能用别人的名字吗？比如说卢·肯尼迪,或者是法兹蒂？”

“是这样的,他穿的是法兹蒂的军服,但贴上了从你的军服上取下的姓名牌。你应该还记得,你最开始到我们那儿晕倒后醒来时,姓名牌就不见了。”

“我还以为有人拿了它当纪念品了呢。”布里克曼说。

“他们确实把你们的东西收起来当作纪念品了,在你提出建议之前,我们从没想过要制造一架箭头。后来我们采纳了你的建议,果然这是多么好的机会。”

“是啊,我能想象到……”布里克曼懊丧地说,“但你要知道,这次您有些自作聪明了。不知道我想得对不对啊,平时都说铁大师从来不放任何人离开伯利恒,但这一次,他们或许会破个例,放走佳得利和清水,因为您早和山下大人有约在先。如果他们的身份是变种人,就一定能回来，但如果他们的身份是寻道民的话，那就糟糕了，铁大师是不会放过任何一个寻道民的，对不？更不会放走拥有很多知识可供他们利用的寻道民。再说，他们一定认为放他回来没有任何意义，他的知识对变种人也没用。如果将他放走了，回到穆卡尔部落，那这个寻道民的脑子也许就只一个用处，填饱变种人的肚皮。”

雪先生捋着自己的胡子，微微点头：“唉，你说得不错……我怎么就没想到这一点。布里克曼，你果然很聪明。”

布里克曼沾沾自喜地说：“那么，现在我的任务是……去找清水，还有一个黑头发的寻道民，他的名字叫布里克曼。”

“你肯定很容易就能辩认出他来，他理了个平头。”雪先生恢复了镇定的神情，胳膊伸过去，搭在布里克曼的肩头，“我向你保证，他这么做没有恶意，只不过他是在表达对你的尊敬，毕竟你是他所有的飞行知识的老师。”

“这件事请您别再提醒我了。”布里克曼说。

第十八章

布里克曼一时热血沸腾，自告奋勇地想混入大船，前往伯利恒，但很快地，心中就有些打退堂鼓了。这样做到底对不对？会不会再次落入他那慈爱可亲的主人设下的圈套中去？雪先生在建造蓝鸟这件事情上已经耍了相当贼的手腕了，还操纵了他对清水的感情。这两件事情，雪先生已经亲口承认了。但布里克曼怀疑，雪先生更有可能是无线电匕首失踪案件的主谋，另外，情报后援小队的全军覆没，也是他精心策划的结果。如果真是这样的话，就说明尽管雪先生从他口中得知了事情的全部经过，但仍然没有完全相信他。

布里克曼暗忖："假如雪先生当真完全相信自己，那才是真正的傻瓜呢！"就算这句嘲讽自脑海中闪过，他仍在设法说服自己，对雪先生还是应该要多往好处想想。

另外一个令布里克曼感觉很不安的事情是，两人之间这种模模糊糊不明的关系。自从上次苏醒之后，他发觉自己对这个老人始终有一种天生的亲近之感，与他原本那种为了生存下去而拼命挣扎的本能截然相反。他多么渴望得到老人的谆谆教导，但缺乏足够的真诚，不敢承认心中的需要。他是很想相信雪先生，又隐隐感到害怕，怕这样对自己不利。布里克曼对自己说，雪先生的动机也许很好，也许他认为切断自己与联邦的联系是一件大好事，可以消除自己的压力，远离诱惑。但有可能这一切都纯属瞎猜。布里克曼又哪能知道这个老谋深算的变种人心里在想些什么哪！更不知道雪先生是不是真的像他自己经常暗示的那样，完全了解布里克曼脑袋中的想法。会不会所有的疑虑都是他自己幻想出来的东西？莫非自己一贯的口是心非、撒谎隐瞒导致脑袋深受其害，根本就无法再相信任何人，也不相信别人会信任自己？会不会那些种种的险恶阴谋，实际上并不存在，一切都只是他在心里建造的疑惑迷宫，自己则完全陷落其中？

现在，想来想去，只能确定一件事情：变种人绝不像他想象的那么愚蠢。是啊，用了很长的时间，才令他自己慢慢地明白了这点，而这个过程中，他对自己的本质也有了更多的了解，也从高傲的少年变得稍微谦逊踏实了。

还有一个最令他担忧的事：雪先生很可能没将清水和佳得利的真实情况告诉他。这种诡计他十分精通，他甚至可以预见到一种可能性：他被顺利地送上一艘轮子船，却再也无法脱身，而此时，清水和佳得利却从山下大人的那艘船上平平安安地出来了，回到岸上。他们俩高高兴兴地踏上归途，又笑又闹，像是得胜的小野狼。而他却走向了那条永远无法回头的不归路。

这样一来，他们就可以干净利落地摆脱他，他再也没有机会影响二人之间的关系了。可是，佳得利明明已经知道清水的真正感情了啊，他们之间的关系还有必要吗？雪先生也曾暗示过，佳得利对那段时间他与清水发生的事情感到很不快。但是，正因分析了佳得利的性格，布里克曼才在眼下这个进退两难的困境中找到了一条出路。他越琢磨佳得利，就越发相信，雪先生说的与山下大人的交流方面，并没有骗自己。因为最初被俘虏的那段日子里，布里克曼已经发现了，佳得利对自己在部落中的身份——那种被变种人称作“威望”的东西，有一种近乎狂热的痴迷。从某种意义上来说，这个年轻的变种人，简直就像是布里克曼的镜像之影。两个人都出类拔萃，都渴望获得更大的权力，都有一种深深扎根心中的欲望，要赢得别人的瞩目，要成为别人眼中的大人物。所以，佳得利才会有那种神秘的奢望，在一次谈话中，他对布里克曼说过，他会被认定为辟邪主。但后来，雪先生的回答令他彻底失望了。不过，布里克曼给了佳得利另外一个机会，他脑海中的知识被佳得利汲取了，佳得利能够借此迈向想得到的位置。还有一个附加因素是需要考虑的：当佳得利克隆布里克曼的记忆知识库时，恐怕也复制了布里克曼的部分心理。这样一来，佳得利很有可能成为一个人格分裂的人，既有变种人的思想，又有寻道民的思维，当然，不是所有寻道民的思维方式，只是布里克曼一个人的。

从这个角度来看，佳得利确实很有可能不愿意回来，他或许真的想和铁大师们待在一起。因为，他是第一个飞上天空的变种人，他还利用从别人脑海中获取的知识，建造了一架具有动力飞行力的飞机，并驾驶着它，将它交给了铁大师，还将设计和建造飞行器的技术传授给了他们。说不定在铁大师们的怂恿下，他又造了一架飞机。这一次的东部之行，定然令他眼界大开，他那急剧发展的聪明智慧必将面临新的挑战。佳得利过去提到过，由于童年的经历，他一直都感觉很孤僻，尽管人们都很尊敬他，将他视为雪先生的继承人，但作为一名体格正常、皮肤纯净的变种人，他在部落里的位置是被孤立的。不错，尊敬，这远远不够，佳得利相信自己还有更多的价值，他是多么希望找到机会来证明自己非凡的价值。这一次，不就是他最好的机会了吗？无论他干什么，都要比回到部落强。回部落能做什么？无非就是看看邻居们捶打野牛皮，种种地。而现在，佳得利已经是斯·罗·布里克曼了，回去的话，他不得不重新变回一个变种人。

卡尔斯托姆在最后一次向布里克曼布置任务时，曾经提到过可能被铁大师占领的地区，大概就位于东北海岸，从康涅狄格一直延伸到弗吉尼亚，阿利根尼山脉也包含在内。但他也只透露出了这么一点点信息而已。他还暗示说伯利恒火坑很可能就在匹兹堡附近。那地方只是个导航的参照点，位置是在大劫难时代之前的宾夕法尼亚州。除了这些，也没有更多的解释了。

卡尔斯托姆也只在那一次提到了铁大师，当时会议快要结束了，他说完这些话之后，就宣布散会，并例行套话与参会者告别，祝大家好运。

布里克曼就没找到机会问问题。他心里很清楚，这就是联邦的标准做法，为的是将情报的传播范围严格地限定在"有必要了解内幕"的圈子之内。但他不明白的是，为什么卡尔斯托姆要对铁大师这个话题缄口不言。联邦对普通的寻道民保守这个秘密，不让他们知道铁大师，这是可以理解的。但对于他来说，已经报告过了，早就听说过铁大师的存在了。并且，他还是一名情报队员，马上就要开始执行一项艰巨而危险的隐秘地面任务，怎么能够不让他了解清楚呢？

所以，他此刻的心里渐渐涌起一股对第一家族的怒意和敌意，他给自己定下了新的目标：要自己去寻找那些他们不知道，或者是没有告诉他的事情的答案。他要以一名变种人的身份，去大河的另一头，探寻出事情的真相。这将让他有机会亲眼看到伯利恒的火坑，这个名字真是充满了不祥的感觉，但他不怕，他将勇气十足地亲自踏上东海之滨的土地。他一定要去那里，他一定要找到清水，与她长相厮守，他发下了重誓，要将她拯救出来。就算佳得利非要留在那里的话，他也要强制性地将佳得利带回来。因为如果雪先生快要死掉了，佳得利就必须得回来继承他的位置。另外，还有一个重要原因是，佳得利必须离开那里，而且他为铁大师工作的成功也必须彻底毁掉，联邦是绝对不允许一个拥有飞行技术和军事能力的种族挑战自己在航空领域那至高无上的地位的。更何况，如果一个自称为“史蒂夫·布里克曼”的人帮助了这个种族发展飞行器，那更将为联邦所不容。就目前来看，第一家族或许还不完全了解铁大师，但事情迟早会搞清楚的。到那时候，布里克曼就难逃制裁，联邦完全可以指控他就是整个麻烦的始作俑者。好在他现在还来得及扭转这一切，把前途受损的事件缩小在最小的范围内。他必须破坏铁大师的飞行器计划，只有这样，才能将功补过。

可惜，这一切都是，说时容易做时难。接下来，他将要踏上那未知的旅途，陪伴在他身边的，只有不可思议的好运，和……或许是辟邪主吧。

布里克曼曾默默地发誓，他今后一定要真的坚信，这世界上存在着一位看不见的庇护者，但他不愿意做事情只凭运气。他要想办法带上自己的格斗匕首，还有清水交给夜疯狂保管的那根装有刀刃的棍子。夜疯狂早已忘记了清水临行前留下的口信，但布里克曼仍从这件武器上体会到了清水的良苦用心。这不但是爱情的象征,收下它,也并非仅仅出于感情原因，清水之所以这么做，定然还有更深刻的目的。当布里克曼握住它,在湖边与情报队的后援小队战斗时,顿时豁然开朗了。就在那一刻,他突然感到了木棒的生命力,它搏动着一种奇异的力量,这种力量流进了他的身体内,赋予他超人般的速度和体能。他也曾经有点言不由衷地想说服自己,这一切都只是想象而已,但其实内心深处,他知道这一切都是真的:是变种人的魔法在发挥威力，是实实在在的魔法。清水的法力曾经让他从摩托头手下死里逃生,而如今,它又在一直守护着他。

雪先生一口拒绝了他想偷带武器上轮子船的建议，认为这绝不可能。那条大棒子确实是难以带上船的。按照过去的经验,变种人中的行者才有可能获准走上踏板,但上船之前,他们得脱光衣服,在湖中洗个澡,然后裹上一点点仅能遮羞的腰布。这种缠腰布是用白色棉布制成的,巴掌大小,只能遮住他们的生殖器,而屁股还是光溜溜的,就像初出婴儿那样一丝不挂。

如果只能那样上船的话,他就只能把装备放到湖岸上了。

每天晚上,船只离岸时,他都要去问一下搬运工,问他们看到了些什么,见到过些什么人。根据搬运工的回答,他在脑海里拼凑出了一幅轮子船内部的局部图景。虽说这幅图没他希望的那么详尽,但通过这东西,他至少能在上船之后,大致了解到自己的所在位置。他也决定了要行动的时间,他不会同其他行者一起在早晨上船,而是到了深夜,偷偷从湖湾中潜入进去。

他又想尽办法,搞清楚了一件事:来自穆卡尔部落的变种人将乘坐最左边的那艘船，其主色为黑色和银色。那些反叛分子俘虏则被分为两部分，一部分登上装载穆卡尔人的那艘船，另一部分则登上漆成黑色和金色的那艘船。至于山下大人的那艘红、金两色的座舰，也就是三艘船中最华丽的那艘，是不携带任何奴隶的。

布里克曼心中盘算好了这个计划：他将在夜幕的掩护下，悄悄游到那艘黑、银两色的船边，潜到船上去，找个安全隐秘的地方，将匕首和大棒藏起来。他不知道这次旅程会花多长时间，也不知道到达目的地后，会发生什么事。但既然已经决定了，无法回头了，就只能咬牙坚持。他有些心急如焚，偷偷勘好了一条路线，可以从营地迂回绕到岸边。一路上，他神不知鬼不觉地用小石头将路线做好了标记，现在，就等着时间快点过去。

这一个下午，白条子都没闲着，他们从停在岸边的两艘船上，卸下沉重的铁链，搬到变种人的营地。等在那里的红条子要用这些锁链将交易的俘虏们锁起来。每个俘虏的腰上都卡着一圈铁带，上面有一个小环，一条锁链穿过这个小环，将囚犯的手腕拴在一起。系上锁链后，囚犯可以将胳膊举到头部左后的高度，但一次只能抬起一只胳膊。他们的双腿更套上了一条沉重的铁镣，倒是没被铁索连着。饶是如此，逃跑也是不可能的。戴着这样沉重的手铐和脚镣，跑起来就像背着一座大山，没两下就筋疲力尽了，更何况船的四周都是水面，要是想愚蠢地跳下去，游泳逃跑，那恐怕马上就沉到水底喂鱼了。

天渐渐晚了，母神摩城用她黑色的斗篷覆盖了天空，布里克曼就是这时候开始行动的。他将带着刀鞘的匕首绑在左臂上，扛起那根大棒子，悄然离开营地，向西边走去。这次的行动计划，他对雪先生也是只字未提，其他人更是一无所知。他顺着自己弄的石块标记择路而行，往交易场北部走了大约四分之三英里的路程，终于到达了一处无人发觉的岸边。这时，他便迅速脱掉外衣，将叠好的衣服压在一堆石块下面，轻轻滑入水中。尽管有了上次湖中游泳的经验，他更加自信了，但恐惧始终存于心中，特别是比较害怕遇到那种黏糊糊的生物。

只见朦胧的夜色中，停泊在湖湾内的三条船显得格外清晰。船上的上层甲板前后左右，是一条条弧形的走廊，上面挂满了灯笼，里面的油灯内闪着黄色的火焰，还有一些更大的灯笼挂在前后甲板上，照得明晃晃的。船只最上面的顶上，也围着一圈木头栏杆，上面装着一根根长杆，伸出船外，其顶端也挂着灯笼，垂于水面，光随波动，将船外照得一片雪亮。前几个晚上，布里克曼倒也见到过这些灯，将船周边照得灯火通明。那时他还未曾意识到这样做的真正意义，只不过认为能装饰外观而已。这会儿，缓缓地在水底划动前行，离船越来越近，但见那船的四周都有一圈宽阔的水域，被灯光照得明晃晃的，哪里还有机会能够游近船体，而不被人发现？

除非——能够长时间憋气，在灯光照射范围之外潜入水中，一口气游到船边。他很不情愿这么做，尽管在追赶鲁德奎斯特的时候，他曾经横渡了半个湖，现在又游了差不多长的距离了，可是他不敢潜入漆黑的水面之下，他不知道下面有什么东西。一想到这里，他不由得心惊胆战，只能再用别的法子了。

他回身游转，到了灯光之外的安全区域，双眼来回扫视，忽然发觉，整个船只的方形船舶下面，有一片黑暗区域，不过其正上方的甲板上正好站着一名卫兵。那里光溜溜的，要想爬上去，只有顺着粗重的帽链攀缘,除此别无他法。船尾呢?似乎更有希望。那里,桨轮的巨大扇片木板刚好挡住了后面甲板上射下来的灯光，如果能从扇叶间偷偷游过去,便可爬进桨轮里,再登上甲板。自从见过轮子船烟囱里冒出的烟雾后,他就知道了轮子船的动力是什么。金属带加固的巨大木梁构成其活塞,驱动桨轮旋转,那么这些活塞定然与一个产生蒸汽压力的装置相连。根据结构判定,蒸汽机大概会安装到船体内部下层的某处。他虽不完全清楚这些装置的具体连接方式,但有一点可以肯定——活塞要从甲板水平面的下方伸出船体，它的前端覆盖在一只倾斜的罩子下面。从那里进去,是很有可能的,他下定决心,开始行动。

从目前观察到的情况来看，他已发现有十二名卫兵在船上各处执勤。有的把守门口,有的两人一组,四处巡逻,戒备森严,内部肯定还有不少卫兵。布里克曼考虑着,上船后该如何行动。如果能借用铁大师的面具,那绝对是最好的伪装,但他又不可能假扮成一名卫兵,因为那些人所讲的古怪的语言他根本不会,一经询问,定然露馅。另外,铁大师上船后,与自己人待在一块儿,很可能会摘下面具,露出本来面目。鉴于这两个原因,想要制服一名卫兵,再冒名顶替,这种做法是绝不可行的。而且现在他这副半裸变种人的模样,会让事情变得更复杂棘手。看来,如今只能靠出其不意的策略行动了。铁大师们一直都安全地待在船上,四面都是深水,他们应该想不到,那些不谙水性的变种人伙伴会游水而至。这是他们精神最为松懈的时候,只有到了明天,当变种人行者和反叛分子即将上船时,他们才会打起十二分的精神,严加防范。卫兵们将十分警觉,提防任何不想跟他们踏上旅途的人逃走。而此刻，没有卫兵能够想到，竟然有人会提前自己爬上船来。

布里克曼小心翼翼地划着水，尽量不发出任何声响，他绕着轮子船右舷而过，瞧了瞧上面的走廊，一转身，又游到了船尾下面。

在穆卡尔人的营地中，雪先生极为紧张地走来走去。旁边站着的，是那位表情冷漠的部落酋长滚石，还有一位交易委员会的成员——麦克货车。三人都穿着出席隆重仪式时才穿的盛装。

布里克曼对雪先生的怀疑不是没有道理的，虽说雪先生没隐瞒任何实质性的问题，但他并没将山下大人关于佳得利和清水的答复完全告诉布里克曼。铁大师的首脑希望就此问题再做进一步的说明，并且邀请雪先生和两位随员一同前往他的座舰，进行一次秘密会晤。在此之前，平原人中还无人能够享受这样的礼遇。

出于某种原因，关于此次邀请，雪先生对布里克曼只字不提。根据礼节，两个随行人员中，滚石是必请之人，而另外一人之所以选择了麦克货车，而非蓝雷，是因为尽管武士首领本应成为部落代表，但他头脑又犟又直，缺乏社交方面的优雅之姿。本来，雪先生最愿意选择的人就是布里克曼，认为他敏锐聪慧，机智过人，但却过于冲动，容易受到环境的影响，如若冒冒失失地出言不逊，很可能铸成难以挽回的大错。还有，从身份上来说，他只是一名名誉熊武士，如果带上他，对于蓝雷来说，是一种很深的侮辱，将会贬低蓝雷在部落民众眼中的地位。

山下大人派来接他们的小船抵达了，雪先生真不知该如何向布里克曼解释这件事,心中还始终担心着,不知他们到了那里之后,将会发生什么事。另外,他最紧张的两个原因是;当布里克曼知道山下大人邀请他们过去会面后,会怎么做;当这个年轻人知道自己没被选中参加此次会面后,又将怎么做。他最不希望发生的事情就是:这位云武士不请自到,偷偷混上山下大人的座舰。

雪先生花在布里克曼的心思全白费了，当看到雪先生用丝带和骨片精心打扮时,布里克曼已觉不对,他也没询问原因,有人来报告说山下大人的小船已到岸边时,布里克曼早已出发,消失在夜色中。整个穆卡尔部落的营地里,没有一个人知道他去了哪里。雪先生对布里克曼十分了解,得知这个消息后,心中更加担心。他见旁边正有一群熊武士传递烟斗,喷云吐雾,便取过烟斗,也抽了几口,稳定情绪,这才领着滚石和麦克货车,向交易柱下方的岸边走去。

布里克曼爬上了一只巨大的桨轮，眼看着一叶小舟驶离山下大人的座舰,向岸边而去,其前后护栏上,各竖两根立柱,立柱顶端的横木两端则各悬一盏灯笼。船上还是那几个身穿白衣的船员,四名桨手和一名舵手。但甲板上没有山下大人那间金、红两色的华丽舱室,原本应是舱室的位置，竟站着一名肃立不动的戴面具武士。他双腿叉开,双臂环抱胸前,身后站着两个“红条子”,举着两根十二英尺长的旗杆,细长的旗杆顶端飘扬着三角旗帜,上面有家族的徽标。这小船从布里克曼藏身之处不到五十码的地方滑了过去，他看着它在被风吹皱的湖面疾驰而过,那船上的灯笼闪动着黄色的光芒,沉沉夜色如一片荒漠，灯光开辟着沙漠中的道路，就像是出现了一片柔和的绿洲。

布里克曼坐在水平面平齐的位置，一眼望过去，正好能看到高高的交易标志柱直立岸头，后面变种人的营地发出的橘红色光芒，将它衬为一根黑黝黝的剪影。但是一块凸起的高地挡住了营地和缆圈，他似乎看到一些很小的身影走出黑暗，前去迎接小船，他们似乎上了船，没过多久，小船便离开岸边，返回这边来了。

布里克曼虽知时间宝贵，不能再等，但心中极为好奇，很想搞清楚上船的人到底是谁。只见那位武士现在盘腿而坐，正对着三名就座的乘客。那三个人，形成三角之态，一人在前，两人并肩在后。两名红条子则站在这些人后面，高举的三角旗在风中狂舞飘荡。

这时，那两只小船已缓缓驶近，距布里克曼只有五十码左右了，他想看清楚上面的人是谁，奈何灯笼的光还没有那么明亮，暖色调的光晕十分模糊，他还是看不清楚那些人的面目。但可以确定的是，面对武士的那个人是位白胡子的老头。这一下子，他顿时明白了，原来那个狡猾的老家伙，穿上盛装，为的就是这个时候，他到底要去干什么？

布里克曼心中生出一股冲动，想要游过去，设法偷听他们说些什么，但理智最终占了上风，他不能过去。很明显，这是一次秘密会谈，如果被人发现他全副武装，藏在桨轮上，那这次见面也就玩完了，雪先生及其同伴都会身处危险之中，更不用说他自己了。雪先生的那两位随行者倒是无所谓，但目前这状况，可不能让雪先生出事啊，这个老家伙将来还得发挥大作用呢！

布里克曼静静地等待着小船到达目的地，看着雪先生安然登上扶梯，在武士的陪护下，走进了舱口，消失不见了。他叹息一声，重新集中注意力，琢磨着如何才能悄悄地进入轮子船，而不被人发现。

雪先生和两位部落长老跟着那武士，顺着轮子船上层的走廊，穿过了一道门，进入了船身后部。他一进去就发觉，这是一间巨大的舱室，四处包裹着潮湿的木料，散发着股股清甜的香味。格栅状的地板上，竖着一根根高大的方形木柱，撑起一条条横梁，托起了头顶上厚木板制成的天花板。

雪先生过去从未走进过任何一座比变种人的小屋更大的人造建筑中去，这时候，便觉得这艘轮子船的体积和复杂程度令人惊骇至极，再看两位同伴脸上的表情，也同样如此。在这样庞大的建筑物中，那些藏在穆卡尔人记忆深处的恐惧被唤醒了。是的，在很久很久以前，他们的祖先就曾经被困在那熊熊燃烧的木石建筑迷宫中，断裂的梁柱从高处纷纷砸下来，将他们打得粉身碎骨，化为灰烬。那利刃般的“冰片”碎裂了，将他们切得支离破碎，浑身是血。“冰片”，其实就是玻璃。变种人这样叫是因为“玻璃”这个词语早已从他们的语言中消失了。

舱室中有六只硕大的圆盆，排成一线，其中四只大盆中盛满了热气腾腾的水，而且每只大盆旁边都站着三名上身赤裸的侍女。她们的脚边有几只木桶，里面装着冷水。她们后面的架子上，摆放着一件件叠得整整齐齐、质地极为粗糙的白色衣服。

雪先生盯着那些侍女，惊得眼睛都瞪大了，之所以如此震惊，不是因为她们那小巧坚挺的乳房，而是她们奇怪的面孔。她们都没有戴面具，这便是铁大师们的真实面目吗？双目扁小，眼角上挑，五官线条平缓，起伏不大，而他所能看见的身体部位，竟没有一丝汗毛。

雪先生瞧了滚石和麦克货车一眼，他们同样是瞠目结舌，而且他们都极为担心，不知道这些装满热水的大盆究竟是什么意思。“她们想干什么？”滚石压低声音说，“是要把我们活活煮了吗？”

雪先生转头向那名武士看去，心中有点慌乱，武士的面具后面，会不会也是一张五官扁平、眼角上挑的脸呢？但他失望了，武士虽摘下了头盔，递给了身边的红条子，但脸上的面具仍没有摘下。武士张开双臂，让另外的红条子为他解下铠甲、脱去贴身的内衣，他露出了赤裸的黄色皮肤，冲三位变种人做了个“请”的手势，指着那些热气腾腾的大盆，说：“你们也跟着我做。”

雪先生和随行者听了这话，也都鞠躬说道：“哈依。”

铁大师的语言中，他只明白这个词的意思。但他并不知道，在死脸皮的故乡，是绝对禁止外人使用武士的语言来说话的，否则就会被立即处死。如果不是因为今天雪先生他们是山下大人请来的客人，这句小小的玩笑话，立即会让他脑袋搬家。

雪先生站起身来，看到每一个大盆旁边的侍女中，都有一名脱去了宽大的阔脚裤，只戴着一条白色的棉布头巾，站到了大盆中去，热水齐腰深，就算头脑再糊涂的变种人，也明白接下来要干什么了。他们也脱下了衣服，将身上的那些骨片、羽毛、石块等制成的装饰品，也都整齐地摆放在一旁。侍女们示意他们踏上台阶，走进盆中，将自己完全浸泡在热水中。

这真是一种新奇的舒畅的体验哪！已经好几千年了，自从变种人那些被大火、楼房和冰片伤得遍体鳞伤的祖先好不容易逃出瓦砾堆后，他们就再也没有把热水浪费在身体的清洁上。他们从来不会把水加热，除非是将要在罐子里熬汤或者是炖肉。但是今天，吃惊的事一件接着一件。站在盆中的死脸皮手中竟握着一块黄色的硬硬滑滑的脂肪，这东西能产生不少白色的泡沫，就像皂叶一样，但泡沫会更多，更白。那水中的侍女又拿起一块质地疏松的石头，上面满是洞眼，它可以用来摩擦皮肤。雪先生心中又惊又惧，又不敢询问，只能任由那侍女摆弄自己，为自己擦洗身体。这种感觉倒是没有原先想的那么难受。雪先生已经几十年没被女人碰过了，当侍女的小手轻轻抚摸上来，为他擦洗的时候，他不得不承认，这种奇特的文明方式，的确自有其妙处。

那名武士也走进了浴盆，他摘下了面具，但将脸转向一旁，别人只能看到他的后脑勺，其真实面目始终难以得见。从浴盆中走出来前，一个红条子上前献上一只新面具，他又戴上了，遮住了面孔。三个变种人这时也已彻底洗干净了，盆外的两个侍女则用冷水再将他们冲洗清洁了一遍，替他们擦干身体，然后给他们裹上纯棉缠腰布，穿上宽松的内衣，外面套上一条黑色的阔腿裤，最后套上一件袖子肥大、黑棕两色的上衣，再系好腰带。穿着完毕后，他们各自坐在一个矮凳上，侍女替三人擦干头发，梳理整齐，熟练地编成小辫，盘在头上，又用几根纤细的木签将辫子插牢了。一名死脸皮提着抹布过来，为大家擦干脚底，另一名死脸皮则为他们套上白色的棉布短袜，最后给他们穿上一双木质的拖鞋。

这时候，那名武士也按照同样的程序梳洗一番了，唯一不同之处是，他所穿的衣服上带有闪闪发光的银线绣出的图案，后背上还绣着自己家族的徽记，脸上则被面具遮盖着，光秃秃的脑袋上系着一条白色头巾，前额正中则是一个大红圆点。他把弯刀插进宽宽的腰带里，便请雪先生等人随他出去。他们走出浴室，来到主甲板，走过两段露天楼梯，登上船侧的第二层走廊。

此船的整体结构是由水平和垂直的根根梁柱构成的，原本单调的线条经过修饰后，变得漂亮了不少。大梁的支座和檐口都有雕饰纹刻，粗大的立柱间装有一面面木板和镂空的屏风，装饰华美，恢宏阔丽。那武士带着他们向右一转，从两名站岗的红条子之间穿过，顺着一条横贯船身左右的通道走过。那通道左手边矗立着一座大约四英尺宽的平台，与人的小腿一般高，其正中则是一扇小门，两名红条子跪坐在门的两旁。这道门的两扇门板和两侧的墙壁一样，都是由木框和紧绷在上面的半透明白布制成。

见到大伙走近，原本盘膝而坐的两名红条子连忙面对面地跪好，并且拉开门扇，鞠躬拜伏，恭迎他们进去。武士当先而行，雪先生等人紧跟其后，门里还站着两名红条子卫兵。

这是一间更为宽敞的长方形舱室，四面墙壁同样是用绷着白布的木框壁板制成，地面铺着草席，洁净得一尘不染。席子上摆着几块深褐色的小垫子，其中三块被摆成一个三角形，朝向对着房间另一头的一座方台。那方台正中则摆着一个华丽的折凳。只见四名铁大师端坐在折凳左右，他们身上的服装比带路的武士还要纷繁华丽，名贵高雅。

带头的武士指示雪先生等人双膝跪地，恭恭敬敬地一鞠身子，武士则走到房间左侧坐好。雪先生则带着两名随行人员走到放着三块坐垫的地方,他跪坐在最前端,滚石和麦克货车坐在他身后左右两边的坐垫上。

这时，房间后面的一扇门板轻轻打开了，他赫然出现在众人面前,黑色的面具上,双眉和鼻梁的部位上,点着三道粗重的金漆。一看到这张面具,大家自然而然地都认出来了,不是山下大人又能是谁?每个人都双手按在身前,鞠躬叩地。

山下大人走到自己的座位前,端然就坐。平台上的铁大师们直起腰身,改为盘腿而坐。唯有带路的武士和三名变种人仍是跪坐之姿,等着山下大人的指示。铁大师的头领先对武士说了一大串古里古怪的语言,然后将右肘支在膝盖上,双目牢牢盯着雪先生。

雪先生不明所以,看着武士,武士翻译道:“山下大人说,请各位来到这里,是为了证明他对平原人极为尊重。你们和南方沙漠中的那些人不一样,你们和我们都有同样的荣誉感,同样对勇气倍加尊崇,只是我们双方的表现方式不一样。而现在,那些最英勇的战士将会使用山下大人提供的长尖铁进行战斗,山下大人得知这一点后,感到非常高兴。”

雪先生听了这话,不动声色,得体庄重地垂首致谢,这番意想不到的恭维令他心生警觉。

山下大人又对武士说了一大串听不懂的言语。

武士翻译道:“山下大人希望你们能再谈谈那个云武士，就是那个你们派到我这里,又希望他与他的随行人员一起返回来的人。”

接着又是一长串古怪的语言。

武士接着翻译:"山下大人知道,你们现在很失望。但他希望这件事不要使尼桑的男儿与平原人之间的友谊蒙上阴影。为了让诸位消除心中疑虑,不要误以为是我们故意设置了障碍,他请你们来到这里,亲自了解其中的真实情况。"

翻译到这里,突听山下大人一声咆哮——看样子是在下什么命令。随后,右边的墙壁嘎吱作响,雪先生朝那边定睛看去,只见两扇门板被门后的人轻轻拉开了,露出了里面的一个房间。一位古铜色皮肤、头发漆黑的女郎,跪坐在一块厚厚的坐垫上,她那奇怪而又陌生,熟悉又令人吃惊的样子,使雪先生又惊又喜,又感困惑。是的,那双蓝汪汪如水一般的大眼睛令他清楚地意识到,自己绝不可能搞错,她不是别人,正是清水。

此时的她,一身铁大师的装束,身上穿着的是一件五颜六色的长袍——死脸皮称之为"和服"。一条质地光滑、闪闪发亮的宽阔腰带将这长袍系在她的身上,绕到背后,打了个方方正正的大结。她的头发比以前更蓬勃了,向上梳拢盘起,成为硬挺的圆髻,上面则插着一只长长的黑梳子,牢牢固定住了。最令人吃惊的是,她的脸上、脖颈上、手背上,再也看不到过去那些棕色和黑色的图案了。临行之前,为了防止意外情况,她随身带着特殊的粉红色皂叶,以便可以随时洗去纹饰。但到底发生了什么事,令她洗掉身上染好的颜料,露出光滑和毫无瑕疵的棕色肌肤?雪先生多么想知道这里面的原因,但又不敢开口询问,他不知道这样的问题会让山下大人产生什么样的想法,更不知道如果这样问了,会带来什么样的后果。

这时,清水的目光也射了过来,两人目光相触,清水恭敬地鞠了一躬，双手顺和地放在膝头，静静坐好，脸上没有任何表情。雪先生心中一凛，只见房间后面有两个红条子，坐在打开的门扇两侧。清水，这的确是清水，她果然在船上，可是为什么她的模样和外表会有这么巨大的变化，让人几乎不敢相信那就是她？雪先生头脑有点混沌，他向两位随行者瞧了一眼，再将目光转向平台，不知道该做什么，该说什么。

山下大人朝清水打了个手势，而后，嘴里发出了一串短促而刺耳的语言。

武士翻译道："山下大人说，现在是谈话时间，你们可以随意交谈。"

平台上坐在右侧的一个年长武士发出一声呼喊，像是在命令什么。旁边的一名红条子便轻轻走到一个涂漆的矮柜前面，从中取出一只长长的大沙漏，将它放在雪先生和清水中间，正好位于敞开的门口中间。

雪先生从未见过这种东西，也不知道它叫什么名字，但当他看到里面分为两截，上面那截的涓涓细沙簌簌落到下一截时，他立即猜出了它的用途。

既然得到了山下大人的许可，可以自由交谈，雪先生便以为山下大人和武士们会暂时回避，哪知这些人依然一动不动，就坐在那里看着，而且他们的面孔都藏在凶巴巴的面目之后，谁知道他们心里打什么主意。雪先生和清水对视了好半天，清水欲言又止，看得出，这些死脸皮看守在这儿，她也感到很不自在。这两个人都拥有强大的异能，他们如果同时发功，定能够让狂风和巨浪掀起惊天的波涛，发出滚滚雷鸣，将海浪的高墙压倒轮子船，掀到岸上去，把船上的巨木横梁如稻草般折断。但他们都强烈地忍耐着这种不自在的感觉,他们知道,此时此刻,必须冷静,再冷静,因为佳得利还在这些人手里。他们还知道,如果轻举妄动,将会导致难以估量的后果,甚至可能会将平原人与铁大师之间那条关系到变种人命脉的贸易之线扯断。

清水开口了,她先向雪先生解释了目前的状况。在叙述过程中,她将佳得利称为“云武士”,佳得利请求获准自己能在东部多逗留一段时间。她尽力强调说,云武士的要求也违背了她的意愿,但他这么做完全是出于自愿,铁大师这边没有给他施加任何压力。因为清水被指定为云武士的保护者,她也别无选择,只能和他一同留下来,不断地说服他返回部落。但他一直没被说动。她也证实了,云武士的身体十分健康,两人在这儿过得挺好,挺舒服。她现在这身华贵的衣服,以及她能出现在这艘船上,都是因为铁大师慷慨好客,与人为善,所以请雪先生不必担心。她还补充说,她多么渴望有机会在自己人面前,向她的恩人——伟大的领主山下大人,表达衷心的感谢。

清水提到山下大人的名字之时,自然而然地转向铁大师的首领,深深鞠躬行礼。雪先生意识到她这么做同样是在暗示自己,便跟着俯首致敬。滚石和麦克货车唯恐惹上什么麻烦,也跟着依样画葫芦地深鞠一躬。

接下来,清水问雪先生部落的姐妹们如何了,还有她的生身之母——黑翼的情况是否还好。

雪先生说:“她们一直将你们的名字挂在唇边,也将你的名字放在心中,但她们并没有悲伤哭泣。”说到这里,他略微停顿,然后说:“其他人都在等待着,盼望着神石上出现你返回的消息。”

这时,他注意到,这句暗语似乎令清水的眼睛一闪。

“神石是怎么说的？智者？”她问。

雪先生小心地字斟句酌，时而用微小的停顿，时而则轻微地强调,来表达自己真正想说的意思。“神石说到了生命与死亡,离去与归来,希望与失望,爱慕与仇恨。它所见的一切,都已成为了现实,它预言的事情,都将会来到。幻象得到了躯体,梦想转化为现实。”

清水的双眼扑闪着,表示自己已经明白了其中的含义,随后她又问,这个冬季部落是如何度过的,明年的春种是否开始了？

“那些我们以为被风吹走的种子又破土而出了。”雪先生说。

“那些七零八落的果实呢？”

“都没有损伤。有了强大的尖铁的保护,所有果实都能在泛黄季到来之前完全采摘。”

聊了这么一会儿,那个奇怪的计时器中,上半截的沙砾只剩一点点了,都漏到下面去了。清水从右边捧起一只用黑漆和金漆装饰着的小盒子,将它放在自己的坐垫前面。那盒子大约九英寸长,宽高皆为六英寸,所有的边边角角,都打磨成光滑的斜面,下面是四只小小的支架腿。盒子的每个面上,都饰着金色的图案,映出明晃晃的光泽。

“智者,山下大人允许我将这件礼物赠与您,尊敬的老师,它代表着我对您的敬意和忠诚。只有尼桑的男儿才能制造出如此精美之物。我知道您十分喜爱这类珍宝,便打造了一个极为特别的样式,这无与伦比的技艺,足以取悦您的双眼。这件礼物蕴含的意义,是我用任何语言都难以表达出来的,那个旭日初升的国度,到处是奇迹,遍地是宝藏。”清水一面说着,一面向前伸出双手,她的身体并没有离开坐垫，只是将小盒子尽量往雪先生这边放，放到地上后，又向山下大人恭敬鞠躬。

铁大师一挥手，一个跪在旁边的红条子便捧起盒子，放到雪先生跟前。雪先生向铁大师的首脑深鞠一躬，说道："虽然这件礼物是我们的女儿送给我的，但我知道它体现了你的慷慨和友谊，这样的美意使我受宠若惊，深感荣幸，我们永远不会辜负我们双方的友谊，不会辜负您向我们的人民表达的尊敬之情。"

年轻的武士将这段话翻译给了山下大人听。雪先生却能肯定，山下大人必然会听也会说变种人的语言，而且定是十分纯熟，只是出于某种原因，或许就是为了提高他那尊崇得不能再尊崇的地位，他故意让每一句话都通过那个传话筒再复述一遍，以显自己的尊贵与气势。

山下大人咕哝一声，表示同意雪先生的话，随后站起身来，猛力而专断地一挥手。台下的每个人都赶紧俯下身子，鼻端贴地，他便在随从的簇拥下，离开房间，大家这才挺身立起。

雪先生一抬头，清水已经消失在屏风门后了，那扇门关得紧紧的，再也看不到清水了。他不觉悲从中来，一阵绞痛，心急如焚，他多么想知道她现在情况如何。他拿起了那只盒子，手指触摸到盒子光滑的表层，内心渐渐安定下来。这里面一定蕴含着某种信息，如果她能够随意地、不受约束地开口说话，肯定会亲口告诉他。从她在铁大师跟前说的那番话，雪先生听出了其中话里有话，那些微妙而婉转的暗示，定有特殊之意。他的手指拂过木盒亮滑的表面，感觉清水就在其中，这种感觉很神秘。很好，看来铁大师们还不知道变种人会魔法的事情，也许他们知是知道，但并不相信。

领路的武士带着雪先生和随行人员回到主甲板，将他们引入浴室旁的一间舱室内，侍奉他们洗浴的侍女正等在那里。她们此时衣服穿戴完整，正准备帮助三位来宾重整衣装。雪先生感觉很奇怪，在这里，他们可以看到女性铁大师的面孔，却不能看到男人的。“尼桑的男儿”这几个字是什么意思？他第一次听到这样的说法，在心里琢磨着，这里面的意思是不是在铁大师的社会里，所有女人都被视为低人一等的人类？或者，只是这几个女人的身份低于那个武士和他的红条子？

跟在雪先生后面的滚石和麦克货车一言不发，乘着小船，来到岸边。两人一踏上坚实的湖岸，便扑倒在地，全身贴泥，连连轻吻，手指都深深地抠进了覆盖在湖滩上的小圆卵石中。

滚石昂起头，半跪在地，说：“真是要命啊！”他望着渐渐乘小船远去的武士，继续说，“直到现在，我还是无法相信，那艘船有那么大。想想吧，要造艘这样的船，得砍多少树啊！我们上船之后，它一直在移动着，你们有没有感觉到？”

“感觉到了，”雪先生淡定地说，“但对我没什么影响。”

滚石站起身来，揉着自己的胸口和小腹，说：“你厉害，我可是恶心得要死。”

“唔，我也是。”麦克货车说着站了起来，将快要涌出喉咙的胆汁一吐，喷到地上，上气不接下气地说，“你怎么不问问清水，为什么，为什么，要洗掉部落的印记？”

雪先生举起双手，说：“我也不知道该怎么问。山下大人没提到这个话题，所以我想最好还是什么也别问了，如果让他误会我们要什么花招的话，后面就会有很大的麻烦。”

三人向营地走去,滚石抱怨地长叹一声:“我真不明白,为什么我们要对这些家伙卑躬屈膝的。”

“特别是这时候,他们就是在劫掠我们……”

“行了!麦克货车,在你抱怨之前最好记住了,如果没有铁大师,咱们现在都还在使用石器呢,给野牛扒皮开膛时,还得用牙去咬。难道你想回到那个时候?”

滚石替麦克货车回答了:“那种生活多简单啊!”

“你凭什么认为生活就应该那么简单?”雪先生生气了,“一个人,是应当过简单的生活,但要做到这一点,就得在精神上进行不断的修行,很可惜,大多数人是无法做到这一点的。生活本身就是最复杂也最神秘的东西。每棵大树一开始都只是一粒小小的种子,小鸟都能用嘴将它衔住。但如果它没被鸟儿吞下肚,还会一直那么小吗?自然不会。这粒小小的种子,一旦生根发芽,一旦有了阳光雨露的眷顾,它就能积蓄起无比强大的力量,它能长得比二十个武士加起来都高!它的花开之期到来时,一颗种子能长出无数的果实,生出整整一大袋的种子。在奥克兰突击者领导我们部落的那些日子里,穆卡尔人的数量只有十八只手(变种人都是六指)而已,现在,再瞧瞧我们吧!发展得多么壮大,就像到处都是树木,伸展着枝干,去触摸遥远的太阳,在辟邪主伟大的光芒照耀下,我们平原人注定会发展得更加强大,更加繁荣兴旺。”

滚石和麦克货车被他的滔滔雄辩之语弄得一时难以反驳,便只能乖乖地跟在他的身后,尽力穿过黑暗区域。不一会儿,前面星星点点的营地火焰照亮了他们的脸庞,他们感到舒心又温暖。

“可我还是认为你做得太过分了。”麦克货车沉思着道,“‘体现了你的慷慨和友谊,这样的美意使我受宠若惊,深感荣幸……’这些话到底是啥意思?你真以为他们会被这些花言巧语骗过吗?”

雪先生如慈父般拍拍他的肩膀,说:“麦克货车,你到这里来的目的是什么?是为了做交易。别再操心这些文字游戏了,到了明天,这些死脸皮就该上路了,而接下来的这一年里,我们都能好好地过日子,扬眉吐气,一扫阴霾。好吧,我们为了好日子,不得不弯腰低头,做一点忍让,他们不也一样?交易就是这样的。如果我们能换到维持生存的必需品,我才不介意短短一个星期的时间里,假装低头哈腰奴颜婢膝呢。是的,他们这么嚣张,确实扭痛了我们的胳膊,可那又如何?总比该死的沙穴人将我们的胳膊、大腿、脑袋都炸飞了强吧!”

一段长时间的沉默。

突然,平原人最后一夜的纵情狂欢发出的喧嚣声,冲击着他们的耳膜。他们穿过唱歌跳舞的人群,朝竖着四根界桩的地方走去,那里是部落长老的专用区域。雪先生脱去身上的盛装,坐在睡觉时裹身子的兽皮上。

“盒子里是什么?”大家都面朝雪先生坐下之后,麦克货车首先问道。

“什么都没有。”雪先生打开盒子,将其内部展示给滚石和麦克货车看,里面涂得漆黑,空无一物。

滚石一脸困惑,茫然地说道:“这是啥意思?她干吗给你一只空盒子?这是为什么呢?”

雪先生发出一声痛苦的长叹:“魔法的事情,你难道一点都不知道吗？难道我没对你解释过，召唤师能做什么，不能做什么？我不都告诉过你多少遍了吗？”

滚石耸耸肩：“啊，是吗？我不知道啊，可能你告诉过我，我忘了，这很正常嘛！”

雪先生将盒子放在膝盖上，缓缓闭上双眼，慢慢地用手掌抚摸着盒盖和盒体四面那些繁复精美的纹饰。过了一会儿，他开口说话了，声音低沉深重，发出阵阵回音，就像来自很远的地方：“盒子里有什么并不重要，重要的是，它到底有什么意义。”骤然间，他睁开双眼，举起盒子，将它来回翻转，将上面的图案展示给二人看，道：“制作这个盒子的工匠，并不知道自己在干什么，他画上去的这些图案其实告诉了我们许多事情。白天，在日光的照射下，看这些图案时，你会看到它们描绘的是铁大师的世界。上面显示出的那片国土，比伯利恒的火坑还要远，它位于布法罗的群山和大海之间。上面画出了道路，通向佳得利所在之处。而这幅图上有一道瀑布，边上有一座宫殿，清水就被囚禁在里面。”

滚石和麦克货车听到这里，大吃一惊。“什么？她为什么不直接告诉我们？”滚石大声问道。

“她无法说。在那扇打开的门背后，还藏着两个红条子，我们看不见，他们的手里都端着上满了弦的弓箭，正瞄准她的心脏。如果说漏一句话……”

首席部落长老滚石原本满是皱纹的脸上又增加了更多的沟壑，道：“可是她为什么要害怕？她不是已经拥有了伟力宏环中第二环的法力了吗？难道她就不能用法力将射来的箭弹出去？还有，如果她和佳得利真的被人囚禁了，那么她为什么不能召唤大地的法力来助自己脱困呢？”

雪先生抚摸着盒子上的金色纹饰，说道：“不，她没这个胆，因为佳得利是自愿留在那儿的，他不在乎清水是走是留。但她想留下，因为她发过誓，要保护佳得利。可她待在那里，并没有自由，她被关在一位武士首领的房子里，那人要将她据为己有。她之所以没使用自己的法力，是因为辟邪主禁止她这么做。铁大师不能死在平原人的手里，正因如此，辟邪主才派云武士重新回到我们的部落，辟邪主选择他去将佳得利和清水从东方带回来，为了这个结果，许多死脸皮都会因此毙命，他们的高楼房屋和各种辉煌的成就，都会因此化为齑粉，但他们不会冲我们发泄心中的怒火，更不会找我们复仇，一切都归于沙穴人的罪过，他们的复仇对象只能是该死的沙穴人。”

“太好了！”麦克货车差点拍手欢叫，“我喜欢这个安排。那我们现在该怎么做？”

“我们去找云武士，给他瞧一下这个盒子。你们看到了吧，盒盖子正中的这幅图案，就像是一棵树，其实并非如此，树枝和树干代表的是河流，这些线条代表的是高山和深谷。如果从天空中俯视，看到的就是这个样子。云武士自然比我更明白它代表了什么。一旦将它们印到脑子，他就能走上正确的道路。”

麦克货车点点头，兴奋地说：“那你要告诉他，清水就在这儿，就在山下大人的船上吗？”

“不。这只会让事情变得更加麻烦，还是让他自己去趴出真相吧。”

第十九章

前面就是活塞罩子。

布里克曼有一种感觉，他能从这里面钻进轮子船内部。事实上，他猜测得不错，活塞前端向下伸进一个细长倾斜的腔室。此腔室的固定横梁和木质顶板之间，有足够容纳一人的空间，可以让他跑过去。这里的两根长木梁和巨型桨轮上的叶片一样，是用金属带、销钉和棒头加固起来的。铁大师们制造的这些东西都相当不错，工艺水平极为高超。但用如此多的木料只能说明一个问题：他们还不具备生产重型锻造工件的能力。自然，联邦也遇到过同样的问题，不过联邦早已通过研制超级混凝土，克服了这个难题。那是一种利用特殊生产配方制造出来的混凝土，一经制成，就如钢铁般强硬，能够被机械加工到各种精准的程度。而且比起钢铁来，它更能够浇注在各种冷浇模具中，可以造出任何形状的东西，不需要什么巨大的熔炉，不需要回火处理，也没有复杂的锻造过程，还有一个好处是——不会生锈。

布里克曼解下格斗杖，顺着横梁投下的阴影，向前缓缓爬行，到了活塞罩口，扭动身躯，如蛇形一般，钻进了活塞罩内，脑袋往下滑了下去。如果这时候有人在另一头瓮中捉鳖，他也只能任由别人手到擒来了。但好运始终伴随着他，他平安过关了。

活塞下端与一只巨大的圆柱形缸体相连，下面有一组气门，打开后可以提供推动力，驱动桨轮转动。蒸汽通过管道送入和排出缸体，一根根输送管向下延伸，转而向右，顺着底部的地板通向别处。这些管子被蒸汽热得发烫，幸而布里克曼的身体近乎全裸，而且湿淋淋的，爬行速度又快，一会儿就滑下去了，所以并未给烫得很痛。

最后，他终于从腔室中爬了出来，竟发现自己来到轮子船黑暗的轮机舱内。这舱室很大，横贯了整个船身，大约五六十英尺长。其天花板的中央有一个方形拱顶，一直耸立出去，直至甲板之上。拱顶下竖着两尊巨大的锅炉，用黑色的金属板铆接而成，里面烧的是木材。锅炉上方伸出一根根装有铜阀的管子，组成一道道错综复杂的管道网，连通了布里克曼头顶腔室中的气缸和活塞。轮子船右侧的桨轮自然也配着完全相同的活塞驱动装置，锅炉上的管道也探延至那里，为它输送蒸汽动力。

这一套动力设备高达十五英尺，上部被包覆在一座由爬梯和狭窄的人行通道构成的建筑里。而整个船壁从左至右，整个机舱的前半截，都整齐地码好了一摞摞竖劈而开的木头。

锅炉此时还不停息地燃烧着，只因是夜间，火势减少了许多。过剩压力排气阀中溢出的蒸汽如老人喘息般“嘶嘶”地响着。热量冲击，木头冒烟散发的烟气，热油蒸发，令整个舱室潮热不堪，气味难闻。还好有一线光亮，来自那十二盏小灯笼。夜间的值班人员如有需要，可以随时提着它们四处巡逻走动，照明看物。灯光黄黄淡淡，将那些打磨过的金属配件照出一丝微亮的光芒，但除了有灯之除，其余地方，仍是黑黢黢的一片。

布里克曼还看到，在舱室正中位置，距离锅炉工作点不远的地方，有六个没戴面具的死脸皮正围着桌子吃饭。他们手中端着各式各样的碗，用一双双小木棍子夹取食物。就像雪先生第一次看到女性铁大师时的那种反应，布里克曼见到他们扁平的五官、光秃秃的脑袋时，不由得大吃一惊。另外，他们中有五个人都是赤裸着上身的，皮肤如蜡般光洁溜溜，上面流淌的汗珠也闪闪发亮。每个人的脖子上都缠着块短布，暗黄色，油渍斑驳。唯有第六个人头上系着一条红色头带，穿着宽袖上衣。除此之外，此人身上没有其他特别明显的标志，可以表明他的身份。但布里克曼判断，这里其余人都是一个样子，唯有他如此打扮，那么他应该就是这伙人的老大了。

布里克曼蜷缩身躯，躲在一排排竖着的管道之后，只要那些人原地不动，就不会发现他的存在。但他们当然不会一直待在那里，他必须找到一个更安全的地方藏起来，再想办法进行下一步行动。他借着管道的遮挡，在堆满了机房左侧的木柴后面迅速移动，爬上柴垛。木柴上方是一圈横梁支撑的天花板，将中央拱顶围在当中，柴垛码得很高，顶部距离天花板还不到三英尺，布里克曼只能趴在上面。这里目前还很安全，除非有人打着灯笼爬上机组顶端的人行通道，再往这方向细细察看。布里克曼可以放心地四处爬动。他本想将自己的武器藏在柴垛后面，但又立即意识到，这么做很容易被发现，柴垛是会不断减少的，他得另找一个安稳的所在。

他想起曾经有个穆卡尔部落的搬运工说过，变种人行者会被安排在贯通全船的主甲板上吃喝拉撒睡。他抬起头来，似乎预感到，头顶上就是主甲板，船行至目的地后，需要卸下的货物也都堆放在那里。今晚,是铁大师们临行前的最后一夜,守卫应该会松懈一些,甚至说可能没有人会注意到那里。但现在的问题是,要怎样才能上去呢?出路也许只有一条:有一道楼梯自轮机舱的地板上盘旋而上,穿过两座锅炉之间的位置,与一条横穿拱顶的人行通道交汇。在人行通道的两端,又各有一道楼梯伸向上方。从这里看过去,是看不到人行通道两端的楼梯往上通去的位置的,但大致估计起来,应该就是通向上层甲板。虽然看起来要过去很容易,可是那地方很难隐蔽,要跑到甲板上而不被人发现,还真不是件容易的事。那些满身汗水的工人正埋头大吃大喝,他们的那张餐桌恰好就位于楼梯下方,距离楼梯的第一级台阶没多远,不到六英尺。要想从那儿上去,而不被发觉,这怎么可能?

布里克曼只能再次逡巡别的出路。忽然发现前方最远处的柴垛中间,有个黑洞洞的缺口,这是怎么回事?他决定过去看个究竟,便先爬到舱室最左面那垛柴堆的里侧,然后迂回绕过柴垛。这里的木头摞得好高,只能紧贴舱壁爬行,周围黑漆漆的一片,只好凭着感觉走,然后小心翼翼地爬了下去,来到了第一排两堆木柴之间的缺口处。好运再次帮助了他,他猜得不错,这里果然是轮机舱的前壁,墙上有一道拉门。他将门轻轻一拉,露出一条门缝,往外窥探情况,却不见一丝光亮,也听不到有任何人活动的声响。他心中有些激动,回头看看工人们吃饭的地方,他们吃饱了,有两个人已经开始用石头玩起一种游戏,以做娱乐,其他人则围在旁边观看。他们玩得不亦乐乎,玩家和旁观者都不时地发出一阵阵惊叫和大笑。布里克曼算好了时机,当那群人爆发出一阵最大声、最开心的笑闹声时,这才拉开半边门,走了出去，回身将门关起。不料刚将门关了一半，这门就卡住了。该死……幸好这外面比轮机舱中最隐秘的角落还要黑暗。只要那些工人不会因为感到游戏无聊，闲着没事干而跑到这里来转转，就不会发现他，否则他就死定了。

他先待了一待，收摄心神，站立片刻，渐渐适应了周边的环境。这是一条狭窄的走廊，一直通向甲板下方的位置。他的眼睛很快适应了黑暗，只见走廊尽头有一点微弱的光，仿佛就是一道梯子。他慢慢地向那里走过去，双手也在两侧的墙壁上摸索着，希望能摸到一扇门，或者是凹壁，手指扫过的地方是一排排方形的壁板，下半截则是实心的嵌板……上方带着木格子的东西，应该是镂空的屏风……脚趾触探着壁脚板，感觉到一条浅浅的沟槽——难道是一扇拉门吗？如果有一道门的话，就说明里面是一个房间，既然是一个房间，里面很有可能躺着一个睡大觉的铁大师。

他将耳朵贴在屏风上，凝神细听，什么特别的声音都听不到，因为船只摇动，船体又是木质结构，每一块木头都在嘎吱作响，颤动不停。他只能再赌赌运气了，便小心地拉动门板。门板滑向一旁，发出摩擦之声，声音虽轻，但在他的耳中却是多么震人心魄的巨响。他吓得大气也不敢喘，等了几秒钟，小心翼翼地探头进去，只见里面漆黑一片，仿佛是那深不可测的空间。

他没关上门，不敢进去了，转身继续朝梯子走去，来到近处，悄然爬上去，眼睛从舱口的边缘向四处窥探。左右两边是一袋袋粮食，一伸手就能摸到，还有些别的货物，凭气味判断，应是野牛皮。但更远的地方却看不到。他们就像下面走廊两侧的一个个房间般神秘莫测。

头顶上，天花板的格栅方孔内，射出了些许光亮。刚才看到的梯子，就是因反射了这光，才现出来的。那光亮是上层甲板上的一只灯笼，布里克曼心中明白，上面有一些卫兵在站岗，想要上去，一定得千万小心。这时候，灯光忽然一暗，吓了布里克曼一跳，原来是一名站在船舶附近的卫兵走到了方孔上方，其身体刚好挡住了灯笼的光线。布里克曼生怕被他发觉，连忙伏下身子。过了一会儿，待那人走开了，他再抬起头来看，目光正好与甲板齐平，只见两点摇摆不定的黄色灯光正朝这边接近，到了近处，他才看清，那是两个手里提着灯笼的巡逻兵。他吓得又缩了回去，“克里斯托夫在上啊……我现在该往哪儿逃呢？轮机舱和下面的那条走廊两侧，都可能是卫兵的巡逻区域，而这个地方又不能再继续待下去了……唉，还是只能回到柴垛顶上去。”

布里克曼心中暗骂一声，顺着梯子爬了下去，回到黑黢黢的走廊里，刚走了一半的距离，忽然吓得停住了脚步。走廊尽头的那扇拉门仍是半开半闭，却能看到里面有两名轮机舱的工人，正在门边的柴垛角上搬运木柴！转身再朝另一头的舱口看过去，那里的光线越来越强了，说明灯笼也愈渐靠近。那两个卫兵距离舱口一定只有几码远了。布里克曼忙侧身紧贴在走廊左侧的墙壁上，避免自己身躯的任何一部分暴露在灯光之下。他悄悄地贴墙行走，到了那扇被自己拉开的舱门口，闪电般地挤了进去。便在这时，他头顶上方刚好传来了卫兵的脚步声。他连忙蜷缩身体，躲在镂空的屏风挡板之下，将长棍放在地上，然后轻轻关上跟前的拉门，让自己隐没于这个黑暗的空间内。此时，他的神经高度紧张，就连门关上时的微响，也似乎比方才开门时候还要剧烈响亮。

他背靠墙壁，摸索着爬到房间一角，飞快地解开绑在左臂上的布条，将匕首取出。这时候，卫兵们正顺着斜梯爬下，灯笼左右摇晃，光亮从房门的小格子中透出，他能清楚地看到卫兵们一前一后走过自己跟前，灯笼中的光芒从上面洒落，在他的面孔和胸口上洒出一片黄斑。他的神经紧绷到极点，如果被发现的话，就只能拼了，手里的匕首握得紧紧的，屏住呼吸，默默祷告，但卫兵并未停留，只是顺着走廊一直往前走过。听着他们的脚步声渐渐走远，他才将脸贴近屏风，见光线越来越暗了，卫兵提着灯笼走进了轮机舱内，远远传来几句他听不懂的古怪话语，随后便爆发出一阵哄笑。

布里克曼低声咒骂了一句，刚才只顾着提防卫兵，他们提着灯笼走过时，其实可以借助灯光，快速察看一下周围的环境的，却因为太害怕，没顾得上。该死，不过现在说什么也没用了，只能继续摸索着前行吧。

他又重新将匕首裹回了胳膊上，但将刀柄上端露在外面，以防万一，好拔出杀敌。他觉得自己是在利用上天给予的好运气玩一场生与死的冒险游戏，嘿，看看今天晚上自己凭运气能闯过多少道难关。不知怎的，他忽而想到了雪先生，嘴角便情不自禁地掀起一丝微笑。这个老家伙要是知道他此刻正在要花招的话，一定会气得鼻子冒烟，胡子着火。他想象着当变种人明天知道自己不见了时的反应，他们一定措手不及，大为震惊，特别是明天早晨和行者道别时才发现他已经在船上时，那会是什么反应？明天早晨，当第一缕曙光来临时，行者就将上船，而轮子船会和过去一样，在太阳升起时正式出发。现在，这些傻瓜们一定正围着篝火胡跳乱唱呢，彩虹草将他们熏得晕晕乎乎，神驰天外。

布里克曼摸摸自己的头发，它早已染成了深棕色，这会令他的伪装更加巧妙。他已经在想象，当他到达目的地，走下船舷，乔迪·喀珊看到他时那惊愕到难以相信的表情了。他弯下腰来，伸手要去拿自己的长棍，却没有摸到。奇怪……他有些疑惑，忙跪下身来，双手在黑暗中摸索着，突然，手指碰到了一个人赤裸的双脚。他大吃一惊，忙抬起头来，眼前竟是一个模糊的人影，赤裸着全身，高高地站在跟前。说时迟，那时快，他本能地要拔出匕首，却来不及了，连闪一闪身的时间都没有，不知是什么东西突然就砸了下来，正中脑袋，就如一道闪电，将锯齿状的光条映射到闭着的双眼中，脑袋瓜内就像打起了霹雳，脑浆都快疼得爆炸了。

他最后的记忆是，自己的身体摔向另外一旁，撞穿了地板，掉进了一个深不见底的黑暗深渊……

黎明已至，却不见布里克曼的踪影。营地四周，各个部落早已骚动不休，激动不已。部落的看守者们，早将被分散关押的一组组反叛分子拖了起来，让他们齐齐站好，准备最后在平原人的土地上拉扯着绕山一圈。行者们，当然不是全部的行者，只有男性行者，能在营地四处穿梭走动，同他们的部落兄弟和姐妹们做最后的道别。

两艘轮子船开过来了，停在了交易柱下面的岸边。这时，一名穆卡尔部落的熊武士跑来向雪先生报告，说他们找到了云武士的衣服，叠得方方正正，压在湖滩边的一堆石头下面。

现在，事情已经明明白白了。雪先生忍不住举起双手，大声地咒骂起来，骂自己真是个老白痴！他倒不是担心布里克曼会干什么蠢事，而是后悔自己为什么明知这小子信不过，还不严加防范，应该派人死死地看着他，一刻也不能放松，直到将他真正地送到船上去。如果他还不现身，那名本该由他来顶替登船的年轻变种人，就得按原计划随行了。而每个行者和反叛分子，都会领到一条金属臂带，上面挂着一块小牌子，牌上刻着三个古怪的符号，代表着铁大师所念这三个字的发音。幸亏铁大师事先决定要布里克曼在登船前最后一分钟才能顶替那个行者，因此到现在那个行者的胳膊上仍戴着臂章。要是负责检查登船牌的铁大师发现臂章上的小牌子有什么缺失，雪先生就只能想方设法找些理由来蒙混过去了。这些死脸皮，总是盲目地崇信自己掌握的人数和清单。雪先生倒是很羡慕他们书写那些记号的本领，但现在他反而觉得，这些人看起来每天都在某种强迫性的紧张状态下工作，所以不得不每时每刻都要调整好自己的组织结构、管理制度和书面工作。从这个方面来说，他又觉得能读会写的天赋也有不好的一面喽！

雪先生心情烦躁，踱来踱去，这种恼火已经不是第一次了，布里克曼总是这样喜欢擅自行动，这就是他的本性，从来没有改变过。而且，要是他还没被人抓住，穿到烤肉架上烧烤，现在应该早已偷偷潜入轮子船内部，开始了他的拯救行动。而雪先生自己呢，却还在岸边傻乎乎地等着他来，向他下达指令和训诫呢！不过，唯一能让雪先生感到欣慰的是，清水在她那模棱两可的话语中表达出了真正的深意：云武士已像神石预言的那样，重返了部落，将会来营救他们。而且，清水似乎对此早有预感，那只盒子，连同上面那些表面简单、实则意味深长的图案，并非是要送给雪先生的，而是转他之手，送给布里克曼的。虽说到目前为止，事情没有完全按照计划进行，但这一切仿佛证明了，其实命运早已为每个人都做好了安排，辟邪主将会一直眷顾着自己的臣民，护佑他们顺利渡过难关。

行者和俘虏们正一个个地走上船舷，看着最后一名行者上船，消失在船舱门口后，雪先生不禁长长地叹息了一声。尽管他已经不知道目睹了多少次这样的场面，但内心总是充满了那种同情与悔恨的感觉。是啊，他们走了，一去不复返了，这种感觉和在战斗之后，将垂死的武士送上安息之路一样难过。这一次，他真的希望云武士能够成功，将佳得利和清水平安带回来。也许那时候他们才能够搞清楚，这么多年来，被送到大河上去的那些人究竟落得什么样的命运。总有一天，平原人会在辟邪主的佑护下，成功地建立起一个强大的国家，那时，他们将不再被迫向铁大师弯腰鞠躬，屈膝下跪。他们将会昂首阔步地朝着东方进军，光荣地将那些被掳去的部落兄弟姐妹好生地迎接回来。

与族内的兄弟们告别之后，穆卡尔部落交易团中剩下的人，则簇拥雪先生目送大船离开。

只见两艘轮子船上，一队队的白条子正忙着将踏板收回甲板。人们的情绪来了，纷纷拥到湖边，向即将离去的船队做最后的告别。庞大的变种人送别队伍中，穆卡尔人只是很小的一部分。那大船的巨型浆轮缓缓转动，卷起了船尾的水体，船头上高高细细的烟囱中，腾起了灰白色的滚滚浓烟。两艘轮子船离开了岸边的浅水区，转动了行驶的方向，来到了山下大人停在湖中的座舰两边，船舶头部，遥指那远方的地平线。当太阳从东天门上走来，聚集在岸边的变种人陡然间听到了湖中传来的隆隆轰鸣，就像瀑布中发出的怒雷狂吼。这就是发动机全力启动的声音。轮子船进入了全速前进的状态，桨轮那被钢带箍紧了的巨大叶片，像一把把巨铲，铲破湖面的水花，推动轮子船向东方的朝阳冲去。三股浓浓的白烟从三条船上升起，化入天际，呜呜！一阵惊心动魄的啸音自船上传来，穿过水面，久久回荡。

“嘿——呀！”平原人异口同声地高呼起来，同时，鼓声隆隆作响，急切地敲出带有节奏的鼓点，排排大鼓喧天响，个个武士齐呼喝。

武士们也将战刀和界桩举向了高空，显得和谐而友好。但只要两个星期的期限一过，这些代表着团结的战刀就会互相砍杀屠戮，为了保卫那些各自的界桩，付出生命的代价。

“嘿——呀！嘿——呀！嘿——呀！”大伙欢呼得好不热闹。

“砰砰砰砰”，湖面上腾起了几道火焰，那是铁大师用礼炮为双方的交易圆满结束而致敬，为大家的欢送而答礼。山下大人的座舰两侧，三层甲板上喷射出了一道道火焰，好像根根手指刺向了天空，霹雳声震耳欲聋，如同轰天的巨雷。许多变种人都吓得缩起身子，还以为天空被那黑烟之手撕成了碎片。爆炸产生的冲击波像狂风般扫过人群，几百个人都吓得跪倒在湖滩上。

“轰——隆……”

上千个喉咙都压低了声音，几乎同时发出了那惊讶的暗叹：“嘿——呀……”

莫非山下大人真的掌握着神一般的力量？他是一位无比高贵的尊主，不仅统治着人类，还能指挥天上的火与云中的雷。

实际上，发出巨响和浓烟的是船上的三排大炮，它们被安装在山下大人座舰两侧的走廊上。这次，两舷一起发射，是为了用一种恢宏的气势向岸上的变种人告别，所以炮膛中装填的只是黑火药和镁粉混合成的烟火剂，射出来，不伤人，只惊人。但是如果有需要的话，大炮中能装填葡萄弹和灌注了铁芯的石弹，大小与人头类似，可以射出几百码远，继而爆炸，杀伤力极大。

天空中的太阳变成了半轮巨大的金色火球，光芒灼灼，照射着三艘远去的轮子船。雪先生旁边的人可以看到，这时候的雪先生把手放在了眼睛前方，似乎是在遮挡这耀眼的光线。但谁也不知道，他只是为了掩饰和擦拭自己情不自禁流下的泪水。

布里克曼渐渐苏醒过来了，发现周边仍是一片漆黑。这是在哪儿？手脚似乎都被捆住了，前后左右都有遮挡物，质地很轻，看样子是在一只又长又窄的箱子里。嘴巴也被人用布塞住了。身体两侧还塞着一卷卷布料，这样做定是为了防止他朝旁边乱踢乱打，松开束缚，或者制造响动，吸引别人的注意。如果有可能，他当然愿意那么做，只是那或许也不是什么明智的做法。时间一点一滴地过去了，他动弹不得，又沉沉昏睡，渐渐就失去了对时间的感觉，忽然之间，身边开始震颤起来，那是轮子船中心的发动机突然间启动了，轰鸣之声越来越快，越来越响亮。他心中暗忖，这应该是轮子船向岸边驶去，接那些行者和反叛分子上船吧。他猜得果然没错。轮子船停了好一会儿，又开始了新一轮急迫的轰鸣，开始高速运转，他觉得似乎绕了一个圈子，又竖直前行了。这说明他们正在离开岸边。终于真正上路了！但事情却并不像他想的那样发展。过去,每当他遇到什么危机情况或者压力极大之时,就有一种神秘的第六感引导着他做出正确的选择,但这一回,这第六感迟钝得一点作用都没起。不知不觉,突如其来地就被人发现、撂倒,还被捆绑起来,关在这狭小的空间里,动都动不了一下,只能任凭那个攻击者处置。

耳中听到了一次次微弱的人声和模糊的脚步声,短暂地应和着发动机单调的轰鸣和擦着船底而过的水声。他清楚地意识到,自己现在仍然待在轮子船的底层,这多多少少令他感到一丝安心。他尽力不去想那个令自己神经紧张的问题——那个攻击者和俘虏者会随时回来,但他不是一个人,而是……他们会把他拖到船长面前,接着……他不敢再想象下去,无论那是什么结果,都是令人心惊胆战的恐怖。

“噶——咚,噶——咚,噶——咚,噶——咚,嘎——咚,噶——咚……”

发动机在不断地、有节奏地搏动,每搏一次,都让他身下的木板发出尖锐的震颤。白天过去后,巨响似乎停息了,变成了一种折磨神经的嚓嚓声,像某种爬虫一般,爬到他那漆黑一团的世界里,渗入他的骨髓。他迷迷糊糊,昏昏欲睡,懵懵懂懂,在半睡半醒之间,口干舌燥,又饿又渴,周围是陈腐的空气,弥漫着种种怪味。惊恐一波波地袭击着他,狭窄的空间也令他心胆俱寒,但他仍然苦苦坚持,尽力让自己保持镇定,能够正常地进行思考。

时间似乎定格了,流逝的速度缓慢得要死。不知道过去了多久,应该是很长很长的一段时间了吧!突然间,他完全意想不到,完全没有任何征兆,眼前刹那间明亮起来,光线射得他根本就看不到任何东西，是箱子的上盖被人掀起来了。灯笼的光芒照射到他的脸上，他眯着眼睛老半天，总算看清楚了：眼前竟是一个牛高马大的变种人，一脸凶蛮之相，上身穿着一件皮坎肩，下身穿着条肥大的裤子，手中握着一柄匕首，正目露凶光，紧盯着布里克曼。那匕首又细又长，如剃刀般晶莹锋利，是伯利恒的火坑中锻造出来的样式，刀光闪闪，在布里克曼眼前险恶地晃动着。

布里克曼强忍恐惧，将视线从这柄利刃上挪开，注视着它的主人。这个变种人的脑袋光光，脑门上绑着一圈红布，这可是前所未见啊，布里克曼还没见过光头变种人的，他们是多么喜欢自己的毛发啊。这时，那变种人似乎示意，让布里克曼别发出声响，这才拉出塞在他口中的东西，递过来一杯水，给他喝了几口。因为长时间张着嘴巴，肌肉酸疼，他起初根本没法将水咽下去，差点就被呛住了。

“急什么？慢点，伙计。”那光头变种人低声说。

布里克曼好奇地看着他，心中十分奇怪，平时变种人的词汇里，可是从来没有什么“伙计”这样的说法的。

那变种人在他旁边蹲下，说道：“行了，你给我听好了，我没法不把你捆起来，这也是为了你好，你再像瞎了眼的野牛一样四处乱闯的话，非出事不可，再说我也得保护自己。现在，我有个好提议。我给你解开绳子，但你必须保证，待在这儿别动，别走，别耍什么小花招，否则……哼哼！明白了吗？”

布里克曼有气无力地点了点头。

变种人用牙齿咬着刀子，伸手迅速将布里克曼手脚上捆着的绳索解开了。这家伙看上去五大三粗，孔武有力，脖颈如野牛般粗壮，但动作轻柔灵活，如蛇儿一般。他站起身来，后退一步，说：“行了，坐起来吧。”

布里克曼慢慢用手支撑着身躯，坐了起来，环视四周，发现正置身于一间小小的舱室中。原来自己藏身的箱子乃是一张床铺的底座，而箱盖就是这张床的铺板，放上床垫后，谁都看不出来里面有箱子。除了这床铺之外，房间中仅有的家具是一只壁橱和一组窄窄的架子。光头变种人知道他饿了，又给了他一杯水和一片面包。布里克曼虽然两颊酸疼，仍是狼吞虎咽地吃完喝完，肚子里总算舒服了不少。

“这里安全吗？”布里克曼低声问道。

“相当安全。在卫兵回来之前，我们还有点时间。”

“我在这儿待了多久了？”

“大概二十四小时左右。”光头变种人的眼睛始终没离开布里克曼的脸，“我猜你还没搞清楚这是怎么回事。”

布里克曼咧嘴一笑：“没错，我确实很想问个清楚，但我总觉得嘛，就算我不问，你也会自己告诉我的。”

“这倒不一定，要看情况吧。”

“哦，什么情况？”

“看你对这副样子做什么样的解释喽！我还没见过多少体格正常的变种人，尤其是长着蓝眼睛的，更是没见过了。你到底是哪个部落的？”

“这重要吗？”

“当然，对某些人来说，很重要。”

“穆卡尔部落，芝加哥血统。”

“哦？这可是平原人里最为强大的部落。嗯……他们的口碑很不错。不过，你竟带着利刃偷偷上船来，这个险冒得很不小啊。朋友，你究竟想干吗？”

布里克曼没有回答。

那变种人似乎同情地做了一个鬼脸，说：“我知道你为什么不回答了。在发动机旁边待了这么久，听力受到了严重的干扰，听不清别的声音了。不过，我知道怎么办，跟着我做。”他抬起右手的中指，按在自己耳垂后面的脑部，“试试，现在能听到了吗？”

布里克曼微一犹豫，便照着对方的样子做。每个情报队员的特工脑袋里都有一个特别的装置，用手指按压便可以激活。这玩意儿是局部麻醉后，通过手术植入颅骨下缘的。手术倒是很简单，用不到十五分钟就能完成。它可以发出一种信号，在五到七码的范围内，从任何同类装置那里引发反馈。当然，情报队员们可以通过各种各样的暗语，互相沟通，介绍自己，证实身份。但是那些方法并不能百分之百保证安全可靠，但这小玩意儿就不一样了，没有人能够复制里面的信号，一种如蚊蚋般的“嗡嗡”声此时正在布里克曼的内耳中回荡。此装置的开关更是巧妙而简便，只需轻轻一按，动作自然又随意，几乎无人能够察觉。只要一启动后，两名情报队员便可通过摩斯电码相互交换简短的信息，就算是人潮拥挤的时候也一样。

布里克曼试着发出了两个字母：“MX。”

“你能收到吗？”

“非常清楚。”那变种人——不，现在可以证明他也是名情报队员了，他咧嘴一笑，“其实，你进门的那一刻，我就看到你了。变种人根本不会游泳，更没胆量潜入轮子船。还好，你很幸运，没被卫兵发现。不过，反过来说也算他们幸运吧，如果有人发现了你，那现在大概一半人的脑袋都被你砍掉了。”

“既然你知道，那昨天晚上为什么不表明身份，反而差点把我的脑袋打碎？”

“那时候根本没有时间自我介绍，看你那样子，我可不想让一个只会逞能耐的家伙冒失地冲上来，给我捅个透心凉。”这个情报队员伸出一只大手，正式自我介绍道，“我是偏锋，你呢？你叫什么？”

“哑火。”布里克曼说，“我的武器还在吗？”

“当然在，我已经将它们藏好了。如果他们发现你带着武器上来并抓到你，你知道你会有什么样的下场吗？”

“听说过一点，这些家伙的手段很残忍。”

“没错，他们会用滚烫的铁丝插你的臂部，还会扒了你的皮，把你活活煮熟，再剁成小块，或者把你的脚塞进锅炉的灶膛里去，非常非常缓慢地塞，我想你能脑补一下。”

布里克曼点点头，问：“那你呢，你怎么有把刀子？”

“他们很信任我。我是工头，负责监管这些行者。像我这样的人，共有六个，我们的任务就是看好这些家伙，让他们老老实实的，别惹事。好多变种人一见到水就吓得屁滚尿流，还有另外一些家伙，不喜欢遵守这里的规矩，我们会将他们教训得服服帖帖，完全驯化，乖乖听话。铁大师们认为，用变种人来管理变种人会容易一些。”

“那些不听话的人呢？怎么办？”

“那就绑在桨轮叶上喽！”

“哦？绑多久呢？”

“要多久有多久。直到他们听话。”

布里克曼忍不住倒抽一口冷气：“够狠的。”

偏锋耸耸肩说：“这种手段也只是用来对付一些新来的菜鸟，还有更狠的呢，我不骗你。这些狗杂种都是专家，但这一套你应该都明白。对了，扯别的闲话前我想问问，你偷偷溜上来，是想搭个不要钱的顺风船吗？”

“没错，不过我原来的计划是和上层甲板上的那些家伙待在一起。”

“那当然，最好就是那样。奇怪，事情怎么会变成这个样子？我收到的消息是，你原本应该在交易场的标志柱那里露面的，没想到居然会在这里碰到你。”

“我也没想到……对了，我记得咱们刚出发的时候，我听到外面传来一阵可怕的爆炸声，是出了什么事了吗？有一艘船爆炸了？”

“哪有那种好事。那是山下大人在跟你的朋友们告别呢，鸣放七十二响的礼炮。每一侧船舷都各有三十六门前膛炮，每层甲板十二门，都装在拖车上，炮管有这么老长……”他伸开双臂比画着，将两手并在一起，食指和大拇指微弯，摆出一个圆圈的造型，说，“发出来的炮弹有这么老大呢！”

布里克曼微微皱眉道：“咦，我朝船上游过来的时候，可没看到这些东西啊。”

“只有山下大人的那艘座舰上才装有大炮。除非你能登上甲板，否则的话，只有它们被拖出来发射时，才能从外面看到。”

"哦,原来如此。"

"对了……为什么我们怎么都联系不上你?"

"唉,别提了。"布里克曼向偏锋解释了一下自己的无线电匕首遭调包的事情,还有后援小队的全军覆没。

偏锋不动声色地听着,最后,叹息一声,道:"这些人都是菜鸟,太嫩了,唉……"

"比我嫩不了多少,唉,你在船上待多久了?"

"很长了。来这儿之前,我还在阿利根尼山下拉了一阵子的驳船,这次应该是我最后一次出航了。就等着上面点头,我就可以回家了。"他指指自己从前额到腮帮子上的一排瘤子,"真是受不了这些东西,真想赶快将它们弄掉,受不了了。"

"啊?我本来不想问的,"布里克曼好奇地问,"这些东西是……"

"硅胶做的。怎么样,做得很真吧?"

"非常真实啊!"

"那当然了……"偏锋伸出左手,给布里克曼看他左前臂上布满脓包的瘢痕,说,"时间久了,都不知道能不能再去掉了。你身上的这些油彩也很不错啊,你这造型弄多久了?"

"才大概一个月吧。要不是我亲眼看到这些玩意儿能洗掉,我才不会这么作践自己呢!话又说回来,你的这些疙瘩……我不知道能不能坚持下去,走到这一步,真的是很难下定决心啊。"

偏锋笑了笑,说:"我想,联邦的人管这叫作'做出职责范围之外的贡献'。但我认为,要想真正像一个变种人的话,就得使自己真正变得愚蠢糊涂,像个傻瓜,就毫无破绽了。"

布里克曼轻咬嘴唇,没有反驳。

“行了,咱们也别扯了。你说说吧,下一步该怎么办?朋友,我能帮你什么忙呢?”

布里克曼解释道,这回他的任务是要寻找和救回两个变种人——佳得利和清水。他自然没有说太多的细节,也没有说这两个变种人体格都正常,同寻道民没什么两样,至于任务的详细内容,更是不能透露。

偏锋也没细细追问。他只是一言不发地听了下去,最后脸上露出了难看的鬼脸,忧愁地说:“伙计,听上去这任务还真不好办啊。如果运气够好,顺风顺水的话,我能将你安全送到目的地。到了那里之后,一切都要靠你自己了,我也帮不上什么忙了。”

“对了,那边,铁大师那里,还有我们的人吗?”

偏锋冷笑道:“开玩笑吧?假扮变种人,我们还可以试试。可是假扮死脸皮?我想就连里约劳伯也没有任何办法把寻道民变成死脸皮。”

“我的意思是,那边还有没有像你这样的人?”

偏锋脸上的笑容消失了,正色道:“如果有的话,他们会告诉你,如果你不是个菜鸟,就应该知道,什么都别问。如果需要协作,你会接到通知的。”

“明白,不过你至少能向里约劳伯报告一下目前的情况吧?”

“不会那么快,但总归会报告的。我有办法让他们得到消息,你有什么特殊信息需要我传递吗?”

“嗯,没有。但请转告他们,我还在执行任务,而且,需要再派新的后援队。”

“这一点,他们应该早就知道了。”

布里克曼敏锐地看了偏锋一眼,说:“消息传得可真快啊!”

“坏消息总是传得特别快。还有别的事要说吗?”

“对了,步枪最后怎么着了?”

“步枪?”

“穆卡尔部落刚收到了第一批一百支步枪,不知道铁大师们是不是又送去了更多的。”

偏锋一皱眉头:“没从这艘船上卸下去啊?”

“是从山下大人的座舰上卸下去的,属于特殊货物。”布里克曼向情报队员简单地说了一下这种武器的情况及其威力。

“哦,我当时听到那些枪声了,我还在纳闷,到底是什么情况?”

“你当时在哪儿?”

“就在这里。轮子船靠岸的时候,却不准我们随便乱看。”

“明白。你能否把这情报传送给麦克X光一号?”

“试试吧。”偏锋答道。他心里感到有些好笑,又有些微酸。见到这个新手这么热心,他真的不想现在就告诉他真相,其实早在两个月之前,一支新式武器的样品就送到了里约劳伯。

“对了,我还需要这里的衣服——另外,给我讲讲铁大师,把你所知道的有关事情都告诉我吧。”

偏锋严肃地点点头:“唉,朋友,救你真是犯了个大错哪!早知道的话,把你打倒之后,我就应该直接把你扔到船舷外面去。麻烦得很呢,还有别的要求吗?”

“当然还有。这次上路需要花多长时间？”

“去伯利恒吗？十天左右。你在里约劳伯看过地图吗？”

“看过。麦克X光一号亲自指点我看过。”

“你可真走运。我们先要驶过这条大河，到达伊利湖，然后在克利夫兰导航参照点附近上岸。铁大师们把三条大河用运河和水闸连接了起来……”

布里克曼听到那些陌生的词语，不禁皱起眉来。

偏锋微微一笑，简略地解释了一下运河和水闸是什么意思，有什么作用。

“这就表示，三艘轮子船可以从伊利湖直接开向阿利根尼山。”

“从那儿返回伯利恒？”

“不错。”

“它还有一个名字叫匹兹堡，是吗？”

“不错。行了，行了，今天晚上，你问的问题已经够多的了，回箱子里去吧。”

就这样，在接下来的九天里，布里克曼一直就窝在他这个狭窄的避难所中，每天只有黎明前的那一个小时可以出来活动活动。那个时候是最安全的。这短短的一个小时中，他做了一套高强度的体操，以此活动僵硬的身体。偏锋则给他讲铁大师们的情况、社会结构、科技水平，等等，讲自己所知道的一切。偏锋还教会了他几个重要的铁大师们的词句的发音和写法。虽然这个大块头的情报队员从来没承认过，但布里克曼还是看出来了，这家伙已经娴熟地掌握了那种古里古怪的语言。偏锋几次警告过布里克曼，决不能用铁大师们的语言讲话，必须一直讲基础语，因为身为一个奴隶，只能讲这种话。

布里克曼很想知道，情报队到底是如何神通广大地将偏锋安插到铁大师的交易船上来的，但他也知道，偏锋是不会告诉他这些情况的。照着目前的情况看来，偏锋之所以能出现在轮子船上，还有他身上那些天衣无缝的伪装，都只说明了一个问题——这个世界上，没有什么秘密是第一家族不知道的。他又忽然想起了鲁德奎斯特透露的情况：她在进入飞行学院之前，就已经被征召进情报队了。第一家族真是厉害，什么地方都有他们的眼线，他们的这种能力和诡诈之术，真的是没有限度吗？世界上还有什么地方仍是一块净土，没有被他们的势力渗透？

偏锋告诉他，铁大师们的语言叫作“日语”。他们那个民族的总称是“日本人”。里约劳伯那些研究铁大师的专家则称他们为“鬼子”。“铁大师”只是变种人的叫法，这些日本佬喜欢自称“尼桑的男儿”。“尼桑”是他们对自己那片国土的叫法。那片国土还有另外一个名字是“旭日初升的国度”。那些随处可见的大红圆点，就是象征此意。“伯利恒的火坑”只不过是变种人想象出来的名字，指的就是铁大师们所在之处。

现在可以确信的是，鬼子们大概是在六百年前从东海那边登陆的。他们的社会有一套等级森严的行为规范，由他们那个王朝的继承人进行世袭制的统治。这位首脑被称为“将军”，拥戴他统治的是一个个领主。这些领主也像将军那样，控制着自己的属地。但他们并非齐心合力地拥戴将军的统治，时不时地也会密谋造反，向将军的中央政权发起挑战。各个领主都是各个不同家族的领袖，这些家族的名字繁多，什么达特桑、本田、日立，什么松下、三菱、纳西华，什么精工、东芝等等。在其领地内，他们是多级层金字塔式的社会尖顶。

而这座社会金字塔的最底层，不，甚至是在最底层的下面，便是那些被俘虏的人和变种人行者。整个社会分为六大阶层，从上到下，依次是武士、领导阶层、行政官员、商人、造船业和工艺技术行业的业主、农场和矿场的所有者。

那些不需要技术的手工劳动都是由变种人男女技工或者反叛分子来完成的。由于寻道民们已经适应了地下生活，所以被俘者通常被打发到矿井中去工作，而变种人则在地面上劳作，耕田种地、挖掘运河和灌渠、驾驶马车、搬运货物等等，都交给他们。由于变种人具有超人的耐力，其中的一些人还当上了信使。将军的宫廷里，有无数的信件要靠他们来回传送。还有少数幸运的变种人，成为名门望族的仆役。他们像偏锋一样，被剃光了头发，代表着被主人宠信的尊荣。其他变种人都被蔑称为“萨鲁”，也就是“猴子”的意思；或者“克布卡依·西托比托”，也就是“毛人”的意思。而那些反叛分子俘虏，则被称作“诺塔卡依以努”，意思是——“长狗”，这个绰号是因为他们瘦长的身形和棱角分明的五官而得来的。

没有第一家族的帮助，寻道民自然无法生育。但鬼子们则鼓励变种人生儿育女，并且给他们一块变种人风格的聚居地，让他们在那里将儿女们养大成人。这些聚居地通常位于自己那些望族主人家的私人领地上。变种人倒是喜欢上了这样的日子。

现在，最令偏锋担心的是，布里克曼携带着匕首和棍刃，如何能够在铁大师的地盘上行动。所有的变种人和寻道民都穿着特定的服装，通过衣服来分辨职业和身份。他们还套着臂章和项圈，上面有标注，写明了他们是属于哪位主人的财产。除了信使稍微自由些外，这些苦力只能在武装卫士的押送下，从一个地区前往另一个地区。如果有人胆敢逃跑，将会被视为罪大恶极并受到惩罚。铁大师严禁变种人和反叛分子携带任何形式的武器。就连偏锋，也不能将刀子带到岸上去。他也只是在当班时，就是训练新来的行者时，能够获得许可携带武器。

布里克曼很感谢这位情报队员告知的情况，也感谢他对自己的忠告。但他虽然对这种关心很感激，但却不打算手无寸铁地就展开救援行动。偏锋为他提供的情报已经相当多了，足以让他提高警惕，注意防范各种危险。他当然不会想着去自找麻烦，但若麻烦找上来，他的好运气又用完了的话，他还是希望能掌握主动权。偏锋没办法说服他，只能耸耸肩，不置可否。

十天很快就过去了，这一日，发动机的轰鸣声沉寂下来了。布里克曼再次藏进床铺下那棺材般的箱子里，通过船板，他能感到轮子船在不停地颤抖。

轮子船正靠向岸边，船舷顶在了木头建造的码头上，发出“吱吱嘎嘎”的声响。少许的宁静之后，各种声音又纷至沓来了：人们讲话交谈的声音、互相碰撞摩擦的声音、锤子敲击木钉的声音，还有那许许多多脚步匆忙走动的声音。

“看来是开始卸货了！”布里克曼心想。他静静地躺在箱子里，告诉自己，耐心地等着吧，夜幕降临之后，他就可以出去了。不知不觉，就过了几个小时，他早就急得受不了，想赶快出去看看外面情况怎么样了。幸好偏锋早有先见之明，将箱盖结结实实地钉住了。

终于，偏锋来了，开启箱盖，放他出去了。空空荡荡的小船舱内，一盏灯笼的光芒摇曳不定，将四处照亮了。这舱室和中央通道之间，也是偏锋的另一半地盘——一间同样大小的舱室。布里克曼就是在那里蹲着，才躲过了巡夜的卫兵。

偏锋知道他肚子饿了，还给他带来了几条干肉和一块面包，说："旅程结束了，你就从这儿走吧。"

布里克曼一边嚼着干肉，一边说："这地方就变成这样了？好像被人遗弃了似的。"

"不错。除了有几个留守的船员外，其他人早就上岸去了。"

"那离开这儿以后，你会去哪儿？"

"我？我哪儿也不去，我就住在这儿。"偏锋挥挥手，指指自己的"领地"。

"天，克里斯托夫在上！你怎么受得了这样的地方？"

偏锋笑了："你知道有几个变种人能有一套两居室？而且这儿还有两只马桶呢！一只用来拉屎撒尿，一只用来盛水。"见布里克曼脸上有鄙夷的表情，他又道："听着，我才不会去抱怨什么呢，如果连这样的环境都受不了，那还谈什么完成任务？这一句不错了，如果我想呼吸呼吸新鲜空气，或者是看看风景，我就跑到甲板上溜达溜达，有时候，甚至会待上几个小时呢！唉，我最想念的是咱们那儿的视频节目，可惜鬼子们没有电。不过这也算有利有弊吧，至少我不用再整天听联邦整出来的那些垃圾音乐了！嗨，鬼子们的音乐其实也不好听，我总感觉好像是少了半个节拍似的，怪怪的。"

“好吧……我最好现在就走。”布里克曼迟疑了一下，“你……有没有给我弄套……”

偏锋没听他说完，就走到外面的舱室，过了一会儿就回来了，手里拿着套衣服。

布里克曼赶快吞掉口中的食物，高兴地走过去，接过衣服，试了试，还挺和身，就是上面还有前主人难闻的气味。

“不知道你会不会告诉我，这些东西是从哪儿来的？”

偏锋眯起眼睛，牢牢盯着他，眼神从锐利变为缓和，说：“有个家伙被绑到了桨轮上，所以就用不着这身衣服了。每次旅途都会这样的，要报销掉几个人。”说完，他转身打开壁橱，拿出了一只长颈瓶和一对瓷杯。他将瓷杯放在桌架上，又打开长颈瓶的瓶塞，将里面的液体倒在瓷杯中，是两杯淡淡的液体，发出醇醇的香味。

“来吧……临走之前，喝一杯吧。”

布里克曼小心翼翼地嗅着杯中的液体，问道：“这是什么？”

“清酒……”偏锋斟酌着这话该怎么说，解释道，“这呢，是一种，嗯，滋补良药，能帮你壮壮胆，驱走寒冷。”说完，他将杯中之物一饮而尽，咂咂嘴唇，说：“这可是好东西，来吧，喝一杯，放心吧，不会要了你的命的。”

布里克曼小心地端起杯子，用嘴唇先碰了碰里面的液体，慢慢地喝了一点下去。这东西初入口时甜滋滋的，喝下去后就有了一点微苦的味道。他当然不愿被偏锋看不起，便深吸一口气，将液体全都吞了下去。那清酒烧灼着他的喉咙，仿佛化作了一团烈火，他赶快忍住不让它往下流去，可它反而涌了上来，蹿进了鼻孔之中，呛得他剧烈地咳嗽起来。忽然之间,胸口像是扎入了一把烧红了的钢刀,又疼又辣,但那种刺激感转瞬即逝,忽化作一股温暖的热流,烘烤着四肢百骸,烤得他面红耳赤,也浑身舒坦,一股舒畅的惬意传来,脑袋有些轻飘飘的。

“很好!”偏锋又给他斟满了一杯,说,“朋友,这就是酒,没喝过吧?这是他们最伟大的发明之一啊,是用发酵的大米做的。嘿,想想看,假如满满一车厢的开拓兵喝了这东西,会发生什么事……”

“我可不知道,反正我感觉很爽。”

偏锋笑着点点头:“不错,它能把每个人粗糙的棱角都磨圆滑了,但麻烦也不小哪,它会让人的中枢神经系统变得麻木、迟钝,身体失去协调性。一杯很爽,两杯正常,三杯脚发软,四杯地上躺。我这可是经验之谈,我就是靠着它,打发我的业余时间。说老实话,要是没有它,我恐怕早就从顶层甲板一头栽进水里去了。”

“你在这里,没有任何朋友,任何同伴?”

“朋友,这不关你的事。”偏锋拿起布里克曼喝干的杯子,连同那只长颈瓶,放回了壁橱。他然后走到床铺跟前,卸下了床铺后面木墙上的一块壁板,将它放到一边,接着整个左臂都伸进了那个洞穴里,从里面掏啊掏。不一会儿,他就将一柄格斗匕首和格斗杖掏出来了,交给了布里克曼。

布里克曼感激不已,将匕首绑在左前臂上,外面再缠上布条。

“那是,嗯——我的备用匕首,你拿着吧,”偏锋说,“这比你上船时带的那把有用得多——里面有无线电。”

“太感谢了,但是,我用它呼叫时,谁会接听得到呢?”

“放心，肯定有人会接听的，第一家族无处不在，时时刻刻留心着各方的动静。”偏锋说完，带着他走上了贯通全船的主甲板。到了左舷上后，打开了那里的一扇小舱门，外面是一片广阔得像是没有边际的河水。“你只能游到岸上去了，但不能走码头那边，那里到处都是鬼子，另外两艘船停在咱们前方，你先顺着水漂到下游，等离码头远了，再找个地方上岸吧！”

“好的。”布里克曼蹲在舱门边上，说道，“还有最后一个问题。我想问问，你们卸货时，有没有碰巧看到一个女反叛分子，她大概是中等身材，黑头发，半边脸和脖子上有一道长长的粉红色的伤疤。”

偏锋定了定神，想了想，说：“嗯，我确实见过她。有趣的是，他们通常都是直接将反叛分子押到矿井里去的，可这次不知怎么的，他们先让这些人一起列队集合，然后问询有谁当过飞行员。”

布里克曼登时提起了兴趣，急问：“然后呢？”

“然后就有两个家伙站了出来，你说的那个女人就是其中一个。”

“另外那个人呢？是红头发吗？”

“没错。”

布里克曼弄清楚了，是乔迪·喀珊和戴夫·凯尔索……

“后来呢？怎么样了？”他问。

“被山下大人的人带走了，要带去山下的地盘。先得过了河，然后顺着大陆往东走，穿过阿利根尼山脉，那条路一直通向另一边的滨海平原。”

“有人说过其他的什么没有，比如说，他们会去哪儿？”

“我想想，嗯，好像没有，至少没有什么是让我注意到的地名。”偏锋绞尽脑汁回忆着偶尔听来的只言片语，突然，眼前一亮，“等等，我似乎听到一个鬼子提到过一个叫什么‘鹭池’的地方。”

“什么？什么是‘鹭’？”

“伙计，那是一种鸟。”

“‘鹭池’用日语怎么说？”

偏锋念出了“鹭池”的发音，然后说：“我没办法告诉你这两个字怎么写，因为没有笔。就算有的话，这里这么黑，什么都看不见。”

“这就够了。”布里克曼握住偏锋的手，紧紧地握了握，“谢谢，你已经帮了我大忙了。”他指着河对面问道，“向东的大路在那里，是吗？”

“是的。在河下游半英里之外，你会发现渡船用的栈桥。如果我是你的话，一定会在日出和日落的时候尽量远离大路，特别是最近这几天。山下大人和他的手下们，明天就要从那条路通过，到时候，路的两边会聚集起很多很多的人，他经过时，他们会向他致敬。”

“你呢？你还会待在这里吗？”

“我？不，这些轮子船还要到别的地方去运货呢。”

“哦，也许我还有可能会再见到你。”

“或许吧……”偏锋解开一圈绳索，将它垂到船舷之外。

布里克曼将棍刃背到身后，顺着绳索滑了下去，悄然入水。他一松开绳子，偏锋就将它收了回去，然后紧闭舱门。

布里克曼回看了船舷一眼，奋力向远处的河岸游了过去，在一片枝叶繁茂、枝条几乎垂到水边的树丛旁上了岸。接着，他解开行李卷，迅速穿好衣服，再打量着四周的环境。

树丛的另一面是一大片刚刚耕作过的田野，被整整齐齐地分为一个个正方形。顺着田间小路，他朝栈桥走了过去，随后藏在一间窗口透出灯光的小木屋后。这时，他发现一条小路顺着斜坡通向河边，路边还站着一小部分人。布里克曼慢慢靠近那里，发现那些人是些没戴面具的红条子，都携带着刀剑和弓箭。

火堆旁边有四个人，他们使用的点火器很奇怪，就像是一只满是洞眼的金属桶。布里克曼暗自提醒自己，这些人的突然出现预示着四处都是危机，他一定要小心再小心。再向前走，可能还会遇到更多的检查哨卡。

他不得不退回到黑暗之中，顺着一条与大河流向相反的小路走了下去。他翻过小路尽头的一面墙壁，走上了距离栈桥约摸半英里远的大路。这条路的路面是光秃秃的泥地。此时，大河对岸，那排货舱和码头的后面，地平线就像是燃起了一道火焰，天鹅绒般的夜空下，闪动着橘红色的火光，将那滚滚腾起的白色、棕色、灰色的浓烟照得明亮又诡异。

伯利恒的火坑！看来要等上一段时间才能过去了，现在，他有另一桩更要紧的事情要办。想到这里，他心中“怦怦”大跳，向着东方，充满自信地大步前行。

走上了这条路，每踏出一步，就离清水更近了一步，就离自己新的冒险更近了一步。

他，曾是第一个从平原人那里活着回来的寻道民。而这一次，即使不是第一个，他也会是那些被命运挑选出来的少数人之一。他将在铁大师的国土上进行着新一轮的冒险，而且，他将活着回去，更何况，他决不会空手而归。

在这黑沉沉的世界里赶路，布里克曼却不觉得迷茫，反而心中坚定了目标。只是，他并不知道，清水，作为山下大人座舰上的一员，此时正在河的对岸准备休息了。

清水感到了极大的欣慰和安适。因为，就在一瞬间前，她似乎感到了布里克曼已经来到自己身边，她知道他已经踏上了这片土地，她也知道他们两个将会像神石预言的那样再次相见。而在他们见面之前，她往那根棍刃中注入的神奇异能，将会一直保护着他。

与此同时，在遥远的联邦内……

司令指挥官卡尔斯托姆也感到了信心十足。一切情况都很顺利。基本的占地行动测试证明了，布里克曼拥有每一个情报队员所必备的勇气、耐力、献身精神，以及冷酷的残忍。他的表现完美无缺。若要吹毛求疵的话，那就是他的忠诚度似乎还有一点令人怀疑。

卡尔斯托姆已从高赛那里得知了后援队全军覆没的消息，他有点担心，长期无法与布里克曼保持联络，但无论如何，他总是有办法和布里克曼建立联系的。那是因为萝兹·布里克曼，这个姑娘仍然处于严密的监视之下，自从布里克曼成功地回到穆卡尔部落之后，她一切都很正常，从未出现过什么身体不适的情况。唯一一次遭受心理创伤的事例就是——她的肋部和左前臂上出现了皮肤交感神经损伤。但总体来说，非常正常。这说明布里克曼没什么事，活得好好的。最近，偏锋发来的任务报告中，也证实了布里克曼还活着，仍在继续执行任务。他们在轮子船上的会面只是一次偶然。卡尔斯托姆抓住了这次机会，要偏锋将一把新的无线电匕首交给布里克曼。那里面还藏着一只附加的改进型装置。它能自动发射出间歇信号，就算布里克曼没法联络，或者是故意中断联系，它也能精确地显示出所在位置。只要它待在布里克曼身上，无论走到天涯海角，第一家族总能准确地知道他在哪里。

布里克曼的铁大师世界之旅，正式拉开序幕。

荣耀归于第一家族！

科幻 Cube
太空堡垒 5
科幻立方 Cube
超级英雄纪元
科幻立方 Cube
进击的巨兽
从现实到幻想